영화와 소설의
시점과 이미지

저자 **나병철**(羅秉哲, Na, Byung-Chul)은 연세대학교 국문학과를 졸업하고 같은 대학교 대학원 국문학과를 졸업하였다. 수원대학교 국문학과 교수를 거쳐 현재 한국교원대학교 국어교육과 교수로 있다. 저서로는 『소설이란 무엇인가』, 『문학의 이해』, 『전환기의 근대문학』, 『근대성과 근대문학』, 『한국문학의 근대성과 탈근대성』, 『소설의 이해』, 『모더니즘과 포스트모더니즘을 넘어서』, 『근대서사와 탈식민주의』, 『탈식민주의와 근대문학』, 『소설과 서사문화』, 『가족로망스와 성장소설』이 있으며, 역서로는 『중국문화 중국정신』(C. A. S. 윌리엄스), 『문학교육론』(제임스 그리블), 『해체론과 변증법』(마이클 라이언), 『포스트모더니즘 이후의 정치와 문화』(마이클 라이언), 『문화의 위치』(호미 바바)가 있다.

영화와 소설의 시점과 이미지

초판 인쇄 2009년 3월 1일 **초판 발행** 2009년 3월 5일
지은이 나병철 **펴낸이** 박성모 **펴낸곳** 소명출판 **출판등록** 제13-522호
주소 서울시 서초구 서초동 1621-18 란빌딩 1층
전화 02-585-7840 **팩스** 02-585-7848 **전자우편** somyong@korea.com

값 28,000원

ISBN 978-89-5626-370-0 93810

이 책은 2008년도 한국교원대학교 학술연구비 지원에 의한 것임

Viewpoint and Image in Film and Fiction

영화와 소설의 시점과 이미지

나병철

소명출판

　지난 세기 말부터 서사의 본령인 소설에서 서사성이 사라져간다고 말해지고 있다. 서사성이란 '이야기'가 '서술'되는 것을 말한다. 무슨 이유에선지 이야기 창고인 소설에서 이야기가 점점 빈약해져 가고 있다는 것이다. 다만 역설적인 것은 그런 소설의 운명과는 달리 여러 매체들에서 이야기를 전달하려는 욕망은 오히려 더 폭증하고 있는 점이다. 유머, 뉴스, 토크쇼 등은 물론 영화, 드라마, 인터넷 뉴미디어들은 서사의 욕망과 함께 발전하고 있다.

　나는 이런 역설이 일상과 대중매체를 통한 서사의 복귀라고 생각한다. 소설의 상대적인 위축은 그것의 반증에 지나지 않는다. 일상에서 서사가 빈약했던 시절에 소설이 독점했던 이야기의 욕망을 이제 일상생활과 다매체들이 공유하게 된 것이다.

　크게 보면 서사는 언어서사와 이미지서사로 나눠진다. 우리시대의 이야기들은, 소설을 넘어 현실, TV, 인터넷 공간에서 언어로, 영화, 게임, 리얼리티쇼 등에서 이미지로 연출되고 있다. 그중에서도 서사의 귀환은 뉴미디어와 이미지 매체에서 매우 특징적이다.

　이미지 매체의 번창은 과거 소설에 한정되었던 서사의 영역을 확장시키고 있다. 우리시대는 서사가 되돌아온 시대인 동시에 이야기의 왕국이 언어에서 이미지로 확대되는 시대인 것이다. 그 같은 서사의 변혁의 시대에, 이 책은 언어와 이미지 서사의 대표인 소설과 영화를 통해 그 둘의 관계를 살펴보았다.

소설과 영화의 공통점은 이야기의 전달에서 시점과 이미지를 이용한다는 점이다. 시점과 서술을 전달방식으로 하는 것은 서사매체의 핵심적인 특징이다. 또한 이미지는 영화에서 빛을 발하지만 소설의 이야기에서도 생생한 이미지는 매우 중요하다.

그 점에서 소설과 영화는 모든 이야기 매체 중에서 가장 닮은 장르들이다. 그러나 두 장르에서 시점과 이미지는 간과할 수 없는 차이를 지니고 있다. 중요한 것은 그런 차이가 오늘날 우리가 겪고 있는 문화의 전영역에서의 어떤 변화를 암시한다는 점이다.

소설의 시점은 인간의 눈으로 보는 것이다. 1인칭이든 3인칭이든 소설에서는 인간의 눈을 경유한 이미지들만이 전달된다. 소설의 근본상황은 그처럼 누군가에게 보여진 것이 언어적 서술을 통해 전해지는 것이다. 그 같은 '인간의 시점을 통한 이미지'는 아무리 객관적이라도 인간의 눈과 말을 통해 은연중에 특정한 사고나 정서로 채색된다. 이야기세계의 이미지를 전달하는 그 정서와 사고의 프리즘이 바로 어떤 인격체에 의한 소설의 시점-서술이다. 소설에서 시점의 일관성을 요구하는 것은 그런 서술상황에서 여러 사람의 매체를 자주 사용하는 것은 이야기의 전달에 불리하기 때문이다.

반면에 영화는 자동기계의 시점을 이용한다. 기계의 시점의 특징은 일차적으로는 정서나 사유에 물들지 않은 '사물 쪽의 이미지'가 나타난다는 점이다. 그런 이미지에는 언어서사와는 달리 서술의 수단이 주어져 있지 않다. 따라서 영화는 서술 언어를 만들기 위해 소설과는 달리 시점을 수시로 변화시켜야 한다. 그 과정에서 기계의 시점에 의한 이미지는 변주와 조합을 통해 이야기와 서술을 생성시키게 된다. 영화의 이야기의 전달은 그런 이미지들의 변용과 결합을 통한 끊임없는 생성의 과정이라고 할 수 있다.

이런 맥락에서 소설을 보는 것은 누군가의 '내부의' 정신세계에 빠져

들면서 풍경(이미지)을 보는 것이다. 반면에 영화를 보는 것은 '외부의' 물질적 이미지와 접촉하면서 이야기 세계의 생성을 경험하는 것이다. 그 점에서 소설이 (가라타니 고진이 말한) 내면의 발견이라면 영화는 외부의 발견이라고 할 수 있다. 이런 차이는 문화의 영역에서의 매우 중요한 변혁을 상징한다.

일찍이 벤야민은 전자를 관조적인 예술로, 후자를 정신분산적인 예술로 말한 바 있다. 관조적인 예술은 어떤 인격성을 매개로 세계를 경험하는 것이며, 정신분산적인 예술은 그런 인격성이 부재한 상태에서 (이미지들을 통해) 세계와 인격성을 끝없이 생성시키는 과정이다. 후자의 경우 이미지 자체는 한 인격체 이하의 미시적 단위에서 최초로 우리에게 전달된다. 우리시대의 이미지 경험의 위치인 그 인격체 이하의 단위가 바로 신경조직과 뇌의 회로이다.

따라서 내면의 발견과 외부의 발견, 관조적인 예술과 정신분산적인 예술, 그리고 소설과 영화의 차이는, 인격의 회로와 뇌의 회로의 차이라고 할 수 있다. 영화뿐만 아니라 오늘날의 새로운 이미지 매체의 경험은 모두 후자와 연관된다. 즉, 게임과 디지털 이미지, 그리고 흔히 말하는 시뮬라크르란 '뇌의 회로'에서 물질적인 이미지를 통해 세계와 인격성을 생성시키는 과정이다.

뇌의 회로에서 수신되는 아직 명확하게 표상화되지 않은 이미지는 '무의식'을 자극하고 긴장시킨다. 그리고 특정한 표상체계(상징계)에 의존하기 전에 물체 자체(실재계)의 이미지로부터 의미를 발생시킨다. 그 때문에 무의식을 매개로 형성되는 세계는 리얼리티의 개념을 변화시킨다. 즉, 우리는 표상체계와 상징계를 넘어선 '실재계와 접촉한 이미지들'을 통해 세계를 경험하게 되는 것이다. '외부의 발견'이란 실재계와 접촉한 그런 리얼리티의 경험을 말한다.

이 같은 변화들, 즉 인간의 눈에서 자동기계의 시점으로, 인격의 영역에서 뇌의 영역으로, 그리고 의식의 주체에서 무의식의 주체로의 이동은, 지금 일어나고 있는 우리시대의 중요한 변혁이다. 이 책은 그 같은 변화를 크래리가 논의한 시각의 역사의 연장선상에서 살펴보았다. 그런 맥락에서 보면 시각(시점)과 이미지의 역사는 세 단계로 나눠진다. 첫째는 이성적인 총체적 원근법의 시대이며, 둘째는 인간의 눈과 객관세계가 뒤섞이는 불확정적인 이미지의 시대이다. 그리고 바로 지금 겪고 있는 물질적인 미결정적 이미지의 시대이다.

흥미로운 것은 이 세 단계가 서사와 시점의 역사에 상응한다는 것이다. 즉, 시각의 역사는 작가적 화자 소설, 내적 초점화 소설, 그리고 영화의 시점에 정확하게 대응된다. 이 책의 중요한 관심사의 하나는 그 같은 '시각의 역사'와 '서사의 역사'의 상응성을 밝히는 것이었다.

그런 연관성이 더욱 주목되는 것은 그 세 단계들이 각각 권력의 장의 변화를 암시하기 때문이다. 각 권력의 장에는 그에 대한 예술적 대응이 출현한다. 예컨대 이성중심적 권력과 리얼리즘 예술, 감시장치의 권력과 상징주의-모더니즘, 그리고 스펙터클적 권력과 이미지 예술 등이다.

물론 이 세 단계는 공존하고 뒤섞인다. 우리시대는 감시장치와 스펙터클적 권력의 시대인 동시에 여전히 이성중심적 권력도 작용하고 있다. 그에 상응해서 오늘날은 영화와 시뮬라크르의 시대인 동시에 내적 초점화와 작가적 화자 소설 역시 병존하고 있다. 그처럼 소설과 영화는 우리시대 서사의 두 형제들인 것이다.

이 책은 그 두 서사 매체 중 아직 충분한 이론이 미흡한 영화에 대해 자세히 살펴보았다. 우리는 물질적 운동성이라는 영화 이미지의 고유한 특성에 유념한 들뢰즈의 영화이론에 많이 의존할 수밖에 없었다. 그러나 들뢰즈의 논의는 서사성이 약화된 모더니즘 유형에 편중되어 있다. 그와 달리 영화에서도 서사성이 보다 풍부한 리얼리즘과 포스트모더니즘 역시 중요하며, 들뢰즈가 말하는 사유의 영화 또한 근본적으로는 서사영역에서 벗어난 것으로 볼 수 없다. 그런 관점에서 이 책은 들뢰즈의 이론을 재해석해서 영화서사의 다양한 형식들을 복합적으로 고찰했다.

또한 들뢰즈는 기존의 기호학을 비판하면서 영화에는 언어에 근거한 이론으로는 접근할 수없는 특수한 차원이 있음을 강조했다. 들뢰즈의 주장은 매우 중요한 것이지만, 우리는 그의 논의가 결국 기호학의 지평을 확장시킨 데 큰 의미가 있음을 논의했다. 즉, 야콥슨과 메츠의 이론이 들뢰즈를 통해 이미지의 영역에까지 확대되고 있으며, 기호학자들의 꿈인 '언어를 넘어선 기호학 영토의 확장'이 성취되고 있음을 주목했다.

예컨대 들뢰즈가 말하는 운동-이미지(감정-이미지, 행동-이미지)와 시간-이미지란 기호학적 선택-결합작용(야콥슨)의 이미지 차원의 변주에 다름이 아닐 것이다. 언어에서는 미시 의미소들이 내재적 문맥을 만들어 우리의 정서를 환기시킨다(은유적 선택작용). 그와 유사하게 이미지들은 외재성에서 탈맥락화하면서 신체 내에서 감정이 물결치도록 한다(감정-이미지). 또한 언어들이 결합작용을 통해 외재적 맥락을 만들어 가듯이, 행동-이미지들은 외부 맥락을 통해 인물과 환경의 관계를 제시한다. 뿐만 아니라 들뢰즈 논의의 핵심인 시간-이미지 역시 언어 기호학에서는 볼 수 없는 선택적인 병렬적 관계의 '새로운 차원'일 것이다. 시간-이미지란 무의식적인 이미지-기억들이 지각-이미지에 식별불가능하게 병치되는 양상에 다름이 아니다. 그런 시간-이미지들은 놀랍게도 '개념을 넘어선 사유'를 이미지들의 집합을 통해 생생하게 보여준다.

그 같은 맥락에서 이 책은 들뢰즈의 이론과 야콥슨·메츠의 기호학을 결합하면서 새로운 영화이론의 생성을 시도했다. 물질적인 이미지들이 언어처럼 선택-결합작용을 통해 인물-환경의 관계와 감정, 사유를 발생시킨다는 것은 매우 흥미로운 일이다. 왜냐하면 세계는 기호작용을 통해 언어 텍스트에 담겨질 뿐만 아니라 스크린과 우리의 뇌막에서 미분자들의 흐름으로 연출될 수 있기 때문이다. 그런 '뇌의 회로'에서의 물질적 이미지들의 공연은 현실 자체가 시뮬라크르를 통해 연출되는 오늘날의 스펙터클적 세계에 상응한다.

그 점에서 소설과 영화를 고찰하는 것은 우리시대의 문화의 장을 횡단하는 일에 다름이 아니다. 텍스트와 스크린을 넘어서 일상에서 공연되는 우리시대의 사건들을 살피는 일에 동참해준 교원대학교 학생들에게 고마움을 전한다. 적지 않은 분량의 원고를 정리하는 데 큰 도움을 준 아내 유미경에게 감사의 말을 보낸다. 아울러 이 책을 정성껏 만들어주신 소명출판의 박성모 사장님과 편집부 여러분에게도 깊은 사의를 표한다.

2009년 2월
나병철

차례

제1장 ··· 소설적 전쟁과 영화적 전쟁

1. 뇌의 영역에서의 전투[1] – 영화와 전쟁

언젠가부터 전쟁과 영화가 서로 닮아가고 있다. 테러에 시달리는 이라크 주둔 미군들은 자신들이 마치 '영화 속에 있는 기분'이라고 말한다. '폭탄이 어디든지 널려있는 시내로 차를 몰고 들어가면, 들판의 여인들과 지붕 위의 어린이와 사람들이 우리를 보고 있다.' 사람들은 마치 영화를 보듯이 미군들이 폭발당하기를 기다리며 지켜보고 있다는 것이다.[2]

물론 전쟁이 영화처럼 느껴지는 것은 그것을 지켜보는 주민들만이 아니다. 폭발물이 널려있는 시내로 들어가는 미군들 스스로가 현실을

---

1) 그레그 램버트(2002), 381쪽.
2) 「이라크, 극단과의 전쟁-민심 얻는 싸움 졌다」, 『한겨레신문』, 2006.3.21.

영화적 이미지처럼 느끼고 있는 것이다. 그처럼 이제 전쟁은 현실성을 잃어버리고 영화 같은 이미지가 되어가고 있다.

그러면 현실과 이미지의 차이는 과연 무엇일까. 왜 급박한 전쟁의 상황이 영화처럼 느껴지는 것일까. 전쟁이란 적의 모습을 '지각'하고 그를 공격하는 '행동'의 사건을 말한다. 무장을 한 사람들이 무기를 갖고 적대적인 다른 사람들을 공격하는 이런 상황은 분명히 급박한 현실성을 갖고 있다.

그러나 언젠가부터 전쟁에서 인간과 인간의 행동이 불확정적인 요소가 되어가고 있다. '누가 적인지 분간하기 힘들다. 모두가 같은 복장에 똑같이 보여서 누가 테러리스트이고 아닌지 알 수가 없다.'³⁾ 한 미군 병사는 이렇게 말한다. 즉, 전쟁의 대상에 대한 '지각'이 '미결정적'이 되어 버렸고, 그 대상에 대한 공격적 '행동'이 '연기'될 수밖에 없는 상황인 것이다. 적은 육안으로 보이는 인간이 아니라 미결정적인 이미지일 뿐이며, 그에 대한 공격적 행동 역시 실제적이기보다는 잠재적이다.

예전에는 머릿속에서 이미지를 통해 전략을 세운 후 실제 현실에서 인간들끼리 적대적인 전투를 벌였었다. 그러나 이제는 머릿속에서의 이미지 전쟁이 실제 현실로 옮겨온 대신, 육안을 통한 인간들끼리의 적대적인 전투는 부수적인 것이 되어 버렸다. 그 같은 이미지 전쟁으로서의 현대전은 한마디로 '뇌의 영역에서의 전투'라고 할 수 있다.

인간 대신 이미지를 공격하는 그런 전쟁의 형식은 이라크 테러리스트 쪽에서도 마찬가지일 것이다. 테러리스트의 미군에 대한 공격은 지연의 형식을 지니며, 육안으로 보이는 인간이 아니라 이미지를 공격하기 위해 여기저기 폭발물을 설치하는 것이다. 그리고 이번에는 똑같은 상황이 미군 쪽에도 일어난다. 즉, '폭탄이 어디든 널려있어 영화 속에 있는 기분'이 되는 것이다.

---

3) 위의 글.

이 같은 이미지 전쟁의 본성은 '자동기계'를 사용할 때 더욱 현저해진다. 자동기계는 어디 있는지 알 수 없는 '불확정한' 대상(적)을 '지각'하려는 추적 장치이다. 군인들은 자동기계를 통해 적을 추적하면서 공격'행동' 목표에 맞추어 '이미지'로 표상을 작성한다.

흥미로운 것은 여기서 일종의 시뮬레이션인 이미지가 단지 비현실적인 표상이 아니라는 점이다. 군인들은 육안으로 보이는 적이 아니라 이미지를 공격하지만 실제로 타격이 가해지는 것은 현실의 실재물인 적의 신체이다. 이처럼 이미지는 (실재물인) 지각의 대상과 공격행동 간의 상호작용에서 중간물의 위치에 있다. 이미지는 여전히 실재물의 연장으로서 대상의 편에 속한 것인 동시에 행위자의 공격행동의 목적에 맞게끔 표상된 것이기도 하다. 그처럼 실재대상의 물질적 흐름의 연장이면서 또한 그에 반작용하는 행위자의 내부이기도 한 것, 즉 바깥의 물질적 회로의 연장인 동시에 인간의 내부에 속해 있는 것, 그것이 바로 대상의 이미지를 지각하는 '뇌의 회로'의 특징이라고 할 수 있다. 그 점에서 이미지를 만드는 자동기계는 인간의 신경조직과 뇌의 회로의 기능을 극도로 증폭시킨 장치라고 할 수 있다.

따라서 자동기계를 사용하는 전쟁은 눈을 마주치는 적과의 전쟁과는 근본적으로 다른 상황을 연출한다. 후자가 인격을 지닌 인간들 간의 싸움이라면, 전자는 이미지 전쟁인 동시에 이미지를 만드는 뇌의 회로에서의 전쟁이라고 할 수 있다. 이제 전쟁의 무대에는 서로 눈을 부릅뜬 인간들 대신에 한 번도 눈을 마주치지 않는 이미지들이 등장하고 있는 것이다. 그것은 분노와 적개심(감정)으로 가득 찬 인간들의 전쟁이 아니라, 물질의 흐름과 미분자적인 이미지의 운동으로서 뇌의 회로를 긴장시키는 전쟁이다. 그 같은 이미지 전쟁에서 분노와 적개심, 인간적인 감정은 사후적으로(뒤늦게) 나타날 뿐이다.

자동기계의 사용이 전쟁을 이미지 게임의 스펙터클로 만든다는 사실은 〈지옥의 묵시록〉에서 실감나게 제시된다. 이 영화에서 전쟁의 이미지화(영화화)를 가장 잘 보여 주는 것은 킬 고어 중령의 헬기부대 장면이다. 물론 여기서는 앞의 시뮬레이션의 예와는 달리 인간의 눈으로 공격대상을 직접 보고 있는 듯하다. 그러나 그 시선은 결코 인간의 눈이 아니라 헬기의 자동기계를 사용한 시선이라고 할 수 있다. 즉, 공격 대상은 인간의 육안이 아닌 자동기계(헬기)의 시선에 의해 '지각'되며 공격 '행동' 역시 신체의 현실적인 감각을 지니지 않은 자동기계의 시선 속에서 수행된다. 그리고 바로 그렇기 때문에 헬기라는 자동기계에 의해 생긴 거리감이 대상을 지근거리에 둔 인간의 눈의 감정적인 현실성을 빼앗고 있다.

흔히 말하는 현실성이란 객관적 대상(지각 대상)과 인간 행위자 간의 상호작용 속에서 얻어진다. 인간의 눈에 의해 수행되는 전쟁이 현실성을 지니는 것은, 객관적 공격대상에 대한 인간적 감정 및 행동의 생생함 속에서 그 양자의 상호작용이 일어나기 때문이다. 그러나 자동기계적 시선에 의한 전쟁에서는 그 같은 감정적 실감의 상실로 인해 지각과 행동, 대상과 행위자의 상호작용이 물질적인 이미지의 운동으로 전환된다. 즉, 〈지옥의 묵시록〉의 헬기 장면에서처럼 적과 대면한 긴박감 있는 전쟁이 아니라 이미지 게임의 스펙터클이 전개되는 것이다.[4]

이미지 전쟁의 또 다른 특징은 공격 대상에 대응하는 행위자(인간)의 영역이 달라졌다는 점이다. 과거의 전쟁에서는 지각과 행동의 상호작용에 대응하는 인간의 영역은 신체의 전부였다. 재래식 전쟁이란 몸 전체로 싸우는 전투에 다름이 아니다. 반면에 현대의 이미지 전쟁의 경우 행위자의 영역은 매우 달라진다. 즉, 이미지 게임의 스펙터클, 그 물질적인 이미지의 운동이자 분자적인 (물질적) 입자들의 작용과 반작용에

---

4) 실재물과 이미지의 차이는 이미지가 항상 실재물의 물질적 입자들이 감소된 상태로 나타난다는 점이다. 이미지가 실재의 일부이면서도 실물감이 적은 것은 그 점과도 연관이 있다. 물론 이미지의 운동, 즉 그 작용과 반작용(지각과 행동의 잠재력)이 풍부해질수록 이미지의 관계망 역시 시공간적으로 확장된다. 그러나 베트남전 등의 이미지 게임 같은 전투장면에서는 그런 풍부함이 형성되지 않는다.

상응하는 인간의 영역은, (다음절에서 살펴볼 것처럼) 다름 아닌 뇌의 회로이다. 이미지는 물질의 일부로서 영상(그리고 소리)이기도 하지만 물질적 입자들과 파동들의 운동이기도 하다. 그리고 그런 물질적 이미지의 운동은 뇌의 회로에서 물질적 흐름의 작용과 반작용으로 나타난다.

따라서 인간의 눈에 의한 전쟁이 지각과 행동의 상호작용 속에서 감정적인 신체의 긴장감을 유발한다면, 자동기계에 의한 전쟁은 이미지의 작용과 반작용 속에서 뇌의 회로의 긴장을 수반한다. 흔히 말하는 현실성과 이미지의 차이도 그와 유사할 것이다. 현실성이 객관현실과 인간 행위자의 상호작용이라면, 이미지는 물질적 흐름의 상호작용, 즉 뇌의 회로에서의 물질적 분자들의 작용과 반작용이다. 이미지 전쟁이 뇌의 영역에서의 전쟁인 것은 그 때문이다.

물론 이미지 전쟁에서도 실제로는 살아 있는 적을 사살하는 것이므로 인간적인 감정과 분별이 아주 소멸되지는 않는다. 그러나 그것은 항상 뒤늦게 사후적으로 나타난다. 예컨대 〈지옥의 묵시록〉에서 킬고어의 잔인한 전투를 회상하는 윌라드 대위의 목소리가 바로 그것이다. 그처럼 인간적 감정과 판단은 이 이미지 전쟁(그리고 뇌의 영역에서의 전투)을 담은 영화에서 사후성을 뜻하는 서술의 목소리와 오버랩되는 인간의 눈(윌라드)으로만 제시된다.

따라서 이미지 전쟁은 백색의 트라우마처럼 고요한 침묵의 영화로서 공연된다. 그 공포의 공간은 킬고어가 보여주듯이 환상과 환각, 영화적 스펙터클로만 메워질 수 있다. 물론 그 스펙터클은 이라크의 마군들이 일상적으로 경험하는 것처럼 '끝없는 의심과 불안'의 시간일 뿐이다.

2. '눈'의 전쟁과 '자동기계'의 전쟁

자동기계에 의한 이미지 게임과 '뇌'의 영역에서의 전투'는 '영화 같은 전쟁'뿐만 아니라 영화 자체에서도 발견된다. 그 점은 소설과 영화를 비교하면 금방 드러난다. 소설은 '인간의 눈(시점)'을 사용하는 장르이다. 소설은 1인칭과 3인칭 이외에는 불가능하며 그 둘은 인간('나'와 제3자)의 눈으로 이야기 세계를 보는 형식이다. 현대소설에서는 3인칭의 경우에는 인물시점(인물의 눈)을 즐겨 사용하는데, 이를 포함해 소설이란 '나', 화자, 인물이라는 '인간의 눈'에 의존하는 방식인 셈이다.

또한 소설에서 이야기 세계란 객관세계와 인간주체(행위자)의 상호작용을 말한다. 그 점에서 소설은 세계에 대한 인간의 지각과 행동을 인간의 시점으로 보여주는 예술이다. 여기서 세계에 대한 인간의 행동은 잘못된 질서를 변화시키려는 싸움이며 그런 측면에서 소설은 은유적 의미의 전쟁의 형식을 포함한다. 즉, 비유적으로 소설은 모순된 세계에 대한 전쟁이자 잘못된 독자의 의식을 고치려는 전투일 것이다. 세계와 사람(독자)을 변화시키려는 이 소설의 싸움은, 세계와 인물(혹은 화자), 그리고 일차적으로는 화자-초점화자[5]-인물과 독자와의 대면 속에서 진행된다. 그처럼 궁극적으로 인격적 인간들끼리의 대면이 잔존하는 소설의 전투는, 말하자면 '인간의 눈'에 의존하는 재래식 전쟁인 셈이다.

반면에 영화는 '자동기계(카메라)'의 시선을 사용하는 장르이다. 영화에서도 인물시점과 제3자의 시점이 사용되지만, 영화는 결코 1인칭과 3인칭에 국한되지 않는다. '나', 화자, 인물의 시점이 '지속적으로' 사용되는 소설과 달리, 영화의 시점은 수시로 변화되며 근본적으로 '인간의 눈'에서 해방된 다양한 시점이 자유롭게 사용된다.

---

5) 시점의 매체로 작용하는 인물시점의 주체를 말함.

영화의 시점이 그처럼 자유로운 것은 신체에 부착된 '눈' 대신에 '자동기계의 시선'을 이용하기 때문이다. 자동기계의 시점은 자유롭게 변화되는 비인칭적 시점(인간의 눈을 넘어선 시점)을 통해 대상과 행위자와의 관계를 이미지의 운동(작용과 반작용)으로 전환시킨다. 영화 역시 인간과 세계의 상호작용을 그리고 있는데, 인물(인간)이 대면하는 세계는 그의 눈을 벗어나 다양한 이미지로 변주되어 제시된다. 또한 영화도 소설처럼 관객을 변화시키려는 예술이지만, 관객은 일차적으로 인간의 시점이 아니라 이미지 자체와 대면하게 된다. 따라서 은유적인 전쟁으로서의 소설이 '인간의 눈'에 의존하는 재래식 전투라면, '자동기계'를 이용하는 영화는 현대식 이미지 전쟁인 셈이다.

전쟁에서처럼 소설과 영화에서도 그 상이한 형식에 상응하는 인간의 영역이 달라진다. 소설에서 '인간의 눈'에 의존한다는 것은 그(인물, 화자)의 전체 인격성과 감정체계, 내면세계를 통과하는 여행을 한다는 뜻이다. 그런 경험을 통해 독자의 무의식과 정신세계가 변화될 수 있는 것이다.

물론 영화에서도 감정, 내면, 인격의 세계가 관객에게 전달된다. 그러나 소설과는 달리 영화에서는 그런 내용들이 일차적으로는 이미지의 형식을 통해 표현된다. 그처럼 이미지를 통해 관객에게 영향을 미친다는 것은 직접적으로 물질적인 감각에 호소한다는 뜻이다. 소설의 형식인 '인간의 눈(시점)'과 서술언어는 정신적인 형식을 통해 정신세계를 변화시키는 방식이다. 반면에 영화의 이미지는 물질적인 감각기관에 호소하여 신경의 떨림과 충격을 유발하며, 중추 신경계와 뇌의 회로에 영향을 미친다. 소설이 물질적 상상력을 지닌 정신적 형식을 통해 정신세계를 변화시킨다면, 영화는 정신의 근거인 물질적 형식을 통해 정신세계를 바꾸어 놓는다. 영화의 정신의 근거로서의 물질적 형식이란 이미지에 상응하는 인간의 영역인 신경조직과 뇌의 회로이다. 그 점에서 소설이 인격성과 정신세계에서의 싸움이라면 영화는 '뇌의 영역에서의 전투'라고 할 수 있다.

이제 전쟁이 영화적 스펙터클을 닮아가는[6] 이유가 조금 분명해졌다. 자동기계를 사용하는 전쟁과 자동기계적 시선의 조합(정신적 자동기계)[7]으로서의 영화는 똑같이 '이미지 게임'인 동시에 '뇌의 영역에서의 전투'인 것이다. 양자의 차이점은 전쟁이 단순히 지각과 공격이라는 이미지 운동(작용-반작용)의 차원에 머무는 반면, 영화는 지각 이미지에서 감정, 행동, 사유의 차원으로 복잡화되어간다는 점이다. 전쟁의 정신세계는 트라우마 같은 공백으로 남아 있을 뿐이다. 반면에 영화는 이미지와 뇌의 회로라는 물질적 형식을 통해 인격성과 정신세계를 표현한다. 전쟁에서 인간적 감정과 판단(사유)은 '영화 같은 전쟁'을 그린 영화(〈지옥의 묵시록〉)에서처럼 (서술의 목소리와 눈의 오버랩을 통해) 사후적으로 제시될 뿐이다. 그 점에서 전쟁은 정신세계를 공백화하는 가장 '나쁜 영화'라고 할 수 있다. 반면에 영화는 그 같은 전쟁에 대항하는 또 다른 전쟁이다.

영화는 정신세계를 '물질적'으로 변화시키는 가장 전투적인 예술이다. 이제 전쟁이 영화처럼 된 반면 예술은 영화 같은 전쟁이 된 것이다. 영화가 그처럼 전투적이고 선동적인 것은 직접 '생리적인 감각'과 '뇌의 회로'에 충격을 가하는 물질적인 수단(이미지)을 사용하기 때문이다. 그런데 영화가 충격을 전달하는 뇌의 회로란 물질성(물질적 입자)과 정신세계(의식)가 만나는 장소이다. 그 같은 뇌의 회로는, 외부의 물질성의 침투에 의해 내부의 의식 영역이 잠재적으로 미결정적 상태에 있게 된다는 점에서, 무의식의 공간이기도하다. 그 점에서 뇌의 회로에 직접 영향을 미치는 영화는 실상 무의식에 충격을 가하는 것이라고 할 수 있다.

정신적 자동기계를 사용하는 영화가 무의식에 영향을 미친다는 점은 자동기계를 사용하는 전쟁이 무의식을 공격하는 특성과 매우 유사하다. 자동기계에 의존한 공격은 아무에게도 노출되지 않는 시선을 이용한다

---

6) 존 오르, 김경욱 역(1999), 133쪽.
7) 이 개념에 대해서는 영화를 살펴보면서 다시 논의할 것임.

는 점에서 실상 적의 무의식을 타깃으로 하고 있다. 또한 자동기계를 사용하지 않더라도 상대에게 지각과 공격을 미결정상태로 만드는 전쟁은 실제로 무의식의 영역에서의 전쟁이라고 할 수 있다. 예컨대 앞서 예를 든 테러에 시달리는 미군은 '어디든 널려있는 폭탄'으로부터 무의식을 공격당하고 있는 셈이다. 그것은 육안으로 보이는 적이 아닌 적의 이미지로부터 공격받고 있는 상황이기도 하다. 그들이 '영화 속에 있는 기분'을 느끼는 것은 그 때문이다.

영화와 이미지 전쟁, 그리고 테러 전쟁의 공통점은 무의식을 공격하는 전쟁의 형식을 지닌 점이다. 양자는 똑같이 이미지라는 강력하고 전투적인 물질적인 수단을 사용한다. 후자(이미지 전쟁, 테러전쟁)가 물질적 대상을 불확정적인 방식으로 파괴함으로써 적의 무의식을 공격한다면, 전자(영화)는 물질적인 뇌의 회로를 공격함으로써 미결정성의 방식으로 무의식에 충격을 가한다. 따라서 전쟁과 영화의 공통점은 가장 물질적인 방식(이미지, 뇌의 회로)을 사용함으로서 실제로는 정신세계에 대한 엄청난 충격을 미친다는 점이다. 정신세계에 대한 충격이 막대한 이유는 고정된 의식보다도 훨씬 큰 공간을 지닌 무의식에 영향을 끼친다는 점에서이다. 다만 양자에서 그 충격의 질과 방향은 서로 정반대이다. 전쟁이 정신세계를 공백화하는 반면 영화는 공백화된 정신세계에 창조적인 영향을 미친다.[8] 물론 두 경우 모두 정신세계를 공격하는 것은 물질적인 이미지이다. 그러면 이미지가 어떻게 물질성과 뇌의 회로에 연관됨으로써 정신세계와 인격성에 영향을 미치는 것일까. 물질성과 정신세계, 그리고 그 둘 사이에 놓인 뇌의 회로는 과연 무엇인가. 이제 이런 문제들을 살펴보자.

---

8) 영화와 전쟁은 비슷하게 실재계(물질 자체)에 접근한 이미지들을 보여준다. 그러나 전쟁은 상징화할 수 없는 잔혹한 실재의 이미지로 인한 트라우마의 경험인 반면, 영화는 모순된 상징계에서 벗어나는 창조적이고 혁명적인 탈영토화의 경험이다.

3. 이미지와 뇌의 회로

전쟁이 영화를 닮아가고 있다는 사실은 우리 시대의 어떤 중요한 변화를 암시한다. 이미 살폈듯이 그 변화는 몇 가지 일관된 흐름을 갖고 있다. 즉, 그것은 '인간의 눈'에서 **자동기계적 시선**으로의 변화이자 실재물에서 **이미지**로의 전환이며, 인격(정신)의 영역에서 **뇌**의 영역으로의 이행이다. 또한 그 같은 일련의 변화들은 우리의 관심이 의식의 영역에서 **무의식** 영역으로 전환된 점과도 상응한다.

그런데 우리가 살펴 본 전쟁과 영화는 서로 상반된 권력과 힘을 상징하고 있다. 즉, 전쟁은 부정적인 권력의 의지의 극단이며 영화는 긍정적인 예술의 의지(힘의 의지)의 신무기이다. 따라서 전쟁과 영화의 새로운 변화는 사회와 문화 전영역(문화의 장)에서의 중대한 전환을 상징한다. 그 같은 문화적 변화의 흐름과 의미에 대해 알아보기 위해, 여기서는 우선 그 중심에 놓인 '이미지'에 대해 살펴보기로 하자.

이미지에 대한 관심은 철학적 사유의 새로운 전환을 나타낸다. 전통적인 철학은 실재물의 대상(사물)과 인간 주체(정신) 간의 상호작용의 관점에서 그 사유가 진행되었다. 그런데 그런 거시적 차원의 고찰은 사물과 인간 중 어느 한쪽에 우선권을 두는 이원론에서 벗어나기 어려웠다. 흔히 말하는 실재론과 관념론의 딜레마가 바로 그것이다.

실재론과 관념론은 사물(물질)과 인간(정신)을 서로 연결시키지 못하는 똑같은 딜레마를 갖고 있다. 물질과 인간의 의식 중에서 물질을 강조하게 되면 그로부터 의식과 정신이 생겨나는 것을 설명하지 못한다. 즉, 지각이나 의식, 정신은 하나의 우연이자 신비이다.[9] 이것이 실재론의 딜레마이다.

---

9) 베르그송, 박종원 역(2005), 55쪽.

반면에 의식(정신)을 강조하게 되면 의식과는 무관하게 그 자체의 법칙을 갖고 있는 물질에 대한 과학이란 하나의 수수께끼가 된다. 즉, 인간이 과학을 발견한 것은 일종의 우연이며 과학의 성공은 하나의 신비이다. 이것이 '물 자체'에 대해 영원히 알 수 없는 관념론의 딜레마이다.

실재론과 관념론의 공통점은 물질과 인간의 의식의 관계를 '순수인식'으로 설명한다는 점이다. 실재론은 과학이 요구하는 물질 자체의 질서를 우선시하면서 인간의 의식적 지각은 그에 대한 잠정적인 인식만을 얻는 것으로 생각한다. 반면에 관념론은 의식적 지각과 인식을 우선시하면서 물질적 실재에 대한 과학적 법칙이란 단지 상징적인 표현일 뿐으로 간주한다.[10]

이처럼 '인식'을 중시하는 실재론과 관념론은 똑같이 물질 자체의 원리와 인간의 의식작용을 연결시키지 못한다. 양자가 풀지 못하는 문제의 핵심은 다음과 같은 것이다. 즉, 물질 자체의 원리를 유지하면서 어떻게 그와 다른 의식과 정신이 생겨나는가. 또한 물질에 대한 과학만으로는 설명할 수 없는 의식작용이 어떻게 물질 자체의 원리와 조화될 수 있는가.

들뢰즈의 영화론이 의존하고 있는 베르그송의 이미지 이론은 그런 질문에 대한 답변으로 볼 수 있다. 베르그송은 물질의 원리를 물질적 흐름과 운동으로 보고[11] 물질과 의식의 관계는 '인식'이 아니라 '운동' (행동)에 의해 연결되는 것으로 설명한다. 물질을 운동(흐름)으로 보게 되면 '사물(물질)'과 '의식을 지닌 생명체'는 똑같이 '물질적 운동'으로 생각될 수 있다.[12] 또한 사물은 물질적 운동을 통해 생명체에 작용하며 생명체 역시 물질적 운동(행동)으로써 사물에 반작용한다. 다만 의식을

---

10) 위의 책, 256쪽.
11) 움직이지 않는 사물도 시각적 파동으로 작용(운동)하며 또한 잠재적 운동성을 지닌 에너지를 갖고 있다.
12) 이처럼 물질을 흐름이나 운동으로 보는 관점은 사물과 인간을 똑같이 기(氣)로 설명하는 동양사상과도 유사한 점을 지니고 있다.

지닌 생명체가 사물과 다른 점은 그 같은 물질적 운동의 작용과 반작용이 즉각적이지 않다는 점이다.

사물은 물리적 법칙을 통해 다른 사물(또는 생명체)에 대해 작용하고 반작용한다. 반면에 의식을 지닌 생명체는 다른 대상(사물이나 생명체)의 운동(작용)에 대해 즉각적으로 반작용하지 않는다. 그것은 생명체가 외부 대상의 물질적 작용(운동)에 대해 반작용하는 과정에서 그 시간을 지연시키는 '미결정성의 간격'을 (내부에) 갖고 있기 때문이다. 즉, 생명체의 내부는 외부의 물질적 운동에 대해 기계적으로 반작용하는 단일한 회로로 되어 있지 않다. 사물과는 달리, 생명체는 외부의 운동을 받아들여 그것을 여러 갈래로 분산시키는 복잡한 회로를 자신의 내부에 갖고 있다. 바로 그 같은 복잡한 내부의 회로 때문에 생명체에서는 외부의 운동에 대해 반작용하기까지 시간이 지연되며 반작용적 운동(행동)의 성격도 기계적인 반응을 넘어선 미결정적인 것이 된다. 그처럼 생명체의 내부에서 작용과 반작용 사이에 미결정성의 간격을 만들고 있는 복잡한 망의 조직이 바로 신경과 뇌의 회로이다.

그런 신경조직이 단순할수록 생명체는 사물의 상태와 같아진다. 반면에 신경계가 발달하면 할수록 작용과 반작용 사이의 미결정성의 간격이 커지며, 생명체의 반작용적 운동(행동)은 독립적인 성격을 갖게 된다. 그 확대된 미결정성의 간격에 의해 나타난 생명체 자신의 고유한 특성이 바로 의지와 의식이다. 신경조직과 뇌의 회로에 의한 간격이 반작용적 운동과 행동을 미결정적으로 만드는 동안 생명체 자신은 그의 욕망을 충족시키려는 의식적 의지에 따라 행동을 유도하게 되는 것이다.

물론 그 같은 의식적 의지(그리고 욕망)와 '실제적' 행동 역시 거시적 차원에서는 물질적 운동(사물의 작용)과 반작용(인간의 행동)의 원리를 넘어서는 것은 아니다. 그러나 여기에 이르면 물질적 운동의 원리 이외에 '주관성'이라는 함수가 개입하게 된다. 인간의 경우 물질적 운동에 개입하는 함수로서 주관성이란 개인적 경험과 사회적 규범에 대한 '기억'의 영역에 연관된 것이다.

　그 같은 주관적 인격의 영역으로 나아가기 이전에 사물(물질)과 인간(의식)이 최초로 만나는 지점은 의식을 통한 사물의 지각(순수지각)이 이루어지는 지점이다. 보다 구체적으로는 물질적 운동을 미결정적으로 만드는 신경조직과 뇌의 회로의 위치이다.

　사물의 운동이 물질적 진동의 형태로 뇌의 회로에 전달되면, 뇌의 회로는 (물질적 반작용을 미결정적으로 만들면서) 의지와 실제적 행동이라는 주관성(주체의 영역)이 나타나기 이전의 틈새(간격)의 위치에서, 즉 여전히 (사물의) 물질적 운동의 연장 속에 있으면서 그것이 행동의 복합적 가능성의 시발적 형태(의식)와 만나는 지점에서, 사물(물질적 운동)과 의식(가능적 행동의 시발성)의 최초의 접촉을 드러낸다. 뇌에서 진동하는 '물질적 운동'이란 사물의 운동의 연장이며, 그에 대한 반작용(행동)이 아직 미결정적인 가능성의 준비단계에 있는 것이 바로 '의식'이다. 물질적 운동이 '사물 자체'인 '잠재적 이미지들'을 뇌에 전달한다면, '의식'은 그에 응해 앞으로 행해질 행동(가능성 행동)에 대한 준비로서 이미지를 '선택'한다.[13] 그처럼 뇌의 회로에서 의식적 '지각'을 통해 선택된 '이미지'가 바로 사물(물질)과 인간(의식)의 최초의 만남이자 물질(운동)과 의식이 겹쳐지는 위치라고 할 수 있다.

　실재론이나 관념론과는 달리 이처럼 물질과 의식의 만남을 설명할 수 있는 것은 의식적 '지각'(그리고 이미지)을 인식이 아닌 운동(행동)을 향한 것으로 보기 때문이다. 실재론과 관념론은 뇌에서 사물에 대한 표상이 만들어지고 인식이 가능해지는 것처럼 어떤 기적적인 힘을 부여했었다. 그러나 그런 표상이나 인식은 사물들에 덧붙여진 것이거나 질적인 변화 과정으로서 결코 의식과 사물의 만남으로 볼 수 없다.[14] 반면에 물

---

13) 여기서도 물론 '기억'이 작용하지만 주관성이 드러나지 않도록 최소한도로만 작용한다.
14) 그런 관념론적 관점과는 달리, 인식이란 한 사물에 대한 여러 종류의 이미지들이 재결합된 것이거나, 이미지가 변용되고 다른 이미지들과 접합되는 과정을 통해 얻어지

질적 운동의 반작용을 향한 (미결정적인) 시발점인 '의식적 지각'은 여전히 사물의 물질적 운동과정에서 벗어난 것이 아니다. 사물의 존재와 의식적 지각, 즉 사물 자체와 이미지 사이에는 본성의 차이가 아니라 정도의 차이가 있을 뿐이다.15) 사물과 의식적 지각은 똑같이 **물질적 운동**의 회로 내부에 있으며, 사물 자체인 잠재적 이미지의 총체와 지각을 통해 선택된 이미지는 질적으로 다른 것이 아니기 때문이다.

마찬가지로 의식의 첫 번째 작용(지각)이 이루어지는 뇌는 갑자기 신비스러운 정신작용을 부과하는 장소이기 보다는, 물질적 운동과정을 미결정적으로 만드는 일종의 중앙전화국과도 같은 회로일 뿐이다.16) 뇌리는 미결정성의 회로에서 물질적 진동으로 전달된 사물의 잠재적인 이미지들은, 즉각적인 반작용을 방해하는(지연시키는) '가능적 행동'이라는 불투명성에 부딪혀 반사하게 되는데, 그것이 바로 의식을 통한 이미지의 지각이다.

따라서 이미지는 사물(실재)의 잠재적 이미지들이 (불투명성에 반사되어) 감소된 상태인 동시에 가능적 행동(미결정성)이 실제적 행동이라는 주체(주관성)의 영역으로 넘어가기 직전의 위치에서 나타난 것이다. 즉, 이미지는 실재론이 말하는 사물(이미지의 총체)보다 덜한 것이면서 관념론이 말하는 표상보다는 사물 쪽에 속해 있다.17) 표상이 어떤 표상체계(일종의 상징계)의 산물이라면, 이미지는 라캉이 말한 실재계와 상징계 사이에 위치한 것이라고 할 수 있다. 그 점에서 베르그송이 말한 '순수지각'의 이미지란, 완전한 인식이 불가능한 실재도 상징계(표상체계)에 예속된 표상도 아닌, 그 둘 사이의 '탈영토화된 이미지'18)에 가깝다.

는 것이라고 할 수 있다. 인식이 복잡한 사유로 발전될 수 있다는 점에서 우리는 인식과 서사, 이미지와 사유의 변증법을 말할 수 있다. 이에 대해서는 뒤에서 살펴보겠음.
15) 베르그송, 박종원 역(2005), 71쪽.
16) 위의 책, 51쪽.
17) 위의 책, 22쪽.
18) 상징계에서 이탈된 이미지를 말함. 탈영토화된 이미지는 상징계와 실재계 사이에 위치한다.

한편 이미지의 지각은, 물질적 운동과정에서 반작용적 행동을 불투명하게 만드는 뇌라는 **미결정성의 회로**에 의해 생겨나므로, 뇌의 회로가 복잡해질수록 더욱 풍부해진다. 즉, 뇌의 회로가 복합적일수록 반작용적 행동(가능적 행동)의 불투명성은 커지며, 그에 반사되는 이미지의 지각은 풍성해진다. 그처럼 지각이 풍부해진다는 것은 반사된 이미지에 실재물의 잠재적 이미지들이 더 많이 포함되어 있다는 뜻이다.

그러나 역설적인 것은 지각작용을 수행하는 '의식'의 강도가 커질수록 지각된 이미지는 빈약해 진다는 것이다. 지각작용에서 의식의 역할은 가능적 행동과 연관해서 이미지를 선택하는 일이며, 가능적 행동의 미결정성이 적어지고 의식의 선택작용이 강화되면 지각된 이미지는 빈곤해진다. 그처럼 의식이 강화된다는 것은 의식적 선별작용이 커지면서 그 분별력의 증대에 의해 행동의 미결정성이 감소했음을 뜻한다. 이는 실상 주관적 정신작용(주체성)의 확대를 의미하며, 그 대가로 지각된 이미지가 실재(객관물)에서 멀어지고 뇌의 미결정성의 회로가 (의식의 분별력에 의해) 경직됨을 나타낸다. 이 단계는 이미 물질적 운동이 주관적 정신의 영역이나 상징계에 예속되는 단초를 뜻한다. 여기서 이미지는 탈영토화된 상태로부터 표상이나 개념화된 언어에 접근하게 된다.

반면에 무의식적 상태는 오히려 실재에 접근한 풍부한 이미지들에 접촉하게 만든다. 의식적 지각이 행동의 미결정성(그리고 지연)이라는 불투명성에 반사되는 것이라면, 무의식적 상태는 의식의 미결정성에 의해 그 반사(지각)가 지연되는 것을 뜻한다. 이는 의식에 의한 이미지의 선택이 미결정적으로 지연되는 상태이기도 하다. 그처럼 행동(반작용)이 지연될 뿐만 아니라 유입(물질적 작용)된 이미지들의 선택(지각) 역시 지연되는 상태는 뇌의 미결정적 회로에서 물질적 진동이 가장 활발하게 일어나는 양상을 의미한다. 즉, 무의식이란 의식적 지각의 직전에 뇌의 회로에서 물질적인 분자적 운동이 가장 최고조에 이른 상태를 나타낸다. 그같은 무의식은 명료한 이미지(의식적 지각) 대신 다소 불명료한 이미지를 얻는 대가로, 수많은 이미지들이 명멸하는 가운데 실재(사물 자체 혹은 실재계)에 아주 근접한 상태에 있게 한다.

흥미로운 것은 앞 절에서 살펴본 전쟁과 영화의 새로운 현상이 그런 무의식의 상태를 암시한다는 점이다. 예컨대 테러전쟁에서 미군들은 대상의 지각이 지연되는 것을 경험하며 그에 대응하는 행동 역시 지연된다. 놀랍게도 이 '영화 같은 전쟁'의 상황은 베르그송이 이미지에 대해 논의한 설명과 매우 유사한 현상을 드러내고 있다. 베르그송은 대상에 대한 지불기한을 연기하는 미결정성이 클수록 지각의 폭이 넓어진다고 말한다.[19] 그와 비슷하게 테러전쟁에서는 행동의 미결정성과 지각의 미결정성이 동시에 나타나고 있다. 양자의 차이는 후자의 경우 베르그송의 순수지각의 이미지에서 한발 더 나아가 '누가 적인지 알 수 없는' 의식적 지각 자체의 미결정성을 경험한다는 점이다. 또한 베르그송의 논의는 인간의 전체 경험 중에서 '뇌의 미결정적인 회로'의 부분인 반면 테러 전쟁은 그런 미결정성의 경험이 전체 경험으로 나타나고 있는 점이다. 이는 인간의 전쟁의 경험이 '뇌의 미결정적인 회로'라는 경험으로 대체되고 있음을 뜻한다. 그런 미결정적인 상태에서 미군들은 명료한 표상으로 된 현실성 대신 모호한 이미지의 영화 같은 기분을 느끼게 된다. 또한 그들은 불투명한 의식 속에서 무의식이 긴장하는 것을 경험하며, 그 순간 뇌의 미결정성의 회로는 가장 활발하게 움직이게 된다. 그 점에서 테러 전쟁은 이미지의 전쟁인 동시에 무의식의 싸움이고 '뇌의 영역에서의 전투'라고 할 수 있다.

그와 비슷하게 자동기계의 사용 역시 뇌의 미결정성의 회로를 역동적으로 만들게 된다. 인간의 눈에 의한 지각은 흔히 감정과 의식적인 긴장을 수반하게 된다. 그것은 인간의 눈이 신체에 부착되어 있어 뇌에 전달된 물질적 운동을 신체 내의 생리적 작용을 통해 흡수하거나(감정)

---

19) 베르그송, 박종원 역(2005), 62쪽.

의식을 통해 선별하는 작용을 하기 때문이다. 그 같은 감정이나 의식적인 긴장은 일종의 사물(세계)에 대한 인간의 반작용이며, 그 대상과 주체의 상호작용이 우리에게 현실감을 제공하게 된다. 앞서 살폈듯이 '인간의 눈'에 의한 전쟁이나 소설적 표현은 그런 신체를 통한 감정이나 의식적 긴장의 현실감 속에서 전개된다.

반면에 자동기계를 사용한 시선은 신체로부터 해방됨으로써 상대적으로 감정이나 의식적 긴장의 구속으로부터 벗어나게 한다. 그로 인해 현실적 긴장감이 적어지는 듯하지만, 이는 대상의 실재(사물 자체, 실재계)로부터 멀어지는 것이 아니라 오히려 접근하는 셈이 된다. 감정이나 의식이 강화되면 그 주관성에 의해 뇌에 전달된 물질적 운동을 감소시키게 되며 사물의 잠재적 이미지에 대한 지각을 오히려 빈약하게 만들 수 있다. 반면에 신체에서 해방된 자동기계적 시선은 사물 자체(실재)의 잠재적 이미지를 최대한도로 반사(반영)할 수 있게 한다. 예컨대 자동기계를 사용하는 영화는 카메라의 현란한 움직임을 통해 그런 탈영토화된 이미지들을 만들어 낼 수 있다. 그 이미지들을 보는 관객들은 뇌의 미결정성의 회로가 현실에서보다 훨씬 역동적이 되며 무의식의 활성화를 경험한다.

자동기계적 시선의 또 다른 특징은 신체에 부착된 눈과는 달리 습관화된 표상체계(상징계)에서 벗어날 수 있다는 점이다. 신체에 부착되어 있다는 것은 감정과 의식이라는 주관성에 밀착된 것인 동시에 신체가 활동하는 인간세계의 질서(상징계)에 예속된 상태이기도 하다. 그와 달리 신체에서 해방된 자동기계적 시선은 상징계의 예속에서 벗어난 탈영토화된 이미지를 반영할 수 있다. 탈영토화된 이미지란 상징계의 표상(혹은 기호)으로 잘 파악되지 않는 이미지를 말한다. 그 같은 이미지의 지각 과정은 마치 '누가 적인지 알 수 없는' 극도로 의심스러운 의식상태와도 유사하다. 그처럼 표상화(적, 동료 등)에 대한 의심과 질문이 제기되면 명료한 의식작용이 연기되는 대신 지각을 위한 무의식적 작용이 자극을 받게 된다. 즉, 뇌의 회로에서 지각을 위한 운동이 증폭되면서 미결정성의 역동성이 (무의식에서처럼) 최고조에 이르게 된다. 그 점은 영화 이미지를 지각하는 과정뿐만 아니라 이미지를 만들고 접속시키는 형성과정에서도 나타난다. 이 사실은 영화 이미지를 지각하는 관객은 물론 영화의 이미지들과 그 접속과정 자체가 뇌의 미결정성의 회로를 닮았음을 의미한다. 따라서 '인간의 눈'에서 '자동기계적 시선'으로의 이동은 신체와 인격의 영역(감정과 의식)에서 뇌의 회로로의 전환이라고 할 수 있다.

물론 정신적 자동기계인 영화에서도 탈영토화된 이미지들(혹은 무규정적인 이미지들)은 현실감(그리고 서사성)을 얻기 위해 감정과 행동의 차원을 부여받게 된다.[20] 그처럼 영화에서 무규정적인 이미지들에 감정과 행동이 덧붙여지는 과정은 베르그송의 순수지각의 이미지가 '물질적' 운동의 차원에서 감정과 행동에 대한 '인격'의 영역으로 들어서는 과정과 매우 유사하다. 무의식과 순수의식을 통한 이미지들이 여전히 '물질적' 운동의 내부에 있는 것이라면 감정과 행동은 신체와 인격이라는 '주관성'의 함수가 개입한 영역에서 나타난다. 이는 물질적 운동이 미결정적으로 활성화되는 뇌의 영역에서 그것을 흡수하고 변용시키는 신체와 인격의 영역으로 나아가는 과정이다. 이제 물질적 운동으로서의 이미지가 그처럼 감정과 행동으로 변용되는 과정을 살펴보자.

---

20) 실제로 탈영토화된 이미지들이 많이 나타나는 것은 주로 실험적인 영화들에서이다. 그와 달리 리얼리즘적 영화에서는 감정이미지와 행동이미지 등 변용된 이미지들이 많이 사용된다. 그러나 탈영토화된 이미지는 모든 영화 이미지들의 출발점이라고 할 수 있다.

4. 뇌의 회로와 인격의 회로

베르그송이 말하는 이미지에서 의식작용에 의한 주관적 요소는 잠재적 이미지들에서 필요한 것을 선택하는 '뺄셈'작용 뿐이다. 사물(물체 자체)이 잠재적 이미지들의 총체라면 의식 속에서 지각된 이미지는 뺄셈을 통해 선택된 이미지인 것이다. 그 점에서 이미지는 사물과 의식의 만남이지만 여전히 사물의 물질적 운동 내부에 위치하고 있다.

그러나 일상생활에서 이미지는 늘상 우리의 감각적 느낌과 뒤섞인 것으로 경험된다. 한 예로 '하얀 구름'이라는 이미지에 대해 생각해 보자. 우리가 지각하는 '하얀 구름'의 이미지는 구름이라는 사물 쪽에 속한 것이지만, 우리는 흔히 그것을 우리 자신의 시각적 감각과 혼합된 것으로 느낀다. 일반적으로 사람들은 그처럼 사물의 이미지가 감각과 뒤섞인 것을 감각적 이미지(혹은 그냥 이미지)라고 부르고 있다.[21]

하지만 엄밀히 말하면 그런 감각적 이미지는 **문학**이나 회화에서의 이미지이다. 그와 달리 영화의 이미지나 베르그송의 순수지각의 이미지는 일차적으로는 감각이나 감정과 뒤섞여 있는 상태가 아니다. 그것은 지각된 '이미지'와 그와 혼합되는 감각적 느낌(일종의 감정)은 동질적인 것이 아니기 때문이다. 물론 이미지(지각)와 감각(감정)은 둘 다 의식을 지닌 인간의 존재에 의해서 나타날 수 있다. 그러나 '이미지'[22]는 인간의 내부가 아니라 사물 쪽에 있는 것으로 지각되는 반면, '감각'은 그것을 의식하는 신체의 내부에서 느껴진다. 사물 자체냐 이미지냐의 차이는 '이미지의 총체(사물)'와 '선택된 이미지(지각 이미지)'라는 정도의 차이일 뿐

---

21) 이는 인간의 감각(그리고 감정)을 경유하는 문학(시나 소설)에서의 이미지이며, 인간적인 감정(혹은 감각)과 혼합되지 않은 영화의 순수지각의 이미지와 구분된다.
22) 이 이미지는 문학적 이미지와 구분되는 베르그송의 순수지각의 이미지이며, 영화적 이미지는 후자의 순수지각의 이미지에 가깝다.

이다. 반면에 이미지와 감각 사이에는 우리의 밖에 존재하느냐(이미지)·내부에서 출현하느냐(감각)라는 질적인 차이가 있다.

그 점에서 이미지가 신체의 밖으로 반사되는 것이라면 감각(감정)은 신체의 내부에서 흡수되는 것이라고 할 수 있다.[23] 즉 이미지는 물질적 진동으로 우리의 내부(뇌)에 흘러든 사물(물질적 운동)이, 뇌의 미결정성의 회로와 (사물에 반작용하는) 잠재적 운동기제 사이의 틈새에서 '밖으로' 반사된 것이다. 반면에 감각은 그 뇌의 회로와 반사공간에서의 물질적 운동을 신체 '내부로' 흡수한 것이다. 지각(이미지)과 감각의 그 같은 차이는 다음과 같이 표시될 수 있다.[24]

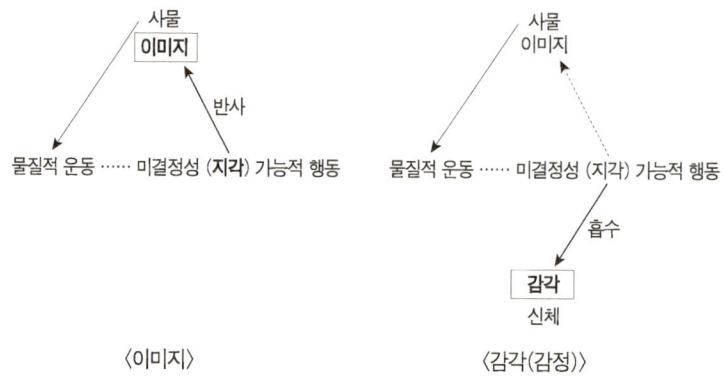

〈이미지〉　　　　　　　　〈감각(감정)〉

위에서처럼 이미지가 반사이고 감각이 흡수라면 '지각'과 '감각의 풍성함'은 반비례할 듯이 느껴진다. 그러나 실상은 그렇지 않다. 감각적 느낌(감정)이 '흡수'라는 것은 지각을 통해 반사되어야 할 물질적 운동을 빼앗는다는 뜻이 결코 아니다. 감각이나 감정이 물질적 운동을 흡수한다는 것은, 이를테면 지각 과정에서 진동하는 미결정성의 회로(뇌와 신경계)를 감정을 유발하는 생리적 물질로 젖게 한다는 뜻이다.[25] 지각의 과

---

23) 베르그송, 박종원 역(2005), 101쪽.
24) 도표에서 미결정성은 신경계와 뇌의 회로를 뜻한다.

정에서 뇌와 신경계가 떨림을 유지하는 동안 그곳에 분비된 생리적 물질(혹은 생리적 긴장)이 감각과 감정을 신체 전체로 흡수하게 하는 것이다. 따라서 지각의 작용이 섬세해질수록 감각과 감정은 잠재적으로 오히려 세밀해진다.26)

한편 베르그송과 들뢰즈는 감각과 감정을 구분하지 않지만 실상 그 둘 사이에는 분명한 차이가 있다. 감각은 즉시 감정으로 이어지지만 감정 자체는 반드시 특정한 감각에 얽매이지는 않는다. 즉, 감각이란 감각기관(시각, 청각, 촉각 등)과 연관된 느낌인 반면 감정은 특정한 감각기관이 아닌 신체 전체에서 울리는 감성이라고 할 수 있다. 또한 감각은 특정한 이미지에 덧붙여지지만 감정은 이미지들이 재결합하고 접합되어 나타난 보다 복잡화된 내용에 대한 반응으로 표현될 수 있다. 그러나 감각과 감정은 둘 다 사물의 연장인 지각 이미지와는 달리 사물의 작용에 대한 신체의 주관적 반응이라고 할 수 있다. 다만 감각이 감각 수용판(수용기관)에서의 반응인 반면 감정은 신체 전체에서의 반작용인 것이다.

그 점에서 우리는 감각과 감정을 같은 차원으로 보고 그 둘을 지각과 대비시킬 수 있다. 즉, 지각(그리고 이미지)이 '가능적 운동(행동)'을 위한 준비단계라면27) 감각과 감정은 그 자체가 '실제적 운동(반응)'이라고 할 수 있다. 그처럼 대상의 작용에 대한 신체의 반응인 점에서 감정-감각은 실제적 행동과 같은 차원에 놓인 작용인 셈이다. 그러나 행동이 신체의 운동으로 나타나는 완전한 반응인 반면 감정(감각)은 신체의 움직일 수 없는 부분들의 반응이다. 따라서 감정은 행동이 불가능할 때 그

---

25) 혹은 물질적 운동 쪽에서의 진동이 아니라 신체 쪽에서 진행되는 생리적 반응이라고 할 수 있다.
26) 반면에 감각적 느낌(감정)이 과도해지면 지각은 오히려 빈약해진다. 감각이나 감정은 물질적 운동이나 그 반사(지각)가 아니라 신체 내부의 주관적 반응이므로 과도한 주관성은 물질의 운동인 이미지의 객관성을 위축시키는 것이다.
27) 지각은 가능적(잠재적) 운동을 위해 의식 속에 대상의 이미지를 마련하는 작용으로 볼 수 있다.

것을 대신하는 작용이거나 행동으로 더 진행될 수 있는 가능성을 남겨 두고 있는 반응이라고 할 수 있다.

그런 측면에서 들뢰즈는 **감정**을 대상(사물)의 운동(작용)과 신체의 행동(반작용) 사이에서 그 둘의 관계를 재확립하는 작용으로 설명한다. 즉, '감정은 대상의 작용과 주체의 행동 사이의 간격에서 작용하는데, 그것은 간격을 채우는 것이 아니라 점령하는 작용이다. 그처럼 감정은 혼란스러운 지각과 주저하는 행동 사이에서 주체(신체) 내부로부터 물결친다.'28)

여기서 대상의 작용과 주체의 행동 사이의 간격이란 신경조직과 뇌의 회로를 말한다. 감정은 신경과 뇌에서의 생리적인 반응으로 나타나는데, 그것은 단순히 대상의 작용과 행동 사이의 간격(신경과 뇌)을 연결하는 것이 아니라, 신체 전체로 퍼지는 자기 자신의 고유한 반응으로 작용한다.

즉, 감정은 그 자체가 대상의 작용(그리고 지각)에 대한 신체의 반응인 동시에 또 다른 반응기제인 행동과의 관계에서 고유한 특징을 나타낸다. 예컨대 대상의 작용에 대해 신체가 행동하지 못하게 되었을 때 우리는 슬픔이나 고통을 느낀다. 이 슬픔이나 고통의 감정은 행동을 대신해서 대상의 작용에 대응하려는 신체의 반응인 셈이다. 그러나 운동기제와 연관된 행동과는 달리 신체의 움직일 수 없는 부분(감각기관, 신경조직 등)과 연관된 감정은 행동할 수 없음을 느끼면서 반응하게 된다. 따라서 슬픔과 고통이란 신체의 움직일 수 없는 부분에서 행동을 대신하려는 노력과 그것의 불가능함을 표현하는 감정이라고 할 수 있다.29)

반면에 대상의 작용에 대해 행동할 수 있다는 가능성을 알게 되었을

---

28) 들뢰즈, 주은우·정원 역(1996), 134쪽; 들뢰즈, 이정하 역(2002), 127쪽.
29) 특히 고통은 감각신경이 자극을 거부하는 시점에 나타난다.(베르그송, 박종원 역, 2005, 100쪽) 자극에 의해 지각이 나타나고 자극이 증대되면 감각적 감정이 느껴지는데 어느 시점에서 자극을 거부하기 시작할 때 고통이 시작된다고 할 수 있다. 이 과정에서 지각과 감정은 본성적인 차이를 지니고 있다. 즉, 지각이 자극의 반사라면 감정은 그것의 흡수인 것이다.

때 우리는 기쁨을 느낀다. 이 기쁨의 감정은 잠재적 행동이 실현될 수 있다는 확신에 의한 것으로 실제 행동에 앞서 신체가 미리 반응하는 양상으로 볼 수 있다. 물론 기쁨 역시 신체의 움직일 수 없는 부분(감각기관, 신경조직)에서의 반응이며 결코 실제 행동을 대체할 수 있는 것은 아니다. 따라서 기쁨은 흔히 실제 행동을 미리 대신하는 신체의 상징적 행동을 통해 표현된다. 예컨대 마치 모든 행동이 가능해질 것처럼 날아오를 듯이 뛰면서 기쁨을 표현하는 경우이다.

　슬픔이든 기쁨이든 모든 감정은 감각기관과 신경조직이라는 신체의 움직일 수 없는 부분에서의 반응이라고 할 수 있다. 따라서 일종의 '움직일 수 없는 운동(반작용)'인 감정을 표현하기 위해 신체는 특별한 상징 체계를 지닌 독립적인 기제를 갖고 있는데 그것이 바로 얼굴[30]이다. 흥미로운 것은 얼굴이 감각기관과 신경조직이 집중되어 있는 곳이라는 점이다. 감각기관과 신경조직, 뇌의 회로는 대상의 작용과 인간의 행동(반작용) 사이의 미결정성의 간격에 다름이 아니다. 따라서 감정은 그 미결정성의 회로(감각기관, 신경, 뇌)에서 물결치면서, 감각회로의 한쪽 면(표현기관)인 얼굴로 표현되며 신체 전체로 흘러넘치는 반응이라고 할 수 있다. 그 같은 감정은 행동과 함께 인격과 주체성을 구성하는 가장 중요한 요소이다. 앞서 살폈듯이, 감정은 신체 내부에서 객체(물체)의 요소와 주체성 사이의 미결정성의 간격을 '점령하는' 주체적 반응이다. 그런데 미결정성의 회로(감각기관, 신경, 뇌)가 커질수록 대상에 대한 주체의 반응은 굴절되며 주체적 독립성이 증대된다. 따라서 미결정성의 회로가 복잡화되어 감정이 점유하는 공간이 확장되면, 증대되는 감정의 밀도와 함께[31] 인격과 주체성도 확고해진다.

　또한 **행동**은 대상의 작용에 대한 신체의 반작용으로서, 그 둘 사이의

---

30) 들뢰즈, 주은우·정원 역(1996) 136쪽; 들뢰즈, 이정하 역(2002), 128쪽.
31) 물론 과도한 감정의 고조는 미결정성의 작용을 무력하게 하며, 그 경우 주체성보다는 과잉된 주관성이 증대된다고 할 수 있다.

미결정성의 활동이 커질수록 행동의 주체성은 증대된다. 감정의 세밀성이 미결정성의 복잡화와 비례한다면 행동의 역동성은 미결정성의 활동성에 상응하는 것이다. 그런데 미결정성의 증대는 주체적 독립성을 상징하므로 감정의 밀도가 그렇듯이 행동의 역동성 역시 주체적 인격성의 함수인 셈이다.

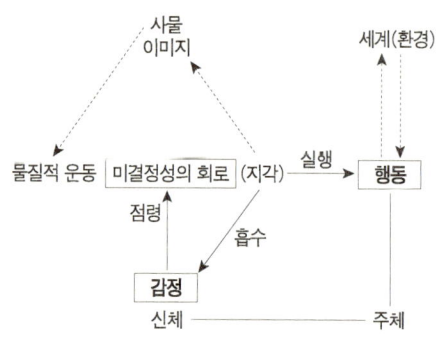

위의 도표는 미결정성의 회로에 대한 지각과 감정, 행동의 관계를 잘 보여준다. 지각, 감정, 행동은 모두 미결정성의 회로가 활력적이 될수록 그 밀도와 폭이 증대된다. 그러나 지각과 달리 감정과 행동은 '실제적인' 주체적 반응을 의미한다. 즉, 감정은 신체 내부의 반응이며 행동은 신체 외부를 향한 운동이다. 그 둘 중 신체를 벗어날 수 없는 감정은 행동보다 수동적인 것으로 생각될 수 있다. 하지만 감정이 (사물의) 물질적 운동이 진동하는 미결정성의 회로에 점령과 흡수의 양면적 관계를 갖고 있는 것은 감정 역시 단순히 무력한 수동성을 지닌 것은 아님을 나타낸다.

한편 지각을 통한 이미지가 '사물'의 쪽에 위치한 반면 감정과 행동은 '주체적' 인격성과 함수관계에 있음을 알 수 있다. 그런데 여기서 주체성이란 단지 사물과 대비되는 신체의 영역에 국한된 것은 아니다. 즉, 사물(이미지)이 객관세계의 영역으로 확대될 수 있듯이 주체성의 범주도

보다 넓혀질 수 있다. 그에 따라 감정과 행동 역시 단순히 사물과 대면한 신체의 영역에 머물지 않고 사회적 현실이라는 객관세계를 향한 복잡한 주체성의 영역으로 확장될 수 있다. 위의 도표에서 보듯이 행동은 주체성(욕망[32])이라는 함수 이외에 환경(사회환경[33])이라는 또 다른 요인과 함수 관계에 있게 된다.

그런 차원에서 **행동**은 실상 환경의 작용에 대한 인간주체(인물)의 반응으로 나타나게 된다. 여기서 환경의 작용은 사물의 물질적 운동의 변용인 권력(규범)의 작용으로 나타나며, 그에 대한 행동은 미결정성의 회로를 거치면서 권력의 규범이라는 함수 이외에 힘의 의지라는 주체성의 함수를 갖게 된다.[34] 즉, 행동은 환경의 규범(권력)의 요구에 따르는 아비투스(상징계적 규범의 내면화)[35]뿐만 아니라 주체의 힘의 의지(욕망)에 의해 미결정적으로 반응하게 된다. 예컨대 아비투스를 반복하는 가운데 틈새(간격)의 공간을 통해 힘의 의지를 드러내게 되는 것이다.

이처럼 사물과 신체의 관계가 환경과 주체(인물)의 관계로 변주되면 사물에 대한 '지각'은 환경에 대한 '인식'으로 변용된다. 또한 순수지각이 실재계와 상징계 사이의 탈영토화된 이미지를 반사했다면 (환경에 대한) 인식은 상징계 쪽에 가까워진 이미지를 반사하게 된다. 물론 환경에 대한 인식 역시 일종의 선택작용이며 단지 환경의 상징계를 복제하는 것이 아니라 '가능적 행동'의 견지에서 이미지를 제시하게 된다.[36]

---

32) 욕망은 일종의 힘의 의지라고 할 수 있다.
33) 주체가 욕망이나 힘의 의지에 의해 운동(행동)한다면 사회환경은 그것을 제한하는 규범(상징계)이나 권력을 행사한다.
34) 사물의 물질적 운동은 권력으로, 주체의 욕망은 힘의 의지로 변주되는데, 그 같은 상호작용의 함수인 물질적 운동, 권력, 힘을 포괄하는 개념은 기(氣)라고 할 수 있다.
35) 환경의 규범은 상징계적 규범이며 아비투스는 상징계적 규범이 주체에게 내면화된 것이다.
36) 이처럼 인식이 환경에 대한 주체의 잠재적 행동과의 관계에서 나타나는 점에서 우리는 인식과 (잠재적) 서사의 변증법을 말할 수 있게 된다.

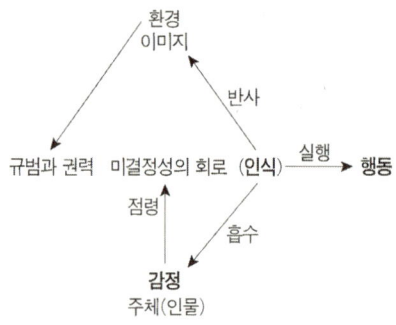

이 같은 차원에서 우리는 사물과 신체의 차원에서 말했던 (지각-감정-행동의) 관계들을 인식-감성-행동의 관계로 비슷하게 설명할 수 있다. 즉, 인식, 감정, 행동은 모두 미결정성의 회로가 역동적이 될수록 그 밀도와 폭이 증대된다. 그러나 인식이 잠재적(가능적) 행동과의 관계에서 환경의 규범을 반사하는 것이라면 감정과 행동은 환경의 작용에 대한 실제적인 반응이다. 또한 인식이 환경의 이미지를 반사하는 반면 감정이 주체(신체) 내에 흡수된 것인 점에서, 감정이란 '자기인식'[37]의 산물이라고 할 수 있다. 즉, 감정은 인식과 행동 사이에서, 행동에 대한 소망(이상)의 견지에서 주체('자기' 자신) 내부로부터 물결치는 작용인 것이다.

한편 환경은 물론 인식, 감정, 행동 역시 이미지와 연관되지만, 우리는 일반적으로 양자를 현실과 인간의 상호작용으로 이해한다. 따라서 이 차원에 이르면 뇌의 회로에서 생성되는 이미지보다는 인간(인격성)의 의식을 통한 세계(환경)에 대한 반응을 생각하게 된다. 그런 측면에서 우리는 다음과 같은 두 가지 회로를 갖게 된다.

---

37) 자기인식이란 인식의 작용과 에너지가 내면화된 것, 즉 주체(신체) 내에 흡수된 것을 말한다. 인식이 잠재적 행동과 연관된다면 자기인식은 감정과 관련된다.

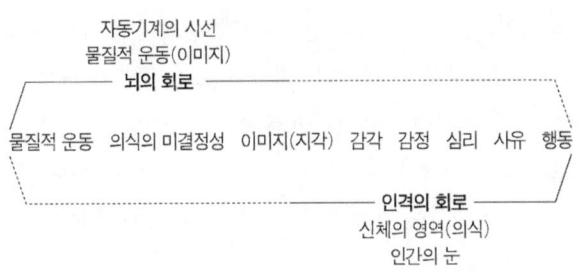

자동기계의 시선
물질적 운동 (이미지)
── 뇌의 회로 ──

물질적 운동 의식의 미결정성 이미지(지각) 감각 감정 심리 사유 행동

── 인격의 회로 ──
신체의 영역 (의식)
인간의 눈

위에서 심리란 감정과 유사하면서도 기억의 회로가 덧붙여진 것을 말한다. 여기에는 의식과 무의식 등 정신분석학에서 말하는 다양한 양상들이 포함된다. 또한 사유란 기억의 회로와 언어의 회로의 작용이다. 이는 뇌의 작용과 이미지들의 접합의 산물이지만 일반적으로 의식적 자아의 내면에서의 활동으로 이해된다. 그 같은 이미지와 의식작용, 그 양자의 측면을 생각할 때 우리는 이미지와 사유의 변증법을 말할 수 있게 된다. 또한 사유에 지각의 차원이 결합되면 위에서 살펴본 '인식'이 나타나는데, 인식이 잠재적 행동과의 관계에서의 작용인 점에서 우리는 인식과 서사의 변증법을 말할 수 있게 된다.[38] 한편 사유는 단지 의식작용뿐만 아니라 무의식과도 연관되며, 바흐친의 대화이론은 사유와 사상이 대화의 과정에서 무의식의 상태로 해체됨을 보여준 것에 다름이 아니다.[39]

이제 우리는 뇌와 인격이라는 두 가지 회로에 대해 말할 수 있을 것이다. 뇌의 회로는 세계와 인간의 관계를 물질적 운동과 이미지로 이해하는 방식이며, 인격의 회로는 그것을 의식적 자아의 활동으로 파악하는 방식이다. 전자는 물질적 운동과 이미지에서 시작해서 감정·사유·

---

38) 위에서 사유는 행동의 조건(인식)이기도 하지만 행동과 구분되는 '세계에 대한 또 다른 대응'(사상)일 수 있는 점에서 행동과 위치를 뒤바꿀 수 있다.

39) 베르그송은 사물의 이미지에서 의식, 감정, 행동으로 나아가는 회로를 옹호하면서 의식적 자아와 사유에서 출발하는 회로를 관념론이라고 비판한다. 그러나 (바흐친의 논의에서 보듯이) 소설에서는 의식적 자아와 사상(사유)에서 출발해서 그것을 해체하는 방향으로 나아간다.

행동으로 나아간다. 반면에 후자는 의식적 주체에서 출발해서 행동, 사유(의식), 감정, 이미지로 진행한다. 베르그송의 전체 논의는 두 번째 회로를 관념론으로 비판하면서 첫 번째 회로를 옹호하는 설명이라고 할 수 있다. 그러나 소설 같은 문화 형식에서는 두 번째 회로 역시 관념론(그리고 실재론)을 해체하는 방향으로 나아가 자기 자신의 모순을 넘어선다. 따라서 그 두 회로는 문화의 장에서의 두 가지 방식을 집약적으로 상징하는 것으로 볼 수 있다. 예컨대 후자의 회로가 재래식 전쟁과 소설의 양식이라면 전자의 회로는 현대전과 영화의 양상인 것이다.

재래식 전쟁이 의식을 긴장시키는 반면 현대전은 무의식(의식의 미결정성)을 긴장시킨다. 또한 새래식 진쟁이 몸(신체)으로 싸우는 전투라면 현대전은 뇌와 이미지로 경험하는 전쟁이라고 할 수 있다. 몸으로 싸우는 전쟁이 '인간의 눈'에 의존한다면 이미지 전쟁은 자동기계적 시선을 필요로 한다.

그와 비슷하게 소설이 정신집중적(의식적) 예술인 반면 영화는 정신분산적(무의식적)예술이다.[40] 또한 소설이 인격적 인간들(작가-화자와 독자)끼리의 대면이라면 영화는 물질적인 이미지가 관객의 뇌에 충격을 주는 장르이다. '인간의 눈'을 사용하는 소설에는 1인칭과 3인칭 밖에 없지만 영화에서는 인간의 신체에서 해방된 자동기계의 시선을 이용한다.

일종의 재래식 전쟁인 소설에서는 모든 것이 인간의 눈(시점), 의식, 언어에서 시작된다. 반면에 '뇌의 영역에서의 전투'인 영화에서는 모든 것이 이미지에서 출발한다. 소설은 인간의 시점(그리고 의식)을 통해 행동·사유·심리·감정을 보여주면서 진행된다. 소설의 경우 탈영토화된 이미지나 공간은 최종적인 전리품일 뿐이다. 그러나 영화는 물질적인 이미지 (탈영토화된 이미지)가 감정·심리·사유·행동으로 변주되면서 진행된다. 영화의 경우 인간의 심오한 사유를 담은 의식과 무의식이란

---

40) 벤야민, 반성완 역(1983), 227~228쪽, 「기술복제 시대의 예술작품」.

가까스로 얻을 수 있는 마지막 전리품이다.

따라서 소설의 방향이 인격의 회로를 드러낸다면 영화의 방향은 뇌의 회로를 보여준다. 마치 베르그송이 영화와 소설의 관계를 미리 염두에 두고 있었던 것처럼, 그의 이미지론을 변용한 우리의 결론(도표)은 소설과 영화의 관계에 정확하게 일치한다[41](위의 도표를 보라!). 물론 영화와 소설이 전혀 상반되는 것만은 아니다. 그들은 반대 방향을 통해 서로 상대편에 가장 가까운 것을 쟁취하고 있기 때문이다. 또한 그 동안 소설이 사상, 언어, 경직된 행동을 해체시키는 방향으로 진행되어 온 반면,[42] 영화는 이미지를 통해 심오한 사유와 힘의 의지로서의 행동[43]을 얻는 쪽으로 나아가고 있다. 소설은 점점 더 영화에 가까워지고 영화는 갈수록 소설을 닮아가고 있는 것이다.

그 점은 문화의 장에서 소설이나 영화와 (질과 방향에 있어서) 극단적인 반대지점에 위치한 전쟁의 경우[44]에도 마찬가지이다. 이미지 전쟁은 사후적으로 감정과 판단에 문제를 반성하게[45] 하며(『지옥의 묵시록』), 재래식 전쟁 역시 사후적으로 뇌의 영역에 남겨진 문제점을 이야기하게 한다(『나무들 비탈에 서다』). 소설과 영화, 재래식 전쟁과 현대전은 정반대되는 회로를 갖고 있지만, 또한 서로 상대편의 가장 위협적인 무기를 통해 자기 자신을 해체하는 것이다. 이제 그 점을 『나무들 비탈에 서다』와 『지옥의 묵시록』을 통해 살펴보자.

---

41) 베르그송 자신은 영화에 대해 비판적인 견해를 갖고 있었는데 그것은 당시에 영화가 예술적으로 충분히 발전하기 이전이었기 때문일 것이다.

42) 베르그송은 의식적 자아에서 출발하는 회로를 관념론이라고 비판하고 있지만 소설은 그와 달리 사상과 관념의 해체로 나아간다.

43) 영화에서는 외부 행동을 비교적 쉽게 드러낼 수 있다. 그것은 영화가 겉으로 드러난 이미지에서 인간 내부의 사유로 향하는 방향을 갖고 있기 때문이다. 그러나 복잡한 사회환경과 상호작용하는 힘의 의지로서의 행동을 드러내는 것은 쉽지 않다.

44) 전쟁은 문화를 파괴하는 반문화의 형식이라고 할 수 있다.

45) 이미지 전쟁 자체가 그런 반성을 하는 것은 아니지만 전쟁을 경험하거나 바라보는 사람들로 하여금 그렇게 만든다.

5. 소설적 전쟁과 영화적 전쟁

　『나무들 비탈에 서다』와 『지옥의 묵시록』은 공포로 가득 찬 전쟁의 상황과 인물들의 정신적 상처를 다루고 있다. 그러나 전쟁 속에서 경험하는 공포와 불안을 표현하는 방식은 두 작품에서 서로 다르게 나타난다. 『나무들 비탈에 서다』에서는 '두꺼운 유리 속을' 걷는 듯한 느낌으로 불안감을 표현하며, 그 유리가 깨져 전신에 박힐 듯한 공포감을 호소하고 있다. 이 같은 정신적 고통은 한발씩 내딛을 때마다 온 몸으로 감지되는 위기감이라고 할 수 있다.

　반면에 『지옥의 묵시록』에서의 불안과 공포는 헬기의 기계적인 음향을 통해 상징적으로 표현된다. 헬기의 음향은 몸의 어느 부분에도 압박과 고통을 가하지는 않는다. '두꺼운 유리 속'의 경험과 달리 헬기는 오히려 몸을 자유롭게 해준다. 그러나 그 자동기계의 음향은 몸의 어디도 건드리지 않은 채 직접적으로 신경과 뇌를 불안하게 자극한다.

　따라서 『나무들 비탈에 서다』에서의 불안감이 전신으로 느끼는 고통이라면 『지옥의 묵시록』에 나타난 것은 직접 뇌에 가해지는 정신적 충격이라고 할 수 있다. 이 같은 신체의 고통과 뇌의 고통의 차이는 '눈'에 의한 전쟁과 '자동기계의 시선'에 의한 전쟁의 차이와도 연관된다. 『나무들 비탈에 서다』에서의 전신의 고통은 '눈'으로 느끼는 불안감과 관계가 있다. 반면에 『지옥의 묵시록』에서의 뇌신경의 불안감은 헬기라는 자동기계의 시선에 의해 연출되는 이미지와 연관이 있다.

　『나무들 비탈에 서다』에서 동호는, '잠시나마 한 눈을 팔았다가는 이 밀도 짙은 유리가 굳어버려' 꼼짝 못하게 될 것 같다고 느낀다. 즉, 동호가 '몸'으로 느끼는 불안은 '눈'을 긴장시키는 불안감인 것이다. 그에 반해 『지옥의 묵시록』에서의 불안은 자유로운 자동기계(헬기)적 시선이 주는 공허한 스펙터클(이미지)에 대한 정신적인 황폐감이다. 말하자면 그것은 뇌신경을 긴장시키는 불안감인 것이다.

이 같은 두 작품의 차이, 즉 눈을 긴장시키는 전신에서의 불안과 뇌를 자극하는 (자동기계적 시선의) 이미지에 의한 불안—이는 두 작품의 전쟁(6·25와 월남전)의 형식의 차이인 동시에 그것을 담고 있는 작품의 형식의 차이이기도 하다. '눈'과 '몸'으로 느끼는 불안을 그리고 있는『나무들 비탈에 서다』는 주인공들(동호와 현태)의 '시점(눈)'을 통해 그들의 '행동(온몸)'을 제시하는 소설의 형식을 갖고 있다. 반면에 자동기계적 시선과 이미지에 의한 뇌의 불안을 그린『지옥의 묵시록』은 자동기계(카메라)의 이미지를 통해 (인물의 고통을 표현하고) 관객의 뇌를 자극하는 영화의 형식을 지니고 있다. 즉, '눈'과 '몸'의 전쟁은 시점(눈)과 행동(몸)의 형식인 소설을 통해, 이미지(자동기계적 시선)와 '뇌의 영역에서의 전투'는 영상 이미지와 스크린이라는 '뇌막의 형식'46)을 통해 전달된다. 이처럼 전쟁의 형식과 예술의 형식은 서로서로 상응하는 관계에 있다. 따라서『나무들 비탈에 서다』가 소설적 전쟁이라면『지옥의 묵시록』의 전투장면은 영화 같은 전쟁이라고 할 수 있다.

그 같은 차이는 작품의 진행 속에서도 확인된다. 소설적 전쟁을 그리고 있는『나무들 비탈에 서다』(소설)와 영화적 전쟁을 담고 있는『지옥의 묵시록』(영화)은 각기 상이한 회로(인격의 회로와 뇌의 회로)에 의존하고 있다. 먼저,『나무들 비탈에 서다』의 첫 장면을 살펴보자.

> 이건 마치 두꺼운 유리 속을 뚫고 간신히 걸음을 옮기는 것 같은 느낌이로군, 문득 동호는 생각했다. 산 밑이 가까워지자 낮 기운 여름 햇볕이 빈틈없이 내리부어지고 있었다. 시야는 어디까지나 투명했다. 그 속에 초가집 일여덟 채가 무거운 지붕을 감당하기 힘든 것처럼 납작하게 엎드려 있었다. 전혀 전

---

46) 들뢰즈, 이정하 역(2002), 244쪽. 들뢰즈는 스크린이 '뇌막'과도 같다고 말한다. 뇌막의 형식을 지닌 영화 이미지의 메커니즘은 또한 '정신적 자동기계'이기도 하다.

화를 안 입어 보이는데 사람은 고사하고 생물이라곤 무엇 하나 살고 있지 않는 성싶게 주위가 너무 고요했다.

위에서처럼 이 소설은 주인공 동호의 시점으로 시작되고 있다.[47] 처음에 걷고 있는 동호의 의식 속에 느껴진 불안한 감정('유리 속 느낌')이 제시되고, 이어서 시야에 들어온 주변에 대한 감각('여름 햇볕', '시야의 투명함'), 그리고 동호의 눈에 들어온 마을 풍경이 묘사된다. 이처럼 이 소설은, 동호의 시점(의식) → 행동과 감정 → 감각 → 감정이 부과된 이미지의 순서로 진행되고 있다. 이는 앞 절에서 살펴본 '인격의 회로'의 순서 (의식–행동–감정–감각–이미지)와 정확하게 일치한다. 이 같은 인격의 회로의 전개는 비단 이 소설만의 특징은 아니다. 일반적으로 모든 소설은 누군가의 시점(그리고 의식)으로 시작되며 행동과 감정에서 감각과 이미지로 진행된다. 설령 배경묘사로 시작되는 소설이라도 그 배경의 이미지는 이미 감정에 물들여진 것이거나 누군가의 시점으로 보여진 풍경이다. 따라서 인격의 회로는 소설의 회로라고 할 수 있다.

흥미로운 것은 그 인격의 회로-소설의 회로가 '소설적 전쟁'의 진행과도 일치한다는 점이다. 이 소설에서 동호가 경험하는 전투장면은 대부분 의식(시점) → 행동과 감정 → 전투장면의 이미지의 순서로 제시된다. 한 예로 다음의 예문을 보자

동호는 자기 몸 어디에 그런 힘이 들어 있는가 싶었다. 눈을 감고 몸을 마구 내두르던 좀 전의 자기는 제 정신과는 딴 어떤 힘에 의해 움직여진 것만 같았다. 그러나 다음부터는 동호 편에서 어둠 속에 닥치는 상대방을 머리를 쓸어보고 빡빡 깎기만 했으면 덮어놓고 찌르고 박차고 쓸어안아 넘어뜨리고 했다.

새벽녘이 되어서야 적은 일단 물러갔다.

---

47) 이 소설은 3인칭 전지적 시점이지만 1부에서는 동호의 시점을 빌리는 부분이 많이 나타난다.

격전 중에는 미처 귀에 들어오지 않던 쓰러진 병사들의 비명과 신음소리가 여기저기서 들려왔다.[48)]

위에서 소심한 동호가 눈을 감은 사실은 역설적으로 이 전쟁이 '눈의 전쟁'임을 암시한다. 즉, 동호가 경험하는 '소설적 전쟁'은 그 전쟁을 그린 이 소설 자신처럼 눈(시점)과 몸(행동)의 형식을 지니고 있다. 눈과 몸의 형식은 인격의 회로의 대표적인 특징이다. 예문에서 동호는 격전이 끝난 후에야 비로소 전쟁의 이미지(비명소리)를 실감한다. 이처럼 눈과 몸, 감정과 행동이 지나간 후에야 감각과 이미지가 나타나고 있다. 인격의 회로에 따르는 '소설적 전쟁'이란 냉정한 이미지보다도 사람의 감정이 앞서는 전쟁인 것이다.

반면에 『지옥의 묵시록』의 '영화적 전쟁'과 영화의 형식은 그와 정반대이다. 이 영화의 진행과 영화 속의 전쟁의 진행은 모두 이미지에서 시작된다. 먼저 이 영화의 첫 장면을 살펴보자.

주제가와 함께 시작되는 이 영화의 프롤로그에서는 정글과 연기와 날아가는 헬기의 이미지들이 겹쳐진다. 그러나 이 이미지들은 어떤 구체적인 장면도 형성하지 않는 (표상화 이전의) 물질적 운동으로서의 탈영토화된 이미지들일 뿐이다. 다만 조금 더 이미지들이 제시된 후에야 1인칭 주인공 윌라드의 보이스 오버로 앞의 이미지들이 그의 환각의 내용이었음이 암시될 따름이다.

그 같은 탈영토화된 이미지들과 함께 화면 왼쪽에 거꾸로 된 낯선 얼굴의 이미지가 크게 오버랩된다. 이 뒤집어진 얼굴 이미지 역시 감정을 표현하는 일반적인 얼굴 이미지와는 매우 이질적인 것이다. 누구인지 어떤 의식상태인지 구체적으로 알 수 없는 이 얼굴 이미지는 단지 막연한 의식의 단초만을 암시할 뿐이다. 그리고 그 모호한 의식 상태 역시 구체적인 감정을 잃어버린 부재의 표정을 연상시킨다. 감정이 행동의

---

48) 황순원(1986), 34쪽.

부재를 대신하는 미시적 운동이라면 이 얼굴은 그 미시적 표현마저 상실한 탈영토화된 이미지일 뿐이다. 즉, 그것은 얼굴의 기능과 '인간의 눈'의 기능을 잃어버린 채 물질적 흐름에 맡겨진 이미지인 것이다. 물질적 흐름에 무방비 상태로 던져진 이 얼굴은 감정 기관인 얼굴 외부의 얼굴이며 감정을 표상하는 인간 상징계 외부에 놓여진 탈영토화된 얼굴이다. 그처럼 상징계를 이탈한 얼굴의 위치는 화면 왼쪽에 거꾸로 클로즈업된 이미지의 형식에 상응한다.

물론 이 탈영토화된 얼굴 이미지 역시 조금 후에 서술의 목소리에 의해 정글의 환각에 시달리는 윌라드의 얼굴임이 밝혀진다. 환각이란 감정과 이연된 파편화된 이미지들의 출현이라고 할 때, 서두의 탈영토화된 미결정적인 이미지들의 형식은 지각의 미결정성의 상태에 있는 윌라드의 환각 상태의 내용과 상응함을 알 수 있다. 그러나 윌라드라는 인격을 지닌 인간의 환각의 심리 상태는 전혀 내용을 알 수 없는 탈영토화된 이미지들이 제시된 후에 서술의 목소리에 의해 비로소 '사후적으로' 알려진다.

거꾸로 된 얼굴 이미지는 방안의 이미지들(헬기소리를 연상시키는 선풍기, 닫힌 문, 밀폐된 창문)에 의해 지각 내용과 상황이 제시됨에 따라 구체성을 얻는다. 그러나 윌라드의 감정표현은 창밖을 내다보는 그의 클로즈업된 얼굴과 '제기랄 아직도 사이공'이라는 서술 목소리가 들려온 후에야 드러난다. 계속되는 서술의 목소리(윌라드)는 환각을 경험한 윌라드의 심리 상태를 나타내며, 거울 앞에서 쿵푸의 몸짓을 해보거나 술을 마시는 행동은 무기력한 심리에서 벗어나려는 덧없는 시도임을 알 수 있다.

이처럼 이 영화는 미결정적 이미지 → 구체적 이미지 → 감각(방안의 이미지들) → 감정(창밖을 내다보는 얼굴) → 심리 → 행동의 순서로 진행되고 있다. 이 순서는 앞 절에서 제시했던 뇌의 회로의 순서(의식의 미결정성-이미지-감각-심리-행동)와 빈틈없이 일치한다. 주목할 것은 이 같은 뇌의 회로의 전개가 단지 이 영화만의 특징은 아니라는 점이다. 배경으로 시작되든 인물이 제시되든, 모든 영화는 누군지도 어딘지도 모르는[49] 사전 정보 없는 낯선 이미지로 시작된다. 즉, 영화는 장르의 특성상 불특정한 순간[50]에 느닷없이 시작할 수밖에 없는 형식을 지니고 있다. 영화의 진행이란 그런 낯선 이미지가 구체화되면서 몽타주나 얼굴 표정에 의해 감정이 부여되고 행동이 나타나는 전개인 것이다. 인간의 눈(의식)과 시점에 의해 시작되는 소설의 인격의 회로와 정반대되게, 이처럼 영화의 회로는 물질적 이미지에서 인간의 감정, 행동으로 나아가는 뇌의 회로에 부합한다.

또한 소설의 인격의 회로가 '소설적 전쟁'의 진행과 일치되듯이, 영화의 뇌의 회로는 '영화적 전쟁'의 진행과 일치된다. 예컨대『지옥의 묵시록』에서 킬고어의 헬기부대 전투장면을 보자. 이 영화에서는 헬기 폭격이 있기 이전에 평화로운 마을 풍경이 제시되는데, 그 마을의 이미지와 헬기 편대의 이미지는 크게 대조된다. 전자(마을의 이미지)가 인간적인 감정으로 채색된 풍경이라면 후자는 어떤 감정과 언어로도 표현할 수 없는 기이한 이미지이다. 즉, 마을과 대비되는 헬기 편대의 이미지는 말로 형용할 수 없는 탈영토화된 이미지로 비쳐진다. 바그너의 음악 속에서 등장한 헬기 편대의 모습은 음악과 함께 모두 무표정해진 미군들의 얼굴처럼 상징화할 수 없는 이미지로 제시되고 있다. 그런 인간의 상징계 외부의 풍경(헬기편대)과 '얼굴 외부의 얼굴'의 출현 속에서 평화롭던 마을은 마치 이미지 게임의 목표물 같은 원경으로 전이된다. '빨리 튀어 콩', 헬기에 탑승한 미군은 아무런 감정도 없는 얼굴로 마치 '게임을 하듯' 이렇게 폭격을 시작한다. 이어지는 불꽃을 퍼붓는 듯한 장관은 더 이상 전투장면이 아닌 폭격의 게임의 이미지일 뿐이다. 전투가 진행되면서 게임에 도취된 킬고어는 한 병사에게 해변에서 서핑할 것을 명령하면서 '서핑 아니면 전투다'라고 외친다. 킬고어는 더 이상 서핑과

---

49) 그리고 누구의 시점에 의한 것인지도 불분명한 이미지로 시작된다.
50) 들뢰즈, 이정하 역(2002), 18~19쪽.

전투를 구분하지 못하며 전투는 몸으로 싸우는 행동이 아닌 '서핑' 같은 이미지 게임일 따름이다.

이 전쟁 장면에서 감정표현은 전투가 끝난 후 윌라드의 미소를 통해 비로소 흘러나온다. 그리고 마약[51]을 하려는 군인들의 얼굴 속에 힘없이 나타날 뿐이다. 이어지는 윌라드의 서술 목소리는 '킬 고어도 커츠 못지 않은 정신병자'라고 말하는데, 이처럼 감정과 판단은 사후적으로 비로소 나타난다. 여기서의 냉담한 전쟁의 이미지와 감정적인 인간의 의식의 관계는 『나무들 비탈에 서다』의 경우와 정반대이다.

전쟁의 형식에서의 이런 차이는 전쟁으로 인한 트라우마의 경험을 통해서도 드러난다. 뇌의 회로의 전쟁을 그린 『지옥의 묵시록』에서 병사들은 이미지 게임 같은 전쟁에서 뇌의 상처(트라우마)를 경험한다. 이 영화에서 미군들이 빠져드는 환각과 환상은 그런 트라우마를 잠정적으로 봉합하는 기능을 한다. 가령 바그너의 음악과 서핑 같은 환상은 상처를 봉합하고 공격력을 배가시키지만 그것은 마약 같이 일시적인 효과를 나타낼 뿐이다. 미군들은 결코 트라우마를 치유할 수 없으며 마약과 불꽃놀이 같은 전쟁의 스펙터클 속에서 조금씩 미쳐간다. 물론 이 영화에는 혼이 나간 듯한 참전군인들과 구분되는 윌라드의 감정과 판단의 눈도 나타난다. 그러나 그런 '인간의 눈'은 대개 윌라드의 보이스 오버가 들리는 부분에서 보여진다. 이는 감정과 판단을 지닌 '인간의 눈'이 보이스 오버의 주인인 서술자아의 선택에 의해 '사후적으로' 부각된 것임을 뜻한다.

반면에 『나무들 비탈에 서다』에서의 눈과 몸의 전쟁은 군인들에게 눈빛과 감정의 고통을 불러일으킨다. 이 감정적인 상처[52]는 그로 인한 고통을 잊기 위해 오히려 '모두를 순수한 심정으로 만들고' 서로에게

---

51) 마약은 고통스러운 감정에서 벗어나는 작용을 가능하게 하며 그것에 대한 기대가 군인들에게 웃음을 되찾아 준다.
52) 이는 인격의 회로에서의 상처이다.

'이야기'를 갈망하게 한다. 순수한 심정과 이야기 속에 숨겨진 상처는 전쟁이 끝나 일상으로 돌아온 후에야 '사후적으로' 피부와 뇌의 상처[53]로 되살아난다. 인격의 회로에서의 눈빛과 감정의 전쟁은 병사들에게 감정의 색깔을 잃어버린 공포의 이미지로 남겨진 것이다.

이처럼 『지옥의 묵시록』과 『나무들 비탈에 서다』에서의 뇌의 회로와 인격의 회로의 관계는 정반대이다. 『지옥의 묵시록』은 감정과 분리된 이미지의 전쟁이자 트라우마의 전쟁이다. 그런 전쟁에 대한 감정과 판단은 사후적으로 부여된다. 반면에 『나무들 비탈에 서다』는 감정적인 고통의 전쟁이며 사후적인 트라우마를 낳는다.

이런 상이성은 양자의 경우 전쟁의 형식 자체가 서로 반대이기 때문이다. 즉, 『지옥의 묵시록』의 전쟁은 감정과 이연된 이미지에서 감정과 사유, 행동으로 나아간다. 그러나 『나무들 비탈에 서다』의 전쟁은 눈(의식)과 몸(행동)에서 시작해서 이미지로 이어진다. 후자의 '소설적 전쟁'이 소설처럼 인격의 회로로 진행되는 눈과 몸의 전쟁이라면, 전자의 '영화적 전쟁'은 영화처럼 뇌의 회로 속에서 연출되는 이미지(감정과 이연된 이미지)와 뇌(물질적 운동과 지각)의 전쟁인 것이다.

따라서 『나무들 비탈에 서다』가 소설적 전쟁을 소설의 형식에 담고 있듯이, 『지옥의 묵시록』이 영화적 전쟁을 영화의 형식 속에 담고 있는 것은 매우 자연스럽다. 다만 전쟁과 영화는 앞서 밝혔듯이 그 '힘의 의지'의 방향이 정반대이다. 즉, 『나무들 비탈에 서다』라는 소설이 '소설적 전쟁(6·25)'에 대항하는 은유적인 '소설의 전쟁'이라면, 『지옥의 묵시록』은 '영화적 전쟁(베트남전)'과 싸우는 은유적인 '영화의 전쟁'이라고 할 수 있다.

전쟁에 대항하는 은유적인 전쟁으로서 영화와 소설은 같은 방향의 '힘의 의지'를 행사한다. 그러나 양자(영화와 소설)에서 그 방법과 전략은

---

53) 이 사후적인 트라우마는 감각과 뇌의 회로의 상처이다.

정반대의 회로를 사용하고 있다. 소설이 의식—행동—감정—감각—이미지로 나아간다면 영화는 이미지—감각—감정—심리—행동으로 진행한다. 인간을 중심으로 생각할 때 전자는 '안(내면)에서 밖(외부)으로'인 반면 후자는 '밖에서 안으로'의 방향을 나타낸다. 소설이 내면에서 시작해서 내면을 해체하고 물질세계와 교류하는 과정을 드러낸다면, 영화는 밖의 물질적 운동에서 출발해서 의식과 사유가 형성되는 과정을 보여준다. 결과적으로 소설과 영화는 정반대의 방향을 통해 매우 비슷한 예술세계를 연출하고 있는 셈이다. 그러나 그 출발점은 매우 상이하다. 소설이 '나는 생각한다'에서 시작한다면 영화는 '물질이 운동한다'에서 출발하는 것이다. 영화가 우리의 사유에 충격을 주는 것은 그처럼 그 동안 당연시되어 왔던 근대적 자아(나)와 내면(생각)의 발견을 거꾸로 세우기 때문이다. 즉, '인간의 눈'에 내적으로 부착되어 있는 의식(내면), 감정, 언어를 해체하는 이미지의 물질성, 그 정신의 외부가 영화의 출발점이며, 그 점에서 소설이 '내면의 발견'이라면 영화는 '외부의 발견'이라고 할 수 있다. 놀랍게도 영화는 인간의 사유조차도 외부의 물질적 운동과 이미지에서 복잡하게 생성됨을 보여주고 있다. 따라서 영화의 '외부의 발견'은 '뇌의 회로의 발견'과 함께 (예술과 전쟁뿐만 아니라) 문화의 전영역에서의 새로운 전환을 상징한다.

제2장 ··· '시각의 역사'와 서사의 역사

1. '인간의 눈'에서 '자동기계의 시각'으로

이제까지 우리는 재래전과 새로운 이미지 전쟁의 차이를 '소설 같은 전쟁'과 '영화 같은 전쟁'이라는 은유를 통해 살펴봤다. 그 같은 은유는 현실의 삶에 대해서도 적용될 수 있을 것이다. 즉, 우리는 예전에는 '소설 같은 현실'에 대해 말했지만 지금은 '영화 같은 현실'을 더 많이 발견한다. 예컨대 과거에는 '소설 같은 사랑 이야기'가 자연스러웠으나 오늘날은 '영화 같은 사건', '영화처럼 사는 여자'[1]를 언급한다.

이 같은 은유의 변화는 무엇을 뜻하는 것일까. 그리고 그에 앞서 우선 현실이 소설과 영화에 비유되는 이유는 무엇일까.

---

[1] 우리는 9·11테러나 서래마을 영아살인 사건을 '영화 같은 사건'이라고 말한다. 또한 '영화처럼 사는 여자' 등의 화장품 광고 카피를 자연스럽게 받아들인다.

현실이 소설이나 영화 같은 '서사'의 은유를 통해 이해된다는 것은, 우리의 삶의 공간 자체가 '문화의 장'으로 인식됨을 암시한다. 즉, 현실의 삶이 협의의 문화인 소설과 영화 같은 예술 서사로 은유되는 것은, 그 물질적 삶이 광의의 '문화의 장'으로 이해된다는 뜻이다. 소설이나 영화에서처럼, 우리의 물질적 삶은 인간들과 사물들이 접합된 서사의 선으로 구성되며, 그 서사(이야기)로서의 문화의 장은 더 나은 세계로 나아가려는 운동을 보여준다.[2]

그 같은 문화의 장은 서로 다른 힘들이 작용하는 역동적인 공간이다. 영화를 '전쟁에 대한 전쟁'으로 부른 한 데서 암시됐듯이, 한쪽에는 전쟁 같은 대립과 억압의 방향의 권력이, 다른 쪽에는 영화 같은 비판과 화해의 방향의 힘이 작용한다. 근대의 '문화의 장'에는 대립과 억압의 권력 쪽에 전쟁과 파시즘이 놓여 있으며, 그에 대항하는 화해의 힘 쪽에 예술과 혁명이 위치한다. 그리고 그 중간에는 지식의 장과 사회의 장, 즉 언어, 담론, 사상의 장과 의식주, 교육, 이데올로기, 법, 정치, 경제의 장이 놓여 있다.

문화의 장이 화해의 힘의 의지에 의해 움직인다고 할 때, 그 곳에 놓인 소설과 영화 같은 예술의 위치는 문화의 장의 근본 조건과 연관되어 있다. 따라서 소설적 전쟁에서 영화적 전쟁으로, 그리고 소설 같은 현실에서 영화 같은 현실로의 전환은, 우리가 살고 있는 문화의 장 전체의 변화를 상징한다. 소설이 '나는 생각한다'와 연관되고 영화가 '물질적 이미지가 운동한다'와 연계된다면, 그런 변화는 인간중심적 세계에서 물질과 대상 위주의 세계로의 이행으로 볼 수 있다.[3] 소설이 인간의 시점을 사용하는 장르인 반면 영화는 '물질 쪽에 속한 이미지'를 이용하는 장르이기 때문이다. 우리는 그런 변화를 '인격의 회로'에서 '뇌의 회로'로의 이행으로 설명했다. 뇌의 회로란 '물질 쪽의 이미지'에 접속하

---

2) 나병철(2006) 참조.
3) 이토우 도시하루, 김경연 역(1994), 58쪽.

는 인간의 '미결정성'의 회로를 뜻한다.

또한 그 같은 변화는 '인간의 눈'에서 '자동기계의 시각'으로의 전환으로 설명될 수 있다. 소설이 인간의 눈(1인칭, 3인칭)에 의존하는 서사인 반면 영화는 그것에서 해방된 기계의 눈을 사용하는 서사이다. 물론 이 '인간의 눈'에서 '기계의 눈'으로의 전환 역시 문화의 장 전영역의 변화를 상징하는 사건이라고 할 수 있다. 그 둘과 연관된 시각적 매체와 도구, 테크놀로지의 변화는, 단지 '시각의 역사'에 관계된 것만은 아니다. 즉, 그런 변화는 서로 다른 힘들과 권력들이 작용하는 문화의 장의 배치와 관련이 있다. 이제 이 '인간의 눈'에서 '기계의 눈'으로, 즉 소설적 시점에서 영화적 시점으로의 변화의 의미를 살펴보자.

먼저 소설의 시점이 역사적으로 다양하게 나타났듯이 '인간의 눈'의 시대 역시 몇 단계로 구분된다. 이해를 돕기 위해 우리 소설의 예를 들어보자. 예컨대 근대 이전의 '더라'체의 소설은 아직 근대적 시각의 위치가 형성되기 이전의 시점을 나타낸다. 더라체의 '더'의 지각은 맨눈의 시각으로 보는 것이 아니라 관념(유교이념)으로 싸여진 모든 감각으로 감지하는 것이다. 더라체는 생생한 현재화가 불가능한데, 그것은 '더'가 과거의 사건을 '보는' 것이 아니라 이미 유교이념을 통해 지각된 내용을 회상하는 것이기 때문이다. 반면에 '었다'체의 등장은 자기 자신의 맨눈으로 보는 시점의 출현을 나타낸다.

물론 었다체 역시 엄밀히 말하면 과거의 사건을 머릿속으로 보는 것이다. 그러나 '었'은 '더'와는 달리 이미 지각된 것을 회상하는 것이 아니라 현재의 발화의 위치에서 자기 자신의 눈으로 보는 것이다. 바로 그 때문에 관념이나 주관으로 채색된 '더라체'의 사건이 현재화될 수 없는 반면, 맨눈 앞에 놓여진 '었다체'의 사건은 생생하게 현재화될 수 있는 것이다.

따라서 '었다체'의 등장은 '인간의 눈'이라는 근대적 시각이 출현한 것으로 볼 수 있다. 이 근대적 시각은 이완 이트가 말했듯이 '합리적인 개인의 감각'으로 현실을 보는 것을 의미한다. 즉, 유교이념이라는 공동체적 관념의 감각에서 맨눈으로 보는 개인의 감각으로, 그리고 외부의 초월적 이념의 관점에서 내부의 이성적인 '인간의 눈'으로의 전환을 나타낸다.

이 근대소설의 '인간의 눈'은 두 가지로 나눠진다. 먼저 화자가 이성적인 원근법으로 인물과 현실(환경)을 통제하는 작가적 전지의 경우, 시각을 중심으로 한 인간의 감각(촉각, 후각, 미각)은 화자의 합리적인 정신에 통합되어 있었다고 할 수 있다. 예컨대 이광수나 서구의 발자크의 소설이 여기에 해당된다.[4] 반면에 인물의 시각이 화자의 이성적인 원근법에서 독립하는 인물시점 소설에서는, 화자의 이성중심의 원근법 대신 인물의 시각을 통해 현실을 바라보는 탈중심화된 시점이 나타난다. 가령 김동인의 '일원묘사법'[5]이나 플로베르의 '냉담성의 기법'이 그런 경우이다.

흥미로운 것은 이 소설의 시점의 변화가 크래리가 분석한 근대적 시각의 변화에 상응한다는 점이다. 크래리에 의하면 시각의 역사는 다음과 같이 변화된다. 즉, 첫째는 인간의 시각과 감각이 합리적인 정신의 부속물이었던 17,8세기의 카메라 옵스큐라의 시대이다. 이 시대는 1840년대 이후 인간의 눈이 자율성을 얻고 생리학적 과학이 부각되는 입체경의 시대로 전환된다.[6] 그런데 크래리가 말한 이 서구의 근대적 **시각의 역사**는 소설의 **시점의 변화** 과정에 정확하게 대응한다. 즉, 인간의 주관적 시각이 자율성을 얻고 시각이 다른 감각에 대해 우위를 점하게 되는 후자의 단계는, 김동인이나 플로베르의 소설에서처럼 화자의 이성적 원근법으로부터 인물의 시각이 독립하는 인물시점 방식에 상응한다.

---

4) 이광수의 소설은 계몽적인 반면 발자크의 소설은 리얼리즘이지만 시점의 기법상으로는 유사한 특징을 나타내고 있다.
5) 김동인, 「소설작법」,『조선문단』, 1925.4~7.
6) 크래리, 임동근·오성훈 외역(2001), 21쪽.

더욱이 김동인이나 플로베르는 생리학적 인간관을 갖고 있었는데, 이 점은 크래리가 말한 생리학적 과학의 시대와 일치한다.

또한 크래리는 시각의 역사에 권력의 배치의 변화를 연결시킨다. 즉, 자율적인 인간의 눈과 생리학적 과학이 부각된 시대는, 인간의 육체를 규율화하는 감시장치(재영토화)와 그로부터 이탈하는 시각의 자발성과 다중성(탈영토화)이 부각된 시기이다. 이런 재영토화와 탈영토화의 양가 성은 인물시점 소설의 양면성에 상응한다. 즉 소설에서 인물시점서술 은, 김동인과 플로베르처럼 규율화된 인간의 비극을 그린 자연주의의 재영토화와, 그런 규율화에서 이탈하는 모더니즘의 탈영토화의 양면으 로 나타난다.

인물시점 소설은 서사의 모든 부분이 장면화되고 이미지화되는 점에 서 영화에 접근하는 단계를 나타낸다. 작가적 전지에서 그 같은 인물시 점과 모더니즘에 이르는 과정, 즉 합리적 감각으로 재현된 세계에서 산 만한 파편적 이미지들의 세계로 전환되는 과정은, 화자의 이성적이고 단일한 원근법이 무너지고 다양한 이미지의 단편들로 대체되는 양상으 로 볼 수 있다. 물론 단편적인 이미지들에 의존하는 영화에서 리얼리즘 적 재현의 원근법이 다시 도입될 수 있듯이, 인물시점 소설에서도 이성 적으로 사유하는 인물을 통해 리얼리즘적 원근법이 재생될 수 있다. 그 러나 다른 한편 인물시점 소설은 여러 가지 방식을 통해 단일한 이성적 인 세계를 해체하는 방향으로 나아간다.

그런 맥락에서 인물시점 소설은 끊임없이 이어지는 산만한 이미지들 을 소비하는 산책자[7]의 세계, 즉 상징주의와 모더니즘의 세계로 진행한 다. 산책자가 대면하는 그 세계는, '온갖 유리와 강철과 대리석과 지폐 와 잉크가 부글부글 끓고 수선을 떠는'[8] 근대성의 세계를 말한다. 이

---

7) 위의 책, 41쪽. 크래리는 '벤야민의 산책자'를 회화에서의 관찰자의 위치로 논의하고 있다.
8) 이상(1991), 344쪽, 「날개」.

파편적이면서도 역동적인 이미지들의 세계는, 실상 '견고한 모든 것은 대기 속에 녹아 버린다'는 마르크스가 말한 자본주의의 용해의 비전이 실현된 세계이기도 하다. 즉, 인물시점 소설이 모더니즘으로 나아간 한 극단의 방향은 근대 자본주의가 이성적 원근법의 중심을 해체한 공간에 다름이 아니다.

자본주의의 세계는 더 이상 하나의 중심(신이나 이성)으로 통합할 수 없는 탈중심화된 운동이 끊임없이 계속되는 공간이며, 그 동요하는 운동의 양 측면에는 탈영토화와 재영토화의 힘이 끝없이 작용한다. 크래리가 말한 1840년 이후의 세계는 그 둘 사이에 놓여진 공간에 다름이 아니다. 그 양자 중 인간의 삶과 육체를 규율화하는 감시장치가 바로 재영토화의 권력이다. 다른 한편 그런 규율화에서 이탈하려는 시각(시점)의 자발성과 다중성, 즉 상징주의·인상주의·모더니즘 예술에서 나타난 것이 바로 탈영토화의 힘이다.

인물시점 소설의 한 극단인 모더니즘은 거의 영화에 근접한 기법들을 보여준다. 그러나 여전히 '인간의 눈'의 한계 내부에 놓인 점에서, 모더니즘은 인간의 시각을 넘어선 영화의 시점과 구분된다. 그에 반해 영화의 예술화는 자동기계를 통해 인간의 눈에서 해방된 시각의 세계를 열어놓았다.

영화 이전의 시대는 신체에 부착된 인간의 눈을 통해 세계를 보는 시대였으며, 정신적인 것과 경계를 이루고 있는 생리적인 육체가 주체의 공간을 형성했다. 따라서 '인간의 눈'은 마치 소설의 시점이 그렇듯이 단지 보는 것만이 아니라 감정과 심리의 세계이기도 했다. 반면에 영화의 시대의 시각은 영화적 영상이 그렇듯이 그 자체로는 아직 감정도 심리도 아닌 이미지의 단편일 뿐이다.[9] 그 같은 자동기계적 시각을 통한 '순수지각'[10]의 이미지에 대응하는 인간의 영역은 육체나 눈이 아니라

---

9) 감정, 심리, 사유는 이미지들이 복합적으로 전개됨에 따라 후속적으로 나타난다.
10) 베르그송의 개념임.

미결정적인 뇌의 회로이다. 뇌의 회로는 감정, 심리, 사유로 나아갈 수 있지만, 그 자체로는 물질적인 이미지의 운동에 최초로 접속하는 불확정성의 영역이다. 그 미결정적인 불투명성에 반사되어 물질 쪽에 위치한 것으로 지각되는 것이 바로 이미지11)이며, 불확정성이 점차로 감소함에 따라 나타나는 것이 주체적인 감정과 사유, 행동이다. 따라서 영화와 이미지의 시대에 상응하는 주체의 공간은 '미결정적인 행위자'로서의 '뇌의 회로'이다.

그처럼 주체의 공간이 변화됨에 따라 그에 상응하는 세계의 공간도 달라진다. 크래리가 말한 1840년대 이후의 세계는, 이성의 중심에서 해방된 자율적 시각의 주체에 상응하는 공간으로서, 마치 만화경과도 같이 '삶 자체의 다중성과 그 모든 요소들이 명멸하는 깜빡임'12)으로 경험되는 세계였다. 그러나 이 동요하는 이미지의 세계는 여전히 인물시점 소설에서처럼 구경꾼과 산책자의 눈에 비친 세계에 속한 것이었다. 즉, 비록 이성의 시대와는 달리 내부와 외부의 경계가 와해된 공간이긴 하지만, 세계의 이미지는 '인간의 눈'으로 경험되는 객관현실이었다.

반면에 영화의 시대의 세계의 이미지는 그 자체가 현실을 구성하는 시뮬라크르일뿐이다. 영화적 이미지로서의 시뮬라크르는 더 이상 소설에서처럼 인간의 눈을 통해 나타난 감각적 이미지가 아니다. 그 반대로 이제는 오히려 이미지가 세계와 인간적 감정을 생성시킨다. 그런 물질적인 이미지의 등장에 상응해서 현실은 점점 더 시뮬라크르에 의해 형성되는 일이 많아지기 시작한다. 그리고 이제 우리 시대에는 더 이상 현실과 시뮬라크르의 구분이 가능하지 않게 되었다. 이미지와 현실, 실제적인 것과 연출된 것의 경계가 무너진 것이다. 마치 영화에서처럼 모든 것은 이미지이며, 세계와 그것을 경험하는 인물들은 이미지들로부터

---

11) 좀 더 정확하게 말하면 영화적 이미지이다.
12) 크래리, 임동근·오성훈 외역(2001), 177쪽. 인용 부분은 만화경에 대한 보들레르의 표현임.

생성된다. 세계는 연출된 것이며13) 연출된 세계와 연출자, 연기하는 인물이 있을 뿐이다. 물론 이미지와 구분되는 인간의 감정과 사유가 사라진 것은 아니지만 그것은 영화에서처럼 이미지로부터 후속적으로 나타난다.

이 같은 시뮬라크르의 시대에는 더 이상 구경꾼과 스펙터클적인 세계가 구분되지 않는다. 마치 디즈니랜드와 롯데월드에서처럼, 모든 사람들은 스펙터클적인 시뮬라크르의 세계를 연출하는 일원일 뿐이다. 더 이상 소외된 산책자는 없으며, 산책자 내면의 화해의 소망이 실현된 듯한 시뮬라크르의 환상이 연출되고 있는 것이다.

이처럼 주제의 공간과 세계의 상태가 달라진 것은 문화의 장에서 작용하는 힘들의 방식이 변화된 점과 연관된다. 이성적 원근법에 의한 견고한 세계에서 벗어난 19세기 이후는, 푸코가 말한 육체를 규율화하는 탈중심화된 감시장치의 시대였다. 이때 권력이 작용하는 곳은 생리적인 육체였으며, 그에 대항하는 예술의 힘은 고독한 산책자의 미학적 모험과 내면의 화해의 소망으로 표현되었다.

반면에 인간의 눈에서 벗어난 자동기계 시대의 권력은 자동기계(TV, 비디오, 컴퓨터)를 통해 만들어낸 시뮬라크르를 매개로 행사된다. 사회의 전영역이 디즈니랜드처럼 시뮬라크르화된 시대에는, 권력 자신이 시뮬라크르를 연출하면서 그 속에 참여하는 사람들과 이미지를 주시한다. 따라서 여기서는 스펙터클적인 권력과 감시장치의 권력이 구분되지 않는다. 그리고 그처럼 이미지를 감시하는 권력이 작용하는 곳은 생리적인 육체이기 보다는 이미지와 최초로 접속되는 미결정적인 뇌의 회로이다.

---

13) 실제로 연출된 것이 아니라도 특정한 코드화에 의해 상징화된 것인 점에서 은유적인 의미로 연출된 것으로 볼 수 있다. 이처럼 세계를 불변의 실체가 아닌 코드화된 것으로 보는 것이 탈근대적 인식론이다. 그러나 세계는 하나의 코드화에 의해 완결될 수 없는 불확정적인 상태에 있으며, 바로 그 때문에 복수적인 코드화가 가능하다.

흥미로운 것은 이 우리 시대의 시뮬라크르의 권력에 대항하는 예술의 힘 역시 권력의 행사 방식과 유사하게 시뮬라크르를 매개로 표현되는 점이다. 즉, 권력이 만든 시뮬라크르의 공간이 마치 영화와도 같은 세계라면, 그 권력에 대항하는 예술은 영화 그 자체인 것이다. 물론 두 개의 영화는 서로 구분된다. 즉, 권력이 연출하는 시뮬라크르는 일종의 '나쁜 영화'(혹은 대중영화)인데, 그것은 미학적·윤리적으로 권력에 예속된 시나리오를 통해 우리의 뇌를 길들이기 때문이다. 예컨대 미국이 현실에서 공연한 '악의 축'의 시나리오는 슈퍼맨이나 배트맨 같은 할리우드 영화와 놀랄 만큼 닮아 있다.

그에 반해 권력에 대항하는 예술영화는 탈영토화된 이미지를 통해 권력의 규율화와는 반대 방향의 힘으로 우리의 뇌에 충격을 가한다. 영화에서는 사유와 이념마저도 이미지로 표현되며 이성에 호소하기 보다는 뇌의 영역에 직접적으로 영향을 미친다. 권력이 이미지와 뇌의 회로를 점령함에 따라, 그처럼 그에 대항하는 예술 역시 뇌의 영역에서 전쟁을 벌이게 되었다. 세계가 점점 영화 같은 시뮬라크르로 변해가면서, 영화는 그 이미지 권력에 대항하는 예술로서 새로운 철학적 사유와 정치학이 되고 있다. 이미지 예술과 이미지 권력, 그 둘과 연관된 시뮬라크르와 미결정성의 주체(뇌의 회로)는, 문화의 장을 구성하는 힘들의 관계에서 새로운 핵심적 요소로 부각되고 있다.

이제까지 우리는 '인간의 눈'에서 '자동기계의 시각'으로 전환되는 문화의 장에서의 변화를 살펴봤다. 그 같은 전환은 '소설 같은 현실'이 '영화 같은 현실'로 변화되는 일상적 현상의 의미를 말해준다. '인간의 눈'에서 '자동기계의 시각'으로의 전환, 그리고 소설의 시대에서 영화의 시대로의 변화는, 매체와 시각의 역사, 테크놀로지의 문제뿐만 아니라 근본적으로 문화의 장에서도 중요한 전환을 상징한다. 이제 주체, 세계, 권력, 예술 등으로 설명될 수 있는 그 문화의 장에서의 변화를 요약해 보자.

시각의 역사에서 '인간의 눈'의 시대는 크게 둘로 나눠지는데, 하나는 이성의 눈의 시대이며 다른 하나는 생리학적 눈의 시대이다. 전자가 이성을 중심으로 한 원근법의 시대라면 후자는 이성에서 해방된 탈중심화된 자율적 시각의 시대이다. 중요한 것은 그들이 문화의 장에서 생성되는 서로 다른 주체를 상징한다는 점이다. 외부세계를 안정된 원근법으로 재현하는 정신의 눈이 **이성적 주체**를 나타낸다면, 그런 원근법에서 해방된 생리학적 눈은 정신적인 것과 연결되어 있는 **육체적인 주체**를 형성한다.

다른 한편 생리학적 눈이 이성의 눈으로부터 해방된 시각을 의미하듯이, 자동기계의 눈은 인간의 눈으로부터 해방된 시각을 암시한다. 신체에 부착된 생리학적 눈에서 벗어난 이 새로운 시각은 또 다른 주체를 생성시킨다. 우리 시대의 문화의 장에서 나타난 그 새로운 시각(그리고 이미지)에 상응하는 주체는 바로 뇌의 회로로서의 **미결정적인 행위자**이다.

문화의 장에서의 주체의 변화는 세계의 상태의 변화에 상응한다. 인간 내부의 이성적 주체에 대응하는 외부세계는 견고한 실체로서의 물리적 현실이다. 반면에 자율적인 육체적 주체에 상응하는 외부세계는 견고함이 무너진 '탈영토화─재영토화'의 끝없는 운동으로 나타난다. 다른 한편 미결정적인 행위자(뇌의 회로)가 활동하는 문화의 장에서는, 탈영토화와 재영토화의 양가성이 시뮬라크르의 지속적인 운동으로 경험된다.

그처럼 상이한 주체와 세계를 생성시키는 문화의 장들은 서로 다른 권력과 예술의 힘들이 작용하는 공간이기도 하다. 이성적 주체와 견고한 원근법의 세계에서는 스펙터클적인 **이성적 권력**이 작용했었다. 반면에 그런 이성적 중심화로부터 벗어난 주체와 그의 세계는 인간의 육체를 규율화하는 탈중심화된 **감시장치**의 시대였다. 그 둘과 달리 오늘날의 미결정적 행위자와 시뮬라크르로 된 세계는 **스펙터클과 감시장치가 결합된** 또 다른 권력의 시대일 것이다.

물론 그 세 가지 권력은 하나가 다른 하나를 완전히 대체했다기 보다는 아직까지 서로 공존하고 있다. 그와 마찬가지로 권력에 대항하는 예술의 방식 역시 변화와 병존의 양상을 보이고 있다. 시각의 세 단계에 상응하면서 변화와 공존을 보이는 서로 다른 예술들이란 리얼리즘·모더니즘·포스트모더니즘이다. 그리고 그 각 시기에 중첩되는 동시에 차례대로 나타난 상이한 매체의 예술은 바로 소설과 영화이다.

지금까지 우리는 매체와 테크놀로지, 주체와 세계, 그리고 권력과 예술의 변화 과정을 암시했다. 그 같은 변화들은 근본적으로 문화의 장을 구성하는 다양한 힘들의 관계에서 비롯된 것이다. 그러나 그것은 또한 '인간의 눈'에서 '자동기계의 시각'으로 라는 시각의 역사로서 표상될 수 있었다. 이제 문화의 장에서의 모든 변화들을 상징하는 맥락으로서 근대적 시각의 역사를 살펴보자.

2. 메타적인 정신의 눈과 카메라 옵스큐라

서구에서는 근대 이전부터 모든 감각 중에서 시각을 가장 중요한 감각으로 여겨왔다. 그것은 '인간의 눈'과 '시각'이 '앎의 능력'과 연관된 것으로 이해되었기 때문이다. 시각과 관련된 앎이란 계몽, 이성, 과학, 합리주의, 척도, 수, 계산, 측정 등의 개념을 포함한다.[14]

그러나 앎의 능력으로서의 '눈'과 시각은 인간의 한계를 포함한 것이기도 했다. 신을 넘어설 수 없는 인간의 눈과 앎은 신과의 갈등을 그린

---

14) 임철규(2004), 355, 362쪽.

비극에서 인간의 파멸의 요인이기도 하다. 예컨대『오이디푸스 왕』에서 오이디푸스15)는 인간의 눈으로 얻을 수 있는 최고의 인식능력을 발휘하지만, 바로 그 '눈'의 한계로 인해 아버지를 죽이고 어머니와 결혼하게 된다. 이처럼 근대 이전의 서구에서 '인간의 눈'이란 앎의 능력이자 인식의 감옥의 상징이기도 했다.16)

근대 이후 시각의 능력이 더욱 중요해진 것은 이제 신을 대신해서 인간의 눈으로 세상을 보게 되었기 때문이다. 근대적 시각의 역사는 단지 감각의 문제뿐만 아니라 근대적 인식론의 역사와 맥락을 같이 한다. 또한 근대적 인식론의 문제는, 그 때문에 각종 과학적 장치나 테크놀로지의 발전과도 연관되있다.

따라서 근대적 시각의 역사는 테크놀로지와 철학적 사상, 주체성의 문제, 그리고 궁극적으로는 문화적 장에서의 힘들의 관계로서 권력과 예술의 문제에 관계된다. 그처럼 문화의 장의 배치(assemblage)17)를 염두에 두고 테크놀로지와 철학, 권력, 예술의 문제를 연관시킨 논의가 바로 크래리의『관찰자의 기술』이다. 크래리의 논의의 탁월한 점, 구체적으로 확인되는 기술적 장치와 매체들을 통해 다소 추상적이고 모호한 철학과 문화의 문제에 대한 상징을 발견한다는 점이다.

시각(눈)의 역사에 대한 연구에서 크래리의 장점은, 그처럼 눈으로 볼 수 없는 문제들을 명료화시키고 있는 점이다. 크래리가 거론하는 기술적인 시각적 장치와 문화적 장의 배치 사이에는 놀랄 만큼 엄밀한 대응이 있다. 그는 문화적 장의 배치를 상징하는 광학기구로 17,8세기에는 카메라 옵스큐라를, 19세기에는 입체경(stereoscope)을 들고 있다. 우리는

---

15) 오이디푸스는 '부어오른 발'이라는 의미와 '발을 안다'라는 두 가지 뜻을 지니고 있다. 후자의 '발을 안다'에서 발은 인간의 특징이므로 이 해석은 '인간을 안다'라는 의미를 내포한다.

16) 임철규(2004), 32쪽. 이 서구의 인식의 감옥은 근대에 와서 파놉티콘을 통해 권력장치로 나타난다.

17) 크래리, 임동근·오성훈 외역(2001), 55쪽. 배치는 들뢰즈의 용어임.

여기에 20세기(20세기 후반)를 상징하는 영화와 비디오 매체의 '자동기계'를 첨가할 수 있을 것이다. 카메라 옵스큐라와 입체경, 그리고 영화(비디오 매체)라는 세 가지 시각기계들은, 우리가 앞 절에서 논의했던 세 시기의 시각의 역사에 대한 은유를 제공한다. 그것은 또한 각 시기에 따른 세 가지의 주체와 세계, 권력과 예술에 대한 은유이기도 하다.

이제 그 중에서 먼저 카메라 옵스큐라의 시대에 대해 살펴보자. 카메라 옵스큐라는 어두운 방 한쪽 벽의 구멍으로 빛이 들어와 외부세계의 모습이 반대편 벽에 비치도록 한 기구를 말한다. 이 기구는 점점 발전되어 17세기 이후 벽의 구멍에 렌즈를 부착하게 되었고 방의 크기도 줄어들어 이동형 암상자 형태로도 사용되었다. '카메라 옵스큐라는 물체와 꼭 닮은 이미지를 드러내어 매우 즐거운 스펙터클을 제공한다.'[18] 이 광학기구는 화가들이 세계를 관찰하는 데 유용한 도구였으며 철학자들에게도 인식의 원리를 제공하는 모델이 되었다. 17세기 동안 '카메라 옵스큐라의 은유'는 전 유럽을 휩쓸었는데, 그것은 이 기구가 르네상스 이래의 원근법적 경험뿐만 아니라 새로운 **주체성의 모델**을 제시했기 때문이다.[19]

사람들이 카메라 옵스큐라에 감탄한 것은 정확한 원근법을 투시하는 점보다는 살아 움직이는 이미지를 통해 외부세계를 직접 관찰할 수 있다는 점에서였다. '살아 움직이는 이미지'가 실제 사물보다 실감이 났던 것은 그것이 존재의 생기뿐만 아니라 인식주체의 생생함을 느끼게 해주었기 때문이다. 즉, 사람들의 관심은 이 기구가 외부세계에 대한 인간 주체의 인식의 원리를 가시적으로 보여준다는 사실에 있었던 것이다. 카메라 옵스큐라가 드러낸 세계를 인식하는 생생한 주체의 원리란 '개별화'와 '내부성'의 원리였다.

카메라 옵스큐라의 방에서 사람들은 혼자 고립된 상태에서 세계를

---

18) 위의 책, 58쪽. 인용 부분은 18세기 중반까지의 백과사전에 기술된 내용이다.
19) 위의 책, 61쪽.

관찰하며, 또한 외부세계와 단절된 채 어두운 내부에서 이미지를 인식한다. 이 같은 카메라 옵스큐라에서의 개별화와 내부성의 상태는 실제로 세계를 인식하는 주체성의 원리를 가시화한 것으로 볼 수 있다. 즉, 근대인은 개인의 독립된 눈으로 세계를 경험하며, 또한 감각으로 전해진 세계의 모습을 내부에서 조절함으로써 인식에 이르게 된다. 그 점에서 근대인은 '개인'의 '내부'에서 볼 수 있는 사람만이 외부세계를 경험하고 인식할 수 있게 되는 셈이다.

카메라 옵스큐라가 가시적으로 보여주는 그런 외부세계와 주체의 생생한 관계는 17세기의 경험주의(로크)와 합리주의(데카르트) 철학에 모두 부합된다. 예컨대 로크와 데카르트는 각기 유사한 방식으로 카메라 옵스큐라의 시각성과 자신들의 철학적 사유를 일치시켰다. 먼저 로크는 카메라 옵스큐라에서 빛이 들어오는 구멍을 외부와 내부 감각이 오성적인 앎에 이르는 통로와도 같은 것으로 비유했다. 마치 외부세계를 받아들이는 내부의 감각처럼 그 통로는 인간의 정신의 내부인 어두운 방으로 빛이 들어오게 하는 유일한 창문이다. 또한 어두운 방으로 빛이 들어와 외부의 유사물인 그림이 수시로 만들어지는 과정은 사람의 오성적 이해와 너무도 닮아 있다.[20]

로크가 강조하는 경험은 감각과 반성(introspection)으로 이루어지는 데, 감각의 창문을 통해 정신의 내부(어두운 방)로 들어온 빛은 반성을 통해 오성(지성)적으로 이해되고 경험된다. 카메라 옵스큐라의 렌즈와 어두운 방은 그 같은 오성적 작용을 공간적으로 시각화하는 수단이라고 할 수 있다.[21] 이 같은 로크의 은유에서 내부의 방 안에 있는 관찰자는 판관이나 사법적 역할의 위치에 해당된다. 결과적으로 카메라 옵스큐라는 인간의 올바른 경험과 이해에서처럼 무질서함을 배제하고 외부세계와 내부 재현 간의 상응을 치안하도록 한다.

---

20) 위의 책, 72쪽.
21) 위의 책, 72쪽.

로크의 설명에서 핵심은, 카메라 옵스큐라의 어두운 방이 내부의 눈 앞에서 검열을 받는 단수(개인)의 내부 공간인 인간의 정신을 상징한다는 점이다. 그처럼 개별성과 내부성을 지닌 인간정신과 주체성을 말하는 점에서 로크는 데카르트와 연결된다. 로크는 경험(감각과 반성)을 말하고 데카르트는 정신을 강조하지만, 카메라 옵스큐라 같은 단수의 내부 공간으로서 인간정신을 말하는 점에서 서로 일치한다.

데카르트는 『제2의 성찰』에서 지각의 행동은 시각이 아니라 정신에 의한 검열이라고 주장했다. 데카르트에 의하면, '사람은 특이하게 정신의 지각을 통해' 세상을 아는데, 이 때 빈 내부 공간 안의 자아의 위치 설정은 외부세계의 인식을 위한 선행조건이다.[22] 데카르트가 말한 '내부공간의 자아'란 카메라 옵스큐라의 방안에 위치한 관찰자에 다름이 아니다. 그리고 정신의 내부 공간에 놓인 자아가 혼란한 감각에 '눈을 감는' 행위는, 카메라 옵스큐라 내부의 '어둠' 속에서 단지 이성의 빛에 의한 그림만을 보는 행위에 상응한다.

데카르트에 의하면, 카메라 옵스큐라의 렌즈와 방이 그처럼 이성의 빛을 이미지화할 수 있는 것은 그 장치가 '육체에서 분리된 눈'과 같기 때문이다. 카메라 옵스큐라는 눈과 비슷한 구조로 되어 있다. 그러나 그것은 일종의 육체에서 떨어져 나온 눈으로서 육체적 감각의 현혹을 피하고 이성의 빛에 의한 상을 만들 수 있는 것이다. 따라서 카메라 옵스큐라는 기계적인 눈이라기보다는 절대적으로 확실한 형이상학적 눈이다.[23] 그리고 카메라 옵스큐라의 내부에 있는 관찰자는, 그런 형이상학적 눈의 도움으로 감각의 눈을 닫고 정신의 눈을 통해 외부세계를 지각한다.

흥미로운 것은 여기서 관찰자의 눈과 카메라 옵스큐라의 눈이 은유적인 연결을 이룬다는 점이다. 즉, 관찰자의 위치뿐만 아니라 카메라 옵

---

22) 위의 책, 74쪽.
23) 위의 책, 81쪽.

스큐라의 장치 전체가 감각의 현혹을 배제하고 정신을 통해 세계를 지각하는 데카르트적인 자아를 구현한다. 카메라 옵스큐라에는 두 개의 눈이 있는데, 하나는 탈육체화된 형이상학적 눈이며 다른 하나는 관찰자의 정신의 눈이다. 실상 그 둘이 은유적으로 병합된 것이 데카르트적인 정신(사유)의 자아일 것이다.

그 같은 눈의 '탈육체화'와 '정신'의 눈이 의미하는 것은 데카르트의 '인간의 눈'에는 메타적인 차원이 포함되어 있다는 점이다. 데카르트의 정신의 눈이란 '육체적인 눈'에서 벗어나 인간의 눈을 수행하는 '또 다른 눈'이다. 그 점에서 데카르트의 정신의 눈은 인간의 육체의 외부가 아니라 탈육체화된 공간의 내부에 위치하는 메타적 차원을 지니고 있다. 데카르트는 그런 메타적 차원을 설정함으로써 자아를 감각의 현혹에서 해방시킨다고 생각했을 것이다. 그러나 19세기적인 관점에서 보면 그것은 육체적이고 생리적인 자아를 구속하는 내부의 정신의 독재자에 다름이 아니다. 그런 양면성을 지닌 메타적인 눈의 구조, 즉 육체(육체적인 눈)에서 벗어난 눈(카메라 옵스큐라)의 내부에 정신의 눈(관찰자)이 위치하는 형식은 아래의 카메라 옵스큐라의 구조로 표시될 수 있다.

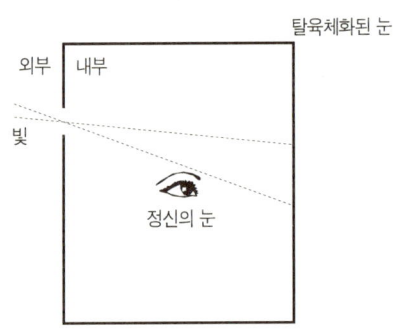

로크는 눈의 형상을 지닌 렌즈(조리개)와 막(벽)을 외부의 빛이 정신의 내부로 들어오는 유일한 통로로 생각했다. 또한 내부의 어두운 공간과

이미지를 보는 눈을 감각을 반성하는 판관의 위치로 설명했다. 그에 비해 데카르트는 렌즈와 막을 탈육체화된 형상학적 눈으로 여겼다. 또한 그 눈에 비친 이미지를 보는 내부의 눈을 고립된 정신의 눈으로 생각했다.

	로크	데카르트
렌즈와 막	감각	탈육체화된 눈
내부공간과 눈	반성, 판관	정신의 검열

로크는 경험(감각, 반성)을 중시하고 데카르트는 정신을 강조했지만, 두 사람은 똑같이 카메라 옵스큐라의 메타적인 눈의 구조에 유념하고 있다. 그 같은 메타적인 구조는 빛의 근원인 '외부' 세계와 '개별화된 내부'의 정신이라는 이원론을 표상한다. 카메라 옵스큐라는 그 두 개의 실체, 즉 외부와 내부가 만나는 지점이다. 외부세계는 직접적인 감각에 의해서가 아니라 개별화된 내부의 정신의 검열에 의해서만 지각될 수 있다. 눈을 치안하는 눈이라는 메타적인 구조가 요구되는 것은 그 때문이다. 이 메타적인 구조를 채우고 있는 개별화된 내부는 외부를 정신의 눈으로 볼 수 있는 '거리'를 제공한다. 그런 개별성과 내부성, 그리고 거리를 두는 정신의 눈이 바로 로크와 데카르트가 생각한 주체성의 모델이었다.

그 같은 주체성의 모델과 정신(이성)의 거리를 통한 원근법적 인식은 리얼리즘 회화와 연관된다. 그런데 흥미로운 것은 로크와 데카르트의 메타적인 눈의 구조가 리얼리즘 소설의 전지적 시점과도 관련이 있다는 점이다. 카메라 옵스큐라의 눈의 구조와 소설의 시점의 다른 점은 후자의 경우 시각 이외에 언어적 서술이 진행된다는 점이다. 그러나 그런 서술을 가능하게 하는 전지적 소설의 시점 구조는 카메라 옵스큐라의 메타적 눈의 구조와 매우 유사하다.

전지적 시점의 구조가 메타적인 것은 이야기 세계 바깥 상위의 층위에 화자의 전지적인 눈이 놓여 있기 때문이다. 그런데 이야기 세계 바깥에는 화자의 세계가 있는 것이 아니라 그의 전지적인 눈만이 위치한다. 그처럼 세계도 육체도 지니지 않는 화자의 눈이란 실상 그의 내부에 다름이 아니다. 그 같은 이야기 세계 바깥인 **화자의 전지적인 내부**는 정신의 검열관을 위치시키는 카메라 옵스큐라의 내부와 매우 비슷하다. 전지적 화자가 이야기 세계를 본다는 것은 직접 감각적으로 경험하는 것이 아니라 그로부터 거리를 두고 그의 내부에서 보는 것이다. 이는 카메라 옵스큐라가 직접 외부세계를 감각적으로 접촉하는 것이 아니라 개별적 내부 공간이리는 거리 속에서 정신의 눈으로 반성하는 것과 유사하다. 또한 감각을 반성적으로 검열하는 카메라 옵스큐라의 판관의 눈의 위치는 판단의 언어를 가능하게 하는 전지적 화자의 시점과 거의 동일하다. 전지적 화자의 판단의 언어와 주석적 서술은 카메라 옵스큐라의 내부의 눈과도 같은 위치, 즉 사법적 판관인 동시에 자기 입법자(자기 규율)[24]의 위치에서만 가능하다.

그런 위치에서 전지적 화자의 눈(시점)이 보고 있는 이야기 세계는 그의 기억 속에 담긴 외부세계의 내용이다. 그 같은 과거형의 외부세계의 이야기는, 카메라 옵스큐라의 창문을 통해 그 내부에 재현된 현재형의 외부 이미지에 상응한다. 그 점에서 이야기 세계는 전지적 화자의 내부에 있지만, 카메라 옵스큐라의 렌즈에 해당하는 창문을 통해 외부를 내부에 재현하는 이미지 세계라고 할 수 있다. 반면에 그런 이야기 세계를 보고 있는 전지적 화자의 눈과 내부는 카메라 옵스큐라의 어두운 실내와도 같은 '밀폐된' 단수의(개별화된) 공간인 셈이다. 그처럼 외부와 차단된 단수의 밀폐된 공간인 점에서, 전지적 화자의 내부는 마치 라이프니츠가 말한 **창문 없는 모나드**를 연상시킨다.

---

24) 위의 책, 73쪽.

물론 라이프니츠의 모나드는 데카르트의 판관과도 같은 이성을 포함하고 있다. 그러나 모나드는 전지적 신과는 달리 세계에 대한 다양한 관점 중 자신의 한정된 관점만을 지니고 있다. 그러면서도 모나드는 그런 한정된 관점으로 전우주를 반영할 능력을 내포한다. 그처럼 개별적인 한정된 관점 속에 소우주를 포함하고 있는 모나드는 개별적인 세계관으로 전 세계를 반영하는 전지적 화자의 내부와 비슷하다. 만일 그렇다면 전지적 화자의 관점은 그 이름과는 달리 신과도 같은 전지성을 지니고 있는 것은 아닐 것이다. 전지적 화자의 시점은, 신의 눈과도 같은 데카르트적인 카메라 옵스큐라 내부의 판관인 동시에, 또한 개별적인 한정성을 지닌 라이프니츠의 모나드 내부의 관점이기도 한 것이다. 더 나아가, 외부세계에 대한 우리의 시각이 주관적 관념일 뿐임을 말한 칸트의 관점에서 보면, 전지적 화자의 한정된 전지성은 단지 그의 주관적 시점에 불과한 것일 수도 있다.

실제로 오늘날의 관점에서 보면, 전지적 화자는 전지성과 한정성, 주관성이라는 세 가지 특성을 모두 포함하고 있으며, 그 점에서 데카르트와 라이프니츠, 칸트의 철학에 모두 연관된다고 할 수 있다. 칸트 이후의 시대에 이르면 전지적 시점은 더 이상 매력을 갖지 못하게 되고, 19세기 후반 이후 인물시점이 우세해지는 시대로 나아간다. 따라서 데카르트와 라이프니츠에서 칸트로 진행되는 과정은 전지적 시점에서 인물시점으로 전환되는 과정인 동시에 카메라 옵스큐라에서 입체경으로 변화되는 양상에 상응한다. 이 같은 철학과 시각의 역사에서의 변화 과정은, 자본주의가 점점 확산되면서 더 이상 세계를 견고하고 단일한 원근법으로 조망하기 어려워진 점과 연관된다.

그런 맥락에서 비슷한 합리론자이면서도 모나드론을 펼친 라이프니츠는 전체적 원근법을 견지한 데카르트와 구분된다. 라이프니츠 역시 데카르트와 로크처럼 카메라 옵스큐라에 관심을 가졌지만 그의 관찰자의 위치에 대한 생각은 두 사람과 차이를 지니고 있었다. 라이프니츠는 카메라 옵스큐라의 스크린에는 주름이 있으며 그것에 의해 다양성이 나타난다고 생각했다. 주름이란 이미지로 표상되기 이전의 잠재적인 접힌 부분을 말한다. 그 접힌 주름에 의해 스크린은 긴장과 탄성을 지니게 되며, 스크린의 반응력은 과거의 주름과 새로운 주름에 모두 적응하는 방식으로 생성된다.

이런 생각에 따르면, 이야기 세계란 과거의 주름이 펼쳐지면서 현재의 이미지에까지 이르는 과정이라고 할 수 있다. 주름이 펼쳐지고 접히는 과정에서 이야기의 서사가 전개되며, 이때 이야기 내용인 스크린 위의 이미지를 주시하는 눈(시점)의 존재가 화자의 관점으로 암시된다. 이와 비슷하게 카메라 옵스큐라의 주름진 막 위에 복수성을 지닌 이미지가 번지면서, 그 다중적인 이미지를 바라보는 눈의 위치가 모나드의 관점으로 정해진다. 긴장과 탄성을 지닌 스크린 위의 넓은 이미지가 외부 세계의 다양성과 복수성의 반영이라면, 그것을 바라보는 눈은 그 다양성을 질서화하려는 합리적인 관점이다. 그 같은 스크린 위의 이미지와 그것을 보는 눈의 관계는 마치 원뿔의 단면과 꼭지점의 관계와도 같다.[25] 카메라 옵스큐라의 내부인 모나드의 종류에 따라, 원뿔의 단면을 보는 꼭지점의 눈은 달라질 수 있으며, 이 세계에는 서로 다른 관점을 지닌 수많은 모나드들이 존재할 수 있다. 그러나 긴장된 스크린 위의 이미지, 그 무질서와 다양성을 지닌 원뿔의 단면은 하나의 꼭지점과 눈에 의해 질서화될 수 있다. 여기서 주름을 지닌 스크린 위의 복수적 이미지와 그것을 보는 눈, 즉 원뿔의 단면과 꼭지점의 관계는, 이야기 세계와 작가적 화자 관점의 관계와도 유사하다. 뒤에서 살펴보겠지만, 흥미롭게도 그 둘의 관계는 서사와 인식의 변증법을 암시한다.

그처럼 모나드론은 세계의 다양성을 보여주는 한편 그것을 일정한 관점으로 조망하려는 작가적 화자의 시점과 흡사하다. 일반적으로 라이

---

25) 위의 책, 85쪽.

프니츠의 모나드론은 자본주의의 발전에 따라 세계가 하나의 관점으로 수렴될 수 없는 상황에서도 그 다양성과 복수성을 합리적 관점으로 질서화하려는 시도로 볼 수 있다.[26] 자본주의의 역동적 운동, 그 끊임없는 탈코드화의 운동은 19세기 이후 (라이프니츠의) 모나드론으로도 더 이상 대응하기 어려워지며, 알 수 없는 '물 자체' 대신 주관적 표상 체계를 말하는 칸트철학이 부상한다. 이제 자본주의의 탈코드화의 운동을 안정화시킬 수 있는 것은 이성의 중심이 아니라 탈중심화된 재영토화(재코드화)의 권력일 뿐이다. 외부세계를 합리적으로 질서화하려는 철학(데카르트, 라이프니츠)에서 주체중심적 인식론(칸트)으로의 전환, 그 코페르니쿠스적 전회 속에서 카메라 옵스큐라의 메타적인 정신의 눈 대신 다양한 세계의 모형을 직접 주관적인 눈으로 관찰하는 광학기구들이 등장한다. 그에 상응해서 서사의 영역에서는 권위적인 전지적 시점의 메타레벨이 쇠퇴하고 육체를 지닌 눈으로 세계와 맞대면하는 인물시점이 태동된다.

3. 탈중심화된 육체적 시각과 생리학적 테크놀로지

19세기에 들어서면서 카메라 옵스큐라로 상징되던 17,8세기의 투명한 이성중심의 원근법은 와해되기 시작한다. 이런 변화는 자본주의의 발전에 따른 세계의 탈중심화된 유동성과 칸트 이후의 새로운 주관적 철학, 그리고 생리학적 테크놀로지의 발전과 연관되어 있다. 로크와 데카르트, 라이프니츠로 대변되는 17,8세기의 인식론에서는 합리적인 투명한 시각

---

26) 위의 책, 84~85, 89쪽에 암시되고 있다.

을 통해 세계의 안정된 질서를 파악할 수 있다고 생각했다. 그러나 자본주의의 발전으로 인한 세계의 역동성과 유동성은 더 이상 투명한 시각을 통한 견고한 세계의 인식을 허용하지 않았다. 그처럼 안정된 세계의 재현이 불가능해짐에 따라 그 대신 원래부터 불투명하고 불안정한 인간의 육체적·생리학적인 시각 자체에 관심이 모아지게 된다.

17,8세기에는 육체적·감각적 시각이 투명한 이성적 인식을 방해하는 불순물로 여겨졌었다. 그러나 이제는 반대로 그 동안 이성의 눈이 육체적 시각의 자율성을 억압했던 것으로 생각되면서, 인간 육체의 불안정한 생리학과 일시성이 주체적 시각의 축을 형성하게 된다. 이런 변화에는 칸트의 『순수이성비판』(1789) 두 번째 판 서문에 명시된 '코페르니쿠스적인 혁명'이 결정적인 영향을 끼쳤다.[27] 칸트에 의하면, 사물의 재현은 사물이 '그 자체'로 존재한다는 확신을 주는 대신, 오히려 눈에 보이는 그 사물의 '외양'이 우리의 재현 양식을 말해준다(순수이성비판). 17,8세기의 로크와 데카르트는 정신의 눈을 통해 사물의 실재를 직접 알 수 있다고 생각했었다. 그와 달리 칸트는 사물 자체는 알 수 없으며 우리가 보는 것은 주관적인 재현 양식을 통한 사물의 표상들일 뿐임을 분명히 했다.

이 같은 객관적 이성중심의 원근법에서 주관적 주체중심의 인식론으로의 전환에는, 자본주의에 의한 세계의 미결정적인 역동성과 함께, 자연과학으로 확인되는 물리적 실재에서 유동적인 사회문화적 장으로의 시각적 초점의 변화가 놓여 있다. 확실하게 코드화할 수 없는 사회문화적 현실의 흐름에 대응하는 새로운 인식론은, 거꾸로 물리적 현실의 공간마저 고정불변한 사물의 재현이 아님을 인식하게 만든 것이다.

크래리는 이 19세기의 새로운 시각의 탄생과 연관된 사상가로 칸트 이후의 괴테·비랑·쇼펜하우어 등을 거론한다. 물론 후자의 사상가들

---

27) 위의 책, 109~110쪽.

은 19세기의 변화를 촉발시킨 칸트 자신과는 중요한 차이를 지니고 있다. 예컨대 칸트(1724~1804)와 쇼펜하우어(1788~1860)의 차이점을 살펴보자. 쇼펜하우어는 칸트를 따라 경험의 소여가 물 자체의 규정이 아닌 그 현상계에 속한 것(표상)으로 생각했다. 그러나 칸트가 추상적 사고가 지각적 지식보다 우월하다고 생각한 반면, 쇼펜하우어는 주체의 생리학적 구성이 표상이 형성되는 장소라고 주장했다.[28] 그처럼 쇼펜하우어는 칸트의 비판이성을 생리학적으로 재해석하여 철학과 생리학을 연결시켰다. 쇼펜하우어의 '생리학적 주체'의 위치는 단지 현상을 경험하는 표상의 공간뿐만 아니라 사물 자체에 대응하는 '의지'의 장소로서도 중요하다. 쇼펜하우어는 칸트가 인식 불가능하다고 생각한 사물 자체를 인간의 생에의 '의지'[29]라고 파악했다. 사물 자체는 세계의 객체이고 의지는 인간의 주체에 속한 것이라고 할 때 쇼펜하우어의 생각은 다소 의아한 것일 수도 있다. 그러나 표상이 상징계이고 사물 자체가 실재계라고 한다면 실재계는 힘의 의지[30]의 공간인 동시에 표상 불가능한 미지의 장소라고 할 수 있다. 그런 맥락에서 쇼펜하우어는 실재계로서의 사물 자체를 의지로 보았으며 그것은 이성적 주체보다는 생리학적인 주체를 통해 드러날 수 있는 것이었다.

이처럼 쇼펜하우어의 표상과 의지는 모두 생리학적 주체에 연관된 것으로서 그런 주체관은 이제까지의 이성적 주체의 관점을 뒤집는 것이었다. 그런데 주체의 생리학적 요소는 지성이나 이성과는 달리 불투명하고 불안정한 것일 수밖에 없다. 이성을 은유하는 카메라 옵스큐라의 투명한 렌즈에 비교할 때 쇼펜하우어의 생리학적 주체의 눈과 두뇌

---

28) 위의 책, 120쪽.

29) 쇼펜하우어, 곽복록 역(1994), 34, 356~357쪽.

30) 힘의 의지는 쇼펜하우어를 계승한 니체의 개념이다. 니체의 상속자인 탈구조주의의 관점에서 볼 때 구조가 상징계와 연관된다면 힘은 상징계와 실재계 사이에서 작용한다. 그 점에서 힘의 의지나 쇼펜하우어의 의지는 실재계―사물 자체와 연관된다고 할 수 있다.

가 분리되는 저점은 더 없이 어둡고 불투명한 위치였다.[31]

이제 '불투명한 주체'의 관점은 칸트의 이성적 주체를 거쳐 쇼펜하우어의 생리학적 주체로 전환되면서 17,8세기의 투명한 주체의 관점을 완전히 대체하게 된다. 17,8세기에는 외부의 실재를 내부에 재현하는 투명한 주체의 시각에 의해 외부와 내부 사이에 분명한 경계선을 그을 수 있었다. 외부의 실재를 완전히 인식할 수 있고 그것이 내부의 정신의 작용에 의한 것이라고 할 때, 외부와 내부 사이에는 혼탁하고 불분명한 지점이 생겨날 수 없었던 것이다. 반면에 생리학적 주체의 경우 내부의 표상은 외부의 사물을 투명하게 인식할 수 없으며, 빛과 어둠이 혼탁하게 뒤섞인 상태로 경험한다. 또한 사물 자체에 대응하는 '의지'란 내부(인간)로부터 시작된 것이면서도 이미 외부와 구분될 수 없는 어떤 것이다. 따라서 생리학적 주체에서 주체와 시각의 장은 인간의 생리적 요소와 외부세계에서 온 사물의 요소들이 구분될 수 없게 뒤섞인 것으로 경험된다. 내부와 외부의 경계선을 긋는 17,8세기의 이원론은 여기서 내부와 외부를 용해하는 19세기의 생리학적 주체중심성으로 전환된다. 이런 변화는 카메라 옵스큐라의 정신의 메타레벨이 사라지고 그 대신 인간의 육체적 시각이 직접 외부세계와 대면하게 된 결과였다.

이처럼 육체를 지닌 눈을 통해 외부세계와 접촉함으로써 19세기의 생리학적 주체는 추상적인 물리적 실재를 넘어서 구체적인 문화적 장에 진입하게 된다. 그러나 정신의 메타레벨을 부정하고 육체적 시각을 긍정한 대가로 외부세계는 투명하게 인식할 수 없는 혼탁한 어둠으로 남게 된다. 쇼펜하우어는 사물 자체를 의지로서 파악했지만 생리학과 연관된 의지는 이성의 메타레벨과는 달리 맹목적인 욕망일 뿐이다. 쇼펜하우어가 삶을 비관적으로 본 것은 그처럼 사물 자체와 세계를 맹목적인 의지의 공간으로 볼 수밖에 없었기 때문이다. 그런 삶의 고통은

---

31) 쇼펜하우어는 육체란 '표상이 된 의지'라고 말한다. 의지의 행동은 육체의 행동으로 나타나기 때문이다.

예술과 종교(불교)에서만 지양될 수 있는데 그것은 맹목적인 의지를 진정시키는 방법에 의해서이다.

이처럼 쇼펜하우어는 칸트와는 달리 사물 자체와 그에 상응하는 주체의.영역을 말하고자 했지만, 결국 그것을 통제할 수 없는 영역(맹목성)으로 부정의 방식을 통해 논하고 있다. 즉, 있는 그대로의 사물 자체(혹은 세계)와 의지의 영역에서 우리는 부득이 고통을 경험하게 되며, 그것을 극복하는 방법은 의지를 괄호 안에 넣는 것뿐이다. 그처럼 부정의 방식을 취하는 점에서 내부와 외부를 뒤섞는 쇼펜하우어의 생리학적 주체는 능동적인 주체와 혼란한 세계를 괄호 안에 넣는 일을 병행한다.[32] 흥미롭게도 이 같은 부정의 방식의 생철학의 구조는 다음에서 살펴 볼 19세기의 생리학적 광학기구의 구조와 상응한다. 쇼펜하우어의 생리학적 주체 모델은 괄호 안에 넣어진 능동적 주체 및 불안정한 세계와 연관해 두 가지 방향을 암시한다. 즉, 그것은 맹목적인 욕망(의지)의 세계를 넘어서는 '예술'의 방향과 생체 반응 및 의지를 통제하는 '권력' 작용이라는 두 방향을 시사한다. 그와 유사하게 생리학적 광학기구 역시 괄호 안에 넣어진 능동적 주체와 세계의 잠재적 연관을 통해 예술과 규율 권력이라는 양면적 방향을 암시한다.

쇼펜하우어의 경우 능동적인 주체와 긍정적인 힘의 의지를 말할 수 없었던 것은 분명히 당시의 자본주의적 발전과 연관이 있을 것이다. 세계를 알 수 없는 것으로 만든 자본주의의 역동성과 유동성이란 실상 상품의 욕망과 도구적 이성에 의해 움직이는 세계에 다름이 아니다. 그 같은 자본주의적 욕망의 세계에서 쇼펜하우어는 결핍의 욕망[33]과 맹목적인 의지의 늪을 발견할 수밖에 없었던 것이다.

---

[32] 쇼펜하우어에서 절대적인 위치에 있는 미학적 순수인식(예술)은, 의지를 진정시킴으로써 모든 세속적 관계를 떠나 존재하는 이념을 인식하는 것일 뿐이다. 쇼펜하우어, 곽복록 역(1994), 34, 262쪽.

[33] 위의 책, 34, 384쪽. 결핍의 욕망이란 자본주의적 상징계 내부에서의 끝없는 욕망의 운동에 다름이 아니다.

욕망의 갈증과 고통스러운 삶[34]이라는 자본주의화된 세계를 극복하려는 시도는 다른 측면에서 쇼펜하우어의 경쟁자 헤겔에 의해 수행되었다. 쇼펜하우어와는 달리 헤겔(1770~1831)은 '인륜적 총체성'을 파괴하는 분열되고 소외된 삶을 지양하기 위해 정신의 변증법을 주장했다.[35] 그러나 헤겔은 변증법을 통해 분열된 역사적 현실을 넘어서 쇼펜하우어의 비관주의를 극복하지만, 그 대가로 이성을 절대자로 확장한 주체의 관념으로 회귀하고 만다. '결핍의 욕망' 혹은 '소외된 삶'이라는 자본주의적 세계의 진정한 바깥을 발견한 것은 헤겔의 관념 변증법을 전복시킨 **마르크스**(1818~1883)에 이르러서였다.

쇼펜하우어는 헤겔이나 마르크스와는 달리 불가피한 자본주의적 세계 내부에서 미학적 관조(예술)와 극기주의(불교적인 것)를 강조한 경우로 볼 수 있다. 바로 그렇기 때문에 1848년 혁명의 종말과 함께 공허한 욕망의 세계로 되돌아온 서구인들에게 쇼펜하우어의 철학은 뒤늦게 관심의 대상이 된다. 루카치가 말했듯이 1848년 이후 서구의 시민 계급은 진보적 힘을 상실한 채 환멸과 폐허를 경험하게 된다.

다른 한편 쇼펜하우어가 발견하지 못한 긍정적인 힘의 의지는 그에 영향을 받은 **니체**(1844~1900)에 의해 철학적 중심개념이 된다. 쇼펜하우어가 결핍의 욕망을 넘어서지 못한 반면 니체와 그의 현대적 계승자들(탈구조주의)은 그 욕망의 세계에서 탈주하는 또 다른 욕망(힘의 의지)을 주목했던 것이다. 그처럼 결핍의 욕망의 외부를 발견한 점에서 쇼펜하우어에서 니체에 이르는 길은 헤겔에서 마르크스로 나아간 과정과도 유사하다.

마르크스와 니체가 '외부'의 발견을 통해 20세기의 새로운 변화를 예시했다면, 쇼펜하우어의 생리학적 주체는 자본주의적 근대의 내부에서 주체의 안과 밖을 뒤섞는 복합적 장을 조직한 경우이다. 앞서 언급했듯

---

34) 쇼펜하우어, 곽복록 역(1994), 34, 384쪽.
35) 하버마스, 이진우 역(1994), 50~53쪽.

이 그 같은 생리학적 주체 모델의 구조는 19세기의 생리학적 테크놀로지와 다양한 광학기구의 구조에 대응된다. 이제 **생리학적 주체 모델과 19세기의 광학기구의 관계**를 살펴보자.

19세기의 대표적인 광학기구로는 거리에 설치된 장치로서 파노라마와 리오라마를 들 수 있으며,36) 실내용 기구로는 페나키스티스코프, 만화경, 입체경 등이 있었다. 이 광학기구들이 17,8세기의 카메라 옵스큐라와 다른 점은 '인간의 눈'과 기구의 관계양상이 상이하다는 점이었다. 카메라 옵스큐라의 경우 기구와 눈이 은유적인 관계에 있었으며 탈육체화된 눈의 장치와 인간의 정신의 눈이 병합되는 장치였다. 이 '눈에 대한 눈'37)의 장치는 눈의 메타레벨을 형성하는 동시에 투명하고 이상적인 정신의 눈을 가정했다. 반면에 입체경으로 대표되는 19세기의 광학기구들은 인간의 생리학적 눈과 기구의 결합이 환유적인 관계에 있었다. 인간의 눈과 기구의 환유적인 관계란 서로 보충적으로 뒤섞이는 관계를 말하며, 여기서는 이상적인 눈의 메타레벨이 형성되지 않는다.

카메라 옵스큐라는 외부세계를 투시하는 투명한 렌즈와 명료한 정신적인 눈의 결합을 보여준다. 반면에 19세기 광학기구의 경우 기구의 장치는 외부세계를 투시하는 렌즈가 아니라 세계의 추상물이며 기구를 보는 눈 역시 불투명한 육체적인 눈이었다. 또한 기구의 장치는 세계의 추상화일 뿐 아니라 육체적인 눈의 메커니즘에 연관된 생리학적 장치이기도 했다. 카메라 옵스큐라의 렌즈와 실내가 (벽의) 이미지를 보는 눈을 메타레벨로 상승시키는 (인간의) 정신의 내부와도 같다면, 19세기 광학기구에서 세계의 추상물을 담은 장치들은 육체적인 눈과 그 추상물을 혼합하는 생리적 메커니즘의 일부였다. 따라서 카메라 옵스큐라가 인간의 정신과 외부세계를 분리하는 경계 영역을 드러내는 반면, 19세기 광학기구는 인간의 생리적 메커니즘 내부에서 눈과 외부세계라는

---

36) 이에 대해서는 주은우(2003), 403~413쪽 참조.
37) 육체적인 눈에 대한 정신의 눈을 말함.

안/밖을 뒤섞는 혼합과정을 보여준다.

앞 절에서 살폈듯이, 17,8세기의 카메라 옵스큐라는 외부세계와 내부의 정신을 실체로 인식하는 로크와 데카르트의 이원론적 철학에 상응한다. 그에 반해 입체경 등 19세기의 광학기구는, 외부세계의 인식을 주체 내부에서 세계의 데이터와 인간의 시각이 뒤섞이는 표상화로 보며, 이는 쇼펜하우어의 생리학적 주체 모델에 대응한다. 전자의 경우 외부세계와 인간의 정신은 견고하고 확실한 실체로 가정된다. 반면에 후자의 경우 외부세계 자체와 인간의 내부의 근원 자체는 괄호 안에 넘어선 상태이다. 즉, 외부세계란 확실하게 인식하기 어려운 유동적인 것으로서, 욕망과 의지의 영역인 세계 자체(물 자체)는 불확실하게 남겨진다. 이때 인간은 다만 주체 내부에서 형성된 표상을 통해 세계를 경험할 뿐이다. 또한 인간의 내부의 근원인 의지 역시 확실하게 파악될 수 없는 것으로서 괄호 안에 넣어질 수밖에 없다.[38] 쇼펜하우어 철학의 핵심인 이 생리학적 주체 모델은 19세기 광학기구들의 경험과 정확하게 일치한다. 예컨대 만화경이나 입체경을 볼 때, 사람들은 '세계 자체'나 '세계를 움직이는 의지와 욕망'은 생략한 채, 생리적 메커니즘 내부에서 작동되는 안(시각)과 밖(세계)이 뒤섞인 형상(표상)을 보았던 것이다.

그런데 만화경과 입체경, 그리고 파노라마와 리오라마를 통해 보는 스펙터클은, 생리적 메커니즘 내부에서의 표상인 동시에 자본주의적 근대의 내부에서 형성된 이미지이기도 하다. 즉, 사람들은 자본주의적 운동이 만들어 낸 이미지의 일부를 생리적 메커니즘을 통해 보았던 것이며, 그 세계(자본주의)와 주체(생리적 주체)의 근원에서 작용하는 힘 자체를

---

38) 쇼펜하우어는 의지를 지성(오성)보다도 근원적인 것으로 보고 있다. 그에 의하면, 의지는 그 본질을 깊게 통찰할 수는 없지만 '알 수 없는 어떤 것'은 아니며, 우리는 육체의 행동으로 나타나는 의지의 행동을 분명히 알 수 있다. 그러나 의지는 맹목적인 형태로 나타나므로 우리는 의지를 부정함으로써만 자유로워질 수 있다. 이런 '의지'의 개념은 쇼펜하우어가 니체와는 달리 의지를 부정적인 형식으로만 이해하고 있음을 암시한다.

인식했던 것은 아니다. 바로 그렇기 때문에 19세기의 광학기구들은 아직 가시화되지 않은 세계와 주체의 근원적인 힘에 연관된 두 가지 가능성을 암시한다. 그 하나는 세계의 권력(힘)에 의해 규율화되는 방향이며, 다른 하나는 예술의 주체적인 자발성(힘)의 방향이다.

예를 들어 페나키스티스코프, 만화경, 입체경 등을 통해 그 점을 구체적으로 살펴보자. 페나키스티스코프는 원판을 8개나 16개로 분할한 지점에 좁은 틈새들을 내고 그곳을 통해 회전하는 원판의 뒷면 그림이 거울에 비친 것을 보는 기구이다. 이 기구는 눈의 잔상을 이용한 것으로 조금씩 다르게 그려진 그림들이 겹쳐지면서 연속적으로 움직이는 듯 보이게 하는 효과를 나타낸다. 여기서 원판 뒷면의 그림은 외부세계 사물의 이미지이지만 그 그림을 담을 기구 자체는 생리학적 눈의 메커니즘 내부에 속해 있는 셈이다. 즉, 이 기구와 그것을 보는 눈의 환유적 관계는 생리학적 메커니즘 내부에서 안과 밖을 뒤섞는 스펙터클을 만들었던 것이다.

이 기구는 대상(그림)을 투명하게 수용하는 대신 잔상이라는 불투명한 시각적 작용을 통해 대상에 대한 생리학적 시각의 자발성을 나타내는 것으로 볼 수 있다. 또한 그와 함께 어떤 대상을 보는 눈의 생리적인 반응 능력과 그것의 조절 가능성을 보여주는 기제이기도 했다. 그런데 페나키스티스코프에서는 시각의 대상인 그림이 외부세계의 모형이기 보다는 단순히 사람이나 동물의 연속된 이미지에 불과했다. 이 경우 외부세계의 대상에 대한 생리학적 시각의 자발성 보다는 특정한 대상에 대한 눈과 신체의 반응능력이라는 측면이 더 부각되는 셈이었다. 페나키스티스코프는 도시 중간계급을 중심으로 여가 시간을 활용하는 유희의 양식으로 사용되었고 그와 동시에 주관적 시각의 경험적 연구를 위한 과학적 장치의 한 형태이기도 했다. 그러나 대상에 대한 생리적 반응능력의 의미가 더 부각되는 이 광학기구는 눈의 능력과 그 조절에 대한 지식에 연관되었고, 이는 생리적 신체의 능력을 조직화하는 19세기의

규율과 규제의 새로운 절차에 상응하는 것이었다.[39]

그 점에서 19세기의 광학기구들에는 규율화에 의한 인간 생체의 통제라는 권력의 기제가 내포되어 있었다. 즉, 새로운 광학기구와 테크놀로지는 스펙터클적인 훈련을 통해 인간의 (감각중추와) 신체를 지배하는 목적과 연관될 가능성을 지니고 있었다. 스펙터클적인 권력이 감시의 권력으로 전환되었다는 푸코의 논의와는 달리, 그처럼 감시장치와 함께 새로운 스펙터클적인 장치 역시 19세기 규율 권력의 중요한 기제였던 것이다.[40]

페나키스티스코프가 잠재적으로 딱딱한 훈육적 구도를 지니고 있었나면, 만화경은 관습적이고 정체된 상태에서 벗어나 불안정하고 새롭게 배열되는 이미지를 보여주는 장치였다. 만화경(kaleidoscope)의 화려한 아름다움은 거울의 반사에서 만들어지는 대칭 효과의 연쇄에서 나온다. 그 끝없이 계속되는 가변적이고 전복적인 이미지들을 보면서 보들레르는 만화경이 근대성 그 자체 부합하는 기구라고 생각했다. 보들레르에 의하면, '의식을 부여받은 만화경'처럼 되는 것은 '보편적인 삶을 사랑하는 사람의 목표'에 다름이 아니다.[41] 보들레르가 근대적 역동성에 상응하는 만화경의 이미지에 사로잡힌 것은, 휘황찬란한 파리 거리의 이미지와 군중들에게 매혹된 것과 유사한 경험이었을 것이다. 그러나 파리 거리의 자본주의적 근대 내부의 이미지들이 보들레르가 말한 '의식을 부여받은 만화경'과 똑같은 것은 아닐 터이다. 보들레르의 '산책자'[42]는 거리의 눈부신 이미지와 군중들의 충격을 방어하지 못하고 휩쓸리면서도 또한 그 이면의 자본주의적 욕망에 경멸을 보냈다. 반면에 보들레르

---

39) 크래리, 임동근 · 오성훈 외역(2001), 171쪽.
40) 위의 책, 37, 171쪽.
41) 위의 책, 173쪽.
42) 벤야민은 보들레르의 산문과 시에 나타난 대도시 거리를 경험하는 주인공이나 보들레르 자신을 '산책자'로 지칭하고 있다. 벤야민, 반성완 역(1983), 132~139쪽, 「보들레르의 몇 가지 모티브에 관해서」.

는 만화경의 이미지에 심취되면서 그 이면에서 부르주아적 욕망이 아닌 '삶에 대한 사랑'을 읽었던 것이다. 그 점에서 보들레르의 '만화경 의식'이란 분명히 쇼펜하우어의 맹목적인 의지(욕망)와는 구별되는 생산적인 욕망이었을 것이다.

하지만 만화경 자체가 맹목적인 욕망이나 생산적인 욕망, 혹은 그 욕망들에 의해 움직이는 세계 자체를 보여주는 것은 아니었다. 만화경은 다만 괄호 안에 넣어진 그 같은 욕망과 세계의 두 가지 측면을 암시할 뿐이다. 만화경은 자본주의적 근대 내부의 역동성[43]을 보여주고 있지만 그로부터 삶에 대한 사랑이 흘러나올 수도 허위적인 욕망이 읽혀질 수도 있는 셈이다.

보들레르와는 달리 마르크스가 만화경을 동일한 이미지만을 반복하는 속임수라고 말한 것은 그 때문이다. 마르크스와 엥겔스는 『독일 이데올로기』에서 생시몽을 공격하면서 단지 그 자체의 반사만을 구성하는 만화경 같은 지적 과시라고 비판했다.[44] 마르크스는 생시몽의 사회주의가 역사 발전과 사회운동 과정을 고찰하지 않는 자본주의 내부에서의 이상이라고 생각한 것이다. 단순히 '그 자체의 반사'만을 구성한다는 것은 생시몽의 논의가 자본주의의 외부(사회주의)를 말하면서도 단지 그 내부에서 맴돌고 있음을 뜻한다. 그것은 분해와 증식을 계속하는 만화경의 이미지가 실상은 단순한 대칭적인 반복일 뿐인 것과 유사하다는 것이다. 이처럼 마르크스는 보들레르와는 반대로 만화경이 '생시몽의 논의'나 '자본주의 그 자체'와도 같이 내부에 폐쇄된 역동성임을 말하고 있다. 보들레르와 마르크스의 차이는 자본주의 내부의 위치와 외부의 관점의 차이일 것이다. 보들레르는 자본주의 내부에서 부르주아를

---

43) 실제로 만화경이 이항대립적인 대칭관계를 반복하면서 분열과 증식을 계속하는 과정은 이항대립적 모순관계를 포함한 자본주의가 그 모순과 차이에 의해 미끄러지면서 끊임없이 운동하는 양상과 유사하다.

44) 크래리, 임동근 · 오성훈 외역(2001), 174~176쪽.

넘어서려는 주체의 자발성(시각)을 발견하고 있고, 마르크스는 자본주의 외부에서 그 내부의 허위성을 보고 있는 것이다. 두 사람의 관점을 함께 포함하고 있는 만화경은 당대의 다른 광학기구들처럼 '자발적 시각'과 '규율에 갇힌 세계', 즉 예술과 권력의 두 가지 방향을 암시한다.

그 둘 중 어느 쪽이든 19세기의 광학기구들이 하나같이 보여주는 것은 17,8세기의 카메라 옵스큐라적인 이성중심적 원근법이 와해되었다는 사실이다. 그처럼 하나의 중심을 지닌 원근법이 불가능함을 보여주는 시각 이미지의 가장 중요한 형태는 바로 입체경(stereoscope)이다.45) 입체경은 두 개의 구멍을 통해 각기 다른 두 이미지 카드들이 만드는 3차원적인 입체감을 경험하는 기구이다. 입체경의 원리는 원경이 아닌 경우 대상까지의 거리에 따라 두 눈의 안구의 각도가 달라진다는 사실에 근거한다. 즉, 서로 다른 안구의 각도에 따라 두 눈에 비친 이미지들이 각기 다르게 형성되는데, 이때 우리의 뇌는 그 두 이미지들을 융합하면서 양쪽의 차이에 근거해 거리를 계산해낸다. 바로 그 같은 원리에 근거해, 입체경은 두 눈으로 서로 다른 이미지들을 보게 함으로써, 그 차이를 융합하는 순간 거리감을 느끼면서 '만질 수 있을 듯한' 촉감적인 입체감을 경험하게 한다.

입체경의 경험은 원근법에 근거한 회화가 원경의 경우에만 올바른 재현임을 암시한다. 이제 대상은 더 이상 '하나의 중심'을 지닌 원근법에 의해 재현될 수 없으며, 서로 다른 '차이'를 지닌 이미지들을 하나의 장에서 경험하는 문제가 중요하게 부각되었다. 그처럼 차이를 융합하는 경험은 시각을 통해 촉각을 느끼는 것인 동시에 시각과는 다른 어떤 기이한 실물감을 경험하는 일이기도 했다. 그 같은 차이의 경험이라는 점에서, 그리고 시각적 통일성을 넘어선 어떤 상이한 경험이라는 점에서, 입체경은 동시대의 다른 광학기구들에 비해 원근법과의 가장 급진적인

---

45) 위의 책, 177쪽; 주은우(2003), 419쪽.

단절을 의미했다.

 물론 입체경의 원근법의 단절이나 그 근거가 되는 탈중심화된 시각은, 다른 광학기구들과 마찬가지로 당대의 사회 상황, 즉 고정성이 무너진 세계의 가변성과 연관이 있다. 앞서 살폈듯이, 자본주의의 발전 자체가 중심을 지닌 원근법 대신 탈중심화된 시각을 요구하고 있었던 것이다. 그처럼 자본주의의 발전과 연관된 19세기의 생리학적 광학기구들은, '신체에 대한 사회적 규율화'와 '사회에 대한 주체적 자발성'의 양면성을 지니고 있었다.

 그 점은 입체경의 경우에도 마찬가지였다. 입체경은 차이를 융합하는 방식이지만 통일된 원근법은 물론 두 눈에 의한 완전한 3차원적 통합성도 제공할 수 없었다. 이는 한편으로 보면 차이를 '봉합'하는 자본주의적 방식과도 유사한 점을 지니고 있다. 차이의 봉합은 끊임없이 결핍감과 공허한 욕망을 불러일으키는데, 입체경의 차이의 융합에 따른 촉각 역시 시각적인 소유의 욕망으로 전환되기 쉬운 것이었다.[46] 근거리에서 만질 수 있을 듯한 물건들에 대한 입체경의 강렬한 경험은, 결핍의 공포를 내포했던 19세기 부르주아의 물질적인 충만함에 부합하는 것이다.[47]

 그러나 또한 입체경은 어떤 종류의 동질성도 지닐 수 없는 차이 자체를 표현하는 공간으로 해석될 수도 있다. 입체경의 이미지들의 합성은 유클리드 공간의 단면들이 근접하는 것과도 같지만, 어느 지점에서도 동질적인 접합이 이루어지지 않으며 통합된 장이 형성되지 않는다. 우리는 완전한 3차원성을 경험하는 것이 아니라 국부적인 지대들의 배치를 따라 가는 것이며, 병치하고 있지만 서로 맞닿아 있지 않은 조각들의 집합을 경험하는 것이다.[48] 원근법이 균질적이고 수량화된 공간을

---

46) 크래리, 임동근·오성훈 외역(2001), 192쪽. 이 점 때문에 입체경은 포르노그라피로 전환되며 또 그것이 쇠퇴의 요인이 되기도 한다.
47) 위의 책, 188쪽.

포함하는 반면, 입체경은 그처럼 이접적인 요소들의 통합되지 않은 장을 드러낸다.[49] 그 점에서 입체경은 동질성이 배제된 채 무한히 접근하는 요소들로 구성된 리만 공간[50]과 유사한 것을 구성한다. 리만 공간이란 미학적으로 촉감적이고 근거리적인 이미지를 지닌 '매끄러운 공간'의 수학적인 측면이다. 목적론에 종속된 '홈패인 공간'과 구분되는 매끄러운 공간은 자유로운 유목적인 공간을 말한다. 입체경의 촉감적인 근거리 상이나 그것을 만드는 이접적인 요소들의 국지적인 배치는 매끄러운 리만 공간과도 유사한 것이다.

이런 맥락에서 크래리는 입체경이 마네나 세잔 같은 인상주의 화가들과 많은 공통점을 지닌다고 말한다.[51] 마네나 세잔의 그림에서는 입체경의 이미지에서처럼 공간적 일관성과 단절된 국지적이고 이접적인 영역들이 나타난다는 것이다. 물론 인상주의의 그림이 탈근대적인 매끄러운 공간의 표현과 똑같은 것은 아닐 터이다. 입체경과 인상주의가 포스트모던적인 매끄러운 공간과 다른 점은 그것들의 이미지가 생리학적 주체의 주관적인 시각 메커니즘 내부에 있다는 점일 것이다.[52]

이제까지 우리는 19세기의 광학기구들에 내포된 두 가지 잠재적 기제들에 대해 살펴봤다. 한편으로 광학기구들은 권력이 신체를 규율화하는 방식을 암시하며, 다른 한편 그 반대로 생리학적 주체의 자발성이 규율화에 대항하는 측면을 시사한다. 이 같은 양면성은 들뢰즈의 용어로 재영토화와 탈영토화로 표현될 수 있을 것이다.

페나키스티스코프, 만화경, 입체경 등 19세기 광학기구들은 차이를 봉합하는 방식으로 생리학적 시각과 신체를 통제하는 측면을 보여준다.

---

48) 들뢰즈·가타리, 김재인 역(2001), 926~828쪽; 위의 책, 190쪽.
49) 위의 책, 189쪽.
50) 이진경(2002), 636쪽.
51) 크래리, 임동근·오성훈 외역(2001), 190~191쪽.
52) 예컨대 입체경은 사막이나 바다 같은 외부세계로부터 매끄러운 공간을 찾는 것이 아니라 두 눈이 입체감을 형성하는 주관적 경험으로부터 그것을 드러낸다.

예컨대 페나키스티스코프는 조금씩 차이가 있는 이미지들이 잔상이라는 생리적 기제에 의해 하나로 통합되는 과정을 제시하는데, 이는 시각과 신체를 조절하고 통제할 수 있도록 생리적 기제를 양적으로 계량화할 수 있는 근거를 제공한다. 또한 만화경의 가변적인 이미지들은 결국 동일한 원리의 반복이며, 입체경의 만질 수 있는 듯한 촉각성은 부르주아적인 시각적 소유욕의 표현이다. 이런 요소들이 바로 규율화와 재영토화의 측면들이다.

다른 한편 19세기 광학기구들은 차이의 역동성을 긍정하는 방식으로 생리학적 주체의 자발성을 촉진한다. 예컨대 만화경의 끊임없이 계속되는 역동성 이미지들은 삶에 대한 사랑과 욕망의 표현으로 볼 수 있다. 또한 입체경의 촉감적인 근거리상은 단일한 동질성에 폐쇄되지 않은 자유로운 다중적인 공간을 표상한다. 이 같은 요소들이 바로 자발성과 탈영토화의 측면들일 것이다.

재영토화와 탈영토화는 권력의 행사와 예술적 표현에서 구체적인 모습을 드러낸다. 그 점에서 19세기 광학기구의 양면성인 재영토화와 탈영토화는 당대의 탈중심화된 권력과 예술의 두 가지 실행 형식으로 볼 수 있다. 즉, 신체를 규율화하는 재영토화의 권력은 이미 세계가 중심을 잃은 상태(탈코드화된 자본주의)에서 이질적인 차이들을 봉합하는 방식이다. 또한 자발적인 생리학적 주체의 예술적인 표현은 동질화할 수 없는 이질적인 차이를 드러내는 형식이다.[53]

그 같은 재영토화와 탈영토화, 즉, 19세기의 탈중심화된 권력과 예술은, 중심을 지닌 원근법에서 벗어난 당대 삶의 두 가지 방향을 암시한다. 그러나 19세기의 재영토화와 탈영토화는, 생리학적 주체의 메커니즘 내부에서 실행된 힘의 작용인 점에서, 이미지를 통한 세계의 구성이라는 20세기 후반의 또 다른 재영토화-탈영토화와 구분된다. 17,8세기

---

53) 상징주의, 인상주의에서 모더니즘에 이르는 과정이 그 점을 보여준다.

의 투명한 권력이 직접적으로 정신에 작용했다면, 19세기 이후의 재영토화-탈영토화의 양면성은 어떤 불투명성의 영역에 근거한 것이다. 예컨대 19세기의 재영토화와 탈영토화의 양가성은 세계와 안과 밖을 뒤섞는 육체적 주체의 불투명성에 근거한다. 불투명한 생리학적 주체는 세계의 규율권력에 의해 재영토화될 수도, 또 규율화된 세계를 주체의 자발성으로 탈영토화할 수도 있다. 반면에 20세기 후반의 재영토화와 탈영토화의 양가성은 세계의 이미지와 관계하는 뇌의 회로의 불투명성(미결정적 행위자)에 근거한다. 불투명한 뇌의 회로는 세계의 재영토화된 이미지에 예속될 수도, 또 그 이미지에서 이탈하는 탈영토화된 이미지를 구성할 수도 있다. 이처럼 근대의 삶은 정신의 중심에서 탈중심화된 생리학적 주체로, 그리고 외부세계의 이미지로 이동하고 있다. 17,8세기에서 20세기 후반까지 이 역사적 과정에 연관된 시각의 단계는, 정신의 눈, 생리학적 눈, 기계적 시각이며, 그것을 은유하는 테크놀로지와 광학기계는 카메라 옵스큐라와 입체경, 그리고 (뒤에서 살펴볼) 영화이다.

4. 원근법과 메타레벨을 해체하는 두 가지 방식—19세기 광학기구와 사진

세계를 견고한 실체로 인식하는 원근법의 해체는 입체경 등의 광학기구뿐만 아니라 사진에서도 발견된다. 외견상 이질적인 입체경과 사진을 하나로 묶는 요소는 이성중심적 원근법의 근거인 정신의 메타레벨이 사라졌다는 점이다. 정신의 중심의 해체는 철학적인 사건이기도 하지만 그처럼 테크놀로지와 시각의 역사에서의 전환점이기도 하다.

크래리의 흥미로운 논의에 따라 우리는 데카르트와 로크의 정신의 눈

(메타레벨)을 카메라 옵스큐라에 대응시킬 수 있다. 그와 마찬가지로 우리는 정신의 메타레벨을 해체한 쇼펜하우어의 철학을 19세기 광학기구들에 연결시킬 수 있다. 이제 쇼펜하우어와 19세기 광학기구들의 관계, 그리고 정신의 눈을 해체한 또 다른 테크놀로지인 사진에 대해 살펴보자.

앞 절에서 살폈듯이 쇼펜하우어 철학과 19세기 광학기구들의 공통점은 다음의 두 가지이다. 먼저 쇼펜하우어는 외부세계의 인식이 생리학적 주체 내부에서의 지각과 표상임을 논의했다. 즉, 주체 내부에서 외부의 자극과 내부의 반응이 융합되면서 세계의 표상이 만들어진다는 것이다. 그와 유사하게 19세기 광학기구들은 생리학적 메커니즘 내부에서 안과 밖이 뒤섞이면서 이미지가 만들어지는 것을 보여준다.

또한 쇼펜하우어가 주체 내부의 표상이라고 말한 '외부의 현상계'는 '자본주의적 세계 내부'에 속한 곳이다. 쇼펜하우어는 세계의 현상이란 의지의 객관화라고 논의하는데,[54] 의지란 결핍의 욕망 같은 '자본주의 세계'를 움직이는 근원인 것이다. 그처럼 쇼펜하우어가 '자본주의 내부'의 현상계를 표상으로 본 것처럼, 19세기 광학기구들 역시 '자본주의 내부'의 현상계를 추상화한 이미지들을 보여준다.

쇼펜하우어와 19세기 광학기구의 차이는 전자가 지성(오성)과 이성에 의한 세계의 표상을 말하는 반면 후자는 기구 내의 이미지에 대한 생리적 반응에 그친다는 점이다. 즉, 광학기구들은 세계를 보는(인식하는) 장치가 아니라 눈과 기구의 결합을 통해 생리학적 메커니즘을 실현할 뿐이다. 쇼펜하우어는 세계에 대한 표상을 만드는 정신(지성과 이성) 작용을 생리학적 주체 내에 포함시켰지만, 광학기구들은 그런 정신작용을 생략한 채 생리학적 메커니즘 내부에서 세계의 자극과 육체적 반응을 혼합한다. 따라서 광학기구들은 쇼펜하우어의 생리학적 모델에서 세계의 현상계와 정신의 표상을 괄호 안에 넣은 구조를 지닌다.

---

54) 쇼펜하우어, 곽복록 역(1994), 356~357쪽.

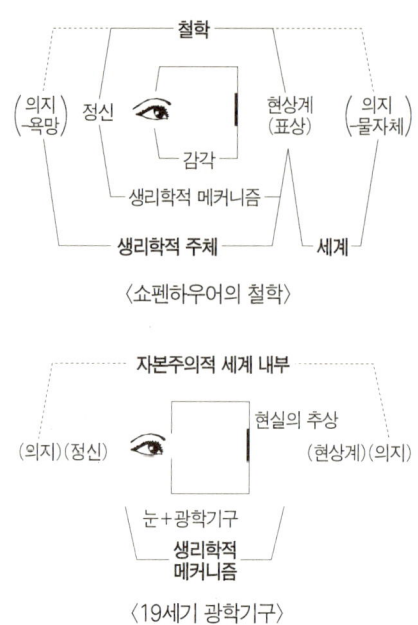

〈쇼펜하우어의 철학〉

〈19세기 광학기구〉

쇼펜하우어와 19세기 광학기구의 구조적인 상응성은 생리학적 주체 내부에서 세계의 자극과 주체의 반응이 뒤섞이는 장을 설정한다는 점 이다. 양자에서는 정신의 메타레벨(정신의 눈)이 사라짐으로써 외부(세계) 와 내부(주체)의 경계가 해체되고 생리적 메커니즘 안에서 세계의 데이 터와 주체의 반응이 혼합된다. 이는 이성중심주의와 주체(정신) / 세계(물 질)의 이원론, 그리고 안정된 원근법이 해체되는 과정으로 볼 수 있다. 19세기의 철학과 시각 테크놀로지에서는 그처럼 주체와 세계의 경계가 와해되고 있지만, 그 과정이 생리적 주체 내부에서 이루어지는 점에서 여전히 주체중심성을 지니고 있다. 이 같은 주체중심성은 20세기 후반 이후 외부세계의 물질적 이미지의 관점에서 해체된다.

19세기의 시각장의 변화는 분명히 견고한 세계가 와해되면서 유동적 이고 가변적으로 변화된 과정과 연관이 있다. 또한 유동적인 세계는 주 체와 상관없이 외부에 존재하는 것이 아니라 생리학적 주체 내부에서 주체의 반응과 뒤섞인다고 생각되었다. 예컨대 카메라 옵스큐라에서는 시공간이 객관적인 외부세계에 속한 것이었지만, 19세기 광학기구에서는 시간성이 만화경이나 입체경에서처럼 주체의 반응과정 자체에서도 나타난다.

그러나 입체경 등 19세기 광학기구의 한계는 생리학적 주체 내에서 주관적 반응과 뒤섞이는 외부세계의 현상계를 생생히 보여줄 수 없었다는 점이다. 19세기 광학기구는 쇼펜하우어의 생리학적 주체 모델이 말하는 현상계55)를 재생할 수 없었으며 그 대신 기계장치에 그려진 이미지를 보여줄 수밖에 없었다. 결국 광학기구를 통해 볼 수 있는 것은 내부와 혼용된 외부세계가 아니라 '눈(신체)과 기계의 결합'56)일 뿐이었다. 19세기 광학기구들은 마치 기계장치가 사라진 듯이 현상계의 환영을 보여줄 수 있을 만큼 정교화될 수 없었다. 그리고 바로 이 점이 그 광학기구들의 결정적인 한계였다. 즉 당대 사람들은 외부세계가 주체의 반응과 뒤섞이는 스펙터클의 장을 원했지만, 또 그 만큼이나 외부 현상계의 환영을 생생하게 보여줄 수 있는 장치를 욕망했던 것이다.

입체경이 세계의 이접성의 경험과 연관된 차이의 이미지를 보여줌에도 불구하고 사진에게 자리를 내줄 수밖에 없었던 것은 그 때문이다. 입체경은 결국 신체와 기계의 상호작용을 넘어설 수 없었지만 사진은 기계적 생산과정이 없어진 듯한 환영을 보여줄 수 있었던 것이다. 물론 그 같은 환영의 승리는 생리학적 메커니즘 속에서 내부와 외부의 경계를 허물었던 19세기 광학기구의 성과를 무화시키는 것을 대가로 했다. 즉, 외견상 사진은 카메라 옵스큐라의 이원론과 원근법으로 되돌아간 듯이 보일 수도 있었다.

실제로 사진기 자체가 카메라 옵스큐라와 비슷한 원리를 지니고 있고, 사진 이미지는 입체경 등과는 달리 카메라 옵스큐라의 원근법을 충

---

55) 이 현상계는 물론 주체 내부에서 만들어진 표상이다.
56) 크래리, 임동근·오성훈 외역(2001), 199쪽; 주은우(2003), 422쪽.

실하게 실현하고 있는 듯하다. 그러나 사진과 카메라 옵스큐라는 원근법을 가능하게 하는 시각의 초점화와 연관된 중요한 차이점을 지니고 있다. 카메라 옵스큐라의 원근법은 기구의 내부에 초점화의 눈을 두고 있지만, 그 내부는 대상세계 쪽에서 보면 경계선 너머의 메타레벨의 위치라고 할 수 있다. 즉, 기구의 내부가 은유하는 주체의 내부는 대상세계 쪽의 공간이 아닌 경계선 저쪽 층위에 위치하는 셈이다. 그 점에서 카메라 옵스큐라의 주체 내부의 정신의 눈은 주체와 대상의 관계에서 대상세계 바깥 층위에 위치한 초점화의 눈이라고 할 수 있다. 그처럼 세계의 경계선 너머(외부)에 놓인 시점의 눈은 서사양식의 시점 개념을 빌리면 **외적 초점화**에 해당된다.

반면에 사진의 경우 카메라 바깥에 인접한 눈의 위치는 대상세계와 경계선을 그을 수 없는 동일한 시공간에 속해 있다. 즉, 카메라를 보는 눈은 카메라 옵스큐라 내부의 메타레벨과는 달리 렌즈를 통해 직접 대상세계와 접촉하고 있다. 물론 우리는 궁극적으로 카메라 필름을 인화한 사진을 보는 것이지만 그 사진의 초점화 주체의 위치는 카메라에 인접한 눈의 위치와 동일하다고 할 수 있다. 그리고 경계선과 메타레벨이 사라진 상태에서 대상세계와 '동질적인 공간 내'에 놓여 있는 점에서, 사진의 초점화의 주체나 카메라를 보는 눈은 **내적 초점화**의 기제를 시사한다.[57]

이원론적 경계선과 메타레벨의 소멸로 인한 그런 사진의 내적 초점화는, 눈과 세계의 자극의 직접적인 접촉이라는 측면에서 오히려 19세기 광학기구와 유사하다. 사진과 카메라 옵스큐라는 생리학적 기제에 의존하지 않는 점에서 서로 비슷한 요소를 갖고 있다. 그러나 눈이 대상을 보는 '메타레벨'이 아니며 눈과 기계의 '인접적인' 효과로서 시각과 세계의 데이터의 접촉이 이루어지므로 사진은 19세기 생리학적 광학기구와 맥락을 같이 한다. 즉, 기구와 눈의 관계에서 카메라 옵스큐라

---

57) 대상에 대해 엄밀한 거리를 유지해야 하는 과학적 증거나 기록용 사진 등은 외적 초점화일 수 있다. 그러나 자연스러운 스냅사진이나 예술사진은 내적 초점화에 속한다.

가 은유적인 메타레벨을 지닌 반면, 사진과 19세기 광학기구는 환유적인 인접성을 드러낸다.

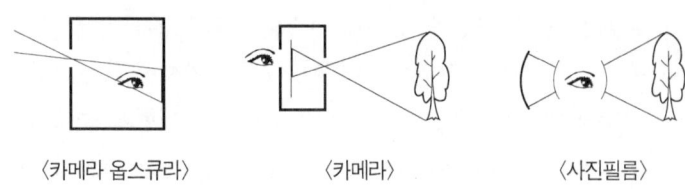

〈카메라 옵스큐라〉   〈카메라〉   〈사진필름〉

위에서 카메라는 마치 카메라 옵스큐라를 축소한 듯한 형태를 지니고 있다. 그러나 카메라 옵스큐라는 탈육체화된 눈(카메라 옵스큐라)과 정신의 눈의 은유적인 병합을 통해 육체의 눈을 넘어서는 메타레벨의 시점을 얻고 있다. 반면에 카메라는 인간의 눈과 기계의 눈의 환유적인 결합을 통해 대상세계와 직접 접촉한다.

앞서 언급했듯이, 카메라의 경우 기계의 구멍을 통해 대상을 보는 시각의 주체(눈)의 위치와 렌즈를 통해 필름에 이미지를 맺히게 하는 초점화의 위치는 동일하다고 할 수 있다.[58] 세 번째 그림에서처럼 필름은 망막과도 같으며 렌즈는 눈의 위치와 일치한다. 그러나 사진은 눈을 대신하는 카메라라는 기계의 눈에만 전적으로 의존해서 형성된 이미지는 아니다. 사진은 정확한 세부의 이미지를 형성하는 기계의 눈과 세계를 사진의 단편으로 잘라내는 인간의 눈의 작용이 결합한 산물이다. 만일 기계의 눈이 없었으면 세계의 이미지는 인간의 손을 빌려 그려질 수밖에 없었을 것이다. 또한 인간의 눈의 선택적 시점이 없었다면 사진의 독특한 단편은 만들어 질 수 없었을 것이다. 따라서 카메라와 그에 인접한 눈은 서로 보충적인 환유적 관계에 있는 셈이다.

사진의 원근법이 카메라 옵스큐라의 원근법과 구별되는 것은 바로

---

58) 이는 카메라 옵스큐라의 외적 초점화와 구분되는 내적 초점화의 위치이다.

그 때문이다. 사진은 카메라 옵스큐라의 중심의 원근법과는 달리 카메라의 원근법과 눈의 자유로운 선택적 묘사가 결합한 이미지를 보여준다. 카메라 옵스큐라의 원근법에서 초점화의 주체인 눈은 세계를 보는 중심의 메타레벨을 가정한다. 반면에 사진의 선택적 원근법에서는 초점화의 주체인 눈의 시공간적 위치에 따라 다양한 자발성과 주관성이 나타난다. 양자의 차이는, 초점화의 대상에 대한 메타레벨에 눈이 위치하는 **외적 초점화**(카메라 옵스큐라)와 대상과 같은 세계에서 자발적으로 초점화의 위치를 선택하는 **내적 초점화**의 차이이다.[59]

그처럼 대상에 대해 초점화의 주체가 자발성을 지니는 점에서, 그리고 그 점이 눈과 기계의 환유적인 보충성에서 기인되는 점에서, 사진은 19세기 광학기구들과도 유사한 맥락을 갖고 있다. 카메라 옵스큐라의 경우 대상과 주체는 분리되어 있으며, 인식의 중심인 주체는 고정된 채 대상 쪽의 시공간만이 인식된다. 반면에 사진과 19세기 광학기구에서는 대상과 주체가 뒤섞이게 되면서 대상의 시공간 뿐만 아니라 주체의 자율적인 시공간적 요소가 형성된다. 물론 사진은 19세기 광학기구와는 달리 대상을 기계적으로 복제하는 것처럼 여겨진다. 그러나 사진의 경우에도 이미지는 초점화의 주체(눈)가 어떤 시간과 공간에 위치하느냐에 따라 크게 달라진다.[60] 이것이 바로 기계와 환유적 관계를 이루고 있는 초점화 주체의 자발성이다.

시각 주체의 자발성과 자율적인 시공간의 요소는 19세기 광학기구에서도 나타난다. 그런데 페나키스티스코프나 입체경에서는 주체의 자율적 시간성은 잔상이나 두 눈의 합성작용 같은 생리적 기제와 연관된 것이었다. 반면에 사진에서 주관적 시공간의 요소는 초점화 눈의 위치와 프레임의 주관적 선택에 의해 생겨난다. 사진에서는 눈과 육체 자체가 지닌 주관성을 직접 유입시킬 수는 없지만 자유로운 선택 작용에 의해

---

59) 이 점은 내적 초점화 소설에서도 비슷하게 나타난다.
60) 주은우(2003), 425쪽.

주관성과 자발성을 얻게 된다.

그처럼 사진에서 자율적인 선택이 가능하다는 것은 대상세계가 하나의 중심에 의해 고정된 세계가 아닌 유동적인 시간의 흐름 속의 일상임을 암시한다. 그리고 그런 유동적인 세계의 단편을 자율적인 시점으로 잘라낸다는 것은 그 선택된 시공간 속에 자발적으로 몸을 내맡기는 것과도 비슷하다.[61] 바로 그 때문에 사진의 선택적 화면에 대해 초점화의 주체나 감상자는 참여자의 위치[62]에서 신체가 이입되는 듯한 느낌을 갖는다. 이 같은 특징들, 즉 자발성과 참여자의 위치, 선택적 시점과 신체의 이입감(일종의 감정이입), 그리고 현장에 임석한 느낌 등은, 서사 양식에서 내적 초점화의 특징을 보여주는 것에 다름이 아니다. 사진뿐만 아니라 19세기 광학기구에서의 생리적 반응 역시 넓은 의미에서 **내적 초점화**와 인물시점의 특징에 포함시킬 수 있다.

물론 19세기 광학기구는 말할 것도 없고 사진 역시 그 자체로는 서사 양식으로 볼 수 없을 것이다. 그러나 시각 주체의 시점이 메타레벨을 지닌 중심의 원근법에서 벗어나고 있다는 점에서 그 둘은 서사 양식의 내적 초점화와 공유하는 특징을 지닌다. 그뿐 아니라 사진의 선택적 시점은 특정한 세부의 강조나 빛의 강도, 셔터의 속도 등을 통해 서사의 한 장면[63]을 연출해 낼 수 있다. 특정한 세부의 정밀한 제시는 다른 장소와 시간에 일어났던 미세한 흔적을 보여줌으로써 사진 속에 시간과 기억의 요소를 유입시킨다.[64]

베르그송의 지속과 연관된 그 기억의 요소들이 배경의 약호에서 이탈한 탈코드화된 감성적 흔적으로 나타날 때 흔히 그것을 **푼크툼**(punctum)이라고 부른다. 바르트가 말한 푼크툼[65]이란 이성적인 눈(그리고 원근

---

61) 이토우 도시하루, 김경연 역(1994), 18쪽; 주은우(2003), 426쪽.
62) 위의 책, 34쪽. 이토우는 드가의 그림을 말하며 사진의 영향임을 밝히고 있다.
63) 이 장면 자체는 서정적일 수도 있다.
64) 주은우(2003), 428쪽.
65) 푼크툼에 대해서는 롤랑 바르트, 조광희 역(1998), 31~32, 46~51, 95~97쪽 참조.

법)으로는 포착할 수 없는 요소로서 시각 주체의 이성적 동일성에 상처를 입히고 얼룩과 흔적을 남긴다.[66] 푼크툼 같은 독특한 감성적 흔적의 발견 이외에도 사진은 빛의 강도나 셔터의 속도를 조절함으로써 이미지의 움직임과 시간성의 흔적을 담아낸다.

시각 주체의 선택과 이미지 내용의 상호관계에서 나타나는 사진의 그 같은 특징들은 모두 이성중심적 원근법을 해체하는 요소로 볼 수 있다. 즉, 사진은 19세기 광학기구와 함께 17,8세기의 고정된 원근법을 와해시키는 두 가지 방식을 보여준다. 17,8세기의 원근법은 이성중심적 주체의 시각을 통해 매순간마다 확고하게 통일된 이미지를 제시한다. 반면에 19세기 광학기구는 생리학적 주체의 반응 시간을 개입시키거나 이질적인 차이를 불완전하게 합성하는 방식으로 통일된 원근법을 무너뜨린다. 다른 한편 사진은 시각 주체의 선택에 의해 세계를 다양한 단편으로 잘라내면서 그 탈중심화된 화면 속에 원근법을 예속시킨다. 또한 사진은 이미지의 특정한 세부에 다른 시간과 장소의 흔적을 겹쳐지게 함으로써 통일된 원근법을 해체한다.

이 같은 사진의 특징은, 주체와 세계의 이원론이 해체되면서 시각 주체가 대상세계와 동질적인 공간에 놓이게 된 점과 연관되며, 그 점은 19세기 광학기구 역시 마찬가지이다. 그런 맥락에서 19세기 광학기구와 사진은 서사 양식의 시점 기법 중에서 내적 초점화나 인물시점에 상응한다. 또한 대상세계의 요소만큼이나 시각 주체의 자발성과 주관성이 중요해진 점에서 회화나 문학에서 인상주의·상징주의·모더니즘[67]의 영역과 연관된다.

그러나 사진은 19세기 광학기구의 주체중심적 주객 상호작용에서 한

---

66) 이성중심적 시선에 의해 통제될 수 없으며 시선의 주체를 분열시킨다는 점에서 푼크툼은 라캉이 말한 응시의 개념과 연관된다. 응시에 의해 시선의 주체가 분열되는 순간 실재계와의 만남이 이루어진다. 라캉, 민승기 외역(1994), 186~255쪽 참조

67) 전통예술과 결별한 모더니즘과 아방가르는 사진의 또 다른 측면으로 기계의 시각의 영향으로도 볼 수 있다.

발 더 나아간다. 사진은 19세기 광학기구처럼 눈과 기계의 환유적 결합이며 사진의 주관적인 예술적 표현은 인간의 심미적 눈의 작용에 의거한 것이다. 그러나 엄밀히 말해 사진의 주관적 예술성은 19세기 광학기구의 주체중심성과 다를 뿐더러 회화나 문학에서의 주관적 표현과도 구분된다. 19세기 광학기구에서는 대상세계의 환영이 조성되지 않는다는 점에서 그 주체중심성이 지닌 사진과의 차이는 매우 명백하다. 반면에 드가와 마네의 회화나 자연주의와 상징주의 문학에서는 인간의 눈으로 바라본 세계의 이미지가 나타나며 그 점은 사진 역시 크게 다르지 않다. 그러나 좀 더 엄격하게 말하면 사진은 그런 전통적인 예술과는 결정적으로 구분되는 측면을 지니고 있다. 가령 드가와 마네, 플로베르와 보들레르의 작품에서는 궁극적으로 인간의 눈과 손의 흔적을 지울 수 없으며, 그 정서적이고 심미적인 흔적(일종의 아우라)을 거친 후에 대상의 이미지가 거의 동시적으로 나타난다. 하지만 사진의 경우에는 사정이 정반대이다. 사진 역시 정서적 흔적과 대상의 이미지를 거의 동시적으로 제시하지만, 궁극적으로 사진에서는 인간의 눈과 손의 흔적이 직접 드러나지 않는다. 회화와 문학에서는 모든 것이 인간의 눈과 손의 자취이며 그것을 통해서만 대상의 이미지가 떠오른다. 반면에 사진에서는 모든 것이 대상의 이미지이며 그것을 본 후에야 정서적·심미적 흔적이 발견된다.

회화와 문학이 대상의 이미지가 인간의 정서적·심리적 프리즘을 통해서만 보여질 수 있음을 암시한다면, 사진은 인간의 정서와 심리마저도 대상의 이미지를 통해 생성될 수 있음을 보여준다. 이 같은 지각 과정의 전복은 철학이 있어서의 중요한 전환을 시사한다. 즉, 그것은 칸트와 쇼펜하우어의 주체중심적 철학에서 베르그송의 대상 이미지 유물론으로의 선회를 의미한다.

그 같은 전통예술과 사진의 상이한 철학적 근거는 초기 표현주의 회화에 대해서까지 말해질 수 있다. 라캉에 의하면, 리얼리즘이 그림을 통해 응시를 내려놓도록 유도하는 반면, 표현주의는 응시 그 자체에 호소해 우리를 유혹한다.[68] 그처럼 응시에 호소하는 점에서 표현주의 등의 모더니즘은 리얼리즘이나 전통예술보다 사진과 유사한 측면을 지닌다. 응시란 이성적 시선으로 통제할 수 없는 탈코드화된 영역을 보는 무의식적 시각으로서 바르트의 푼크툼과도 유사한 요소를 내포하기 때문이다.

그런데 뭉크·호들러[69]·앙소르[70] 등의 회화에 나타난 응시는 대상의 이미지 이면에 숨겨진 이질적 요소들의 주관적 표현으로 그려져 있다. 반면에 사진의 응시는 푼크툼에서처럼 객관적 이미지에 남겨진 다른 시간과 장소의 이미지들, 즉 지속과 기억에 연관된 이미지들의 자국으로 드러난다.[71] 이 같은 사진의 푼크툼이나 이미지들의 자국이 보여주는 것은, 주관적 정서와 심리마저도 이미지들의 지속과 기억에 의해 생성될 수 있다는 사실이다.[72] 사진은 베르그송의 철학과도 같이, 외부세계의 현상을 주관적 표상으로 보는 칸트와 쇼펜하우어의 철학을 뒤집으면서, 주관적 정서마저도 대상 쪽에 속한 이미지들[73]에 의해 생성될 수 있음을 보여준다.

그 같은 유물론적 특성으로 인해 사진은 인간의 눈의 표현에서 한 걸음 더 나아간다. 대상을 주관적으로 변형시킬 수 있는 회화와는 달리 사진은 모든 것을 '사물 쪽의 이미지'를 통해 표현한다. 따라서 일상적인 관습에 젖어 있는 우리의 의식에 충격을 주려면 눈에 익숙한 이미지에서 탈피하는 일이 필요해진다. 그것을 위해 사진은 시각주체의 선택작용 이외에 인간의 눈과는 다른 기계의 시각을 이용한 이미지들을 보여주기 시

---

68) 라캉, 민승기 외역(1994), 241쪽.
69) 호들러(F. Hodler, 1853~1958)는 독일 표현주의에 영향을 미친 스위스 화가임.
70) 앙소르(J. B, Ensor, 1860~1949)는 벨기에 화가로 끔찍한 가면을 이용한 그림이나 악몽 같은 환상을 주로 그림.
71) 물론 사진의 푼크툼은 표현주의에서만 나타나는 것은 아니다.
72) 이 점을 더 분명히 보여주는 것은 우리의 뇌에 직접 충격을 가하는 '운동 이미지'와 '연속적 이미지'를 사용할 수 있는 영화이다.
73) 베르그송에 의하면 대상 쪽에 속한 이미지는 표상보다도 물 자체 쪽에 조금 더 가깝게 위치하고 있다. 이는 상징계와 실재계 사이에 위치한 이미지라고 할 수 있다.

작한다. 예컨대 고속도 촬영에 의해 사진은 일상적인 눈으로는 볼 수 없는 어떤 운동 동작의 한 순간을 포착할 수 있다. 이 때 화면에는 인간에 의해 의식적으로 만들어진 공간 대신 무의식적으로 만들어진 공간이 들어서게 된다.[74] 마치 정신분석학이 의식 속에 숨겨진 무의식의 세계를 드러내는 것처럼, 사진은 인간의 눈 뒤에 감춰진 시각적 무의식의 이미지를 보여주는 것이다. 이 점은 영화에서 느린 화면이 무의식의 움직임과 그에 연관된 감정을 느끼게 하는 경우 더 실감나게 이해된다.

그 같은 인간의 눈을 넘어선 기계의 시각의 활용은 20세기 이후 더욱 다양한 방식으로 확산된다. 그것은 이 시기에 눈에 익숙한 관습적인 세계와 급진적으로 결별할 필요성이 커진 때문이기도 했다. 기계의 시각을 부각시키기 위한 기술혁명에는 고속도 촬영 이외에 렌즈 특성에 의한 폭넓은 원근감, 클로즈업, 카메라 앵글의 해방, 화학처리에 의한 빛의 텍스취(texture) 등이 있다.[75] 그 밖에 1920년대에는 레이요그라피, 솔라리제이션, 다중노광, 디스토션, 크리세베레 같은 새로운 기법들이 고안되었다. 이 기법들은 인화지 위에 현상되는 빛의 입자들을 변형시켜 현실과 물체를 분리하거나 젤라틴에 심한 온도차를 주어 이미지를 흐르게 하는 방식들이다.[76]

그 같은 기계의 시각의 부각은 관습적인 세계에 동화되기 쉬운 인간의 눈을 넘어선 아방가르드 사진과 새로운 '물체의 미학'[77]을 탄생시켰다. 뿐만 아니라 '기계의 눈'은 회화에도 영향을 미쳐 19세기 말에서 20세기 초에 이르는 새로운 미술의 지류를 형성하게 했다.[78] 물론 아방가르드 화가들은 간혹 사진의 기계의 눈에 반발하기도 했는데 그것은 사진이 회화의 주관적 표현을 불가능하게 하기 때문이다.[79] 그러나 초현

---

74) 벤야민, 반성완 편역(1983), 237쪽.
75) 이토우 도시하루, 김경연 역(1994), 61쪽.
76) 위의 책, 63쪽.
77) 위의 책, 263쪽.
78) 위의 책, 358쪽.

실주의와 미래파 사진가들이나 그들과 영향관계에 있었던 아방가르드 화가들은 어떤 식으로든 르네상스 이래의 인간의 눈에 의존한 미학과 단절된 새로운 미학의 탄생을 암시한다.

　그런 새로운 시각적 미학의 탄생은 인간의 눈과 주체성이 점점 더 규율화된 세계에 예속됨에 따라 그것에서 벗어난 이미지를 포착하기 어려워졌기 때문일 것이다. 이토우 도시하루(伊藤俊治)는 그에 대응하는 '기계의 눈'의 등장을 주체중심의 세계관에서 물체중심의 세계관으로의 이행으로 설명하고 있다.[80] 20세기 초반의 아방가르드 회화는 그 같은 기계의 눈과 물체의 미학에 얼마간 영향을 받았음에 틀림없을 것이다. 그러나 기계의 눈에 영향 받은 파편화되고 추상화된 비유기체적인 (아방가르드) 회화들은 또한 규율화된 세계에 대한 소외의 표현이자 그에 저항하는 주관적 자발성의 요구이기도 했다. 즉, 비유기체적이고 기계적인 이미지의 미학은 형상 속에 담아질 수 없는 주체의 자유로운 욕망의 표현이기도 했던 것이다.[81] 여기에는 아직 주관적 자발성에 대한 향수가 남아 있다. 그처럼 아직 잔존하는 주관적 시각과 미학에서 벗어난 새로운 물질적 이미지 미학은, 20세기 후반 이후 포스트모더니즘 미학과 영화예술, 그리고 뉴미디어의 미학을 통해 나타난다.

　사진과 영화의 기계의 눈과 새로운 이미지 미학은 그와 같이 모더니즘과 아방가드르 뿐만 아니라 포스트모더니즘 미학과도 연관된다. 즉, 카메라와 무비 카메라의 기계의 눈은 인간의 눈에 의존하던 모더니즘 이전의 모든 전통적인 예술과의 단절을 나타내는 것이다. 그러나 사진(그리고 영화)은 앞서 살폈듯이 기계의 눈뿐만 아니라 인간의 눈에 의존한 미학의 측면도 포함하고 있다. 그와 더불어 사진은 17,8세기 카메라

---

79) 위의 책, 73쪽. 뒤샹의 경우가 대표적인 예이다.
80) 위의 책, 58쪽.
81) 아도르노의 모더니즘 미학은 이점을 설명하고 있다. 즉, 모더니즘 예술은 형상 속에서 불화를 경험하고 주체의 내면으로 돌아와 화해의 소망을 확인한다.

옵스큐라의 원근법을 정확하게 재현하는 능력도 갖고 있다.

따라서 사진은 기하학적 원근법의 시각, 인간의 선택적 눈, 그리고 기계의 눈이라는 세 가지 잠재력을 모두 지닌 것으로 볼 수 있다. 사진과 영화의 미학은 보통 인간의 눈과 기계의 눈 사이를 왕복하는 중에 만들어진다. 기계의 눈에 크게 의존하는 실험적 미학 역시 인간의 눈을 전적으로 배제하기는 어려울 것이다.

그 같은 사진의 세 가지 측면 중에 인간의 선택적 눈이 중요시되는 시각의 특징을 우리는 앞에서 '내적 초점화'에 연관시킨 바 있다. 흥미로운 것은 사진의 세 번째 특징인 '기계의 눈' 역시 그런 내적 초점화의 연장선상에서 나타나는 것으로 볼 수 있다는 점이다. 이 점은 사진의 시각을 서사양식의 시점과 연결시켜 고찰할 때 보다 분명히 밝혀질 수 있다. 이제 내적 초점화와 연관된 '사진과 19세기 광학기구'의 시각이 당대의 서사양식의 시점에 어떻게 상응하는지 살펴보자.

5. 사진 · 19세기 광학기구와 내적 초점화

앞서 언급했듯이 사진의 내적 초점화의 특징은 전통적인 원근법을 해체하는 점에서 19세기 광학기구의 주관적 시각과도 맥락을 같이 한다. 물론 내적 초점화 사진이 여전히 사실적인 반면 19세기 광학기구는 주관성을 지닌 점에서 그 둘은 상반되는 것처럼 보인다. 그러나 흔히 말하는 주관성과 객관성의 문제는 그리 간단한 것이 아니다. 내적 초점화 사진이 생생한 사실성을 지닌다는 것은 마치 증명사진과도 같은 경직된 객관성을 갖고 있다는 뜻은 결코 아닐 것이다. 예술사진이 살아 있는 사실감을 주는 것은 삶의 흐름의 한 부분에 내맡겨진 눈을 통해 볼 때이며, 그 박진감은 딱딱한 사진관 카메라 같은 삶의 외부의 시점에 놓일 때 사라진다. 사진관 카메라의 판관과도 같은 경직된 시점 앞에서 사진은 증명사진 같이 굳어지는데, 그런 기록적인 객관성을 낳는 판관의 시점의 위치는 카메라 옵스큐라의 이성의 눈의 위치와도 유사하다.

그런데 증명사진이 살아 있는 인물의 객관적 모습이라고 볼 수 없듯이 판관의 눈에 비쳐진 경직된 이미지 역시 객관세계의 실감나는 삶의 모습일 수는 없을 것이다. 카메라 옵스큐라의 판관과 자기입법자의 위치는 생생한 삶의 모습을 이상화하고 관념화함으로써 오히려 실감나는 객관성을 상실한다. 앞서 살폈듯이 카메라 옵스큐라의 판관의 기능은 서사양식에서 전지적 화자의 판단과 주석에 상응하는데, 전지적 시점의 판단과 주석이란 객관성의 표지를 빌린 작가적 주관성의 표현에 다름이 아니다.

그와 달리 대상세계와 같은 공간에 속한 시점(내적 초점화)은 살아 있는 개성과 주관의 눈을 빌려 삶의 흐름을 있는 그대로 생생하게 보여준다. 이 경우 판관의 눈 대신 특정한 개인의 눈을 이용하는 점에서 주관성의 필터를 사용하는 셈이지만, 메타적인 판관을 개입시키지 않고 대상을 직접 보게 한다는 점에서 객관세계를 있는 그대로 전달하게 된다. 즉, 우리는 주관의 필터를 개성으로 느끼는 동시에 그 주관의 눈에 비쳐진 세계를 객관적으로 바라보게 된다. 판관의 눈을 개입시킬 경우 아무리 객관성을 견지하더라도 이미지는 (주관적) 판단을 거친 내용이 되지만, 그런 메타레벨이 사라지면 주관의 눈이나 그 필터를 통과한 세계의 이미지는 모두 우리의 판단에 맡겨진 객관적 대상이 된다.

따라서 객관성을 앞세운 판관의 눈이 실상은 특정한 자기입법자의 주관인 반면, 있는 그대로의 주관에 내맡긴 눈은 객관세계를 생생하게 전해주게 된다. 양자의 차이는 시점이 메타레벨에 존재하느냐 대상세계와 같은 공간에 존재하느냐이다. 전자에서는 주관(감각, 감정)을 억제하고 객관성을 견지하지만 메타레벨을 설정하는 과정에서 자기입법자의 주관을 갖게 된다. 반면에 후자의 경우 주관의 필터를 사용함에도 우리는 그 특정한 색깔을 개성으로 이해하면서 시점의 필터와 그것을 통과한 생생한 이미지를 객관적으로 받아들인다.

물론 대상과 같은 공간에 있는 특정한 개인의 눈을 시각의 매체로 사용할 경우 그 시각 매체의 주관성의 정도는 큰 폭을 지닐 수 있다. 즉, 시각 매체는 상대적으로 투명한 렌즈에서부터 불투명한 프리즘에 이르기까지 다양한 스펙트럼의 띠를 이룬다. 이 시각 매체의 주관성의 스펙트럼은, 투명한 렌즈를 이용한 내적 초점화 사진에서 불투명한 생리학적 시각을 사용한 19세기 광학기구에 이르는 띠에 상응한다. 내적 초점화 사진과 19세기 광학기구는 주관성의 정도에서 상반되는 것 같지만, 대상과 직접 접촉하는 시각매체인 점에서 동질적인 스펙트럼의 양극단인 것이다.

흥미로운 것은 서사양식 중 메타레벨의 서술(판관의 위치)이 사라진 듯한 인물시점(인물시각)에 대한 설명에서도 비슷한 양상이 발견된다는 점이다. 예컨대 슈탄첼은 인물시각서술을 논의하면서 스펙트럼의 양 극단을 언급한다, 즉 한 쪽 끝에는 지성적이고 이지적인 인식력과 시적 감수성을 지닌 인물이 존재하며, 다른 쪽 끝에는 불투명하고 불완전한 거울과 같은 인물이 위치한다.[82] 전자는 사실적인 소설이나 헨리 제임스의 소설이고 후자는 활기 없는 인물이 등장하는 모더니즘의 경우이다. 이 양극단은 사진과 19세기 광학기구의 스펙트럼에 상응한다. 즉, 이지적인 선택적 원근법이나 시적 푼크툼을 보여주는 사진과 불투명하고 불안정한 생리학적 시각에 의존하는 19세기 광학기구의 스펙트럼이다.

물론 광학기구들과 서사양식의 시점 매체가 완전히 대응되는 것은 아니다. 예컨대 광학 매체들은 소설의 인물시각 매체와는 달리 내면의식의 제시가 불가능하다. 또한 사진은 인물시각과는 달리 대상세계에

---

82) 슈탄첼, 안삼환 역(1982), 84~85쪽.

등장하는 인물의 눈을 이용하는 방식은 아니다. 그러나 사진은 관찰자의 눈이 대상세계 내부에 있는 점에서 인물시각과 유사한 내적 초점화 양식[83])으로 볼 수 있다. 그리고 19세기 광학기구가 생리학적 메커니즘 내부에서 안과 밖을 뒤섞는 양상은 소외된 모더니즘 인물이 내면 속에서 세계의 데이터들을 반추하는 양상과 비슷하다.

더욱 주목되는 것은 시각 양식의 변화와 소설의 시점과의 관계가 서사학자 자신의 언급에서 나타나고 있는 셈이다. 크래리는 19세기(전반)의 광학기구(입체경 등)들이 상징하는 '주관적 시각'의 새로운 양식은 19세기 후반 이후의 인상주의 및 모더니즘과 직접적인 연관이 있다고 말하고 있다(1998).[84]) 이 19세기 시각 양식에 대한 설명에 미리 공감을 표현하기라도 하듯이, 서사학자 슈탄첼은 인상주의의 출현과 함께 '개별적인 주관적 지각' 유형이 부각되었음을 지적하면서, 이는 19세기말 이후 플로베르와 헨리 제임스를 통해 소설에서 '시점주의'(내적 초점화나 인물시점)가 지배적인 양식이 된 점과 연관이 있다고 말한다(1979).[85]) 슈탄첼에 의하면, 독자들은 개별적인 주관적 지각에 덧붙여 공간 이미지들이 보다 자세하게 결정되어 있기를 기대하게 되는데, 이 점은 시각 매체의 경우 회화뿐만 아니라 사진에 의해 더욱 강조되었다고 언급한다.[86])

또한 이토우 도시하루는 19세기 후반의 회화(드가, 마네)에 영향을 미친 사진의 '자의적인 선택적 원근법'의 특징으로, '시간의 흐름 안에 있는 일상생활의 우발적 체험에 몸을 내맡기는 화면'을 보여주는 점을 말한다.[87]) 이와 비슷하게 슈탄첼은 인물시각적 소설이 구상·선택·배열에서 세심한 배려를 하면서도 마치 '아무 계획 없이' 전혀 '우연한' 순간

---

83) 내적 초점화와 인물시점의 차이는 후자가 특정한 인물의 눈과 의식을 매체로 사용하는 반면 전자는 인물이 아닌 관찰자를 시점의 매체로 이용할 수도 있다는 점이다.
84) 크래리, 임동근·오성훈 외역(2001), 17~21, 223쪽.
85) 슈탄첼, 김정신 역(1990), 186~187쪽.
86) 위의 책, 186~187쪽.
87) 이토우 도시하루, 김경연 역(1994), 18쪽.

에 현실로부터 포착된 듯한 인상을 주려 한다고 언급한다. 이는 '고도로 정확한 카메라가 현재 있는 그대로의 인생으로부터 그런 단편들을 슬쩍 촬영해 낸 것 같은 느낌'을 부여하려는 시도이다.[88]

물론 내적 초점화 사진은 인물시각 소설과는 달리 화면 속의 인물의 눈이 아닌 미지의 내부시점을 사용한다. 그런데 이점 역시 **슈탄첼과 리몬-케넌**에 의해 언급되고 있으며, 그처럼 인물의 눈이 아닌 내부시점(내적 초점화)을 사용할 경우 카메라의 렌즈와 비슷해진다고 논의되고 있다. 즉, 슈탄첼과 리몬-케넌은 로브-그리예의 『질투』를 예로 들면서 인물시점 상황이 매우 약화된 내부시점은 인격적인 요소가 사라진 광학적 렌즈처럼 되어 버린다고 말한다.[89] 이 경우 인물 매체의 인격적 요소가 거의 소멸됨으로서 마치 외적 초점화(외부시점)와 비슷한 듯하지만 '관찰하는 위치가 스토리 안에 있으므로' 여전히 내적 초점화이다.[90]

이 리몬-케넌의 언급은 사진이 회화나 인물시각 소설과는 달리 외적 초점화인 듯하면서도 실상은 대상세계 내부의 내적 초점화인 사실을 정확하게 지적하고 있는 듯하다. 다만 '카메라의 눈'[91]으로 불리는 소설의 특이한 내적 초점화는 인간의 선택적 눈을 이용하는 예술사진의 양식에서 기계의 눈 쪽으로 한발 더 나아간 경우일 것이다. 화면 속의 인물이 아닌 관찰자를 사용하는 점에서 '카메라의 눈' 기법은 사진 카메라와 유사하지만, 인간의 선택적 눈에 의한 주관성과 푼크툼이 나타나지 않는 점에서 아방가르드 이전의 예술사진 기법과 구분된다. 이처럼 소설에서 '카메라의 눈'을 그대로 적용하게 되면 인간의 선택적 눈을 이용한 카메라에서 기계의 눈 쪽으로 나아간 보다 실험적인 기법이 된다.[92]

---

88) 슈탄첼, 안삼환 역(1982), 99쪽.
89) 위의 책, 93쪽; 슈탄첼, 김정신 역(1990), 180쪽.
90) 리몬-케넌, 최상규 역(1985), 115쪽.
91) 슈탄첼, 김정신 역(1990), 180, 333~339쪽. '카메라의 눈'의 온건한 형태는 『이방인』이며 급진적 형태는 『질투』이다. 온건한 형태는 여전히 전통적 기법에 속한다.
92) 소설에서 인물시점을 배제한 비인격적 내부시점을 사용하는 것은 사진 카메라에서

지금까지 살펴본 것처럼 사진과 19세기 광학기구는 내적 초점화와 인물시점의 특징들을 공유하는 스펙트럼의 띠를 보여준다. 19세기에서 20세기 초반에 나타난 그 시각 매체와 서사적 시점이 공유하는 특징들이란 다음과 같은 것이다. 즉, 관찰하는 위치가 대상의 공간이나 스토리의 내부에 있으며, 항상 대상의 이미지가 나타나는 현장에 임석하는 듯하고, 시각 대상이 세심하게 선택적으로 구성되었으면서도 우연적으로 포착된 듯한 느낌을 준다. 또한 감상자가 대상의 세계(작품)에 동화되면서 끌려들어가는 경험, 즉 일종의 감정이입을 경험한다. 그런 특성들을 공유하는 사진·19세기 광학기구와 내적 초점화·인물시점은, 상대적으로 투명한 시각매체에서 불투명한 주관적 매체에 이르는, 그리고 인격적인 눈에서 비인격적인 광학렌즈에 이르는 스펙트럼을 보여준다. 이제 광학 매체와 서사적 시점 매체가 지닌 그 같은 유사성들을 각각 대조해서 제시하면 다음과 같다.

사진과 19세기 광학기구	내적 초점화·인물시점
절대적 중심의 원근법 해체(크래리)	관찰의 위치가 스토리 안에 있음(리몬-케넌)
일상의 체험에 몸을 내맡김(이토우)	시각매체가 항상 현장에 임석(슈탄첼)
선택적 묘사의 원근법(이토우)	선택·배열에 세심한 배려(슈탄첼)
자유적 시점·우발적 체험(이토우)	우연히 포착된 인상(슈탄첼)
동화되어 끌려들어감(이토우)	인물 매체의 입장에서 감정이입(슈탄첼)
품크툼~불투명한 생리적 시각(바르트, 크래리)	지적·시적~불명확한 시각 매체(슈탄첼)
인간의 눈~기계의 눈(이토우, 주은우)	인격적 내부시점~비인격적 렌즈(슈탄첼)

회화, 사진, 소설에서 나타나는 이 내적 초점화 시각 매체의 가장 중요한 특징은 아마도 주관과 객관의 변증법일 것이다. 즉, 내적 초점화 시각 매체들은 다양한 방식의 '주관적'[93] 시각을 통해 세계를 객관적[94]

인간의 선택적 눈 대신 기계의 눈을 사용하는 양상과 유사하다. 한편 이처럼 소설에 카메라의 눈을 직접 적용하면 보다 실험적인 기법이 되는 양상은 영화적인 몽타주 기법을 소설에 사용하면 한층 더 실험적인 소설이 되는 것과 비슷하다.
93) 이 주관적 시각은 정서와 심리에 있어서의 인간의 눈을 통해 나타나는 주관성이다.

으로 보여준다. 이 주관과 객관의 변증법은 내적 초점화의 극단에 위치한 모더니즘과 누보로망에서도 발견된다. 예컨대 모더니즘은 마치 19세기 광학기구처럼 불투명한 주관적 시각을 보여주지만, 그것은 또한 규율화된 일상에 예속된 인간의 눈과 단절한 기계의 눈의 영향이기도 하다. 즉, 주관적 시각의 극단을 보여주는 모더니즘은 그 한계선상에서 인간의 주관적 눈과 결별한 새로운 기계의 미학의 탄생을 알리고 있다.

　주관적 시각 대신 비인격적 렌즈를 사용하는 누보로망의 경우에는 그 반대의 과정이 일어난다. 누보로망에서는 인간의 눈이 개성을 잃고 외부세계의 광선들을 기계적 무관심 속에서 지각하는 단순한 광학렌즈 '카메라의 눈'이 나타난다. 인격체가 지닌 정서·심리·사유가 모두 배제된 채 기계적으로 사물에 반응하는 이 카메라적인 지각은 베르그송이 말한 순수지각에 가깝다. 베르그송에 의하면, 순수지각이란 물체의 물질적 운동이 '가능적 행동'의 견지에서 외부세계에 이미지로 반사된 것이다.95) 그런데 가령 로브-그리예의 『질투』에서 '가능적 행동'이란 아내의 불륜을 목격하는 남편의 자폐증적인 무력함이며 그 무능성은 '질투'라는 감정에 의해 대체되고 있다. 따라서 이 소설에서 외부세계의 광선들을 무관심하게 반사하는(지각하는) 시점은 그런 행동적 무력함과 질투의 감정을 사물들의 지각과정을 통해 암시하는 셈이다. 즉, 사물들에 대한 무미건조한 객관적 지각을 통해 무기력한 주관적 심리가 제시되고 있다. 이처럼 인간의 눈에 비친 정서·심리·사유를 생략한 채 지각된 사물들의 이미지를 통해 정서와 심리를 시사하는 방식은, 이 소설이 '인간의 눈'의 미학에서 '기계의 눈'의 미학으로 이동하고 있음을 나타낸다. 앞장에서 살폈듯이 영화는 이미지와 기계의 눈에서 시작해서 인간적인 정서·심리·사유로 나아가는 장르이다. 그 점에서 누보로망은 인간의

---

94) 여기서 '객관적'이라는 것은 주관적 판단을 개입시키지 않고 시각 매체의 정서상태와 객관세계를 있는 그대로 직접 보여준다는 뜻이다.
95) 베르그송, 박종원 역(2005), 44~45쪽.

눈(1인칭, 3인칭)에 의존하는 소설의 한계지점을 알리는 동시에 영화로 대표되는 '기계의 눈'이라는 새로운 미학의 시대를 예고하고 있다.

6. 자동기계의 시각과 영화의 이미지

19세기 광학기구와 사진은 카메라 옵스큐라의 이미지와는 달리 세계 그 자체가 아닌 주관과 객관이 혼합된 스펙터클을 제공했다. 또한 카메라 옵스큐라가 '세계의 인식'에 상응하는 기구인 반면 19세기 광학기구와 내적 초점화 사진은 세계의 모형이나 복제물을 생산하는 테크놀로지였다. 그에 따라 19세기를 거치면서 사회적 공간에는 세계의 모형으로서의 스펙터클이 점증했으며, 특히 사진의 등장은 다양한 이미지들을 폭증시켰다.[96]

그러나 19세기의 이미지들은 어디까지나 볼거리의 대상이었을 뿐 그 자체가 현실의 구성물은 아니었다. 반면에 20세기 후반 이후 모형이나 복제로서의 이미지들은 그 스스로가 현실을 구성하는 세계의 일부가 된다. 그리고 한발 더 나아가 세계 자체가 점점 그런 시뮬라크르의 구성 원리를 닮아가는 시대가 열리게 된다.

시각의 역사의 세 번째 단계인 이 시뮬라크르의 시대는 영화와 TV, 뉴미디어와 디지털 매체, 그리고 디즈니랜드와 리얼리티쇼로 상징된다. 물론 이 시기의 대표적 매체인 영화는 20세기 초반 모더니즘의 시대에 등장했다.[97] 그러나 19세기 후반에서 20세기 초엽의 두 번째 단계가 이

---

96) 주은우(2003), 435쪽.
97) 좀 더 정확하게는 1895년 12월 28일 파리 그랑 카페 지하 인디언 살롱에서의 시네

미 1840년대에 시작되었듯이, 20세기 후반의 세 번째 시기는 같은 세기 전반부터 태동되었다고 할 수 있다.

이 같은 세 단계의 변화는 시각 테크놀로지와 연관된 이미지에 대한 서로 다른 이해에 근거한다. 예컨대 첫째 시기의 카메라 옵스큐라의 이미지는 이성의 빛 아래 드러난 '세계 그 자체'의 모습이었다. 반면에 둘째 시기의 19세기 광학기구와 거리 설치물들의 이미지는 '주관과 객관이 혼용된' 스펙터클의 장이었다. 다른 한편 바로 우리 시대의 시뮬라크르들은 '물질 쪽에 속한' 이미지로서 생성되고 있다.

이런 이미지의 상이한 형식, 그리고 그와 연관된 주체-객체 관계의 변화는 문화의 장에서의 중요한 전환을 암시한다. 이제 그 같은 변화를 먼저 영화의 경우를 통해 살펴보자. 영화는 일상적인 지각이나 전통예술의 지각과는 다른 전혀 새로운 형식의 이미지를 제공한다. 일상적인 지각에서는 시각적 대상과 관찰자가 서로 맥락을 공유하므로 대상의 이미지는 대부분 주체 내부에서 만들어진 상징계적인 표상과 일치하게 된다. 반면에 회화나 사진의 이미지는 임의적으로 잘라 낸 단편을 보여줌으로써 우리의 주의력을 긴장시킨다. 그러나 회화나 사진은 우연히 포착된 듯 하면서도 생생한 현장으로 끌려들도록 세심한 미학적 장치로 우리를 유혹한다. 전통적 시각예술들이 감상자로 하여금 작품 속에 빨려 들어가 관조적인 연상의 흐름에 이르도록 이끄는 것은 그 때문이다.[98]

하지만 영화에서는 그 반대로 끊임없이 변화되는 이미지들이 감상자의 내부로 빨려들어온다. 계속되는 초점의 변화, 중심의 이동, 프레임의 가변성 등은 일상적 지각에서처럼 시각의 대상을 주체 내부의 표상으로 고정시키지 못하게 만든다. 또한 끊임없는 시점과 장면의 변화는 회화나 사진에서처럼 하나의 이미지 속에 몰입하는 것을 방해한다. 회화나 사진의 이미지에는 우리의 생각을 어떤 방향으로 이끄는 미학적인 장치들이

마토그라프를 이용한 상영이 그 최초의 시작이었다. 위의 책, 432쪽 참조.
98) 벤야민, 반성완 역(1983), 227쪽.

포함되어 있으며, 몰입에 의한 영상의 흐름은 그것에 의해 촉발된 것이라고 할 수 있다. 그러나 영화에서는 그 같은 관조와 연상의 흐름의 자리에 계속 변화되는 이미지들이 들어서게 된다. 따라서 이미지 안에 포함된 미학적 요소에 의해 연상과 사유가 촉발되는 전통예술과는 달리, 영화에서는 이미지들 그 자체의 생생한 충격에 의해 사유가 생성된다.

그 점에서 영화의 이미지는 주체 내부의 표상(일상적 지각)도 미학적 형상화(전통예술)도 아닌 우리의 뇌신경에 충격을 가하는 이미지의 '운동'이라고 할 수 있다. 일상적 지각이 진부하게 느껴지는 것은 이미지가 주체의 내부나 상징계의 내부에서 형성된 '표상'이기 때문이다. 반면에 전통예술의 이미지는 특수한 '미학적 형상화'를 통해 우리를 일정한 방향의 사유로 이끌게 된다. 다른 한편 영화의 이미지는 우리의 '뇌신경에 직접 자극'을 가해 특정한 정서·심리·사유가 생성되도록 한다.

따라서 영화의 이미지는 표상이나 미학적 형상화이기 이전에 일종의 물질적 운동이라고 할 수 있다. 그것은 베르그송이 말한 대로 우리의 미결정적인 뇌의 회로에 충격을 가하는 물질적 진동으로서의 운동99)과도 비슷하다. 일상적 지각의 이미지가 관찰자 안에서 인지된 표상이며 전통예술의 그림이 예술가의 주관이 뒤섞인 형상이라면 영화의 영상은 '물체 쪽에 속한' 이미지100)에 가까운 것이다.

베르그송에 따르면, 이미지는 우리의 신체에 전해진 대상의 물질적 운동이 그에 대응하는 가능적 행동의 견지에서 물체 쪽으로 반사된 것이다.101) 이미지로 지각된 물체의 운동에 반응하는 우리의 행동은 즉각적이지 않고 지연되는데, 그것은 생명체의 특징인 뇌신경이라는 미결정성의 간격에 부딪히기 때문이다. 이미지란 물체의 전체 이미지 중에서

---

99) 벤야민은 이 물질적 진동으로서의 운동을 '촉각적'이라고 말한다. 위의 책, 226쪽. 상징계의 표상에 의존하는 일상적 지각이 대상을 지배하려는 시선의 작용이라면 운동 이미지는 대상이 나에게 접촉하는 물질적 진동이라고 할 수 있다.
100) 베르그송, 박종원 역(2005), 22, 109, 121, 125, 192~193쪽.
101) 위의 책, 51, 59~70쪽.

지연된 '가능적 행동'에 연관된 것이 뇌의 (미결정성의) 회로에서 선택되어 반사된 것이다. 영화의 이미지에 대한 우리의 뇌신경의 반응도 그와 유사하다. 영화의 이미지는 스크린에 반사된 것이기도 하지만 또한 (그 물질적 진동이) 우리의 뇌의 미결정성의 간격에 부딪혀 '가능적 행동'의 견지에서 반사된 것이다. 영화의 엄청난 선동성은 그처럼 이미지의 물질적 진동이 우리의 '가능적 행동'을 자극하며 뇌에서 반사되는 과정에서 생겨난 것이다. 물론 이미지의 충격은 일차적으로는 뇌신경을 자극하므로 직접 행동을 유발하지는 않으며, 이미지와 행동 사이의 그 미결정성의 간격(뇌의 회로)에서 정서, 심리, 사유가 생성된다.

영화의 이미지가 이처럼 물질적 운동으로서 작용하는 것은 인간의 눈을 넘어선 '자동기계의 시각'으로 포착되기 때문이다. 인간의 눈은 물질적 진동을 상투적인 표상으로 변질시키기 쉽지만, 자동기계의 시각은 표상과 물체 그 자체, 상징계와 실재계 사이의 물질적 운동을 포착하게 된다. 그처럼 명확하게 표상화시키기 어려운 영화의 이미지는 무의식을 긴장시키게 되며, 마치 '누가 적인지 알 수 없는' 테러전에서처럼 의심으로 가득 찬 상황을 연출한다.[102] 물론 영화의 이미지 역시 사진처럼 인간의 눈을 모방하기도 하므로 이미지는 인간의 눈과 기계의 눈 사이에서 왕복한다고 할 수 있다. 그러나 영화의 끊임없는 초점의 변화는 인간의 눈을 모방한 이미지조차도 미결정적인 간격[103]에 비쳐지게 만든다.

자동기계적 시각을 사용할 때 얻어지는 이 운동으로서의 이미지는 당연히 사진의 경우에도 나타난다. 그러나 인간의 눈에 의존하는 예술 사진에서는 그 같은 운동-이미지가 부분적으로만 드러난다. 사진에서 우리가 작품 속에 빨려들어 가는 대신 이미지가 우리에게 충격을 가하는 경우란 바르트가 말한 품크툼과 같은 것이다. 마치 '화살처럼 나를 꿰뚫으며 상처'를 내는 '예리한 점이나 반점'인 품크툼[104]은, 사진에 동

---

102) 이 책 제1장 1절 참조.
103) 미결정적인 간격이란 뇌의 회로를 말한다.

화되려는 '나'를 찌르는 아주 날카로운 운동-이미지에 다름이 아니다. 영화가 사진과 다른 점은 그런 운동-이미지가 예리한 점이 아니라 다양한 잠재적인 형태로 끊임없이 나타난다는 점이다.

이런 영화의 운동-이미지는 시각의 역사에서 전혀 새로운 이미지의 형식을 보여준다. 운동-이미지는 이미지가 우리의 불투명성(뇌의 회로)에 충격(물질적 진동)을 가하는 것이지 결코 우리 내부 공간에 투명하게 투사되는 것이 아님을 암시한다. 그러나 시각의 역사의 첫 번째 단계에서는 카메라 옵스큐라에서처럼 세계의 이미지가 렌즈를 통과해 '투명하게' 내부에 비쳐지는 것으로 생각했었다. 세계의 이미지가 우리의 내부에 질서정연하고 계산 가능하게 침투되게 하려면 우리는 감각과 육체의 불투명성을 배제하도록 노력해야 한다. 그처럼 감각의 현혹을 배제하는 것은 '이성의 빛'에 의한 정신의 충만함으로 우리 내부에 투사된 이미지를 판단하는 것을 뜻한다.[105]

이 같은 '투명한 정신의 눈'의 모델은 우리가 이성의 빛을 통해 '세계의 실체'를 그대로 인식할 수 있음을 전제로 한다. 그러나 시각의 역사의 두 번째 단계는 그런 투명한 인식이 불가능하며 우리의 눈은 세계의 데이터와 주관의 혼합물을 볼 뿐임을 주장한다. 그에 따라 이미지는 '불투명한 생리학적 시각'의 메커니즘 내에서 주관과 객관이 뒤섞인 것으로 여겨지게 된다. 이제 이미지는 주체의 내부에서 만들어진 표상이거나 시각예술(인상주의나 모더니즘)에서처럼 주관과 객관의 융합물로 인식된다.

반면에 시각의 역사의 세 번째 단계는 그런 주체중심성에서 벗어나 '물체 쪽에 속한 이미지'를 언급한다. 세계의 이미지는 주체 안에서 형성된 표상이 아니라 사물 자체 쪽에 좀 더 가깝게 위치하고 있다. 그러나 다른 한편 이미지는 사물 자체(이미지의 총체)는 아니며 우리의 의식의

---

104) 롤랑 바르트, 조광희 역(1998), 32쪽.
105) 크래리, 임동근·오성훈 외역(2001), 75쪽.

불투명성에 부딪혀 반사된 것이다. 우리의 의식은 사물을 투사하기 위한 투명한 통로도 이성의 빛에 의해 밝혀진 공간도 아니다. 만일 우리의 의식이 그처럼 투명하다면 물체의 이미지는 우리를 통과해 사라져 버릴 것이다. 의식이나 정신이란 사물 자체의 이미지를 재현하는 내부(카메라 옵스큐라)도 물질적 진동을 주관적 표상으로 바꾸는 기적적인 공간(주관적 관념론)도 아니기 때문이다.[106] 의식은 이성의 빛에 의해 밝혀진 장소이기 보다는 사물 쪽에서 전해진 빛을 감광시키기 위한 불투명한 사진 건판과도 같은 것이다.[107] 이미지가 사물 쪽에 위치한 것으로 지각되는 것은 우리에게 전해진 물질적 진동이 그 같은 의식의 불투명성에 부딪혀 반사되기 때문일 것이다. 그런 의식의 불투명성이란 육체적이거나 심리적인 주관성이 아니라 사물의 물질적 진동에 대한 신체의 반응(행동)을 지연시키는 '미결정성의 간격'이다. 즉, 우리의 주관성을 만드는 주체의 불투명성이란 생리학적인 주관성이기 보다는 물체에 대한 객관적 반응을 지연시키는 뇌신경의 회로이다. 미결정적인 간격으로서의 뇌신경의 회로는 그처럼 물질적 진동에 대한 즉각적인 반응을 연기하는 곳으로서, 주관이 생성되는 곳인 동시에 여전히 '객관적인' 물질적 운동과정의 일부인 것이다.

그 같은 미결정적인(불투명한) 뇌신경의 회로는 객관세계의 데이터를 불투명한 주관으로 뒤섞는 것이 아니라 지연된 반응(가능적 행동)의 견지에서 그 데이터(물질적 진동)을 반사한다. 즉, 그것은 물질적 진동을 주관적 표상으로 뒤섞기 보다는 전해진 전체에서 가능적 행동(지연된 반응)과 연관된 것을 '선택'하는 작용이다. 따라서 미결정성이 커지면 커질수록 가능적 행동의 지연시간이 길어지고, 한층 복합적이 된 그 반응과 연관된 이미지의 선택의 폭 역시 증폭된다.[108] 미결정성의 증대는 생리학적

---

106) 베르그송, 박종원 역(2005), 58쪽.
107) 들뢰즈, 윤진상 역(2002), 120쪽.
108) 베르그송, 박종원 역(2005), 62쪽.

주관성에서처럼 객관적 데이터를 혼탁하게 만들기는커녕 오히려 사물 자체에 가깝도록 이미지를 풍성하게 형성하는 셈이다.

이제 우리는 시각의 역사의 세 시기에서 이미지가 각각 어떤 의미를 지니는지 알 수 있을 것이다. 17,8세기의 이미지가 사물 자체의 재현이었다면, 19세기에는 주관과 객관의 융합물로서의 이미지가 부각된다. 그리고 20세기 후반에 이르면 사물 쪽에 속한 물질적 운동으로서 이미지가 나타난다. 첫째 시기에는 이성의 빛에 비추어진 투명한 이미지가 강조되었지만 둘째 시기에는 불투명한 주체의 안에서 형성된 표상으로서의 이미지가 주목되었다. 그리고 마지막으로 셋째 시기에는 불투명한 의식에 반사된 사물 사체 쪽의 이미지가 부상한다.

	17,8세기	19세기	20세기 후반
이미지	사물 자체의 재현	주관적 표상	사물 쪽의 이미지
주객 관계	주/객 이원론	주객 융합	물질적 운동(주-객)
주체의 공간	투명한 이성의 빛	불투명한 생리적 주체	미결정적 뇌의 회로
시각	정신의 눈	생리학적 눈	자동기계의 시각

셋째 시기에서는 세계의 사물들이 '이성의 빛 아래 드러난 것'도 '알 수 없는 어떤 것'도 아닌 '이미지의 총체'로 이해된다. 사물을 지각한다는 것은 그 이미지의 총체에서 가능적 행동에 연관된 것을 '선택'해 반사하는 것이다. 우리의 지각은 사물의 전체에 도달할 수 없으므로 지각된 이미지는 결코 사물 자체의 재현은 아닐 것이다. 그러나 이미지는 주관적으로 변조된 것이기 보다는 사물의 전체 이미지에서 선택된 것이므로 사물 자체는 알 수 없는 어떤 것만도 아니다. 우리의 지각은 사물 자체를 인식할 수는 없지만 주체적 반응(행동)과 연관해서 대상의 상당부분을 파악할

수 있는 것이다. 그처럼 사물과 이미지, 즉 이미지의 총체와 지각된 이미지 사이에는 본성의 차이가 아니라 정도의 차이만이 존재한다.[109] 그리고 미결정성의 회로(뇌의 회로)가 복잡해지고 지연된 가능적 행동이 복합적이 될수록 선택된 이미지는 사물 자체에 접근한다.

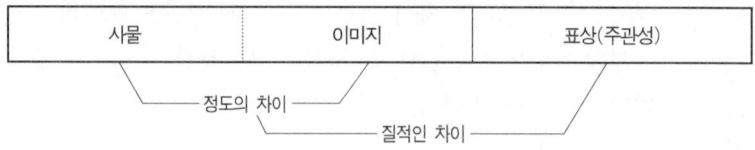

위에서처럼 이미지는 표상보다는 사물 쪽에 위치하면서 사물 자체에는 완전히 도달하지 못한 존재이다.[110] 물론 이미지는 일상적 지각에서는 늘상 주관적이거나 상징계에 예속된 표상으로 변질될 가능성을 지니고 있다. 그러나 만일 지각작용에서 주관성의 눈을 분리시킬 수 있다면, 그리고 미결정성의 회로(뇌의 회로)를 아주 복잡하게 만들 수 있다면, 이미지는 사물 자체에 거의 근접할 수 있을 것이다. 자동기계의 시각을 사용하면서 복합적으로 시점을 중첩시키는 영화의 이미지가 바로 그런 경우일 것이다.

영화의 이미지는 비록 실제 사물 자체는 아니지만 자동기계의 시각과 복합적인 기법을 통해 우리를 일상적 지각에서 보다 더 사물 자체에 반응하게 만든다. 영화는 사물뿐만 아니라 정신에 대해서도 그런 기능을 수행할 수 있다. 정신이란 '어둠으로부터 사물들을 끌어내는 빛의 다발'[111]도 사물들을 표상으로 변형시키는 신비스러운 관념도 아니다. 베르그송에 의하면, 정신은 과거의 이미지들의 존속인 기억과 연관되어

---

109) 위의 책, 125쪽.
110) 위의 책, 22쪽.
111) 들뢰즈, 이정하 역(2002), 119쪽. 들뢰즈는 이를 부정하면서 의식은 오히려 불투명성이며 빛은 사물 쪽에서 온다고 말한다.

있으며, 현재의 지각을 가능하게 하는 직접적인 요인이 아니다. 물론 현재의 사물의 지각에는 기억도 관계하며 반대로 과거의 기억은 지각에 의해 촉발된다. 우리가 지각을 정신(순수기억)의 작용에 의한 것으로 생각하거나 지각에 의해 의식(정신)이 나타나는 것으로 여기는 것은 그 때문이다. 그러나 엄밀히 말해 물질적 운동인 이미지의 지각과 보존된 이미지인 기억(정신)은 본성적인 차이를 지니고 있다. 지각은 물질적 운동 과정에서 주체적 반응(감정, 행동)과 연관되는 반면 정신은 시간 속에 저장된 순수기억의 작용인 것이다.

사물	이미지(순수지각)	정신(순수기억)

운동의 차원   시간의 차원

위에서처럼 사물과 지각, 감정, 행동은 운동(상호작용)의 차원인 반면 정신과 사유는 시간(과거-현재-미래)의 차원이라고 할 수 있다. 들뢰즈는 이 베르그송의 논의에 따라 운동-이미지(지각, 감정, 행동)와 시간-이미지(사유)를 영화 이미지의 두 가지 요소로 설명한다. 영화는 그 두 가지 차원을 뒤섞으면서[112] 사물과 정신, 그리고 인간의 삶을 이미지를 통해 보여준다. 운동-이미지가 '사물 자체'에 접근하게 한다면 시간-이미지는 '정신 자체[113]'에 도달하게 하는 것이다.

---

112) 그처럼 뒤섞는 과정에서 서사가 생성된다.
113) 여기서 정신이란 관념이 아니라 시간-이미지들의 복합적 작용을 말한다.

7. 시뮬라크르의 시대와 외부의 발견

영화의 두 가지 이미지는 이미지가 현실의 삶 자체를 구성할 수 있음을 암시한다. 물론 영화는 대개 서사[114]와 예술을 위해 제작되므로 현실 자체와 혼동되지는 않는다. 그러나 이미지를 통해 사물과 정신을 구성할 수 있는 영화의 힘은 시뮬라크르가 현실 자체를 구성할 수 있는 가능성을 강력하게 시사한다. 영화는 비록 허구물이지만, 운동-이미지와 사물, 시간-이미지와 정신 사이에는 본성의 차이가 아니라 정도의 차이만이 존재하기 때문이다.

만일 이미지가 예술이 아니라 실제 경험의 대체물로 사용된다면, 그리고 이미지를 만드는 자동기계가 미결정성의 회로(뇌의 회로)를 한껏 복잡화시킬 수 있다면, 현실 자체의 경험을 생산하는 기계의 탄생은 불가능한 일이 아닐 것이다. 실제로 TV, 컴퓨터, 디지털 매체의 등장은 그처럼 시뮬라크르로서의 이미지를 생산하는 자동기계[115]의 출현으로 볼 수 있다. 이 시뮬라크르를 생산하는 기계들은 상징적으로나 실제적으로 이미지가 현실 자체를 구성하는 일들이 점점 더 많아지게 하고 있다.

예컨대 점점 디지털화되고 있는 의학적 광학기계들은 임상적인 눈의 능력을 뛰어넘는 전자적인 인체 이미지들을 보여준다. 이 디지털 이미지들은 결코 가상적인 것이 아니며 인간의 눈보다 정밀하게 물질적인 능력을 수행한다. 즉, 그 의학적 이미지들은 현실 자체의 구성물로서 물질적 대상의 일부인 것이다.

그러나 그런 이미지들에 결여되어 있는 것은 신체(대상)와 의학 행위

---

114) 서사는 근본적으로 과거형의 시간의 차원에 속한 것이며, 누군가에 의해 전해지는 것이다. 그런 면에서 영화의 서사는 운동-이미지로 현재화됨에도 불구하고 실제 현실에서의 운동과정과는 구별된다.

115) 이 이미지 기제들은 시각 기계(Sehamaschine)라고 불리기도 한다. 최문규(2000), 393쪽.

의 상호반응 사이에 개입하는 정서와 심리의 메커니즘이다. 의학적 테크놀로지에서 이미지와 그에 대한 반응이 단순해질 수밖에 없는 것은 과학적 효율성을 위해서이다. 하지만 환자의 불안한 정서를 무시하고 신체 이미지를 단지 하나의 목적을 수행하기 위한 의학적 인식론에 종속시키는 것은 신체를 대상화한다는 점에서 물신적이다.[116] 이는 신체라는 물체에 대한 의료행위의 합리성의 견지에서 신체를 지각하는 이미지를 형성하는(반사하는) 미결정성의 회로(기계의 뇌의 회로)가 단축되기 때문이다. 의학적 광학기계들은 인간의 눈을 뛰어 넘는 디지털 이미지를 생산하지만, 그 정밀한 이미지를 반사하는 기계의 뇌는 인간의 미결정성의 회로(뇌의 회로)에 비해 너무 단순한 목적론적 메커니즘을 갖고 있는 것이다. 이 같은 단일한 목적 합리성에 예속된 물신화된 테크놀로지의 발전은 현실 자체의 물신화에 상응한다.

　물론 디지털 매체와 컴퓨터는 점점 더 인간에게 친숙해지도록 발전되고 있다. 그래서 언젠가는 발전된 첨단의 컴퓨터가 물신화된 현실의 인간보다 더 인간적인 시대가 올 수도 있을 것이다. 예컨대 친절한 컴퓨터가 '애인보다도 낫다'는 최영미의 시(「Personal Computer」)는 그런 시대를 암시한다. 그러나 최영미의 시는 아직은 컴퓨터가 인간을 길들이는 도구임을 말하고 있다.

　「Personal Computer」[117]가 암시하듯이 디지털 매체는 단순한 가상현실이 아니라 현실 자체와 똑같은 경험을 제공하도록 발전되고 있다. 그 같은 첨예하고 섬세한 테크놀로지 중의 하나는 욕망을 충족시키는 이미지를 만드는 포르노그라피일 것이다. 아직 물신화된 단계에 있는 포르노그라피가 실제적인 성관계를 능가하는[118] 기계의 뇌를 갖게 되는

---

116) 의학적 테크놀로지의 물신화에 대해서는 마틴 리스터 편, 우선아 역(2000), 148~151쪽, 사라 켐버, 「의학의 새로운 시각?」 참조.
117) 최영미(1994), 74~76쪽.
118) 단순한 감각적 교류뿐만 아니라 정신적 교류까지 충족시키는 관계를 말한다.

날, 기계는 권력의 도구에서 해방되고 인간은 인간중심주의에서 벗어날 수 있을 것이다. 인간은 비로소 자신의 '외부'에서 친구를 얻게 되며 내부에 대한 편집에서 벗어날 수 있게 되기 때문이다. 그 점에서 최영미 시의 마지막 구절은 매우 서사적이다.

아아 컴-퓨-터와 씹할 수만 있다면!

그처럼 천박할 정도로 적나라한 사랑을 나눌 수 있는 기계가 등장하기 전까지, 권력의 도구로 사용되는 물신화에서 벗어날 수 있는 또 다른 이미지 기계[119]는 바로 영화이다. 비록 예술의 형식을 지니고 있지만, 영화는 복잡한 뇌의 회로를 내장한 '정신적인 자동기계'인 동시에 우리의 뇌신경을 자극하는 이미지를 생산하는 기계이다. 영화와 물신화된 이미지 기계의 차이는 얼마나 진정한 욕망을 충족시킬 수 있는 풍부한 이미지를 생산하느냐의 문제이다. 물신화된 기계의 경우 권력에 예속된 인공두뇌를 통해 사유가 증발된 페티시즘적인 이미지를 반사할 뿐이다. 반면에 영화는 이미지를 복잡하게 연결하고 중첩시키면서 감정, 심리, 사유를 생산한다. 우리는 우리의 뇌신경에 반사되는 영화 이미지들을 통해 무의식 속에서 세계에 대한 사유가 생성되는 경험을 하는 것이다.

영화만큼이나 우리의 삶에 영향을 미치는 또 다른 중요한 이미지 기계는 TV이다. 영화가 우리의 사유를 뒤바꾸는 이미지들을 생산한다면 TV는 안방을 점령하면서 우리의 일상을 지배하는 이미지를 만들어낸다. TV는 마치 거실에 걸린 액자처럼 안방의 분위기와 조화를 이루는 이미지를 제공한다. 그처럼 분위기를 맞추기 위해서 TV의 가상 뇌는 분명히 우리 쪽을 보면서 이미지를 반사하고 있다.[120] 보드리야르가 말하고 있

---

119) 여기서 중요한 것은 단지 이미지의 감각적인 다양성과 섬세함이 아니라 미결정적인 뇌의 회로를 복잡하게 만들어 얼마나 풍부하게 생산하느냐 하는 점이다.

듯이, '더 이상 우리가 TV를 보는 것이 아니라 우리를 보고 있는 것은 거꾸로 TV[121]'인 것이다. 그런데 TV의 눈이 우리를 보는 것은 백화점 쇼윈도우처럼 단지 우리의 구미를 맞추기 위한 것만은 아니다. TV는 몰래카메라나 『라우드가의 사람들』[122]처럼 우리의 일상의 현실을 실재 그대로 연출해 보여준다. 연출을 통해 실재 그 자체를 만드는 이 '연출가의 승리'[123]는 TV의 눈이 우리의 일상을 훔치는 데 성공했음을 의미한다. 우리의 안방과 TV 액자는 이제 조화의 관계가 아니라 재생의 관계이다. 즉, 액자의 안과 밖, 시뮬라크르와 현실의 구분이 없어진 것이다.

TV의 눈은 그처럼 현실의 한 부분을 훔치는 데서 한발 더 나아가 우리의 일상을 지배하기 시작한다. TV 화면의 시뮬라크르가 현실 자체를 대신하는 진정한 연출가의 승리는 아마도 리얼리티쇼에서 가장 실감날 것이다. 몰래 카메라와 리얼리티 쇼의 차이는 전자가 모르는 동안의 일시적인 엿보기인 반면 후자는 연출인 줄 알면서도 현실성을 유지한다는 점이다. 리얼리티 쇼의 충격은 그처럼 연출의 조작성에 전혀 구애받지 않고 사건들이 실제 현실의 일들로 벌어진다는 데에 있다. 연출과 현실이 중첩되는 상황이 매력적인 것은 실상 그 시뮬라크르가 우리의 일상적 삶의 이면이기 때문일 것이다. 즉, 리얼리티 쇼의 스펙터클적인 연출과 긴박한 현실성의 결합은 우리의 삶을 지배하는 자본주의적 게임의 이면에 다름이 아니다. 생존게임,[124] 사랑과 돈,[125] 오디션 등, 리

---

120) 맥루한은 TV의 이런 측면을 '이미지가 시청자 쪽으로 투사된다'라고 말한 바 있다. 마셜 맥루한·펭맹 피오르, 김진홍 역(2001), 125쪽; 최문규(2000), 394쪽.
121) 보드리야르, 하태환 역(2001), 70~71쪽.
122) 보드리야르가 예를 들고 있는 TV프로 제목, 카메라를 의식하지 않고 일상의 삶을 사는 사람들의 모습을 카메라에 담아 보여준다.
123) 보드리야르, 하태환 역(2001), 66쪽.
124) 생존게임은 무한경쟁과 승자독식 구조로 되어 있는 리얼리티쇼의 가장 중요한 주제이다.
125) 한 예로 '러브VS돈'이라는 프로가 있는데, 이 리얼리티쇼는 이상형의 애인과 10억원 중에서 어느 쪽을 선택하느냐라는 주제로 진행된다.

얼리티쇼의 주제는 신자유주의적 경쟁, 사랑의 물신화, 상품화된 연출이라는 자본주의적 삶의 주제와 그대로 일치한다. 리얼리티 쇼는 그런 주제로 된 게임의 승자와 패자에게 열광하게 만듦으로써, 그 적나라한 현실성에 전율하는 한편 우리의 일상적 삶에 내재하는 동일한 게임의 법칙에 예속되게 만든다.

리얼리티쇼가 우리를 전율하게 만드는 것은, 게임쇼나 컴퓨터 게임과는 달리 게임의 규칙이 '실제 삶'에서처럼 내재적이고 자기갱신적이라는 점에서이다.126) 게임쇼나 컴퓨터 게임의 경우 규칙이 명시적이고 한정적이어서 그것에 의해 연출되는 상징적 놀이는 결코 현실의 삶과 혼동되지 않는다. 반면에 리얼리티 쇼의 게임의 규칙은 큰 주제와 규칙만 명시적일 뿐 구체적인 세칙은 내재적이고 자기갱신적이며 게임의 당사자들이 스스로 발견해가도록 되어 있다. 그 점은 자본주의적 상징계에 내재하는 자기갱신적인 규칙127)과도 매우 유사한 측면이다. 바로 그 때문에 우리는 마치 현실에서처럼 각본 없이 진행되는 듯한 게임의 리얼리티에 몸을 떨게 되는 것이다.

그처럼 게임쇼와는 달리 진행과정에서 참가자들 스스로가 적나라한 생존규칙을 드러내 보이는 리얼리티 쇼는 흔히 말하는 '게임의 법칙'이 현실 그 자체임을 보여준다. 자본주의적 게임의 법칙은 단순히 상징계를 동일하게 재생산하는 과정보다는 균열과 봉합128)의 반복을 통해 드러난다. 그와 비슷하게 리얼리티 쇼의 충격적인 현실성 역시 그런 양면성을 통해 드러난다. 즉, 쇼의 참가자들이 보여주는 거침없는 추태와 폭

---

126) 게임과 리얼리티쇼의 비교는 스티븐 존스, 윤명지·김영상 역(2006), 94~95쪽 참조. 그러나 이 책은 자본주의적 삶의 내부의 관점에서 리얼리티쇼의 현실성을 긍정적으로 평가하고 있다.

127) 미리 정해져 있지 않고 끊임없이 자기갱신되면서 진행되는 자본주의적 운동의 규칙을 말한다.

128) 봉합이란 상징계에서 결핍을 경험하는 분열된 주체가 상상계적 차원에서 그 분열(균열)을 매우는 것을 말한다. 그 같은 주체의 봉합은 자본주의적 상징계의 균열을 봉합된 것을 경험하게 한다.

력성은 상징계의 비일관성으로 인한 실재계적 균열을 보여주는 셈이며, 또 다른 볼거리인 살아남은 자의 행운은 그 균열을 봉합하는 시뮬라크르인 셈이다.

그 둘 중 실재계적 균열[129]이란 실제 현실에서 일어나는 일들이지만 상징계의 권위에 의해 은폐되는 부분으로서 공적인 매체에서는 결코 연출될 수 없는 측면이다. 리얼리티쇼가 우리를 사로잡는 것은 그 같은 실재계적 균열을 통해 '연출되지 않는 현실감'을 제공하기 때문일 것이다. 그러나 그 균열이 흔히 추태와 폭력성으로만 드러나는 것은 게임의 규칙의 비정함을 말해준다. 즉 균열은 낙오자를 의미하며 다시 상징계의 영토로 되돌아 올 수밖에 없다는 냉엄함을 암시하고 있다. 그런 냉엄함을 현실성이라고 할 수 있다면 현실성이란 연출되지 않은 실재계적 균열인 동시에 연출된 상징계적 '게임의 법칙'이기도 하다. 이 같은 역설적인 현실성의 양면성은 연출된 쇼인 동시에 연출되지 않은 현실성인 리얼리티쇼의 양면성에 상응한다.

그런데 TV가 자본주의적 리얼리티의 양면성을 연출하는 것은 비단 리얼리티쇼를 통해서 만은 아니다. 리얼리티쇼가 균열을 통해 일상 속에 은폐된 현실성을 노출시킨다면, 신데렐라 드라마나 광고의 상품 이미지는 판타지를 통해 봉합된 주체와 현실을 연출한다. TV 드라마와 상품 이미지는 마치 백화점 쇼윈도우처럼 매번 새로운 이미지를 통해 균열의 틈새에 빠지지 못하도록 우리를 끝없이 유혹한다. 그 환상적인 시뮬라크르들은 사람들을 동화 속과도 같은 TV 화면의 공간으로 불러들이는 이데올로기로 작용하는 것이다. 그 같은 이데올로기적 환상을 경험한다는 것은 TV 화면 속의 판타지가 바깥으로 흘러넘쳐 일상의 현실 속에서도 환상에 빠져든다는 뜻이다. 그러나 리얼리티 쇼에서 불가피하

---

129) 실재계적 균열이란 상징계의 모순에서 생긴 틈새로 비쳐진 실재계의 요소를 말한다. 리얼리티쇼는 그런 실재계적 균열을 상징계의 그늘이라는 부정적인 측면, 즉 추태와 폭력성으로만 드러낸다.

게 다수의 패배자들이 생겨나듯이, 실제 현실에서도 많은 사람들은 분열을 경험하게 되며, 그 분열과 고통은 판타지를 통해 결코 봉합되지 않는다. 우리는 일상 속에서 TV 화면과 상품 광고, 할리우드 영화, 그리고 백화점 쇼윈도우와 디즈니랜드 속으로 끊임없이 불려 들어가는 동시에, 매번 그 바깥에서 환멸을 경험하는 것이다. 그 같은 판타지와 환멸의 동거는, 상품화된 시뮬라크르들이 현실을 대신하는 후기자본주의 사회의 일반적인 삶의 현상이다.

리얼리티 쇼가 그토록 충격적인 것 역시 현실의 공간이 환멸로 귀결되는 환상적인 시뮬라크르들로 가득 차 있다는 반증일 것이다. 그러나 리얼리티 쇼와 판타지는 마치 동전의 앞뒷면과도 같은 것으로 볼 수 있다. 판타지가 환멸로 귀결된다면 리얼리티쇼는 판타지로 봉합되도록 연출되기 때문이다. 그 점에서 리얼리티 쇼와 환상적 시뮬라크는 모든 것이 자본과 상품 이미지에 예속된 후기자본주의 시대를 상징하는 두 가지 스펙터클이라고 할 수 있다.

여기서 무엇보다 중요한 것은 그 같은 리얼리티 쇼와 판타지가 TV와 스크린을 넘어서서 현실 자체의 공간에서도 연출되고 있다는 점이다. 아마도 그 점을 가장 실감나게 보여준 것은 바로 9·11테러일 것이다. 우리는 WTC 빌딩이 무너지는 모습을 보며 마치 할리우드 재난영화의 한 장면인 것처럼 느낄 수 있었다.[130] 그러나 또한 그 잿더미 속에서 울부짖으며 뛰쳐나오는 사람들을 보며 충격적인 현실감에 전율하지 않을 수 없었다. 그 같은 영화적 이미지와 전율적인 현실감의 교차는, 9·11 테러가 현실에서 공연된 리얼리티 쇼이자 판타지의 한 부분이었음을 시사한다. 즉, 9·11테러의 파괴적 이미지는 자본주의적 상징계가 분열되며 실재계적 균열을 드러낸 일종의 리얼리티 쇼였다고 할 수 있다. 또한 그에 대응하는 테러와의 전쟁과 십자군 전쟁은 그 균열을 영웅적

---

130) 지젝, 김종주 역(2003), 48쪽.

인 서사로 봉합하려는 판타지였던 셈이다. 9·11테러가 각본 없는 리얼리티 쇼였다면 그 연장선에서 발발한 걸프전은 각본에 의해 연출된 판타지 서사였던 것이다. 미국 중심의 세계화에 의한 신자유주의가 9·11 테러라는 실재계적 균열(리얼리티쇼)을 낳은 반면, 그 분열의 경험은 '악의 축'과도 싸움에서 승리를 거둔 배트맨 같은 판타지를 통해 봉합되었던 것이다.[131]

그러나 봉합은 '베인 상처'를 남기게 마련이며 테러와 응징, 그 실재계적 균열과 환상전쟁은 끝없이 되풀이된다. 이것이 바로 후기 자본주의 사회의 현실에서 실제로 공연되고 있는 리얼리티 쇼와 판타지[132]의 본 모습이라고 할 수 있다. TV와 영화의 기계가 생산하는 '시뮬라크르'와 '현실의 이미지'에는 근본적인 차이가 없으며, 현실과 시뮬라크르의 경계가 무너진 것이다.

이처럼 다양한 매체들(이미지 기계)이 생산하는 이미지가 점점 현실을 대신하는 한편, 현실 자체는 이미지를 통해 연출되고 공연되고 있다. 이 이미지와 현실의 경계의 해체는 현실 속에 이미지들이 폭증한 때문이기도 하지만 이미지의 개념 자체가 달라진 탓이기도 하다. 현실 자체를 연출하는 이미지는 카메라 옵스큐라나 19세기 광학기구의 이미지 보다는 베르그송의 이미지 개념을 통해서만 비로소 이해될 수 있다. 베르그송에 의하면, 이미지란 표상보다는 사물 쪽에 위치한 것이면서 사물 자체에는 완전히 이르지 않은 어떤 존재이다.[133] 이미지는 사물 자체의 재현(카메라 옵스큐라)도 주체 내에서의 주객의 융합(19세기 광학기구)도 아닌 사물 쪽에 속한 물질적인 어떤 것이다. 그 같은 이미지와 사물 사이에는 본성의 차이가 아니라 정도의 차이가 있을 뿐이다.[134]

---

131) 나병철(2006.9), 300쪽, 「환상소설의 전개와 성장소설의 새로운 양상」.
132) 후기자본주의 사회의 판타지에는 신데렐라 드라마 같은 부드러운 판타지와 배트맨 같은 영웅적인 판타지가 있다.
133) 베르그송, 박종원 역(2005), 22쪽.
134) 위의 책, 125쪽.

사물 자체의 일부이면서 표상과 사물 사이에 놓인 이 새로운 이미지는, 상징계(표상)와 실재계(사물 자체) 사이에 위치한 어떤 존재를 암시한다. 실제로 20세기 후반에 강조되는 이미지들, 즉 사진의 푼크툼[135]이나 영화의 운동-이미지, 그리고 리얼리티쇼의 시뮬라크르 등은 상징계와 실재계 사이의 위치를 드러낸다. 예컨대 푼크툼은 상징계가 전복되면서 실재계와의 만남이 이루어지는 구멍이며, 운동-이미지는 우리의 뇌신경에 충격을 가하는 물질적 진동이다. 또한 리얼리티 쇼는 실재계적 균열을 숨김없이 드러낸다. 뿐만 아니라 후기자본주의 시대에 성행하는 판타지 역시, 상징계의 균열을 통해 드러난 실재계를 이데올로기를 통해 메우는 작용을 한다고 할 때, TV 드라마, 상품 이미지, 할리우드 영화 등에서의 환상적 시뮬라크르들은 실재계적 균열을 판타지를 통해 감추는 이미지들이라고 할 수 있다.

그 같은 우리 시대의 이미지들은, **사물 자체**(실재)의 재현(카메라 옵스큐라)이나 주체 내부의 **표상**(19세기 광학기구)이기보다는, **실재계**(사물 자체)와 **상징계**(표상) 사이를 운동하는 시뮬라크르들이다. **시뮬라크르**란 원본인 사물 자체의 모방이 아니라, 사물 자체와 표상, 즉 실재계와 상징계 사이에서 **연출**된 어떤 것이라고 할 수 있다. 연출된 시뮬라크르들은 매체 내에서 표현될 수도 있지만 현실 자체에서 공연될 수도 있다. 왜냐하면 원본과 시뮬라크르, 사물 자체와 이미지 사이에는 본성의 차이가 아니라 정도의 차이만이 있기 때문이다. 우리는 현실에서도 사물 자체가 아닌 실재계(사물자체)와 상징계(표상) 사이의 어떤 곳을 경험할 뿐이며, 그 점은 매체를 통해 연출된 시뮬라크르의 경우와 크게 다르지 않은 것이다. 양자의 차이는 물질적인 세계에서의 실제적 경험이냐, 비물질적인 매체[136]에서의 물질적 이미지의 경험[137]이냐의 차이일 따름이다.

---

135) 푼크툼은 그 이전부터 예술사진에서 나타났지만 20세기 후반에 와서 롤랑 바르트에 의해 강조되었다.

136) 매체 자체는 물질적인 것으로 볼 수 있지만 매체를 통해 보여지는 세계가 물질적

이 같은 이미지와 현실의 경계 해체, 그리고 새로운 이미지 개념의 이면에는, 리얼리티의 개념이 변화된 사실이 놓여 있다. **리얼리티**는 사물 자체의 실체의 경험(17,8세기)도, 물 자체를 괄호 안에 넣은 현상계의 경험(19세기)도 아닌, **사물 자체**(실재계)**와 표상**(상징계) 사이의 어느 위치의 경험이다. 그것은 또한 실재계 쪽으로의 탈영토화와 상징계 쪽으로의 재영토화 사이의 경험이기도 하다. 그리고 그 점에서 이 우리 시대의 리얼리티의 개념은, 모든 것이 탈영토화-재영토화라는 자본의 운동에 예속된 후기자본주의 사회와 연관이 있다.

17,8세기에는 현실이 고정된 실체로 인식되었으며, 19세기에는 주체 내부에서 세계의 데이터와 주관이 뒤섞이는 불확실한 혼합물로 지각되었다. 반면에 20세기 후반에는 19세기처럼 세계를 불확실한 것으로 지각하면서도, 그 불투명성이 실재계와 상징계 사이에서 운동하는 현실 자체의 미결정성으로 이해되고 있다. 이 같은 주체 내부의 표상에서 현실 자체로의 전환, 즉 주체성이나 상징계라는 '내부'에서 '실재계와 상징계 사이의 운동'으로의 전환은, 주체중심성을 넘어선 '외부의 발견'이라고 할 수 있다. 자본주의적 현실이 끊임없이 탈영토화와 재영토화의 운동으로 나타나는 것은 그처럼 끝없이 외부(실재계)와 접촉하는 경험을 하기 때문인 것이다.

그러나 자본주의 사회의 운동은 외부를 내부로, 실재계를 상징계의 영토로 끌어들이는 방향으로 진행된다. 그렇지 않으면 상징계의 구멍과 실재계적 균열을 이데올로기적 판타지로 보이지 않게 은폐한다. 자본주의 사회에서 범람하는 이미지들이 실재계와 접촉하면서도 그 틈새를 감추는 방향으로 흘러넘치는 것은 그 때문이다. 예컨대 리얼리티쇼는

현실과 구분된다는 점에서 비물질적이라고 할 수 있다.
137) 이 물질적 이미지의 경험이 고도로 복잡화되고 세밀화되면 비물질적인 매체(기계) 역시 물질적인 메커니즘으로 전환될 수 있다. 미래의 이미지 기계는 그런 물질적인 존재로 탄생될 수 있을 것이다. 그러나 TV나 영화 같은 이미지 매체는 그와는 다른 종류의 목적을 갖고 있어 물질적 메커니즘으로 전환되지는 않는다.

실재계적 균열이라는 외부를 자본주의의 내부에서 전도된 이미지로 드러낸다. 또한 상품 이미지, TV 드라마, 할리우드 영화 등은 판타지를 통해 균열을 은폐하는 이미지들을 만들어낸다.

다양한 매체와 현실에서 공연되는 그 같은 이미지들은 끊임없이 균열을 경험하는 자본주의를 지속적으로 유지시키는 시뮬라크르들이다. 이 시뮬라크르들은 실재계적 균열을 끝없이 상징계의 영토로 편입시키는 점에서 자본주의적 게임의 법칙에 의해 '연출된 이미지'를 '현실'로 만드는 작업을 수행한다. 그러나 우리 시대에는 보드리야르가 **연출가의 승리**라고 부른 이 이미지들과 구분되는 또 다른 시뮬라크르들이 분명히 생성되고 있다.

시뮬라크르는 균열을 가리기 위한 연출이기도 하지만 또한 실재계를 새로운 문화의 공간으로 생성시키기 위한 창조적 이미지이기도 하다.[138) 들뢰즈가 '사건'이라고 부르는 그 창조적인 생성은 냉혹한 자본주의적 게임의 법칙에 대해 역사의 승리를 가져오는 시뮬라크르일 것이다. 그런 창조적인 생성들 중에서 실제로 '역사의 승리'를 구가하며 '실재계'가 '현실' 자체의 공간에서 드러나는 사건을 우리는 '혁명'이라고 부른다. '역사의 승리'로서의 거리의 혁명은 '연출가의 승리'로서의 TV의 리얼리티 쇼에 앞서 한발 먼저 나타난 리얼리티쇼일 것이다. 이제 그 거리의 '승리의 운동'이 점점 사라져가는 이 이미지 매체의 시대에, '역사의 승리'가 TV와 스크린에서 이미지를 통해 대신 공연되는 일이 불가능한 것은 아닐 것이다.

리얼리티쇼를 일종의 실재계와 외부에 대한 열망이라고 할 때, 그 '연출되지 않은 외부'로 향한 힘을 창조적인 생성의 에너지로 바꾸는 일을 생각해 볼 수 있다. 리얼리티쇼가 연출되지 않은 외부를 자본주의적 '게임의 법칙'의 연출로 뒤바꾼다면, 그것을 전복시킨 또 다른 리얼

---

138) 이 두 가지 시뮬라크르는 보드리야르의 시뮬라크르와 들뢰즈의 시뮬라크르의 차이를 나타낸다.

리티쇼는 게임의 법칙을 사랑과 화해의 창조적인 에너지로 역전시킬 수 있을 것이다. TV와 스크린에서 그런 시뮬라크르를 연출해 낼 수 있을 때, 자본주의가 이데올로기의 이미지화에 성공했듯이 우리는 혁명의 이미지화에 성공할 수 있을 것이다.

지금은 변혁운동 자체가 거리에서의 투쟁보다도 문화적 연출을 통해 실행되고 있다. 이제 변혁운동은 그런 공연139) 못지않게 클로즈업과 줌과 편집을 통한 이미지의 도움을 필요로 할지도 모른다. 이미지는 단순히 비판적 시각을 흐리게 하는 것만은 아니며 새로운 삶을 생성시키는 물질적 존재의 한 부분일 수 있기 때문이다. 그래서 TV와 영화와 디지털 매체에서 새로운 물질적 삶 쪽으로 범람하는 이미지들을 쏟아 낼 수 있을 때, 우리는 '다른 세상'을 향해 조금 더 전진 할 수 있을 것이다. 그것은 지금 자본주의가 우리에게 뇌우처럼 퍼부어대는 이미지의 흐름을 뒤바꾸는 길이기 때문이다.

실제로 우리는 자본주의를 넘어서는 '시뮬라크르-사건'으로서의 그런 이미지를 촛불시위의 '유대의 스펙터클'과 그 인터넷 중계에서 발견하고 있다. 또한 리얼리티쇼의 차원140)은 아니지만 TV와 스크린에서 연출되는 서사적 이미지들에서 그 가능성을 보고 있다. 예컨대 『바보같은 사랑』『다모』『봄날의 미소』『빈집』『우리들의 행복한 시간』『라디오 스타』 등에서 말이다. 이 드라마와 영화들은 자본주의적 게임의 법칙의 외부를 발견한 시뮬라크르들이다.

드라마와 영화, 리얼리티쇼 뿐만 아니라 판타지에 대해서도 우리는 똑같은 것을 말할 수 있다. 우리 시대에 판타지가 성행하는 것은 우리 내면의 균열을 봉합해 상징계에서 이탈하지 않도록 하기 위한 것이지

---

139) 거리에서의 공연도 실재계 자체를 드러내기 보다는 연출된 '사건'으로 나타나는 경우가 많은데 촛불시위가 그런 경우일 것이다. 이제 변혁운동이 문화운동의 방식을 필요로 하는 것은 그 때문이다.
140) 리얼리티쇼 차원의 예로는 촛불시위를 들 수 있다.

만, 그런 환상을 통한 봉합은 상징계의 불완전성을 스스로 드러내는 것이다. 환상이란 상징계에는 존재하지 않지만 우리 무의식 속에 잔존하는 이미지나 텍스트의 조각으로 상징계의 구멍을 메우는 것을 말한다. 그 같은 환상은, 상징계의 구멍에서 연출되며 실재계를 은폐하느냐, 혹은 균열을 통해 침투한 실재계 위에서 공연 되느냐에 따라 두 가지로 나눠진다. 전자는 슈퍼맨이나 배트맨 같은 할리우드 영화의 판타지로서 인류의 적을 응징하고 지구를 지키는 영웅들을 등장시킨다. 이 스크린 위의 판타지는, 9 · 11테러를 '악의 축'의 폭력으로 규정하고 실재계적 균열을 은폐하는 '테러와의 전쟁'이라는 현실의 판타지 서사에 상응한다. 반면에 후자는 상징계의 구멍을 뚫고 침투한 실재계에 접속한 판타지로서 자본주의의 외부를 꿈꾸는 우리의 무의식이 이미지화된 것이다. 예컨대『웰컴 투 동막골』『괴물』『사이보그지만 괜찮아』등은 실재계적 접속, 그 외부의 발견을 이미지화한 판타지들이다. 앞의 판타지가 영웅적인 주인공과 자본의 힘에 의거해 상징계(지구)를 유지시키려는 이미지라면, 뒤의 것은 사랑과 화해의 힘에 의존해 상징계의 외부로 탈주하려는 또 다른 이미지들이다.

　이처럼 비현실적인 상상적 산물인 판타지 역시 상징계와 실재계 사이의 공간에서 연출되는 이미지라고 할 수 있다. 비현실적인 판타지들이 우리 시대의 현실과 매체의 공간을 채우며 현실의 한 부분으로 공연되고 있는 것은 그 때문이다. 판타지를 포함한 20세기 후반의 시뮬라크르들은 실재계에서 상징계 쪽으로 혹은 그 반대 쪽으로 움직이며 연출되는 스펙터클인 사건들인 것이다. 현실 그 자체를 구성하는 이 사건들을 '연출'되었다고 말하는 것은[141] 그것이 고정된 공간이 아닌 가변적인 수행적 공간(상징계와 실재계 사이)에서 주체와의 연관 속에서 발생되기 때문이다. 그것은 상징계와 실재계 사이에서 주체에 의해 어느 쪽으

---

141) 20세기 후반의 이미지를 시뮬라크르라고 말하는 것은 그런 맥락에서이다.

로 연출된 것이기도 하지만, 또한 주관과 뒤섞인 것이 아니라 외부 현실 자체에서 생성된 사건이기도 하다. 그런 점에서 20세기 후반의 시뮬라크르들은 고정된 현실의 재현인 17,8세기의 이미지나 주관과 객관이 뒤섞인 표상인 19세기의 이미지와 구분된다. 주체에 의해 연출되었다는 어감을 지닌 20세기 후반의 시뮬라크르들이 실제로는 현실 자체를 구성하고 변화시킬 수 있는 것은 그 때문이다. 현실이나 매체에서 연출된 이 시뮬라크르들이 실재계에 접촉하면서 외부를 발견하고 상징계를 변화시켜 갈 때, '연출'이 '창조'가 되고 '연출가의 승리'는 '역사의 승리'가 될 수 있을 것이다. 이제 이 새로운 이미지와 리얼리티의 개념을 앞 시대와 비교해서 제시하면 다음과 같다.

	17,8세기	19세기	20세기 후반
이미지	현실의 재현	주관과 객관의 혼합물	상징계와 실재계 사이
리얼리티	견고한 실체	주관적 표상+(물 자체)	탈영토화—재영토화
자본주의	초기	발전기	후기자본주의
권력	이성중심적 권력	규율화(감시장치)	감시+스펙터클
예술	재현예술	주체의 자발성	탈영토화된 이미지
내부·외부	내부의 발견	내부의 자발성	외부의 발견

제3장 ··· 소설의 시점과 시각의 역사

1. 인식과 서사의 변증법 – 서사의 접힘과 펼쳐짐

이제까지 우리는 17세기 이후 시각의 역사의 세 단계를 차례대로 살펴봤다. 시각의 역사의 세 단계들은 각 시기의 테크놀로지를 상징하는 광학기구를 갖고 있는데, 17,8세기의 카메라 옵스큐라, 19세기의 입체경, 20세기의 영화가 바로 그것이다. 우리의 관심사인 소설과 영화에 연관해서 주목되는 것은 그 각 시기의 테크놀로지들이 서사양식(소설과 영화)에서 시점의 변화를 암시한다는 점이다. 앞장 각 절의 말미에서 시각의 역사와 서사의 역사의 상응성을 살펴본 것은 그런 맥락에서였다.

시각의 역사에 상응하는 서사적 **시점**의 역사의 세 단계로는 소설의 작가적 시점과 내적 초점화, 그리고 영화의 기계적 시각을 들 수 있다. 이제 그런 시점의 역사를 암시한 각 절의 말미에 다시 접속하면서 서사 양식의 시점의 변화에 대해 자세히 살펴보자. 우리는 작가의 인식을 드러내는 전지적 시점에서 작가-화자가 사라진 듯한 내적 초점화로, 그리고 인간의 시점 대신 기계의 눈이 등장하는 영화의 시점으로 나아갈 것이다.

서사적 '시점의 역사'의 첫 단계로는 정신의 눈과 인식의 눈이 나타나는 작가적 화자와 전지적 시점을 들 수 있다. 작가적 화자는 자신의 인식을 직접 드러내는 점에서 인식의 담론인 에세이 류와 겹쳐지는 영역을 지닌다. 또한 작가적 화자는 그 인식의 층위에서 서사적 차원에 대한 메타레벨에 위치함으로써 이야기 세계에 대해 전지성을 갖게 된다. 메타레벨에서의 작가적 화자의 인식의 눈이란 이야기 세계에 대해 모든 것을 다 알고 있는 위치인 것이다.

작가적 화자는 그처럼 서사의 차원이 전지성을 지닌 인식의 차원(메타레벨)으로 이동할 수 있는 이층성(서사-인식)을 지니고 있다. 그리고 바로 그 때문에 서사-인식의 이층성을 지닌 작가적 화자 양식은 인식과 서사의 변증법의 문제를 매우 분명하게 보여준다.

작가적 화자의 인식-서사의 이층성은 로크와 데카르트의 카메라 옵스큐라, 라이프니츠의 모나드와 원뿔, 그리고 들뢰즈가 말한 '바로크적 이층집'[1]과 연관을 갖고 있다. 또한 보다 폭넓은 관점에서는 동북아의 이기론(理氣論) 철학과도 관련을 지닌다. 이제 그런 인식-서사의 모델들을 포괄하면서 서사와 인식의 변증법에 대해 살펴보자.

프레드릭 제임슨에 의하면 인식과 서사의 변증법이란 서사나 인식의 우선권을 서로서로 침식하는 상호작용을 말한다.[2] 즉, 인식적 담론에는 서사가 따라다니게 마련이며 서사에는 이미 인식적 요소가 작용하고 있다는 것이다. 예컨대 데카르트의 『방법서설』이라는 인식적 담론은 일종의 성장서사에 근거해 전개되고 있다. 반면에 이광수의 『무정』은 계몽주의적 인식론을 배경으로 서사를 진행시킨다.

---

1) 들뢰즈, 이찬웅 역(2004), 12~13쪽.
2) Fredric Jameson, Foreword, A. J. Greimas(1987).

그러나 두 작품은 인식과 서사의 변증법의 가장 적절한 예는 아니다. 『방법서설』은 결국 진리탐구에 대한 인식을 담은 철학이며, 『무정』역시 소설임에도 불구하고 인식중심적 서사에 머물고 있다. 그와 달리 제임슨이 예를 든 그레마스의 사각형은 인식-서사의 변증법의 또 다른 차원을 보여준다. 그레마스의 사각형에서 미세한 인식적 요소들의 상호작용은 사건들의 계열화된 운동과 구분되지 않으며, 그 의미론적·서사적 운동의 결과로 나타난 '의미'(주제) 역시 '서사' 자체와 뗄 수 없는 관계에 있다.

예컨대 발자크의 『고리오 영감』에 대해 생각해 보자. 이 소설에서 라스티냑이 고리오의 비정한 딸들과 대립하면서, 비참한 고리오의 죽음에 분노하며 파리와의 결투를 선언하는 과정은, 미세한 의미소(인식적 요소)들의 상호작용인 동시에 사건들이 계열화되어 전개되는 양상이다. 또한 그 의미론적·서사적 운동의 총체로서 드러난 '자본주의에 대한 비판적 인식'의 주제는 서사의 전체과정과 구분되지 않는다. 즉, 이 소설의 '인식'적 주제는 '서사' 자체를 함축하는 의미로서 결코 인식적 담론으로 환원되지 않는다.

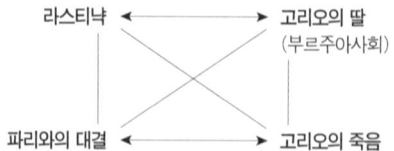

위에서처럼, 그레마스의 사각형은 의미론적·서사적 운동 과정과 그것의 총체로서 '의미'란 무엇인가를 보여준다. 의미란 전체 서사과정[3]에서 나타나는 미시 의미소들의 운동에 다름이 아니다. 즉 『고리오 영감』의 주제로서의 인식적 의미는, 인식 그 자체로 환원된 관념이기보다

---

3) 이 서사적 과정은 의미가 생성되는 의미론적 과정이기도 하다.

는 사각형의 의미론적 · 서사적 운동과정의 함축물(접힘)인 것이다. 또한 '서사적' 과정이란 그 함축물이 '펼쳐지는' 전개양상이다.

이 그레마스 사각형에서 서사의 **접힘**(전체적 의미)과 **펼쳐짐**(사건)의 과정은 라이프니츠의 '주름'을 연상시킨다. 라이프니츠가 말한 정신(이성)을 지닌 모나드란 인식론적인 관념의 공간이 아니라 물질적 세계에서 실제 사건으로 전개될 '잠재적 사건'의 저장소이다. 즉, 모나드란 잠재적 사건이 주름으로 접혀진 것이며 그 주름이 펼쳐진 것이 물질적 세계에서의 실제적 사건이다. 이 모나드론에서는 정신과 세계, 세계에 대한 '인식'과 세계에서의 '사건'이 이분법적으로 구분되지 않는다. 왜냐하면 그 양자는 잠재적 사건과 실제적 사건, 즉 접힘과 펼쳐짐의 관계일 뿐이기 때문이다. 그 점에서 라이프니츠의 모나드론은 그레마스의 사각형처럼 인식-서사의 변증법의 새로운 차원을 암시한다.

그레마스의 사각형과 라이프니츠의 모나드론의 차이는 후자가 모나드를 실체로 보는 형이상학인 반면 전자는 탈구조주의적 의미론이라는 점이다. 그러나 라이프니츠의 모나드가 내부에 소우주를 포함하고 있듯이 그레마스의 사각형은 의미론적 소우주를 내포하고 있다. 또한 양자는 그런 방식으로 인식 주체와 객관세계라는 이원론적 인식론을 넘어서고 있다. 이제 인식-서사의 변증법과 연관해 그 점을 보다 자세히 살펴보자.

라이프니츠의 '주름' 이론은 정신과 세계의 이원론을 넘어서는 점에서 데카르트적인 인식론과 구분된다. 그 둘의 차이는 데카르트의 카메라 옵스큐라와 라이프니츠의 모나드의 차이이기도 할 것이다. 데카르트와 로크의 카메라 옵스큐라에 대해서는 앞에서 살펴본 바 있다. 라이프니츠의 모나드 역시 그들의 카메라 옵스큐라처럼 개인의 내부 공간을 상징한다.[4] 그러나 모나드 내부에는 신의 눈으로 유추되는 위치가 부재

---

4) 모나드는 데카르트의 인식 모델과는 달리 인간뿐만 아니라 모든 개체들에게 존재한다. 그러나 세계에 대한 인식이 가능한 것은 정신을 지닌 개인의 모나드이다.

하며 정신의 눈은 제한된 관점으로 세계를 인식할 수 있을 뿐이다.

그런데 그처럼 제한된 관점으로 세계를 인식한다는 것은 카메라 옵스큐라의 경우와는 달리 모나드 내부에서 지각된 세계가 이미 정신의 눈에 내속되어 있는 내용임을 뜻한다. 즉, 카메라 옵스큐라에서 스크린의 이미지는 외부세계의 재현이며 이미지를 보는 것은 외부세계를 인식하는 일을 의미한다. 반면에 모나드 내부에 비친 이미지는 외부세계의 재현이기 보다는 모나드 자체에 의해 제한된 지각 내용일 뿐이다. 따라서 그 이미지는 본다는 것은 외부세계를 완전히 인식하는 것이 아니라 모나드에 내속되어 있는 지각 내용을 보는 것을 뜻한다. 모든 모나드들은 각기 다른 관점에 의해 제한된 세계의 지각을 포함하고 있으며 무수한 모나드들에는 저마다의 소우주가 내장되어 있는 것이다.

데카르트의 카메라 옵스큐라에서는 '내부의' 이미지를 통해 '바깥의' 물질적 세계를 인식하는 일이 가능했다. 그러나 라이프니츠의 모나드에서는 자신의 관점에 의해 제한된 지각 내용으로서 모나드 '안에' '접혀져 있는' 소우주를 볼 수 있을 뿐이다. 카메라 옵스큐라에서와는 달리 모나드를 통해 외부세계가 드러날 수 있는 것은, 모나드 안에 접혀 있는 소우주를 물질적 세계에서 펼치면서, 다른 모나드들이 함께 펼쳐져 어우러지는 경우일 것이다.[5]

그 같은 모나드에서는 카메라 옵스큐라처럼 '내부'를 통해 직접적으로 '외부' 세계를 완전히 인식할 수는 없다. 흔히 모나드에는 창문이 없다고 말하는 것은 그 점을 지적하는 것이다. 세계란 모나드의 내부를 통해 직접 볼 수 있는 외부가 아니라, 각각의 모나드들이 펼쳐지면서 그 (모나드의) 제한된 관점들이 어울려 총체화된 것이다.

---

[5] 하나의 모나드에 접혀 있는 사건이 현실화되려면, 그 사건과 연관된 다른 모나드들도 함께 펼쳐져야 하며, 그 공가능한 사건의 요소가 이미 다른 모나드들 내에 접혀져 있어야 한다. 그런 식으로 창이 없는 모나드들은 서로서로 울림을 갖게 되는데, 그 같은 울림이란 독립된 모나드들 간의 상호텍스트성 같은 것으로 볼 수 있다. 모나드들 간의 울림은 우주 전체를 반복하며 증식시킨다.

모나드론에서는 세계를 완전히 인식할 수 있는 관점이 어디에도 존재하지 않으며 오직 신만이 그런 위치에 있을 뿐이다. 인간의 눈으로 볼 때 세계는 완전한 인식이 불가능한 '실재계'[6]와도 같은 것으로서, 관점을 지닌 모나드는 제한된 인식으로 자신의 내부에 소우주를 내속시킬 뿐이다.[7] 그리고 그처럼 제한된 관점으로 된 소우주를 지닌 모나드들의 총체가 바로 세계인 것이다.[8]

이 같은 모나드론은 카메라 옵스큐라로 상징되는 데카르트의 인식론과는 근본적인 차이를 지니고 있다. 먼저 모나드론이 말하는 '제한된 관점'은 데카르트와 칸트의 사이에서 중요한 인식론적 위치를 암시한다. 즉, 모나드의 '제한된 관점'은 외부세계를 인식할 수 있다고 본 데카르트나 물 자체(실재계)는 알 수 없다고 말한 칸트와 구분되는 제3의 위치를 시사한다. 모나드론에서 세계는 완전한 인식이 가능한 객체도 알 수 없는 미지의 공간도 아니며, 모나드들의 접힘과 펼침을 통해 접근할 수 있는 어떤 곳이다. 이 점은 인식론적 미결정성[9]을 말하는 탈근대론과 연관해 많은 시사점을 제공한다.

또한 자기 자신 속에 소우주를 포함한 모나드는 세계의 재현을 제공할 뿐인 카메라 옵스큐라의 이원론적 인식론을 넘어선다. 데카르트의 인식론은 카메라 옵스큐라 내부의 정신의 눈과 그 외부의 물질세계가 분리되는 이원론을 나타낸다. 반면에 모나드 내부에 비쳐진 세계의 이

---

6) 엄밀히 말하면 세계는 실재계와 상징계 사이에 존재할 것이다. 실재계는 라캉의 개념으로서 좀처럼 상징화되지 않는 영역이다.

7) 라이프니츠는 이처럼 모나드 내의 소우주 내속화가 신의 설계에 의해 이미 정해져 있는 것으로 말한다. 그런 측면에서 모나드의 자율성을 적극적으로 언급하지 않는 것은 라이프니츠의 한계일 것이다.

8) 이정우(2001), 215~216쪽.

9) 미결정성이란 완전히 주어진 체계에 종속될 수 없는 어떤 요소를 말한다. 자본주의의 발전은 체계 내부에 포함될 수 없는 요소들의 출현에 의해 미결정성을 야기하는데, 라이프니츠의 시대 역시 세계에 대한 완전한 인식이 불가능한 불확정성이 커져가던 때였다.

미지는 외부세계의 반영이기 보다는 내부의 정신에 내속되어 있는 소우주이다. 반복해서 말했듯이, 외부세계란 그 모나드의 주름으로 접혀져 있는 소우주(혹은 잠재적 사건)가 펼쳐지면서 다른 모나드들의 펼쳐짐과 어우러진 것일 뿐이다. 여기서 정신의 모나드와 물질적 세계는 이원론적으로 분리되지 않는데, 왜냐하면 그 둘은 접힘과 펼쳐짐의 관계일 뿐이기 때문이다. 더욱이 모나드란 정신을 지닌 인간만이 아니라 모든 사물들의 형상(원리)이며, 그것들의 주름이 펼쳐진 것이 세계 속의 물질적 존재인 것이다. 따라서 모나드론에서는 정신의 주체와 외부 대상, 인간과 물질적 사물이 이분법적으로 구분되지 않는다. 인간을 포함한 모든 사물들은 소우주를 지닌 모나드(형상)이자 물질적 존재이며, 그 모나드들의 펼쳐짐과 총체화가 바로 세계이기 때문이다.

모나드가 펼쳐진다는 것은 다른 사물들과 관계를 맺으며 세계 속으로 열려지는 것을 뜻한다.10) 그것이 가능한 것은 닫힌(창문 없는) 모나드 속에 이미 주름으로 접혀져 있는 소우주가 내포되어 있기 때문이다. 인간뿐만 아니라 모든 사물들의 모나드에는 소우주가 내속되어 있으며, 다만 정신을 지닌 인간은 다른 사물들에 비해 보다 분명한 지각력과 복잡한 주름을 갖고 있을 뿐이다. 그처럼 모나드 내부에 소우주가 포함되어 있는 점에서, 모나드의 '관점'이란 내부의 눈으로 외부세계를 보는 것이 아니라, 자신의 존재 내에 주름으로 포함된 소우주의 접힘과 펼쳐짐을 지각하는 것을 말한다. 외부세계는 모나드 바깥에 미리 존재하는 것이기 보다는, 모나드의 주름이 펼쳐질 때 다른 사물들과의 관계가 형성되며 비로소 나타날 것이기 때문이다. 내부의 정신의 눈으로 외부세계를 보는 카메라 옵스큐라에서와는 달리, 모나드는 자신의 존재론적 특성으로 주름을 펼치면서 세계를 인식11)하는 것이다. 특이하게도 여기서는 인식론이 존재론과 별도로 구분되지 않는다.

---

10) 이정우(2000), 110쪽.
11) 인식이란 그 펼침에 대한 접힘이라고도 볼 수 있다.

그 같은 인식의 과정에서 모나드가 자신의 존재론적 특성인 주름을 펼치며 지각을 넓혀가도록[12] 해주는 것은 정신의 인식력이기 보다는 욕망과 힘[13]이다. 힘은 주름에 포함된 에너지이자 물질적인 힘으로 발산되기도 하는 요소이다. 동양철학의 기(氣)에 해당되는 힘에 의해 모나드의 주름이 펼쳐지면서 잠재적인 사건들(주름들)이 실제의 사건으로 현실화되는 것이다.

그처럼 힘(기, 氣)에 의해 모나드가 실제의 사건으로 현실화되는 점에서, 그리고 모든 사물들을 모나드이자 물질적 존재로 보며 인간(주체)과 외부세계의 이분법을 넘어서는 점에서, 라이프니츠의 모나드론은 동양철학의 이기론(理氣論)과도 매우 유사하다. 이기론에서 이(理)는 서양철학의 정신과 이성이 아니라 모든 개체들이 지닌 존재론적 원리의 차원을 말한다. 또한 기는 인간 주체의 인식대상인 물질적 객체이기 보다는 인간을 포함한 모든 개체들이 지닌 힘과 물질적 존재를 뜻한다. 따라서 이와 기는 서로 대립되지 않으며 이는 기 자체가 존재하게 하는 원리적인 차원일 뿐이다. 그리고 기는 만물의 원리인 이가 물질적 존재를 지닌 개체로서 현실화되게 하는 요인이다.

따라서 세계 속의 모든 인간과 사물들은 기인 동시에 이라고 할 수 있다. 또한 세계는 단지 인간의 객체적인 인식대상이라기 보다는, 인간과 사물의 존재론적 원리인 이가 기의 운동 속에서 펼쳐져 현실화된 총체이다. 그 점에서 이란 '접혀진 소우주'이자 세계의 '잠재적 사건'[14]이며, 기는 그런 이가 '펼쳐지는' 운동 과정에서 세계를 생성시키는 힘과 물질적 존재이다.

이 같은 이기론에서는 주체의 세계에 대한 '인식' 과정이 이가 펼쳐

---

12) 모나드의 지각력과 인식력은 각 모나드의 관점으로 이미 존재론적인 제한을 갖고 있는데, 그것은 모나드마다 주름의 복합성과 섬세함의 정도가 서로 다름을 뜻한다.
13) 라이프니츠는 '욕동'이라고 부르고 있으며 그것이 모나드의 실체 자체에서 나오는 것으로 말한다. 이정우(2001), 76~79쪽.
14) 이정우도 이를 잠재적 사건으로 보고 있다.

지고 기가 운동하는 '존재론적' 생성과정과 구분되지 않는다. 이 특이한 인식론과 존재론의 결합양상에서 '접혀진 소우주'이자 '잠재적 사건'인 이는 흡사 라이프니츠의 모나드와도 같은 위치에 놓여 있다. 또한 기는 모나드의 주름이 펼쳐지게 하는 힘이자 물질적 존재와도 유사하다.

말하자면 '이'는 접혀진 '잠재적 기의 운동'이며 '기의 운동'은 이가 펼쳐지는 존재의 생성과정이다. 이 점은 모나드가 '접혀진 잠재적 사건'이고 현실의 실제 사건들은 그 주름이 펼쳐지는 생성과정인 점과 비슷하다. 이와 기의 관계는 잠재적 사건과 실제적 사건, 그리고 모나드의 접힘과 펼쳐짐의 관계에 상응하는 것이다.

물론 이기론이 모나드론과 아주 동일한 것은 아니다. 모나드론에서 모든 개체들이 모나드인 동시에 물질적 존재이듯이, 이기론에서도 만물은 이인 동시에 기이다. 그리고 모든 모나드 중에서 이성을 지닌 인간의 모나드가 가장 신에 가까운 것처럼, 이를 지닌 만물 중에서 인간적인 성(性)과 덕(德)을 가진 사람이 가장 천(天)의 이에 접근해 있다. 그러나 이성이 신처럼 우주를 인식하고 모방하는 '개인'의 능력인 반면 인간의 성(性)은 인(仁)처럼 개인들 '사이'에서 발현되는 능력이다. 그 같은 관계론적 개념 성의 근원인 이는, '공동체'를 유지시키는 원리인 동시에 충(忠)같은 중세적 이념의 근거이다. 그에 반해 이성을 지닌 창문 없는 모나드는 서구적이고 근대적인 '개인주의'의 산물이라고 할 수 있다.

하지만 이와 모나드는 단지 성(性)이나 이성(理性)으로 환원되는 관념이 아니라 '잠재적 사건'을 함축한(접고 있는) 주름의 형태라는 공통점을 지닌다. 이와 모나드는 세계를 인식할 수 있는 능력을 포함하지만, 그 인식력은 단순한 관념적인 능력이기 보다는 사건들을 함축적으로 접고 있는 형식과 연관되어 있다. 그리고 그런 이와 모나드의 펼쳐짐이 바로 현실에서의 사건들인 것이다. 따라서 이와 모나드의 접힘과 펼쳐짐은, 주체와 세계, 인식과 사건의 이분법을 넘어서면서, 제임슨이 말한 '인식과 서사의 변증법'을 매우 잘 보여준다.

2. 작가적 화자 소설의 '인식과 서사의 변증법'

이기론과 모나드론에서 생성되는 인식과 서사의 변증법은 현실과 소설에서 모두 나타난다. 이제 작가적 화자 소설에서 드러나는 인식–서사의 변증법을 살펴보자. 앞서 언급했듯이, 정신(이성)을 지닌 모나드의 세계인식이란 자기 자신 속에 접혀 있는 사건들을 현실의 세계에서 펼치면서 이루어진다. 여기서 '잠재적 사건'으로서의 모나드와 '펼쳐진 사건'으로서의 현실 세계는, 마치 소설에서 화자(작가적 화자)의 정신의 공간과 이야기 세계의 관계와도 유사하다. 그리고 그 관계를 잘 보여주는 작가적 화자의 소설은 인식과 서사의 변증법을 자연스럽게 드러낸다.[15]

근대소설에서 화자의 정신의 공간은 작가적 화자 양식에서 가장 분명하게 나타난다. 앞장에서 살폈듯이 작가적 화자의 정신의 공간은 카메라 옵스큐라의 내부와도 매우 비슷하다. 카메라 옵스큐라 내부의 판관과 자기 입법자의 위치는 작가적 화자의 주석적 서술이라는 인식적 담론에 상응한다. 그러나 작가적 화자는 그런 인식의 눈을 지닌 위치인 동시에 '잠재적 이야기'를 정신 속에 함축하고 있는 존재이기도 하다.

> 좀더 써 나간다면 내 자신의 이야기처럼 파란 많고 놀라운 사건으로 가득 찬 이야기가 될 것이다. 특히 이들은 섬으로 여러 차례 상륙한 카리브 족과 싸웠다. 그리고 섬 자체를 열심히 개발했다 (…중략…)
> 이러한 이야기들과 그 후 10년 동안 내 새로운 모험 중에 겪었던 여러 가지 놀랄 만한 사건들에 대해서는 앞으로 좀더 설명하게 될 것이다.[16]
> ―『로빈슨 크루소』 1부 결말부

---

15) 물론 인식과 서사의 변증법이 작가적 화자 소설에서만 나타나는 것은 아니다.
16) 디포(2004), 352~353쪽. 1인칭 소설이지만 작가적 화자 유형에 가깝다.

형식과 선형은 지금 미국 시카고대학 사 년생인데 내내 몸이 건강하였으며 금년 구월에 졸업하고는 전후의 구라파를 한 번 돌아, 본국에 돌아올 예정이며, 김 장로 부부는 날마다 사랑하는 딸이 돌아오기를 기다려 벌써부터 돌아온.후에 할 일과 하여 먹일 것을 궁리하는 중. (…중략…)

기쁜 웃음과 만세의 부르짖음으로 지나간 세상을 조상하는『무정』을 마치자.17)

—『무정』 결말부

그것은 이 책을 손에 들고 포근한 안락의자에 깊숙이 몸을 담고, "거 재미있을 것 같은데" 하고 중얼거리는 독자 여러분들과 같을지도 모른다. 고리오 영감의 남모르는 불행한 이야기를 읽고 난 후, 자신이 감동을 느낄 수 없는 것을 작자의 탓으로 돌리고, 과장을 공격하며, 너무 시적으로 표현했다고 작자를 탓하면서 왕성한 식욕으로 저녁을 먹을 것이다. 그렇지만 이것만은 알아주기 바란다. 이 드라마는 꾸며낸 것도 아니며 소설 또한 아니다. "모든 것이 진실이다."18)

—『고리오 영감』 서두부

잘 가게, 한스 카르토르프! 인생의 골칫거리 자식이여! 그대의 이야기는 끝났다. 우리는 그대의 이야기를 끝마친 것이다. 그것은 짧지도 길지도 않은 이야기였으며 연금술 같은 이야기였다. (…중략…)

이 세계를 뒤덮는 죽음의 향연 속에서, 비 내리는 밤하늘을 붉게 물들이는 사악한 열병과 같은 업화 속에서 그러한 것들 속에서도 언젠가는 사랑이 솟아오를 것인가?19)

—『마의 산』 결말부

인용문들은 화자가 이야기의 서술에서 벗어나 자기 자신의 정신의 공간을 응시하는 상황을 보여준다.20) 여기서 화자는 사건들을 압축적으

---

17) 이광수(1999), 362~364쪽.
18) 발자크, 권미영·최정순 역(1990), 304쪽.
19) 토마스 만(1996), 540쪽.
20) 이런 서술들은 소설의 중간에도 나타나지만 주로 서두와 말미에서 많이 나타난다.

로 암시하는 한편, 이야기를 아직 펼치지 않았거나 접고 있음을 말하고 있다. 이처럼 작가적 화자의 정신이란 '접혀진 이야기', 즉, '잠재적 사건들'에 다름이 아니다. 작가적 화자의 공간은 카메라 옵스큐라 내부 같은 정신의 눈의 위치이기도 하지만 또한 잠재적 사건으로서 모나드의 공간이기도 한 것이다.

작가적 화자의 공간이 모나드에 해당된다는 것은, 그 곳에 세계로 열린 창이 없으며 화자는 이야기 세계의 창을 통해서만 세상과 소통한다는 점에서도 알 수 있다. 물론 인용문들에서는 화자가 독자에게 직접 말을 건네면서 자신과 독자를 '우리'라고 부르기도 한다. 그러나 여기서 화자가 실제 인물이 아니라 내포작가이듯이, 독자 역시 작가적 화자의 정신적 공간(모나드) 내에 가정된 내포독자라고 할 수 있다. 내포작가와 내포독자 사이에는 세계를 향해 열린 창이 없으며 둘 사이의 소통은 추상적인 차원에서 그치게 된다. 만일 그런 창이 존재하고 작가와 독자의 소통이 구체적인 대화가 된다면 작가적 화자는 인물이 되고 소설의 형식은 액자소설로 전환될 것이다. 그와 달리 내포작가와 내포독자 사이의 추상적인 소통은 '작가로서의' 화자의 정신적 공간을 자의식적으로 드러내어 그의 정신적 존재를 부각시키는 기능을 한다.

그 밖에 작가적 화자와 독자와의 실제적인 소통은 대부분 창문이 열려 있는 이야기 세계를 매개로 이루어지게 된다. 그처럼 작가와 독자의 구체적인 소통이 이야기 전체과정을 매개로 이루어진다는 점에서, 작가적 화자의 정신이란 아직 펼쳐지지 않은 '잠재적 사건들'의 저장소이면서, 또한 사건들의 전체적 과정을 함축한 '인식적 의미작용'이라고 할 수 있다. 말하자면 작가적 화자의 공간은 라이프니츠의 모나드적인 소우주인 동시에 그레마스 사각형의 의미론적인 소우주를 포함한 것이기도 하다.

그 같은 작가적 화자의 공간과 이야기 세계의 관계는 인식과 서사의 변증법을 분명히 보여준다. 인식이란 카메라 옵스큐라 내부의 정신의 눈의 작용이면서 또한 모나드 내부의 '접혀진 전체 사건들'이기도 하다. 반면에 이야기란 카메라 옵스큐라의 스크린에 비쳐진 세계인 동시에 모나드 안의 접힌 사건들이 펼쳐진 세계이기도 하다. 작가적 화자의 '인식(관점)'이란 소설의 사건들을 전부 거친 후에 우리가 화자와 소통하는 내용이며, '서사적 이야기'란 작가적 화자의 인식이 구체적인 사건들로 전개된 내용 그 자체이다. 따라서 우리는 펼쳐진 사건들인 서사를 통해 작가적 화자의 '관점(인식)'을 경험하거나, 반대로 접혀진 사건들인 화자의 인식(관점)이 전체 서사적 과정에 연결되는 변증법을 경험한다.

인식	카메라 옵스큐라 내부의 눈	판관	주석적 서술	작가적 화자의 공간
	모나드 내부의 잠재적 사건	접혀진 서사	화자의 관점	
서사	열린 세계 (서사적 운동)	펼쳐진 서사	이야기 세계	이야기의 공간

위에서처럼 작가적 소설의 인식과 서사의 변증법은 사건들의 **접힘과 펼쳐짐**의 관계로 나타난다. 예컨대 『무정』이나 『고리오 영감』에서 우리는 사건들의 전체적 전개를 경험한 후에 접혀진 서사로서 작가적 화자의 정신(인식)과 소통하게 된다. 혹은 반대로 아직 펼쳐지지 않는 잠재적 사건[21]으로서의 화자의 관점이 전체적 서사 과정으로 전개되는 것을 경험한다. 실상 소설을 읽는다는 것은 그런 접힘과 펼쳐짐의 작용을 끊임없이 경험하는 과정으로 볼 수 있다.

그런데 이 같은 서사와 인식의 변증법 중에는, 『무정』처럼 전체 서사적 과정이 판관과도 같은 작가적 화자의 인식적 담론으로 환원되는 경우와, 『고리오 영감』처럼 화자의 인식이 서사 전체를 함축하는 '접힘'일 뿐 판관의 인식으로 환원될 수 없는 경우가 있다. 전자는 카메라 옵스

---

21) 앞의 『고리오 영감』의 인용문은 이 상태를 보여준다.

큐라 판관의 위치이며 후자는 모나드의 접혀진 서사이다. 그 둘 중 특히 후자의 경우에는 관념적 인식론뿐만 아니라 라이프니츠의 모나드론의 한계까지 넘어서서 나아간다.

라이프니츠는 모나드 내에 미리 설계되어 있는 '잠재적 사건'과 '정신의 관점'이 물질적 세계에서 조화롭게 펼쳐지는 것으로 말하고 있다. 그러나 『고리오 영감』은 그 반대로 물질적 세계에서 서사적 과정이 전개됨에 따라 그 과정을 함축한 (접혀진 서사로서) 작가적 화자의 인식이 형성됨을 보여준다. 즉, 이 소설에서는 작가적 화자의 인식이 접혀진 서사로서 사후적으로 나타날 뿐 미리 정해진 관념이나 잠재적 사건으로 환원되지 않는다. 서두에서 살폈듯이, 이 소설의 작가직 화자의 인식이란 '그레마스 사각형의 소우주'를 함축한 '사건들의 총체'에 다름이 아니다. 물론 그것은 '신에 의한 예정 조화설'을 폐지했을 때의 모나드, 즉 재해석된 라이프니츠의 '소우주를 포함한 모나드'이기도 할 것이다.

발자크는 소설 내부의 내포작가로서 뿐만 아니라 현실의 삶에서도 '사유의 서사성'을 드러내고 있었다. 그의 연작형식의 총체인 『인간 희극』은 일종의 소우주를 이루고 있는데, 발자크는 현실의 삶에서도 그 소우주 속에서 사유하며 허구와 현실을 따로 구분하지 않았다. 즉, 그는 현실의 사소한 일에는 관심을 갖지 않는 반면 자신의 소설 속의 사건을 실제 현실의 일처럼 말하곤 했다. 예컨대 발자크는 그의 친구가 자기 누이의 병에 대해 말하고 있을 때 그 이야기를 가로막으며 이렇게 입을 열었다. '그건 모두 좋아. 그런데 이젠 현실로 돌아가세. 외제니 그랑데[22]를 누구에게 시집보내야 하지?'[23] 발자크는 자신의 인물들이 현실 속에 실제로 존재한다고 믿고 있었으며 그의 '소우주'가 현실보다도 더 현실적이라고 생각하고 있었다.

그것은 그가 **현실**을 눈에 보이는 현상들이 아니라 인물과 환경의 상

---

22) 발자크의 『외제니 그랑데』의 주인공.
23) 하우저, 백낙청·염무웅 역(1999), 71쪽.

호작용 속에서 드러나는 **사건들의 총체**라고 생각했기 때문이다. 즉, 그는 현실이란 실제로 일어난 사실에 대응하는 일들이기 보다는 인물들이 환경과의 연관 속에서 움직이는 서사적 운동이라고 여겼던 것이다.[24]

발자크의 이런 서사적 사유는 그의 현실인식에도 해당되는 것이었다. 그는 관념적으로는 귀족주의적인 세계관을 갖고 있었지만 자신도 모르게 실제로는 마르크스와도 비슷한 방식으로 현실을 인식하고 있었다. 그것은 그가 늘상 자신의 소우주 속에서, 즉 그 사건들의 총체 속에서 사유하고 있었음을 의미한다. 말하자면 발자크의 사유는 '잠재적 서사'였으며 그의 현실인식은 '함축된(접혀진) 사건들의 총체'였던 것이다.[25] 또한 그의 『인간희극』은 그 '잠재적 서사'이자 '접혀진 사건들'의 구체적인 펼쳐짐에 다름이 아닐 것이다.

이 같은 인식과 서사의 변증법은 비단 발자크 같은 소설가의 특권만은 아니다. 그 반대로 인식적 담론(철학)을 통해서도 서사와 인식의 상호작용을 발견할 수 있기 때문이다. 예컨대 데카르트의 『방법서설』은 그스스로가 밝히고 있듯이 '하나의 이야기이자 우화'[26]라고 볼 수 있다. 데카르트는 이 1인칭 작가적 화자[27]의 성장서사를 근거로 그의 철학적 탐구를 진행시키고 있는 것이다.

또한 자본주의적 현실을 '견고한 모든 것은 대기 속에 녹아 버린다'고 묘사한 마르크스의 『공산당 선언』이나, 자본과 잉여가치의 관계를 아버지와 아들의 관계로 비유한 『자본론』 역시, 서사를 포함한 인식적 담론들로 볼 수 있다. 마르크스는 발자크처럼 자본주의적 현실을 실제

---

24) 앞의 인용문에서 발자크가 독자에게 자신의 소설이 허구도 공상도 아니고 사실이라고 말한 것은, 인물과 환경의 연관을 그린 그의 소설이 실제 사실보다도 더 현실성을 지닌다고 믿고 있었음을 의미한다.

25) 흔히 발자크의 이런 측면을 리얼리즘의 승리(엥겔스)라고 말하는데 그것은 또 서사의 승리이기도 할 것이다.

26) 데카르트, 이현복 역(1997), 149~150쪽.

27) 작가적 화자 유형은 일반적으로 3인칭이지만, 1인칭의 경우도 있음. 더욱이 『방법서설』같은 에세이적인 철학 담론은 1인칭을 취한다.

사실에 대응하는 현상으로 보다는 인간과 환경의 상호 관계 속에서 벌어지는 사건들로 파악하고 있었다. 다만 그는 발자크와는 달리 그 서사적 사건을 정교한 인식적 담론으로 번역했던 셈이다.

마찬가지로 '아버지 살해와 형제들의 연대'를 말하고 있는 프로이트의 『토템과 타부』 역시, 하나의 서사를 매개로 문명의 기원을 밝히고 있는 인식적 담론이다. 프로이트 또한 사실에 근거하기 보다는 가능적 세계(possible world)[28]로부터 창작해낸 우화를 배경으로 서구 문화에서 오이디푸스 구조가 발생한 근원을 탐구하고 있다.

이처럼 서사를 매개로 한 인식적 담론 중에는, 데카르트의 철학서들처럼 서사를 '판관'의 관념에 예속시킨 경우와, 마르크스의 『공산당 선언』이나 『자본』처럼 끊임없이 서사와 인식 변증법을 지속시키는 경우로 구분된다. 마르크스는 모든 사유가 물질적 환경과의 연관 속에서 나타난다고 생각했으며, 그처럼 존재와 의식, 서사와 인식의 변증법을 말한 점에서 발자크와 크게 다르지 않았다. 마르크스 자신의 **사유** 역시 자본주의의 끝없는 **서사적 운동**과의 연관 속에서 얻어진 산물로서 그 측면에서도 발자크의 경우와 별반 차이가 없었다. 다만 마르크스와 발자크는 약간 다른 '관점'[29]으로 자본주의 서사를 전망했는데, 즉 발자크는 사회적 탈선자들에 관심을 가진 반면 마르크스는 프롤레타리아를 미래의 주인공으로 보았던 것이다.[30] 또한 마르크스가 자본주의의 서사를 인식적 담론으로 접어냈다면 발자크는 자신의 서사적 사유(잠재적 사건들)를 소설의 사건들로 전개시켰다. 물론 그들은 단지 인식과 서사 어느 한쪽에 고정되지 않고 양자 사이에서 끝없이 **접힘과 펼침**을 계속했던 사람들이었다. 이처럼 인식과 서사의 변증법, 그 접힘과 펼침의 상호

---

28) 라이프니츠는 신이 가능적 세계로부터 선택하는 사건을 말하고 있으나 이 경우는 프로이트 자신이 신의 위치를 대신하고 있다.
29) 여기서 '관점'이란 라이프니츠가 말한 정신의 모나드가 지닌 관점의 개념과 일치한다.
30) 하우저(1999), 66쪽.

작용은 서사적 예술가와 인식적 사상가 양쪽 모두에서 발견되는 진리
라고 할 수 있다.

3. 작가적 화자 소설의 이층집

　이언 와트는 『소설의 발생』에서 근대소설의 공통분모인 형식적 리얼
리즘이 데카르트와 로크의 인식론에 기원을 두고 있다고 설명한다. 즉,
근대소설은 개인의 인식(감각)[31]을 통해 진실이 발견될 수 있다는 입장
에 근거하며,[32] 현실세계와 작품세계가 일치될 수 있다는 리얼리즘적
인식론[33]에 바탕을 두고 있다. 이 같은 인식론은 물론 작가적 화자의
시점뿐만 아니라 주요 등장인물의 시각에도 적용될 것이다. 소설의 주
인공은 작가적 화자의 분신으로서 (진리를 발견하는) 소설적 여행에서 자
신의 감각(인식)을 통해 화자(작가)의 관점을 드러낼 수 있기 때문이다.
　이언 와트는 근대소설의 새로운 인식론을 주로 소설의 리얼리티에
연관시켜 논의하고 있다. 그러나 데카르트와 로크의 인식론은 소설의
이야기 세계의 현실성뿐만 아니라 화자 자신의 인식론적 위치와도 관
련될 것이다. 근대소설의 작가적 화자는 카메라 옵스큐라의 이미지를
생생하게 인식하는 동시에 그 인식의 과정에서 '판관'과 '자기 입법자'
의 위치에 있기 때문이다. 작가적 화자의 소설이 에세이적인 담론과 겹

---

31) 이언 와트는 '개인의 감각'이라고 논의하고 있지만 정확하게 말하면 '개인의 감각'
　　을 통한 인식이라고 할 수 있다.
32) 이언 와트, 전철민 역(1988), 21쪽.
33) 위의 책, 20쪽.

쳐지는 영역을 지니는 것은 그런 화자의 '판관'의 위치에서 기인된 것이다. 물론 작가적 화자의 분신으로서의 주인공 역시 그 같은 판관의 위치에서 에세이적 목소리를 낼 수 있다.

그런데 앞 절에서 살폈듯이 작가적 화자는 카메라 옵스큐라의 판관의 위치일 뿐만 아니라 라이프니츠의 모나드적인 특징을 지니고 있다. 라이프니츠의 모나드는 데카르트의 카메라 옵스큐라와는 구별되는 인식론적 성격을 드러낸다. 카메라 옵스큐라에서는 정신의 눈을 통한 인식이 우선적이며 그로부터 자아와 재현된 세계의 존재가 나타난다. 이 점은 데카르트의 '나는 생각한다. 그러므로 존재한다'라는 철학적 명제에 상응한다. 이언 와트는 그 같은 인식론이 디포의 소설들에서도 비슷하게 나타나고 있다고 논의한다. 즉, 디포의 소설들에서는 작가의 사유와 인식의 감각으로부터 자연스럽게 이야기의 전개[34]가 흘러나오고 있다.

반면에 라이프니츠의 모나드에서는 그 같은 카메라 옵스큐라의 인식과는 매우 상이한 양상이 발생한다. 즉, 모나드에서는 정신의 눈에 의한 시점(관점)과 자기 자신의 존재가 따로 구별되지 않는다. 카메라 옵스큐라에서는 정신의 눈(시점)에 의한 인식을 통해 정신의 주체와 세계의 반영이 확인된다. 반면에 모나드의 경우 관점(시점)을 지닌 정신 자체가 '잠재적 사건'이며 그 접혀진 서사를 펼치는 것이 바로 인식의 과정인 것이다. 카메라 옵스큐라의 매끈한 스크린과는 달리 모나드의 스크린에는 주름이 접혀 있어서 그 주름을 펼치는 일 자체가 이야기(서사)의 전개이자 인식의 과정이 된다.

여기서는 인식(나는 생각한다)에 의해 존재(나는 존재한다)가 확인되는 것이 아니라 인식론과 존재론이 별도로 구분되지 않는다. 접혀진 주름을 펼칠 때는 세계에 대한 인식과 더불어 이야기 세계의 존재가 '생성'되며, 다시 주름을 접을 때는 화자 자신에 대한 인식과 함께 접혀진 서사

---

34) 작가 자신의 존재도 나타난다고 할 수 있다.

의 존재가 드러나는 것이다.

그 둘 중 화자가 이야기를 접고 자기 자신의 정신의 공간으로 되돌아올 때, 접혀진 이야기(주름)의 존재 그 자체인 화자 자신의 정신의 공간(모나드)에 대한 인식, 즉 이야기의 화자로서의 특이한 자의식이 암시된다. 앞 절의 『로빈슨 크루소』의 인용문에서 보듯이, 화자 자신의 정신의 공간을 인식한다는 것은 '잠재적 사건들'의 존재를 알리는 동시에 그 이야기의 화자로서의 자의식을 드러내는 일이 된다.[35] 그 같은 '잠재적 사건들', 즉 '접혀진 이야기'이자 화자 자신의 정신의 공간의 주름을 펼치는 것이 바로 이 소설의 2부의 이야기가 될 것이다.

이언 와트는 디포의 소설들에서 작가적 화자의 인식의 감각으로부터 이야기가 흘러나온다고 말하고 있다. 전통적인 반영론의 입장에서 보면 그처럼 데카르트의 인식론과 형식적 리얼리즘을 연결하는 것은 별 문제가 없어 보인다. 그러나 적어도 앞 절의 인용문들을 참조할 때, 작가적 화자는 인식에 근거해 이야기(서사)를 전개한다기보다는, 잠재적 사건으로서 자기 자신의 정신의 주름(존재론적 특징)을 펼침으로서 이야기 세계를 생성시키는 것처럼 여겨진다. 우리가 작가적 화자의 정신의 공간을 카메라 옵스큐라인 동시에 모나드로 보려 하는 것은 그런 특이한 존재론적 특징이 나타나기 때문이다.

그처럼 인식론과 존재론의 통합이 나타나는 점에서, 그리고 그로 인해 서사적 화자의 존재론적 자의식이 표현되는 점에서, 흥미롭게도 작가적 화자의 소설들에는 탈근대적인 메타픽션의 요소가 잠재되어 있는

---

35) 『로빈슨 크루소』는 1인칭으로 되어 있지만 1인칭 주인공 서술상황과는 달리 작가적 화자 서술에 접근해 있다. 1인칭 주인공 소설에서는 경험자아와 서술자아의 긴장관계가 핵심이며 서술자아는 고백의 형식을 통해 경험자아의 이야기를 회상한다. 반면에 작가적 화자 서술에서는 1인칭의 경우라도 단순한 회상이 아니라 자신의 정신의 내용인 '잠재적 사건들'을 펼치는 가운데 이야기가 나타난다. 또한 1인칭 주인공 소설의 존재론적 특징은 경험자아와 서술자아 사이의 거리인 반면 1인칭 작가적 화자 소설의 존재론적 특징은 이야기에 대한 화자의 자의식에서 나타난다.

듯이 생각된다. 물론 작가적 화자의 자기반사적인 자의식은 메타픽션에서처럼 이야기 자체를 해체하는 데까지 나아가지는 않는다. 그 점은 바로크 화가인 벨라스케스의 『궁정의 시녀들』이 자기반사적인 요소를 지니면서도 그림의 이미지를 해체하지는 않는 점과도 비슷하다.

작가적 화자의 두 측면인 데카르트의 카메라 옵스큐라와 라이프니츠의 모나드는 주체와 세계의 관계에서 서로 다른 양상을 암시한다. 카메라 옵스큐라에서는 인식의 주체와 객관세계가 분리되어 있으며, 주체는 의식의 스크린에 반영된 이미지를 판단함으로써 세계를 인식한다. 반면에 모나드에서는 객관세계가 주체와 분리되어 따로 존재하는 것이 아니라 주체 내부의 주름 속에 소우주로서 포함되어 있다. 객관세계란 그 주체 내부의 주름이 펼쳐지면서 다른 모나드들(주체들)과의 관계가 형성될 때 나타나며 세계에 대한 인식 역시 그런 과정 속에서 이루어진다. 카메라 옵스큐라의 경우 주체 / 객관세계의 이원론에서 주체중심적이고 관념론적인 인식론으로 나아간다. 그에 반해 모나드에서는 주체와 객관세계가 분리되지 않은 상태에서 접혀진 소우주와 '잠재적 사건들'을 펼치면서 객관세계에 대한 인식이 나타난다.

이 같은 카메라 옵스큐라와 모나드의 차이는 창문을 지닌 에세이적 주체의 공간과 창문 없는 작가적 화자 공간의 차이에 상응한다. 카메라 옵스큐라에서 인식의 주체는 창문을 통해 들어 온 객관세계의 이미지를 자신의 정신의 눈을 통해 인식하고 판단한다. 이런 주체중심적 인식의 과정은 데카르트의 『방법서설』같은 에세이적 담론의 형식에 대응된다. 『방법서설』역시 주체와 세계가 관계하는 서사를 포함하지만 그 서사는 주체의 정신의 눈을 통한 인식 속에 수렴된다.

반면에 모나드의 경우 주체의 인식이 이루어지기 이전에 미리 존재하는 객관세계란 없으며 세계는 주체 내부의 주름에 소우주로 포함되어 있을 뿐이다. 그처럼 세계가 바깥에 미리 존재하지 않으므로 당연히 모나드에는 카메라 옵스큐라와는 달리 창문이 없는 것이다. 창문 없는 모나드에서 세계가 나타나기 시작하는 것은 주름이 펼쳐지며 다른 모나드들과의 관계가 형성될 때이다. 이 같은 '주름이 접힌 창문 없는 모나드'와 '주름이 펼쳐지며 세계가 나타나는 공간'과의 관계는, 접혀진 서사로서 작가적 화자의 공간과 펼쳐진 서사로서 이야기 세계 공간의 관계에 대응된다. 창문 없는 작가적 화자의 공간과 창문이 열린 이야기 세계의 공간이라는 이층 구조는 작가적 화자 소설의 대표적인 형식으로 볼 수 있다. 이런 작가적 화자 소설의 이층적 구조는 『방법서설』같은 에세이적 담론의 통합적 구조와 대비된다.

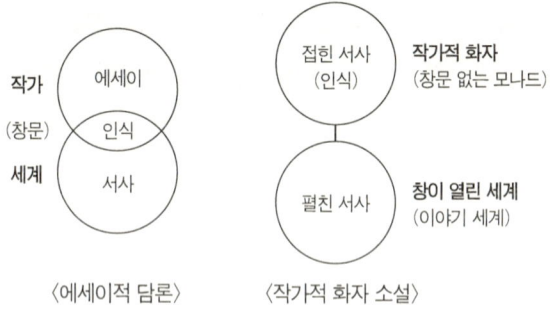

〈에세이적 담론〉   〈작가적 화자 소설〉

　물론 작가적 화자 소설과 에세이적 담론은 서로 겹쳐지는 영역을 지닌다. 즉, 후자가 서사를 내포하듯이 전자는 이층적 구조뿐만 아니라 (『방법서설』같은) 에세이적 요소를 포함하기도 한다.[36] 그러나 앞 절의 인용문에서 보듯이, 작가적 화자 소설은 흔히 접혀진 서사와 펼쳐진 서사라는 독특한 이중적 구조를 갖으며, 그 점에서 들뢰즈가 말한 바로크적인 이층집의 구조와도 매우 유사하다.
　들뢰즈는 우리가 살펴본 라이프니츠의 모나드론을 바로크의 이층집 모델로 설명한다.[37] 바로크 양식은 이층집과도 같은데 위층이 영혼(정

---

36) 이는 작가적 화자의 주석적 서술이나 화자의 분신인 주인공의 말을 통해 나타난다.
37) 들뢰즈, 이찬웅 역(2004), 11~30쪽.

신)[38]의 공간이라면 아래층은 물질의 공간이다. 그 두개의 층들은 영혼의 주름과 물질의 겹주름이라는 주름들을 갖고 있다. 영혼의 주름을 지닌 위층은 창문 없는 모나드이며 겹주름을 갖고 있는 아래층은 틈새와 구멍(창문)이 나 있는 물질의 부분이다. 물질의 겹주름이란 탄성력에 의한 주름과 조형 쪽에 의한 주름으로서,[39] 그 두 가지 힘이 외부로 향할 때 주름이 펼쳐지며 다른 존재와의 관계가 생성된다. 그런데 그처럼 물질의 주름이 펴지면서 '사건'이 일어나는 순간은 영혼의 모나드의 주름이 펼쳐지는 순간과 조화되게 마련이다.[40] 즉, 모나드의 주름이 펼쳐지며 영혼(정신)이 표현되는 일은, 물질(신체)의 주름이 펼쳐지며 세계 속의 사건이 일어나는 일과 조화된다. 따라서 창문 없는 위층의 주름이 표현되는 순간은 아래층의 창문이 열리며 다른 존재와의 관계와 사건이 생성되는 순간이라고 할 수 있다.

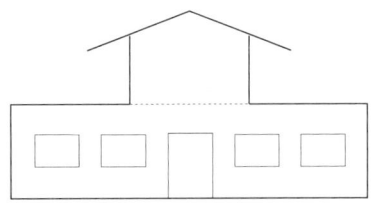

이 같은 이층집의 구조는 앞서 살펴 본 소설에서의 작가적 화자와 이야기 세계의 이층 구조에 상응하는 것으로 볼 수 있다. 작가적 화자 모나드의 주름이란 '잠재적 사건들'이며 그것이 표현된 것이 화자의 서사

---

38) 인간은 정신을 지니지만 인간이 아닌 사물들도 일종의 모나드로서 영혼을 지니고 있다.

39) 들뢰즈, 이찬웅 역(2004), 22쪽. 탄성력은 비유체적 물질의 주름을 만드는 힘이며 조형력은 유기체적 물질의 주름을 형성하는 힘이다. 그 두 가지 힘이 바깥으로 향할 때 주름이 펼쳐지면서 다른 존재와의 관계가 이루어진다.

40) 이것이 바로 '울림'이다. 울림은 영혼과 물질(신체)의 조화이자 모나드와 모나드 간의 조화를 말한다. 이정우(2001), 213~232쪽 참조.

행위(서술, 담론)일 것이다. 그런데 그처럼 '잠재적 사건들'이 펼쳐지며 서술의 담론이 표현되는 순간은 이야기 세계에서 구체적인 사건들이 전개되는 순간이기도 하다. 즉, 작가적 화자의 공간(위층)에서 '잠재적 사건'의 주름이 표현(서술의 담론)되는 일과 이야기 세계(아래층)에서 가능세계(possible world)의 주름이 실제적 사건으로 펼쳐지는 일은 서로 일치된다.

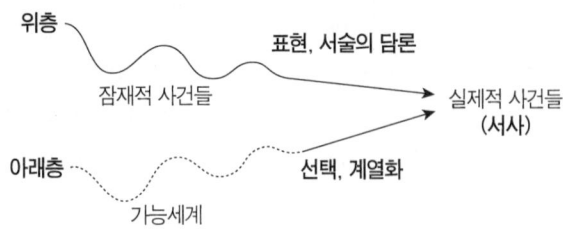

　여기서 가능세계란 사건(이야기)의 주체인 인물들의 물질적 신체가 갖고 있는 주름들[41]이거나 그 신체의 구멍이나 틈새(창문)로 연결된 외부 물질적 세계의 가능적 상태, 즉 물질적 세계의 주름으로서의 실재계[42]일 것이다. 그런 가능세계가 실제 세계로 현실화되는 과정은, 사건들이 일어날 가능성이 있는 매 갈림길마다에서 선택이 작용하면서, 그 선택된 사건들이 특정하게 계열화되는 전개이다. 이 서사적 선택과 계열화의 과정은 실상 작가 자신에 의한 것인데, 작가적 화자는 그것이 마치 신에 의한 일이거나 실제로 일어난 일인 것처럼 가장한다.[43] 물론 사실은 서사적 세계란 작가의 선택과 계열화에 의한 허구인 동시에 실재계라는 물질적 세계의 주름을 작가의 서사적 공간에 펼쳐 배열한 것이다.

---

41) 베르그송이 말한 가능적 행동들이 여기에 해당될 것이다. 또한 잠재적 사건의 주름이란 인간의 뇌의 회로의 미결정성에 상응한다.

42) 실재계로서의 가능세계는 서로 불일치하는 가능세계들, 즉 동시에 존재할 수 없거나 하나의 코드로 상징화할 수 없는 세계들로 되어 있다.

43) 이 점이 작가적 화자 소설이 메타픽션과 다른 점이다. 메타픽션은 화자 자신이 선택자의 위치에 있음을 스스로 드러낸다.

그 같은 선택과 배열의 과정에서 작가적 화자의 '관점'이 생겨나게 되며, 그 세계(실재계)에 대한 관점이란 화자의 정신 속에 내포된(접혀 있는) '잠재적 사건'의 주름에 다름이 아니다. 도표에서 보듯이, 화자가 이 '잠재적 사건'의 주름을 펼치는 서사적 표현의 과정은 가능적 세계의 주름을 펼치는 사건의 선택과 계열화의 과정에 상응한다. 여기서 보이지 않는 가능세계의 주름을 펼치는 일은 반드시 누군가에 의한 선택과 배열의 작용을 필요로 하며, 그것은 소설에서 뿐만 아니라 현실에서도 마찬가지이다. 소설의 서사가 허구임에도 불구하고 실제인 것처럼 가장하는 것은, 그처럼 실제적 세계란 가능세계로부터 누군가의 선택과 배열에 의해서만 가시화될 수 있기 때문이다. 비록 허구적 방법을 취하더라도 올바른 선택과 계열화는 보이지 않는 세계(실재계)의 주름을 펼치면서 올바른 인식을 제공할 수 있는 것이다.

그런데 주름이론을 전개한 라이프니츠 자신은 그런 선택과 계열화가 신에 의해 이루어지는 것으로 설명했다. 라이프니츠에 의하면, 신은 수많은 가능세계의 계열체들 중에서 자신의 설계에 따라 특정한 계열을 선택한다. 이처럼 가시화되기 이전의 가능세계를 라이프니츠와 같이 신의 영역으로 보는 경우와 그와 달리 세계의 물질적 운동의 영역으로 보는 경우가 있다.

전자의 경우 가능세계를 실제세계로 바꾸는 것은 신의 설계도인 신 자신의 주름을 펼치는 일이며, 신은 그 과정에서 각 모나드들의 잠재적 사건의 주름을 설계하는 동시에, 그것이 펼쳐지며 다른 모나드들과 만나는 사건들을 계열화한다. 반면에 후자의 경우 세계 자체의 물질적 운동은 실재계라는 보이지 않는 주름의 상태에 있는데, 그것을 펼쳐서 보이게 만드는 것은 관점을 지닌 각 주체들(모나드들)이다. 그 둘 중 완전한 설계도로서의 주름을 갖고 있는 신에 의한 선택과 계열화, 즉 실제세계의 전개는, 미리 설계된 대로 조화와 화해를 이루게 된다. 그에 반해 물질적 운동 자체의 주름(실재계)을 펼치는 경우, 세계의 운동 자체가 모순과 불일치를 보일 뿐만 아니라, 그것을 선택과 계열화에 의해 가시적으로 만드는 주체의 관점들 역시 완전하지는 않다.

전자의 경우 가능세계의 주름이란 신이 가지고 있는 설계도의 주름인 반면, 후자의 경우 실재계(가능세계)의 주름이란 물질적인 존재와 힘들의 이질적인 접합에 의한 주름이다. 신의 주름은 만물이 조화되게 하는 설계도로서, 그것이 펼쳐질 때 사물들은 조화롭게 계열화되고 물질적 세계의 갈등은 부차적인 것일 뿐이다. 그에 반해 실재계의 물질적 이접성의 주름은 차이와 불일치를 이루고 있으며, 그것의 펼쳐짐과 계열화는 차이와 모순의 운동을 낳게 된다. 후자의 경우 가능적·실제적 물질세계 뿐만 아니라 주름을 펼쳐 계열화하려는 주체들의 관점과 코드들 역시 불일치를 드러낸다.

전자에서 후자로의 변화는 라이프니츠의 예정조화설에서 유물변증법과 해체론(탈구조주의)으로의 전환이라고 할 수 있다. 흥미로운 것은 그 같은 변화가 동양철학의 이기론에서도 발견된다는 점이다. 이기론 중에서 예정조화설에 해당하는 것이 주리론이라면 유물변증법에 상응하는 것은 주기론[44]이다. 주리론은 예정조화설처럼 만물의 조화로운 계열화를 주장하며, 신과 모나드의 주름에 해당되는 이(理) 자체에 그런 계열화 운동의 에너지가 포함된 것으로 본다. 반면에 주기론은 유물변증법처럼 물질적 세계의 차이와 불일치의 운동을 강조하는데, 이 경우 이란 그런 기의 계열화와 운동의 '접혀진 서사'일 뿐이다.

이렇게 볼 때 신에 의한 예정조화설을 주장한 라이프니츠는 개인주의와 합리주의를 내세운 근대철학자이면서도 다른 한편으로는 중세적 동양철학인 주리론자였던 셈이다. 라이프니츠의 주리론적인 이층집(理-氣)은 칸트에 와서 모나드와 이(理)에 해당되는 위층의 거주자를 잃어버리며[45] 니체와 마르크스에 의해 **주기론적**으로 전복된다. 마르크스의 유

---

44) 주기론 중에서 이율곡의 이원론적 주기론이 아니라 서경덕이 주장한 일원론적 주기론을 말한다. 그들의 차이에 대해서는 조동일(1977), 363~395쪽 참조.

물변증법과 탈구조주의는 라이프니츠의 주리론을 주기론으로 뒤집어 탈근대적인 전복을 수행한 철학으로 볼 수 있다.[46)]

이제 여기서 바로크의 이층집으로 되돌아와 보자. 라이프니츠의 주리론이든 유물변증법의 주기론이든 바로크적인 이층집은 작가적 화자의 이층구조에 상응한다. 즉, 위층은 창이 없는 모나드이거나 이(理)[47)]이며, 아래층은 창이 열린 이야기 세계이거나 기(氣)이다. 모나드와 물질적 세계, 이와 기, 그리고 작가적 화자의 공간과 이야기 세계—이 두 층의 상호 침투의 관계가 흥미로운 것은, 그것이 '잠재적 사건'으로서 인식과 '펼쳐진 사건'으로서 서사의 변증법에 상응하기 때문이다.

들뢰즈에 의하면, 이층집은 아래층의 시각적인 움직임을 닫혀 있는 위층에서 소리의 울림으로 번역하는 음악당과도 같다.[48)] 실제로 작가적 화자의 소설은 이야기 세계의 시각적 장면과 화자의 목소리의 울림이 동시적으로 어우러지는 이중주로 진행된다. 이야기 세계의 장면이 선명해지면 화자의 목소리가 흐려지며 반대로 화자의 목소리가 크게 울리면 이야기의 장면이 흐릿해진다. 그러나 어느 경우이든 작가적 화자 소설은 사건의 보임과 목소리의 울림의 이중주를 유지한다. 그 보임과 울림은 흥미롭게도 서사와 인식의 관계, 즉 '펼쳐진 사건'과 '접혀진 사건'의 변증법에 상응한다.

더 나아가 그 같은 인식과 서사의 변증법은 작가적 화자와 이야기 세계의 관계뿐만 아니라 이야기 세계 내부에도 적용된다. 이야기 세계에서 선택과 계열화에 의해 펼쳐지는 존재들(사물들)의 만남은, 시각적으로 볼 수 있는 사건이자 소리로 들을 수 있는 울림이기도 하다.[49)] 각각

---

45) 들뢰즈, 이찬웅 역(2004), 217쪽. 들뢰즈는 칸트가 위층을 거주자가 없어진 것으로 만들고 두 층을 절단했다고 논의한다.

46) 이에 대해서는 다음 절에서 살펴 볼 것임.

47) 엄밀히 말하면 모나드와 이(理)는 같지 않은데 개체의 공간인 모나드와는 달리 이는 공동체 의식을 포함하기 때문이다. 이 점에 대해서는 뒤에서 다시 살펴볼 것임.

48) 들뢰즈, 이찬웅 역(2004), 12쪽.

의 존재들은 하나하나가 '잠재적 사건(주름)'을 포함한 모나드들인데, 그들의 만남은 시각적으로 보이는 사건의 연출(생성)인 동시에 자신들의 내부의 '잠재적 사건'이 서로에게 표현되어 울리는 것이기도 하다. 그같은 울림을 통해서만 각 존재 내부의 '잠재적 사건'들은 서로 어우러지며 눈에 보이는 실제적 사건으로 펼쳐질 것이다. 여기서 '잠재적 사건'이란 각 존재들이 갖고 있는 세계에 대한 관점(인식)이며, 실제적인 사건들이 연출되려면 그 관점들이 서로서로 울림을 얻어야 한다. 이 같은 관점들의 울림과 그것을 통한 (서로 다른 관점을 지닌) 존재들의 만남이라는 사건의 전개는 인식과 서사의 변증법을 보여준다. 인식이란 다른 존재와의 만남을 통해 나타난 시각적인 사건을 자신의 내부의 잠재적 사건으로 접는 것이며, 서사란 그런 접힘(인식)이 울림으로 표현되며 다른 존재와의 만남에서 시각적인 사건으로 펼쳐지는 것이다.

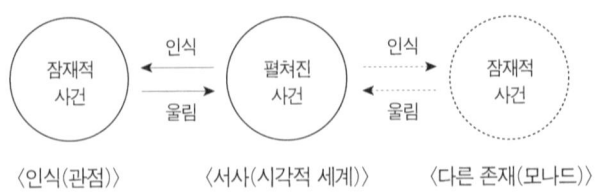

〈인식(관점)〉   〈서사(시각적 세계)〉   〈다른 존재(모나드)〉

　이 같은 인식과 서사의 변증법적 과정 중에는 한 존재의 울림이 다른 존재와의 만남(사건)에서 서로 조화를 이루는 경우와 불일치를 보이는 경우가 있다. 전자의 예가 라이프니츠의 조화로운 울림이라면 후자의 예는 바흐친의 다성성의 경우이다. 라이프니츠의 경우 서로 다른 관점을 지닌 존재(인물)들의 울림이 시각적인 사건의 전개와 모순되지 않으며, 존재들의 만남과 시각적 사건은 작가적 화자 목소리의 울림으로 번역될 수 있다. 반면에 바흐친의 다성성에서는 상이한 관점의 존재들이

---

49) 이정우(2001), 202~207, 212~213쪽 참조.

서로 논쟁하고 대화하는 다성적 울림 자체가 하나의 사건으로 나타난다. 이 경우 시각적인 만남이 아니라 다성적인 울림 자체가 사건으로 그려지므로 작가는 사건을 자신의 목소리로 전달하기 보다는 그 다성성 속에 또 하나의 울림으로 참여하게 된다. 작가적 화자 소설의 울림과 다성적 소설의 울림의 차이에 대해서는 대화적 소설을 다루면서 다시 살펴보기로 하자.

　다성적 소설이 이질적인 목소리들의 울림을 통해 인식과 서사의 관계를 보여준다면, 작가적 화자의 소설은 시각적인 사건과 목소리의 울림의 합주를 통해 인식-서사의 변증법을 드러낸다. 그 점에서 작가적 화자 소설의 경우 서사와 인식의 관계는 이미지와 언어의 관계에 연관된다. 즉, 사건들의 선택과 계열화가 시각적인 이미지(시뮬라크르)로 드러난다면, 인물들끼리의 울림과 화자의 목소리는 대화, 내면의식, 서술의 담론 등으로 표현된다. 후자의 소리들 중 화자의 목소리는 모든 울림들을 포괄하면서 시각적인 사건들과 함께 작가적 화자 소설의 이중주를 연출한다. 그 같은 보임과 울림의 이중주는 작가적 화자 소설의 이층집에 상응한다.

　작가적 화자 소설에서는 이층집의 윗방의 거주자가 사라진 내적 초점화와는 달리 어떤 경우에도 위층에 작가적 화자가 존재함을 분명히 드러낸다. 즉, 내적 초점화에서는 화자의 목소리가 울리지 않은 채로 시각적인 장면이 지속되지만 작가적 화자 소설에서는 시각적인 사건의 보임이 중단된 후에도 화자의 목소리가 울려온다. 이 경우 화자의 목소리는 자기 자신의 정신의 공간을 울리게 되며 그런 자기반사적 울림에 의해 작가적 화자의 자의식이 표현된다. 작가적 화자의 자의식은 시각적 사건들(이야기)에 대한 '인식'이 실상 자신의 정신 속의 '잠재적 사건'에 다름이 아님을 스스로의 (자기반사적) 울림을 통해 드러낸다.

4. 작가적 화자와 위층의 미학적 모나드

우리는 앞에서 작가적 화자 소설이 데카르트의 카메라 옵스큐라와 라이프니츠의 모나드에 연관됨을 살펴봤다. 카메라 옵스큐라와 모나드는 합리적인 개인의 정신을 지닌 화자를 암시하며, 이는 '작가적 화자'라는 서구 근대소설의 탄생이 '개인'의 의식과 연관됨을 시사한다. 물론 작가적 화자 소설이 카메라 옵스큐라와 모나드로 상징되는 개인의 시점만을 사용하는 것은 아니다. 예컨대 『임꺽정』이나 『태평천하』에서 보듯이 우리의 작가적 화자 소설 중에는 개인의 시점 대신 '공동체 의식을 지닌 화자'가 등장하는 경우도 있는 것이다. 그러나 일반적으로 서구의 작가적 화자 소설들은 카메라 옵스큐라의 정신의 눈이나 주름을 지닌 모나드에 상응하는 개인적인 화자를 사용한다.

주목할 것은 서구 근대소설처럼 개인의 시점에 의존하는 경우에도 서사의 과정은 세계의 총체화와 공동체적 유대를 지향한다는 점이다.[50] 예컨대 카메라 옵스큐라 내부의 정신의 눈이 과학을 지향할 경우, 진리의 근거는 각 개인 내부의 이성이며 과학자의 눈은 '내가 보는' 입장을 견지한다. 반면에 정신의 눈이 서사를 지향할 경우, 진리의 근거는 삶의 총체화와 공동체적 유대로서, 작가적 화자는 개인의 눈을 통해 '우리'가 보는 입장을 가정한다. 앞장의 인용문들에서처럼 작가적 화자의 자의식적 서술에서 '우리'라는 말이 빈번히 사용되는 것은 그 때문이다.[51]

그런데 그처럼 개인의 눈을 통해 삶을 총체화하려는 시도는 카메라 옵스큐라와 모나드에서 각각 다르게 나타난다. 카메라 옵스큐라 내부의

---

50) 서사는 그처럼 총체성과 화해된 삶에 대한 소망에 의해 운동한다.
51) 뒤에서 논의하겠지만 서구적인 작가적 소설에서의 '우리'는 『임꺽정』이나 『태평천하』의 '우리'와는 달리 진정한 유대라기보다는 상상적 공동체 의식을 나타낸다. 이에 대해서는 7절에서 살펴볼 것임.

작가적 화자는 실내의 창문 너머에 세계가 실체로서 존재하는 것으로 가정한다. 이 경우 세계를 총체화하면서 공동체적 유대를 얻으려는 시도는 두 가지로 나타난다. 먼저 창문 너머의 세계를 전체적으로 재현하기 위해 서사의 공간(스크린)을 한껏 확대하면서 이야기를 전개한다. 다음으로 그 재현된 서사를 통해 삶을 총체화하기 위해 이야기에 인식의 중심을 부여하려 시도한다. 이때 그처럼 이야기에 중심을 부여하려는 노력은 흔히 서사를 에세이에 접근하게 만든다.[52]

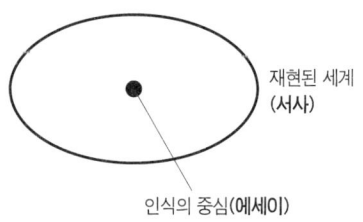

재현된 세계
(서사)

인식의 중심(에세이)

재현된 세계에 인식의 진리를 제공하려는 행위는 화자뿐만 아니라 주인공에 의해서도 시도되는데, 그에 의해 작가적 화자 소설은 위에서처럼 빈번히 에세이에 접근한다. 물론 이런 유형의 소설에서도 에세이적 담론이 재현된 세계를 완전히 포괄하는 것은 아니다. 그러나 인식의 중심과 재현된 세계의 관계가 완전히 도식화하는 경우 서사는 인식적 담론의 예증에 불과한 것이 될 수 있다. 가령 이광수의 『무정』의 후반부에는 그런 도식화 경향이 나타나고 있다.

그와 달리 서사에 인식의 중심을 부여하기 어려우며 화자의 서술이 인식 그 자체로 환원되지 않는 또 다른 유형이 있다. 예컨대 작가적 화자의 정신의 공간이 모나드일 경우 카메라 옵스큐라의 이성중심적 원근법

---

52) 이처럼 에세이에 접근하려는 시도는 작가적 화자 소설을 넘어서 1인칭 주인공 소설이나 내적 초점화에 근접한 소설에서도 나타난다. 예컨대 「만세전」이나 『광장』에서처럼 작가의 분신인 주인공이 에세이적 담론을 전개하는 경우이다.

과는 매우 다른 상황이 나타난다. 이 경우 세계는 바깥에 미리 실체로서 존재하지 않으며 화자의 모나드는 세계를 볼 수 있는 창문을 갖고 있지 않다. 작가적 화자는 자신의 정신의 주름을 펼침으로써만 비로소 세계로 향한 창을 열며 현실의 삶을 드러낼 수 있다. 이때 화자는 더 넓게 펼칠 수 있는 정신의 높이를 지닐수록, 또한 삶의 복합성을 드러낼 수 있는 복잡화된 주름을 갖을수록, 보다 세계의 삶을 잘 보여줄 수 있다.

여기서 화자의 정신의 주름이란 일종의 인식이나 관점을 말하는데, 그것은 현실을 반영하고 투시하는 중심을 뜻하는 것이 아니다. 세계에는 명확하게 반영할 현실도 투시의 중심도 존재하지 않으며,[53] 세계를 인식한다는 것은 복합적인 삶을 '잠재적 사건들'로 접어내는 것을 의미할 뿐이다. 또한 현실의 삶을 드러낸다는 것은 그 '잠재적 사건들'로 접혀 있는 인식의 주름을 구체적을 펼치는 일을 뜻한다.

이 경우에도 화자는 현실의 삶을 드러내면서 그것을 총체화하려고 하지만, 삶의 총체화란 하나의 관념의 점으로서 인식의 중심을 부여하는 일이 아니다. 중심이란 어디에도 존재하지 않으며, 현실의 총체화란 구체적으로 펼쳐진 복합적인 삶을 다시 화자의 정신의 공간에서 접어내는 것일 뿐이다. 이처럼 서사의 과정이란 펼침(이야기 세계)과 접힘(화자의 인식)을 반복하는 과정으로 나타난다. 여기서 세계를 보다 넓게 드러내려면 더 높은 정신의 위치가 필요하며, 그것을 다시 고도로 총체화하려면 더 넓은 펼침이 요구된다. 이 같은 접힘과 펼침의 과정은 다음과 같이 중심이 없는 원뿔로 표시될 수 있다.[54]

---

53) 데카르트적 카메라 옵스큐라에서 라이프니츠의 모나드로의 이행은 그 만큼 세계가 더 명확하게 반영할 수 없게 복잡해졌음을 의미한다.
54) 크래리, 임동근·오성훈 외역(2001), 85쪽. 크래리는 라이프니츠가 카메라 옵스큐라를 시각적인 원뿔의 기능을 하는 모나드로 해석했다고 밝히고 있다. 들뢰즈, 이찬웅 역(2004), 226~231쪽. 들뢰즈는 여기서 모나드의 접힘과 펼침을 원뿔에 비유해 설명하고 있다.

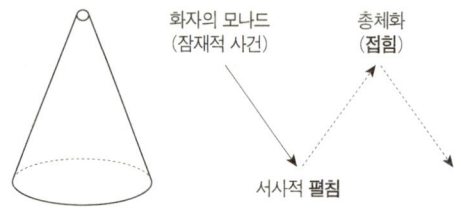

화자의 모나드
(잠재적 사건)

총체화
(**접힘**)

서사적 **펼침**

〈작가적 화자의 접힘과 펼침〉

　도표에서처럼 펼쳐진 현실의 삶에는 중심이 존재하지 않는다. 현실의 삶을 총체화하려면 높은 정신의 위치(원뿔의 높이)가 필요하며, 그 곳에서는 관념의 점이 아니라 펼쳐진 현실의 삶을 집을 수 있는 오목한 공간(모나드)이 요구된다. 그 오목한 곡면에서 삶을 총체화한다는 것은 세계의 복합성을 담아낼 뿐만 아니라 공동체적 유대를 지닌 삶을 모색함을 뜻한다. 즉, 모나드라는 개인의 공간에서 '나'의 눈을 통해 '우리'의 조화된 삶을 지향하는 것이다.[55]

　그런데 그처럼 모나드를 통해 화해된 삶을 지향하는 방식에는 크게 나눠 두 가지가 있다. 먼저 라이프니츠의 예정조화설처럼 모나드의 '잠재적 사건'의 주름을 펼치는 일 자체가 세계를 총체적으로 조화시키는 일과 일치되는 경우이다. 이는 모나드의 주름이란 세계의 총체화 과정을 위한 설계도로서 신에 의해 미리 마련된 것임을 뜻한다. 앞서 살폈듯이 이 예정조화설은 동양의 중세적인 주리론(主理論)과 유사한 것으로 볼 수 있다.

　예정조화설이나 주리론은 세계를 조화시키려는 운동의 에너지가 모나드나 이(理)에 주어져 있음을 가정한다. 그에 반해 근대소설이나 주기론(主氣論)에서는 세계를 움직이는 에너지가 물질적 세계나 기(氣) 자체에 존재한다고 생각한다. 또한 세계의 운동이란, 강제적으로 질서를 유

---

55) 앞서 언급했듯이 작가적 화자 소설에서 화자가 '우리'라는 말을 자주 사용하는 것은 이 점을 시사한다.

지하려는 힘(권력)과 진정한 화해를 소망하는 힘과의 갈등으로 나타난다. 이 후자의 경우에도 모나드나 이에는 화해를 소망하는 힘이 포함되어 있지만, 그것은 세계의 물질적 운동의 접혀진 주름(실재적)을 펼치는 힘으로 작용할 뿐이다. 즉 모나드로서의 근대소설의 작가는, 예정조화설이나 주리론에서처럼 실제로 화해된 세계를 보여주는 것이 아니라, 물질적 세계의 주름을 펼치면서 그 갈등과 불일치의 운동 속에서 화해를 소망함을 나타내게 된다.

이처럼 작가적 화자의 화해된 '우리'에 대한 지향은 자신이 전개하는 서사적 과정 속에서 은연중에 표현된다. 물론 창문 없는 모나드로서의 작가적 화자의 존재 자체가 개인주의 사회를 암시하며, 작가적 화자가 보여주는 서사적 과정 역시 개인화된 불화의 세계일뿐이다. 그러나 작가적 화자는 그 개인화된 세계에서 차이를 바탕으로 한 '우리'를 지향하면서 불화의 세계를 넘어서길 소망한다.

따라서 근대소설에서 작가적 화자의 존재는 세계의 총체화와 '우리'를 지향하는 소망이 잔존함을 암시한다. 주지하다시피 일반적으로 작가적 화자 양식은 자본주의의 발전에 의해 세계의 분열이 심화됨에 따라 차츰 사라질 위치에 처하게 된다. 이미 18세기 말에 칸트는 **작가적 소설**(바로크의 이층집)의 **위층**을 거주자가 없는 빈방으로 만들었으며,[56] 마침내 19세기 후반에 화자가 사라진 듯한 내적 초점화 소설이 발아되기에 이른다.[57] 그러나 토마스 만의 소설에서 보듯이 20세기 전반 이후에도 작가적 화자 소설의 시도가 계속되는데, 이는 서구 개인주의 사회의 불화와 파국에도 불구하고 세계의 총체화와 '우리'의 지향이 지속되었음을 의미한다.

그리고 그는 혼란 속으로, 빗속으로, 어둠 속으로 사라져 우리의 시야에서

---

56) 들뢰즈, 이찬웅 역(2004), 217쪽.
57) 플로베르의 소설은 완전한 내적 초점화 소설은 아니지만 그 효시로 볼 수 있다.

사라져버린다 (…중략…)

　이 세계를 뒤덮는 죽음의 향연 속에서, 비내리는 밤하늘을 붉게 물들이는 사악한 열병과 같은 업화 속에서 그러한 것들 속에서도 언젠가는 사랑이 솟아오를 것인가?[58]

　『마의 산』에서처럼 토마스 만은 20세기 초반까지 '우리'의 이야기를 통해 사랑과 화해의 모색을 계속했다. 하지만 인용문 같은 위층에서 울리는 목소리가 차츰 사라지면서 그 대신 내적 초점화와 양식이 점차 현대소설의 주류로 자리 잡게 된다.[59] 내적 초점화에서 '우리'를 지향하는 위층의 거주자가 없어졌다는 사실은 이미 세계가 돌이킬 수 없게 파편화되었음을 암시한다. 이제 세계는 총체적 조망보다는 한 개인(초점화자)의 삶과 눈을 통해 보다 생생한 현실성을 얻을 수 있게 되었다. 물론 내적 초점화에서도 세계의 총체화와 '우리'를 지향하는 소망이 완전히 사라진 것은 아니다. 내적 초점화의 비어 있는 위층에는 작품의 규범을 관장하는 보이지 않는 내포작가가 위치하기 때문이다. 내포작가는 예전의 작가적 화자를 대신하여 시각적인 사건들을 축소된 소우주[60]로 내포하면서 무언의 목소리를 들려준다.

　그런 무언의 울림이 있긴 하지만, 내적 초점화는 창문 없는 방에서 울리는 작가적 화자의 목소리 대신 창이 열린 시각적 세계[61]를 보여준다. 즉, 내적 초점화에서 흔히 초점화자로 선택되는 주인공은 시각적인 장면들과 그 상황에서의 자신의 내면의 목소리(내면의식)를 들려준다. 예전의 작가적 화자를 대신하는 초점화자(주인공)는, 다른 인물과의 만남을 통해 시각적인 사건을 보여주는 창이 열린 세계의 존재인 동시에, 그

---

58) 토마스 만(1996).
59) 내적 초점화가 많아지긴 하지만 작가적 화자도 사라지지는 않으며 그 둘은 공존하거나 뒤섞이게 된다.
60) 내포작가는 그레마스 사각형의 소우주와 비슷한 것을 포함하는 존재로 볼 수 있다.
61) 내적 초점화에서는 모든 부분이 거의 시각적인 장면으로 나타난다.

곳에서 자기 자신의 내면의 목소리[62]를 들려주는 모나드이기도 한 것이다.

5. 모더니즘과 아래층의 미학적 모나드

20세기 초반에 이르면, 자본주의의 모순이 심화됨에 따라 창이 열린 아래층에서 초점화자의 눈을 통해 시각적인 사건을 그리는 일조차 어려워지게 된다. 자본주의의 발전에 의한 사물화 현상과 화폐에 예속된 동일성 원리[63]의 만연은, 타인과의 전정한 만남을 매개로 한 사건 자체를 사라지게 하면서, '사건 없는 일상'[64]의 세계가 나타나게 했기 때문이다. 타인과의 소통이 불가능한 '사건 없는 일상'의 세계에서는 초점화자의 내면의 목소리조차 자신만이 들을 수 있는 고독한 음성이 된다.

아무런 시각적인 사건(타인과의 만남)도 일어나지 않는 폐쇄된 공간[65]에서 자신만의 고독한 내면의 울림(내면의식)을 들려주는 이 소외된 모나드의 예술이 바로 모더니즘이다. 모더니즘 소설에서 서사성이 와해된 것은 진정한 만남을 통한 사건이 일어나지 않기 때문이며, 고독한 내면의 목소리만이 들려오는 것은 타인과의 관계에서 공명할 수 있는 울림이 형성되지 않기 때문이다. 자본주의의 사물화 현상과 동일성 원리는 초점화자가 모나드의 특이성의 주름[66]을 펼치지 못하게 함으로써 아무

---

62) 이 내면의 목소리가 실제적 화자로 느껴지기도 한다.
63) 모든 것을 교환가치라는 동일한 기준에 동화시키는 원리를 말한다.
64) 인물과 환경의 역동적 상호작용이 일어나지 않는 일상을 말한다.
65) 실제로 폐쇄된 공간일 수도 있고 진정한 만남이 불가능한 심리적으로 폐쇄된 공간일 수도 있다.

런 교감도 없는 내면의 목소리만이 들려오게 만든 것이다.

　창이 열린 세계에서 창을 닫을 수밖에 없는 이 아래층의 **모나드**는, 세계의 총체화를 시도하던 예전의 위층의 모나드와는 매우 다른 성격을 지닌다. 아래층의 초점화자의 모나드 역시 여전히 화해를 소망하지만, 위층의 작가적 화자의 모나드와는 달리 그것을 서사적 전개를 통해 펼칠 수 없게 된 것이다. 물론 소외된 모더니즘의 모나드도 작가적 화자의 모나드처럼 자기 자신 속에 접혀진 주름과 소우주를 포함하고 있다. 그러나 서사적 사건으로 펼쳐질 수 없는 그 소우주는 외부세계의 '사건 없는 일상'[67]의 음화로 연출될 뿐이다. 작가적 화자의 소우주는 창이 열린 세계에서 가시적인 사건으로 전개되지만, 모더니즘의 소우주는 창이 닫힌 공간[68]에서 자기만의 기억과 무의식의 표현으로 펼쳐진다.

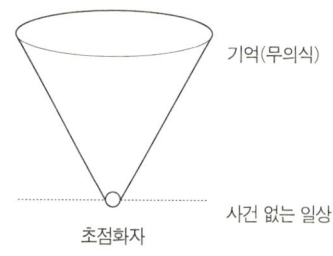

〈모더니즘의 미학적 모나드〉

---

66) 모나드의 주름은 어떤 인물을 특이성을 지닌 개인으로 만든다. 특이성이란 보편성으로 환원될 수 없는 자기 자신만의 개체적인 특성을 말한다. 그런 특이성의 주름이 펼쳐지지 못함으로써 개인은 타인과 유기적인 만남을 이루지 못하며 파편화된 익명의 존재로 남게 된다. 모더니즘의 익명성과 알레고리적 미학은 그런 인물의 존재 상태와 연관이 있다.

67) 베르그송은 (도표에서 점선으로 나타낸) 이 선을 인간이 세계와 관계하는 감각-운동의 축으로 설명한다. 그러나 모더니즘의 경우 그 인간과 상호작용하는 세계는 '사건 없는 일상'으로 나타난다.

68) 실제로 창이 닫힌 공간일 수도 있고 '사건 없는 일상'이라는 세계에서 심리적으로 창이 닫힌 공간일 수도 있다.

    작가적 화자의 모나드가 자신의 소우주를 아래층에서 펼칠 수 있는 원뿔의 꼭지점이라면, 모더니즘의 모나드는 자신만의 세계에서 내면의 소우주를 연출할 수 있는 거꾸로 된 원뿔의 꼭지점이다. 전자에서는 원뿔의 밑면이 시각적인 사건이 펼쳐지는 창이 열린 세계인 반면, 후자의 경우 원뿔의 단면들은 내면의 세계에서 펼쳐질 수 있는 기억과 무의식의 공간들이다. 흥미롭게도 그 둘은 각각 **라이프니츠의 원뿔**과 **베르그송의 원뿔**에 상응한다.

    베르그송의 원뿔에서도 라이프니츠의 원뿔에서처럼 꼭지점은 뽀쪽한 점이 아니라 오목한 공간이다. 라이프니츠의 꼭지점이 '잠재적 사건들'이 접혀 있는 곡면이라면, 베르그송의 꼭지점은 현재 속으로 과거의 잠재적 기억들이 소환되는[69] 오목면이다. 베르그송에 의하면 꼭지점의 위치와 관계하는 기억의 형식은 두 가지이다.

    하나는 반복에 의해 감각-운동의 기제[70]를 조직화함으로써 행동을 위한 신체의 습관을 형성한 기억이다. 이 기억은 과거의 이미지라기보다는 (꼭지점에서) 일상적 행동을 수행하기 위한 감각-운동 기제의 일부로 굳어진 일종의 습관이다. 다른 하나는 반복될 수 없는 순수기억으로서 과거의 이미지를 그대로 보존하고 있는 세부적인 기억이다. 이 순수기억은 허공 속에 떠다니듯이 무의식 속에 잠재되어 있다가 어느 순간에 우발적으로 나타난다.[71]

    위의 도표의 꼭지점에서, 일상인은 습관적 기억에 의존해 감각-운동의 기제를 작동시킴으로써 현실의 행동을 수행한다. 이때 현재의 행동(감각-운동)의 위치에서 주어진 상황에 관련된 유용한 순수기억들이 호출되어 현실(꼭지점) 속에 나타난다. 우리의 일상생활은 그 같은 두 가지

---

69) 베르그송, 박종원 역(2005), 257~261쪽. 원뿔의 단면으로서의 과거의 순수기억이 소환될 뿐만 아니라 현재의 점에서의 지각 역시 방금 지나간 과거에 대한 것이다.

70) 감각-운동의 기제는 외부세계의 이미지를 수용하고 그에 반응하는 행동을 수행하는 인체의 메커니즘이다.

71) 베르그송, 박종원 역(2005), 144~157, 258~275쪽.

기억의 상호적인 작용에 의해 진행된다. 즉, 습관적 기억에 의해 도표에 점선으로 표시된 일상의 감각-운동의 메커니즘이 작동되는 한편, 꼭지 점의 위치에서 주어진 상황에 연관된 순수기억들이 호출되어 내려온다. 그 둘 중 후자가 배제된 채 습관에 의존한 행동의 메커니즘만 작동된다면 마치 자동인형 같은 일상의 메마른 삶이 이어질 것이다. 반면에 전자가 무시된 채 순수기억들이 펼쳐지는 세계 속에 묻혀진다면 행동에 적응하지 못하는 몽상가가 될 것이다.[72]

베르그송은 그 두 가지 편향된 예들 중에서 우발적인 순수기억이 앙양되는 경우로 기억들과 행동들의 유기적 메커니즘 조직이 느슨해진 때를 말하고 있다. 예컨대 어린이나 봉유병자, 꿈꾸는 사람들과 같이, 감각-운동의 기제가 미형성되었거나 교란될 때 우발적인 이미지 기억이 활발해진다.[73] 그러나 그처럼 어떤 개인의 감각-운동의 평형이 깨진 경우 이외에 그런 메커니즘과 상호작용하는 환경 쪽에 문제가 생긴 경우도 있을 것이다. 가령 자본주의의 동일성의 세계나 사물화된 현실이 자동인형 같은 반복되는 삶이나 폭력적 환경을 제공할 때, 우리는 행동의 기제를 유지하는 습관의 영역으로부터 벗어나려 할 것이다. 이 경우 우리는 환경과 반응하는 행동의 평형을 견지하는 대신 어린이나 몽유병자, 분열증 환자처럼 우발적인 이미지 기억이 펼쳐지는 공간으로 유도될 것이다.

흥미롭게도 19세기 후반에서 20세기 전반에 이르는 서구 예술의 발전과정은, 그처럼 자본주의 모순의 심화에 의해 환경에 대한 행동 메커니즘이 교란되는 양상에 상응한다. 예컨대 19세기말 상징주의를 거쳐 20세기 전반 프루스트 소설에서 모더니즘에 이르는 과정은, 환경-행동의 상호작용에 의한 서사적 사건이 와해된 대신 우발적이고 무의식적인 기억(시간)의 이미지들이 고양되는 양상으로 전개된다.

---

72) 위의 책, 261~265쪽.
73) 위의 책, 149, 262~263쪽.

물론 프루스트 소설이나 모더니즘이 단지 폭력적인 환경에 의해 행동의 기제가 교란당한 수동적이고 병리적인 퇴행을 보여주는 것은 아니다. 프루스트나 모더니즘의 몽상이 어린이나 꿈꾸는 사람의 우발적인 기억과 다른 점은, 그것이 동일성의 세계에 대한 예술의 거부인 동시에 화해된 삶에 대한 소망의 표현이라는 점이다.

　화해의 소망의 표현이란 앞서 말했던 라이프니츠의 모나드의 주름을 펴는 행위와도 같은 것이다. 작가적 화자이든 초점화자이든 소설의 화자와 인물은 자신의 주름을 펼침으로써 서사적 사건을 전개하는 동시에 화해된 삶에 대한 소망을 표현한다. 그러나 사건과 행동을 전개해야 할 감각-운동의 기제가 자동인형 같은 습관의 영역으로 굳어질 경우, 현실은 진정한 사건이 없는 일상일 뿐만 아니라 의미 있는 기억의 이미지를 상실한 동일성의 세계가 된다. 이 경우 오히려 굳어버린 감각-운동(행동)의 기제에서 벗어나서 잃어버린 순수기억(시간)의 이미지들을 되찾는 일이 자신의 특이성을 확인하는 과정이 된다.

　들뢰즈에 의하면, 푸르스트는 각 층위들이 깊이 속에서 공존할 수 있는 시간의 환등을 비춤으로써 인물과 사물들의 통약불가능한 위치를 드러낸다.[74] 이는 베르그송이 말한 순수기억의 이미지들을 되찾음으로써 자동화된 동일성의 세계로부터 인물과 사물들을 구출해 내고 있음을 뜻한다. 프루스트는 그 같은 시간과 기억의 모험을 통해 1인칭 주인공('나')의 무력감을 극복하는 동시에 미학적으로 조화된 위니테(unite)[75]를 창조해 내려 했던 것이다. 아직 세계를 총체화할 수 있다고 믿었던 라이프니츠가 원뿔 꼭지점의 모나드를 펼쳐 현실세계를 조화시키려 했다면, 자본주의적 동일성의 세계에서 위기에 처한 프루스트는 거꾸로

---

74) 들뢰즈는 이를 시간-이미지를 통해 인물과 사물들을 드러내는 영화적 방식이라고 논의한다. 들뢰즈, 이정하 역(2005), 86쪽.
75) 모더니즘 예술을 모나드와 연관시킨 논의로는 아도르노, 홍승용 역(1984) 참조. 아도르노는 예술일반에 대해 논의하지만 특히 모더니즘에 적절한 설명으로 볼 수 있다.

된 원뿔의 고립된 모나드를 (내적으로) 펼쳐 기억과 환상으로 조화된 세계를 만들어낸 것이다.

베르그송의 뒤집어진 원뿔이 미학적 모나드의 소우주에 상응한다는 점은 모더니즘 예술에서 더욱 분명하게 드러난다.[76] 모더니즘이 프루스트의 소설과 다른 점은 미학적 모나드와 소우주를 통해 화해를 표현하는 동시에 그 소망이 불가능함을 암시한다는 점이다. 마치 라이프니츠의 예정조화설이 리얼리즘(발자크 등)에 의해 전복되듯이, 프루스트의 '잃어버린 낙원'의 탐색은 모더니즘의 '부정적 인식'[77]에 의해 뒤집어진다.

쉬운 예로 우리 소설 최인호의 「타인의 방」을 살펴보자. 「타인의 방」의 주인공(그, 초점화자)은 불화된 일상을 상징하는 '도시의 거리'에서 자신의 아파트의 방으로 돌아온다. 아파트의 방 역시 이웃들과 단절된 고립된 공간이지만, 그 곳에는 아내로부터 얻을 수 있는 휴식과 위로의 시간이 기다리고 있다. 그러나 아내의 부재를 확인한 그는 자신의 방이 행복한 휴식의 시간을 잃어버린 고독한 공간이 되었음을 느낀다. 이 때부터 그는 '잃어버린 행복한 시간'을 되찾으려는 내면의 기억의 탐색을 시작한다.[78] 그는 욕실 거울에 붙은 껌에서 아내의 습관을 기억해 내기도 하고 지난여름의 행복했던 한 때를 회상하기도 한다. 그러나 아내의 메모가 거짓말을 담고 있음을 깨달은 후 그는 엄청난 고독감 속에서 자신의 방의 주인의 위치를 잃어가기 시작한다. 아내의 배신은 그 방을

---

76) 위니테란 사물들의 조화된 공간이나 세계를 말한다. 프루스트의 소설과 위니테의 관계에 대해서는 프루스트(1998), 305쪽, 김창석, 「불가시의 실재 — 시간, 그 구명을 위한 노력과 결과」 참조. 만물의 위니테를 찾아내려 했던 프루스트의 시도는 사물들의 조화된 세계를 선망했던 라이프니츠의 예정조화설과 궁극적인 목적에서 다르지 않다. 양자의 차이는 라이프니츠가 원뿔의 꼭지점의 모나드를 펼치려 한 반면 프루스트는 거꾸로 된 원뿔의 꼭지점을 펼치려 했다는 점이다.

77) 아도르노는 모더니즘의 두 가지 진리를 미메시스(화해된 관계의 시도)와 부정적 인식이라고 논의한다.

78) 그의 잃어버린 시간을 되돌리려는 시도는 고장 난 시계바늘을 돌려놓는 일에서부터 시작된다.

도시의 거리와 다름없는 물화된 공간으로 만들었다. 그리고 그가 거리의 일상에서 사물화된 인간관계로 둘러싸여 지쳐갔듯이, 방의 공간에서도 사물들로 에워싸여 균형을 상실하기 시작한 것이다.

사물들의 주인(행동의 주체)이 되게 하는 감각-운동 기제의 평형이 깨진 그는, 마침내 흔들리는 주인의 자리를 빼앗으려는 사물들의 반란에 직면하게 된다. 이는 그가 인간적인 의미를 상실한 '타인의 방'에서 행동의 메커니즘을 교란당함으로써 무의식의 몽상 속에 빠져들고 있음을 뜻한다. 그런 환상에서 벗어나려 하면 그는 일상적 행동의 평형을 잃은 신경증적 상태가 된다. 이때 제 자리를 잃은 그를 향한 물건들의 비웃음이 전해지는데, 그것을 외면하면 다시 환상이 몰려오는 것이다. 사물들의 반란이라는 환상은 아내와 함께 했던 그 방에서의 시간과 행복을 모두 상실했음을 의미한다. 그러나 이제 그는 돌아갈 수 없는 일상으로 회귀하기 보다는 더 깊은 기억의 시간 속에 잠겨 환상 속에서의 화해를 시도한다.

> 트랜지스터가 안테나를 세우고 도립하기 시작한다. 그러자 재떨이가 박수를 치기 시작한다. 소켓 부분에선 노래가 흘러나온다. 낙숫물이 신기해서 신을 받쳐 들던 어릴 때의 기억처럼 그는 자그마한 우산을 펴고 화환처럼 황홀한 그의 우주 속으로 뛰어든 셈이었다. 그는 공범자가 되고 싶은 욕망을 느낀다. (…중략…)
> 참 이상한 일이라고 생각하면서 그는 조용히 다리를 모으고 직립하였다. 그는 마치 부활하는 것처럼 보였다.[79]

아내의 배신 때문에 일상으로 돌아갈 수 없는 그는 이처럼 어릴 때의 환상의 기억을 펼침으로써 주체로서의 부활을 시도한다. 그러나 이 환상의 '소우주' 속에서의 화해는 '잃어버린 시간'을 되찾는 것도 '상실한

---

79) 최인호(1995), 62쪽, 「타인의 방」.

낙원'을 돌려받는 것도 아니다. 그의 주체의 부활은 사물들의 환상에 공범자가 된 대가로 스스로가 물건이 되어 일상에서 폐기됨을 뜻한다. 이처럼 모더니즘은 기억과 환상을 통해 '잃어버린 시간'을 찾는 화해의 시도가 실제로는 실패할 수밖에 없음을 보여준다. 그러나 자신이 '물건' 이 되면서까지 화해를 시도함으로써 모더니즘의 주인공은 그 소망을 비정하게 외면하는 물화된 현실을 비판한다. 이것이 바로 내면의 화해 의 소망과 함께 나타나는 모더니즘의 '부정적 인식'이다.

모더니즘에서 인물들의 화해의 시도는 모나드적인 공간과 내면 속의 울림에 그침으로써 일상과 부조화를 드러낸다. 그리고 그런 부조화를 통해 화해를 소망한 대가로 인물들은 스스로 현실에서 버려지기에 이 른다. 화해를 시도하는 인물들과 행동들이 유기적인 이미지로 표현되기 보다는 파편화된 알레고리로 귀착되는 것은 그 때문이다. 타인과의 만 남이나 사건을 통해 자기 자신을 펼치지(라이프니츠의 원뿔 밑면) 못하는 모더니즘의 인물들은, 그 대신 환상적인 이미지를 펼침으로써(베르그송의 원뿔 단면) 화해를 시도하지만, 실제 현실에서는 접혀진 상태에서 타인들 과 만날 수 있을 뿐이다. 창이 열린 **현실의 공간**(아래층)에서 그처럼 창문 없는 모나드로서 접혀 있다는 것은 실상 타인과 소통이 불가능한 소외 된 상태를 뜻한다. 알레고리란 그 같은 소외된 접혀진 모나드들[80]의 파 편화된 만남이며, 그것은 화해의 시도인 동시에 화해가 불가능하다는 신호이기도 하다. 「타인의 방」에서 '그'가 물건으로 버려지는 일이나 「변신」(카프카)에서 그레고르가 벌레로 폐기되는 사건, 그리고 「난장이가 쏘아올린 작은 공」 연작(조세희)에서 지섭이 우주인을 만나고 난쟁이가 달나라로 떠나는 사건은, 화해의 시도로서 타인과의 파편화된 만남인 동시에 현실에서 폐기될 운명에 처한 접혀진 모나드의 표현인 것이다.

파편화된 접합을 통한 화해의 시도와 총체화는 소설뿐만 아니라 회

---

80) 모더니즘 소설의 인물들이 흔히 익명으로 나타나는 것도 그처럼 그가 접혀진 상태 의 모나드이기 때문이다.

화에서도 발견된다. 예컨대 피카소의 입체파 그림에서는 대상들을 추상적인 다면적 관점들의 접합을 통한 총체화로서 드러내고 있다. 이 같은 피카소의 '파편들의 총화'라는 방식은 세계의 대상들을 '관점들의 총체화'로 이해하는 라이프니츠와 유사해 보인다. 그러나 라이프니츠의 관점들이란 일종의 설계도로서의 모나드들이며 그것들의 총체화는 완전히 조화된 세계의 대상들을 의미한다. 반면에 피카소의 다면적 관점들은 그런 완전한 조화가 불가능한 추상적인 파편들의 접합에 관한 것이다. 피카소가 대상들을 그 같은 파편들의 혼합으로 표현한 것은 실상 총체화가 불가능해진 세계를 암시한다. 라이프니츠의 창문 없는 모나드들의 총체화는 창이 열린 세계에서의 조화로운 펼쳐짐을 전제로 하지만, 피카소의 창이 열린 세계에서의 **파편들의 총화**는 조화로운 펼쳐짐이 불가능한 접혀진 모나드들(관점들)의 접합을 뜻한다. 즉, 창문 없는(접혀진) 모나드들의 접합으로서의 피카소의 그림은 서로 간의 소통이 불가능한 소외된 주체들의 관점의 접합을 나타낸다.

그 같은 차이는 벨라스케스의 『궁정의 시녀들』과 피카소의 추상예술의 비교를 통해서도 드러난다.[81] 벨라스케스의 그림은 화가, 감상자(계단의 인물), 왕의 위치에서의 복합적 관점이 암시된 점에서 피카소의 다면적 관점의 그림과 연관을 지닌다. 그러나 벨라스케스의 그림은 그런 복합적 관점이 하나의 화면에 펼쳐져서 조화된 반면, 피카소의 그림은 관점들이 서로 조화되지 못하게 추상적으로 접합되어 있다. 피카소 같은 추상적 예술이 벨라스케스의 구상화와 다른 점은 아마도 그처럼 소외를 의미하는 접혀진 모나드의 예술이라는 점일 것이다. 또한 바로크의 이층집에 상응하는 벨라스케스의 그림에는 '접혀진 모나드의 관점을 상징하는 위층'과 그 관점들이 펼쳐져서 조화된 '창이 열린 아래층'이 함께 나타나 있다. 반면에 피카소의 그림에는 창이 열린 아래층에서 창

---

81) 실제로 피카소는 벨라스케스의 『궁정의 시녀들』을 패러디한 그림을 그리기도 했다.

을 열지 못하는 모나드들의 접합이 표현되고 있다. 피카소의 경우 바로 그 펼쳐질 수 없는 관점들의 혼합이 추상화를 이루고 있는 것이다. 벨라스케스의 그림이 열려 있는 아래층(현실 세계)을 총체화-해체할 수 있는 위층[82]을 지닌 반면, 피카소의 그림은 그런 위층을 갖지 못한 상태에서 아래층에서의 파편적인 다면성을 드러내고 있다.

알레고리나 추상을 통한 파편화된 접합은 모더니즘 이후 예술뿐만 아니라 현실에서도 현대인의 운명이 된다. 서로 소통할 수 없는 사람들은 내면에서만 울리는 화해를 표현하며 알레고리적 접합처럼 파편적인 만남을 이루고 있다. 또한 세계의 대상들 역시 다면적 관점들로 분해되면서도 그 관점들이 파편적인 접합을 이룰 뿐 대상의 실재로서 펼쳐지지 못한다. 창문 없는 모나드로서 그런 관점들과 주체들이 서로 소통할 수 있게 된 것은 후기자본주의에 이르러 가상공간이 출현하면서부터였다.

6. 위층으로의 복귀와 메타픽션의 미학적 모나드

모더니즘 시대(독점자본주의)에는 모나드들이 접혀진 상태에서 파편적으로만 만날 수 있었지만, 후기자본주의 시대[83]에는 인터넷 등의 가상공간을 통해 각 개체들이 주름을 펼치며 서로 소통할 수 있게 된다.[84] 이처럼 가상공간을 통해 고독한 모나드들이 다시 만날 수 있게 됨으로

---

82) 그림을 멈추고 있는 화가, 계단 위의 인물, 그리고 거울 등이 그런 공간을 암시하고 있다.
83) 후기자본주의 시대는 포스트모더니즘의 시대이기도 하다.
84) 인터넷의 모나드를 매개하는 기능에 대해서는 이정우도 논의한 바 있다. 이정우 (2001), 183~186쪽 참조. 우리는 특히 인터넷의 가상공간에 주목하려 한다.

써 모더니즘과는 달리 포스트모더니즘 소설에서는 이야기와 서사가 부활한다. 이제 그처럼 인물들의 만남을 가능하게 한 가상공간과 연관해서 포스트모더니즘과 메타픽션에 대해 살펴보자.

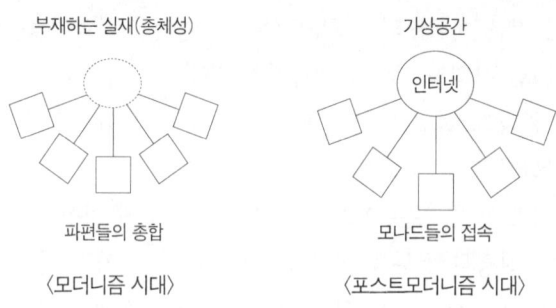

부재하는 실재(총체성)   가상공간

인터넷

파편들의 총합   모나드들의 접속

〈모더니즘 시대〉   〈포스트모더니즘 시대〉

모더니즘 시대의 모나드의 위치는, 자신만의 공간에서 내면으로 사유할 수 있으나 직접적인 소통은 불가능한 점에서, 문자 텍스트의 상황과 비슷한 측면을 지닌다. 바로 그렇기 때문에 책 등의 문자 텍스트는 타인과의 소통을 위한 장치들을 최대한 내장하려 애쓰게 된다. 역설적으로 책이 모나드를 대신해 타인과 소통할 수 있는 최선의 수단이 되는 것은 그 때문이다.

반면에 인터텟의 가상공간은 독립된 공간에서 문자로 사유하는 동시에 직접 소통하는 것을 가능하게 함으로써, 문자 텍스트를 대신해 모나드들의 즉각적인 소통을 허용한다.[85] 그 뿐 아니라 인터넷은 이미지로 된 가상공간(게임 등)을 통해서도 모나드들의 만남을 매개한다.[86]

그처럼 인터넷 등의 가상공간이 중요해지면서 후기자본주의 시대에는 인터넷뿐만 아니라 현실 자체에서도 이미지로 된 가상공간이 출현하고 있다. 보드리야르가 말한 시뮬라크르란 현실보다도 더 현실적인

---

85) 이는 구어 텍스트와 문자 텍스트를 잇는 제3의 언어 텍스트의 상황을 말해준다.
86) 물론 인터넷은 가상공간의 기능만이 아니라 현실공간의 일들을 보다 빨리 처리하는 기능도 수행한다.

가상공간에 다름이 아니다. 인터넷이든 현실이든 **가상공간**은 현실에서 불가능했던 모나드들의 펼쳐짐과 만남을 가능하게 한다.

그러나 가상공간에서의 접촉이 현실에서는 불가능한 진정한 소통을 늘상 성취시키는 것은 아니다. 모더니즘 시대에 모나드들 간의 소통이 불가능했던 것은 자본주의 사회의 사물화 현상이 심화된 데서 기인된 것이었다. 그런 사회적 모순에 대응하기 위해 후기자본주의는 디즈니랜드 같은 시뮬라크르를 현실공간에 끌어들여 마치 화해된 삶이 현실화된 듯 가장한다.

물론 반대로 후기자본주의의 산물인 인터넷 등의 가상공간은 현실에서 불가능한 진정한 소통을 실현시키기도 한다. 그처럼 가상공간이 진정한 만남의 '가능성'을 시사하는 점에서 이제 현실과 가상공간의 구분은 무의미해진다. 따라서 문제는 가상공간이냐 현실공간이냐가 아니라, 그 두 가지 세계에 모두 적용되는 것으로 어떻게 '가능세계'를 선택하고 계열화하느냐 일 것이다.

가상공간이란 인간이 만든 가능세계에 다름이 아니다. 또한 가능세계란 구체적 사건으로 실현될 여러 가지 가능 상태를 말한다. 현실에서는 그런 가능세계의 선택권이 인간의 외부에 있지만, 가상공간에서는 인간에게 주어져 있다. 그런데 가상공간과 현실이 뒤섞이면서 현실에서도 인간 자신의 선택권이 중요해지게 되었다. 가상공간의 출현이 현실과 시뮬라크르의 구분을 무의미하게 하면서, 이제 그 둘이 모두 가능세계의 선택과 계열화의 문제로 보이게 된 것이다.

메타픽션의 출현은 분명히 그 같은 상황과 연관이 있다. 가상공간이든 현실이든, 우리를 화해된 삶으로 이끄는 것은 모나드(인간과 사물)들의 만남에서 생기는 '갈림길'을 어떻게 선택하고 계열화하느냐의 문제이다.[87] 과거에는 라이프니츠의 예정조화설처럼 그 선택권이 신에게 주어

---

87) 그것은 또한 사건들은 선택하고 계열화하는 서사의 문제이기도 하다.

져 있는 것으로 생각했었다. 그러나 인간에 의해 가상공간(일종의 가능세계)이 만들어지는 시대에는 **인간 자신**이 그런 선택의 문제에 관여하게 된다. 그처럼 인간이 갖게 된 '갈림길'의 선택권을 구성원리로 삼는 소설이 바로 **메타픽션**이다.

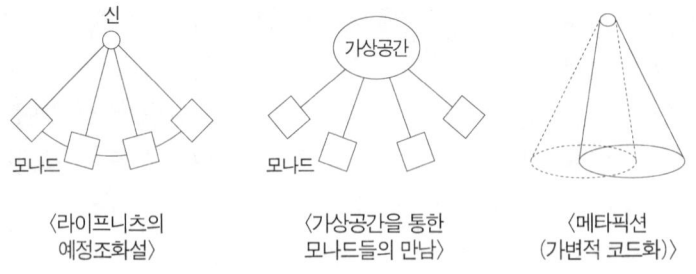

〈라이프니츠의   〈가상공간을 통한   〈메타픽션
예정조화설〉   모나드들의 만남〉   (가변적 코드화)〉

　위에서처럼 라이프니츠의 신의 자리는 오늘날 가상공간과 메타픽션 작가가 대신하고 있다. 라이프니츠의 예정조화설에서는 선택과 계열화의 권한을 갖은 신에 의해 (모나드들이 펼쳐진) 화해된 세계가 이루어진다. 반면에 인터넷 등의 가상공간 자체에는 그런 권한이 주어져 있지 않다. 인터넷이나 시뮬라크르의 가상공간은 오히려 지배 권력에 의해 장악되어 모나드들을 예속시킬 수 있다. 이는 예정조화설과는 반대로 화해를 저해하는 쪽을 지향할 수 있음을 암시한다. 그러나 그런 권력에 대항하여 각 모나드들 자신이 화해된 세계로 나아가려는 선택과 계열화의 힘을 행사할 수도 있다. 그 같은 계열화의 권한은 가상공간뿐만 아니라 현실 자체에 대해서도 적용될 것이다. 왜냐하면 후기자본주의 시대란 현실 자체에서 가상공간을 매개로 개체들이 만나는 시대이기 때문이다. 그런 현실과 가상공간에 대해, 모나드가 갖고 있는 선택과 계열화의 가능성을 암시하는 서사적 형식이 바로 메타픽션이다.

　우리는 가상공간이 모나드들을 다시 만날 수 있게 한다고 말했지만 그런 가상공간은 포스트모더니즘 시대에 처음 나타난 것은 아니다. 그

전부터 전통적으로 있어 왔던 가상공간은 아마도 소설일 것이다. 그러나 전통적인 소설은 '책 속의 허구'로 여겨지며 결코 현실과 혼동되지 않는다. 반면에 포스트모더니즘 시대에는 가상공간과 현실의 구분이 무의미해짐에 따라 현실 자체가 '가능세계'에서의 선택과 계열화의 문제로 여겨지게 된다. 따라서 현실을 반영한 소설은 '현실의 환영'이 아니라 '선택과 계열화로서의 현실'을 자기의식적으로 드러내게 된다. 이처럼 현실을 선택과 계열화의 문제, 즉 갈림길의 문제로 보는 위치에서 메타픽션의 작가(화자)가 나타난다. 여기서 현실은 전통소설에서와는 달리 '가능세계'에서의 선택의 문제로 해체되는데 이것이 포스트모더니즘의 인식론적 불확정성(미결정성)이다.

위의 도표에서처럼, '가상공간을 통한 모나드들의 만남'에서는 모나드가 가상공간의 창을 매개로 소통하는 아래층의 존재일 뿐이다. 반면에 메타픽션에서는 계열화의 권한을 지닌 모나드가 마치 신이나 작가적 화자와도 같은 **위층의 존재**로 복귀한다. 즉, 메타픽션 작가(화자)는 신과도 같이 가능세계의 선택과 계열화에 관여하는 한편, 작가적 화자와 같이 자의식을 드러내며 자신의 관점에 의해 사건들을 전개시킨다. 물론 인식론적 불확정성을 지닌 메타픽션 작가는 신이나 작가적 화자와는 달리 자신이 선택한 현실을 불변의 실재로 확정짓지는 않는다.

당신은 그녀가 옳았다고 생각할지도 모른다. 그래서 영토를 위한 그녀의 투쟁은 영원한 침략자에 대항하는 침략을 당한 자의 합법적인 봉기라고 생각할지도 모른다. 그러나 당신이 생각해서는 안 될 것은 이것이 그들의 이야기에 대한 별로 그럴싸한 결말이 아니라고 여기는 점이다.

왜냐하면, 비록 구불구불하게라고는 할지라도, 나는 나의 원래의 원칙으로 돌아왔기 때문이다. 즉, 그런 면에서, 무엇이든 이 장의 첫머리 제사에서 보여질 수 있는 것을 넘어서 이를 간섭하는 신은 존재하지 않는다는 것이다. 따라서 우리에게 우연히 주어진 능력의 범위 내에서 우리 스스로 만들어왔던 인생, 마르크스가 정의한 바와 같이―'목적을 추구하는 남자의(그리고 여자의)

행위'로서의 인생이 있을 뿐이다. 이들 행위를 인도해 가야 하는 근본적인 원칙, 내가 항상 사라를 이끌어 왔다고 스스로 믿고 있는 이 원칙을 나는 이 장의 두 번째 제사로 달아놓았다. (…중략…)

신비로운 법칙과 신비로운 선택으로 이루어진 인생이란 강이 황량한 제방을 지나 흘러간다. 그리고 또다른 황량한 제방을 따라 찰스는 이제 자신의 관이 실린 보이지 않는 포차(砲車)를 따라가는 인간으로 걷기 시작한다. 그는 임박한, 그리고 스스로 던진 죽음을 향해 걷고 있는 것일까? 나는 그렇게는 생각하지 않는다. 왜냐하면 그는 마침내 자신에게서 믿음의 한 입자, 그 위에 세울 진정한 유일성을 찾아냈기 때문이다.[88]

위에서처럼 메타픽션의 화자(작가)는 작가적 화자 같이 이야기를 접는 부분에서 작가로서의 자의식을 드러낸다. 그러나 자세히 보면 인용문의 화자는 작가적 화자와는 다른 모습을 보여준다. 위의 화자는 독자에게 자신이 소설을 쓰고 있다는 사실을 드러낼 뿐만 아니라, 사건이 전개되는 갈림길에서 자신이 어떤 방식으로 선택을 했는지까지 설명하고 있다. 이처럼 선택과 계열화의 과정을 드러내는 것은 작가적 화자로서는 좀처럼 하기 어려운 일이다.

작가적 화자 역시 작가로서의 자의식을 드러내긴 하지만 자신의 관점으로 된 이야기에 신빙성을 부여하기 위해 사건들이 선택되는 과정까지 노출시키지는 않는다. 즉 이야기가 독자에게 신뢰성을 갖게 하기 위해 작가적 화자는 자신이 작가이긴 하지만 그가 말하는 이야기(계열화된 사건들) 자체는 그의 위치를 넘어선 절대적 권위를 지닌 것으로 '가정'한다. 그런 서술 태도로 보면, 작가적 화자의 외견상 위치는 신에 의해 설계된(계열화된) 세계를 자신의 시점으로 펼쳐 보이는 라이프니츠의 '관점을 지닌 모나드'와도 비슷하다.[89]

---

88) 존 파울즈, 노태범 역(1990), 457~458쪽.
89) 작가적 화자는 발자크처럼 현실의 물질적 세계를 서사화하는 경우에도 외견상으로는 이야기의 전개에 신적인 권위를 부여한다. 그래야만 독자에게 신빙성 있게 받아들여질 수 있기 때문이다.

그와 달리 위의 메타픽션의 화자는 사건을 선택하고 계열화하는 과정 자체를 자신의 손으로 하고 있음을 드러낸다. 메타픽션 화자는 관점을 지닌 모나드로서 사건들을 구체적으로 펼쳐 보일 뿐만 아니라, 마치 '소설(픽션) 세계의 신'[90]이라도 되는 것처럼 인물의 거취와 사건의 선택에 일일이 신경을 쓰고 있다.

물론 인용문에서 화자 자신이 밝히고 있듯이 메타픽션은 이미 신적인 권위가 사라진 시대의 서사형식이다. 그 때문에 메타픽션의 화자는, **신을 대신한** 위치에서 선택을 수행하는 동시에 신과는 달리 **제한된 관점**에 의존해야 하며, 인용문에서처럼 머뭇거리며 자신의 '선택'이 타당한 것이었는지 반문해야 한다.

이 같은 메타픽션 화자의 위치는, 신이 없는 시대에 신의 선택-계열화의 일을 물려받은 '관점을 지닌 모나드'와도 비슷하다. 작가적 화자의 모나드와 구분되는 이 또 다른 모나드의 출현은 후기자본주의 시대의 새로운 인식론적 · 존재론적 변화와 연관되어 있다. 절대적 권능의 계열학자인 신[91]이 없는 시대에, 이 또 다른 계열학자 메타픽션의 화자는 우리의 삶에서 어떤 의미를 지니는 것일까.

먼저 신의 고유 권한으로 여겼던 선택과 계열화의 문제가 인간(화자)의 영역으로 옮겨지게 된 것은, 앞서 살폈듯이 새로운 가상공간의 출현과 연관이 있다. 즉, 인터넷이나 시뮬라크르 같은 새로운 가상공간의 등장은, 현실과 가상세계의 경계를 허물면서 모든 것을 가능세계에서의 선택과 계열화의 문제로 만들었다. **가상공간**이 현실보다 더 현실적인 기능을 하게 된 시대에는 현실과 허구(가상공간)의 구분이 문제가 아니라 모든 **가능성**(가능세계) 중에서 어떻게 **선택**과 **계열화**를 이루느냐가 중요해진 것이다.

---

90) 메타픽션이라는 용어 자체가 그런 메타레벨을 암시한다. 그러나 메타픽션의 메타레벨은 신과도 같은 초월적 층위가 아니라 오히려 소설을 해체하는 위치이다.
91) 이정우(2001), 202쪽.

이 같은 새로운 존재론은 오래된 가상공간인 소설과 우리 시대의 현실과의 관계에도 적용된다. 즉, 소설이든 현실이든 이제 중요한 것은 가능세계에서의 선택과 배열의 문제인데, 그것을 보여주는 것이 바로 메타픽션이다. 위의 소설처럼 소설이 쓰여지는 과정 자체를 되비추게 되면, 소설은 현실을 반영하는 것이 아니라 소설쓰기(선택과 계열화) 자체를 보여주게 된다.

이는 마치 벨라스케스의 『궁정의 시녀들』을 패러디해서 거울 속에 화가가 붓질하는 그림 자체가 비쳐지게 만든 것과 비슷하다. 이 '메타회화'의 경우, 현실의 인물들을 옮겨 담았음에도 불구하고 그림은 '그려진 그림'의 자기반사일 뿐 현실 자체는 결코 나타나지 않는다. 메타픽션에서도 현실을 그린 소설은 '쓰여진 소설'을 비출 뿐 현실 자체는 끝까지 드러나지 않는다. 이 같은 메타픽션의 존재론은 현실이란 그 자체로 존재하지 않으며 항상 누군가에 의해 쓰여진(선택-계열화된) 것이 있을 뿐임을 암시한다. 현실과 소설 모두에서, 누군가에 의해 쓰여져서 가능적인 것이 선택되고 계열화되어 나타났을 뿐, 미리부터 존재하는 현실은 없는 것이다.

메타픽션은 그처럼 현실과 소설의 경계를 해체하면서 모든 것은 화자(혹은 '누군가')의 선택과 계열화의 문제임을 알려준다. 이점에서 메타픽션의 화자(작가)의 위치는, 앞서 언급했듯이 라이프니츠의 존재론에서 신이 맡았던 계열화의 기능을 인간이 대신하는 경우에 해당된다. 물론 메타픽션의 화자는 단순히 신을 대신하는 위치가 아니라 (인용문에서처럼) 신이 없는 시대의 인간의 한계를 드러내기도 한다.

이처럼 현실을 연출하는 임무는 라이프니츠의 신에서 작가적 화자로, 그리고 메타픽션의 화자로 옮겨진 것이다. 이제 그 셋의 차이를 요약해 보자.

라이프니츠의 존재론 역시 메타픽션처럼 현실이 미리 존재하는 실체가 아니라 신에 의해 쓰여진 것으로 가정한다. 신은 선택-계열화를 통해 '관점을 지닌 모나드들'이 펼쳐지면서 세계가 생성되도록 한다. 이 세계의 생성과정에서 어떤 모나드의 관점도 완전하지 않으므로 모나드들 자체만으로는 세계는 결코 총체화될 수 없다. 하지만 그 불완전한 관점들을 조화시키면서 선택-계열화를 통해 사건들을 전개시키는 신의 존재에 의해, 세계는 여러 개의 파편들로 해체되지 않고 총체화된다. 그리고 그처럼 신이 존재함으로써 각각의 모나드의 '제한된 관점' 자체도 의미를 지니게 된다.

라이프니츠의 신과는 달리 작가적 화자는 제한된 관점의 모나드의 위치에 있다. 그러나 그 역시 이야기 세계를 이뤄나가는 사건들의 계열화가 어떤 부인할 수 없는 권위[92]를 지닌 것으로 가정함으로써, 자신의 관점에 의미를 부여하고 이야기 세계를 해체시키지 않는다.

메타픽션의 화자는 그 두 경우와 모두 다른 제3의 위치를 드러낸다. 먼저 그는 작가적 화자와는 달리 신적인 권위가 사라진 세계에서 인용문의 화자처럼 자신의 한정된 관점에만 의존하는 조심스러움을 드러내지 않을 수 없다. 그러나 메타픽션의 화자는 작가적 화자를 넘어서서 신이 떠맡았던 선택-계열화의 위치에 발을 들여놓고 있다. 그럼에도 그는 신의 역할을 대신하는 위치에 있으면서도 신의 능력을 물려받은 것이 아니라 자신의 제한된 한계를 여전히 지니고 있을 뿐이다.[93]

제한된 관점이란 자신의 선택이 유일한 것이 아니며 다른 가능성을

---

92) 실제로는 내포작가에 의한 선택과 배열이지만 이야기의 환영을 유지하기 위해 어떤 전능한 존재에 의해 계열화된 이야기가 생성된 것으로 가정한다. 이는 한 인간에 의해 세계 전체의 사건들이 경험될 수는 없기 때문이다. 반면에 한 인물의 시점에 의존하는 내적 초점화 소설은 그런 전능한 존재를 가정하지 않는다. 그 대신 내적 초점화는 이야기를 들려주는 것이 아니라 실제 현장을 보여주는 것으로 가정함으로써 현실성을 유지한다. 다른 한편 1인칭 소설은 이야기가 화자의 경험인 것으로 가정하여 환영을 유지한다.

93) 이런 메타픽션 작가의 위치는 가상공간을 현실로 작용하게 함으로써 신의 위치에 발을 들여 놓는 후기자본주의 시대의 인간의 위치와도 유사하다. 후기자본주의 시대에는 인터넷, 가상공간, 감시장치, 유전자 공학 등으로 인간이 신의 역할을 대신하면서도, 또한 신과는 달리 완전한 조화의 능력이 부족함을 드러낸다.

지닌 계열화가 있을 수 있음을 인정하는 것이다. 이 같은 미결정성은 실제라는 믿음을 깨뜨리므로 이야기 세계의 해체일 뿐만 아니라 현실 세계의 해체이기도 하다. 라이프니츠의 신의 안전판이 사라짐으로써 세계는 이처럼 파편화된 관점들로 해체된 것이다.

그 같은 권위 있는 관점의 불가능성을 주목하면서 사람들은 흔히 메타픽션에 대해 '작가의 죽음'을 말하기도 한다. 작가적 화자는 이층집의 위층에서 자의식적으로 자신의 존재를 드러냄으로써 독자들을 자신의 울림 속에 끌어들인다. 그와 달리 내적 초점화의 화자는 위층을 비워둔 듯하지만, 그 역시 내포작가를 통해 독자들을 사로잡는다. 반면에 메타픽션의 작가(화자)는 다시 위층으로 복귀했음에도 불구하고, 자기반사적으로 자신을 드러내는 과정에서 스스로의 해체를 암시한다. 그는 신과도 같이 '갈림길'에서의 끝없는 선택 가능성을 내비치면서도, 신과는 달리 완전하고 결정적인 관점을 유보시킴으로써, 전능성과 작가적 화자의 권위는 물론 내포작가의 울림(목소리)마저 흐릿하게 만드는 것이다.

그처럼 신을 대신해 선택과 계열화의 역할을 맡은 것은 인간의 권한의 확장이지만, 제한된 관점과 미결정성을 인정해야 하는 것은 이제까지의 권위와 확실성을 상실했음을 뜻한다. 그러나 생각을 달리하면, 그 같은 '미결정성'의 출현은 리얼리티에 대한 인식론적 · 존재론적 전환의 필요성을 암시하는 것으로 볼 수 있다. 탈권위적인 미결정성(불확정성)의 관점에서 보면, 이제 아무리 타당하다 하더라도 어떤 관점을 확고하게 유일한 것으로 내세우는 일은 억압적인 권력의 작용을 뜻할 것이다. 그 같은 권력에 대항하여 또 다른 가능세계와 계열화의 가능성을 열어놓는 것이 바로 '미결정성'의 의미일 것이다.

그처럼 또 다른 계열화의 가능성을 개방한다는 것은 무한한 가능세계를 열어놓음으로써 무정부주의와 인식론적 허무주의에 빠짐을 뜻하는 것은 아니다. 현실과 소설 양자 모두에서, 서사의 영역의 열려 있는 가능세계란 신의 영역이나 인터넷의 공간에서와는 달리 무한한 논리적 가능성을 의미하지는 않는다. 서사의 공간에서의 가능세계, 그 '끝없이 갈라지는 갈림길'94)이란, 단지 무한히 가능한 계열체의 조합이 아니라 '실재계'의 주름95)을 펼치는 가능성을 뜻한다. 주어진 것(현실)이든 인간이 만든 것(가상공간)이든 우리 시대의 가능세계는 실재계의 주름 위에 놓여 있으며, 그 이질적인 힘들의 접합으로 된 주름을 어떻게 펼치느냐의 문제를 안고 있다.

따라서 메타픽션 중에는 단순히 무한한 갈림길의 가능성을 보여주는 소설보다는 가능세계의 선택을 (새로운 개념의 현실로서) 실재계의 **주름**을 펼치는 문제에 연관시킨 소설이 중요성을 지닌다. 예컨대 소설(「변신」, 가능세계)이 현실(독재적으로 펼쳐진 현실)이 되고 현실이 소설(「벌레」, 또 다른 가능세계)이 되는 과정을 보여주는 김영현의 「벌레」나 현실이 상이한 코드로 중첩되어 있음을 드러내는 마르께스의 『백년 동안의 고독』 같은 경우이다.

그처럼 현실을 '실재계의 주름'이라는 개념으로 생각할 때, 그 주름을 펼치는 일은 실제적 공간뿐만 아니라 가상공간을 통해서도 가능해진다. 즉, 후기자본주의 시대에는 현실공간 뿐만 아니라 가상공간 역시 실재계의 주름을 펼쳐놓은 현실이 될 수 있는 것이다. 그리고 그렇게 인공적인 가능세계인 가상공간이 현실을 대체할 수 있게 됨으로써 인간 자신이 현실을 실현하는 계열화에 관여할 가능성이 커지게 된다. 실제로 자본주의가 스스로의 모순을 드러내자 후기자본주의는 인공적인 가능세계(가상공간)로 사람들을 끌어 모은 후 그 공간을 장악하여 권력을 행사하기 시작했다. 예컨대 보드리야르가 말한 '사회의 디즈니랜드화'나 신데렐라 스토리의 리얼리티화, 그리고 슈퍼맨 · 베트맨 서사의 이데올로기적 공간 속에서의 현실화96) 등이다.

---

94) 보르헤스(1994), 145~166쪽, 「끝없이 두 갈래로 갈라지는 길들이 있는 정원」 참조.
95) 실재계의 주름은 아직 표상화되기 이전의 이질적인 힘들의 접합으로 되어 있다.
96) 미국의 '테러와의 전쟁'이 그 예이다.

그처럼 가상공간을 통해 마치 화해된 세계가 가능한 것처럼 서사를 연출해 보이는 것은, 사람들을 지배권력의 영토로 끌어들이고 세계를 자본주의적 상징계로 코드화하기 위해서이다. 물론 가상공간을 이용하는 일은 지배권력으로부터 해방되려는 또 다른 서사에서도 얼마든지 가능하다. 그런 서사는 현실97)이나 소설에서 모두 연출될 수 있는데, 소설의 경우 메타픽션 이외에도 중첩된 코드화나 판타지를 이용하는 방식으로 나타난다. 중첩된 코드화란 합리주의적 상징계 위에 동양사상 등의 다른 코드들을 겹쳐지게 하는 것을 말하며, 판타지는 상징계의 외부나 구멍, 혹은 서로 다른 코드들 사이의 틈새에서 연출된다.

그러나 지배권력이 공연하는 서사는 물론 그로부터 탈주하려는 서사 역시 완전하게 조화된 세계는 결코 연출하지 못할 것이다. 라이프니츠에 의하면, 서로 다른 관점을 지닌 모나드들이 자신의 주름을 펼치면서 다른 모나드들과 만나는 순간, 완전하게 조화된 세계가 시각적으로 눈앞에 나타나게 된다. 오늘날에도 실재계의 주름을 펼치는 일은 상이한 관점을 지닌 모나드들이 각자의 주름98)을 펼치는 일이기도 하다. 하지만 후기자본주의주의 시대의 모나드들은 자신의 주름을 펼치는 순간 서로 다른 각본을 지닌 서사들99)을 보면서 현실의 무대에서 만나게 된다. 그것은 마치 우리가 각자의 시나리오로 된 영화들을 보면서 하나로 된 물질적 공간100)(실재계)에서 만나는 일과도 같다.101) 라이프니츠의 조

---

97) 인터넷을 이용한 모임에서 촛불시위로 이어진 일을 예로 들 수 있다.
98) 이 주름은 물론 신에 의해 부여된 것이기 보다는 실재계의 주름을 잠재적 사건의 형식으로 파악하는 관점으로서의 주름이다.
99) 이 서사들 중에는 권력에 예속된 서사도 있고 이탈하려는 서사도 있다. 그러나 후자의 경우에도 완전히 하나로 통합되지는 않는다.
100) 공동의 물질적 공간에서 대면한다는 뜻이며 물질적 세계 자체는 이질성을 지니고 있다.
101) 설령 비슷한 경험을 하더라도 각자의 시점과 이미지의 선택작용이 다르기 때문에, 그리고 그 이미지들을 서사화하는 방식이 상이하기 때문에 서로 다른 영화를 보는 셈이라고 할 수 있다.

화된 세계는 어디에도 없으며, 우리가 보는 영화들은 하나의 이미지로 통합되지 못한 채 얼핏 스치는 순간 타인에게 비쳐 보일 뿐이다. 우리의 만남이란 그 같은 한 순간의 반짝이는 '이미지'이자 그 때의 잠시 동안의 '울림'일 것이다.[102]

그처럼 우리 시대의 만남은 서로 다르게 계열화된 서사들의 '사이'의 공간에서 이루어진다. 그 곳은 서로 다른 계열체들과 상징계들 사이의 공간이자 현실과 환상, 가상과 실제, 예술과 사회 사이의 공간이기도 하다. 현대사상에서 말하는 주체의 타자성, 대화성, 혼성성 등은 그런 '사이에 낀 공간'에서 흘러나오는 울림에 다름이 아니다. 서로 다른 '이본들'의 삶을 살면서, 스쳐 지나는 듯한 순간 우리는 잠시 서로를 비주는데, 그 틈새의 공간에서 번져 나오는 존재의 울림이 바로 사랑[103]일 것이다.

7. 시각중심성을 넘어선 서사와 울림의 소설

앞에서 살폈듯이 작가적 화자는 카메라 옵스큐라와 창문 없는 모나드 같은 자기 자신('나')의 위층에 거주한다. 그 같은 작가적 화자는 아래층의 창이 열린 이야기 세계에서 인물들이 서로 만나는[104] '시각적인'

---

102) 이 같은 생각은 윤후명의 「모든 별들은 음악 소리를 낸다」에서도 비슷하게 나타난다. 다만 윤후명은 모나드를 별에 비유하며 서로를 비추는 것과 음악소리를 강조한다. 반면에 여기서는 모나드가 펼쳐지며 전개되는 서사와 그 때의 이미지, 울림을 논의했다.
103) 사랑의 만남은 순간적인 것이지만 그 울림은 오래 동안 지속된다. 그것은 사랑의 대상이 '나'의 타자로서 내면 속에 들어오기 때문이다. 사랑의 만남이 순간적인 것은 그것이 '나'와 '너' 사이의 틈새의 공간에서 이루어지기 때문인데, 틈새의 공간에서의 만남의 순간은 '나'와 '너'가 서로 물러서면서 문을 여는 순간이기도 하다. 그런 사랑의 순간이 오래 계속될 수 있는 삶이 우리의 이상이다.

사건들을 보여준다. 인물들의 만남과 사건들의 전개는 '우리'라는 조화된 세계를 지향하지만 실제로는 진정한 '우리'의 세계를 보여주지 못한다. '우리'의 조화된 세계는 인물의 내면의 소망(리얼리즘)이나 현실에서의 불완전한 타협의 산물(교양소설)로 나타날 뿐이다. 그 점에서 작가적 화자가 독자에게 말을 건네며 꺼내는 '우리'라는 표현은 상상적으로 조화된 세계를 가정한 것이다.

이처럼 카메라 옵스큐라와 모나드 같은 '나'(개인)의 '내부' 공간에 거주하면서, 자신의 목소리로 '시각적인' 사건들이 전개되는 이야기 세계를 보여주고, 독자에게 상상적 공동체105)의 일원으로서 '우리'라는 말을 사용하는 것이 작가적 화자의 특징이다. 이 같은 작가적 화자 소설은 데카르트나 라이프니츠의 철학이 그렇듯이 서구의 근대적 개인주의 사회의 출현을 배경으로 한다. 그런 측면에서 이제까지 살펴 본 작가적 화자 소설은 모두 서구적 개인주의 사회의 근대문학이라고 할 수 있다.

그런데 그 같은 개인주의 사회의 문학과 구별되는 또 다른 작가적 화자 소설이 있다. 예컨대 우리 소설 같은 비서구 지역의 작가적 화자 소설 중에는 창문 없는 모나드 대신 공동체 의식을 지닌 화자가 등장하는 작품들이 있다. 『태평천하』『임꺽정』, 김유정 소설 등에서 보듯이, 이 또 다른 작가적 화자 소설에는 처음부터 집단적 유대의식을 지닌 화자가 출현한다. 서구적인 작가적 화자 소설의 경우 합리주의적이고 개인주의적인 '시민사회'의 일원으로서의 모나드적인 '나'가 소설의 화자로 등장한다.106) 반면에 『태평천하』나 김유정의 소설의 작가적 화자는 '민중적인' 집단의식(우리)에서 분리될 수 없는 또 다른 '나'(개인)로서 모습을 드러낸다.

---

104) 이 인물들의 만남은 흔히 인물과 환경의 상호작용으로 나타난다.
105) 상상적 공동체란 민족이나 동질적 사회집단을 매개로 한 근대의 공동체로서 잠정적인 화합을 보여줄 뿐이다.
106) 3인칭 소설인 경우에도 화자는 자신을 '나'로 지칭한다.

전자의 '나'는 독자에게 말을 건네며 '우리'라는 표현을 사용하지만, 이 우리는 '의사소통적 합리성'에 의거한 주체-주체의 관계[107]이거나 '상상적' 공동체에 근거한 유대감이다. 반면에 후자의 경우 화자는 인물이나 독자와 '같은 세계'에 거주하며 얻어진 듯한 유대의식을 드러낸다. 서구의 작가적 화자는 이층집의 위층에 거주하며 상상적으로 독자에게 '우리'라는 연대감을 표시한다. 물론 『태평천하』 등의 또 다른 작가적 화자 역시 이층집의 위층에 자리를 갖고 있다. 그러나 그는 아래층에서 민중적 인물들이나 독자와 오래 거주해온 듯한 공동체적 유대감을 나타낸다.

일반적으로 작가적 화자 소설이 '우리'를 지향한다는 점은 화자가 자신의 목소리를 통해 이야기 세계를 총체화하려 한다는 점에서 알 수 있다. 그러나 서구적인 작가적 화자의 경우 그 총체화하려는 목소리는 자신의 정신의 공간(모나드) 내부에서 울려나오는 음성이다. 즉, 이때 화자의 목소리의 울림은 이야기 세계의 인물들과 직접적인 유대관계에서 나온 것이 아니다. 그 때문에 작가적 화자는 자신의 목소리(울림) 보다는 이야기를 '시각적으로' 펼쳐 보임으로써 세계를 총체화하게 된다. 반면에 민중적 화자의 소설들은 인물이나 독자와 유대를 맺는 울림을 근거로 자신의 목소리를 낸다. 이 경우 시각적인 전개보다는 그 울림의 목소리를 근거로 세계를 총체화하려 시도하게 된다. 서구적인 작가적 화자 소설이 시각적인 '보는 소설'인 반면 민중적 화자의 소설들은 청각적인 '듣는 소설'인 것은 그 때문이다. 후자의 소설들이 흔히 구어체 소설로 불리는 것도 같은 이유에서이다.

그러나 구어체 소설들이 '듣는 소설'이라 하더라도 고소설의 '듣는 소설'과는 명백한 차이를 지닌다. 구어체 소설 역시 근대소설이며 그런 한에서 암암리에 근대적인 시각적인 시점에 근거하고 있다. 하지만 작

---

107) 하버마스, 이진우 역(1994), 346~380쪽.

가적 화자에서 내적 초점화로 나아간 서구적 소설들이 시각중심적인 특징을 지닌 반면 구어체 소설은 여전히 화자의 목소리의 울림에 크게 의존하고 있다.

이처럼 구어체 소설이 근대적인 시각성을 지닌 동시에 또한 울림에 의존하는 소설인 점에서 화자의 목소리는 라이프니츠의 '울림'의 개념과 연관을 지닌다. 라이프니츠는 정신의 눈이라는 시각을 통해 세계를 총체화하려 했던 근대 초기철학자들과는 달리 시각적인 관점에 한계가 있음을 논의했다. 데카르트와 로크 등 근대 초기철학자들이 카메라 옵스큐라에 열광했던 것은 중세의 '신의 눈'을 대신해 세계를 조망할 수 있는 '정신의 눈'을 떠올렸기 때문이었다. 그러나 이 새로운 근대의 '눈'은 신의 눈과는 달리 결코 세계를 총체화하는 전지적 시점을 제공할 수 없었다. 이성의 눈의 그런 한계를 간파한 사람은 바로 모나드론을 제기한 라이프니츠였다.

라이프니츠의 모나드는 일종의 카메라 옵스큐라이지만 데카르트의 형이상학적인 눈과는 달리 접힌 '주름'과 한정된 관점을 지니고 있다. 라이프니츠의 경우 세계를 인식한다는 것은 모나드 내부의 주름을 펼치는 존재론적 측면과 연관된 것이었다. 또한 각각의 모나드들은 우주를 내부의 주름으로 접고 있으면서도 자기 자신은 그 일부만을 명료하게 지각하는 한정된 관점을 갖고 있었다. 세계는 형이상학적 눈을 통해 총체화할 수 있는 것이 아니라 한정된 관점의 모나드들이 주름을 펼치며 서로를 거울처럼 비추는 순간 상보적으로 총체화된다. 이때 상이한 모나드들이 서로를 비추는 상호표현의 거울이 조화되려면, 각 모나드의 한정된 관점을 넘어서는 '울림(convenir)'이 필요하다.

울림이란 상이한 관점의 모나드들이 서로 소통하고 조화되게 하는 소리에 비유할 수 있다. 그러나 울림은 비단 소리에 국한된 것은 아니고 '심금을 울리는' 것처럼 서로 다른 관점을 넘어서는 상호표현의 조화된 관계를 말한다.[108] 이처럼 라이프니츠는 데카르트나 로크와는 달

리 시각적으로 한정된 관점과 그것을 넘어서는 울림을 말하고 있는 점이 특징적이다.[109]

자신의 시각적 시점을 지닌 동시에 인물이나 독자와 상호적인 유대를 지닌 점에서 구어체 소설의 목소리는 라이프니츠의 울림에 가깝다. 물론 그 이전에 구어체 화자의 목소리는 전통적인 민중적 공동체 의식의 계승이라고 할 수 있다. 그러나 또한 전통소설과는 달리 근대적인 개체의식과 시각성에 근거하고 있으며, 그런 한에서는 라이프니츠의 울림의 개념에 연관된다.

따라서 구어체의 '울림'의 표현이란 전통적인 이야기체의 계승인 동시에 근대의 공간에서 변용된 양식으로 교섭을 향유하는 방식이다. 즉, 울림이란 전통의 계승이자 서구적인 근대 속에서의 새로운 창조적 교감의 표현이다.[110] 그런 맥락에서 이 글에서 말하는 '울림'이란 라이프니츠의 개념과 전통적 서사에서의 교섭의 방식을 혼성적으로 뒤섞은 것이다. 이 새로운 울림의 개념은 구어체 소설에서 바흐친의 대화적 소설에 이르는 시각중심성을 넘어선 모든 소설의 담론 방식을 포괄한다. 구어체 소설이 전통적인 공동체 의식을 계승한 울림의 소설이라면, 대화적 소설은 개인주의 사회에서 모나드들이 논쟁하고 교섭하는 울림을 들려준다.

울림의 소설의 특징은 한 개인의 관점(시점)이 아니라 사람들 사이의 울림을 통해서 세계가 나타난다고 보는 점이다. 서구적인 시점론들은 특정한 개인의 눈을 통해 세계를 바라보고 인식하는 것으로 설명한다. 흔히 시점이란 '누가 보느냐'의 문제라고 말하는 것은 그 때문이다. 예컨대 작가적 화자 소설은 작가가 세계를 조망하는 것이며 내적 초점화

---

108) 이정우(2001), 213~214쪽.
109) 나병철(2008.4), 251쪽, 「시각중심성을 넘어선 서사와 울림의 소설」.
110) 그 점에서 라이프니츠의 모나드론과 울림의 개념은 서구적인 철학적 전통을 넘어선 동양철학적인 요소를 내포하고 있으며 탈근대적인 관점을 예비하고 있다.

는 인물이 직접 보는 것이다. 그러나 울림의 소설에서는 작가나 인물의 눈이 아니라 그들이 다른 인물이나 독자와 울림의 관계를 맺는 순간 세계가 드러난다. 이 경우 문제는 누가 보느냐가 아니라 누구와 누구의 관계 속에서 울림과 들림을 향유하느냐이다.[111] 이점은 서구적인 인식론중심주의와 구분되는 라이프니츠의 존재론적 사유[112]와 상응하는 특징이다.

그처럼 개체들 간의 관계의 울림에 근거하는 점에서 울림의 소설은 (앞서 언급했듯이) 보는 소설이 아니라 듣는 소설의 성격을 갖게 된다. 물론 울림의 소설도 근대적인 시각의 장에서 완전히 이탈한 것은 아니므로 듣는 소설은 내포적 차원이라고 할 수 있다. 이점이 청각 등 시각 이외의 감각이 중시되었던 고소설과 다른 점이다.

울림의 소설의 또 다른 특징은 개인들의 울림 속에서 만남과 화해를 추구한다는 점이다. 구어체 소설은 화자-인물이나 화자-독자 간의 유대를 통해 '우리'의 조화된 세계를 지향하며, 대화적 소설은 이질적인 개인들이 다성적으로 교섭하는 담론의 공간을 추적한다. 물론 두 경우 모두 실제 현실은 화해된 세계가 아니다.[113] 그러나 전자는 사람들 사이의 울림의 유대를 통해, 후자는 개인들 간의 교섭을 통해 불화 속에서 화해의 소망을 표현한다.

이런 울림을 통한 개인들의 만남은 물론 라이프니츠의 방식과 아주

---

111) 시각적인 시점론과 울림이 소설의 이론은 서로 보완적이며 울림의 이론이 기존의 시각적인 시점론을 보다 풍부하게 할 것임.

112) 여기서는 존재론과 인식론이 구분되지 않으며 그런 특징은 동양사상과 유사한 점이다. 실제로 라이프니츠는 중국철학에 크게 관심을 가지고 있었다. 한편 작가적 화자의 경우에도 수행적 차원에서는 라이프니츠의 존재론적 특징이 나타나며 작가적 화자가 이야기 세계를 본다는 것은 '작가로서의' 자신의 관점을 펼치는 것을 말한다. 반면에 울림의 소설은 작가나 화자가 그처럼 자신의 관점을 펼치는 과정에서 주로 울림을 통해 세계를 드러낸다.

113) 이점이 라이프니츠와 다른 점이며 그것은 라이프니츠의 가정과는 달리 신이 부재하는 시대이기 때문이다.

똑같은 것은 아니다. 라이프니츠는 개인주의 사회에서 신에 의해 조화로운 울림이 가능한 것으로 말하고 있다. 그러나 구어체 소설은 신이 사라진 세계에서 민중적 공동체 의식에 의거해 화해의 소망을 드러낸다. 이 경우 불화의 현실에서 신이 아니라 민중들의 유대의식으로부터 조화의 힘이 울려나온다. 또한 대화적 소설은 각 개체들의 관점을 미결정적으로 유보시킴으로써 교섭이 가능한 틈새의 공간을 열고 있다. 여기서는 완전히 조화될 수 없는 이질적인 개인들의 다성적인 대화의 공간으로부터 세계가 나타난다.

그러나 두 경우 모두 울림의 소설은 라이프니츠의 존재론처럼 개체들 간의 관계를 통해 세계를 열어 보인다. 이런 울림의 소설이 한 개체의 눈에 의존하는 서구적인 시각중심적 소설과 다른 점은 화자와 시점의 위치가 이질적이라는 점이다. 시각중심적 소설에 근거한 전통적인 시점론은 한 개인의 눈에 의한 시점의 일관성을 요구한다. 예컨대 작가적 화자 소설은 외부의 화자가 보는 것이며 내적 초점화는 내부의 인물이 보는 것이다. 시각중심적 소설에서는 그처럼 외부시점이냐 내부시점이냐 라는 시점의 일관성이 요구된다.

외부시점과 내부시점의 차이는, 화자나 시점의 주체가 자신의 정신의 공간(위층)에 존재하느냐 인물과 같은 공간(아래층)에 있느냐이다. 그러나 울림의 소설에서는 빈번히 그 같은 양자택일이 어려운 상황이 발생한다. 예컨대 김유정의 3인칭 소설에는 외부시점이면서도 인물들과 같은 공간에 거주하며 내부로부터 서술하는 듯한 화자가 등장한다. 또한 도스토예프스키의 대화적 소설들의 경우 인물들의 내부공간에서 그들의 울림을 들려주는 외부시점 화자가 나타난다. 양자 모두 울림의 소설은 화자의 공간과 인물의 공간, 위층과 아래층의 경계가 모호한 것으로 드러난다. 이는 울림의 소설이란 시점의 주체가 객관세계를 보는 주체중심적 인식론이 아니라, 화자–인물–(독자)이나 인물–인물이라는 상호주관성 속에서 세계가 생성되는 라이프니츠 식 존재론에 의거하고 있기 때문이다.

마지막으로 울림의 소설에서는 이야기 내용에서도 시각중심성을 넘어선 것으로 나타난다. 예컨대 김유정의 「떡」은 시각보다는 맛의 세계의 이야기이며, 이청준의 남도사람 연작은 시각적인 이성의 빛이 아닌 소리의 빛을 탐색한다. 또한 대화적 소설들은 시각적으로는 볼 수 없는 인물들의 사고와 담론의 울림이 사건으로 나타나는 소설이라고 할 수 있다.

이제 이런 울림의 소설의 특징들을 보다 구체적으로 살펴보기로 하자. 다음에서는 울림의 소설을 구어체 소설 유형과 대화적 소설로 나누어서 논의할 것이다.

8. 구어체 소설 유형과 마을사람으로서의 전지적 화자

서구적인 작가적 화자 소설에서도 화자의 목소리가 들리지만 그 울림은 자신의 정신의 공간(창문 없는 모나드)에서 전해져 오는 것이다. 작가적 화자 소설은 그런 목소리를 들려주거나 창이 열린 이야기 세계를 시각적으로 보여준다. 또한 내적 초점화는 이야기 공간에서 인물이 직접 보는 내용을 시각적으로 전달한다.

반면에 구어체 소설에서는 화자의 정신의 공간과 인물들의 이야기 공간의 구분이 분명하지 않다. 화자의 목소리는 그의 정신의 공간에서 전해지는 것이지만 또한 그것은 인물들과의 직접적인 유대의 표현이기도 하다. 화자의 목소리는 자신의 내면의 음성이기 보다는 인물들과의 사이에서의 유대의 울림을 드러내는 것이기 때문이다. 구어체에서는 그 유대의 울림이 이야기 서술의 추동력이라고 할 수 있다. 그 때문에 화자의 목소리가 들리는 부분에서도 인물들과의 유대가 전해지며, 인물들이 시각적으로 제시되는 부분에서도 화자의 목소리가 사라지지 않는다.

이점을 김유정의 「떡」을 통해 살펴보자.

> 원래는 사람이 떡을 먹는다. 이것은 떡이 사람을 먹는 이야기다. 다시 말하면 사람이 떡에게 먹힌 이야기렷다. 좀 황당한 소리인 듯싶으나 그 사람이란 게 역 황당한 존재라 하릴없다. 인제 겨우 일곱 살 난 계집애로 게다가 겨울이 왔건만 솜옷 하나 못 얻어 입고 겹저고리 두렝이로 떨고 있는 옥이 말이다. 이것도 한 개의 완전한 사람으로 칠는지 혹은 말는지! 그건 내 알 바가 아니다. 하여튼 그 애 아버지가 동리에서 제일 가난한 그리고 게으르기가 곰 같다는 바로 덕희다. 놈이 우습게도 꾸물거리고 엄동과 주림이 닥쳐와도 눈 하나 끔벅 없는 신청부라 우리는 가끔 그 눈꼽 낀 얼굴을 놀릴 수 있을 만큼 흥미를 느낀다.[114]

위에서처럼 자신을 '나'로 부르는 화자가 1인칭이 아닌 3인칭 화자로 나섬으로써, 인용문 부분은 자기 자신을 의식하고 있는 서구적인 작가적 화자 서술과 유사해진다. 스스로가 이야기의 화자임을 의식하면서 '자기 이야기'의 인물을 거론하며 독자에게 말을 건네는 부분이 특히 그렇다고 할 수 있다. 그러나 「떡」은 서구적인 작가적 화자와는 다른 특이한 구어적 말투와 태도를 보인다. 그것은 이 소설의 화자가 시종일관 인물들과 한 마을에 사는 사람의 입장을 버리지 않기 때문이다. 그 점에서 보면 이 소설은 실상 1인칭 상황과 유사해진다. 실제로 떡은 1인칭과 3인칭의 중간 단계를 보이는 3인칭 소설이다.

서구적인 소설의 경우 인물의 세계에 거주하는 존재가 화자가 되는 것은 1인칭에서만 가능하다. 그러나 김유정 소설에서는 특이하게도 3인칭인 경우에도 인물의 세계에 살고 있는 존재가 화자로 등장한다. 물론

---

114) 김유정(2005), 163쪽, 「떡」. 강조는 인용자.

「떡」의 경우 화자가 '나'로 지칭하는 부분이 있으므로 1인칭의 요소가 섞여 있다고도 볼 수 있다. 그러나 이 소설에서 정작 옥이가 '떡에게 먹히는' 본이야기의 대목에서는 1인칭보다는 3인칭 전지적 시점에 가까운 서술을 보인다. 즉, 화자 자신이 보지 않은 장면을 서슴없이 말할 뿐 아니라 옥이의 심리까지 드러내고 있다. 이는 결코 1인칭으로 볼 수 없는 상황이다. 그러면서도 일반적인 3인칭 전지적 시점과는 달리 화자는 줄곧 인물들과 같은 마을에 사는 사람의 입장에서 말을 늘어놓는다. 이처럼 인물의 세계에 거주하는 화자가 3인칭 방식으로 나타나는 것은 서구적인 시점론으로는 좀처럼 설명하기 어렵다.

그러나 「떡」의 이런 특징은 결코 시점의 일관성의 혼란이 아니다. 그보다는 3인칭 작가적 화자나 전지적 시점이 화자의 개인적 시점이 아니라 인물들과의 접촉과 울림에 근거해 만들어 지고 있음을 뜻한다. 「떡」에 1인칭의 요소가 섞여있는 듯한 것은 그 점을 보다 분명히 드러내고 있을 뿐이다. 실상 「떡」과 달리 1인칭의 요소가 없는 다른 3인칭의 경우에도 김유정 소설에서는 '한 마을사람' 같은 말투가 비슷하게 나타난다. 김유정 소설에서 작가적 화자의 특권은 바로 그런 유대와 울림으로부터 나타나고 있다. 이는 그의 소설에서 3인칭의 전지성이 서구적 작가적 화자와는 매우 다른 방식으로 만들어지고 있음을 의미한다. 다음의 인용문은 그 점을 분명히 보여준다.

그 꿀을 한창 오기오기 씹다가 꿀꺽 삼켜 본다. 가슴만 뜨끔할 뿐 즉시 떡은 도로 넘어온다. 다시 씹는다. (…중략…) 한껏 자꾸 먹어야 된다는 걸쌈스러운 탐욕이 옥이 자신도 모르게 활동하였고 또는 옥이는 제가 먹고 싶은 걸 무엇무엇 알았을 그 뿐이었다. (…중략…) 너는 보도 못하고 어떻게 그리 남의 일을 잘 아느냐 그러면 그 장면을 목도한 개똥 어머니에게 좀 설명하여 받기로 하자. 아 참 그년 되우 먹읍디다. 그 밥 한 그릇 다 먹고 그래 떡을 또 먹어유. 주왁 먹을 제 나는 인제 죽나 보자 그랬수. (…중략…) 이걸 가만히 듣다가 그럼 왜 말리진 못했느냐고 탄하니까 제가 일부러 먹이기도 할 텐데 그렇

게는 못하나마 배고파 먹는 걸 무슨 혐의로 못 먹게 하겠느냐고 되레 성을 발
끈 낸다. 그러나 요건 빨간 거짓말이다. 저도 다른 계집 마찬가지로 마루 끝에
서서 잘 먹는다 잘 먹는다, 이렇게 여러 번 칭찬하고 깔깔대고 했었음에 틀림
없을 게다.

　옥이의 이 봉변은 여태껏 동리의 한 이야깃거리가 되어 있다. 할 일이 없으
면 계집들은 몰려 앉아서 그 때의 일을 찧고 까불고 떠들어댄다.115)

　인용문의 중반부터 「떡」은 1인칭 관찰자 시점과 유사한 서술을 보여
준다. 그러나 전반부는 3인칭 전지적 서술에 가까우며, 1인칭 시점은 화
자가 전지적 화자로 나서기 이전 단계를 보여주는 듯하다. 즉, 화자의
서술의 신빙성을 위해 그가 전지성을 얻게 된 경위를 덧붙이고 있는 것
이다. 요컨대 인용문은 화자가 1인칭 관찰자에서 3인칭 전지적 서술자
로 전이되는 과정을 거꾸로 암시한다.

　여기서 우리는 서구적인 작가적 화자 소설과는 다른 방식으로 전지
성을 얻는 과정을 보게 된다. 화자는 인물들과 같은 동네에 사는 1인칭
관찰자로서, 직접 보고 들은 장면과 이야기를 '내(나의) 이야기'116)로 만
들고 있다. 이 '내 이야기에' 대한 작가적 화자의 전지성은, 가령 『무
정』(서구적인 작가적 화자 소설)에서처럼 작가의 정신세계와 지성의 산물이
아니며, 생활 속에서 부대끼며 '찧고 까부는' 가운데 얻어진 것이다.117)
앞서 말했듯이, 이 점은 1인칭의 요소가 나타나지 않는 다른 3인칭 소
설의 경우에도 마찬가지이다.

　이런 특이한 전지성의 서사적 효과는 화자와 인물 사이에 정서적 유
대를 전해준다는 점이다. 그뿐 아니라 화자는 구어체의 말투를 통해 감
상자에게도 한 마을에 사는 사람에게 말하는 듯한 유대감을 보이고 있
다. 구어적 말을 통해 '울리는' 이 정서적 유대는 화해된 삶에 대한 소

---

115) 위의 책, 173~174쪽.
116) 위의 책, 170쪽.
117) 나병철(2008.4), 257쪽 참조.

망과 연관이 있다.

그렇다고 김유정 소설이 울림을 통해 조화된 삶을 보여주는 것은 아니다. 그렇기는커녕 인물들의 행동은 터무니없이 우스꽝스러우며 그 희화화된 모습은 비참하기까지 하다. 그러나 김유정 소설은 화자의 울림의 서술을 통해, 촌극을 벌이는 인물들을 공감적으로 이해하게 하면서, 그들을 어릿광대같이 만드는 각박한 현실을 비판적으로 인식하게 한다. 여기서 나타나는 웃음과 연민이 김유정 소설의 독특한 해학의 효과이다.

김유정 소설에서 나타난 특이한 전지성은 명백한 구어체가 아닌 소설에서도 발견된다. 예컨대 이청준의 남도사람 연작이나 박경리의 『토지』 초반부에서 역시 마을사람으로서의 전지적 화자가 등장한다. 다음의 예문들은 서구적인 전지적 화자와 다른 그 독특한 특징을 보여준다.

곡성가 상엿소리가 자주 지나는 묘지 길이니 소릿재라 부를 만했고, 소릿재 초입을 지키고 있으니 소릿재 주막이라 이를 만했다. 내력을 모르는 사람들은 아마 그쯤 짐작을 하고 지나칠 수도 있으리라. 하지만 이 소릿재와 소릿재 주막에는 또 다른 내력이 있었다. 귀밝은 읍내 사람들은 대개 다 그것을 알고 있었다. 보성 고을 사람이 아니더라도 어쩌면 이 소릿재 주막에 발길이 닿아 하룻밤쯤 술손 노릇을 하고 나면 그것을 쉬 알 수 있었다.[118]

농부들은 지금 꽃 달린 고깔을 흔들면서 신명을 내고 괴롭고 한스러운 일상(日常)을 잊으며 굿놀이에 열중하고 있을 것이다. 최참판댁에서 섭섭잖게 전곡(錢穀)이 나갔고, 풍년에는 미치지 못했으나 실한 평작임엔 틀림이 없을 것인즉 모처럼 허리끈을 풀어놓고 쌀밥에 식구들은 배를 두드렸을 테니 하루의 근심은 잊을 만했을 것이다.

(…중략…)

신나는 타악 소리는 푸른 하늘을 빙글빙글 돌게 하고 단풍든 나무를 우쭐우쭐 춤추게 한다. 웃지 않아도 초생달 같은 눈의 서금들이 앞장서서 놀고 있을

---

118) 이청준(1998), 11~12쪽, 「서편제」.

것이다. 오십 고개를 바라보는 주름살을 잊고 이팔청춘으로 돌아간 듯이, 몸은 늙었지만 가락에 겨워 굽이굽이 넘어가는 그 구성진 목청만은 늙지 않았으니까. 웃기고 울리는 천성의 광대기는 여전히 구경꾼들 마음을 사로잡고 있으리. 아직도 구슬픈 가락에 반하여 추파 던지는 과부가 있는지도 모른다.[119]

인용문들은 전지적 특권에 의거한 단정적인 서술 대신, '~부를만 했고', '~있으리라', '~있을 것이다' 식의 추측하는 듯한 말투를 사용한다.[120] 이 추정적인 말투는 오랜 유대에 의해 마을과 사람들을 알고 있는 자의 태도를 드러낸 것이다. 이런 서술태도는 서구적인 전지적 화자에 준하는 신빙성을 지니면서도 그 초연함과는 다른 따뜻한 유대감을 내포하고 있다. 그런 유대감은 김유정 소설에서처럼 화해된 세계에 대한 소망과 연관되어 있다. 화자는 유대와 울림에 근거한 서술을 통해 불화의 세계에서 화해에 대한 소망을 드러내고 있는 것이다.

물론 이런 유형의 소설들 중에는 인물들에게 유대감을 보이지 않는 소설도 있다. 예컨대 또 다른 구어체 소설『태평천하』의 경우이다. 그러나 그것은 이 소설이 부정적 인물들을 비판하는 풍자소설이기 때문이다. 이 풍자소설은 그 대신 화자가 '~입니다' 식의 경어체를 통해 독자나 내포청중에게 유대감을 드러낸다. 그처럼 공동체의 구성원(내포청중)과의 유대를 통해 화해된 세계의 소망을 표현하는 점에서『태평천하』는 다른 구어체와 동일하다.

『태평천하』를 포함해 이 유형의 소설들에서 화자의 유대와 울림은 **서술의 추동력**[121]이 된다. 따라서 이 울림의 소설들은 서술방식에서도 서구적인 작가적 화자와는 다른 특징을 드러낸다. 서구적 소설들은 시각적 장면들의 인과적 연결을 통해 세계를 총체화해 보여준다. 반면에

---

119) 박경리(1993), 11~12쪽.
120) 「서편제」에서의 추측하는 듯한 어조에 대한 논의로는 박기범의 「소설과 영화를 통한 서사교육 내용연구」(교원대 박사논문, 2007)가 있다.
121) 서술과 서사의 추동력이란 세계를 총체화하거나 화해시키려는 힘이라고 할 수 있다.

김유정 소설이나 『태평천하』는 시각적 장면으로 보면 단순한 삽화의 나열일 뿐이다. 그 대신 이 소설들에서는 (화해의 소망이 담긴) 울림에 근거한 화자의 입심에 의해 삽화들이 연결된다. 서구적인 소설에서는 화자의 목소리가 사라지면 시각적 장면에 몰입하면서 인물들에게 감정이 입하게 된다. 그러나 구어체 소설에서는 시각적 장면에서도 화자의 목소리가 사라지지 않으며, 화자의 구성진 언변에 이끌려 그의 말로 수놓아진 세계의 일원이 된다.

말로 수놓아진 세계란 울림이 내재하는 세계일 것이다. 구어체 소설에서는 그 눈에 보이지 않는 유대의 힘에 의해 화해를 소망하는 서사가 추진력을 얻게 된다. 김유정 소설과 『태평천하』에서 그처럼 서사를 이끄는 것은 울림과 유대가 내재하는 판소리적 서술방식일 것이다.

그에 비해 「서편제」와 「소리의 빛」에서는 한의 정서가 담긴 '소리'가 서사를 이끌어 간다. 소리란 판소리 가락을 말하는 것으로 여기에는 아픈 상처와 그것을 치유하는 한의 울림이 담겨 있다. 「서편제」와 「소리의 빛」에서는 상처를 극복하려는 그 소리의 울림이 서술의 추동력이 되고 있다. 예컨대 「서편제」는 소리꾼 여자의 소리로 이야기가 시작되며, 다른 인물들이 소리를 하거나 그에 얽힌 사연을 늘어놓으면서 소설이 전개된다. 이 소설에서는 소리를 듣는 순간이 그에 얽힌 사연에 대한 궁금증이 커지는 순간이기도 하다. 말하자면 소리에 대한 욕망과 서사에 대한 욕망이 상응하는 것이다. 이처럼 한의 울림과 소리가 서사의 추동력이 되는 것은 소리꾼들뿐만 아니라 화자와 마을사람들이 그 울림의 무의식을 공유하기 때문이다. 즉, 「서편제」와 「소리의 빛」에서는 화자와 마을사람들의 내면에 잠재한 소리에 대한 무의식과 욕망이 삶의 이야기를 늘어놓으려는 추동력이 되고 있는 것이다. 시각적인 욕망이 중시되는 서구소설에서 시각적 장면의 연쇄가 핵심이라면, 소리의 무의식이 지배하는 「서편제」 등에서는 소리를 매개로 삽화들이 연쇄적으로 연결된다.

「서편제」등에서 판소리에 담긴 한의 가락에 따라 서술이 진행되는 양상은 구어체 소설에서 판소리적 어법에 의해 서술이 엮어지는 양상과 구분된다. 후자가 사람들 사이의 말과 유대에 의한 울림이라면, 전자는 사람들의 내면에 잠재하는 한과 소리의 울림이다. 하지만 개인의 시점 대신 사람들의 말과 정서의 울림에 의존하는 점에서 두 소설은 서구의 시각중심적 소설과 구분된다.

그처럼 울림에 대한 욕망이 서사의 추동력이 됨으로써 그 욕망을 공유하는 사람들의 삶의 이야기 역시 시각중심적 소설과는 다르게 전개된다. 서구적인 시각중심적 소설은 시각의 주체인 각 개인들의 욕망을 그리는 개인주의 세계의 이야기이다. 반면에 울림의 소설은 시각보다는 미각이나 청각에 의해 사람들 사이의 울림을 욕망하는 사건들을 담고 있다.

예컨대 「떡」에서는 시각보다는 미각의 욕망이 이야기의 중심을 이루고 있다. 이 소설은 단지 굶주린 민중들의 비극을 그린 작품이 아니다. 「떡」에서 보다 더 중요한 것은, '떡맛'이라는 삶의 고유한 가치가 식민지 농촌의 궁핍에 의해 훼손되어버린 상황이다. 주인공 옥이는 잔칫집에서 걸신들린 듯이 먹어대는데, 실상 옥이가 갈망한 것은 '떡맛'이었을 것이다. 그런데 그 맛에는 단순한 미각 이상의 욕망이 스며 있다.

「떡」에서 맛깔스럽게 그려진 떡과 맛의 묘사에는 훼손되지 않은 고유한 '삶의 맛'에 대한 은유가 담겨 있다. 또한 그처럼 삶의 맛을 담고 있는 떡맛은 옥이뿐만 아니라 구경하는 사람들에게까지도 전해진다. 옥이는 삶의 맛을 욕망하며 떡맛에 빠져든 것이며, 옥이를 보며 깔깔거리는 여자들 역시 그 음식맛과 삶의 맛에 도취된 셈이다. 그처럼 함께 어우러지는 맛을 통해 '우리'의 울림을 향유하는 날이 바로 잔칫날일 것이다. 이것이 바로 사람이 떡을 먹는 원래의 이야기이다.[122]

---

122) 나병철(2008.4), 259쪽.

그러나 옥이가 '떡에게 먹히는' 순간 깔깔대던 여자들도 공포에 질려 마주볼 뿐이다. 맛을 통해 울림을 향유하는 잔칫날은 이미 전도되어 버렸다. 이런 전도는 물론 식민지 자본주의가 농촌사람들에게 강요한 극한의 궁핍에 의한 것이다. '굶주린 창자의 착각'에 의해, 즉 식민지 자본주의가 옥이에게 강요한 결핍에 의해, 떡맛을 향유하는 우리의 울림이 훼손되어버린 것이다. 옥이의 몸에서 벌어진 이 촌극은, 식민지 자본주의가 '떡맛'과 '우리의 울림'을 향유하는 원래의 이야기를 여지없이 빼앗아가 버렸음을 보여준다.

「떡」이 맛의 욕망에 관한 이야기라면 서편제는 소리의 울림을 담고 있다. 서구적인 시각중심적 소설은 시각적인 정신의 빛에 의해 세계를 탐구한다. 이런 소설의 목적은 이성의 빛에 의해 세계를 총체화하는 데 있다. 그러나 시각적인 정신의 빛은 결코 세상을 밝히지 못하며 오히려 균열과 어둠을 발견한다.

반면에 소리의 울림을 탐색하는 또 다른 소설은 그 삶 자체의 균열 속에서 한의 그늘로부터 나오는 울림을 들려준다. 그처럼 소리를 통해 균열과 어둠을 화해의 힘으로 감싸는 것이 바로 '소리의 빛'이다. 시각적인 빛을 욕망하는 소설은 필연적으로 어둠의 발견으로 귀결된다. 반면에 그 어둠에서 소리의 울림을 욕망하는 또 다른 소설은 소리의 빛을 통해 화해의 소망을 들려준다.[123] 전자가 개인들의 화려한 욕망 속에서 어둠의 틈새를 드러낸다면, 후자는 그 균열의 틈새에서 사람들 사이로 울리는 화해의 희원을 들려주는 것이다.

---

123) 이 점에서 〈서편제〉와 〈소리의 빛〉에서의 장님이 된 여자 소리꾼의 득음은 매우 상징적이다.

9. 라이프니츠의 조화로운 울림과 바흐친의 대화적 울림

이제까지 살펴본 「떡」과 남도사람 연작, 『태평천하』 등은 잔존하는 공동체 의식을 매개로 한 '우리'의 울림의 서사였다. 여기서의 울림은 화자와 감상자, 인물, 그리고 인물들 간의 정서적 유대를 암시하고 있다. 『토지』의 초반부 역시 같은 유형의 서사로 볼 수 있다.

그러나 『토지』의 경우 인물들의 자의식이 발전함에 따라 울림의 서술 대신 시각적인 제시와 내적 초섬화가 점점 많아진다. 그것을 통해 제시되는 자의식을 지닌 인물들 간의 대면에서는 서희와 길상의 경우가 가장 주목된다. 그 이유는 그들이 대립과 사랑을 동시에 경험하기 때문이다.

대립과 사랑이라는 이율배반적인 자의식을 지닌 두 사람은 격정의 순간 자신들의 의식의 경계를 미결정적으로 만드는 미묘한 울림을 경험한다. 즉, 여전히 잔존하는 반상의 경계선 때문에 하나가 될 수 없는 그들 사이에서는, 타자를 받아들여 경계선을 넘어서는 울림의 대화가 나타난다. 경계선이 동요하는 격정의 순간, 서희는 낡은 관념을 고집하면 할수록 내면적으로 무너지며, 길상은 격정에서 달아나려 애쓰면 애쓸수록 그 순간에 붙잡힌다.124)

여기서 두 사람은 자신도 모르게 새로운 역사적 힘과 조우하게 되는데, 내면의 경계선을 열어젖히며 역사와 만나는 그 순간, 이제까지 살펴본 양상과는 상이한 또 다른 울림의 서사가 출현하게 된다. 그것은 하나가 될 수 없는 사람들 간의 경계선을 무너뜨리며 울리는 이질적인 대화의 서사이다.

두 사람이 보여주는 이 자의식을 지닌 개인들 간의 울림은 바흐친이

---

124) 나병철(1996), 107쪽, 「『토지』의 시점 연구」 참조.

말한 대화적 다성성에 해당된다. 바흐친의 대화적 울림은 염상섭의 『삼대』, 이청준의 『당신들의 천국』, 이창동의 「녹천에는 똥이 많다」 등에서도 나타난다. 이 소설들의 공통점은 작가의 '인식적 관점'을 통해 세계가 제시되는 것이 아니라 인물들의 '존재'를 드러내는 대화적 자의식의 과정에서 세계가 나타난다는 점이다. 즉, 세계는 인식을 통해 보여지는 것이 아니라 대화하는 인물들의 울림의 과정 속에서 드러난다. 작가나 인물 어느 한 개인의 눈을 통해 객관현실이 제시되기 보다는, 상이한 관점을 지닌 개인들이 논쟁하는 목소리의 울림 속에서 세계가 나타나는 것이다. 이 같은 대화적 소설의 울림의 양상은 우리가 '울림'이라는 말을 빌려왔던 라이프니츠의 모나드론과 매우 유사함을 알 수 있다.

라이프니츠가 각기 다른 관점의 개체(모나드)들이 서로를 거울처럼 비추는 상호표현의 울림을 말했다면, 바흐친은 서로 다른 사상을 지닌 각 개인들이 대화적으로 교섭하는 다성적 울림을 말하고 있다. 라이프니츠와 바흐친의 공통점은 어떤 개체의 관점을 통해 세계가 보여지는 것이 아니라 개체들 간의 울림 속에서 세계가 드러난다고 본 점이다. 그런 울림의 순간은 자아의 내부에서 타자와의 만남을 확인하는 순간이기도 하다. 즉, '나' 안에 '너'가 있고 '너' 안에 '나'가 있는 것이다.

『토지』의 경우 서희와 길상 어느 한 사람을 통해 당대 현실이 드러나지 않으며, 그 둘 사이의 자아의 경계가 무너지며 타자의 침투와 역사의 힘이 감지되는 순간 세계가 나타난다. 이 점은 『삼대』의 조덕기와 김병화, 『당신들의 천국』의 조백헌과 이상욱, 「녹천에는…」의 준식과 민우 사이의 울림에서도 비슷하다고 할 수 있다. 이 소설들은 모두 자신 안에서 타자와 만나는 울림의 순간 세계를 드러낸다.

그러나 라이프니츠와 바흐친 사이에는 중요한 차이점이 존재한다. 라이프니츠는 어떤 관점도 완전히 세계를 인식할 수 없으며 각 모나드들의 상호표현의 울림 속에서 총체화된 세계가 드러난다고 생각했다. 그처럼 불완전한 관점들을 울림을 통해 조화시키는 존재는 바로 신이다.

반면에 바흐친의 다성적 대화는 신이 사라진 시대의 울림이다. 신이 부재한 상황에서 울림이 가능하려면 각자의 제한된 관점을 유보하고 자아의 경계를 열어야 한다. 최종적인 관점이 보류된 미결정 상태125)에서 각 개인들은 '나'와 타자가 교섭하는 틈새의 공간에서 울림을 형성한다. 대화란 그처럼 자아의 경계선을 열고 이질적인 타자를 자신 안에 받아들이는 것을 말한다. 이 때의 울림이란 완전한 조화가 아니라 이질적인 타자와의 교섭과정에서 자신의 관점을 연기하는 상태를 말한다. 그런 대화의 과정에서 나타나는 세계 역시 개인들과 조화된 것이 아닌 불화의 상태로 나타난다.126)

이제 이 바흐친과 라이프니츠의 유사성과 차이를 좀더 자세히 살펴보자.

바흐친의 대화이론은 신이 사라진 시대에 나타난 라이프니츠의 모나드론의 이본이라고 할 수 있다. 신의 부재를 전제로 할 경우 대화이론과 모나드론의 유사성은 놀라울 정도이다. 무엇보다도 그 둘은 주체가 인식하는 하나의 객관적 세계 대신 세계에 대한 서로 다른 관점을 지닌 다양한 개체들의 존재를 인정한다. 세계는 주체가 특정한 관점으로 인식할 수 있는 대상이 아닌데, 왜냐하면 어떤 관점으로도 세계를 통일된 것으로 인식할 수 없기 때문이다.127) 그와 달리 세계는 상이한 관점으

---

125) 바흐친, 김근식 역(1988), 78쪽.
126) 근대세계에서 울림이 필요한 것은 각 개체들의 시각적 인식이 완전할 수 없기 때문이다. 라이프니츠의 경우 개체들 간의 울림이 가능한 것은 한 개체의 내부에 타자와의 관계가 이미 주름으로 접혀져 있는 탓이다. 그런 주름이 펼쳐지며 개체들이 만나는 것은 바흐친의 대화에서 개인들 간의 타자성의 관계가 형성되는 것과 비슷하다. 그러나 울림이 이루어진다 하더라도 상이한 관점을 지닌 개체들의 차원에서는 완전한 조화가 이루어지지 않는다. 라이프니츠의 예정조화설은 개체들을 넘어선 위치에서의 신의 역할을 가정한 결과이며, 세계는 그 같은 울림을 통해 관점들이 총체화되면서 나타난다. 그와 달리 신이 부재한 현대세계에서는 울림의 순간 개체들이 자신이 관점을 보류하며 타자의 침투를 경험하게 되고, 그 대화와 논쟁의 과정 속에서 세계가 나타난다. 이 것이 바로 바흐친의 다성적 울림의 세계이다.
127) 라이프니츠의 경우 이는 세계가 이성에 의해 통일된 것으로 인식될 수 없는 자본주

로 세계를 지각하는 복수적인 개체들이 서로 만나는 '사건' 속에서만 생성된다. 세계를 드러내는 그 같은 사건을 가능하게 하는 것, 즉 세계에 대한 상이한 관점(그리고 지각의 표상)을 지닌 개체들이 만날 수 있게 하는 것이 바로 '울림'이다.

그러면 상이한 관점을 지닌 개체들이 어떻게 서로 만날 수 있는 것일까. 라이프니츠의 경우 모나드(개체) 안에는 타자와의 만남이 이미 잠재적 사건의 형식으로 접혀져 있다. 그러나 그 잠재적 사건이 특정한 모나드의 관점에 의해서만 펼쳐진다면, 타자와의 진정한 만남도 세계의 완전한 드러남도 실현될 수 없을 것이다. 왜냐하면 이 경우 자신의 제한된 관점에 의거해 타자와의 만남을 지각하는 표상만이 나타날 것이기 때문이다.

만일 모나드들이 타자와 만나는 지점에서 '울림'을 갖지 않는다면, 각 모나드의 표상은 그처럼 단지 자신의 제한된 관점에 예속된 지각에 그치게 된다. 그랬을 때 모나드들의 만남은 각 모나드들의 일방적인 시각적 표상들이 접합된 듯한 모자이크 같은 형상이 될 것이다.[128] 그 같은 울림이 없는 파편적인 접합은 결코 타자와의 진정한 관계로 이루어진 세계를 드러내지 못한다. 그와 달리 각 모나드의 표상들 간에 울림이 형성될 때만, 특정한 관점에 예속된 표상들 대신 상이한 관점(표상 등)을 상호표현의 형식으로 총체화하는 세계의 모습이 나타날 것이다.[129]

그 같은 울림이 가능하려면, 하나의 모나드 내에 표상된 타자와의 만남이 다른 모나드(타자)의 표상에도 똑같이 나타나는 '공가능성'[130]이 형

의 사회의 미결정성을 지니기 때문이다. 다른 한편 이 점을 탈구조적인 관점으로 보면 세계가 물질적인 이질성을 지니기 때문일 것이다. 예컨대 물질적 삶은 경제적 생산양식이나 성적 육체성, 인종적 삶 등의 이질성을 지니며, 그것에 대한 관점 역시 복수성을 지닐 수밖에 없게 된다.

128) 이 경우의 극단적인 예를 보여주는 것이 모더니즘 예술일 것이다. 예컨대 피카소의 입체파 회화는 하나의 대상을 복수적인 관점들의 파편적인 접합으로 보여준다.

129) 이처럼 제한된 관점을 지닌 모나드들의 상호표현의 울림 속에서 세계가 나타난다고 본 점은 '물 자체'는 알 수 없다고 말한 칸트와 다른 라이프니츠의 독특한 사유이다.

성되어야 한다. 즉, 어떤 모나드에게 여러 가지 가능성을 지닌 갈림길에서 특정한 모나드와 만나는 사건이 선택되었다면, 다른 모나드에게도 그런 선택이 주어져야 한다. 이 경우 어떤 모나드가 다른 모나드와 만나는 표상을 보여줄 때, 그 타자의 모나드 역시 같은 내용의 표상을 반대의 위치에서 거울처럼 비춰주는 관계가 형성된다. 이처럼 관점과 위치가 다른 모나드들이 자신들의 표상을 통해 똑같은 사건(타자와의 만남)을 서로 보여주는 상호표현의 형식이 울림이다.

여기서 똑같은 사건[131]을 비추는 각 모나드들의 표상은 상이한 위치로 인해 시각적 차원에서만 보면 완전히 일치될 수는 없다. 그러나 심금을 울리듯이 표상들이 상호표현의 형식[132]으로 교차될 때 모나드들 간의 단절을 넘어 타자와 만나는 사건으로 된 세계가 나타날 것이다.

이 같은 모나드론에서 공가능성과 상호표현의 울림을 가능하게 하는 일은 특정한 관점을 지닌 모나드 자신에 의해서는 성취되기 어렵다. 어떤 관점의 모나드도 세계 속의 사건을 완전한 총체적 표상으로 지각할 수 없기 때문이다. 따라서 모나드의 제한된 관점을 넘어선 위치, 즉 신의 위치에서만 모나드들 간의 조화로운 울림을 가능하게 할 수 있다.

그러면 신이 사라진 시대에는 어떻게 울림이 가능할 것인가. 신이 부재하는 시대에는 상이한 관점을 지닌 개체들 자신이 서로 간의 만남을 시도할 것이다. 그러나 어떤 경우에도 각기 다른 욕망을 지닌 개체들과 관점들은 조화로운 울림을 얻을 수 없을 것이다. 각 개체들은 특정한 관점에 따라 세계를 지각하여 자신의 방식대로 타자와 만나려 할 것이기 때문이다.

하지만 이 같은 이질적인 관점들의 세계에서도 울림이 전혀 불가능

---

130) 이정우(2001), 206~207쪽.
131) 이 똑같은 사건은 특정한 관점을 지닌 모나드들이 표상으로 나타날 뿐 그 자체로서 직접 인식될 수는 없다.
132) 이 상호표현의 형식은 시각적 표상을 포함해서 그것을 넘어서는 소리, 말, 의식, 무의식의 차원에서 형성될 것이다.

한 것은 아니다. 이 경우 울림이 가능하려면 이질적인 타자를 받아들이기 위해 자신의 관점을 미결정적인 상태로 열어두어야 한다. 그처럼 경계선이 열린 '나'의 관점의 **틈새의 공간**에서 비로소 이질적인 타자와의 울림이 가능하게 된다. 신에 의한 조화로운 울림은 모나드들의 상보적인 만남을 형성하지만, 틈새의 공간에서의 울림은 이질적인 타자와의 대화적인 만남을 가능하게 한다.

바흐친은 이 경계선이 열린 개인의 틈새에서의 논쟁적인 내적 대화를 '자의식'이라고 부르고 있다. 그리고 바로 그 자의식이 '제2의 현실'을 조명하는 것으로 말한다.[133] 모나드론에서 모나드들의 상보적인 만남 속에서 조화로운 세계가 나타나듯이, 대화이론에서는 자의식이라는 틈새의 공간에서 이질적인 울림을 통해 세계가 드러나는 것이다.

이런 두 사람의 친연성과 차이는 그들의 논의 자체에서도 발견된다.

라이프니츠의 기본적인 전제는 주체의 단일한 관점으로 인식 가능한 세계는 존재하지 않는다는 것이다. 그와 유사하게 바흐친은, 도스토예프스키의 다성적 소설에는 작가의 독자적인 관념에 의거한 통일된 대상(사물), 환경, 세계는 없다고 말한다.[134] 라이프니츠는 하나의 통일된 세계 대신 각기 다른 관점으로 세계를 지각하는 모나드들의 존재를 언급한다. 바흐친 역시 비슷한 방식으로 다성적 소설에서 객관적인 하나의 세계 대신 다양한 사물들의 관계를 드러내는 여러 인물들의 목소리와 음조를 주목한다.[135]

라이프니츠의 경우 세계는 상이한 관점을 지닌 모나드들의 만남을 통해 나타나며, 각 모나드들의 만남은 서로 거울을 비추는 듯한 상호표현의 울림을 통해 가능해진다.[136] 마찬가지로 바흐친의 다성적 소설에

---

133) 바흐친(1988), 72~73쪽.
134) 위의 책, 148~149쪽.
135) 위의 책, 148~149쪽.
136) 이정우(2001), 206~217쪽.

서는, 인물들이 자기 자신을 타자의 시점들에 비춰보는 자의식 속에서 '제2의 현실'이라는 세계가 조명된다.[137] 이처럼 자신을 다른 사람의 의식이라는 거울에 비춰보며[138] 서로를 비추는 의식들의 관계[139]가 다성적 울림의 세계이다. 그렇기 때문에, 라이프니츠에게 제한된 관점에 의한 시각적 표상보다 상호표현의 울림이 중요하듯이, 바흐친의 다성적 소설에서도 눈으로 보는 시각적 장면보다 (그것을 넘어서는) 다성적 목소리의 울림이 핵심적이다.[140]

이 같은 라이프니츠와 바흐친의 공통점은 근본적으로 인식론과 존재론을 구분하지 않는 유사한 입장에서 기인된 것이다. 라이프니츠는 각 모나드의 관점에 의한 표상을 세계를 '인식'한 결과이기 이전에 모나드 자신의 '존재론적' 특성으로 이해한다.[141] 세계는 모나드의 인식 대상으로 미리 존재하지 않으며 창문 없는 모나드들이 울림을 통해 만나는 순간 나타난다. 마찬가지로 바흐친의 다성적 소설에서도 인물들의 관념은 그들의 세계에 대한 '인식'이기보다는 그들 자신의 '존재론적' 특성이다. 즉, 인물들의 관념은 지적인 이해의 대상일 뿐만 아니라 인간적 존재로 '느낄 수 있는' 것이도 하다.[142] 그 때문에 그들의 관념은 단지 세계에 대한 말(진리)일 뿐만 아니라 자기 자신에 대한 말(자의식)이기도 하다.[143] 여기서 관념과 융합되는 자의식이란 타자의 거울에 자신을 비춰보는 것으로, 세계는 그런 대화적 울림 속에서 비로소 나타난다.

바흐친은 이처럼 인식론(관념)이 존재론(자의식)에 흡수되는 양상을 외부세계의 모든 것을 주인공의 자의식의 과정으로 빨려들어 가게 한 것

---

137) 바흐친(1988), 72~73쪽.
138) 위의 책, 78쪽.
139) 위의 책, 144쪽.
140) 위의 책, 79쪽.
141) 이정우(2001), 215쪽.
142) 바흐친(1988), 125쪽.
143) 위의 책, 115~116쪽.

으로 설명한다.[144] 이는 라이프니츠가 모나드 속에 세계가 주름으로 접혀져 있다고 말한 것과도 비슷한 점이다. 모나드의 주름이 펼쳐지면서 다른 모나드와의 관계 속에서 세계가 나타나듯이, 자의식이 전개되면서 타자의 시점들과의 관계 속에서 제2의 현실이 드러나는 것이다.

그렇기 때문에 주인공은 작가(그리고 타자)에 의해 세계 속의 인물로 일방적으로 규정되지 않으며, 그의 자의식은 단순히 인물의 부수적인 속성으로 나타나지 않는다.[145] 오히려 주인공의 자의식은 인물의 역동성[146] 전체인데, 왜냐하면 자의식이란 작가나 타자(타인)에 의해 일방적으로 규정되지 않도록 그들의 말에 대해 대응하는 과정에 다름이 아니기 때문이다. 다시 말해, 주인공은 작가의 관점에 의해 설정된 세계 속의 인물이 아니라 작가가 그(그리고 세계)를 규정하는 최종적인 말을 끝없이 보류시키는 과정으로 드러낸다. 이때 주인공이 그에 대한 작가와 타자의 말을 보류시키는 내적 대화의 과정이 바로 그의 미결정적인 자의식인 것이다. 그리고 그 미결정적인 자의식의 전개 속에서 타자와의 관계와 보류되었던 세계가 제2의 현실로서 드러나게 된다.

그런데 작가가 주인공을 규정하는 말을 보류시킨다는 것은 작가에 의해 주인공에게 배당된 관념을 유보시키는 것을 뜻한다. 그런 맥락에서 작가나 타인의 말을 '유보시키며'[147] 대화적으로 대응한다는 것은, 주인공 자신의 관념 역시 보류시키는 것을 의미한다. 즉, 타인의 말에 대한 '끝없는' 대응으로서 대화가 진행되는 과정은, 타인이 주인공을 규정하는 '최종적인 말'을 유보시키는 동시에, 주인공 자신의 '마지막 말'을 지연시키는 것[148]이기도 하다.

---

144) 위의 책, 73쪽.
145) 위의 책, 70쪽.
146) 이 역동성이 타자와의 관계에서 제2의 현실로서의 세계를 드러내게 된다.
147) 타자의 말을 일방적으로 부정하는 것이 아니라 유보시키는 것을 말한다. 일방적인 부정은 대화가 아니며 타자의 말을 보류시키면서 자신의 말을 할 때만 대화가 성립된다.
148) 바흐친(1988), 87쪽.

이처럼 주인공이 자신의 '마지막 말'을 보류한다는 것은 그의 관념을 포기했음을 뜻하는 것은 아니다. 그 보다는 자신의 관념의 경계선을 열고 틈새의 공간에서 타인의 말에 응답하면서, 그 끝없는 대화의 과정에서 자신의 '관념'을 '미결정적인 자의식'으로 지연시키는 것이다.[149] 이때 타인의 말이 '나(주인공)'의 자의식 흐름의 일부로서 대화적 울림을 만든다는 점에서 '나'는 내적으로 복수성에 접촉하는 상태가 된다.[150] 복수적인 타인들은 '나'의 외부에 존재하지만 그것들은 또한 '나'의 자의식의 내부에 포함된 것이기도 하다.

이처럼 대화적 주인공이 단일한 존재이면서도 내적 복수성을 지닌 점은 하나이면서도 내적으로 다질성(복수성)을 내포하는 모나드[151]와도 비슷한 점이다. 그러나 신에 의해 설계된 모나드는 완전히 합리적이고 가지적인 존재[152]라고 할 수 있다. 물론 모나드는 주름이 펼쳐지는 변화하는 존재이고 모나드의 지각은 의식의 차원뿐만 아니라 의식 이전의 미세지각(일종의 무의식)을 포함한다. 하지만 모나드의 주름이 펼쳐지면서 다른 모나드와 만나는 순간은 조화로운 울림의 순간이며 의식적·자기의식적 지각이 고양되는 순간이다.[153]

그에 반해 신이 부재하는 시대의 다성적 울림의 만남은 '나'와 타자(타인)의 이질성이 해소되지 않는 상태의 만남이다. 그 같은 이질적인 타자와의 관계에서 울림을 얻기 위해서는 앞서 살폈듯이 '나'의 관념의 경

---

149) 주인공의 관념이 기표·기의로 표시된다면 타자의 말(/)에 의해 관념이 미결정적인 자의식으로 지연되는 과정은 기표·기표…(기의)로 나타낼 수 있다. 이처럼, 미결정적인 자의식이란 일종의 차연의 과정인 것이다. '기표·기의'가 독백적인 관념이나 작가(혹은 상징계)에 의해 부여된 관념이라면 차연(기표들의 연쇄)으로서의 자의식은 타자의 말의 침투에 의해 관념의 경계선을 열고 최종적인 말(기의)을 지연시키는 과정이다. 그 과정에서 기표들의 연쇄는 열려있는 세계를 드러낸다.
150) 이 같은 내적 복수성 속에서 제2의 현실이 드러난다.
151) 이정우(2001), 41~53쪽.
152) 위의 책, 61쪽.
153) 이는 모나드들의 만남과 울림이 신에 의해 부여된 것이기 때문이다.

계선을 열어 타자와 대화하는 미결정적인 자의식의 과정을 형성해야 한다. 그런데 이 '미결정적인 자의식'은 이질적인 타자를 '나'의 의식의 한 부분으로 포함하는 점에서 '타자성'을 지닌 '무의식'154)의 과정이기도 하다. 무의식이란 '나'의 의식 속에 침투한 타자에 대해 끝없이 응답하며 '나'의 관념(신념)을 연기하는 과정에 다름이 아니다. 바흐친이 말한 미결정적인 '자의식'이란 '무의식'이기도 한 것이다.

따라서 똑같이 복수적 단일체이면서도 모나드와 대화적 자아는 울림의 순간 전혀 상반된 모습을 드러낸다. 즉, 모나드들이 조화로운 울림을 얻는 순간이 의식적·자기의식적 지각이 고양되는 순간이라면, 대화적인 자아와 타자의 이질적인 울림의 순간은 타자성이라는 무의식을 경험하는 순간이다. 모나드는 타자와의 조화로운 만남과 지각 속에서 '나는 나'임을 '의식'한다. 그러나 대화적 자아는 이질적 타자와의 만남에서 '나도 모르는 나(무의식)'를 감지하는 것이다. 모나드는 울림의 순간 '나'의 주름이 (세계 속에서) 실현된 정체성을 경험하는 반면, 대화적 자아는 이질적 울림(다성성)을 통해 '나'는 '나'가 아님을 확인한다.155)

이처럼 대화적 자아의 미결정적인 자의식의 과정은 '나'가 자기 자신과 일치하지 않음을 발견하는 과정이다.156) 자의식을 통한 '나'와 이질적 타자와의 대화의 과정이란, '나'의 관념(신념)의 경계선을 열어 틈새의 공간에서 타자를 받아들이는 순간이며, 이때 타자에 대한 응답으로서의 자의식은 타자의 말은 물론 '나'의 관념과도 일치되지 않는 무한한 과정으로 나타난다.

바흐친은 이런 자아의 미결정성에 대해, '관념을 대화적으로 교차하는 의식의 경계선 위에 놓아 둔'157)것으로 묘사하고 있다. 그처럼 '나'

---

154) 데리다가 말했듯이 무의식이란 타자성을 뜻한다. 즉, 무의식은 타자가 자아 내부에 침투할 때 생겨난다.
155) 전자가 복수성(주름)의 전개 속에서 단일성(자아)을 확인한다면, 후자는 단일성(관념)이 열리며 복수화되는 것(타자성)을 경험한다.
156) 바흐친(1988), 87~88쪽.

의 생각(관념)과 존재는 타자와의 끝없는 대화적 관계 속에서 나타나므로, '나' 자신의 명증한 의식으로는 분명히 파악되지 않는 것이다.158) '나'의 관념은 타자의 침투에 의해 경계선이 열리는 순간, '나' 자신도 제어할 수 없는 '무한한' 대화적 연쇄의 사슬로 미끄러져 들어간다.

　그 점에서 다성적 대화의 과정은 데리다의 차연과도 유사하다. '기표·기의'가 유아론적인 독백적 관념(신념)이나 상징계에 의해 부여된 관념이라면, 그 일치 상태를 분열시키는 타자의 가름대(/)의 침투에 의해 최종적인 말(기의)을 지연시키는 기표들의 연쇄가 나타난다. 이때 기표들의 연쇄는 관념의 경계선이 열린 미결정적인 자의식이자 타자성(타자에 대한 응답)을 포함한 무의식의 과정이기도 하다. 다른 한편 작가의 최종적인 말이 상징계에 의거한 것이라면, 그것을 보류하는 기표들의 연쇄는 상징계의 경계를 열고 (실재계와 맞닿은) 틈새의 공간을 (제2의 현실로) 전개하는 과정이다. 다성적 대화는 자아를 미결정성의 상태로 열어놓는 동시에 세계를 틈새의 공간으로 열어젖히는 것이다.

　이처럼 차연으로서의 대화의 과정은, 자아의 경계선이 열린 미결정적 자의식이자 무의식이면서, 또한 상징계를 해체하고 역사로서의 실재계159)에 접속하는 제2의 현실의 생성과정이다. 신에 의해 부여된 모나드들의 의식적·자기의식적 조화로운 울림과는 달리, 신이 부재하는 세계에서의 대화적 울림은 무의식과 제2의 현실이라는 틈새의 공간에서 울려 퍼진다. 그것은 독백적 관념과 세계에서 탈주하는 열린 자아와 열린 세계의 공간이기도 하다.

---

157) 위의 책, 135쪽.
158) 이 점에서 대화적 자아는 ('나는 생각한다. 고로 존재한다'는) 데카르트의 사유의 주체와 구분된다.
159) Fredric Jameson(1988), p.104.

10. 다성적인 대화적 소설

다성적 소설에서는 대화의 과정에서 '나'의 외부에 존재하는 타자가 내부의 자의식의 한 부분을 이루게 된다. 그 점에서 다성적 대화란 자아와 타자의 경계를 해체하면서 그 안과 밖을 뒤섞는 틈새의 공간을 만드는 과정이며, 그런 경계의 해체는 자아/타자의 대립을 만드는 상징계를 해체하고 실재계에 접속하는 과정이기도 하다. 따라서 대화적 소설이란 자아와 타자, 상징계와 실재계 사이의 틈새의 공간에서 다성악적 화음(울림)을 연주하는 서사이다. 그런 대화의 과정으로부터 상징계에서 벗어난 미결정적인 주체와 탈영토화된 제2의 현실이 생성된다.[160]

그런데 그처럼 상징계적 현실[161]에서 벗어난 틈새의 공간을 만드는 방법에는 다양한 대화의 형식들이 있다.

첫째는 주인공을 규정하는 타인의 최종적인 말을 보류시킴으로써 자신의 자의식을 미결정으로 만드는 대화이다. 이는 주인공을 정의하려는 타인이 상징계의 상당한 권위를 지닌 인물인 반면, 주인공은 사회로부터 소외되거나 배제되어 있는 경우이다. 예컨대『지하생활자의 수기』(도스토엡스키)의 '나'나『당신들의 천국』(이청준)의 이상욱(그리고 나환자들)의 자의식이 여기에 속한다.

둘째는 주인공의 의식 속에 침투한 타자의 말들에 의거해 자신의 신념(관념)의 마지막 말을 보류시키는 형식이다. 이는 주인공 자신이 상징

---

160) 그 점에서 다성적 소설은 작가적 화자 소설이나 내적 초점화 소설의 개인적 '인격의 회로'에서 벗어나 미결정적 주체라는 '뇌의 회로'에 이르는 과정을 보여준다. 그처럼 다성적 소설은 영화와는 또 다른 방법으로 뇌의 회로를 드러내는 서사라고 할 수 있다.
161) 상징계적 현실이란 일상적 세계에 가까운 제1의 현실이라고 할 수 있다. 전통소설의 작가는 흔히 그 같은 제1의 현실을 살아가는 인물들을 그리게 된다. 이 경우에는 주로 서사적 플롯의 과정을 통해 상징계에서 벗어난 틈새의 공간을 드러낸다.

계에서 상당한 위치에 있으며 그의 신념이 상징계의 규범을 크게 위반하지 않을 때이다. 가령 『삼대』(염상섭)의 조덕기의 내적 대화가 그 대표적인 경우이다.

셋째는 주인공의 사상(관념) 자체가 무의식화되어 스스로 내면에서 타인의 말들과 끊없는 논쟁을 벌이는 형식이다. 이는 주인공의 사상이 상징계의 규범에서 이탈함으로써 그것을 무의식 속에 숨길 수밖에 없는 경우[162]로서, 그런 내적 논쟁은 상징계의 규범(법)을 대변하는 타인과의 외적 논쟁으로 복합화되기도 한다. 예컨대 『죄와 벌』의 라스콜리니코프나 『카라마조프의 형제들』의 이반이 여기에 속한다.

여기서는 예를 든 세 가지 중요한 형식들 중에서 첫 번째 유형을 살펴보기로 한다.

이는 주인공이 자신을 규정하려는 타인의 말을 끝없이 보류시키면서 자신의 자의식을 미결정적인 상태로 만드는 경우이다. 이 경우 주인공의 자의식은 자신을 정의하는 타인들의 말에 대한 응답의 형식으로 나타나며, 실제로 누가(타인) 뭐라 하지 않더라도 주인공 스스로 타인의 말을 예상하고 그에 대한 응답으로 자의식을 전개한다. 따라서 주인공이 혼자 생각하고 말하며 자의식을 전개하는 경우에도 그의 생각, 말, 자의식은 '대화'의 형식이 된다.

이 첫 번째 유형에서 주인공의 자의식이 타인의 말에 응답하는 대화성을 갖는 것은, 자신의 생각을 지키려는 충동보다는 타인이 그를 규정하는 최종적인 말을 보류하려는 데서 기인된다. 그처럼 주인공이 그를 정의하려는 타인의 말에 부단히 대응하려는 충동을 갖는 것은, 그가 일상 속에서 타인의 말에 둘러싸여 있고 그 타인의 말에 의해 부당하게 규정되고 있다고 생각하기 때문이다. 타인의 말에 둘러싸여 있다는 것은 누가 말하지 않더라도 그에 대한 타인의 말들이 일종의 '승인된 담

---

162) 라스콜리니코프의 초인사상이 대표적인 예이다.

론'처럼 그를 에워싸고 있다는 뜻이다. 그처럼 주인공은 타인의 말들에 의해 규정되는 위치에 있지만, 그는 결코 그 말에 승복할 수 없어 항의 하듯이 응답하며 자신의 자의식을 전개하는 것이다.

타인의 말이 일상 속에서 주인공을 규정하는 양상은 그에 대해 보이 지 않는 경계선을 만들고 있는 상태를 뜻한다. 그런데 주인공이 그런 규정(경계선 만들기)에 대해 즉각적으로 항의할 수밖에 없는 것은, 타인의 말이 경계선을 만들며 그를 부당하게 규정하거나 경계선 밖으로 밀어 내기 때문이다. 이 경우 주인공의 자의식 자체가 이미 타인의 말에 의 한 규정(경계선)에 대해 항의할 수밖에 없는 대화적 응답의 형식을 갖게 마련이다.

이처럼 타인이 말하지 않더라도 주인공이 그를 규정하는 타인의 말 에 대해 부단히 대응할 수밖에 없는 양상은, 그가 타인의 규정[163] 의해 일상의 경계선 밖으로 밀려나는 '타자'[164]의 위치에 있을 때 특징적으 로 나타난다. 예컨대 『지하생활자의 수기』(도스토예프스키)의 '지하생활 자'나 『당신들의 천국』(이청준)의 '나환자들' 같은 경우이다. 그 같은 타 자들, 즉 사회의 조화되기 어려운 지하 생활자나 정상인으로 취급되지 않는 나환자들은, 무언중에 타인들이 그들을 규정하는 말에 의해 경계 선 저쪽으로 밀려난다. 그래서 지하생활자나 나환자는 설령 지하실이나 수용소에 갇히지 않더라도 그들을 규정하는 타인들의 말을 스스로 들 으며 보이지 않는 경계선에 감금된다.

물론 그들은 타인의 규정적인 말과 보이지 않는 경계선에 수동적으 로 갇혀 지내지만은 않는다. 일상 속에서 타인의 규정적인 말은 이미 그들의 수중에 있으며 '타자의 위치'[165]에서 그 말들을 항상 의식하고 있기 때문에, 그들은 그 규정에 의해 최종화될 수 없는 자의식을 갖게

---

163) 이 타인의 규정은 상징계 곧 큰타자의 규정으로 나타난다.
164) 타자는 상징계에 동화될 수 없는 위치에 있는 인물이다.
165) 상징계에서 자아의 동일성을 얻기 어려운 위치를 말함.

된다.166) 즉, 그들은 자신들에 관한 타인의 말을 엿듣고 타인의 의식의 거울에 자신을 비춰보면서, 그 말과 거울에 의해 그대로 규정되지 않으려 타인의 최후의 말을 보류시킨다.167) 예컨대『지하생활자의 수기』에서 '나'는 고백 도중168)에 자신에 대한 타인의 시점을 한발 앞질러 남들의 말을 예상·평가하며 그에 대응하는 말을 한다.169) 또한『당신들의 천국』에서 나환자들과 미감아 이상욱은, '정상인들'의 그들을 규정하는 말과 보이지 않는 경계선을 의식하며 그로부터 벗어나려는 말과 행동을 보인다. 두 소설에서 공통적인 것은, 일상적 삶에 동화될 수 없는 사람들170)(지하생활자, 나환자)이 자신들을 규정하며 보이지 않는 경계선을 만드는 사람들(타인들)에 대항하면서, 그 사람들의 말에 의해 자아가 규정당하지 않도록 그들을 '당신들'로 부르며 '나'의 응답을 들려준다는 점이다. 이 과정에서 '당신들'의 무언의 최종적인 말을 보류시키는 '나'와 '우리'의 응답은 자연스럽게 대화적이 된다.

구체적인 예로『당신들의 천국』을 살펴보자.

3인칭 소설인『당신들의 천국』은 수용소 원장과 정상인으로 대표되는 '당신들'의 말에 대해 나환자와 미감아 이상욱이 응답을 들려주는 대화적 소설이다. 이 소설의 3인칭 화자는 원장과 이상욱 중에 어느 쪽에도 서 있지 않으며 그 밖에도 헌신적인 조백헌 원장171)과 '용서와 사랑'이라는 황장로의 또 다른 시점이 등장한다. 그러나 원장-정상인이라는 '당

---

166) 바흐친(1988), 78쪽.
167) 위의 책, 78쪽.
168) 특히 고백의 중요한 순간에 다른 사람이 그에게 내릴 수 있는 정의나 평가를 예기한다. 위의 책, 77쪽.
169) 위의 책, 77쪽.
170) 이런 사람들은 흔히 '타자'라고 불리는 사람들이다.
171) 조백헌 원장은 원장-정상인이라는 '당신들' 쪽에 포함되어 있으면서도 의사소통적 이성을 통한 대화를 시도하는 헌신적인 인물로 등장한다. 그 점에서 조백헌은 그 이전의 원장들과는 구분되는 또 다른 관점을 지닌 인물로 볼 수 있다.『당신들의 천국』에 대해서는 나병철(1997) 참조.

신들'과 나환자–이상욱의 '우리'의 관계는『지하생활자의 수기』에서 '당신들'과 '나'의 관계에 대체로 상응한다.

『당신들의 천국』에서 조백헌 원장은 부임 후 새 원장에 대한 의례적인 부임선물인 탈출사고를 접하며 당혹감을 느낀다. 조 원장은 직접 나환자들에게 청년들이 소록도 섬 병원을 탈출한 이유를 묻는다. 나환자들의 반응은 뜻밖의 것이었다.

> ── 당신 자신이 알아보시오. 그자들이 왜 이 섬을 빠져나가고 싶어하는지, 왜 당신에겐 그자들이 말을 피해버리고 싶어하는지, 그리고 당신을 두려워하고 정직한 대답을 두려워하고 있는지를, 시간이 걸리더라도 당신 스스로 그것을 배워 알도록 해보시오. 아마 당신이 이 섬에서 해야 할 일로 무엇보다 먼저 그것이 필요한 것인지도 모를 일이오.[172]

'당신' 자신이 알아보라는 말은, '보이지 않는 경계선'을 전제로 정상인의 입장에서 독백적인 질문을 하지 말고, 정상인/나환자의 경계선을 해체한 진정한 대화적 위치에 설 것을 요구한 것이었다. 실상 조백헌 원장은 과거의 원장들과는 달리 그런 대화적 관점에 접근할 가능성을 지닌 유연한 인물이었다. 조백헌은 끊임없이 대화를 시도하며 섬병원 '원생들'(나환자들)의 낙원을 건설하려 노력한다. 그러나 조백원의 대화는 합리주의에 입각한 상호이해적 의사소통의 방식으로서[173] 그것에 의해서는 건강인/나환자 사이의 보이지 않는 경계선을 해체할 수 없었다. 또한 그런 한에서 그의 계획은 건강인의 입장에서 환자들의 낙원을 구상한 것에 불과했다.

그 점을 잘 간파한 미감아 출신 이상욱은 (III부에서) '문둥이들만의 천

---

172) 이청준(1993), 27쪽.
173) 조백헌의 대화는 의사소통적 합리성에 의거한 대화로 볼 수 있는데, 그 같은 의사소통적 합리성으로는 정상인과 이질적인 타자 사이의 보이지 않는 경계선을 해체하지 못한다.

국'이 아닌 인간으로서의 삶을 요구하며, 조백헌이 자신도 모르게 버리지 못한 건강인의 입장에서의 '최종적인 말'을 저지하려 항변한다. 조백헌이 무의식 중에 감추고 있는 마지막 말이란, 건강인과 나환자는 뒤섞여 살 수 없으며, 나환자들은 그들만의 공간에서 천국을 만들어야 한다는 관점이다. 이 관점은 외견상 더 없이 합리적으로 보이지만, 실상은 건강인과 나환자 사이의 보이지 않는 경계선을 인정하는 것이며, 그 경계선 너머에 나환자들만의 천국을 건설할 것을 요구하는 셈이다. 그 같은 보이지 않는 경계선에 둘러싸인 천국은, 나환자들이 진정으로 원하는 천국이기 보다는, 경계선을 만들고 있는 건강인의 관점에서 본 '당신들의 천국'에 불과할 것이다.

조백헌이 무의식 중에 갖고 있는 이 같은 건강인의 관점에 항변하면서, 이상욱은 섬을 나간 후 조백헌의 무언의 말에 대한 응답의 형식으로 편지를 써 보낸다. 이상욱의 편지는 조백헌이 무의식 중에 갖고 있는 건강인의 관점에 대한 항변의 형식을 지님으로써 다음과 같이 대화적인 담론의 성격을 드러낸다.

그러나 원장님께서 이 섬 위에 꾸미고 계신 나환자의 천국이 진정 저들의 천국이 될 수 있으리라고는 원장님 자신도 아직 장담을 하실 수 없는 몇 가지 분명한 증거가 있습니다.

그것은 먼저 원장님의 천국에는 아직도 높은 철조망이 둘러쳐져 있다는 점입니다. 철조망 울타리가 둘러쳐진 천국—그것은 누구에게도 진짜 천국일 수가 없습니다.

이 섬에 무슨 철조망이라니—

원장님께선 물론 이 섬 안에 아직 무슨 철조망이 남아 있느냐고 반문을 하시겠지요. 원장님께서는 섬의 병사 지대와 건강인 지대를 갈라 놓고 있던 높다란 철조망을 원장님 스스로 철거시켜버린 사실을 아직도 분명히 기억하고 계실 테니까요.

하지만 (…중략…)

원장님께선 사실 그 눈에 보이는 철조망을 제거함으로써 다른 한편으로는 보다 더 높고 튼튼한 철조망으로 섬을 은밀히 둘러싸고 싶으셨던 것인지도 모릅니다.174)

위에서처럼, 건강인의 관점을 버리지 못한 조백헌은 자신이 건강인과 나환자 사이의 철조망을 제거했으며 둘 사이에는 아무런 경계선도 없다고 말할 것이다('이 섬에 무슨 철조망이라니—'). 그러나 그 같은 생각이야말로 건강인이 설치한 '보이지 않는 철조망'을 묵인하는 국외자(건강인)의 관점에 따르는 셈이다. 즉, 보이지 않는 철조망이란 이미 건강인의 눈 속에 설치되어 있는 것인데, 조백헌 같은 국외자의 눈은 그런 상태를 아무 철조망도 없는 정상적인 상황으로 생각하는 것이다. 이상욱은 무언중에 들려오는 그런 국외자의 관점에 항변하며 그 같은 관점을 지닌 조백헌이 계획한 천국이 실상은 보이지 않는 경계선을 더욱 강화한 것이라고 말한다. 그 점은 섬 병원의 불가사이한 사건이었던 탈출극이 사라진 사실에서 명백하게 확인된다는 것이다.

탈출극이 모순적인 것은 섬 병원 원생들에게 섬을 나갈 수 있게 해주었는데도 탈출극이 계속되었다는 점에서이다. 즉, 원생들은 섬을 나가라고 할 때는 나가질 않다가 일부러 목숨을 걸고 돌부리 해변에서 섬을 탈출하는 모험을 연출했던 것이다.175) 이상욱은 이 이상한 행동의 모순에 대해 섬사람들(원생들)이 '환자'와 '인간'이라는 이중적인 존재로 살기 때문이라고 말한다. 즉, 원생들에게 섬을 나가게 해주는 것은 그들에게 '환자'로서 허락하는 것인데, 이 경우 섬을 나간다하더라도 건강인과 나환자 사이의 보이지 않는 경계선에 둘러싸이게 된다. 그래서 원생들은 그런 보이지 않는 경계선이 해체된 '인간'으로서 살고 싶은 소망을 갖게 되고, 그 소망을 상징적으로 보여주기 위해 탈출극의 모험을 감행했

---

174) 이청준(1993), 389~390쪽.
175) 위의 책, 389쪽.

다는 것이다.

이 말에 따르면 탈출극이 계속되는 한 원생들의 인간으로 살고 싶은 삶의 소망이 계속 표현되는 셈이었다. 그런데 조백헌은 섬의 공간을 나환자들의 천국으로 만듦으로써 탈출극의 모험 역시 사라지게 만들었다. 이상욱이 보기에 그 곳은 진정한 '인간'의 천국이 아니라 '나환자'로서의 천국이며, 건강인과 나환자 사이의 보이지 않는 울타리를 더욱 강화한 것에 불과했다.

이상욱의 항변은 조백헌이 끝내 버리지 못한 건강인의 관점, 그 '당신들'의 최종적인 말과 보이지 않는 경계선에 대한 항변이라고 할 수 있다. 그 점에서 이상욱의 대화적 항변은, 『지하생활자의 수기』에서 40년 동안 자신을 가둬온 지상의 '당신들'에 대한 '나'의 항의의 말과도 비슷하다. 그러면서도 조백헌과 이상욱의 관계가 『지하 생활자의 수기』의 '당신들'과 '나'의 관계와 다른 것은, 조백헌이 건강인의 관점을 지녔으면서도 나환자들을 위해 최대한 노력하는 인물이라는 점에서이다.

조백헌은 원장이 아닌 신분으로 섬을 다시 찾은 후, 건강인과 원생(나환자)의 결합의 상징인 윤해원과 서미연[176]의 결혼식 주례사를 준비한다. 이 소설은 조백헌의 주례사 연습의 말을 이상욱이 엿듣는 장면으로 끝나고 있다. 이상욱은 예전에 편지를 통해 조백헌의 무언의 말을 엿들었듯이, 지금은 그의 실제의 말을 엿듣고 있는 것이다. 그러나 지금 이상욱이 듣고 있는 조백헌의 말은 단순한 건강인의 말이 아니다. 조백헌은 예전과는 달리 건강인과 나환자 사이의 보이지 않은 경계선이 무너지기를 열망하고 있으며 그의 주례사 연습은 그 열망을 드러내고 있기 때문이다. 이는 조백헌이 여전히 건강인이지만 그 입장에서 한발 벗어나 이상욱의 관점에 접근하고 있음을 뜻한다. 반대로 조백헌의 말을 엿듣는 이상욱은 자신의 관점에 다가선 조백헌의 새로운 입장에 접근하

---

176) 서미연은 미감아 출신이지만 윤해원은 그녀를 건강인으로 알고 있다.

는 긴장된 모습을 보여준다. 이상욱의 희미한 미소는 여전히 서로 다른 위치에 있지만 상대편의 내면에 흘낏 스치고 지나가는 울림의 순간의 감동을 암시한다.

그러나 조백헌과 이상욱 사이의 울림은 아직도 제한적인 것에 불과하다. 조백헌은 건강인의 위치에서 보이지 않는 경계선을 없애려는 열망을 드러내지만 그의 말은 아직 독백조이며 대화적 울림의 형식을 갖고 있지 못하다. 반면에 이상욱은 나환자의 입장에서 대화적 울림을 통해 경계선을 해체하려 하면서도 상대편의 견고한 벽에 부딪혔을 때의 회의주의를 버리지 못하고 있다. 이 같은 조백헌과 이상욱이 갖고 있는 서로 다른 한계는 이 소설의 마지막 장면에 암시된 건강인-나환자 사이의 울림을 방해하는 장벽일 것이다.

하지만 이 소설은 『지하생활자의 수기』와는 달리 진정한 울림에 접근하는 순간을 포착하고 있다. 『지하생활자의 수기』의 '나'의 대화적 울림은 '당신들'의 견고한 벽에 부딪힐 수밖에 없는 고통스러운 절규이기도 하다. 반면에 『당신들의 천국』에서 이상욱의 대화적 시선은 '당신들'의 벽을 넘어서려 헌신하는 조백헌의 노력에 의해 진정한 울림의 순간에 접근하고 있다.

이 소설에서처럼 첫 번째 대화적 소설 유형177)에서 진정한 울림은 (타자의 위치에 있는) '나'의 대화적 응답뿐만 아니라 그의 상대방인 '당신들'의 벽이 동요할 때 비로소 들려오게 된다. 그 같은 울림이 생성되는 곳은 '나'와 '당신들'의 어느 한쪽이 아니라 스쳐 지나가듯 서로 상대편을 흘낏 볼 수 있는 틈새의 공간일 것이다. 그처럼 자기 자신을 해체하는 틈새의 공간에 들어설 때만 타인과의 대화적 울림을 들려주는 새로운 자아의 생성이 시작될 것이다.

---

177) 둘째와 셋째 유형에 대해서는 다른 글에서 자세히 논의하기로 한다. 바흐친의 대화 이론을 우리소설에 적용시킨 논문으로는 선주원, 「대화적 관점에서의 소설교육 연구」, 교원대 박사논문, 2002가 있다.

작가적 화자에서 내적 초점화로 나아가는 과정은 외부시점에서 내부 시점으로의 전환인 동시에 시각적인 생생함이 강화되는 변화라고 할 수 있다. 그러나 그와 다른 방향으로 진행되는 시점의 축이 있는데, 우리는 앞에서 그것을 울림의 소설을 통해 살펴봤다. 내적 초점화의 방향이 시각적 장면 속으로 빠져드는 양상이라면 구어적 소설과 다성적 소설은 목소리와 울림을 듣게 되는 양상이다. 즉, 전자가 보는 소설인 반면 후자는 듣는 소설인 것이다.

물론 같은 울림의 소설 중에서도 구어적 소설(구어체 유형)과 다성적 소설은 각기 다른 양상을 나타낸다. 구어적 소설에서는 '우리'라는 공동체 의식을 지닌 화자를 통해 내포청중(잠재적인 청중으로서의 독자)이나 인물과의 유대를 드러낸다. 앞서 언급했듯이, 이 공동체적 유대는 서구의 개인주의적 시민사회의 '우리'와 구분된다.

다성적 소설 역시 작가적 화자처럼 시민사회의 개인주의에 근거한 서사이다. 그러나 작가적 화자가 인물들의 행동과 사건을 추적하는 반면 다성적 소설은 인물들 내면의 목소리와 울림을 들려준다. 다성적 소설에서의 울림이란 대화의 순간 인물들이 실재계와 접촉한 지점에서 '경계가 해체된 모나드'로서 만나는 '사건'[178]이다.

이처럼 다성적 소설과 구어적 소설의 울림은 실재계와 접촉한 지점에서 사람들이 서로 만나는 경험으로 나타난다.[179] 그러나 구어적 소설의 울림이 민중적 유대에 근거한 화해의 만남이라면, 다성적 소설의 울림은 이질적 개인(모나드)들 간의 대화를 통한 긴장된 만남이다. 전자의

---

178) 다성적 소설에서는 울림 자체가 하나의 사건이라고 할 수 있다.
179) 화자와 인물, 화자와 내포청중, 혹은 인물들끼리의 만남으로 나타난다.

경우 화해의 울림[180])이 가능한 것은 민중적 공동체 의식이 잔존하기 때문이다. 반면에 후자에서 고통과 긴장이 요구되는 것은 상징계에서 이탈해 일상적 자아의 경계를 해체해야 하기 때문이다. 구어적 소설과 다성적 소설의 또 다른 차이점은, '우리' 의식에 근거한 전자가 작가적 화자의 변형인 반면, 개인주의에 연관된 후자는 작가적 화자뿐만 아니라 내적 초점화에서도 나타난다는 점이다. 이 같은 구어적 소설과 다성적 소설의 위치는 다음과 같이 표시될 수 있다.

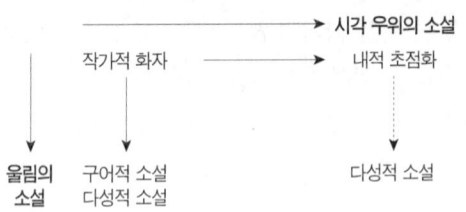

이제 울림의 소설과는 다른 방향으로 나아가는 내적 초점화의 축을 살펴보자. 작가적 화자의 외적 초점화에서 인물시점(인물시각)의 내적 초점화로 진행되는 과정은 이야기 세계 외부의 메타레벨이 사라지는 양상을 나타낸다. 이야기 세계 외부의 메타레벨이란 카메라 옵스큐라의 정신의 눈이나 작가적 화자의 모나드 같은 외부세계를 총괄하는 위치를 말한다. 그 같은 총괄하는 위치의 소멸은 이제 세계가 작가적 화자의 눈으로 총체화할 수 없을 만큼 유동적이고 가변적이 되었음을 뜻한다. 앞서 살폈듯이, 이는 자본주의의 발전에 따라 견고한 세계가 파편적으로 와해되고 불확정적이 된 점과 연관이 있다.

칸트와 쇼펜하우어의 철학은 그 같은 사회적 변화 과정의 단계들을 암시한다. 칸트는 작가적 화자의 이층 구조에 상응하는 바로크적 이층집에서 위층(작가적 화자의 모나드)을 거주자가 없는 빈방으로 만들어 버렸

---

180) 이 화해의 울림도 물론 잠정적인 것이다.

다.[181] 또한 쇼펜하우어는 세계를 총괄할 수 있는 이성적 주체 대신 생리학적 주체를 설정했다. 쇼펜하우어에 의하면, 외부세계의 인식이란 생리학적 주체 내부에서의 지각과 표상이다. 즉, 생리학적 주체 안에서 외부의 자극과 내부의 반응이 융합되면서 세계의 표상이 만들어진다. 이같은 논의는 주체와 세계의 경계가 해체되면서 생리학적 '눈'에 의해 세계의 표상이 지각된다는 가정을 내포한다. 또한 세계의 표상을 만드는 정신(지성과 이성) 작용 역시 생리학적 주체 내에 포함된 것으로 이해된다.

쇼펜하우어는 19세기 광학기구와 내적 초점화에 많은 시사점을 제공한다. 크래리가 **19세기 광학기구**(만화경, 입체경)를 **쇼펜히우어의 철학에** 연관시켰늣이 우리는 내적 **초점화**를 그의 철학에 연결시킬 수 있다. 19세기 광학기구는 쇼펜하우어가 말한 것처럼 외부의 데이터와 내부의 반응이 뒤섞이는 시각의 장을 형성한다. 그와 비슷하게 내적 초점화는 세계의 대상과 인물(시점의 주체)의 반응이 융합되며 시각적인 장면을 연출한다. 여기서 핵심적인 것은 주체와 객체의 경계가 해체되면서 시점의 주체 내부에서 시각의 장이 형성된다는 점이다. 우리는 흔히 내적 초점화가 인물(초점화자)의 의식을 시점의 매체로 사용한다고 말한다. 이 말에서 시각 매체로서의 인물의 의식이란 외부의 데이터와 내부의 반응을 뒤섞는 시각의 장에 다름이 아니다.

내적 초점화가 19세기 광학기구와 다른 점은, 전자가 세계의 표상을 지각하는 반면, 후자는 세계를 추상화한 이미지에 대한 반응에 그치는 점이다. 즉, 내적 초점화는 인물 매체라는 시각(의식)의 장을 매개로 세계를 지각하지만, 19세기 광학기구는 세계의 추상적 이미지에 대한 생리학적 반응을 형성할 뿐이다. 그 점에서 내적 초점화는 19세기 광학기구보다 한층 더 쇼펜하우어의 생리학적 주체 모델과 유사성을 지닌다.

쇼펜하우어가 세계의 인식을 주체 내부에서의 표상으로 본 것은, 인

---

181) 들뢰즈, 이찬웅 역(2004), 217쪽.

식이란 사물 자체에 대한 것이 아닌 '현상계'의 지각이라는 뜻이다. 그 점에서 그의 철학은 칸트와 일치된다. 그러나 쇼펜하우어는 칸트와는 달리 표상을 만드는 정신(이성, 지성) 작용을 생리학적 주체 내부에 포함 시켰다. 즉, 세계의 데이터와 육체적 주체의 반응이 뒤섞이는 가운데 (정신 작용에 의해) 세계에 대한 표상이 나타난다는 것이다. 이 점은 내적 초점화에서 인물이 감각적·정서적으로 반응하는 가운데 세계의 모습이 나타나는 사실과 일치한다.

다른 한편 쇼펜하우어는 칸트[182]와는 달리 현상계를 넘어선 사물 자체를 의지와 욕망의 영역으로 설명했다. 사물 자체란 대상세계의 물질적 영역을 말한다. 전시대의 데카르트는 물질적 세계를 이성으로 파악할 수 있는 객관적 실체로 설명했다. 그러나 세계(자본주의 사회)가 불확정적이 됨에 따라, 이제 대상세계는 (이성적·총체적 원근법 대신) 주체 내부의 표상을 통해서만 파악되거나 모호한 욕망(의지)의 공간으로 이해될 수밖에 없게 된 것이다. 그런데 쇼펜하우어는 표상의 형성(현상계) 뿐만 아니라 의지와 욕망의 영역(사물 자체[183]) 역시 생리학적 주체에 연관시키고 있다. 따라서 대상에 대한 육체적 반응과 함께 욕망이나 무의식적인 반응이 같이 진행되는 가운데 세계와 주체[184]의 표상이 형성된다고 할 수 있다. 이 점은 내적 초점화에서 인물의 의식적·무의식적 심리가 전개되는 중에 세계와 인물의 모습이 드러나는 양상과 비슷하다. 이제 쇼펜하우어의 생리학적 주체 모델과 내적 초점화의 시점 주체의 상응성을 요약해 보자.

---

182) 칸트는 사물 자체는 알 수 없다고 말했다.
183) 이는 라캉의 실재계에 해당하는 영역이다.
184) 육체란 '표상이 된 의지'이며 의지의 행동(욕망이나 무의식적 반응)은 생리학적 주체인 육체의 행동으로 드러난다.

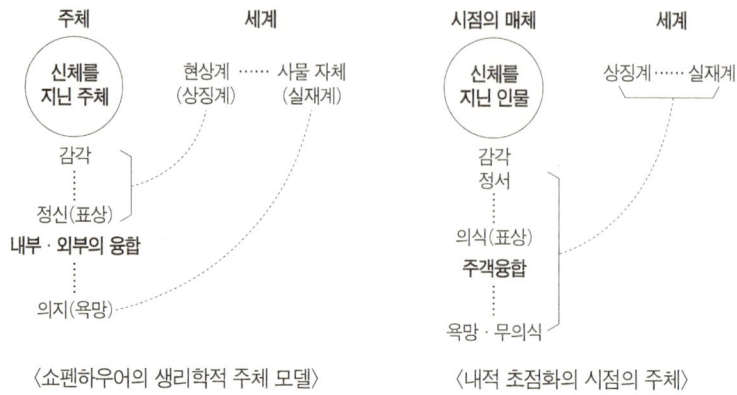

〈쇼펜하우어의 생리학적 주체 모델〉　　　　〈내적 초점화의 시점의 주체〉

　　쇼펜하우어의 생리학적 주체와 내적 초점화의 시점의 매체의 공통점은 '신체를 지닌 인간(인물)'이 세계를 바라보는 시각 주체가 된다는 점이다.[185] 반면에 양자의 차이점은 생리학적 주체보다 내적 초점화의 시각 주체가 보다 적극적으로 욕망과 무의식을 드러낸다는 점이다. 이는 쇼펜하우어가 의지(욕망)를 자본주의 사회 내부의 모호한 것으로만 생각한 반면,[186] 내적 초점화의 시점의 매체는 보다 능동적인 욕망을 드러낼 수 있기 때문이다.

　　한편 이처럼 인물의 정서와 심리가 드러나는 가운데 세계가 제시되는 것은 어떤 면에서 작가적 화자의 경우에도 비슷하다고 할 수 있다. 즉, 작가적 화자의 서술(그리고 서사) 역시 화자의 이성적 판단과 주석으로만 진행되는 것은 아니다. 작가적 화자의 서술이란 화자의 정신의 모나드에 접혀 있는 서사를 창이 열린 시각적 세계에서 펼치는 것이다. 따라서 이 경우에도 인물의 정서와 심리가 드러나는 동시에 세계의 모습이 그려진다. 작가적 화자는 전지적 심리묘사나 중립적 전지 시점[187]

---

185) 이 점은 신체의 감각적인 요소를 배제하려 한 데카르트의 정신의 눈과 카메라 옵스큐라 모델과 대비된다.

186) 쇼펜하우어가 의지(욕망)를 맹목적인 것으로만 이해한 것은 그 때문이다.

187) 중립적 전지 시점이란 인물의 심리와 정서를 화자의 중립적 언어로 번역하는 기법

을 통해, 혹은 현장에 임석한 화자의 분신을 사용해 인물의 내면을 다양하게 제시한다.

그러나 작가적 화자의 경우 인물과 세계를 드러내는 다양한 장면들은 근본적으로 화자의 총괄하는 시선 아래 포함된다. 그런 화자의 외적 초점화 시선은 내적 초점화의 시각 매체와는 달리 '신체를 갖지 않은 존재'의 시점이다. 작가적 화자는 간혹 인격적인 존재('나')로 드러나기도 하지만 신체의 감정적인 반응을 내비치는 경우는 거의 없다. 작가적 화자의 외적 초점화에서는 그런 육체적 반응이 배제된 화자의 총괄하는 시선과 목소리가 전체적으로 감지된다. 그 때문에 작가적 화자 소설에서는 '우리'를 지향하는 작가적 화자의 시선(그리고 목소리) 속에 세계의 모습이 드러나는 것으로 생각된다.

반면에 내적 초점화에서는 그런 화자의 존재가 거의 느껴지지 않는다. 그 대신 모든 것은 '신체를 지닌 시점 매체(인물)'의 시선 속에서 드러난다. 소설의 전개는 그런 시점 매체의 시선 속에 있는 단편적인 장면들의 선택과 배열로 구성된다. 물론 이 선택과 배열은 내포작가의 전략일 것이다. 그러나 내포작가의 시선은 어디서도 발견되지 않으며 세계의 모습은 현장에 임석한 인물 매체의 시선(시점)을 통해서만 나타난다.

이 같은 시점과 시각화 방식의 변화, 즉 작가적 화자에서 인물시점으로, 외적 초점화에서 내적 초점화로의 변화는, 불확정적이 된 세계의 변화와 연관이 있다. 이제 세계는 대상들이 놓인 외부의 층위에서 총괄하기 어려워졌으며, 파편화된 각각의 상황을 직접 보는 눈으로만 접근할 수 있게 되었다. 그에 따라 이야기 세계 외부의 층위(바로크 이층집의 위층)가 거의 사라진 대신, 시각 주체는 대상세계(이야기 세계)와 동질적인 공간에 놓이게 되었다. 작가적 화자 이층집의 위층에서 들리던 사회적·윤리적·감정적 주석[188]의 목소리가 소멸되면서, 각각의 장면에

을 말한다.

188) 이 작가적 화자의 감정적 주석은 육체적인 느낌이기보다는 심리적 차원의 감정이다.

등장하는 인물의 눈에 들어온 상황들만이 제시된다. 세계는 '모든 것을 알고 있는(전지적인) 화자'에 의해 말해지고 보여지는 것이 아니라, 각각의 현장에 임석한 '신체를 지닌 주체(인물)'의 시선(시점)으로만 파악될 수 있다. 그 때문에 세계는 파편적이고 우연적인 순간에 포착된 각 장면들의 접합을 통해 이해된다. 이런 상황에서는 내포작가(혹은 화자)가 장면들의 선택과 배열에 세심한 주의를 기울일 수밖에 없다.[189] 그리고 이제 독자가 소설에서 경험하는 모든 것은 그 선택된 시각적인 장면들의 연속일 뿐이다.

이런 변화는 세계(그리고 이야기 세계)를 인식하는 방식에 중요한 전환[190]이 일어났음을 의미한다. 즉, 한 마디로 세계를 '객관적으로' 바라보는 기준에 근본적인 변화가 생긴 것이다. 이전에는 육체의 주관성을 배제한 눈을 통해 모든 것을 알 수 있는 위치에서 대상세계를 객관적으로 바라보려 했었다. 이것이 신체를 드러내지 않는 작가적 화자의 전지적 시점이다. 그러나 이제는 현장에 위치한 신체를 지닌 시각 주체의 프리즘을 통과한 것만이 객관적으로 신빙성을 지니게 되었다. 역설적으로 주관적인 육체적 반응을 보이는 인물시점을 통해 객관성을 얻는 내적 초점화가 바로 그것이다.

내적 초점화의 등장은 객관성의 기준에서의 **코페르니쿠스적인 전환**이라고 할 수 있다. 서구의 19세기 문학잡지들에서 소설의 경우 무엇이 객관적이고 주관적이냐는 논의가 그치지 않은 것[191]은 그 때문이다. 만일 작가적 화자가 객관성의 권위를 지닌다면 그것은 직접 체험의 감각에 현혹되지 않는 카메라 옵스큐라와 같은 대상세계 외부의 위치 때문일 것이다. 그러나 그 같은 외부의 판관의 위치가 의심스러운 것으로

---

189) 슈탄첼, 안삼환 역(1982), 99쪽.
190) 칸트의 코페르니쿠스적인 전환과 유사한 것을 말한다. 이제 칸트에서 한걸음 더 나아가 육체를 지닌 주체의 인식이 중요해진 것이다.
191) 슈탄첼(1982), 77~78쪽.

판명되면서 작가적 화자의 주석은 주관적인 관점을 포함할 가능성이 큰 것으로 여겨졌다.

그런 주관성에서 벗어나기 위해 플로베르(19세기 후반)는 화자가 사라지고 장면을 직접 보는 듯한 냉담성(impassibilité)의 기법을 창안했다. 플로베르의 냉담성의 기법은 완전한 인물시점은 아니지만 내적 초점화의 효시로 볼 수 있다. 내적 초점화가 객관적으로 느껴지는 것은 누군가를 거치지 않고 직접 보고 있다는 환영이 만들어지기 때문이다.

이처럼 직접 체험의 위치에 객관성을 부여하는 것은 인식론에서의 코페르니쿠스적 전환을 의미한다. 이전에는 감각의 왜곡에서 벗어나기 위해 대상의 외부192)(메타레벨)에서 객관성을 얻을 수 있다고 생각했다. 이는 주체와 객체, 내부와 외부를 분리시키는 이원론적 사고를 전제한 것이다.193) 그러나 안팎이 분리 불가능하고 세계는 주체의 반응과 혼융되며 지각된다는 생각이 나타나면서, 대상세계와 동질적인 공간에 놓인 시각의 위치가 중요시되었다. 이제 외부의 판관(작가적 화자)보다는 내부의 체험자(인물 매체)의 위치를 선호하게 된 것이다.

하지만 화자의 주관의 위험에서 벗어난 내적 초점화에서도 주관과 객관의 문제는 그리 간단하지 않다. 내적 초점화에서 우리(독자)는 직접 대상을 보고 있다고 생각하지만 실제는 인물의 주관(정서, 심리)과 대상세계가 혼융되는 시각의 장(의식의 장)을 보는 것이다. 직접 체험의 환영이 생기는 것은 우리가 인물 매체의 위치에 쉽게 치환될 수 있기 때문이다. 반면에 작가적 화자에 대해서는 그런 치환이 일어날 수 없으므로 서술된 이야기는 항상 화자의 주관을 거친 것으로 생각된다.

내적 초점화에서 인물의 위치에 쉽게 치환될 수 있는 것은 우리도 늘

---

192) 이 대상의 외부는 관찰자의 내부이기도 하다.
193) 작가적 화자 소설이 모두 이런 이원론에 얽매인 것은 아닌데 그것은 작가적 화자란 그런 이원론을 또 다른 방법으로 극복한 라이프니츠의 모나드와 유사한 것이기 때문이다. 앞의 작가적 화자에 대한 논의 참조.

상 인물 매체와 비슷하게 내부-외부를 뒤섞는 의식의 장을 통해 대상을 지각하기 때문이다. 그러나 내적 초점화에서도 우리가 인물에 완전히 동화되는 것은 아니다. 우리는 인물의 위치에 자신을 세워 놓는 동시에 우리를 대신하는 인물 매체의 주관을 감지한다. 인물의 주관을 지각한다는 것은 주객 혼융된 의식 매체의 경험에서 그 상대인 객관 대상을 지각한다는 뜻이기도 하다. 그 때문에 대상세계는 인물의 주관적 내부를 통해 보는 것이면서도 또한 우리와 다른 그 주관이 반응하는(주관에 의해 제약되고 선택된) 객관적 대상으로 지각된다. 우리가 일상생활에서 대상세계를 지각하는 것도 그와 마찬가지일 것이다. 즉, 우리는 순수하게 객관세계를 직접 볼 수 없으며194) 주관과 객관이 뒤섞인 의식의 장을 경험하는 중에 주관이 반응하는 대상세계를 지각한다.

따라서 인물 매체의 위치에 우리를 대입하는 내적 초점화의 경우, 우리는 인물의 눈(의식의 장)을 통해 객관적 상황을 파악하는 동시에 우리와 다른 인물의 주관을 인식한다. 이 같은 인물의 의식(눈)-객관적 상황-인물(주관)의 지각이 반복되는 것이 내적 초점화의 경험이다. 이는 영화에서 앞뒤로 인물의 얼굴이 보여지고 그 중간에 그가 보는 대상이 제시되는 인물시점의 원리와 비슷하다.

그 점에서 내적 초점화는 인물의 주관적 경험인 동시에 그의 눈을 빌려 대상을 직접 보는 객관적 경험이기도 하다. 이 주관과 객관의 복합성은 투명성과 불투명성의 문제에서도 비슷하게 나타난다. 내적 초점화에서 우리는 화자의 개입이 없이 현장에 있는 인물의 눈을 통해 투명하게 직접 대상을 지각한다. 그러나 그것은 육체를 지닌 인물의 주관이라는 불투명성을 동시적으로 경험하는 것이기도 하다. 즉, 내적 초점화는 인물의 주관이라는 불투명성의 경험인 동시에 우리를 인물 매체의 위

---

194) 만일 인간의 주관을 넘어선 시각을 추구할 경우, 우리는 인간의 눈을 넘어선 시각, 가령 영화의 기계의 시각 같은 것에 이르게 될 것이다. 그것은 상징계를 넘어서서 실재계에 접촉하는 시각일 것이다.

치에 대입해 대상을 직접 보는 투명성의 경험이기도 하다.

이처럼 주관과 객관, 투명성과 불투명성의 양면성은, 내적 초점화가 19세기 광학기구와 사진이라는 이질적인 두 시각 매체와 연관되는 점에서도 암시된다. 19세기 광학기구가 주관과 객관을 뒤섞는 **불투명성의** 매체라면, 내적 초점화 사진(예술 사진)은 주관적 선택과 우발적 체험이 내재한 **투명성**의 매체이다. 두 시각 매체는 모두 주객 혼융의 경험을 제공하지만, 전자가 주관적 시각과 불투명성에 기운 반면, 후자는 객관성과 투명성이 우세한 경우이다. 내적 초점화 소설은 그런 두 가지 양면성을 모두 포함한다고 할 수 있다.

그 때문에 내적 초점화 소설은 인물 매체가 어떤 성격을 지니느냐에 따라 다양한 스펙트럼으로 나타난다. 한쪽에는 투명하게 현장의 상황과 사건을 제시하는 인물 매체가 있으며 다른 한쪽에는 불투명하고 흐릿하게 세계를 보여주는 인물이 있다. 전자의 대표적인 예로는 신문기자가 주인공(석일)으로 나오는 「태양은 묘지 위에 붉게 타오르고」를 들 수 있다. 이 소설에서 인물 매체인 석일은 거의 주관이 배제된 눈으로 자신이 위치한 장면의 정황을 제시한다. 물론 이 소설에서 석일의 개성이나 정서, 심리가 드러나지 않는 것은 아니다.

석일은 운동권 학생 해린과의 만남을 계기로 점점 진보적으로 변해가는 내면 심리를 보여 준다. 그런데 그런 석일의 심리와 정서는 인물 매체로서의 그의 투명성을 전혀 훼손시키지 않는다. 그것은 석일의 심리와 정서가 감정이입이 용이한 내용을 지니고 있으며 우리는 그와 감정을 공유하며 그가 제시하는 장면을 보게 되기 때문이다.

투명한 인물 매체의 조건 중의 하나는 우리가 쉽게 인물의 위치에 치환될 수 있다는 것이다. 그러나 그런 치환이 곧바로 감정이입을 의미하는 것은 아니다. 감정이입은 인물의 주관이 우리가 공유하기 쉬운 내용으로 드러날 때 자연스럽게 일어난다. 내적 초점화에서 인물 매체가 흔히 우리와 비슷한 평범한 인물이거나 소시민으로 등장하는 것은 그 때문이다. 혹은 인물 매체가 우리가 소망하는 방향으로 나아갈 때(「태양은 묘지 위에 붉게 타오르고」, 「님」)도 감정이입이 쉽게 일어난다.

감정이입이 생기는 또 다른 경우는 인물의 내면이 지속적으로 제시될 때이다. 이 경우 설령 인물이 조금 잘못된 행동을 하더라도 우리는 일방적으로 탓하기 보다는 그가 왜곡된 행동을 하게 된 이유를 생각하게 된다. 즉, 처음에는 인물에 대해 무관심이나 불신, 혐오감을 느끼는 경우에도 내면 심리가 지속적으로 제시되면 우리는 시간이 갈수록 그에게 감정이입하게 된다.[195] 그래서 우리는 그의 렌즈가 왜 왜곡되고 찌그러진 상을 만들게 되었는지 생각해 보게 된나.[196]

그러나 다른 한편 인물이 아주 근본적인 잘못을 지니고 있을 경우 우리는 감정이입에서 벗어나 그를 비판하게 된다. 이 경우 우리는 인물의 위치에서 장면을 보는 한편 줄곧 그의 잘못된 시각을 비판하게 된다. 윤정모의 「님」에서 보수적인 교수부인이 인물 매체로 등장하는 예가 그 대표적인 경우일 것이다.

감정이입이 차단되는 또 다른 경우는 인물의 내면이 너무 모호한 개인적인 주관성을 드러낼 때이다. 이런 경우 인물의 입장에 치환되는 작용도 잘 일어나지 않으므로 인물은 불투명한 매체가 되어 버린다. 이는 인물이 일상의 규율에서 이탈해 내면세계에 몰입하는 모더니즘 소설의 경우이다. 예컨대 「소설가 구보씨의 일일」(박태원)의 몇 장면이나 「지주회시」(이상)에서는 인물이 외부세계로부터 소외된 채 의식의 흐름(「지주회시」)이나 오버랩·몽타주(「소설가 구보씨의 일일」) 등으로 자신의 주관성을 표현한다.

의식의 흐름이나 몽타주는 일상적인 시각 매체의 한계를 넘어선 심리나 이미지의 표현 방식으로서 독자의 감정이입을 어렵게 만든다. 이 일상적인 시각 매체(의식매체)를 이탈한 주관성의 표현은 인간의 눈을 넘

---

195) 슈탄첼(1982), 100쪽.
196) 위의 책, 84쪽.

어선 기계의 시각(영화 등)의 단초로 볼 수 있다. '기계의 눈'은 인간의 눈을 뛰어넘어 무의식의 순간(의식의 흐름)이나 파편화된 이미지(몽타주)를 포착하는 방식이기 때문이다. 모더니즘에서 그런 탈영토화[197] 순간은 인물을 소외시키는 규율화된 일상에 대한 저항[198]과 함께 화해된 삶의 소망이 표현되는 순간이다. 모더니즘 인물의 불투명한 주관성은 단지 개인의 괴팍한 개성이 아니라 소외의 고통과 화해의 소망을 알리는 미학적 표현인 것이다. 그 같은 미학적인 주관성은 내적 초점화의 연장선 상에서 나타난 것이면서 또한 일종의 낯설게 하기 장치에 의한 기계의 시각의 출현으로 볼 수 있다.

이제 내적 초점화의 양극을 이루는 투명성과 불투명성, 감정이입과 감정이입 차단(낯설게 하기)의 스펙트럼을 제시하면 다음과 같다.

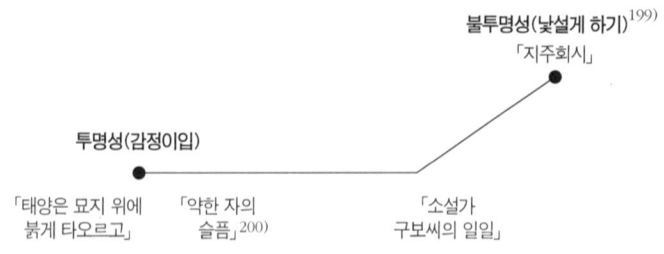

모더니즘은 불투명한 주관성으로 인해 감정이입이 차단되는 경우지만 감정이입이 항상 주관성의 정도와 반비례 하는 것은 아니다. 예컨대 윤정모의 「님」은 「태양은 묘지 위에 붉게 타오르고」 보다 상대적으로

---

197) 상징계적인 일상에서 벗어나는 것을 말함.

198) 이상의 「지주회시」에서는 그런 저항이 냉소적 표현으로 다소 약화되어 나타나고 있다.

199) 도표에서 꺾어진 부분은 인물 매체가 소외되고 낯설게 하기 장치가 나타나기 시작함을 의미한다.

200) 김동인의 소설. 김동인은 「소설작법」에서 「약한 자의 슬픔」이 일원묘사 곧 내적 초점화임을 밝히고 있다. 김동인의 첫 내적 초점화 소설 「약한 자의 슬픔」은 「태양은…」에 비해 상대적으로 감정이입이 덜 이루어진다.

조금 더 불투명하지만 「님」의 진국(인물 매체)은 「태양은…」의 석일 못지 않게 감정이입이 용이한 인물 매체이다. 진국의 지속적인 내면 제시가 독자를 자연스럽게 감정이입의 상태로 만들기 때문이다.

그와는 달리 시각 매체(의식 매체)의 내면 심리나 주관성의 제시가 지나치게 약화되면 오히려 감정이입은 일어나지 않는다. 그 같은 경향의 극단적인 예가 로브-그리예의 『질투』 같은 누보로망일 것이다. 『질투』는 외견상 외적 초점화 같지만 화자 시점 서술의 지표인 주석과 판단이 없을 뿐 아니라 모든 부분이 현재형의 장면 제시로 되어 있다. 또한 우연히 포착된 듯한 단편적인 장면들에서 현장을 관찰하는 시선이 지금-이곳의 내부에 위치해 있다.[201) 그 점에서 『질투』의 장면 제시는 분명히 내적 초점화에 의존하고 있다.

그러나 이 소설에서는 내적 초점화의 인물 매체의 존재가 어디에서도 감지되지 않는다. 그것은 인물 매체의 정서·심리·사유 등이 제시되지 않을뿐더러 '나'나 '그'라는 인물 매체를 지칭하는 인칭대명사가 없기 때문이다. 이 소설의 인물 매체는 자신의 인격성을 드러내지 않은 채 외부세계의 광선들을 무관심한 대상의 이미지로 지각하고 반사한다. 이처럼 내부 시점이면서도 인물 매체가 드러나지 않는 상황은 내적 초점화 사진과도 비슷한 양상이다. 인물 매체는 장면의 내부에서 인격성을 은폐한 채 마치 카메라 렌즈와도 같이 작용하고 있는 것이다.[202) 그러나 내적 초점화 사진이 장면 속에 동화되어 끌려들어가게 하는 반면 『질투』의 장면들은 그런 감정적 유입의 효과를 나타내지 않는다. 카메라의 눈을 사용하는 사진과는 달리 인간의 눈에 의존한 내적 초점화 소설에서는 광학렌즈 같은 무관심성(주관성의 배제)이 감정이입을 어렵게 하는 것이다.

그것은 소설에서 감정이입이 가능하려면 인물 매체의 최소한의 주관

---

201) '지금'이라는 말이 계속 반복되는 것으로도 그 점을 알 수 있다.
202) 그 점에서 『질투』 같은 누보로망의 시점은 '카메라 아이(카메라의 눈)'로 불린다.

성이 드러나야 하기 때문이다. 소설에서 어떤 장면에 동화된다는 것은 인물 매체에 감정이입하는 것을 뜻하며 그것을 위해서는 인물의 정서와 심리가 제시되어야 한다. 그와 달리 인물 매체가 **비인격적인**(탈인격적인) 광학렌즈가 된다는 것은 '인간의 눈'에 의존하는 전통소설의 시점에서 이탈함을 의미한다. 광학렌즈화한 '인간의 눈'이라는 그런 실험적인 시점은 감정이입 없는 내적 초점화라는 특이한 효과를 나타낸다.

'주관성이 배제된 지각'이라는 이 『질투』의 독특한 시점은 실상 베르그송이 말한 '순수지각'에 접근한 상태이다.203) 순수지각이란 감정과 심리를 지닌 인격성의 주체로 나아가기 이전에 미결정적인 주체(뇌의 회로)에 의해 물질세계가 '이미지'로 반사되는 것을 말한다. 그 같은 순수지각은 감정과 심리를 거쳐 행동을 표현하는 인격성의 주체의 전단계에서 '가능적 행동'204)의 견지에서 물질세계에 반응하는 작용이다. 이 순수지각의 회로에 따르면 이미지—감정—심리—(행동)의 순서로 장면이 구체화되는 영화적인 기계의 미학에 접근하게 된다. 『질투』에 암시된 그런 특이한 '순수지각'의 회로는 심리(의식)—감정—이미지라는 '인간의 눈'에 의존하는 전통적인 내적 초점화의 역전을 보여준다.

주목할 것은 『질투』의 이 영화적인 기계의 미학(시각)이 인물 매체의 특정한 심리 상태와 연관되어 있다는 점이다. 즉, 『질투』의 화자는 아내의 불륜을 목격하는 자폐증적인 무력증에 빠진 남편이다. 그런 무력한 화자에 의한 『질투』의 순수지각의 회로는 결코 행동의 차원까지 나아가지 않으며205) 행동을 보상적으로 대체하는 '질투'의 감정을 암시하는

---

203) 베르그송의 순수지각과 완전히 일치하지는 않는다. 베르그송의 순수지각이 탈영토화된 이미지에 가까운 반면 『질투』의 장면들은 어느 정도 현장의 상황을 구체화하기 때문이다.

204) 순수지각이란 인물이 외부의 이미지에 반작용할 가능상태(가능적 행동)와 연관해서 뇌가 물질적 운동을 반사하는 것을 말한다.

205) 이 소설의 화자의 지각이 전제하는 '가능적 행동'이란 자폐증적 무력함이며, 그런 행동적 무기력이라는 가능 행동의 견지에서 사물들에 반응하는 것이 화자의 탈인격화된 지각이다.

데 그친다. 그러나 그런 질투의 감정은 (전통소설에서처럼) 인물 매체의 주관적인 정서와 심리로 표현되는 대신 그것이 배제된 이미지들의 나열을 통해 사후적으로 환기된다. 여기서 『질투』의 이미지−감정·심리의 회로는 심리(의식)−감정−이미지라는 '인간의 눈'에 의존하는 전통적인 내적 초점화의 역전을 보여준다. 이는 『질투』가 주관적인 인물 매체에 의존하는 전통적인 내적 초점화를 역전시킨 기계미학적인 순수지각의 회로에 접근함을 뜻한다.

이제 내적 초점화의 또 다른 양극인 인격적인 인물 매체와 광학렌즈화한 시각 매체의 스펙트럼을 제시하면 다음과 같다.

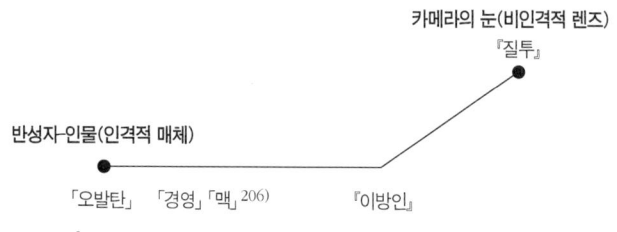

12. 내적 초점화와 불확정적인 세계의 양가성

모더니즘의 영화기법과 누보로망의 출현은 내적 초점화의 한 극단에서 인간의 눈을 넘어선 기계의 미학의 등장을 암시한다. 그러나 모더니즘과 누보로망의 실험적 기법들이 영화적인 기계의 미학과 동일한 위상을 지닌 것은 아니다. 인간의 눈(1인칭, 3인칭)을 사용할 수밖에 없는 소

---

206) 김남천의 연작소설임.

설에서 기계의 시각이 등장했다는 것은 인간의 눈으로 반영된 삶의 영역에서 그 한계를 이탈하는 저항이 나타났음을 뜻한다. 앞서 살폈듯이 모더니즘과 누보로망의 공통점은 인물이 행동적으로 무기력해졌다는 것이다. 인간의 행동을 무력화시키는 사회는 규율화된 세계이며, 모더니즘과 누보로망은 그런 세계를 인간의 눈으로 그리는 방식에서 이탈해 규율화에 저항하고 있는 것이다.

물론 모더니즘과 누보로망은 각기 다른 방식으로 '인간의 눈'에서 이탈한다. 모더니즘에서는 인물 매체를 통해 드러나는 의식 내용과 그 제시 방식이 기계의 미학에 접근하고 있다. 반면에 누보로망의 경우 내적 초점화 방식 자체가 기계의 시각에 접근하여 인물 매체 대신 광학렌즈화된 시각을 사용한다. 그러나 그 두 가지 실험적 기법은 모두 규율화된 삶에서 이탈하려는 미학적인 저항의 방식으로 볼 수 있다.

모더니즘과 누보로망의 기법이 규율화에 대한 저항이라는 것은, 만일 그런 기법이 사용되지 않았다면 내적 초점화를 통해 규율화된 삶만이 그려졌을 것이라는 뜻이다. 모더니즘과 누보로망이 여전히 내적 초점화의 연장선에 있다고 할 때,[207] 내적 초점화의 스펙트럼은 삶의 규율화와 그에 대한 저항이라는 양면을 모두 포함함을 알 수 있다. 따라서 내용적 측면에서 내적 초점화의 또 다른 양극은 규율화된 삶과 그에 대한 저항이라는 두 가지 방향이다.

앞서 살폈듯이 내적 초점화의 출현은 불확정적인 세계의 상태와 연관이 있다. 즉, 작가적 화자에서 내적 초점화로의 이행은 작가(화자)의 위치에서 동일화할 수 없을 만큼 세계가 유동적이 되었음을 뜻한다. 그같은 유동적이고 불확정적인 세계란 '견고한 모든 것을 대기 속에 용해시키는'[208] 자본주의 사회를 말한다. 세계는 메타레벨에서 동일화할 수

---

207) 모든 모더니즘이 내적 초점화인 것은 아니다. 그러나 내적 초점화의 한 극단에서 나타나는 중요한 양식의 하나가 바로 모더니즘이다.
208) 마르크스 · 엥겔스, 이진우 역(2002), 20쪽.

없을 만큼 가변적이며, 그 유동성은 동일성에서 끝없이 이탈하는 '차연'[209]의 상태와도 유사하다. 그러나 자본주의 사회는 자본이라는 동일성의 기표[210]를 통해 모든 것을 끊임없이 동화시키는 또 다른 측면을 지니고 있다. 그 같은 양면성, 즉, 자본의 동일화와 차연의 가변성이 불확정적인 자본주의 사회의 양가성이라고 할 수 있다. 들뢰즈는 그런 양가성을 재영토화와 탈영토화라고 부르고 있다. 재영토화와 탈영토화란 자본주의적 규율화와 그로부터의 이탈이라는 양 측면을 말한다.

내적 초점화가 반영하는 불확정적인 세계는 바로 그런 양 측면을 지닌 가변적인 삶으로 나타난다. 그 점에서 내적 초점화는 규율화와 이탈이라는 양면의 가능성을 포함한다. 크래리가 19세기 광학기구에 대해 말했듯이, 세계 내부의 육체를 지닌 관찰자는 시각 및 육체의 '규율화'와 '자발성'이라는 양쪽 경로 위에 놓여 있다.[211] 시각 및 육체의 규율화란 푸코가 말한 육체 위에 작용하는 권력의 규율화와 예속화를 뜻한다. 반면에 육체적 밀도를 지닌 시각의 자발성은 인상주의, 상징주의, 모더니즘으로 나아가는 예술에서 특징적으로 나타난다.[212] 그 같은 양면성은 이야기 내부의 육체를 지닌 내적 초점화 시각 매체에 대해서도 똑같이 말할 수 있다. 내적 초점화의 인물 매체는 한편으로 규율화된 육체와 시각을 드러낼 수 있으며 다른 한편으로 육체적 밀도를 지닌 감각의 자발성을 포착할 수 있다.

주지하듯이 내적 초점화의 효시인 플로베르의 『보바리 부인』은 규율화된 육체와 눈을 드러낸 자연주의 소설이다. 김동인의 내적 초점화 소설 『약한 자의 슬픔』 역시, 주체적 자발성의 소망을 얼마간 담은 성장소설이면서도, 자본주의에 길들여진 육체적 욕망을 그린 자연주의의 요

---

209) 차연이란 차이작용이 동일성으로 귀결되지 않고 끝없이 연기되는 운동 상태를 말한다.
210) 모든 가치를 교환가치(화폐)라는 동일성으로 환원시키는 점에서 자본은 동일성의 기표이다.
211) 크래리, 임동근·오성훈 외역(2001), 223쪽.
212) 위의 책, 147~148쪽, 222~223쪽.

소를 포함하고 있다. 반면에 이상의 「지주회시」, 박태원의 「딱한 사람들」 등의 모더니즘은 규율화에서 벗어나려는 자발성의 소망을 담은 내적 초점화 소설들이다.

크래리는 '육체적 밀도를 지닌 시각'의 자발성이 인상주의나 모더니즘에서 나타난다고 말하고 있다. 그러나 우리 같은 제3세계의 경우 그런 내적 초점화를 통한 자발성의 표현은 리얼리즘을 통해서도 나타난다. 예컨대 김남천의 「맥」, 윤정모의 「님」, 양헌석의 「태양은 묘지 위에 붉게 타오르고」 등은 내적 초점화로 된 리얼리즘 소설이다.

또 하나 흥미로운 것은 주체의 자발성(자율성)의 소망이 표현된 소설은 흔히 시각 이외의 감각을 많이 제시한다는 점이다. 그것은 그런 소설의 경우 대부분 인물 매체가 근대의 시각중심적 세계에서 억압된 상황에 놓여 있기 때문이다. 즉 시각적 욕망의 장치나 감시장치에 포위된 상황에서 인물 매체는 시각적 표현보다는 청각·후각과 내면심리를 드러내게 되는 것이다. 예컨대 「님」 「지주회시」 「날개」[213]가 그런 작품들이다.

이제 우리는 내적 초점화가 표현하는 삶의 내용에 따라 또 하나의 스펙트럼을 만들 수 있다. 즉 규율화와 자발성, 재영토화와 탈영토화라는, '불확정인 세계의 양가성'을 지닌 스펙트럼이다. 이 스펙트럼의 양극에서 자본주의적 규율과 욕망에 예속된 한쪽에는 자연주의 소설이 놓여 있다. 그에 반해 '규율화'에 저항하는 쪽은 리얼리즘·모더니즘·누보르망의 세 가지 방향으로 나아간다. 그 셋 중 다만 누보로망의 경우는 자발성의 표현이기 보다는 (광학렌즈 같은) 무관심성으로 위장된 규율화에 대한 저항'이라고 할 수 있다.

---

213) 「날개」는 1인칭 소설이지만 부분적으로 내적 초점화의 요소가 나타난다.

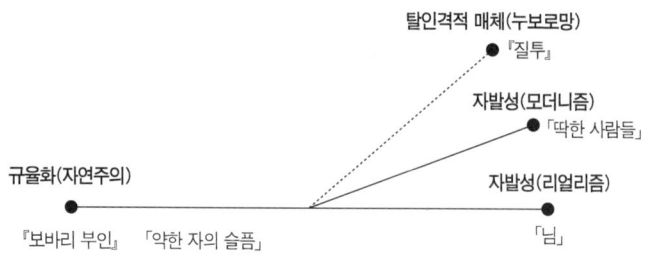

자본주의적 규율화에 예속된 자연주의 소설은 세계를 정태적인 정물화로 그린다. 자연주의 소설의 인물 매체(주인공)는 그런 정적인 세계의 바깥은 보지 못한 채 답답한 일상을 살아간다. 그러나 외견상 만성적으로 정체된 듯한 세계는 내면적으로는 터질 듯한 긴장과 위협으로 가득차 있다.214) 그것은 자본주의 사회란 항상 동화와 이탈의 양면성을 지니는 불확정적인 세계이기 때문이다.

하지만 자연주의 소설에서 이탈의 소망은 규율화된 삶의 내부에서 부글거리는 소용돌이에 불과하다. 『보바리 부인』의 엠마의 욕망 역시 그와 비슷하다. 엠마는 끊임없이 답답한 일상에서 벗어나려 하지만 그녀의 욕망은 필연적으로 공허와 좌절로 귀결되는 운명을 갖고 있다. 그것은 자연주의가 보여주는 규율화된 삶이란, 내부의 동요가 결코 밖으로 밀어오르는 격정이 될 수 없는, 무겁고 느린 흐름의 상태이기 때문이다.215) 그런 세계에서 자연주의 소설의 인물 매체는 규율화된 삶의 외부를 보지 못하는 제한된 시각에 갇혀 있다. 또한 인물 매체의 욕망 역시 허무와 공허 속에서 자신의 내부에서만 끓어오르는 '결핍의 욕망'216)으로 나타난다. 『보바리 부인』의 엠마 뿐만 아니라 「감자」의 복

---

214) 에리히 아우얼바하, 김우창·유종호 역(1979), 201~202쪽. 아우얼바하는 『보바리 부인』의 세계를 그런 상태로 설명하고 있다.

215) 위의 책, 201쪽.

216) 결핍의 욕망이란 자본주의적 상징계에 예속된 탓에 완전한 충족이 불가능한 결핍상태에서 끝없이 욕망이 나타나는 것을 말한다. 이 결핍의 욕망은 결코 사회체계를 변화

녀나 「두 파산」의 옥임 역시 비슷하다고 할 수 있다.

자연주의가 규율화된 삶에 갇힌 욕망을 그린다면 리얼리즘은 그 바깥으로 탈주하려는 또 다른 욕망을 보여준다. 예컨대 「님」(윤정모)에서 진국은 자본주의와 분단 이데올로기에서 이탈하려는 역동적인 욕망을 표현하고 있다. 이 소설은 그런 규율화에서 탈주하려는 인물을 부각시키기 위해 그 반대편에서 일상에 안주하는 보수적인 인물을 등장시킨다. 이데올로기로 포위된 일상 속에서 안정을 찾는 교수부인이 그런 인물이다.

『보바리 부인』의 엠마가 규율화된 세계의 잠재적 위협을 암시한다면 「님」의 교수부인은 그런 긴장감조차 느끼지 않는 보다 더 보수화된 인물이다. 「님」은 그녀(인물 매체)가 보여주는 질식할 듯한 세계에서 달아나는 또 다른 인물 매체(진국)를 등장시킨다. 그리고 그를 통해 규율화된 삶의 외부를 향한 자발적 욕망을 암시한다. 이제 「님」에 나타난 두 가지 인물 매체의 엇갈리며 교차되는 시각과 욕망을 살펴보자.

> 그제서야 아이는 빨리 빨리 수저질을 한다. 부인은 또 너무 빨리 먹는다고 주의를 주려다 그만둔다. 아들은 수저를 놓고 물을 마신 뒤 휑 하니 안방으로 달려간다. 곧 이어 텔레비전 켜는 소리가 털컥 들려온다. 만화시간은 끝났는지 아니면 아시안게임 중계를 하는지 여기저기 돌려대다가 장난감 자동차를 굴리는 바퀴소리가 난다.
>
> 부인은 빈 그릇을 챙겨 개수통에 놓고 식탁을 훔쳐낸다. 청년이 접어둔 은종이 새가 행주에 걸려 넘어진다. 훤이가 잊고 집어가지 않은 모양이다. 부인은 행주질을 멈추고 의자에 앉는다. 날고 싶다구? 만약 내일까지도 날아가지 않는다면 나도 이젠 가만있진 않을 것이다. 부인은 종이새를 쏘아보며 자신 있게 속말을 친다.217)

시키려는 욕망으로 나타나지 못한다.
217) 윤정모(1987), 90쪽.

위에서 아이에게 주의를 주려는 부인의 행동은 일상의 무의식화된 습관의 하나일 뿐이다. 그러나 그런 습관화된 행동은 규율화된 일상에 익숙해져 그 세계를 떠날 수 없는 그녀의 성격을 잘 보여준다. 이어지는 청년(진국)을 상징하는 새에 대한 불안감이 그 분명한 표지이다. 그녀는 날아오르는 삶보다는 안정되게 가라앉은 삶을 원하고 있으며, 새처럼 날아오르려는 진국이 사라지길 소망하고 있는 것이다. 부인에게 있어 새는 비상이 아니라 배제의 기표에 불과하다. 그녀는 진국이 날아가 버리기를, 즉 자신의 안정된 삶에서 제외되기를 원하고 있다. 우리는 부인의 눈(인물 매체)을 통해 배제의 위협에 놓인 진국을 주시하는 동시에, 불안 속에서 '규율화된 삶'에 안주하려는 그녀를 비판하게 된다.

> 그가 고개를 끄덕이며 주저앉자 선장이 뚜껑을 맞추어 닫고 나사못을 조이기 시작한다. 갑자기 캄캄해지자 안쪽 바닥과 잇대어 있는 나무틈서리로 불빛이 스며드는 것이 보인다. 뚜껑조임이 끝나자 사위가 조용해진다. 래영아, 나는 정말 너에게로 가는 거니? 응? 그는 다리를 쭈욱 펴고 고개를 쳐든다. 자전거를 타고 달려오던 래영의 모습이 한 줄기 빛살처럼 떠오른다.218)

쫓기던 진국은 밀항을 통해 자신의 '님'인 조총련계 래영에게로 향한다. 그는 일본으로 돌아가는 배안에 숨어 있지만 뚜껑이 닫힌 실내는 폐쇄된 시대의 어둠을 집약적으로 암시한다. 그러나 그런 어둠의 위협에도 불구하고 진국은 '다리를 쭈욱 펴고 고개를 쳐든다.' 그는 비록 움직일 수 없지만 자신이 접은 종이 새처럼 날아오르려는 소망을 표현하고 있는 것이다. 이어서 그의 '님' 래영의 모습이 한 줄기 햇살처럼 그의 비상을 대신한다. 여기서 우리는 인물 매체(진국)의 자발성(자율성)의 욕망을 통해 규율화된 삶의 '바깥'을 엿보게 된다.

이처럼 리얼리즘 내적 초점화는 인물 매체의 자발성을 통해 규율화

---

218) 위의 책, 109~110쪽.

된 삶에서 탈주하려는 욕망을 드러낸다. 여기서의 탈주는 도피가 아니라 「님」에서처럼 님(그리고 화해와 사랑)을 향한 삶 속에서의 행위이다. 그에 반해 모더니즘 내적 초점화의 경우 인물 매체의 자발성은 사회적 삶에서 소외되는 대가로 얻어진다. 예컨대 「날개」 「지주회시」(이상) 「딱한 사람들」(박태원)에서 인물 매체의 화해의 소망은 삶에서 유리되는 고통 속에서 표현된다. 그 대신 모더니즘은 '일상적 시각'을 넘어선 낯설게 하기의 방식으로 규율화된 삶에 대해 미학적 저항을 시도한다.

이제까지 우리는 내적 초점화의 여러 가지 스펙트럼을 살펴봤다. 그런 스펙트럼 내부의 변화나 작가적 화자에서 내적 초점화로의 변환은 사회적 변화와 연관되어 있다. 그러나 그 같은 변화 과정이 전시대의 기법들이 모두 사라졌음을 뜻하는 것은 아니다. 예컨대 모더니즘 시대 이후에도 여전히 작가적 화자의 흔적이 남은 외적 초점화가 나타날 수 있다. 또한 작가적 화자와 인물시점, 내적 초점화와 외적 초점화(외부시점)[219] 사이에는 무수한 많은 작품들이 다양하게 배열되어 있다. 이제 마지막으로 작가적 화자에서 내적 초점화에 이르는 스펙트럼을 제시하면 다음과 같다.

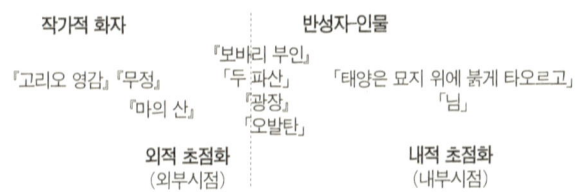

작가적 화자		반성자·인물
	「보바리 부인」	
「고리오 영감」 「무정」	「두 파산」	「태양은 묘지 위에 붉게 타오르고」
「마의 산」	「광장」	「님」
	「오발탄」	
외적 초점화		내적 초점화
(외부시점)		(내부시점)

219) 외적 초점화를 인물들의 내면을 볼 수 없는 초점화로 규정하기도 하지만 여기서는 이야기 외부의 화자시점이라는 의미에서 외부시점과 같은 것으로 논의하기로 한다.

13. 1인칭 시점 서술과 존재론적 '서사의 충동'

1인칭 소설은 화자가 이야기 세계 속의 인물로 등장하는 유형을 말한다. 화자는 자기 자신을 '나'로 부를 뿐만 아니라 이야기 속에 인물로 나오는 자신을 1인칭 '나'로 지칭한다. 작가적 화자 역시 스스로를 '나'로 부르지만 이야기 속에 '나'로 지칭되는 인물이 없는 점에서 1인칭 서술과 구분된다.[220]

따라서 1인칭 소설은 다음의 두 가지 사실로 특징 지워진다. 즉, 화자와 인물이 동일인이라는 사실, 그리고 화자로서의 '나'와 인물로서의 '나'라는 두 개의 '나'가 존재한다는 점이다. 1인칭 소설은 폭넓은 스펙트럼을 지니지만 모든 1인칭 소설의 고유한 특징은 그 두 가지 사실에 의해 생겨난다.

1인칭 소설의 두 개의 '나' 중에서 화자로서의 '나'는 '서술자아'이며 인물로서의 '나'는 '경험자아'이다. 1인칭 소설이 폭넓은 스펙트럼을 갖는 것은, 그 두 개의 '나' 중 어느 쪽이 우세하냐에 따라 3인칭의 두 가지 서술상황(작가적 화자, 내적 초점화)에 대응될 수 있기 때문이다. 즉, 서술자아의 시점이 부각될 경우 작가적 화자와 유사해지며, 경험자아의 시점이 도드라지면 내적 초점화와 비슷해진다. 더욱이 그 둘이 팽팽한 변증법적 긴장관계를 이룰 경우 '1인칭 주인공 시점'이라는 독특한 서술상황이 연출된다. '1인칭 주인공 시점'은 화자와 인물이 동일인이라는 사실에서 생겨나는 1인칭 고유의 '존재론적 요구'가 가장 잘 드러나는 양식이다. 그런 1인칭 고유의 양식(1인칭 주인공 시점)을 포함한 1인칭

---

220) 물론 작가적 화자 서술임에도 불구하고 가끔 이야기 세계 안을 들락거리는 소설들도 있다. 예컨대 『돈키호테』나 『카라마조프가의 형제들』이 그런 경우이다. 그러나 이 소설들에서 그 1인칭 서술적 특성은 매우 미미하다. 물론 반대로 1인칭 소설이면서도 3인칭 작가적 화자에 아주 접근한 경우도 있다. 슈탄첼(1982), 51~52쪽 참조.

서술의 스펙트럼은 다음과 같다.

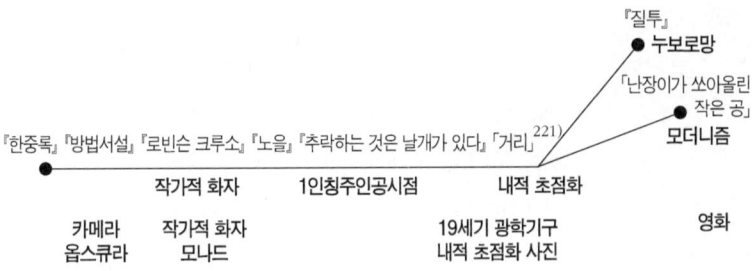

　　1인칭 작가적 화자와 내적 초점화는 똑같은 1인칭이지만 그 서술상
황의 특징은 판이하다고 할 수 있다. 예컨대 『로빈슨 크루소』는 3인칭
작가적 화자와 거의 유사하며 「거리」(박태원)는 3인칭 내적 초점화와 아
주 비슷하다. 각각의 경우에 1인칭과 3인칭의 차이는 1인칭에서 화자의
인격적인 특성이 보다 더 구체화된다는 점이다. 가령 3인칭 작가적 화
자 역시 인격성을 드러낼 수 있지만 좀처럼 신체를 지닌 모습으로 등장
하지 않는다. 반면에 1인칭 작가적 화자는 경험자아의 연장선상에 있으
므로 신체를 지닌 인물로서 연상된다. 여기서 나타나는 1인칭 작가적
화자의 특성은 3인칭에 비해 보다 그럴듯한 '리얼리티'를 부여할 수 있
다는 점이다.
　　슈탄첼이 논의하듯이,[222] 근대 소설사의 초기에 1인칭(작가적 화자)이
자주 사용된 것은 화자가 실제로 경험한(혹은 들은) 이야기처럼 여겨지게
할 수 있기 때문이었다. 특히 환상적인 이야기에 근대적인 리얼리티를
부여하려 할 때 흔히 1인칭의 형식이 도입되었다. 예컨대 토마스 모어
의 『유토피아』나 스위프트의 『걸리버 여행기』 등이 그런 경우이다. 환
상적인 이야기들은 근대의 인식론으로 입증받기 어려운 내용을 포함하

---

221) 1인칭 내적 초점화이면서 모더니즘에 접근한 소설이다.
222) 위의 책, 58쪽.

지만, 1인칭이라는 근대적 '개인 시점'의 형식을 입힘으로써 그 리얼리티를 보장받고 있는 것이다.

여기서 볼 수 있는 1인칭 고유의 특징은, 1인칭의 경우 화자의 이야기꾼으로서의 서사적 충동 이외에, '나'의 경험과 존재를 입증하려는 '존재론적 충동'이 내재한다는 점이다.[223] 작가적 화자의 서사적 충동이란 '나'(작가적 화자)의 시점을 통해 현실의 삶이 공동체적 유대('우리')를 지향하는 운동을 보여주려는 것이다. 이는 루카치의 표현대로 삶의 총체성을 드러내려는 서사적 욕망이라고 할 수 있다. 물론 그런 '우리'의 지향이나 삶의 총체성은 진정한 공동체적 유대가 부재한다는 부정의 방식으로 표현된다. 작가적 화자로서의 '나'(모나드)란 그런 삶의 서사적 표현을 주름으로 접고 있는 정신의 공간이다. 또한 소설이란 그 접혀진 서사를 구체적인 삶의 모습으로 펼치는 과정이다.

그런데 1인칭 작가적 화자는 그 같은 작가로서의 서사적 충동 이외에 개인으로서 '나'(모나드)의 (접혀진) 주름을 펼침으로써 자신의 존재를 입증하려는 또 다른 욕망을 갖고 있다. '나'의 정신의 공간(모나드)의 주름이란 '나'가 직접 경험한 사건들을 접고 있는 상태에 다름이 아니다. '나'는 그 주름을 구체적인 서사(소설)로 펼침으로써 '나' 자신을 입증하려는 **존재론적 충동**을 갖고 있는 것이다.

물론 작가적 화자의 경우 그런 존재론적 충동은 소설에 신빙성을 부여하기 위한 외형적인 장치에 국한된다. 즉, 작가적 화자에서 '나'를 입증하려는 욕망은 세계를 총체화하려는 서사적 욕망에 외형적 장치로서 예속되어 있다. 1인칭 작가적 화자는 외견상 '나'의 경험을 말함으로써 자신의 존재를 표현하는 듯하지만, 실제로는 그 과정을 통해 세계를 총체화하려는 시도를 보이고 있는 것이다.

그러나 세계가 더욱 불확정적이되고 작가적 화자의 총괄적인 시각이

---

223) 이는 화자와 인물이 동일인이라는 특성에서 생겨나는 1인칭의 고유한 요소이다.

의심스러워지면서 1인칭 소설의 기능은 매우 달라진다. 이제 '나'를 입증하려는 존재론적 충동은 현실의 삶을 보여주려는 서사적 욕망과 별도로 구분되지 않는다. 정신의 공간(작가적 화자의 모나드)에서 세계를 총괄하는 일이 어려워지면서 '신체를 지닌 나'(개인) 자신의 구체적인 경험을 통해서만 현실의 삶을 드러낼 수 있게 되었기 때문이다. 이제 '나'의 주관적 체험과 객관세계를 별도로 구분하기 힘들어졌으며, '나'를 입증함으로써만 '나'와 세계의 관계, 그리고 세계에 대한 진리를 드러낼 수 있게 되었다.

그처럼 '나'의 존재의 입증과 세계에 대한 진실의 표명이 서로 뒤섞이는 것이 바로 1인칭 주인공 소설이다. 1인칭 주인공 시점에서는 내적 초점화와는 달리 서술자아와 경험자아가 긴장관계를 이루고 있다. 그러나 1인칭 주인공 시점에서부터 이미 3인칭 내적 초점화와 비슷한 상황이 나타나기 시작한다. 즉, 신체를 지닌 개인의 시점을 통해 세계를 지각하거나 인물의 주관과 객관대상이 혼용되는 의식의 장이 형성되는 점에서 그렇다고 할 수 있다. 물론 1인칭 주인공 시점에서는 내적 초점화와는 달리 화자로서의 '나'(서술자아)의 시점이 매우 중요하다. 그러나 1인칭 주인공 시점에서 서술자아는 작가적 화자와는 달리 신체를 지닌 '나'(경험자아)의 연장선상에 위치하고 있다.

3인칭 내적 초점화의 특징은 '그'의 자리에 '나'를 집어넣어도 무방하다는 점이다.224) 이는 1인칭이 '나'의 존재를 입증함으로써 삶의 진실을 밝히듯이, 3인칭 내적 초점화는 '그'의 존재를 증명하며 인생의 진리를 말한다는 뜻이다. 다만 3인칭 내적 초점화에서는 인물시각으로 된 장면을 선택·배열하는 내포작가가 중요한 반면, 1인칭(특히 주인공 시점)에서는 서술자아(화자)—경험자아(인물)의 긴장관계가 경험된 장면의 재배열에 핵심적이다.

---

224) 반대로 1인칭 내적 초점화의 '나'의 자리에 '그'를 대체할 수 있다. 그러나 1인칭 주인공 소설의 '나'의 위치에는 '그'를 집어넣을 수 없다.

3인칭 내적 초점화에서는 '그'는 누군인가라는 존재론적 질문이 '그'에 대한 감정이입 및 비판을 조절하는 내포작가의 관할권 안에 있다. 반면에 1인칭 주인공 소설에서 '나'는 누구인가라는 질문은 경험자아와 서술자아[25])가 동일인이라는 특성으로 인해 전적으로 '나' 자신에 관한 문제일 뿐이다. 그 점에서 1인칭 주인공 소설은 '자아(나)'에 대한 존재론적 질문이 가장 심각하게 제기되는 양식이라고 할 수 있다. 이 양식은 인물과 화자가 동일인이라는 사실에서 생겨나는 1인칭 고유의 특징을 가장 잘 보여주고 있는 것이다.[226])

　　1인칭 주인공 소설에서 **존재론적 질문과 세계에 대한 질문이 겹쳐지**는 이유는 다음과 같다. 1인칭 주인공 소설에서 경험자아가 서술자아로 전환되는 순간은 일생에 중대한 변화를 일으킨 사건의 순간이다. 예를 들면, 『추락하는 것은 날개가 있다』에서의 살인사건, 「탈출기」의 출가의 순간, 「만세전」에서의 환멸의 경험, 그리고 『노을』과 『외딴 방』에서의 아버지와 희재 언니의 죽음 등이다. 그런 사건을 겪은 후 '나'는 격정에 사로잡혀 인생에 대해 중대발언을 하려는 욕망을 갖게 된다. 그리고 얼마간 시간이 흐른 후 격정이 진정되면 '나'의 충동은 서사적 진술의 욕망으로 전이되어 이야기의 첫 부분을 서술하게 된다. 다만 『노을』과 『외딴 방』의 경우에는 경험자아(과거)와 서술자아(현재)의 간격이 상당한 시간을 두고 있다.[227])

　　그러나 두 유형 모두에서 서술의 충동은 경험자아가 겪은 상처의 경험에서 비롯된다. 상처의 경험이란 자아를 동일화할 수 없을 만큼 분열과 고통에 시달리는 순간들이다. 그 순간은 세계의 모순에 의해 '나'의 소망이 좌절되면서 어떻게든 내면에 침투한 세계에 대해 대응하지 않

---

225) 대개의 경우 서술자아가 실제적인 내포작가의 위치에 있다. 내포작가가 따로 있는 경우(「치숙」 등) 이외에 경험자아와 서술자아의 긴장관계는 3인칭 내적 초점화에서 볼 수 없는 중요한 존재론적 문제를 제기한다.
226) 1인칭 주인공 소설의 구체적인 특징에 대해서는 나병철(1998), 452~460쪽 참조.
227) 1인칭 주인공 소설의 두 유형에 대해서는 위의 책, 460~473쪽 참조.

을 수 없는 순간이다. 자아의 동일화가 와해되었다는 것은 '나'의 존재가 자기 자신도 알 수 없는 상태가 되었음을 뜻한다. 또한 이제 '나'는 누구인가라는 질문에 답하기 위해서는 세계에 대한 진실을 탐구하지 않을 수 없게 되었음을 암시한다. '나'의 존재의 정체성은 동일성을 끝없이 연기하는 '차연'의 상태가 되며, 그런 동요의 상태에서 '나'에 대한 질문은 세계에 대한 질문과 중첩된다. 그 질문에 대응하려는 시도가 바로 격정이 가라앉은 후의 서술자아의 서술이다. 여기서 1인칭 주인공 소설의 서사가 존재론적 질문과 세계에 대한 질문이 겹쳐지면서 생성됨을 알 수 있다.

이런 1인칭 주인공 소설의 특징은 격정의 순간을 겪은 후의 서술자아와 그 이전의 경험자아 사이의 긴장관계에서 생겨난다. 그 같은 1인칭 주인공 소설에서 두 자아 사이의 긴장관계와 서술자아의 위치가 약화되면 1인칭 내적 초점화에 접근하게 된다. 1인칭 내적 초점화는 화자가 사라진 듯한 3인칭 내적 초점화와 형식적으로는 거의 유사하다고 할 수 있다.

그러나 3인칭 내적 초점화는 내포작가의 세심한 선택과 배열의 전략에 의해 자연주의(규율화)에서 리얼리즘과 모더니즘(자발성)에 이르는 스펙트럼을 연출한다. 물론 1인칭 내적 초점화에서도 3인칭 같은 내포작가의 기능을 상정할 수 있을 것이다. 하지만 1인칭에서 내적 초점화란 근본적으로 서술자아의 재체험에 의한 배열의 기능이 약화되었음을 의미한다. 그런 측면에서 1인칭 내적 초점화는 내포작가의 전략에 좌우되기 보다는 경험자아 자신의 의식과 시각이 부각되는 경향을 보인다. 즉, 경험자아('나')가 자기 체험의 순간에 갖게 되는 내적 세계, 사고, 정조, 의식의 흐름을 드러내는 쪽으로 나아가게 된다.228) 따라서 1인칭 내적 초점화에서는 「거리」(박태원) 「신문과 신문지」(최수철)에서 보듯이 심리소

---

228) 슈탄첼(1982), 72~73쪽. 슈탄첼은 경험자아에 초점이 맞춰지면 모험소설이 나타나기도 하지만 주로 경험자아의 내적 세계를 드러내는 쪽으로 나아간다고 논의한다.

설이나 모더니즘에 접근하는 경향이 우세하게 된다.

1인칭 내적 초점화 역시 3인칭에서처럼 모더니즘과 누보로망이라는 두 가지 방향으로 나아간다. 모더니즘 중에서는 「신문과 신문지」처럼 내면의식 제시가 우세해진 유형과 「난장이가 쏘아올린 작은 공」(조세희)처럼 콜라주·몽타주 등의 실험기법이 강화된 유형이 있다. 또한 누보로망은 1인칭인지 3인칭인지 구분할 수 없는 내적 초점화 형식을 보인다. 예를 들어, 『질투』에서 광학렌즈화된 비인격적 초점화자는 어떤 인칭도 부여받지 않고 있다. 이 누보로망은 1인칭과 3인칭의 구분이 불가능한 탈인격화된 내적 초점화 형식을 보이고 있는 것이다. 이 같은 누보로망과 모더니즘의 두 번째 유형은 인간의 눈(1인칭, 3인칭)을 넘어선 기계의 미학과 영화기법에 접근하고 있다.

이제까지 우리는 작가적 화자에서 1인칭 주인공 시점과 내적 초점화에 이르는 스펙트럼을 살펴봤다. 1인칭 소설의 또 다른 스펙트럼은 경험자아가 주인공이냐 목격자이냐에 따라 나타난다. 3인칭에서도 목격자 시점이 있을 수 있지만 그 경우에는 이야기 내부에 가상적 시점 제공자(화자의 분신)를 설정해야 한다. 그러나 1인칭에서는 경험자아 자신이 목격자가 될 수 있다. 따라서 경험자아의 이야기 내부의 역할에 따라 주인공 시점과 목격자 시점의 스펙트럼이 만들어진다.

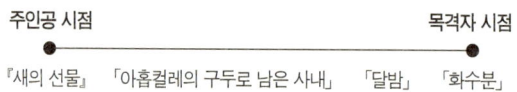

1인칭 소설에서는 경험자아의 역할 뿐만 아니라 서술자아의 특성 역시 다양하게 나타날 수 있다. 그런 맥락에서 1인칭 서술의 중요한 특징은 인물과 똑같은 정도로 극화된 화자(서술자아)가 가능하다는 점이다. 3인칭의 경우 화자가 인격화되는 경우에도 결코 육체를 지닌 존재로 드러날 수 없다. 반면에 1인칭에서는 경험자아를 회상하는 서술자아의 현재의 세계가

그려질 수 있다. 이 경우 『새의 선물』(은희경)이나 『외딴 방』(신경숙)에서처럼 과거를 이야기하는 서술자아가 현재의 세계에서 육체를 지닌 인물로 등장한다.

뿐만 아니라 1인칭 서술자아는 그처럼 현재의 세계에서 육체를 지니고 출현하지 않아도 인물과 똑같은 정도로 극화될 수 있다. 예컨대 「치숙」에서처럼 서술자아는 마치 인물이 말하듯이 자연스러운 말투를 구사한다. 이처럼 화자가 극화될 수 있는 것은 화자와 인물(즉 서술자아와 경험자아)이 동일인이라는 특성에서 기인된 것이다. 물론 서술자아는 행동이나 대화를 수행하지는 않으므로 화자에서 이탈해 인물이 되지는 않는다. 그러나 서술자아는 작가적 화자의 권위를 지니기 보다는 마치 인물처럼 제3자의 판단의 대상이 되는 경향이 있다. 더욱이 극화된 화자가 신뢰성을 지니지 못할 경우 그의 말은 내포작가가 발신하는 메시지와 분리될 수 있다. 이 경우 내포작가의 침묵의 메시지와 화자의 서술이 일치되지 않는 의사소통상의 아이러니[229]가 연출된다. 다른 한편 그 같은 극화된 화자의 반대편에는 내포작가와 일치될 가능성이 큰 극화되지 않은 화자가 위치한다. 이제 이 1인칭 소설의 제3의 스펙트럼을 제시하면 다음과 같다.

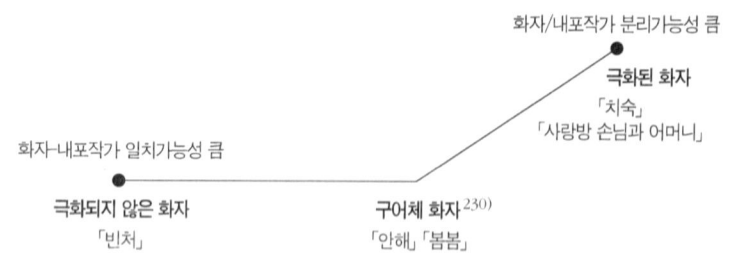

화자/내포작가 분리가능성 큼

극화된 화자
「치숙」
「사랑방 손님과 어머니」

화자-내포작가 일치가능성 큼

극화되지 않은 화자
「빈처」

구어체 화자[230]
「안해」「봄봄」

---

229) 의사소통의 아이러니란 표면적으로는 화자의 신뢰성 없는 서술을 들려주면서 이면적으로는 그 말을 정정해서 수신하라는 (내포작가의) 신호를 발신하고 있는 서술상황을 말한다.
230) 구어체 화자도 어느 정도 극화되어 있으나 「치숙」 같은 경우에 비해 완전히 인물처

14. 포스트모더니즘의 시점과 서술―이미지와 환상

내적 초점화가 모더니즘과 누보로망으로 나아가는 과정은 더 이상 인물 매체를 통해 세계와 만나는 일이 어려워졌음을 뜻한다. 내적 초점화는 인물의 주관을 매체로 세계를 객관적으로 지각하는 시각(의식)의 장을 제공했다. 내적 초점화의 의식(시각) 매체는 인물의 불투명한 주관인 동시에 세계를 투명하게 보여주는 프리즘이기도 했던 것이다. 세계 속의 삶이란 세계의 규율화나 인물의 자발성을 통해 인물의 주관과 객관세계가 만나는(혼융되는) 장에 다름이 아니기 때문이다.

그러나 모더니즘에 이르면 인물의 의식 매체는 더 이상 세계와 만나는 장을 형성하지 못한다. 이제 인물의 의식 매체는 세계와 유리된 주관성이 되며 인물 자신의 주관적 자발성을 포기 했을 때만 세계가 투명하게 보이게 된다. 그처럼 세계와 상호작용하지 못하는 모더니즘의 인물 매체는 세계로부터 소외된 접혀진 모나드라고 할 수 있다.

그 같은 모더니즘의 접혀진 모나드들이 자신의 주름(주관)을 펼치며 세계 속에서 다시 만날 수 있게 된 것은 가상공간이 등장하면서부터였다. 가상공간이란 인터넷, 시뮬라크르, 이미지, 판타지 등을 말한다. 모나드들이 자신을 펼치며 서로 만나는 장으로서의 가상공간은 허구가 아닌 실제현실과 똑같은 기능을 하는 공간이다. 예컨대 우리는 인터넷의 가상공간을 통해 실제 현실과 다름없이 편지를 주고받는다. 그처럼 현실과 똑같은 가상공간을 통해 모나드로서의 개인들이 서로 만나는 시대가 바로 포스트모더니즘의 세계이다.

럼 극화된 것은 아니라고 할 수 있다. 이에 대해서는 『소설의 이해』, 앞의 책, 457~460면 참조

〈내적 초점화〉　　　　〈모더니즘〉　　　　〈포스트모더니즘〉

　　포스트모더니즘의 시대는 좀처럼 인물 매체를 통해 세계와 만나기 어려워진 시대이다.[231] 이는 이제 내적 초점화의 전성기가 지나가 버렸음을 뜻한다. 그 징후는 이미 모더니즘 시대에 나타났으며 모더니즘은 인물들 간의 고립이 가장 심화된 상황을 의미한다. 고립된 인물들을 다시 세계로 돌아올 수 있게 한 것은 현실과 똑같은 기능을 하는 가상공간의 출현이었다.[232]

　　가상공간은 인터넷뿐만 아니라 이미지와 시뮬라크르를 포함하는데, 그 현실 같은 가상공간의 출현은 현실과 가상공간의 구분을 무의미하게 만들었다. 시뮬라크르는 현실의 모조가 아니라 현실과 똑같이 기능하는 이미지이며, 실상은 현실 자체도 일종의 시뮬라크르라고 할 수 있다. 현실이란 사물 자체(실재계)가 아니라 인간이 만든 상징계를 매개로 볼 수 있는 것이기 때문이다.

　　시뮬라크르는 디즈니랜드 같은 가상공간일 뿐만 아니라 현실의 이미지이거나 상징계와 실재계 사이의 탈영토화된 이미지이다. 그 양자는 각각 보드리야르와 들뢰즈의 시뮬라크르를 나타낸다. 즉, **보드리야르의**

---

231) 물론 아주 불가능한 것은 아니다. 포스트모더니즘의 시대인 90년대 이후에도 「녹천에는 똥이 많다」(이창동), 「존재의 형식」(방현석), 「랍스터를 먹는 시간」(방현석) 등의 내적 초점화를 이용한 리얼리즘이 쓰여지고 있기 때문이다. 이처럼 내적 초점화나 리얼리즘이 다시 나타나는 것이 우리 소설의 특징이다.

232) 가상공간 속에서 환상을 통해 존재의 전이를 이루고 인물들이 진정한 만남을 갖는 것을 그린 소설에는 윤대녕의 「은어낚시 통신」과 김영하의 「피뢰침」이 있다. 그러나 그와 달리 권력에 의해 연출된 가상공간과 판타지는 사람들을 모이게 하면서도 오히려 진정한 만남을 불가능하게 한다.

시뮬라크르가 디즈니랜드나 신데렐라 판타지 같은 권력에 의해 연출된 이미지들이라면, 들뢰즈의 시뮬라크르는 상징계와 실재계 사이에서 발생하는 일종의 사건-이미지이다.

포스트모더니즘의 출현은 이제 인물 매체(내적 초점화) 대신 시뮬라크르와 이미지를 통해 세계와 만나는 시대가 되었음을 암시한다.[233] 인물 매체를 통해 세계와 만나기 어렵다는 것은 포스트모더니즘의 시대 역시 각 개인들이 접혀진 모나드의 상태임을 뜻한다. 그러나 개인들은 모더니즘의 시대와는 달리 가상공간이나 시뮬라크르를 매개로 자신을 펼치며 만날 수 있다. 실제로는 서로를 보지 못하면서도 하나의 공간과 세계에서 만날 수 있는 시대, 그 기묘한 이미지의 시대가 바로 우리 자신의 포스트모더니즘의 세계이다. 그리고 화려한 이미지들 속에서 함께 어우러질수록 오히려 더 고독해지는 사람들, 그 새로운 개인들이 바로 90년대 이후 소설에서 발견되는 나르시시즘적 자아라고 할 수 있다.

나르시시즘적 자아는 모더니즘의 고립된 개인과는 달리 자신을 연출하며 세계(시뮬라크르의 세계) 속에서 타인들과 만날 수 있다. 그러나 그런 만남은 고독과 환멸을 더욱 심화시키는데, 그것은 타인과 만나는 세계의 공간이 자본주의에 예속된 이미지들로 둘러싸여 있기 때문이다.

물론 포스트모더니즘의 주인공이 그런 이미지들에 의해 포획되기만 하는 것은 아니다. 내적 초점화의 인물 매체가 규율화와 자발성의 양면성을 지니듯이, 포스트모던 이미지 서사의 주인공 역시 재영토화의 이미지와 탈영토화의 시뮬라크르라는 양가성을 갖는다. 전자의 내적 초점화는 육체와 의식을 통제하는 규율권력(푸코)과 그에 대한 저항(모더니즘)을 암시한다. 반면에 후자의 이미지 서사에서 양가성이란, 인물을 상징계 내부로 끌어들이는 스펙터클적인 권력과 상징계에서 이탈하려는 창조적 상상력(욕망)의 반란이다. 이 포스트모더니즘적 양가성은 이제 세

---

233) 이는 인간 중심적 세계에서 대상 중심적 세계로의 이동인 동시에 내적 초점화 소설에서 영화나 인터넷 같은 이미지 매체로의 전환을 나타낸다.

계가 이미지 연출의 시대가 되었음을 알려준다. 상징계의 균열을 이미지로 봉합하고 재영토화하려는 스펙터클적인 권력은 그 스펙터클에 참여하는 동시에 이탈하는 반항에 부딪힌다.[234] 그러나 그 이탈과 반항 역시 시뮬라크르의 연출을 매개로 할 것이다. 세계가 이미지의 공연장이 되었듯이 이제 주체의 자율성의 회복 역시 또 다른 연출이 필요한 시대가 된 것이다.

그러면 인물들은 어떻게 이미지를 연출하며 서로 만날 수 있는 것일까. 이제 그 구체적인 모습을 시점과 서술기법의 측면에서 살펴보자. 포스트모더니즘 시대의 소설은 메타픽션 이외에 새로운 시점과 서술기법을 보여주지는 않는다. 그것은 이미 모더니즘과 누보로망에 의해 소설의 한계선상에서 가능한 기법들이 모두 망라되었기 때문이다. 그러나 포스트모더니즘 소설들은 기존의 시점과 서술기법을 매우 다른 방식으로 사용한다. 그것은 화자의 전지적 시점이나 인물 매체의 의식 대신 이미지의 포착을 통해서만 세계를 드러낼 수 있게 되었기 때문이다.

한 예로 송경아의 「엘리베이터」를 살펴보자. 이 소설의 인물들은 이제 예전과 같은 인물시점의 방식을 사용하기 매우 어려워졌음을 보여준다. 일반적으로 인물시점과 내적 초점화는 (쇼펜하우어의 생리학적 모델이 보여주듯이) 인물 매체가 감각적·정서적으로 반응하고 의식과 무의식(욕망)을 드러내는 가운데 세계의 사물들과 인물들을 반영한다. 그러나 「엘리베이터」의 인물들은 자신의 욕망에만 사로잡혀 세계 속의 다른 사람들을 아무도 보지 못한다. 이는 이 소설의 특정한 인물의 시각을 인물매체로 사용하기 어려운 상황임을 뜻한다. 이 소설에서 인물들이 다른 사람(그리고 상황)을 보거나 의식하는 것은 단지 자신의 욕망과 관련될 때뿐이기 때문이다. 그 이외에는 아무도 보지 않을뿐더러 타인의 시선을 의식하지도 않는다. 심지어 엘리베이터 걸은 사람들을 가득 실은 엘

---

234) 배수아의 「프린세스 안나」, 박민규의 「그렇습니까? 기린입니다」, 「아, 하세요 펠리칸」 등이 그것을 암시한다.

리베이터 안에서 자위를 하기도 한다.

> 그녀는 아무도 보지 않는다고 생각하며 빨간 치마 위에 손바닥을 대고 힘주어 문질러 자위를 하기 시작한다. 아무도 보지 않는다. 모두가 자신의 갈망에 눈이 멀어, 이 안에서는 아무도 볼 수가 없다.[235]

인물들은 다른 사람을 '보는' 대신에 자신의 욕망을 표현하는 '이미지를 연출'한다. 그들의 모습과 그들이 다른 사람과 욕망을 매개로 관계하는 모습을 보고 있는 것은 오직 화자일 뿐이다. 인물 매체 대신 화자의 시선이 전체적으로 바라보는 이런 상황은 선지적 화자 시점과도 유사하다. 그러나 화자는 각 인물들의 상황을 총괄하지 못 할뿐더러 그에 대해 판단을 하지도 않는다. 그 대신 화자는 마치 내적 초점화처럼 인물들이 모여 있는 공간 내부에서 바라보며 현재형의 장면들을 지속시킨다. 이는 물론 인물들의 삶과 행동이 그들이 연출하는 이미지들의 파편으로 대체되었기 때문이다. 이런 상황에서 화자가 인물들을 총괄할 수 있는 것은 그들과 그들의 욕망이 연출하는 이미지들을 파편적으로 접합시키는 것뿐이다.

그 같은 이미지들의 파편적인 접합이 가능한 것은 인물들이 엘리베이터라는 하나의 공간에 모여 있기 때문이다. 엘리베이터만이 인물들의 욕망이 연출하는 이미지를 접합시키며 이 시대의 삶을 총체화한다. 이 파편화된 총체성을 가능하게 하는 엘리베이터는 후기자본주의를 은유하는 공간에 다름이 아니다. 즉 엘리베이터의 폐쇄성은 인물들의 내면에 상응하며, 그 가속도의 운동은 개체들이 파편적으로 모이게 하는 욕망에 상응한다. 그런 맥락에서 엘리베이터는 '나르시시즘적인' 개인들을 끌어 모으는 후기자본주의의 가속도[236]이자 '욕망(권력)'이다.

---

235) 송경아(1998), 19쪽, 「엘리베이터」.
236) 후기자본주의는 자본주의가 완전하고 순수하게 실현되는 형식이다. 엘리베이터의 가속도는 그런 자본주의 기계의 가속도라고 할 수 있다. 자본주의 기계는 매번 잉여가

엘리베이터만이 인물들을 모이게 하며, 그들이 이미지를 연출할 수 있게 한다. 엘리베이터의 외부에서 인물들은 시체와 다름 없으며 엘리베이터가 움직일 때만 인물들은 자신의 욕망을 표현하고 이미지를 연출한다. 이런 상황은 앞서 살핀 포스트모더니즘 시대의 상황과 매우 유사하다.

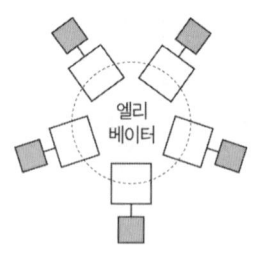

포스트모더니즘 시대의 사람들이 가상공간과 시뮬라크르를 매개로 서로 만나듯이 이 소설의 인물들은 엘리베이터 공간 안에 모여 있다. 다만 엘리베이터가 인터넷과 다른 점은 공간적인 폐쇄성을 지니는 점이다. 그 때문에 인터넷이 모나드들의 은닉성과 상호소통의 양가성[237]에 연관되는 것과는 달리, 엘리베이터는 나르시시즘적인 개체들만을 부각시킨다.

따라서 엘리베이터는 주로 후기자본주의 시대의 부정적인 측면를 상징한다. 즉, 엘리베이터는 사람들을 모이게 하지만 서로 소통은 하지 못하는 공간이다. 그 같은 공간에서 인물들이 펼칠 수 있는 것은 나르시시즘적인 욕망뿐이다. 또한 그런 욕망의 개체들을 유혹하는 엘리베이터의 가속도는 가상공간과 시뮬라크르를 통제하는 후기자본주의 시대의 권력이다.

___

치와 잉여향락을 갱신하는 가속도에 의해 움직인다.
237) 인터넷의 익명성은 은닉성과 상호소통의 양가적 가능성을 지니고 있다.

엘리베이터 바깥에서 인물들은 죽은 듯이 자신을 접고 있는 고립된 모나드들(■)일 수밖에 없다. 엘리베이터가 움직여야만 인물들이 모여들고 그들이 연출하는 이미지와 판타지들이 파편적으로 접합된다.238) 이제 '인물(인간)들이 할 수 있는 것은 아무것도 없다'239) 그들 대신 삶의 연출을 추동하는 엘리베이터의 '가속도가 주인공'240)이 되었기 때문이다.

「엘리베이터」에 나타난 특이한 전지적 화자 시점은 엘리베이터 같은 가상공간만이 나르시시즘적 자아들을 모이게 할 수 있는 시대의 정경을 암시한다. '엘리베이터'는 현실보다도 더 현실적인 가상공간이자 인물들을 파편적으로 총괄할 수 있는 시선의 위치인 것이다. 여기서 우리는 포스트모던 시대에 전지적 화자가 어떻게 변화되었는지 살펴볼 수 있다.

「엘리베이터」의 전지적 화자가 가상공간(엘리베이터) 쪽의 시점의 위치라면, 그 반대편 나르시시즘적 자아 쪽의 시점은 1인칭과 내적 초점화(인물시점)로 나타난다. 따라서 90년대 이후의 포스트모던 소설에서는 내적 초점화와 1인칭이 여전히 중요하게 사용된다. 그러나 나르시시즘 인물의 시점인 내적 초점화와 1인칭은 당연히 그 이전의 방식과는 매우 다른 양상으로 나타난다. 또한 그 둘 중에서 내적 초점화보다는 1인칭이 우세한 편이다.

90년대 이후 소설에서 1인칭이 많이 나타나는 것은, 나르시시즘적 자아의 시점이란 자신을 접고 있는 '나'와 스스로를 연출하며 타인들과 만나는 '나'라는 두 개의 '나'를 뜻하기 때문이다. 가령 전자가 '바라보는 나'라면 후자는 '보여지는 나'일 것이다.241) 앞서 살폈듯이 1인칭이란 두 개의 '나'의 존재론적 관계에 의해 그 특징이 나타난다. 90년대 이후

---

238) 그 점에서 인물들이 연출하는 이미지와 판타지들은 실상은 엘리베이터가 연출하는 것이라고 할 수 있다.
239) 송경아(1998), 26쪽.
240) 위의 책, 26쪽.
241) 이점은 『새의 선물』 같은 은희경의 소설에서 잘 나타난다.

의 1인칭 소설 역시 두 개의 '나'의 존재론적 관계를 통해 나르시시즘적 자아의 시점을 드러낸다. 물론 이 나르시시즘적 자아의 시점은 두 개의 자아가 만나는 지점에서 인간적 격정을 드러냈던 과거의 1인칭 주인공 시점과는 매우 다른 모습을 보인다.

90년대 이후 소설에서는 1인칭이 우세하기는 하지만 내적 초점화도 여전히 사용되고 있다. 그러나 내적 초점화 역시 많이 변화된 양상을 보여준다. 내적 초점화는 인물 매체의 의식을 통해 정서·심리·사고를 드러내거나 그것을 거친 장면을 제시한다. 그런데 포스트모더니즘 내적 초점화에서는 인물들의 합리적 사고나 판단이 약화된 대신 이미지를 지각하거나 반사하는 부분이 많아진다.

물론 인물 매체를 통한 이미지의 제시는 전통적인 내적 초점화에서도 발견된다. 그러나 그 경우의 이미지는 인물의 정서에 채색된 것이거나 인물이 놓인 상황이나 환경을 암시하는 장면들이었다. 이는 이미지들이 대상세계와 인물의 주관과의 상호작용 속에서 나타남을 뜻한다.

반면에 포스트모더니즘 내적 초점화의 이미지는 감정이 표백된 듯한 상태로 부자연스럽게[242](그리고 연쇄적으로) 제시된다.[243] 이미지는 인물의 지각이나 기억을 통해 나타나는데, 두 이미지 모두 인물의 주관이 퇴색되고 행동적으로 수동적인 상태에서 도드라진다. 이 인물 매체를 통한 새로운 이미지의 연쇄는 그것의 연출이 대부분 인물 매체가 자발적인 주권(주관)을 잃은 상태에서 이루어짐을 암시한다.[244] 이런 맥락에서 인물의 판단과 사고가 우세한 유형에서 이미지가 부각되는 유형까지 내적 초점화를 제시하면 다음과 같다.

---

242) 이미지의 연쇄가 부자연스러운 이유는 이미지가 인물의 주관과 대상세계의 상호작용 속에서 나타나는 것이 아니기 때문이다.
243) 배수아의 소설에서 특징적으로 나타난다. 이에 대해서는 배수아(1996), 189쪽, 김미현(1996), 「『부주의한 사랑』 해설」 참조.
244) 이 점은 앞에서 「엘리베이터」를 분석하며 살펴본 바 있다.

「태양은 묘지 위에 붉게 타오르고」는 인물 매체의 판단과 사고가 우세한 소설이며 「님」은 자발적인 내면의식이 부각된 작품이다. 반면에 「고압선」(김영하)에서부터 인물 매체를 통한 이미지의 제시가 많아지기 시작한다. 그런 이미지의 제시는 「바람인형」 등 배수아의 소설에서 가장 특징적으로 나타나는데, 그에 비례해서 인물 매체의 자발성과 행동력이 약화되는 경향을 보인다.[245]

앞의 두 소설에서는 인물 매체의 주관과 사고를 매개로 대상세계의 이미지가 드러나고 있다. 반면에 「바람인형」에서는 **감정이 표백된 이미지들의 연쇄**가 인물 매체의 정서상태와 심리를 환기한다. 이 둘은 인물과 대상세계를 제시하는 서로 다른 두 가지 회로를 의미한다. 전자가 자발적인 인격성을 지닌 인물 매체를 매개로 하는 인격성의 회로라면, 후자는 (인격성이 약화된) 인물 매체를 통과한 이미지를 매개로 하는 또다른 회로이다.[246]

후자의 경우 이미지는 베르그송이 말한 순수지각에 접근한 것이며 인물 매체는 인격성이 약화된 미결정인 주체이다. 이 리얼리즘과 반대되는 이미지의 회로는 실상 영화의 이미지 미학과 연관된 누보로망에 다가선 양상이다. 그러나 「바람인형」은 누보로망과는 달리 인물 매체를 뚜렷이 드러내며, 오히려 인물 매체의 이중적인 존재의 양상에 초점을 맞추고 있다. 인물 매체의 이중적인 존재성이란 이미지의 세계에 펼쳐진 존재와 그 세계에서 버려져 위기에 놓인 존재를 말한다.[247] 「바람인

---

245) 인물 매체의 주관이나 자발성의 제시가 두드러질수록 감정이입이 쉽게 되며 반대로 그것이 약화된 상태에서 이미지 제시가 많아지면 감정이입이 어려워진다.

246) 이는 영화의 '뇌의 회로'에 접근한 것이다. 그러나 인물 매체가 존재하는 점에서 영화와 똑같지는 않다.

형」에서는 이미지의 세계가 파국의 위협에 처해 있음을 알리면서 그로 부터 유기된 인물 매체(바람인형)가 '바람'으로 다시 태어나길 소망하고 있다.

이미지의 세계로부터 버려진 인물이 존재의 위기를 경험하는 내용을 그린 대표적인 소설은 「고압선」이다. 「고압선」은 인물 매체의 '이미지의 지각'이 많아진 소설이지만 여전히 '판단과 사고'도 나타나고 있다. 그런데 바로 그런 인물 매체의 양면성이 그가 사라질 수밖에 없는 존재의 운명을 결정하고 있다. 이미지의 세계란 현실의 삶이 보드리야르가 말한 시뮬라크르[248]로 연출되는 세계를 말한다. 그런 시뮬라크르와 이미지를 연출하는 것은 후기자본주의 사회의 욕망[249]과 돈이다. 자본주의적 욕망에 의해 연출된 이미지의 세계에서는 성찰적인 사고와 진정한 욕망(자발적인 욕망)을 생성시키는 틈새가 존재하지 않는다. 그 세계는 사랑 대신 '사랑 없는 섹스'만이, 진정한 인간관계 대신 '돈'만이 존재하는[250] 공간이기 때문이다.

그런데 이 소설의 인물 매체인 그는 그런 세계에서도 (깊은 성찰은 없지만) 나름대로 판단과 사고를 하는 인물이다. 그렇기 때문에 그는 돈만을 아는 가족들에 실망하기도 하고 B의 애인에게 진정한 사랑을 느끼기도 한다. 하지만 그는 사랑 없는 섹스만이 가능한 세계에서 그처럼 진정한 사랑을 욕망한 대가로 그 세계에서 사라질 운명에 처한다. 자본주의적 욕망에 의해 연출된 이미지의 세계에서는 아무도 사랑을 볼 수 없다. 바로 그 때문에 사랑을 욕망한 그는 누구도 볼 수 없는 이미지를 잃어버린 존재가 되고 만다.

---

247) 이 이중성은 앞에서 설명한 포스트모더니즘에 나타나는 나르시시즘적 자아의 이중성에 상응한다.
248) 앞서 언급했듯이 이는 들뢰즈의 시뮬라크르와는 구별된다.
249) 이는 결핍의 욕망이자 상품화된 욕망이다.
250) 이 소설의 '그'는 가족들이 사는 집안에서도 모든 것이 '돈' 뿐이라고 말하고 있다. 김영하(1999), 237쪽, 「고압선」.

아, 나는 너를 사랑하는 것 같아.

그러자 갑자기 온 방의 공기가 싸늘해졌다. 여자의 몸도 차가워졌다. 탁자 위의 커피도 식어버렸다. 남자는 그 생각지 못한 반향에 놀라 고개를 들었다. 왜 그래? 남자는 여자에게 물었다. 여자는 고개를 저었다. 몰라. 그냥 뭔가 섬뜩했어. 미안해.

(…중략…)

어머, 여기 있었는데 왜 안 보였지? 근데 너 좀 이상해. 잘 안 보여. 어두워서 그런가? 불 켤까? 남자는 그러지 말라고 했다. 남은 콜라를 마저 마시고 두 사람은 다시 어두운 침실로 돌아가 누웠다. 모든 게 확실해졌다. 남자는 점점 희미해지고 있었다.251)

위에서 그녀가 '사랑'이라는 단어에서 섬뜩함을 느낀 것은 사랑이란 이미지의 세계에서 가장 위험한 감정임을 암시한다.252) 실제로 그는 그녀에게 사랑을 느낀 후 점점 희미하게 소멸되고 있었다. 이 이미지의 시대에는 진정한 사랑을 욕망하는 사람은 자신의 이미지가 희미해질 수밖에 없으며, 사랑의 감정이 무뎌질 때만 존재의 이미지가 선명해지는 것이다.

그 점에서 '이미지의 연쇄'로만 표현되는 세계는 실상 사랑의 감정이 소멸된 세계라고 할 수 있다. 감정이 표백되고 이미지로만 채색된 삶253)을 그리는 배수아의 소설들은 그런 (사랑 없는) 세계를 가장 잘 보여준다. 그와 달리 김영하의 「고압선」의 '그'는 예외적으로 사랑을 느낀 사람의 사라질 수밖에 없는 운명을 암시한다. 단 한번 사랑을 욕망한 죄로 버려진 '그'는 아무에게도 보이지 않는 존재로 세상을 떠돌게 된다.

이제까지 살펴 본 것처럼 포스트모더니즘 내적 초점화는 인물 매체

---

251) 위의 책, 227~228쪽.
252) 그것은 사랑이 자본주의적 이미지의 세계를 균열시키고 그 상징계 내부의 모순과 구멍을 보게 만들기 때문이다. 반대로 말하면 후기자본주의 사회란 그런 모순과 구멍을 이미지와 판타지로 은폐하는 세계라고 할 수 있다.
253) 배수아(1996), 180쪽, 김미현, 「『부주의한 사랑』 해설」.

의 존재론적 이중성을 드러내고 있다. 하나는 이미지의 세계에 연출된 자아이며 다른 하나는 그로부터 버려지거나 물러선 자아이다. 이 양면적인 자아는 두 개의 '나' 사이의 존재론적 관계를 그리는 1인칭 소설로 보다 잘 포착될 수 있다. 연출된 '나'와 무대에서 물러선 '나'[254]는 전통적인 1인칭 소설의 경험자아와 서술자아의 관계에 상응하기 때문이다.

그러나 예전의 1인칭 주인공 소설에서는 경험자아가 서술자아로 전이되는 순간 일생의 중대한 사건과 함께 인간적인 격정이 표현된다. 반면에 포스트모던 1인칭 소설에서는 아무런 사건도 격정도 드러나지 않는다. 전자의 경우 중대한 사건이란 관습적인 세계(상징계)에서 벗어나 실재계[255]와 만나는 순간[256]으로서, 가령 묘지 같은 어둠을 경험하거나(「만세전」), 살인을 하고(「추락하는 것은 날개가 있다」), 사회의 모순을 깨닫는(「탈출기」) 순간이다. 반면에 후자에서는 그 같은 실재계와의 만남이 일어날 수 없으며, 단지 판타지(이미지)와 환멸을 경험할 뿐이다. 그것은 후기자본주의 사회란 실재계와의 접촉을 차단하기 위해 상징계의 균열(구멍)을 이미지와 판타지로 봉합한 세계에기 때문이다.[257] 그런 사회에서는 상징계의 균열(모순)을 인식하는 성찰적인 사고나 실재계와 접촉할 때의 인간적인 파토스가 사라지게 된다.

예전의 1인칭 주인공 소설에서는 중요한 사건을 겪고 서술자아로 전이되면서 자신과 세계에 대해 토로하고 싶은 열정이 일어났었다. 반면에 포스트모던 1인칭 소설의 경우, 아무 일도 일어나지 않는 세계에서 실재계에 대한 열망을 갖는 순간 경험자아가 서술자아로 전이된다. 그리고 서술자아는 실재계에 대한 내면의 열망과 아무 일도 일어나지 않

---

254) 이 두개의 '나'는 장정일의 「아담이 눈뜰 때」에서 '가짜낙원의 나'와 '글쓰기하는 나'이기도 하며, 은희경의 『새의 선물』에서 '보여지는 나'와 '바라보는 나'이기도 하다.
255) 실재계는 관습적인 세계에서는 상징화될 수 없는 영역을 말한다.
256) 이 순간은 상징계의 균열을 경험하는 순간이기도 하다.
257) 권력에 의한 이데올로기적 판타지는 상징계의 구멍인 실재계적 요소에 근거한 것이면서도 상징계의 비일관성을 은폐함으로써 실재계와의 접촉을 차단한다.

는 (경험자아의) 세계에 대해 알리고 싶은 충동을 갖게 된다. 실재계에 대한 열망이란 이미지 세계의 파국(전쟁이나 종말[258])의 기다림이나 그 세계에서는 불가능한 사랑 같은 욕망이다. 결코 그런 '사건'[259]이 일어날 수 없는 이미지와 판타지의 세계에서, 실재계에 대한 열망의 순간 경험자아는 더 이상 자신을 연출하고 못하는 대신 그 세계를 말하고 싶은 서술의 충동을 갖는다. 이것이 포스트모던 1인칭 소설에서 두 개의 '나' 사이의 새로운 존재론적 관계이다.

새로운 1인칭 소설의 또 다른 특징은 경험자아의 지각-기억이나 서술자아의 기억이 주로 **이미지들**로서 제시된다는 점이다. 그것은 경험자아이가 예전과는 달리 성찰적인 사고나 인간적인 파토스를 갖기 어렵기 때문이다. 또한 경험자아를 회상하는 서술자아 역시 인간적인 격정을 경험한 일이 없는 탓이다.

배수아의 소설은 그런 '이미지로 보여진' '나'의 지각과 기억을 매우 잘 표현하고 있다. 앞서 살폈듯이 그 같은 제시 방식은 전통적인 소설과는 매우 다른 회로를 드러낸다. 구체적으로 몇 개의 장면들을 살펴보자.

여고를 갓 졸업한 백화점의 엘리베이터 걸들이 아침의 구내식당에서 양상추 샐러드를 그릇에 담으면서 끈적끈적해지는 파운데이션과 녹아내리는 마스카라를 불평하고 있었다. 어느 남자가 옆에서 샤넬을 써 보라고 권하고 있다. 방수 처리된 마스카라는 어때요, 하고 커피와 토스트를 먹고 있던 또 한 명의 남자가 거들었다. 우울한 날은 쇼핑을 더 잘하는 법이야, 하고 누군가가 말하였다. 달리 하고 싶은 일이 없거든. 이건 훌륭한 기분전환이지. 인도어 골프장에서 흐린 오후를 죽이는 것보다 더 좋아. 이 년 동안 별로 변한 것이 없는 풍경이었다. 엘리베이터 걸들의 핑크 재킷에 검은 플리츠스커트 하며 직원들에게 디스카운트해 주는 그녀들의 리리코스 향수 냄새와 낮게 가라앉은 회색빛

---

258) 「프린세스 안나」의 안나의 전쟁의 열망이나 「바람인형」에서 바람인형이 말하는 '세상의 마지막'이 그것이다.
259) 사건이란 실재계와 접촉하는 순간에 일어난다. 이미지와 판타지의 세계에서는 그런 사건이 좀처럼 일어나지 않는다.

하늘조차도 조금도 변한 것이 없는 듯 생각되었다.[260)]

　　인용문은 경험자아 '나'의 눈에 비친 백화점 안의 풍경이다. 이 장면에서는 대화조차도 연속되는 이미지들의 한 부분으로 녹아들어가 있다. 여기서는 '나'의 정서와 '심리'를 통해 이미지들이 보여지는 대신 이미지들의 연쇄를 통해 '나'의 정서상태가 환기된다. '나'의 눈에 비친 이미지들 자체는 일반적인 내적 초점화에서와는 달리 주관적 감정이 퇴색된 상태로 제시된다. 이는 경험자아인 '나'의 '무감정한' 일상적인 상태를 암시하는 것이다. 여기서는 오히려 '감정이 표백된' 이미지들을 통해 '나'의 그런 가라앉은 심리가 암시된다.

　　이처럼 이미지들을 통해 인물의 정서와 심리를 환기하는 방식은 인물 매체의 주관의 프리즘을 통해 이미지를 제시하는 전통소설(특히 내적 초점화)과는 구별된다.[261)] 앞서 살폈듯이 이는 누보로망이나 영화의 이미지 미학의 회로[262)]에 접근한 양상이다. 물론 여기서도 이미지 서사는 지각 매체인 '나'의 자발성과 행동력이 약화된 특별한 상태와 연관된다. 또한 그로 인한 무감정한 이미지들의 제시가 역으로 '나'의 정서상태를 알려주고 있다.[263)] 위에서는 화사한 이미지들 사이로 '나'의 감춰둔 우울이 언뜻언뜻 보이는데, 이는 이 소설의 경험자아인 '나'의 일상적인 정서상태이기도 하다.

　　「사과 먹을래?」

---

260) 배수아(1995), 132~133쪽, 「푸른 사과가 있는 국도」.
261) 후자의 방식에서는 인물 매체에 감정이입되지만 전자의 무감정한 이미지들에서는 감정이입이 잘 이루어지지 않는다. 이 점 역시 전통소설과 구별되는 배수아의 이미지소설의 특징이다.
262) 전통소설이 인격성을 지닌 인물을 통해 이미지를 제시한다면 이미지 미학은 인격성의 영역에 진입하기 이전의 미결정적 주체(녀의 회로)나 기계의 시각에 의존한다.
263) 그런 정서상태의 환기는 감정이입을 통한 방식이 아니라 이미지들의 나열을 통해 이루어지는 것이 특징적이다. 감정이입이 잘 이루어지지 않기 때문에 이미지들은 결코 투명하게 느껴지지 않으며 미결정적인 지각 주체에 반사된 것으로 여겨진다.

내가 말이 없자 그는 조금 전 지나온 소도시의 먼지투성이 길가에서 샀던, 푸른 사과가 든 종이봉투를 가리킨다. 아, 그 사과가 있었지. 푸른 사과가.

(…중략…)

여인은 푸른 사과를 바스락거리는 종이봉투에 담아 준다. 국도 변에 있는 낙엽송의 키 큰 가로수들이 흐린 저녁 하늘을 배경으로 오래 된 수채화처럼 서 있는 풍경이었다. 먼지투성이 길가의 푸른 사과를 파는 여인들. 그는 지도를 쳐다보면서 지갑에서 돈을 꺼내어 지불한다. 어두운 푸른색의 버스가 둔한 소리를 내면서 차 곁을 스쳐 지나간다. 잘 보이지 않는 먼지가 사과를 파는 여인의 메마른 입술과 눈에 내려앉았다. 건물들은 모두 낮은 키에 칠이 벗겨진 오래 된 간판이 걸려 있다. 문이 열려진 건물 안은 어둡고 천장이 낮다. 건조한 늦가을 바람에 실려 삶은 콩과 말린 생선 냄새가 난다. 나는 차에서 내려 천천히 이 거리를 걸어가 보고 싶은 기분도 든다. 그래, 종이봉투에 담긴 푸른 사과를 팔면서 이 거리에서 살아도 좋겠구나. 밤이 어두워지면 무거워진 발을 질질 끌 듯이 하며 낮은 산들 너머 강가의 집으로 돌아가는 나의 뒷모습이 보인다. 스물다섯 늦가을 어느 날에 나는 목이 메었다.[264]

인용문은 경험자아 '나'의 기억 속의 이미지들이 제시되는 부분이다. 그 이미지들이 회상되기 전의 남자와의 대화에서는 아직 우울한 감정이 엿보이지 않는다. 우울에서 벗어나기 위해 남자를 만나는 '나'는 그에게 사랑의 감정을 느끼는 듯도 하다. 그러나 '나'는 남자와 만나는 동안에도 우울과 권태에서 벗어나지 못하는데, '푸른 사과'를 통해 회상되는 이미지들에서 그 숨길 수 없는 감정이 환기되고 있다. 앞에서처럼 그 같은 사랑의 환상과 우울한 환멸의 공존이 '나'의 일상적인 심리상태인 것이다.

푸른 사과를 파는 초라한 여인들의 풍경에서는 다시 감정이 표백된 듯한 이미지들이 제시된다. 그러나 이 담담한 이미지들의 나열은 마지막 문장에 명시된 '목 메인 감정'을 환기하고 있다. 여기서도 지각 매체

---

264) 배수아(1995), 94~95쪽, 「푸른 사과가 있는 국도」.

의 주관(정서·심리)을 통해 이미지를 제시하는 대신 무감정한 이미지를 통해 정서를 드러내는 방식(이미지 미학)이 나타나고 있다.

> 디스플레이어는 내 머리칼을 만지고 그리고 그는 잠이 든다. 은박지에 하나하나 예쁘게 포장된 고디바 초콜릿은 테이블과 카펫이 깔린 바닥에 흩어져 있다. (…중략…)
> 나는 공항에서 그에게 푸른 사과가 있던 국도에 대해서 물어봤어야만 했다. 그러면 그는 기억을 되살려 대답해 주었을 것이다. 기차를 타고 가다가 다시 버스로 갈아타야만 하는 곳이야. 근처에 강이 있고 호수도 있지. 국도로 접어들면 바다로 가는 길 쪽으로 곧바로 가면 돼.
> 방 안의 테이블 위에서 여러 가지 주방용품들과 초콜릿 조각과 캔커피 사이에서 헹켈 가위가 변함없이 반짝였다. 위스키 스트레이트를 너무 많이 마셨나봐. 담배에 불을 붙이고 캔에 반쯤 남아 있던 미지근해진 캔커피를 마셨다. 새벽이 이제 오려고 하는 마지막 여름의 어둠을 향해서 나는 속삭인다.
> 나는 아무것도 모른다. 섹스의 기쁨도 모르고 사랑의 감동도 없다.
> 멀리로 나 있는 길을 바라보면서 나는 스산한 먼지 바람 속에 서 있다. 초록빛 강물 냄새와 오래 된 풀잎 냄새가 나는 것 같다. 바다로 가는 길이 이쪽인가요, 하고 차를 멈추고 여행자들이 내게 묻는다. 바람이 나의 머리를 흐트러뜨리고 길가의 키 큰 마른 풀들을 눕게 한다. 그들의 차에서는 라흐마니노프의 피아노 음악이 요란하고 그들은 푸른 사과를 산다.[265]

위의 인용문 역시 화사한 이미지들과 '나'의 우울함이 공존하는 상태를 보여준다. '나'는 방안의 반짝거리는 물건들을 보면서 푸른 사과에 대한 우울한 기억을 떠올린다. 이 장면에서는 '나'의 지각과 기억이 뒤섞이면서 이질적인 이미지들의 나열을 통해 환상과 환멸의 공존을 알리고 있는 것이다. 이미지들의 연쇄를 통해 그 같은 '나'의 심리와 정서를 표현하는 방식은 앞의 예문들과 다름없다.

그러면서도 이 마지막 장면이 앞의 두 장면과 다른 것은 '나' 자신과

---

265) 위의 책, 146~147쪽.

'나'의 경험에 대한 '판단'의 말이 나타나고 있는 점이다. 즉, '나는 아무 것도 모른다. 섹스의 기쁨도 모르고 사랑의 감동도 없다'고 고백하고 있는 것이다. 이는 이미지들로 연출된 세계에서 한 발 물러선 위치를 보여주는 것이며, 이 순간 '나'의 존재와 삶에 대해 말하고 싶은 서술의 충동이 생겨났음을 암시한다. 즉, '사랑의 감동도 없다'는 것은 거꾸로 사랑의 욕망을 말하는 셈이고, 그것이 불가능한 '나'의 삶을 말하고 싶은 충동을 시사한다. 그처럼 사랑의 욕망과 그것이 불가능한 '아무것도 모르는' 세계에 대해 말하는 순간, '나'는 '연출된 이미지'의 세계에서 물러서서 서술자아의 위치에 접근한다.

이처럼 배수아의 이미지 소설에서 서술자아로의 전이는 사랑의 욕망 같은 일종의 '실재계에 대한 충동'을 확인하는 순간 이루어진다. 또한 그것이 불가능한 아무 일도 일어나지 않는 삶에 대해 말하고 싶은 충동 속에서 진행된다. 이 점은 배수아의 다른 소설들에도 확인된다. 예컨대 「갤러리 환타의 마지막 여름」에서는 남편의 칼에 찔린 상태에서 진정한 사랑을 욕망하며 아무 일도 일어나지 않았다고 말한다. 또한 「프린세스 안나」에서는 일종의 실재계의 경험인 형부의 죽음 후에, '오래지 않아 잊혀질 이런 날들을, 살아간다'고 서술한다.[266] 이 순간들은 모두 경험자아가 서술자아에 접근한 상태이며, 실재계에 대한 열망 속에서 아무 일도 일어나지 않는 자신의 삶에 대해 말하고 싶은 충동(서술의 충동)이 생긴 순간들이다.

이처럼 실재계에 대한 열망이 생기는 것은 배수아 소설에서 '나'가 경험하는 이미지들이 상징계의 균열과 (그 틈새로 보이는) 실재계를 감추는 환상임을 뜻한다. 그처럼 배수아 소설에서 화사한 이미지들은 깨지기 쉬운 환상이기도 하다. 바로 그 같은 환상으로서의 이미지를 가장 잘 드러내는 소설은 아마 「프린세스 안나」일 것이다.

---

266) 형부의 죽음은 일종의 실재계의 경험이지만 그 같은 작은 일들로는 아무 일도 없었던 듯 일상이 진행되는 것이다. 물론 형부의 죽음은 서술의 충동의 한 계기가 된다.

아직 사람들이 커피 아이스크림으로 만든 어린아이용 생일 케이크나 초록빛 나는 청바지 회사의 향수에 익숙해지기 전의 일이다. 구두를 사기 위해서 쇼 윈도를 지나가던 하얀 원피스를 입은 여자들이 컬이 들어간 내 머리칼과 속눈썹을 만지면서 지나간다. 호두가 든 새것인 아이스크림을 내미는 남자도 있었다. 푸른 배추를 배달해주는 사람은 엄마에게 말한다. 이 아기가 자라면 정말로 모든 사람들에게서 사랑을 받겠어요. 이 귀여운 눈동자를 좀 보세요 어쩐지 디즈니의 스노 화이트를 보고 있는 것 같아.

(…중략…)

화려한 크리스마스는 언제나 텔레비전의 만화 영화에서부터 시작된다. 꿈속 같은 트리가 흑백의 텔레비전에 가득 찬다. 흰 눈이 덮인 끝없는 서부의 평원, 언제나 따뜻하게 타오르고 있는 장작 난로, 긴 금발의 여자 아이들, 눈 덮인 숲속의 사냥, 테이블에 넘칠 듯이 가득한 호두와 치즈와 초콜릿 케이크 달콤하고 향기로우면서 소금기 있는 치즈의 냄새.[267]

인용문에는 스노 화이트를 보는 두 개의 '나'가 나타나 있다. 하나는 텔레비전 만화영화를 보는 어린 '나'(경험자아)이며, 다른 하나는 그 시절을 회상하며 '스노 화이트 같다'고 말하는 서술자아이다. 앞의 '나'는 텔레비전 화면에 동화된 채 현실을 스노 화이트처럼 살아가고 있다. 반면에 뒤의 '나'는 그 스노 화이트 같은 장면들을 거리를 두고 바라보고 있다. 현실과 판타지가 구분되지 않는 장면 속에 있는 어린 '나'와는 달리, 후자의 '나'가 판타지 같은 삶에서 어느 정도 거리를 두고 있는 것은, 성장기를 통해 환멸을 경험했기 때문이다.

그러나 '나'의 환멸은 동화 같은 어린 시절에서 벗어나 어른이 되었음을 뜻하는 것만은 아니다. 왜냐하면 여전히 공주를 꿈꾸는 언니를 통해 알 수 있듯이, 세상은 아무 것도 달라진 것이 없으며 이루어질 수 없는 판타지에서 자유롭지 않기 때문이다. 그처럼 판타지와 환멸의 동거 상태에서 우울하게 살아가는 것이 후기자본주의의 삶이다. 이제 어린

---

267) 배수아(1996), 103~104쪽, 「프린세스 안나」.

시절뿐만 아니라 어른이 된 후에도 동화 같은 삶 속에서 살아가게 된 것이다.

후기자본주의의 이미지의 세계란 그 같이 사람들을 이데올로기적인 판타지로 끌어 모으는 세계를 말한다. 그런 세계에서는 사회의 모순을 인식할 수 있는 성찰적인 사유나 창조적인 상상력이 허용되지 않는다.[268] 그것은 이데올로기적인 판타지가 상징계의 균열이나 그 틈새로 보이는 실재계의 어둠을 감추고 있기 때문이다.

「프린세스 안나」에서 서술자아의 회상을 통해 나타나는 경험자아의 삶이 이미지들의 연쇄를 통해 제시되는 것도 그와 연관이 있다. 성찰적인 사유의 힘이 거세된 '나'는 기억 속에서 이미지들을 되살려 낼 수 있을 뿐이다. 또한 서술자아 '나'의 기억 속의 경험자아 역시 세상을 이미지로 지각할 수 있을 따름이다. 그처럼 이미지와 판타지, 그리고 환멸 속에서 삶이 지속되는 「프린세스 안나」의 세계는 다음과 같이 나타낼 수 있다.

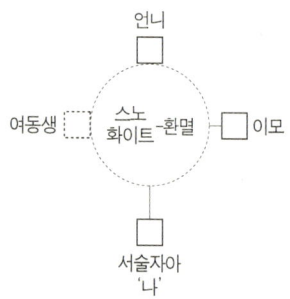

'나'(안나)의 성장은 앞의 예문 같은 판타지가 환멸로 바뀜을 깨닫는 것이다. 물론 그런 환멸은 모든 어른들이 똑같이 경험하는 것이다. 서술자아로서의 '나'가 언니나 이모 같은 어른들과 다른 것은, 판타지와 환

---

268) 지젝, 이만우 역(2002), 154~155쪽.

멸이 반복되는 세계에서 벗어나려는 충동 속에서 그 세계로부터 거리(서술자아의 거리)를 두고 있다는 점이다. '나'의 그런 충동은 다음과 같이 실재계에 대한 열망으로 나타난다.

> 도대체 언제쯤에 전쟁이 일어날 수 있을까, 나는 그것이 그립다. (…중략…) 왜 이 세상은 이렇게 아무런 일도 일어나지 않는가. 언제까지나 이른 아침에 눈을 떠야 하고 추위에 떨면서 낡은 운동화를 신고 학교에 가야하고 숙제에 시달려야 한다. 나의 낮은 환멸이고 권태이다.[269]

위에서 '전쟁'의 기다림은 이미지로 만들어진 세계가 파국에 이르기를 바라는 '실재계에 대한 열망'이다. 그처럼 **실재계에 대한 열망**을 갖는 순간 '나'는 서술자아에 접근한다. 물론 그런 열망은 경험자아 '나'의 권태와도 연관이 있다. '나'의 낮이 환멸과 권태인 것은 언니와는 달리 프린세스의 판타지에 그다지 미련을 갖지 않기 때문이다. 그러나 판타지의 세계에서 완전히 벗어날 수 없는 것은 '나' 역시 마찬가지이다. 실재계에 대한 열망은 '나'에게 서술의 충동을 가져다주기도 하지만 또한 그것은 또 다른 판타지로 표현되고 있는 것이다.

> 안나는 핑크와 함께 흐린 하늘을 날아오르는 느낌에 사로잡힌다. 빗물이 흐르는 헬멧 사이로 보이는 핑크의 눈동자. 지금 이 순간 그대로 전쟁이 나버렸으면, 이 빗속에 핑크와 안나는 파라다이스로 간다.[270]

위에서 내적 초점화의 인물 매체인 안나는 1인칭 부분의 서술자아와 비슷한 위치에 있다. 그것은 '전쟁'이라는 실재계에의 충동이 나타난 점에서도 알 수 있다. 그러나 그런 충동이 여기서는 판타지의 방식으로 표현되고 있다. 물론 스노 화이트 판타지의 파국을 소망하는 여기서의

---

269) 배수아(1996), 132~133쪽, 「프린세스 안나」.
270) 위의 책, 130~131쪽.

환상은 프린세스 판타지의 패러디이다. 위에서 안나는 핑크와 공주 같은 사랑을 하는 것이 아니며 그들의 파라다이스는 현실에서 연출된 판타지가 파국에 이르는 공간일 뿐이다. 그처럼 여기서의 안나의 판타지는 실재계에 대한 열망을 파멸과 어둠의 방식으로 연출한 이미지일 뿐이다. 부정적인 방식으로 실재계에 대한 열망으로 표현한 이런 판타지에서는 결코 진정한 사랑의 소망이 발견되지 않는다. 안나의 우울한 판타지는 사랑 없는 세계인 현실의 음화일 뿐이며 사랑의 소망은 내면에만 감춰져 있는 것이다.

어느 곳에서도 사랑을 발견할 수 없는 후기자본주의 사회에서 진정한 사랑은 상징화될 수 없는 실재계의 영역으로 밀려나 있다.[271] 그 실재계로 밀려난 사랑을 '응시'[272]하기 위해서는 그것을 드러내는 틈새인 상징계의 균열을 지각해야 한다. 그러나 사랑 없는 세계의 숨겨진 균열을 간파하는 성찰적인 사유가 나타나지 않는 배수아의 소설에서는 파국('전쟁')의 방식으로만 실재계에 접촉하는 우울한 판타지가 그려진다.

판타지란 상징계의 균열을 가리는 이미지이거나, 혹은 균열의 틈새(구멍)로 보이는 실재계 위에서 연출되는 이미지이다. 전자는 상징계의 균열(비일관성)과 사회적 모순을 은폐하는 이데올로기적 판타지라고 할 수 있다. 반면에 후자는 상징계의 균열(사회적 모순)의 인식을 전제로 상징화될 수 없는 실재계를 응시하는 또 다른 판타지이다. 흔히 뒤의 판타지는 앞의 것의 패러디로 나타나는데, 이는 후자가 이데올로기적 판타지를 양가적으로 전복시킨 이미지임을 뜻한다. 두 가지 상반된 판타지의 관계는 규율화와 자발성, 재영토화와 탈영토화의 양가성과도 유사한 것이다.

「프린세스 안나」의 안나의 판타지 역시 그처럼 프린세스 판타지(이데

---

271) 김영하의 「고압선」에서 사랑이라는 단어가 섬뜩하게 느껴진 것은 그 때문이다.
272) 후기자본주의 사회에서 진정한 사랑은 '시선'이 아닌 '응시'를 통해서만 드러날 수 있다.

올로기적 판타지)의 패러디라고 할 수 있다. 그러나 안나의 판타지는 '나'(경험자아와 서술자아) 혹은 안나(인물 매체)가 성찰적 사유 대신 이미지의 지각과 기억이 우세한 의식 상태에 있어 안나('나')가 꿈꾸는 판타지 역시 상징계의 균열에 대한 인식에 의해 매개되지 못하고 있다. 상징계의 균열에 대한 인식은 그 틈새로 보이는 실재계에 상징화될 수 없는 사랑과 욕망이 남아 있으며 그것이 균열과 모순에 의한 상처를 치유할 힘을 지님을 감지하는 방향으로 나아간다. 그러나 상징계의 균열에 대한 인식이 미흡한 안나의 판타지는 균열을 치유하는 사랑의 소망 대신 파국의 방식으로 실재계와 접촉하려는 이미지들만 담고 있다. 그러면 사랑 없는 욕망의 이미지들로 가득 찬 후기자본주의 사회에서는 잃어버린 사랑이 다시는 되돌아 올 수 없는 것일까?

여기에 대한 대답을 들려주는 소설이 바로 박민규의 포스트모던 리얼리즘 소설들이다. 예컨대 박민규의 「그렇습니까? 기린입니다」, 「아, 하세요 펠리컨」 등에서는 판타지를 통해서 잃어버린 사랑을 되찾으려는 소망이 표현되고 있다. 물론 그것이 가능한 것은 1인칭 주인공이 이미지의 지각뿐만 아니라 상징계의 균열을 인식하는 성찰적인 사고를 하고 있기 때문이다. 이미지가 지배하는 시대에 리얼리즘적인 성찰적 사고가 부활한 것은 포스트모던 이미지란 무의식의 차원에서 자본주의라는 대서사가 연출한 것에 다름이 아니기 때문이다. 그것을 간파하고 있는 박민규 소설에서는 후기자본주의에 대항하는 보다 유연해진 또 다른 대서사의 부활을 예감케 하고 있다.[273]

---

273) 여기에 대해서는 나병철(2006.9), 304~311쪽, 「환상소설의 전개와 성장소설의 새로운 양상」 참조.

제4장 ··· 소설과 영화의 시점과 중개성

1. 서사물의 중개자와 시각 주체, 그리고 현실의 삶

이제까지 우리는 서사물의 다양한 시점들을 시각 주체(관찰자[1])의 시점과 연관시켜 살펴 봤다. 시각 주체의 시점은 세 가지 단계로 나뉘질 수 있다. 즉, 대상에 대한 메타레벨에 위치한 정신의 눈(데카르트)이나 모나드(라이프니츠)로서의 시각 주체, 대상과 동질적인 공간에 놓인 육체를

---

1) 크래리는 시각주체를 '관찰자(observer)'라는 용어로 논의하고 있다. 크래리, 임동근·오성훈 외역(2001), 18쪽.

지닌 시각 주체, 그리고 인간의 뇌의 회로에 연관된 자동기계의 시각 등이다. 이에 상응하는 시각예술의 단계는 바로크·고전주의 — 자연주의·인상파·상징주의·모더니즘 — 모더니즘(영화)·포스트모더니즘(이미지 소설)이다. 또한 서사물의 경우 그 세 가지 단계는 작가적 화자 시점, 내적 초점화, 영화의 시점에 대응된다.

이처럼 시각 주체의 시점과 서사물의 시점이 상응하는 점에서, 시각 주체의 위치는 슈탄첼이 말한 '중개성'의 영역과 일치되는 것으로 볼 수 있다. 슈탄첼의 중개성 이론은 서사물의 특징을 가장 잘 설명한 논의의 하나이다. 시각 주체가 현실세계와 삶을 지각하고 구성하듯이,[2] 중개성의 영역은 이야기 세계를 지각하고 구성한다. 또한 시각의 시점이 역사성을 갖는 것처럼 중개성의 영역도 역사에 따라 달라진다.

물론 그 둘이 완전히 일치되는 것은 아니다. 슈탄첼에 의하면, 19세기 빅토리아 시대에는 작가적 서술과 유사 자전적 1인칭 서술이 규준을 형성한 반면 20세기 중반에는 작가적 요소와 인물적 요소를 결합한 서술이 우세했다.[3] 이런 설명에서 볼 수 있듯이, 서사물의 중개성의 영역은 시각의 시점에 비해 역사적 변화에 덜 민감하다고 할 수 있다. 앞에서 우리는 시각의 역사의 두 번째 단계에 상응하는 내적 초점화와 인물 시점이 이미 19세기 후반(플로베르)에 나타났음을 살펴본 바 있다. 그러나 서사물의 시점(중개성)의 규준은 다소간 늦춰지며 그 이전 단계의 요소와 병존하고 결합한다. 슈탄첼이 말하고 있듯이 서사물의 시점과 서술은 역사적 규준체계와 형식적 세 유형(작가적 서술, 인물적 서술, 1인칭)의 뒤섞임 속에서 나타난다.[4] 이 점이 중개성의 영역(시점과 서술)과 시각 주

---

2) 시각 주체의 시각은 다른 감각과 함께 작용하는 공감각적인 것이며, 대상의 지각에는 문화적 매개 작용이 개입한다. 따라서 시각 주체의 대상의 지각은 사회적·역사적 요인들에 의해 현실이 구성되는 과정과 일치한다. 주은우(2003), 20쪽.
3) 슈탄첼, 김정신 역(1990), 23쪽.
4) 위의 책, 24쪽. 예컨대 인물시점의 시대에도 작가적 시점이 나타날 수 있다. 물론 작가적 시점은 예전의 그것과는 다른 형식으로 출현한다.

체의 시점의 차이일 것이다.[5]

　'중개성'과 '시각주체'의 또 다른 중요한 차이는 전자가 (후자와는 달리) 시점뿐만 아니라 서술의 영역이기도 하다는 점이다. 즉, 시각 주체가 대상세계에 대해 시점으로 관계하는 반면, 중개성의 영역은 이야기 세계에 대한 시점과 독자-감상자에 대한 서술을 동시에 수행한다. 그처럼 중개성의 영역은 보는 행위인 '시점'과 말하는 행위인 '서술'을 함께 포함한다.

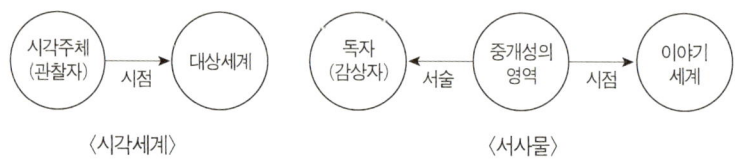

　그러나 이런 차이에도 불구하고 중개성의 영역(특히 시점)은 시각 주체의 위치에 정확하게 대응된다고 할 수 있다. 이 점은 '서사물'과 '이야기 요소를 포함한 다른 예술(수필, 연극)'과의 차이를 살펴보면 확인된다.[6] 예컨대 수필은 현실의 삶에 대한 이야기의 요소를 지닐 수 있지만 그것을 화자(작가)의 주체적 언어로 담아낸다. 수필에서 이야기를 듣는 듯 하면서도 궁극적으로는 화자의 관점이 담긴 언어를 수용하게 되는 것은 그 때문이다.[7]

---

5) 시각 주체 역시 역사성을 지닐 뿐 아니라 병존하는 양상을 지닌다. 그러나 서사물에서는 그런 특징이 더욱 두드러진다.
6) 나병철(1998), 22~28쪽.
7) 수필의 범주를 확장해서 인식적 담론의 차원에 대해서도 그와 같이 말할 수 있다. 그러나 마르크스의 텍스트 같은 철학과 사회과학의 담론은 현실의 삶에 대한 서사(이야기)를 주관의 개입이 없이 그 자체로 전달하는 것으로 볼 수도 있다. 다만 서사로 펼쳐 보이는 것이 아니라 그것을 인식적 언어로 접어서 말하고 있는 것이라고 할 수 있다.

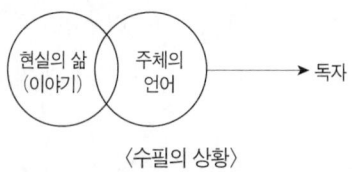

〈수필의 상황〉

　이에 반해 소설 같은 서사물에서는 화자의 언어가 주로 이야기를 펼쳐 보이는 역할을 하게 된다. 소설(서사물)에서 우리는 화자의 언어 보다는 이야기를 듣고 보는 것이 우선적이라고 생각한다. 이런 상황에서 화자는 '인식과 표현의 주체'에서 '중개자'로 전이된다.[8]

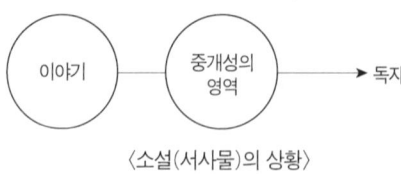

〈소설(서사물)의 상황〉

　서사물의 중개자는 자신을 드러내기보다는 이야기를 전달하는 데 주력한다. 그 때문에 우리는 이야기가 그 자체로 전개되는 것처럼 생각하게 된다. 흔히 소설이나 서사를 이야기와 동일시하게 되는 것은 그래서이다. 그런 측면에서 우리는 '서사'를 '이야기가 (반)자율적으로 운동해가는 과정'으로 설명할 수 있다.

　'이야기의 (반)자율적 운동'이라는 서사의 정의는 두 가지 의미를 포함한다. 먼저 (반)의 의미는 중개자가 분명히 존재함을 말하는 것이다. 똑같은 이야기가 중개자가 누구냐(1인칭, 3인칭 등)에 따라 얼마간 다르게 나타날 수 있는 것이다. 그러나 이 말은 중개자의 존재에 의해 이야기

---

8) 이런 수필과 서사물의 차이는 앞에서 '인식과 서사의 변증법'을 통해 살펴본 것과 일치한다. 그런 맥락에서 보면 서사물의 중개자는 라이프니츠의 왼뺨의 오목한 꼭지점의 위치에 상응한다. 이 책 3장 5절을 참조할 것!

의 자율적 운동이 가려진다는 뜻은 아니다. 어떤 면에서 보면 중개자(중개성의 영역)가 존재하기 때문에 이야기가 그 자체로 운동해 가는 것으로 생각하게 되기 때문이다.

이 두 번째 측면은 서사물을 연극과 비교하면 분명히 알 수 있다. 연극에는 서사물과는 달리 중개자가 존재하지 않는다. 그처럼 중개자가 없이 관객이 '직접' 보게 되면 이야기의 장면들이 보다 생생하게 전달될 것으로 생각된다. 그러나 연극에서는 중개자가 없기 때문에 모든 것을 연기와 연출을 통해 표현해 내야 한다. 이 경우 미학적 주체(배우, 연출자)는 이야기 장면을 현실세계처럼 그대로 재현할 수 없기 때문에, 연출된 장년늘은 어쩔 수 없이 표현적이고 상징적이 된다. 따라서 연극에서 중개성이 없다는 것은 이야기 장면을 현실에서처럼 있는 그대로 보여준다는 뜻이 아니다. 연극의 '직접성'이란 오히려 미학적 자기인식을 이야기와 통합된 것으로 '직접' 전달한다는 의미에 가깝다.

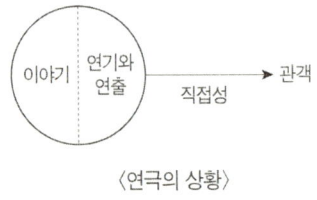

〈연극의 상황〉

위에서 연기와 연출은 미학적 자기인식의 표현이며 그것은 이야기의 제시와 구분될 수 없는 것으로서 관객에게 전달된다. 이 경우 이야기는 현실에서처럼 있는 그대로(객관적으로) 전달되는 것이 아니라 미학적 자기인식에 의해 표현적이고 상징적인 것으로 연출된다.

그런 측면에서 서사물의 중개성과 연극의 직접성은 상식적으로 생각되는 것과는 정반대의 의미를 갖는다. 연극의 직접성은 이야기를 있는 그대로 보게 하기 보다는 오히려 미적 주체의 자기인식에 의해 표현적으로 연출된 장면을 만들어낸다. 반면에 서사물의 중개성은 이야기를 마치 현실세계를 직접 보는 듯한 내용으로 전달할 수 있게 한다. 서사물은 그런 현실 경험 같은 이야기의 선택과 구성을 통해 감상자를 미학적 자기인식에 이르게 한다.

따라서 서사물의 중개자의 역할이란 우리를 현실세계의 시각 주체의 위치로 데려가는 기능을 하는 것으로 볼 수 있다. 연극에는 그런 중개자가 없기 때문에 이야기를 미학적 주체들이 직접 연출하고 표현해야 하는 것이다. 그와 달리 서사물의 중개자는 현실세계와 거의 비슷한 경험들을 자유자재로 '중개'해 줄 수 있게 된다. 물론 그런 과정(시점)과 그것을 서술하는 과정9)에서 중개자의 존재를 얼마간(半) 드러내기도 한다. 그러나 중개자의 역할은 근본적으로 자신을 드러내는 것이 아니라 이야기를 '현실 세계의 시각 주체'와 유사한 위치에서 볼 수 있게 만드는 것이다.10) '중개자의 위치'와 '시각 주체의 위치'가 정확하게 대응된다고 말하는 것은 그런 측면에서이다.

그 같은 맥락에서 예술적인 서사장르가 아니라도 TV뉴스, 중계방송, 컴퓨터 게임 등은 서사적이라고 할 수 있다.11) 왜냐하면 그것들은 사건과 이미지의 진행을 수필이나 연극의 방식이 아니라 서사적 중개성의 방식에 의존하기 때문이다. 즉, TV뉴스와 중계방송에서 중개성의 위치는 시각 주체의 위치와 상응한다.

시각 주체와 서사적 중개성의 상응성은 그 둘이 모두 특정한 시대의 사회적 관계 체계의 장에서 생성된다는 점에서도 확인된다. 슈탄첼이

---

9) 서사물의 중개자와 현실의 시각 주체의 차이는 대부분 이 서술 과정에서 생겨난다. 물론 서술의 기능 중에는 이야기를 보여주는(들려주는) 기능과 재배열하는 기능이 있는데, 중개자와 시각 주체의 차이는 후자에 의해 나타난다. 그러나 후자는 전자에 비해 부차적인 기능이다.

10) 이런 측면에서 다소 예외적인 것은 구어체 소설과 다성적 소설이다. 그 같은 '울림의 서사'에 대해서는 뒤에서 다시 논의하기로 한다.

11) 물론 완전히 서사적인 상황과 똑같은 것은 아니다. 그것은 뉴스는 사건을 공적 차원에서 사실화하기 때문이다.

암시했듯이 중개성의 영역은 시대에 따라 변화를 보인다. 그런 소설의 중개성의 변화는 분명히 시각 주체의 변화와 연관을 갖고 있을 것이다. 크래리에 의하면, 특정한 시대에 적합한 관찰자(시각 주체)는 이질적인 담론적·사회적·기술적·제도적 관계 체계의 효과로서 나타난다.[12] 따라서 시각 주체가 역사를 갖는다면, 그것은 시각적 인식이 발생하는 장이 변하기 때문이다. 또한 궁극적으로는 그 장을 구성하는 복수의 힘들과 규칙들이 달라지기 때문일 것이다.[13]

우리는 서사물의 중개성의 역사에 대해서도 비슷하게 말할 수 있다. 말하자면 중개자 혹은 시각 주체의 위치와 역사는 그것에 선행하는 현실의 강력한 힘의 배열에 의해 좌우된다. 즉, 복수적인 힘들이 담론·제도·테크놀로지를 배치하는 것이며, 서사물의 중개자와 시각 주체 역시 그런 배치의 하나인 것이다.

이는 현실의 삶의 변화와 시각 주체 및 중개자의 변화의 상응성을 말하는 것이다. 이런 맥락에서는 **인식론**(시각)과 **존재론**(삶)이 별도로 구분되지 않는다. 즉, 시각 주체와 중개자에 대한 논의는 현실의 삶의 존재에 대한 철학적 논의와 일치되는 것이다.

그 때문에 특정한 시대의 시각 주체가 보는 내용은, 관찰자의 개입이 없는 현실 장면의 존재 그 자체로 보인다. 이는 서사물의 중개자가 이야기를 (반)자율적 운동과정으로 보게 하는 것과 비슷하다. 이런 상응성 때문에, 시각 주체가 현실의 사건이나 이야기를 자신의 시점으로 매개하는 과정 자체를 (은유적으로나 실제적으로) '서사'라고 말하기도 한다. 즉, 수필과 연극의 경우 감상자에게 이야기가 전달되더라도 그 이야기는 인식의 주체나 미학적 주체와 뒤섞여지므로 엄밀한 의미에서는 서사라고 할 수 없다. 반면에 중개자에 상응하는 시각 주체가 사건·이야기를 '시점'으로 지각하는 과정은 사건이 그 자체로 지각되므로 서술의도(혹

---

12) 크래리, 임동근·오성훈 외역(2001), 18쪽.
13) 위의 책, 19쪽.

은 담론)가 없더라도 흔히 '서사'라고 부르는 것이다.

지금까지 우리는 중개자와 시각 주체, 그리고 현실의 삶의 상응 관계를 논의했다. 그들 셋은 모두 현실의 사회적·문화적 장을 형성하는 복수적 힘들[14]의 배열에 의해 나타난다. 이제 서사물의 중개자, 시각 주체, 현실의 삶의 관계를 제시하면 다음과 같다.

서사물의 중개자	시각 주체	테크놀로지	현실의 삶
작가적 화자	메타레벨의 정신의 눈 모나드	카메라 옵스큐라 (모나드)	사실 ──→사건 (인물⇌환경) 나 ──→세계 (모나드) 우리(총체화)
내적 초점화	대상과 동질적 공간의 육체를 지닌 주체	19세기 광학기구 예술사진	사건 (인물⇌환경) ──→사건 없는 일상 규율화↔자발성
영화(이미지매체)의 시점	자동기계의 시각 ─대상 쪽의 이미지 (뇌의 회로)	자동기계 전자매체	사건/시뮬라크르(생성) 재영토화된↔탈영토화된 이미지 이미지

위에서 현실의 삶의 세 단계는 시각 주체의 능력을 가능하게 하고 테크놀로지를 배치하는 어떤 힘들의 관계에 연관된 것이다. 첫 번째 단계(17,8세기)에는 개인주체(나)의 정신(이성)이나 모나드를 통해 세계의 사물들과 사회(우리)를 총체화하려는 힘의 배열이 존재한다. 그 힘은 이성으로 세계를 총체화하기 위한 고전주의 시대의 대감금[15]의 권력으로 나타날 수도 있고, 사회를 그와 다른 방식으로 총체화하려는 예술적 힘으로 드러날 수도 있다.[16]

이 시기에 상응하는 시각 주체(관찰자)와 테크놀로지는 17,8세기에 한

---

14) 이 복수적 힘들이 위치하는 곳이 바로 실재계이다.
15) 푸코, 김부용 역(1999), 51~72쪽.
16) 그 점에서 '총체화'는 억압적인 권력의 총체화로 드러나거나 화해된 공동체를 추구하는 예술의 힘으로 나타날 수 있다. 그 두 가지 힘의 방향은 서로 정반대라고 할 수 있다.

정되지만 예술과 문학은 19세기와 20세기까지 지속된다. 예컨대 작가적 화자 소설의 총체화의 힘은 발자크의 『인간 희극』에서 자본주의 사회에 대한 통찰로 나타나며, 토마스 만의 『마의 산』에서는 진정한 우리의 세계(공동체)를 향한 열망으로 표현된다. 물론 그 둘과는 달리 이광수의 『무정』에서처럼 식민지화된 현실을 간과하는 허위적인 총체성으로 드러나기도 한다.

이 첫 번째 시기에서 총체화의 힘은, 들뢰즈가 말한 점의 사고(사실)에서 선의 사고(사건)[17]로의 전환, 즉 자연의 차원에서 문화의 차원으로 전이[18]되는 방향으로 나아간다. 그 같은 전환이 일어나면서 자본주의의 발전과 함께 세계는 더 이상 총체화할 수 없는 불확정적인 것이 된다. 이때 그 불확정적인 세계를 재영토화와 탈영토화라는 양가성으로 파악하는 순간 현실의 삶은 두 번째 단계로 넘어간다.

두 번째 단계인 19세기와 20세기 전반에는, 메타레벨에서 세계를 총체화하려는 힘들의 관계보다는, '대상세계와 동질적 공간에 놓인 주체'에 의한 주객혼융(상호작용) 속에서 힘들의 배열이 나타난다. 불확정적인 세계란 마르크스가 『자본』에서 파악한 대로 일종의 차연(전도된 차연)의 상태[19]인데, 여기서는 그 미결정성 속에 놓인 주체를 재영토화(동일화)하거나 탈영토화(차연의 격화)하려는 힘의 관계가 존재한다. 즉, 불투명한 육체를 지닌 주체를 규율화하는 권력과 그로부터 이탈하려는 자발적 힘의 양가적 관계가 나타난다. 푸코가 말한 감시장치가 전자에 해당되며 예술과 문학에서의 자발성(자율성)의 표현이 후자에 속한다.

후자의 경우 주체의 자발성의 표현은 리얼리즘이나 인상주의, 상징주의, 모더니즘 등의 작품에서 드러난다.[20] 그러나 모더니즘에 이르면

---

17) 점의 사고와 선의 사고에 대해서는 나병철(2006), 36~42쪽 참조.
18) 사건 자체가 자연에서 문화의 차원으로 전환되는 순간 나타난다.
19) 마이클 라이언, 나병철·이경훈 역(1994.8).
20) 자연주의처럼 규율에 예속된 주체를 그리는 문학도 있다.

현실의 폭력으로 인해 자발성의 표현은 인격의 분열을 대가로 가능해 진다.[21] 이처럼 규율화와 자발성의 양가적인 장이었던 (육체를 지닌) '인 격적 주체'가 분열되면서 세 번째 단계로 넘어가게 된다.

　세 번째 단계(20세기 후반 이후)는 인격적 주체의 해체와 함께 그와 상 호작용 하던 대상세계까지 해체되는 과정으로 나타난다. 이제 주체와 세계는 존재보다는 생성에 의해 이해되며 실재계와 상징계 사이의 공간 에서 파악된다. 그와 함께 현실과 가상공간의 구분이 없어지고 모든 것 은 사건/시뮬라크르의 견지에서 지각된다. 사건/시뮬라크르란 실재계와 상징계의 상호작용 속에서 생성되는 삶의 과정을 의미한다.[22]

　그에 따라 '주체의' 규율화와 자발성 사이에서 작용하던 양가성의 힘 은 이제 재영토화된 시뮬라크르('세계')와 탈영토화된 시뮬라크르('세계') 의 양가성으로 변환된다.[23] 예컨대 『슈퍼맨』『배트맨』 등의 할리우드 영화와 그것의 실제적인 현실적 공연인 이라크전[24]은 재영토화의 시뮬 라크르가 연출된 것으로 볼 수 있다. 반면에 『지구를 지켜라』『괴물』 등의 포스트모더니즘 영화는 탈영토화의 힘을 담은 시뮬라크르라고 할 수 있다.

　한편 해체의 시대인 이 세 번째 단계에서 시각 주체에 중요한 변화가 일어난다. 첫 번째와 두 번째 단계에서는 '시점'이 시각 주체의 '인격의 회로'(정신의 눈, 육체를 지닌 주체)에 연결되었지만 세 번째 단계에서는 '뇌 의 회로'에 접속하도록 변화된다. 뇌의 회로란 인격의 회로로 진행되기

---

21) '사건 없는 일상'이란 인격적 주체의 소외와 분열에 상응하는 '사건'이다.
22) 사건 / 시뮬라크르는 실재계적인 것이 상징계를 침범하면서 그들의 상호작용 속에서 나타난다. 시뮬라크르란 실재계와 상징계 사이에서 사물들의 표면효과로 생성되는 일 종의 이미지를 말한다.
23) 이런 변화는 '주체'와 연관해 작용하던 힘들이 이제 '세계'의 구성의 차원에서 작용 함을 의미한다.
24) 나병철(2006.9), 「환상소설의 전개와 성장소설의 새로운 양상」, 참조 '악의 축'에 대 한 응징인 점에서 슈퍼맨, 배트맨(아메리칸 히어로) 등과 걸프전 · 이라크전은 동질적 인 시뮬라크르라고 할 수 있다.

이전에 '순수지각'을 경험하는 주체와 위치를 말한다. 뇌의 회로에서 시각 주체는 흔히 미결정적인 상태나 무의식적 주체로 작용한다. 영화는 그 같은 뇌의 회로를 중개성의 영역으로 사용하기 시작한 최초의 매체라고 할 수 있다.

영화가 뇌의 회로에 직접적으로 충격을 가하는 방식[25])을 사용하게 된 것은 인간의 눈을 넘어선 (탈인격화된) 기계의 시각을 이용하기 때문이다. 20세기 후반 이후에는 영화뿐만 아니라 현실에서도 그 같은 뇌의 회로에 의존하는 시각의 세계가 전개된다. 예컨대 이 책의 서두에서 인용했듯이, 이라크 주둔 미군들이 '영화 속에 있는 기분'을 느끼는 것은, 이제 전쟁이 뇌의 회로를 사용하는 이미지전이 되었음을 뜻한다. 포스트모더니즘의 시대에는 전쟁뿐만 아니라 현실에서도 뇌의 회로와 이미지 회로가 작동된다. 예를 들면, 신데렐라와 슈퍼맨의 판타지가 현실 자체에서 공연되는 듯이 느껴지게 하는 후기자본주의 사회가 그런 세계이다. 그처럼 환상과 현실이 구분되지 않는 것은 우리 시대가 뇌의 회로와 이미지의 시대임을 암시한다.[26]) 우리시대의 시각 주체인 '뇌의 회로'란 한편으로 전쟁과 권력(재영토화)에, 다른 한편으로 예술영화(탈영토화)에 접속되고 있는 것이다.

이처럼 시각 주체의 변화는 현실의 삶의 변화와 연관되어 있다. 그런 맥락에서, 감상자를 '시각 주체의 위치로 데려가는' 기능을 하는 서사물의 중개자 역시 현실의 삶과 관련된다. 현실의 삶과 중개자의 관계는 내용과 형식, 이야기와 시점(서술)의 관계에 상응한다. 특정한 내용에 적절한 형식이 요구되듯이, 어떤 단계의 현실의 삶에는 그에 적합한 중개자가 존재한다.

예컨대 개인과 공동체, 모나드와 세계의 총체성 사이에서 어떤 힘들

---

25) 벤야민은 이런 전통적 시각을 넘어선 영화의 방식을 '촉각적인' 것으로 말하고 있다. 벤야민, 반성완 역(1983), 226쪽.
26) 환상과 뇌의 회로의 관계에 대해서는 뒤에서 논의하겠음.

의 관계가 작용하던 첫 번째 단계에는 총체적 관점을 추구하는 화자가 중개자로 나타난다. 바로크(세르반테스), 고전주의(괴테), 리얼리즘(발자크, 토마스 만)[27] 소설의 작가적 화자가 바로 그런 중개자이다. 그 같은 총체화가 어려워지고 세계의 불확정성과 주체의 불투명성이 부각될 때 두 번째 단계가 나타난다. 이 두 번째 단계는 자본주의와 개인주의의 발전과 연관되어 있는데, 여기서는 불확정적인 세계에 놓인 주체들의 '규율화'와 '자발성' 사이에서 이질적 힘들이 작용한다. 그 같은 세계에 상응하는 중개자는 미결정적인 세계의 (외부가 아니라) 내부에서 삶을 바라보는 인물시점의 화자이다. 즉, 규율화된 삶을 그리는 자연주의나 그런 삶 속에서 자발성을 추구하는 리얼리즘, 상징주의, 모더니즘의 내적 초점화가 바로 그것이다.

물론 이 단계에도 작가적 화자 유형은 지속되는데 그것은 여전히 세계를 총체화하려는 요구가 잔존함을 뜻한다. 특히 우리 사회처럼 현실이 중층적인 구조를 지닐 경우 작가적 화자와 내적 초점화의 공존이 두드러진다. 또한 '자본주의화된 개인들'의 삶 대신 '주변화된 민중들'을 그릴 경우 화자시점이 부각된다.

한편 재영토화와 탈영토화의 양가성이 시뮬라크르를 통해 세계를 구성하는 힘들의 배열로 나타나는 세 번째 단계에는 포스트모더니즘과 영화의 시점이 나타난다. 여기서는 인격성이 약화된 상태에서 이미지를 지각하는 미결정적 주체(배수아 소설)나 영화적인 자동기계의 시점이 부각된다. 인격의 회로에 접속된 삶이 해체된 이 시기에는 중개성의 영역에서도 인격성(화자시점, 인물시점)이 해체된 기계의 시점이 특징적이 된다. 기계의 시점은 인격적인 눈에 매개되지 않은 '대상 쪽 이미지들'의 접합을 통해 세계를 시뮬라크르의 구성으로 보여준다. 물론 이 단계에

---

27) 앞서 논의했듯이 서사물의 경우 각 단계들은 시기적 구분이 엄밀하지 않고 각 단계의 요소들이 공존할 수 있다. 작가적 화자 소설이 17,8세기에 한정되지 않고 20세기에 까지 나타날 수 있는 것은 그 때문이다.

도 화자시점과 인물시점이라는 인격적인 중개자는 계속 잔존한다. 그리고 기계의 미학인 영화에서도 인격성의 차원은 여전히 중요한 요소로 나타난다. 그러나 인격의 회로에 직접 접속하는 대신 뇌의 회로를 통해 인격성으로 나아가는 반대 방향을 보여준다. 이 영화적 자동기계의 시점, 즉 이미지 서사의 시점은, 지금 우리가 살고 있는 시뮬라크르의 시대의 대표적인 중개성의 위치일 것이다.

2. 시점의 복합적인 두 가지 축—인격의 회로에서 뇌의 회로로

앞서 살폈듯이 슈탄첼은 형식적 유형론을 펼치면서도 중개성의 역사적 변화에 유의한다. 그 중에서 특히 주목되는 것은 중개자의 비인격화 경향에 대한 언급이다. 슈탄첼은 중개성을 시점·서술(양식)·인칭이라는 세 가지 복합적 요소들의 조합으로 설명한다. 그리고 시점의 측면에서 외부시점을 반시점주의로, 내부시점(내적 초점화)을 시점주의로 논의한다. 디킨즈·대커리·조지 엘리어트·발자크·톨스토이는 반시점주의 작가이며 플로베르와 헨리 제임스는 시점주의 작가이다. 슈탄첼에 의하면, 19세기말 이래로 뚜렷해진 시점주의 경향은 소설을 객관적이고 장면적이며 비인격적으로 만들기 위한 것이다.[28]

중개성의 비인격화 경향은 서술양식의 측면에서도 발견된다. 즉, 화자-인물(작가적 화자)에서 반성자-인물(인물적 서술)로의 전환은 서술과정의 비인격화를 의미한다. 모든 부분이 장면화되어 있는 반성자-인물 양

---

28) 슈탄첼(1990), 186쪽.

식에서는 어떤 사건을 직접 보고 있다는 비중개성의 환영이 생겨난다.29) 또한 독자는 명시적인 서술보다는 반성자-인물의 의식 속에서 그곳에 투영된 사건과 반응을 찾아낸다.30)

이 같은 중개자의 비인격화의 극단은 누보로망과 영화일 것이다. 그런데 영화와 비교하면 내적 초점화(내부시점)나 인물시점 서술(반성자-인물)은 엄밀한 의미에서 비인격적 중개성으로 보기 어렵다. 슈탄첼이 인정하고 있듯이 시점주의(내적 초점화)는 직접성의 환영을 주기도 하지만 결과적으로 인물 매체의 주관화를 부각시킨다. 그런 시점 매체의 주관화는 작가적 화자의 경우보다도 오히려 더 증대된다. 이 '시점적(시점주의적) 주관화'31)는 서술매체의 의식을 추적하는 반성자 인물 양식에서도 도드라진다.

그에 반해 근본적으로 비인격적 중개성(카메라)을 사용하는 영화는 그런 시점적 주관성이 처음부터 주어지지 않는다. 영화는 그 같은 인격적 주관성을 되살리기 위해 여러 기법을 사용하지만 내적 초점화 소설에 비해 많은 어려움을 갖게 된다.32) 이는 영화가 소설과는 반대된 방향의 회로를 갖고 있음을 암시한다. 예컨대 내적 초점화 소설은 시점 매체의 인격적 주관성을 매개로 비인격적 직접성의 환영을 보여준다. 반면에 영화는 비인격적 중개성(기계의 시점과 뇌의 회로)을 매개로 인격적 주관성을 재생하기 위해 노력을 기울인다.

슈탄첼은 영화를 '중개성의 비인격화'의 다음 단계로 논의하지는 않지만 그에 연관된 많은 암시를 주고 있다. 가령 소설의 인격성의 회로와 영화의 비인격성의 회로의 차이는 1인칭의 경우에도 발견된다. 슈탄첼에 의하면, 1인칭의 특성은 3인칭에 비해 화자의 인격화나 극화가 뚜

---

29) 위의 책, 214~215쪽.
30) 위의 책, 216쪽.
31) 작가적 화자 같은 반시점주의 보다 내적 초점화 같은 시점주의에서 더 부각되는 인물 매체의 주관화를 말한다. 위의 책, 188쪽.
32) 위의 책, 188쪽.

렷해진다는 점이다. 1인칭 소설을 영화화하는 것이 3인칭 작가적 소설보다 매우 어려운 것은 그 때문이다.[33]

'작가적 양식이 아닌 1인칭'이나 '내적 초점화'는 '작가적 화자' 소설에 비해 어떤 장면을 보다 생생하게 전달할 수 있다. 그러나 이른바 '시점적 주관성'의 측면에서 보면 두 유형은 작가적 화자 소설보다 인격적 주관화를 보다 깊이 있게 드러낸다. 특히 내적 초점화는 영화적인 **직접성의 환영**에 한층 접근한 반면 작가적 소설보다 오히려 더 영화화하기 어려운 **주관성**을 내포하고 있다. 슈탄첼은 그 이유에 대해 직접 언급하지 않지만 우리는 그런 역설이 소설의 인격성의 회로와 영화의 비인격성의 회로(뇌의 회로)의 차이에서 생긴 것임을 말할 수 있다.[34]

이상에서처럼 슈탄첼은 우리의 논의에 암시를 주는 흥미로운 설명을 전개한다. 그런 설명들은 모두 '시각의 역사'와 연관된 것들로 볼 수 있다. 그러나 슈탄첼은 그 같은 방향의 논의를 세밀화하는 대신 거의 대부분 중개성의 다양한 형식적 유형화에 전력한다. 그 같은 형식적 유형화가 가능한 것은 '중개자의 역사성'에도 불구하고 전시대의 중개자가 여전히 잔존하기 때문이다.

슈탄첼의 형식적 유형화는 인칭·시점·서술(양식)이라는 중개성의 세 가지 요소에 근거하고 있다. 이 세 가지 요소들은 서로서로 겹쳐지면서 하나의 원(유형원)을 만듦으로써 복합적인 중개성의 유형들을 표시한다.

---

33) 위의 책, 134~137쪽.
34) 이에 대해서는 뒤에서 살펴보겠음.

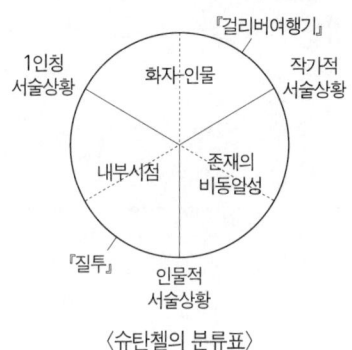

〈슈탄첼의 분류표〉

이 유형원에서 시점의 축(외부시점↔내부시점)과 서술양식의 축(화자-인물↔반성자-인물)은 얼마간 상응하는 관계에 있다.[35] 즉, 외부시점은 화자-인물 서술에 가까우며 내부시점은 반성자-인물에 접근한다. 그러나 외부시점의 정점인 작가적 서술상황은 1인칭 보다는 3인칭이 우세하며, 인물적 서술상황인 반성자-인물 역시 3인칭에서 더 분명히 나타난다. 반면에 화자-인물(화자의 인물화)과 내부시점은 3인칭에서도 가능하지만 1인칭의 경우 더욱 뚜렷해진다. 슈탄첼의 유형원은 이런 중개성의 미세한 특성들을 총망라함으로써 거의 모든 소설의 서술상황을 분류할 수 있다.

그러나 이 유형원은 중개성의 역사적 변화를 명시하지는 못한다. 특히 '시각의 역사'의 세 번째 단계에서 나타난 영화의 중개성이 표시될 수 있는 위치가 부재한다. 또한 중개성을 시각중심적 시점론에 의거함으로써 구어체 소설이나 다성적 소설 같은 '울림의 서사'를 고려하지 않고 있다.

한편 슈탄첼의 논의를 포함하면서 다른 시점 이론가들의 기준을 복

---

35) 시점과 서술의 차이는 '누가 보느냐'와 '누가 말하느냐'의 차이이다. 나병철(1998), 383쪽 참조. 한편 위의 분류표에서 작가적 서술상황은 외부시점의 정점을 나타내며 인물적 서술상황은 반성자-인물의 정점을 표시한다.

합적으로 고려한 시점론에는 『소설의 이해』의 논의가 있다. 이 소설론의 분류표는 이제까지의 중요한 시점론들을 포괄하면서 구어체 소설의 위치까지 표시하고 있다.[36]

	주네트	슈탄첼		프리드먼	작품
		(1인칭주인공서술)			
서술〉경험 1인칭	비초점화	화자 -인물	1인칭	1인칭	『한중록』
화자 시점 서술	외적 초점화		외부 시점	편집자적 전지	『춘향전』 『무정』 「감자」 (김유정 소설) 『광장』
(어법적 내부시점)*				중립적 전지	
				선택적 전지	
인물 시점 서술	내적 초점화	반성자 -인물	내부 시점		「소설가 구보씨의 일일」 「타인의 방」 「지주회시」
1인칭 경험〉서술		1인칭		1인칭	「거리」(박태원) 「장마」
경험 -서술		1인칭 주인공 서술			『추락하는 것은 날개가 있다』

* 어법적 내부시점은 우스펜스키의 분류임

이 분류표는 슈탄첼의 이론이 시점론에서 어떤 위치에 있는지 알 수 있게 한다. 또한 얼마간 역사적 변화를 표시하는 한편 다양한 분류기준을 통해 거의 모든 소설의 시점을 이해하게 한다. 그러나 이 분류표 역시 역사적 변화의 의미를 드러내지 못하며 영화의 중개성이 위치할 자리를 마련하지 않는다. 또한 구어체 소설의 위치(어법적 내부시점[37]) 역시

---

36) 위의 책, 387쪽.
37) 어법적 내부시점이란 우스펜스키의 분류로서 심리적 내부시점과는 달리 인물과 비슷한 말투나 화법을 통해 내부로 접근하는 방식을 말한다. 우스펜스키, 김경수 역 (1992), 96~97쪽.

전체 시점론에서 차지하는 위상을 알려주지 못하고 있다.

두 가지 시점론에서 드러난 것은 이제까지의 시점론이 구어체 소설과 영화의 중개성을 잘 표시하지 못한다는 점이다. 이는 시각 중심적 시점론에 의거하는 한편 '중개성의 역사'의 의미를 고려하지 못하기 때문이다. 그와 달리 앞에서의 우리의 논의는 '시각적 축' 이외에 '울림의 서사'의 축을 설정한 바 있다. 또한 소설의 '인격의 회로'에서 벗어난 영화의 '뇌의 회로(기계의 시점)'에 유의해 왔다. 이 두 가지 측면을 보완해서 새로운 분류표를 제시하면 다음과 같다.

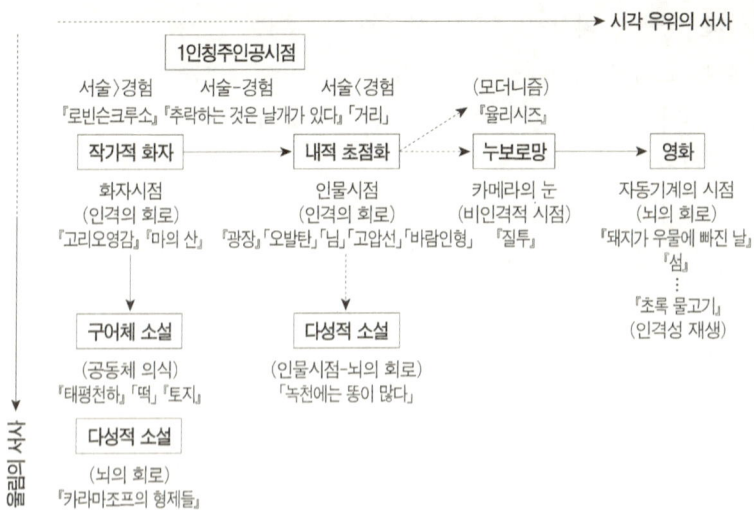

위에서 작가적 화자·내적 초점화·영화는 '시각의 역사'의 세 단계에 상응한다. 이 시각적 서사의 전개과정은 '인격의 회로'에서 '비인격적 시점'을 거쳐 뇌의 회로로 전환되는 양상을 보여준다.

그러나 영화의 뇌의 회로는 다양한 기법들(인물시점, 클로즈업, 몽타주 등)을 통해 다시 인격성의 회로를 재생시키는 쪽으로 나아간다. 그처럼 소설 시점의 본령인 인격의 회로에 상응하는 기법을 구사하는 영화가 오히려 더 일반적이며, 그런 기법을 잘 사용하지 않는 모더니즘 영화(『돼지가 우물에 빠진 날』)는 좀 특이한 경우이다. 하지만 소설의 본령이 리얼리즘인 반면 영화의 본령은 그 특이한 예외적인 작품들(모더니즘, 사유의 영화 등)이라고 할 수 있다.

한편 작가적 화자(그리고 내적 초점화))는 시각적 서사와는 다른 방향으로 나아가기도 하는데 구어체 소설과 다성적 소설 같은 울림의 서사가 그것이다. 작가적 화자·내적 초점화·영화가 '보는 서사'라면 구어체와 다성적 소설은 근본적으로 '듣는 서사'이다. 또한 시각적 서사들이 개인적 시점이나 기계의 시점을 사용하는 반면 울림의 서사 중 구어체 소설은 공동체 의식에 근거한 시점을 이용한다.

물론 울림의 서사에서도 다성적 소설은 구어체와는 달리 개인의 시점에 근거한다. 하지만 다성적 소설은 거기에서 한발 더 나아가[38] 개인의 인격적 시점이 해체된 뇌의 회로에 접근한다. 다성적 소설이 '뇌의 회로'에 접근한다는 것은 소설의 실제적인 서사적 매체인 인물의 목소리들이 미결정적이고 무의식적인 자아의 영역을 드러낸다는 뜻이다.[39] 울림의 서사의 극단에서 나타나는 이런 특징은 매우 흥미로운 것이다. 시각의 축의 극단인 영화에서 뇌의 회로가 등장하는 것처럼 울림의 축의 끝에서도 또 다른 뇌의 회로가 출현하고 있는 것이다. 이처럼 서사물의 시점은 **시각적 축과 울림의 축, 그리고 인격적 회로에서 뇌의 회로로** 나아가는 복합적인 이중적 전개를 드러낸다.

---

38) 다성적 소설은 개인과 개인 사이의 울림을 드러내며 그 점에서 단순히 개인의 시점에 의존하는 시각중심적 소설과 구분된다. 따라서 우리는 개인(작가, 인물)의 시점에 근거하는 시각중심적 소설과 사람들 사이의 유대나 울림에 근거하는 울림의 소설(구어체, 다성적 소설)을 구분할 수 있다. 그에 비하면 영화의 시점은 개체 이전의 미결정적 의식(뇌의 회로)의 시점에 의존한다.

39) 다성적 소설이 뇌의 회로에 접근한다는 것은 루카치가 도스토엡스키의 인물들을 필름적 인물들이라고 말한 점에서도 암시된다. 루카치, 황석천 역(1986), 58쪽.

제5장 ··· 영화의 시점과 이미지

1. 영화의 시점과 소설의 시점의 차이

　앞에서 우리는 소설이 실험적인 기법을 사용하면서 영화에 접근하는 양상을 살펴봤다. 예컨대 소설은 몽타주 · 오버랩 · 카메라의 눈 · 이미지 서사 등의 낯선 기법을 통해 영화에 접근한다. 흥미로운 것은 이 영화에 근접한 소설들이 하나같이 주인공의 행동력이 미약하다는 것이다.

　가령 「소설가 구보씨의 일일」(모더니즘), 『질투』(누보로망), 「바람인형」 「루빈의 술잔」 「곰팡이 꽃」[1](이미지 소설) 등, 영화기법을 사용하는 소설들은 모두 인물들이 무력한 상태에 빠져 있다. 실상 이 소설들에서 서사적 플롯이 약화되고 있는 것은 그로 인한 것이다. 또한 인물에 대한

---

1) 「루빈의 술잔」 「곰팡이 꽃」은 하성란의 소설임. 하성란의 소설에 대해서는 백혜원, 「다매체 시대의 소설 연구」, 교원대 석사논문, 2008 참조

감정이입이 방해되고 낯설게 하기 상태가 되는데, 이점 역시 인물들이 강렬한 열정과 행동력을 상실한 것과 연관이 있다.

이처럼 영화기법을 사용한 소설에서 인물들이 무력감을 지닌다는 사실은, 영화 자체가 무력한 인물들의 장르임을 뜻하는 것은 아닐 것이다. 그러면 왜 소설에서 영화기법을 사용하면 인물들의 행동력이 약화되고 제한된 의식상태가 되는 것일까. 이 흥미로운 사실은 소설기법과 영화기법의 차이, 즉 양자의 시점과 서술의 차이를 암시한다.

소설이 영화에 접근하는 경우는 모두 내적 초점화2)를 사용할 때이다. 내적 초점화는 원래 인물 매체의 주관적 프리즘을 매개로 객관적 상황(장면)을 제시하는 기법이다. 어떤 장면이 내적 초점화로 제시되면 그 장면을 직접(객관적으로) 보고 있다는 환영이 만들어지는데, 그것을 가능하게 하는 것은 (역설적으로) 인물의 주관적 정서와 심리이다. 즉, 우리는 인물의 주관에 감정이입하며 그의 위치에 치환되어 인물이 보는 것을 우리가 보고 있다고 느끼게 된다. 그런 효과를 위해 내적 초점화에서는 인물의 주관적 정서·심리와 그것의 프리즘으로 보여진 어떤 장면의 이미지를 동시에 제시한다.

그런데 영화에 접근하는 내적 초점화 소설들에서는 인물의 주관적 정서와 심리가 거의 표현되지 않으며, 감정이 표백된 듯한 이미지들만이 나타난다. 이는 인물 매체 프리즘의 주관적 색채가 거의 지워져 광학렌즈화한 양상을 암시한다. 영화에 접근한 소설의 내적 초점화를 '카메라의 눈'으로 부르는 것은 그 때문이다.

'카메라의 눈' 같은 내적 초점화에서는 인물 매체의 정서와 심리가 잘 제시되지 않으므로 감정이입이 좀처럼 이루어지지 않는다. 그로 인해 인물이 보는 장면을 우리가 직접 본다는 느낌 대신에 감정이 표백된 이미지들이 '낯설게' 드러난 듯한 느낌을 갖게 된다. 이른바 이미지 소

---

2) 1인칭이나 3인칭 인물시점의 경우를 말한다.

설의 장면들이 감정이입이 잘 안 되는(거리감이 느껴지는) '낯설게 하기' 상태로 지각되는 것은 그래서이다.

이 같은 이미지 소설의 장면들은 베르그송의 '순수지각'의 이미지에 접근한 양상으로 볼 수 있다. 순수지각의 이미지란 인격성의 주체로 나아가기 전단계인 '미결정적 의식'에 반사된 이미지를 말한다. 내적 초점화가 인격성을 지닌 인물의 눈을 통해 장면을 제시하는 반면, 이미지 소설은 그런 인격성(정서·심리·사고)의 전단계인 미결정적 의식을 매개로 장면을 보여주는 셈이다.

이미지 소설이 인격적인 초점화자 대신 미결정적 의식을 계속 시각 매체로 사용한다는 것은 매우 특별한 상황을 암시한다. 미결정적 의식이란 정서와 심리를 드러내는 인격적 주체의 선행 단계인데, 좀처럼 정서와 심리를 표현하지 않는 인물 매체(초점화자)는 그 단계(미결정적 의식)에 고착된 의식상태를 뜻하는 것이다. 이는 실상 열정과 행동력을 상실한 무기력한 인물 매체의 상태를 나타낸다.

인격적인 인물의 눈을 사용하는 관례를 지닌 내적 초점화 소설에서 '카메라의 눈' 등의 영화기법이 사용되며 으레 무기력한 인물 매체가 등장하는 것은 그 때문이다.[3] 이런 기법과 인물 매체의 상응관계는 일반적인 내적 초점화 소설과는 다른 매우 특별한 양상을 뜻한다. 즉, 이미지 소설이나 카메라의 눈은 인물 매체의 의식 상태나 기법(인물 매체의 시점)에 있어서 아주 예외적인 실험적 양상을 나타낸다.

흥미로운 것은 영화의 경우 그 같은 '카메라의 눈'이 모든 것의 **출발점**이라는 점이다. 물론 영화의 '카메라의 눈'은 인물 매체가 아니며 그 점에서 소설의 비인격적 인물 매체(카메라의 눈)와는 조금 구분된다. 소설의 카메라의 눈(비인격적 인물 매체)이 순수지각의 시점과 인격적 시점의

---

3) 이중에는 모더니즘이나 누보로망에서처럼 인물의 소외와 무기력이 원인인 경우와 포스트모더니즘(배수아 소설)에서처럼 세계 자체가 반성적 사고를 무력화하는 이미지와 판타지의 공간이 된 때문인 경우가 있다.

사이에 위치한다면, 영화의 카메라의 눈은 보다 더 순수지각 쪽에 자리한다.[4] 그런데 더욱 중요한 것은 소설의 카메라의 눈이 특별한 상황인 반면 영화의 카메라의 눈은 장르 자체의 특성이라는 점이다. 즉, 전자는 인물 매체의 고착성을 암시하지만 후자는 영화 장르의 새로운 시점의 방식을 나타낸다. 소설의 경우와는 달리 영화의 카메라의 눈은 장르 자체의 본령인 것이다.

그러면 영화의 카메라의 눈이 순수지각에 가깝다는 것은 무슨 뜻일까. 베르그송의 순수지각이란 사물 자체와 표상의 사이,[5] 즉 실재계와 상징계의 사이에 위치한 이미지[6]를 말한다. 이 이미지는 대상과 지각주체 사이에 존재한다. 그러나 지각주체가 인격성(정서·심리)으로 나아가기 전단계에서 지각(순수지각)이 이뤄지는 점에서 보다 더 대상인 물체쪽에 속한 것으로 볼 수 있다. 즉 '카메라의 눈'을 시발점으로 하는 영화에서는, 카메라에 밀착된 눈[7]이 소설의 인간의 시점보다는 '기계의눈'으로 작동됨으로써, 소설과는 달리 훨씬 물체 쪽에 속한 이미지를 이용하게 된다. 소설에 비해 영화가 한층 더 물질적인 힘을 지닌 장르인 것은 그 때문이다. 영화나 사진 같은 이미지(물체 쪽의 이미지)를 만들어내는 이 '기계의 눈'의 등장은 인간 중심의 세계(소설)에서 물체(대상)중심의 세계로의 전환을 의미하는 것이기도 하다.[8]

그러나 영화의 시점과 중개성(서술)이 '기계의 눈'으로서의 카메라의 눈에만 의존하는 것은 아니다. 기계의 눈은 영화의 시발점이자 잠재적인 가능성의 영역일 뿐이다. 영화 역시 소설처럼 '정서와 심리를 지닌

---

4) 영화의 '카메라의 눈'은 소설의 '카메라의 눈'에 비해 한층 더 '물체 쪽의 이미지'에 접근한다. 더욱이 일반적인 내적 초점화에 비해 영화의 시점이 물질적인 이미지를 사용한다는 사실은 더 말할 나위도 없다.
5) 베르그송, 박종원 역(2005), 22쪽.
6) 흔히 탈영토화된 이미지로 나타난다.
7) 이는 중개성의 영역에 존재하는 잠재적인 서술자의 눈으로 볼 수 있다.
8) 이토우 도시하루, 김경연 역(2000), 58쪽.

인물'과 '의미화된 인간 세계'를 담아내야 하므로 순수지각의 위치에서 인격성의 위치로 나아가야 한다. 그에 따라 시점과 중개성의 영역 역시 정서적 · 심리적 교감이 가능한 인격성의 회로로 이동한다. 즉, 그 자체로는 감정이입이 어려운 '카메라의 눈'에서 시작하는 영화는, 다양한 '카메라 워크(인물시점이나 서술언어를 만드는 기법)'를 통해 감정이입이 용이한 영상을 만들어낸다.

'인물의 눈'을 사용하는 소설의 경우에는 자연스럽게 정서와 심리를 드러내면서 독자들이 감정이입되도록 한다. 이것이 내적 초점화의 원래의 서술양상인 것이다. 그런 내적 초점화가 '카메라의 눈'으로 이동하면 인물 매체의 의식 상태가 제한되면서 이미지 서사가 나타난다. 이 '이미지 서사'와 '카메라의 눈'은 앞서 살폈듯이 원래의 내적 초점화를 특수한 기법으로 가공한 제약적인 상황이다.

반면에 '카메라의 눈'이 시발점인 영화는 관객들이 감정이입을 통해 영화에 몰입하도록 다양한 영상기법을 사용해야 한다. 영화에서는 인물 시점, 얼굴 클로즈업, 몽타주 등 여러 기법들을 구사해야만 비로소 소설에서처럼 인물의 정서와 심리가 자연스럽게 드러나는 것이다. 만일 그런 기법들을 사용하지 않을 경우 영화는 '고정된 카메라의 눈'의 상황이 된다. 이 '고정된 카메라' 기법은 바로 홍상수의 모더니즘 영화들이 즐겨 사용하는 방식이다.

대상(혹은 인물)의 내면과 깊이(정서와 심리)를 드러내는 대신 표면만을 찍어내는 이 기법[9]은, 실상 누보로망이나 하성란 소설에서의 '카메라의 눈'과 유사한 양상이다. '고정된 카메라' 혹은 '카메라의 눈'은 소설의 경우 내적 초점화를 가공한 특별한 기법이지만, 영화에서는 다양한 영상 기법을 배제한 원래의 카메라의 위치인 셈이다.

여기서 우리는 소설(내적 초점화)과 영화의 시점의 차이를 이해할 수

---

9) 홍상수 인터뷰(1996.5), 「섹스, 거짓말 그리고 모더니즘」. 홍상수는 인터뷰를 통해 자신의 영화에 대해 '표면을 정밀하게 보여주려 했다'고 말하고 있다.

있게 된다. '인물의 눈'을 사용하는 소설은 영화에 접근하는 순간 감정이입을 제한하는 기법(카메라의 눈)을 구사한다. 반면에 '카메라의 눈'을 사용하는 영화는 소설처럼 되기 위해 정서와 심리를 되살리는 다양한 영상기법을 전개한다. 그런데 영화는 다른 한편으로 그런 다양한 영상기법들을 배제함으로써 원래의 '카메라의 눈' 효과를 이용하는 또 다른 방식을 보여주기도 한다.

물론 영화의 경우에도 고정된 카메라의 눈은 소설의 카메라의 눈처럼 대개 고착된 심리의 인물들을 보여준다. 그러나 영화의 카메라의 눈은 그와 함께 다양한 영상기법의 전단계이기도 한 것이다. 이 같은 양면성은 영화의 '카메라의 눈'이 단지 정서와 심리가 결여된 시점이 아님을 뜻한다. 그것은 오히려 '자동기계의 눈'과 뇌의 회로라는 새로운 능력의 영역을 암시한다.

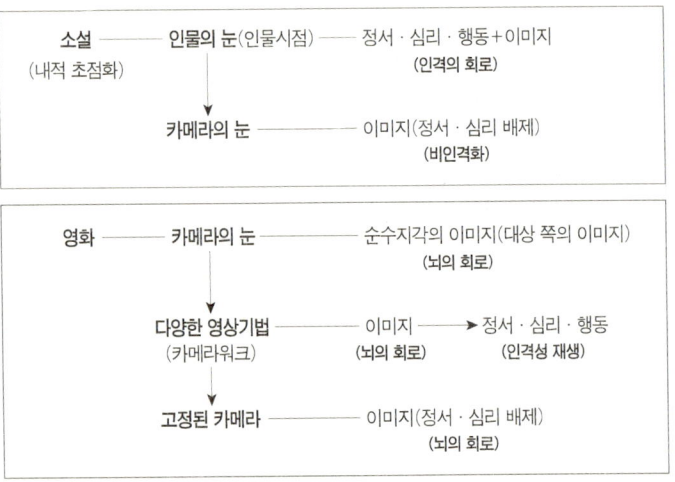

위에서 내적 초점화 소설의 인물시점 상황은 '일반적인' 소설의 형식이다. 인물시점이 비인격화된 카메라의 눈으로 이동하면 내적 초점화의 원래의 상황에서 벗어난 낯선 '실험적인' 형식이 된다. 그런데 영화의

경우에는 원래의 카메라의 눈에 다양한 영상기법을 부가해 소설과 비슷해졌을 때 익숙한 '일반적인' 영화의 형식이 얻어진다. 영상기법을 배제하고 카메라의 눈(고정된 카메라)으로 되돌아오면 '실험적인' 모더니즘 영화가 된다.

영화의 원래의 위치에 가까운 모더니즘을 실험적이라고 느끼는 점은 우리 시대의 서사적 단계를 시사한다. 즉, 그런 사실은 이미지와 디지털 매체의 시대인 오늘날에도 우리가 감정이입을 수반하는 서사형식에 익숙해져있음을 암시한다. 게임 이미지나 디지털 이미지들에서 보듯이 우리 시대는 '대상 쪽의 이미지'가 중시되는 시각의 단계에 와 있다.[10] 그러나 여전히 감정이입이 중시되는 내적 초점화 역시 중요한 서사형식으로 존재하고 있는 것이다. 다양한 영상기법을 사용한 영화는 아마도 '내적 초점화'와 '대상 쪽의 이미지' 사이에 위치할 것이다. 그것이 바로 오늘날 우리가 가장 익숙한 서사형식으로 볼 수 있다.

그와 달리 감정이입이 배제되고 '대상 쪽의 이미지(순수지각의 이미지)'나 시간-이미지[11]를 이용하는 영화들, 즉 홍상수의 모더니즘이나 들뢰즈의 사유의 영화는 실험적으로 여겨진다.[12] 이 중에서 감정이입을 배제하는 '고정된 카메라' 기법(홍상수의 모더니즘)의 경우 '카메라의 눈'의 이중적 측면을 암시한다. 한편으로 카메라의 눈은 감정이입을 차단함으로써 대상 인물들의 자동화된 세계에서 벗어난 '낯설게 하기' 시각을 제공한다. 이것이 홍상수의 모더니즘 영화의 효과이다. 그러나 다른 한편 카메라의 눈은 대상 인물들과의 정서적·심리적 교감을 배제함으로써 그들을 물화시키는 시각을 드러낸다. 이는 몰래 카메라[13] 같은 일방적인 시선의 효과이다.[14]

---

10) 게임 이미지나 디지털 이미지는 가상적인 대상의 이미지인 경우가 많다.
11) 시간-이미지에 대해서는 뒤에서 살펴보겠음.
12) 어떤 면에서는 이런 영화들이 영화의 본령에 속하는 것으로 볼 수 있다.
13) 박정미(2004), 54쪽. 여기서는 홍상수 영화의 고정된 카메라가 외견상 몰래 카메라와 유사함을 지적한다.

일반적인 영화들이 카메라 워크를 통해 인물들의 정서와 심리를 되살리는 것은 후자와 같은 일방적인 시각에서 벗어나기 위해서이다. 그런데 홍상수의 모더니즘은 그런 기법들을 사용하지 않고도 물화된 시선의 위험에서 벗어나 전자의 '낯설게 하기' 효과만을 드러낸다. 그것은 왜일까?

홍상수의 모더니즘에 등장하는 인물들은 대부분 타인과의 관계가 어긋나고 자기 내면에 유폐된 욕망만을 지닌 사람들이다. 그런 사람들의 정서적 상태는 질투와 울분, 그리고 권태이다. 이런 정서는 설령 밖으로 표현되더라도 감정이입이 잘 되지 않는다. 그 때문에 카메라는 그들의 정서를 되살리기 위해 움직일 필요가 없으며, 타인과의 벽에 의해 강요된 그들의 고착된 심리를 드러내는 데는 오히려 고정된 카메라가 적절하다. 즉, '고정된 카메라'는 인물들의 '고착된 심리'에 상응한다. '고정된 카메라'는 일상에서 이탈한 인물들의 '심리적 위치'에 조응하면서, '카메라의 눈'의 낯설게 하기 효과를 통해 우리 자신이 일상에서 이탈한 시각을 갖게 한다.15)

결과적으로 홍상수의 '고정된 카메라'는 하성란의 '카메라의 눈'과 매우 유사해진다. 예컨대 「루빈의 술잔」, 「곰팡이 꽃」 등 하성란의 소설에는 타인과의 소통에 실패하고 삭막한 관계에 놓인 유폐된 심리의 인물들이 등장한다.16) 그와 비슷하게 『돼지가 우물에 빠진 날』『강원도의 힘』 등 홍상수의 영화에는 어긋난 타인과의 관계 속에서 심리적으로 고착된 사람들이 나온다. 홍상수의 영화와 하성란의 소설은 그런 사람들

---

14) 이 두 가지는 '대상 쪽의 이미지' 시각 단계인 오늘날의 이미지 활용의 두 가지 방향을 암시한다. 하나는 전자 쪽의 효과를 이용하는 예술영화이며, 다른 하나는 후자 쪽의 특징을 활용하는 감시장치나 이미지 전쟁이다.

15) 일상의 자동화된 시점에서 이탈한 시각으로 인물들의 일상을 보게 된다. 홍상수 영화의 인물들은 평범한 일상을 살아가는 듯하지만 심리적으로는 일상의 평온함에서 이탈한 사람들이다.

16) 하성란 외(2006), 270, 272쪽, 손정수 외, 「경계 너머를 향한 글쓰기의 욕망들」.

의 메마른 일상을 '고정된 카메라'의 감정이 지워진 이미지들을 통해 제시한다.

그 밖에도 두 사람의 서사는 여러 가지 비슷한 면을 지니고 있다. 홍상수는 설정쇼트[17]를 배제하고 무규정적 이미지(미장센)를 보여주는데,[18] 그와 유사하게 하성란은 상황설정을 알리는 서술이 없이 현재형으로 된 이미지들을 제시한다.[19] 또한 홍상수가 인물시점(시점쇼트[20])을 좀처럼 사용하지 않듯이, 하성란은 인물시점의 특권인 정서와 심리 묘사를 배제한다. 홍상수는 감정 표현이 드러나는 얼굴 클로즈업 대신 사물 클로즈업을 자주 보여주는데, 이점 역시 하성란의 클로즈업 묘사와 유사하다.

예컨대 홍상수의 『돼지가 우물에 빠진 날』에는 느닷없이 사물 클로즈업이 끼어드는 편집이 눈에 띈다. 주인공 효섭의 원고지, 화분안에 갇힌 벌레, 효섭과 떠나려는 보경의 큰 트렁크, 보경의 남편 동우의 가족사진, 보경이 효섭에게 쓴 메모지, 보경의 호출기 등이 그것이다. 이 사물 클로즈업들은 이 영화의 주제, 즉 '소통의 소망과 소통되지 않음'을 집약적으로 상징한다.

그와 유사하게 하성란의 「곰팡이 꽃」의 쓰레기 클로즈업 묘사 역시 불가능한 소통의 절망적인 시도를 암시한다. 이 소설의 주인공('남자')은 사랑하는 여자에게 보낸 편지가 쓰레기로 변하는 좌절을 겪은 후 쓰레기 봉투를 뒤지며 아파트 사람들과 소통하려 시도한다. 그러나 그의 굴절된 소통의 시도는 쓰레기 위에 핀 곰팡이 꽃처럼 소통 불가능성을 우울하게 알려줄 뿐이다.

물론 하성란의 이미지 소설과 홍상수의 모더니즘이 아주 똑같은 것

---

17) 설정쇼트는 이야기 세계의 장소나 시간 등을 설정함으로써 이후의 장면과 전체 작품에 대한 정보를 제공하는 쇼트이다.
18) 박정미, 「소설과 영화의 이야기와 담론 비교 연구」, 앞의 논문, 52쪽.
19) 하성란(1997), 213~294쪽, 신수정, 「타자라는 소행성과의 만남」.
20) '시점쇼트'란 영화에서 인물시점의 방식으로 된 쇼트를 말한다.

은 아니다. 하성란의 소설은 여전히 내적 초점화의 일종인 반면 홍상수의 영화는 인물 매체가 없는 카메라의 눈이기 때문이다.[21]

그와 마찬가지로 일반적인 내적 초점화 소설과 정서와 심리를 되살린 일반적인 영화 역시 동일하지는 않다. 먼저 영화는 다양한 영상기법을 통해 정서 표현과 심리 묘사를 되살리는 경우에도 내적 초점화 소설과는 중개성의 방식이 구분된다. 그렇다고 화자시점 기법(작가적 화자, 전지적 시점)과 비슷해지는 것도 아니며 영화 특유의 제3의 중개성의 방식이 만들어진다.

이와 연관해서 일반적인 소설과 영화의 보디 근본적인 차이는 양자의 서사직 전개 과정에서 나타난다. 실험적이지 않은 일반적인 소설과 영화들은 비슷하게 주로 서사의 전개에 크게 의존한다. 그런데 중개성의 영역이 작동하면서 '서사'를 전개해가는 과정 자체에서 소설과 영화의 핵심적인 차이가 드러난다.

서사를 가능하게 하는 중개성의 영역에서는 시점과 서술이 작용한다. 우리는 시점을 통해 이야기의 상황을 '보게'되며, 서술을 통해 서사적 전개를 '인식'한다. 그런데 소설의 경우 시점과 서술은 긴밀히 연관된 상태로 명시적으로 드러난다. 예컨대 화자시점 서술(작가적 화자)에서 우리는 화자(서술자)의 존재를 분명히 감지하면서 그의 시점에 의해 제시된 이야기 상황을 보게 된다. 또한 인물시점 서술(내적 초점화)에서는 화자가 사라진 듯하지만 인물의 시점을 통해 이야기 장면들을 보면서 '반성자-인물'의 형식으로 서술의 진행을 경험한다. 두 경우 모두 시점과 서술은 긴밀히 연관된 상태[22]로 동시적으로 진행된다.

반면에 영화에서는 소설과 달리 시점과 서술의 차원이 분리되어 있다. 영화에서 우리는 먼저 시점(자동기계의 시점)을 통해 이미지들을 보게 되는데 이 이미지들 자체에는 아직 서술의 요소가 포함되어 있지 않다.

---

21) 3인칭 목격자 시점과도 구분된다. 일종의 낯설게 하기 기법이 작용하고 있기 때문이다.
22) 그 둘이 완전히 일치되는 것은 아니다.

영화에서는 카메라 워크를 통해 이미지가 움직이고 시점들의 변환과 접속이 이루어지면서 비로소 서술이 진행된다.

언어로 된 소설에서는 처음부터 자연스럽게 서술(언어)의 진행이 감지된다. 반면에 이미지로 된 영화의 경우 이미지 자체에는 서술이 없으며 영화언어(서술)를 만들어내는 다양한 영상기법이 사용되어야만 서술이 가능한 것이다. 영상기법들은 그처럼 심리와 정서를 되살려 감정이입을 유발하는 동시에 또한 이야기를 전달하는 서술의 진행이 이루어지게 한다. 이 서술의 진행을 담당하는 주체(서술자)는 이미지를 만드는 시점의 눈(카메라)과 일치하지 않으며 카메라가 보여주는 이미지의 뒤편에 숨겨져 있다. 언어로 된 소설에서는 화자-서술자가 처음부터 나타나지만 영화의 '숨겨진 서술자(내포서술자)'[23)는 이미지들이 연쇄적으로 보여진 후에야 '사후적으로' 감지된다.

이런 차이는 소설이 언어라는 '기호'를 사용하는 반면 영화는 스스로는 기호가 아닌 이미지를 사용하는 데서 온 것이다. 서사를 전개하는 서술이란 기호들을 통해 의미작용을 발생시키는 과정과 일치한다.[24)] 서사를 진행하는 기호적 의미작용은 어떤 표상체계(상징계, 언어체계)에 근거해 의미를 발생시키면서 인간과 세계[25)를 보여준다. 서사란 그처럼 표상체계에 의존한 기호작용을 통해 어떤 체계(코드화된 상징계)로 된 세상을 그리면서 그 체계를 넘어선 차원(탈영토화된 공간)을 드러내는 전개일 것이다.

그런데 영화의 이미지는 결코 어떤 표상체계(상징계)에도 예속되어 있지 않다. 영화가 사용하는 '이미지'는 베르그송이 말했듯이 '사물과 표상의 중간에 위치한 존재'[26)]이다. 표상에 비해 보다 사물 쪽에 위치한

---

23) 영화에서는 화자가 보이스 오버로 등장하기도 하지만 그렇지 않은 경우에도 화자가 아닌 내포서술자의 형식으로 서술이 진행된다.
24) 그레마스의 사각형은 이점을 잘 보여준다. 나병철(2006), 372~393쪽.
25) 이는 거시적 차원에서는 인물과 환경의 상호작용으로 나타난다.
26) 베르그송, 박종원 역(2005), 22쪽.

이미지는 우리에게 먼저 일종의 '물질적 운동'으로 전해진다. 물론 영화에서도 영상기법들에 의해 서술(영화언어)이 형성되고 서사가 진행되면 이미지들은 표상(기호)으로 작용하기 시작한다. 그러나 그런 서술과 서사의 차원이 나타나기 전에 매순간마다 아직 표상화되지 않은 이미지의 물질적 운동이 우리에게 전달되는 것이다. 그리고 그런 이미지의 물질적 운동이 충격을 가하는 곳은 우리의 정신(의식)이나 감정이 아니라 뇌신경의 회로이다.

소설의 서사는 처음부터 화자나 인물의 말, 시점(눈), 의식에 의해 우리에게 중개(서술)된다. 이 같은 소설의 의사소통의 회로는 인격성의 회로라고 할 수 있다. 인격성의 회로에서는 제시된 서사의 인식 요소들을 자기인식화하면서 정서적으로 수용하는 과정이 중요하다.

반면에 영화에서는 이미지가 표상(기호)으로 작동하면서 그 같은 서사로 전개되기 전에, 매번 이미지 그 자체의 물질적 운동이 우리의 뇌의 회로에 충격을 가한다. 베르그송에 의하면, 뇌의 회로란 이미지의 물질적 충격에 대한 반작용으로서 우리의 행동이 준비되는 미결정적인 틈새의 영역이다. 따라서 이미지가 복잡한 서사를 매개로 나타날 경우 우리의 뇌의 회로는 보다 활성화되고 뇌신경의 떨림이 커질 것이다. 그런 뇌의 회로의 활성화는 이미지-물질적 운동에 대한 반작용으로서 우리의 잠재적 행동의 질과 밀도를 암시한다. 비슷한 서사의 연출일 경우에도 영화가 소설보다 훨씬 더 물질적인 선동성을 지니는 것은 그 때문이다. 그 대신 영화의 서술은 보다 은밀하게 진행되며 이미지의 물질적 운동을 거친 후 그것의 연쇄적인 표상화 과정을 통해 비로소 전달된다.

이처럼 영화의 이미지는 '물질적 운동'과 '표상작용-서사'라는 이중적 작용을 수행한다. 그 점은 소설의 언어가 '시점의 전달-서술'과 '표상작용-서사'를 거의 동시적으로 진행시키는 것과 구분된다.

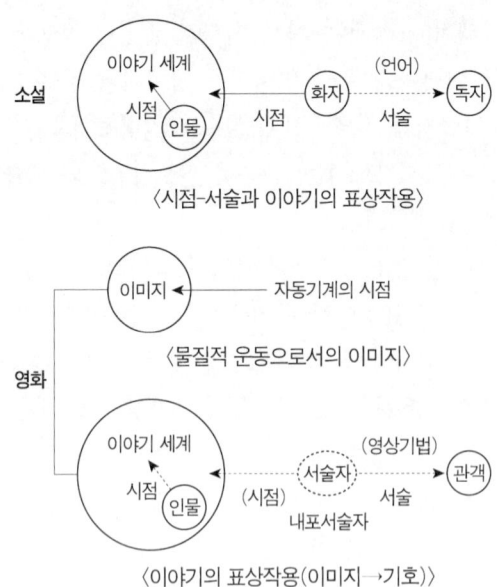

〈시점-서술과 이야기의 표상작용〉

〈물질적 운동으로서의 이미지〉

〈이야기의 표상작용(이미지 →기호)〉

　　위에서 영화의 이중적 상황은 영화의 '이미지'들이 또한 '기호'로 작
동됨을 의미한다. 그런데 이 이미지들의 기호적 의미작용은, 탈영토화
된 이미지[27]가 표상으로 전환된 후 전개되는 것인지, 혹은 그대로 그
상태에서의 표상작용(탈영토화된 표상작용)인지 불분명하다. 전자가 메츠
의 관점이라면[28] 후자는 들뢰즈의 관점이다. 들뢰즈는 메츠가 이미지라
는 질료적 물질성을 간과하고 영화의 기호작용을 언어학적 모델로 환
원시킨다고 비판한다.[29] 즉, 메츠의 기호론(semiology)적[30] 영화 서사학은
소설론에서처럼 언어학적 모델에 근거하고 있다는 것이다. 그와 달리

---

27) 사물과 표상 사이의 위치를 말함.
28) 메츠 역시 영화의 특수성을 존중하면서 쇼트가 고정된 체계에 의존하는 자의적 기
　　호가 아니기 때문에 영화는 랑그를 갖지 않는다고 말한다. 그러나 그는 영화가 언어처
　　럼 작용할 때 언표나 진술의 체계에 따라 의미작용한다고 논의한다.
29) 데이비드 노먼 로도윅, 김지훈 역(2005), 92~93쪽.
30) 들뢰즈는 퍼스의 기호 이론에 의존한 자신의 기호학(semiotic)을 언어학적 모델에 근
　　거한 기호론과 구분한다.

이미지에는 정태적 표상과는 다른 시간의 과정이 포함되어 있으며,[31] 그로 인해 영화에서는 기호적 의미작용 자체에 탈영토화 과정이 내포된다.[32] 영화 이미지가 정태적인 표상으로 작용(의미작용)하느냐 탈영토화된 역동성을 부각시키느냐는, 통속적인 오락영화와 예술영화의 차이를 암시할 것이다.

물론 그 둘 중 전자의 경우가 후자보다 오히려 감정이입이 더 잘 될 수도 있다. 정태적인 표상이란 우리에게 익숙한 반복적인 일상의 한부분이기 때문이다. 그런 이유로 단조로운 일상을 그릴 경우 감정이입을 차단하는 방식을 사용하는 것이 일상의 틈새를 드러내는 데 효과적일 수 있다. '고정된 카메라'를 사용하는 홍상수의 모더니즘이 바로 그 같은 경우이다. 그런데 홍상수의 영화는 인물들의 유폐된 내면을 드러내면서 일상 속에 숨겨진 소통의 벽들을 암시하는 방식을 취한다. 그래서 '낯설게 하기'를 시도하긴 하지만 일상에서 이탈된 이미지들이 표현되지는 않는다. 또한 영화적 이미지들은 일반적인 영화처럼 일상을 투영하는 선적인 시간(연대기적 시간)에 따라 배열된다.

그와 달리 선적인 시간에서 이탈된 이미지들(시간-이미지)[33]이 접속되면서 정태적 표상으로 환원될 수 없는 낯선 이미지들의 집합을 보여주는 것이 들뢰즈의 사유의 영화이다. '사유'란 흔히 의식적 자아 내면에서의 언어적 작용으로 생각되지만, 이미지의 차원에서는 기억의 회로(베르그송의 기억 이미지)와 연관된다. 즉, (선적인 시간을 지닌) 감각-운동의 회로[34]로 환원될 수 없는 기억 이미지들이 (현재의) 순수지각 이미지(탈영토

---

31) 이 점에서 언어적 기호가 차이의 결과라면 이미지적 기호는 차연을 통해 생성된다고 할 수 있다.

32) 사실은 언어를 사용하는 소설에서도 각 언어들은 개념적 언어와는 달리 미시적 의미소들로 작용하면서 탈영토화의 운동을 드러낸다. 다만 영화 이미지는 언어와는 달리 처음부터 그런 '탈영토화'를 특징적으로 나타낸다.

33) 이 이미지들은 선적인 시간에 예속되지 않은 채 그 자체 안에 시간을 담고 있는 이미지들이다. 이 시간-이미지는 창조적 진화로서 시간의 선행성과 생성의 순수형식을 제시한다. 데이비드 노먼 로도윅(2005), 108쪽.

화된 이미지)들과 접속되며 만드는 집합적 관계들이 바로 사유이다.

기억 이미지들이 원래의 (과거의) 선적인 시간의 회로로 되돌아 갈 수 없을 때, 기억의 동요가 일어나면서 현재의 지각 이미지들과의 창조적인 결합이 일어나는데, 이때 세계와 자아의 연속성과 통일성이 해체되면서 정신적인 자동기계[35]가 내부에서 작동하게 된다. 그 같은 해체-생성의 과정을 이미지로 보여주는 영화는 사유될 수 없는 것을 사유하게 한다.

개념적으로는 사유될 수 없는 것을 이미지들의 접합으로 드러내는 이 들뢰즈의 사유의 영화는, 관념적 동일성을 해체하는 점에서 바흐친의 대화적 소설과도 유사하다.[36] 바흐친의 대화적 소설이 독백적인 언어와 자아를 해체하는 다성성을 들려준다면, 들뢰즈의 사유의 영화는 세계와 인간의 관념적 통일을 와해시키는 이질적인 이미지들의 접합을 보여준다. 대화적 소설이 말에서 시작하고 사유의 영화는 이미지에서 출발하지만, 그 둘은 비슷하게 새로운 자아와 세계가 생성될 수 있는 탈영토화된 창조적 공간을 열어 놓는다. 그 같은 미래를 향한 생성이 시작되는 곳은 형이상학적인 인격의 회로를 해체시키는 뇌의 회로의 공간이기도 하다.[37]

---

34) 행동적인 서사의 회로를 말함.
35) 타자성을 지닌 무의식의 운동을 말함.
36) 들뢰즈, 이정하 역(2002), 364쪽. 들뢰즈는 이 점에서 사유의 영화는 서사적이기를
    그쳤지만 가장 (바흐친적 의미에서) 소설적인 것이 되었다고 말한다.
37) 제4장 2절('인격의 회로에서 뇌의 회로로') 말미의 도표를 참조할 것.

2. 소설과 영화의 '사이'-시각적 시점화와 주관성의 표현

　영화의 이중적 기호작용과 탈영토화된 표상작용은 영화와 소설의 시점의 차이를 암시한다. 그러나 영화는 시각적 시점화가 우세한 점에서는 내적 초점화 소설과 유사하기도 하다. 이제 영화와 소설의 시각적 시점화의 공통점과 차이를 살펴보자.

　영화는 내적 초점화와 인물시점 소설에서처럼 모든 것을 장면으로 제시한다. 영화의 장면 제시는 특정한 위치에서 대상을 투시하는 '시각적 시점'과 연관이 있다. 영화는 모든 쇼트들이 시각적 시점화로 이루어져 있다. 그와 유사하게 내적 초점화와 인물시점 소설 역시 매장면마다 시각적 시점화를 사용한다.[38] 소설에서 영화에 접근한 '시각화'가 인물시점의 효시인 플로베르로부터 시작되었다고 보는 것은 그 때문이다.[39]

　슈탄첼에 의하면, 현대소설에서 플로베르식의 '시각화'와 '시점화'가 현저해진 이유는 다음의 두 가지이다. 하나는 소설을 객관적이고 장면적으로 만들어 독자가 생생하게 보고 있다는 환영을 형성하기 위해서이다. 다른 하나는 19세기 말 인상주의의 영향으로 개별적인 주관적 지각의 양식이 우세해졌기 때문이다.[40] 이 두 가지 요소는 내적 초점화(인물시점)의 객관적이면서도 주관적인 특징을 잘 나타내고 있다.[41]

　영화의 시각적 시점 역시 객관과 주관의 이중성을 지니고 있다.[42] 이

---

38) 이 점에서 영화와 내적 초점화 소설은 유사하지만 언어 대신 직접 이미지를 사용하는 영화가 훨씬 더 감각적 호소력이 큰 것은 더 말할 것도 없다.

39) 앨런 스피겔, 박유희·김종수 역(2005), 84~100쪽.

40) 슈탄첼(1990), 186~187쪽. 보다 근본적으로는 시각의 역사의 두 번째 단계와 연관된다. 즉, 장면내부의 '육체를 지닌 인물의 시점'을 통해 주객통합된 상태로 대상을 보는 시각의 단계와 관련이 있다.

41) 이에 대해서는 앞의 내적 초점화에 대한 설명을 참조할 것.

42) 앨런 스피겔(2005), 90~126쪽.

점에 주목해 앨런 스피겔은 플로베르 소설의 시각화된 장면들이 영화의 장면과 유사하다고 논의한다.43)

　그러나 일반적으로 보면 영화의 '시각화'는 내적 초점화 소설에 비해 주관적 정서와 심리의 표현에 어려움을 겪는 것이 사실이다.44) 그것은 내적 초점화가 정서와 심리를 지닌 인물의 시점에 의존하는 반면, 영화는 주관적 시점을 표현하더라도 카메라적 시선45)의 제약에서 완전히 자유로울 수 없기 때문이다. 즉, 내적 초점화 소설의 인물 매체인 인간의 눈은 정서·심리·사고를 마음대로 드러낼 수 있다. 그러나 영화의 카메라 매체는 다양한 시각적 영상 기법으로 인물시점을 만들거나 주관성을 표현하더라도 그 밀도와 유연성에서 명백히 한계를 지닌다.46)

　이런 차이를 지니기 때문에 내적 초점화 소설에서 주관성의 표현을 배제하는 특수한 기법을 사용했을 때 소설의 시점은 더욱 영화에 접근하게 된다. 즉, 정서나 심리, 사고의 표현을 극도로 절제할 경우 인물 매체의 '인간의 눈'은 '카메라의 눈'과 유사해진다. 예컨대 콘라드, 조이스, 로브-그리예의 소설이나 배수아와 하성란의 소설이 그런 경우이다.

　그런데 이들 소설의 '카메라의 눈'은 (앞서 살폈듯이) 인물 매체의 행동적 무기력을 대가로 한 것이다. 즉, 이들의 소설은 영화 기법을 실험적으로 사용한 것이기도 하지만, 그 이전에 세계로부터의 소외와 환멸로 인해 '인간의 눈'의 기능에 변화가 초래된 것이기도 하다.

　영화의 '카메라의 눈' 역시 당연히 그런 모더니즘이나 포스트모더니즘적 상황을 표현할 수 있다. 그러나 일반적인 영화에서는 주관성의 표현을 위해 여러 기법을 동원하는데, 이 경우 내적 초점화에 비해 표현

---

43) 위의 책, 88~89쪽.
44) 슈탄첼(1990), 188쪽.
45) 카메라는 사물의 표면만을 찍을 수 있으므로 다양한 영상기법을 사용하는 경우에도 주관성의 표현에 한계를 지닌다. 반면에 상징계에 동화된 시선에서 벗어날 수 있기 때문에 탈영토화된 이미지를 제시할 수 있다.
46) 인물의 사고를 목소리를 통해 들려 줄 수는 있다.

상의 제약을 갖게 되는 것이다. 소설을 영화화할 때 내적 초점화나 1인칭 소설이 3인칭 작가적 소설보다 훨씬 어려운 것은 그런 제약 때문이다.[47] 내적 초점화는 가장 영화에 접근한 상황이지만 오히려 작가적 소설보다 영화화하기가 힘든 것이다.

하지만 영화가 소설(특히 내적 초점화나 1인칭)에 비해 주관성의 표현이 어렵다는 것은 '인간의 시점'을 매개로 한 측면을 말한다. 즉, 영화는 소설에 비해 인간의 시점과 의식을 통해 포착되는 일상적인 정서와 심리를 잘 제시하지 못한다. 반면에 인간의 일상적 의식으로 충분히 파악하기 어려운 탈영토화된 심리나 정서는 오히려 영화가 보다 구체적으로 드러낼 수도 있다.

탈영토화된 정서-심리란 소외, 우울, 권태, 환멸 같은 것들을 말한다. 물론 소설 역시 그런 정서와 심리를 얼마든지 표현할 수 있다. 그러나 감정이입이 어려운 탈영토화된 정서-심리는 소설의 언어와 의식을 매개로 할 경우 구체성을 얻기 힘들 수 있다. 반면에 영화는 그런 심리와 정서를 시각적 이미지를 통해 선명하게 제시할 수 있다.

영화가 이미지를 통해 정서를 표현할 수 있다는 것은 영화의 정서 표현이 소설과는 다른 회로를 사용함을 뜻한다. 예컨대 내적 초점화 소설에서는 인물 매체의 의식을 매개로 정서와 심리, 그리고 정서로 채색된 이미지가 거의 동시적으로 제시된다. 반면에 영화는 이미지들의 접합을 통해 정서와 심리를 환기한다.

양자의 차이는 영화적인 '카메라의 눈'에 접근한 소설들을 살펴보면 분명히 알 수 있다. 예컨대 하성란의 「곰팡이 꽃」은 정서가 표백된 이미지들의 세밀한 제시를 통해 소통이 단절된 인물의 심리를 표현한다. 또한 조이스의 『율리시즈』는 대상을 파편화된 시각적 프레임 안에 기계적으로 미세하게 표현함으로써 인물들의 소외감을 드러낸다.[48] 이 영

---

47) 슈탄첼(1990), 135쪽.
48) 앨런 스피겔(2005), 144~145, 172쪽.

화에 접근한 소설에서 표현된 단절감이나 소외감은 감정이입이 잘 안되는 탈영토화된 정서-심리이다. 내적 초점화 소설은 인물의 정서와 심리를 통해 감정이입을 유발하면서 정서로 채색된 이미지를 보여준다. 반면에 영화에 접근한 소설이나 모더니즘(포스트모더니즘) 영화는 정서가 배제된 이미지들을 매개로 감정이입이 어려운 낯선 정서들을 표현하는 것이다.

이처럼 감정이입이 어려운 정서들은 인물의 의식이나 언어를 매개로 하는 일반적인 내적 초점화 소설보다 (이미지를 사용하는) 영화적 소설이나 모더니즘 영화에서 한층 잘 표현된다. 또한 영화적 소설과 모더니즘 영화 중에서는 후자가 더 낯선 정서의 표현에 용이하다. 그것은 영화적 소설이란 인물 매체의 기능에 이상이 생긴 것인 반면, 모더니즘 영화는 원래의 자동기계적인 탈영토화된 시점을 이용하는 것이기 때문이다.

예컨대 『지옥의 묵시록』(프랜시스 포드 코폴라 감독)이나 『섬』(김기덕 감독)에서는 감정이 소멸된 이미지[49]들을 통해 환멸과 소외, 교란된 심리가 제시된다.[50] 이 방식은 이른바 이미지 소설들과 비슷하지만 그 탈영토화된 정서의 시각적(이미지적) 표현에서는 모더니즘 영화가 우세한 것이다.

물론 이미지를 매개로 한 정서의 표현은 모더니즘 영화뿐만 아니라 일반적인 영화에서도 나타난다. 예컨대 몽타주는 이미지(쇼트)의 접합을 통해 정서를 표현하는 가장 대표적인 방식이다. 한 예로 『초록 물고기』의 앞부분 기차 장면을 생각해 보자. 기차에 매달린 미애로부터 진홍색 스카프가 풀려 날리는 쇼트와 그 스카프를 바라보는 그녀의 얼굴과 클로즈업된 막동의 얼굴, 바람에 날리는 스카프, 그리고 공중을 날아온 스카프가 막동의 얼굴을 휘덮는 쇼트들이 잇달아 제시된다. 이 몽타주에서는 각 이미지들 자체에서는 나타나지 않은 막동의 내면의 은밀

---

49) 이 이미지들은 감정이입이 잘 안 되는 영상들이다.

50) 우리를 불편하게 하는 영화들, 『섬』『올드보이』『오아시스』등의 영화가 여기에 해당된다. 『오아시스』는 감정이입과 감정이입의 차단이라는 양면성을 지닌다.

한 정서가 표현된다.

그러나 이런 식의 정서 표현이 (앞서 살폈듯이) 내적 초점화 소설보다 반드시 더 섬세하다고 볼 수는 없다. 더욱이 감정이입을 유발하는 정서와 심리의 연이은 제시에서 영화는 소설보다 훨씬 불리한 입장에 있다. 반면에 감정이입이 잘 안되는 탈영토화된 정서들은 오히려 영화가 더 밀도 있게 표현할 수 있다. 그것은 소설의 경우 그런 정서들이 인물의 의식과 언어로 드러낼 수 있는 가장 어려운 요소인 반면, 영화는 이미지를 선명하게 보여주면서 말로 '표현할 수 없는' 낯선 정서를 환기시킬 수 있기 때문이다.

예를 들어, 『섬』에서 주인공 희진(서정)은 현식(김유석)으로부터 사랑을 거절당한 후 표현할 수 없는 상처받은 심리를 물고기를 통해 (가학적으로) 표현한다. 즉 어항에 비친 희진의 무표정한 얼굴, 물고기를 움켜쥐고 바닥에 떨어뜨리는 장면, 희진에 의해 전기에 감전되어 펄떡이는 물고기의 모습 등—이 이미지들은 탈영토화의 욕망이 좌절된 그녀의 전도된 심리를 잘 드러낸다.

요컨대 영화의 이미지를 매개로 한 정서-심리의 표현방식은 **말로 표현할 수 없는** 정서들을 시각적으로 구체화시키는 능력을 부여한다. 그리고 모더니즘이든 일반 영화이든 영화는 **이미지**를 통해 정서(심리)를 환기하는 점에서 인물의 의식과 서술을 통해 직접 정서를 표현하는 소설과 구분된다. 영화적 이미지란 인격성의 지표인 '말과 의식의 주체'의 전 단계, 즉 미결정적 의식에 의해 반사된 물질적 운동을 말한다. 그 같은 미결정적 주체의 회로를 우리는 '뇌의 회로'라고 불러 왔다. 그에 반해 말과 의식을 통해 직접 정서를 표현하는 소설의 매체는 인격의 회로라고 할 수 있다. 내적 초점화 소설에서 '카메라의 눈'에 접근하는 영화적 소설들은 인물 매체가 비인격화되면서 인격의 회로에서 뇌의 회로로 다가가는 경우일 것이다. 이제 주관성의 표현에 연관된 그런 회로상의 차이에 유념해서 내적 초점화 소설, 영화적 소설, 영화(일반 영화, 모더니즘 영화)의 차이를 제시하면 다음과 같다.

내적 초점화 소설	일반적인 영화
인격의 회로(정서, 심리) 영화보다 주관성 표현 우세	뇌의 회로(이미지)→인격의 회로(정서) 내적 초점화보다 주관성 표현 약화
'카메라의 눈' 소설	모더니즘 영화
(인격의 회로)→뇌의 회로(이미지) 내적 초점화보다 낯선 주관성 우세	뇌의 회로(이미지)→탈영토화된 정서 내적 초점화보다 낯선 주관성 우세

위에서 인격의 회로(정서, 심리)는 감정이입이 용이함을 나타내며 탈영토화된 정서는 감정이입이 어려움을 암시한다. 또한 카메라의 눈(소설)과 모더니즘 영화에서의 탈영토화된 정서는 일상에서 소외되고 소통이 단절된 인물의 위치에 상응한다.

카메라의 눈 소설과 모더니즘 영화의 차이는 전자가 소설의 본령에서의 이탈인 반면 후자는 영화의 본령의 활성화라는 점이다. 그에 따라 모더니즘 영화는 영화적 소설(카메라의 눈)에 비해 낯선 주관성[51]의 표현이 보다 유연하고 자연스럽다.

위의 네 항목들의 차이에 의해 우리는 소설과 영화의 '사이' 영역을 감지할 수 있게 된다. 여기에 한 가지 더 부가할 것은 내적 초점화와 구분되는 영화의 전현적(omnipresence) 능력[52]이다. 이제 그런 측면에서 영화를 작가적 화자와 비교하면서 '소설/영화의 사이'를 보다 자세히 살펴보자.

---

51) '낯선 주관성'이란 감정이입이 잘 안되는 정서와 심리를 말한다.
52) 시점의 주체가 모든 곳에 편재하는 능력을 말함.

3. '제3의 중개성'으로서 영화의 시점과 서술

주관성의 표현 이외에 내적 초점화와 영화의 근본적인 차이는 시점의 일관성과 다양성의 측면이다. 내적 초점화 소설은 특정한 인물 매체의 시점을 일관되게 사용한다. 반면에 영화의 시점은 수시로 바뀌며 인물시점의 사용은 제한적이다.[53] 또한 내적 초점화에서는 인물의 눈에 의해 열린 시야 안에 공간이 한정되어 있다. 그에 반해 영화의 공간은 유동적이고 다양하며 프레임에 의해 잘라진 대상의 부분화된 공간이 드러난다. 뿐만 아니라 영화에서는 하나의 쇼트에서도 공간의 이동이 자유롭게 나타날 수 있다.

이런 시점과 공간의 가변성과 연관된 또 다른 차이는 내적 초점화와는 달리 영화에서는 여러 인물의 인물시점이 수시로 사용된다는 점이다. 영화의 인물시점의 방식은 소설의 내적 초점화 방식과 유사성을 갖고 있다. 영화의 경우 어떤 장면의 앞뒤로 인물의 얼굴이 비쳐지면 중간에 제시되는 장면은 인물의 시점으로 여겨진다.[54] 혹은 인물의 등이나 옆모습이 화면의 가장자리에 나타날 때 가운데 화면은 인물시점이 된다.[55] 두 경우 모두에서 '인물의 얼굴 표정'이 '제시되는 장면'과 조응되면 인물시점을 통한 감정이입이 고조된다. 이는 내적 초점화 소설에서 인물 매체의 주관(의식, 눈)을 통해 객관적 장면을 지각하는 과정과 거의 비슷하다. 그러나 영화에서는 내적 초점화 소설과는 달리 그런 인물시점이 여러 인물을 통해 나타난다. 그 점에서 영화는 오히려 많은 인물의

---

53) 처음부터 일관되게 인물시점을 시도하면 아주 실험적인 영화가 된다. 예컨대 〈호수의 여인〉(로버트 몽고메리)이란 영화의 경우이다. 채트먼, 김경수 역(1990), 194쪽 참조.
54) 인물이 중간에 제시되는 장면을 보고 있는 듯한 화면이 나타나도 동일한 효과가 생겨난다.
55) 채트먼(1990), 193쪽.

주관과 내면을 제시하는 전지적 시점(작가적 화자 시점)과 유사하다.

실제로 영화는 인물 매체의 눈과 의식에 제한되어 있는 내적 초점화와는 달리 여러 인물과 대상에 대한 정보를 자유롭게 제공한다. 즉, 내적 초점화는 인물 매체가 임석한 장면만 보여줄 수 있지만 영화는 카메라의 편재성에 의해 모든 장면을 제시할 수 있다. 영화는 한 장면에서 여러 인물의 주관을 드러낼 수 있을 뿐 아니라 하나의 화면 안에 두 개 이상의 장면들을 동시에 담기도 한다. 이런 카메라의 편재성에 기초한 영화적 서사의 특권을 전현적(omnipresence) 초점화라고 부르기도 한다.[56]

영화의 전현적 초점화의 특권은 소설의 전지적(omniscience) 시점과 매우 비슷하다. 그런 유사성이 가장 두드러지는 것은 영화가 보이스 오버 서술을 사용할 경우이다. 3인칭 보이스 오버 서술은 작가적 화자의 전지적 시점처럼 이야기 공간 밖의 메타레벨에서 들려오는 목소리이다. 이 점은 영화의 내포서술자의 위치가 내적 초점화 소설의 경우와 상이함을 암시한다.[57] 3인칭 작가적 소설이 주관적 표현이 우세한 내적 초점화나 1인칭 소설보다 훨씬 영화화하기 쉬운 것[58]도 같은 이유에서이다.

그러나 다른 한편 영화의 보이스 오버는 제한적이며, 영화는 작가적 화자 소설에 비해 요약서술에 어려움을 지닌다. 모든 부분이 장면화되어 있는 영화는 그 점에서 오히려 내적 초점화와 유사한 것이다. 장면 제시 위주로 된 내적 초점화에서처럼 영화에서는 요약서술이 자주 사용되지 않는다. 같은 이유로 영화는 작가적 화자 소설이 특권을 지닌 관념적, 어법적, 심리적 수준의 시점[59]에서 훨씬 열세에 놓여 있다.

영화의 시점의 가변성이 작가적 화자 소설과 유사한 것은 시공간적 시점의 측면일 것이다. 우스펜스키는 『전쟁과 평화』 중 도스토프 집에

---

56) 서정남(2004), 323~324쪽.
57) 물론 영화의 내포서술자가 이야기 밖 메타레벨에 위치한다고 볼 수도 없다. 보이스 오버의 경우에는 메타레벨에 위치하지만 그 외에는 보다 현장에 접근해 있다.
58) 슈탄첼(1990), 135쪽.
59) 우스펜스키는 시점을 관념적, 어법적, 시공간적, 심리적 수준으로 나누고 있다.

서의 저녁파티 장면을 예로 들며, 여기서의 연쇄적 이동의 제시 방식이 영화의 시점의 이동과 유사하다고 말한다. 이 장면에서 화자(작가)의 카메라는, 식탁 주위에 앉은 한 사람에게서 다른 사람에게로 계속 이동하며 분리된 장면들을 하나의 구성적 장면으로 조합한다.[60] 이는 영화에서 카메라가 이동하면서 어떤 모임에 참여한 각 인물들을 담은 쇼트들을 접합해 전체 장면을 구성하는 방식과 비슷하다. 두 경우 모두에서 시점의 주체는 모임(파티)의 현장에 임석해 여러 손님들을 연쇄석으로 관찰하는 위치에 있다.

또한 『전쟁과 평화』의 다른 장면은 또 다른 측면에서 영화와 유사한 시점의 이동을 보여준다. 예컨대 아나톨 쿠라긴이 공작 영애인 마라에게 청혼하기 위해 블리크 힐스에 왔을 때, 그날 저녁 모였던 사람들이 각자의 방으로 돌아간 후 화자(작가)는 각 방의 인물들을 잇달아 보여준다. 이런 연쇄적 제시는 상이한 공간들의 장면을 쇼트의 접합으로 제시하는 영화의 몽타주와 유사하다. 이 예에서 시점의 주체는 순간적으로 각각의 방으로 이동하고 있다. 그 점에서 『전쟁과 평화』의 시점의 주체는 전지적이며 영화의 시점의 주체는 전현적이다.

이 두 번째 예에서의 전지적 시점이나 전현적 시점은 당연히 인물시점 소설(내적 초점화)이 시도할 수 없는 기법들이다. 뿐만 아니라 첫 번째 예에서의 소설과 영화의 시점의 이동 역시 인물시점 소설과 구분되는 시각화 방식을 보여준다. 이처럼 전지적 시점이나 전현적 시점, 그리고 시점의 이동들은, 인물시점과는 다른 작가적 화자 소설과 영화의 유사점이다.

그러나 이 두 예들에서 작가적 화자 소설과 영화의 시점이 완전히 똑같은 것은 아니다. 그 점은 두 양식의 시점들이 인물시점 소설과 어떻게 다른지 비교해 보면 알 수 있다.

---

60) 우스펜스키(1992), 109쪽.

첫 번째 예에서 작가적 화자 소설의 시점의 이동은 '현장에 임석한'[61] 화자의 분신이 초점화자(시점의 주체)이며, 그 점에서 내적 초점화(인물시점) 인물 매체의 '눈의 이동'과도 유사하다. 즉, 파티에 참석한 어떤 인물이 초점화자로서 파티장 전체를 둘러보는 상황을 연상케 한다.[62] 그러나 이 부분의 시점의 이동은 그처럼 한 인물의 눈에 의존한 시각화로 보기에는 너무 많은 인물들에 대해 과잉된 정보를 제공하고 있다. 그것은 시점의 이동에 의한 정보의 제시가 파티장의 한 인물의 자연스러운 시점을 넘어서는 '전지적 화자' 분신의 관심사에 따른 것이기 때문이다. 두 번째 예에서 역시 전지적 화자의 시점에 의해 한 인물의 시점을 넘어서는 많은 정보가 제시된다.

이처럼 작가적 화자 소설의 경우 가장 시각적인 시점이 사용되는 때[63]에도 인물시점과는 달리 전지적 시점의 특징을 드러낸다. 즉, 내적 초점화가 인물 매체의 시각에 의존하는 반면, 작가적 화자 소설은 한 인물의 관심사를 넘어서서 어떤 상황과 장면을 '총체적'으로 제시하는 시점을 보여준다.

이처럼 한 인물의 관심사를 넘어서는 정보가 제시되는 점에서는 영화의 시점의 이동이나 몽타주 역시 (작가적 화자 소설과) 마찬가지이다. 더욱이 영화의 각 쇼트들은 작가적 화자 소설이나 내적 초점화와는 달리 선택적 초점화를 넘어서서 모든 세부들을 시각화하게 된다.[64] 그러나 언어를 사용하는 소설에 비해 영화의 각 쇼트들은 훨씬 분절적이며 그 자체로는 유연성을 지니지 않는다. 또한 위의 첫 번째 예의 경우 각 인물들을 담은 쇼트들은 스스로는 하나의 장면으로서 충분하지 않고 전

---

61) 현장에 임석한 시점이라는 것은 대체로 눈에 보이는 사실만을 제시하는 점으로 알 수 있다.
62) 우스펜스키도 이 점을 지적하고 있다. 우스펜스키(1992), 109쪽. 그러나 엄밀히 말하면 그런 인물시점과는 분명히 구분된다.
63) 화자의 분신이 현장에 임석한 듯한 경우를 말한다.
64) 이 점에서 영화의 이미지는 소설보다 항상 대상 쪽에 더 접근해 있다.

체 장면으로 접합된 후에야 온전히 의미화된다. 더욱이 내적 초점화 소설에서의 한 인물의 자연스러운 시점의 이동과 비교하면 분리된 각 쇼트들은 항상 충분히 의미화되지 않은 장면들을 담고 있다. 그처럼 단편적 쇼트들이 접속된 이후에 의미작용의 구체화가 완성되는 것은 영화의 일반적인 특성이다.

이상의 작가적 화자—내적 초점화—영화의 비교를 통해 우리는 세 양식의 차이를 발견할 수 있다. 작가적 화자 소설과 영화는 내적 초점화 소설에 비해 자유로운 시점의 이동과 한 인물의 눈을 넘어선 정보제시가 가능하다. 그러나 전지적·총체적 제시 방식인 작가적 화자 소설은 가장 시각화되는 경우에도 한 인물의 시점을 넘어선 과잉된 정보를 제공한다. 그로 인해 내적 초점화에 비해 직접 보는 듯한 생생함이 덜한 반면 그 장면에 대한 보다 분명한 의미화를 전달한다.

그에 반해 영화는 시각화된 각 쇼트들이 독립된 장면으로서는 의미화가 얼마간 미흡한 상태로 제시된다. 영화는 소설과는 달리 대상의 이미지를 직접 보여주는 장점을 지닌 반면, 어떤 상황에 대한 의미화는 각 쇼트들이 접합된 후에야 분명히 구체화된다. 요컨대 내적 초점화에 비해 작가적 화자 소설이 과잉되게 의미화된 정보를 제공한다면, 영화는 얼마간 의미화가 미흡한 장면들을 보여준다.

내적 초점화 소설의 특징은 우리가 인물 매체의 위치에 치환된 듯한 느낌을 갖게 한다는 것이다. 그런 내적 초점화는 작가적 화자 소설 보다 훨씬 생생한 장면을 제시하며 영화에 비해 충분히 의미화된 상황을 보여준다. 이점이 내적 초점화가 작가적 화자나 영화보다 우세한 측면이다.

반면에 작가적 화자 소설은 내적 초점화에 비해 보다 선명한 의미화를 제공한다. 또한 영화는 잠재적인 의미의 생성력이 뛰어난 물질적 이미지를 다양한 시점으로 보여준다. 이점은 작가적 화자와 영화가 내적 초점화보다 유리한 측면이다. 특히 영화의 장점은 영화가 소설 일반에 비해 우세한 특징이다.

한 인물의 시점에 치환되는 경험을 갖게 하는 내적 초점화는 어떤 면에서 우리의 일상적 시점과 가장 유사한 셈이다. 그에 반해 작가적 화자 소설은 특정 인물을 넘어서는 '총체화'의 시점을 지향하는 것이 특징적이다. 또한 영화는 한 인물의 시점(내적 초점화)에 비해 의미화가 미흡한 대신, '인간의 눈'을 넘어선 다양한 시점과 물질적 이미지의 생성력을 경험하게 한다.[65]

이처럼 내적 초점화가 일상 경험에 접근한다면 작가적 화자 소설은 보다 총체적이며 영화는 한층 생성적이다. 이 세 가지 특징은 앞에서 살펴 본 시각의 역사의 세 시기에 상응한다. 작가적 화자 소설은 삶의 총체성을 지향하는 반면 내적 초점화는 일상의 현장에서 주객 혼융의 경험을 제공한다. 또한 영화는 대상 쪽에 접근한 이미지들을 통해 물질적 생성력과 의미작용을 제공한다. 총체성을 지향하는 작가적 화자가 일상의 표상적 세계(상징계)의 메타레벨[66]에 위치한다면 내적 초점화의 초점 화자(인물 매체)는 일상세계의 현장 속[67]에 존재한다. 반면에 영화의 '내포서술자'는 일상의 상징계(표상세계)와 실재계(사물 자체) 사이의 공간에서 그 존재가 '생성'된다.

일상의 현장에 임석한 내적 초점화의 인물 매체는 대개의 경우 일관된 시점을 유지한다. 그에 반해 표상세계의 메타레벨과 일상을 넘나드는 작가적 화자는 다양한 가변적인 시점을 이용한다. 또한 표상세계(상징계)와 사물 자체(실재계) 사이에서 시점(자동기계의 시점)을 작동시키는 영화는 다양한 시점을 통해 의미작용을 생성시킨다.

이런 세 가지 구분은 앞서 살펴본 주관성의 표현의 측면에도 적용된

---

65) 앞에서 언급했듯이 물질적 이미지에 접촉하는 이런 영화적 경험을 벤야민은 '촉각적인' 것으로 말한 바 있다.
66) 이는 이야기 세계의 외부이기도 하다.
67) 이 위치는 이야기 세계의 내부이다.

다. 일상의 표상세계에 위치한 내적 초점화의 인물 매체는 감정이입이 잘되는 일상의 정서 표현이 자유롭다. 또한 이런 인물시점을 통해서는 흔히 정서로 채색된 이미지들이 제시된다. 반면에 상징계와 실재계 사이에 위치한 영화의 시점의 주체는 일상의 표상세계에서 이탈한 낯선 정서의 표현에서 우세함을 보인다. 감정이입이 잘 안되는 그런 낯선 정서들은 이미지들의 접합을 통해 정서가 환기되는 방식으로 전달된다.

물론 이미지를 통한 정서 표현 방식은 영화의 일반적인 기법이다. 그런 이미지→정서·심리 표현의 방식은 감정(주관성)이 채색된 이미지를 제시하는 내적 초점화의 일반적인 기법과 구분된다. 우리는 그 둘을 뇌의 회로와 인격의 회로로 구분한 바 있다.

영화의 뇌의 회로는 물질적 이미지가 미결정적 의식에서 반사되는 곳이다. 관객들은 영화의 이미지를 통해 그런 시점 주체의 **뇌의 회로에 치환된다.**[68] 또한 그 회로에서 이미지들이 접합되는 경험을 통해 정서·심리와 의미화가 생성되는 인격의 회로로 이동한다. 이는 영화의 내포서술자가 시점의 주체가 만든 대상 쪽의 이미지(물질적 이미지)로부터 상징계(의미화) 쪽으로 이동하며 **생성되는** 과정이기도 하다. 영화의 내포서술자가 실재계와 상징계 사이에서 발현된다는 것은 그가 물질적 이미지의 선택과 그것의 접합을 통한 의미화 과정에 관여함을 뜻한다.

반면에 내적 초점화의 인격의 회로는 현장에 임석한 인물 매체의 의식과 눈이 작용하는 곳으로 독자들은 내적 초점화의 언어들을 통해 그런 인물 매체의 **인격의 회로에 치환된다.** 그리고 그 인격의 회로에서 인물 매체의 주관적 정서·심리가 채색된 이미지들을 지각한다. 이처럼 **현장**에 임석한 인물 매체(시점의 주체)의 눈을 통해 대상들을 경험함으로

---

68) 서사적 중개성이 관객을 시점의 주체의 위치로 데려가는 역할을 한다면 영화의 시점은 일차적으로 관객을 뇌의 회로(미결정적 의식)에서의 이미지 지각의 위치로 데려간다. '뇌는 스크린이다'라는 말은 이런 맥락에서 이해된다. 또한 영화는 이차적으로 내포서술자의 위치 (뇌의 회로~인격의 회로)에서 관객과 상호작용한다.

써 내적 초점화에서는 인물 매체가 실제적인 화자(서술자)로 느껴진다. 또한 독자는 인물 매체의 눈을 통해 현장을 직접 보는 듯한 경험을 하게 된다.

다른 한편 작가적 화자의 인격의 회로의 특징은 화자가 현장에서 일어난 사건들과 인물들을 총괄하는 위치(메타레벨)에 있다는 점이다. 물론 작가적 화자 역시 그의 분신을 통해 현장에 위치할 수도 있다. 그러나 그런 경우에도 그(화자의 분신)의 시점은 한 인물의 시점을 넘어서서 총체화의 지향을 견지한다. 이처럼 이야기 세계와 그 외부(메타레벨)를 넘나드는 작가적 화자의 특징은 소설의 인물과 사건에 대한 의미화가 가장 명료하다는 점이다.

이제 세 가지 중개성의 방식은 특징을 간단히 요약하면 다음과 같다.

작가적 화자	내적 초점화	영화
메타레벨(총체화)	현장에 임석	물질적 이미지(생성)
의미화 우세	의미화+생생함	미결정적 이미지 → 의미화

소설(작가적 화자·내적 초점화)의 인격의 회로와 구분되는 영화의 뇌의 회로의 특징은 '미결정' 상태의 이미지[69]로부터 의미화가 생성된다는 점이다. 이런 특징은 앨런 스피겔이 말한 영화의 네 가지 자질을 포괄한다고 할 수 있다.

스피겔은 카메라 예술로서 영화의 특성으로 우연성, 해부화, 깊이 없음, 몽타주를 들고 있다. 먼저 우연성이란 영화의 이미지가 구체적인 맥락에서 이탈된 스틸 카메라의 이미지와 항상 유사하다는 것이다.[70] 영화 이미지는 그처럼 맥락에서 벗어난 우연적인 세부에서 출발하여 구

---

69) 이는 구체적인 맥락으로부터 떨어져 나온 이미지로서 베르그송이 말한 순수지각의 이미지에 가깝다.
70) 앨런 스피겔(2005), 190~191쪽.

체적인 의미화로 나아간다. 또한 해부화는 인간의 의식(인격의 회로)에 대해 세부적인 외적 분석을 행하는 '과정 이미지들'의 증식을 말한다. 예컨대 영화는 인간의 의식적 지각의 과정 속에 무의식적 지각의 이미지들71)을 침투시켜 의식 이전의 과정에 대한 자각을 증폭시킨다.72)

한편 깊이 없음은 인지되는 시야의 깊이를 강조하는 인간의 눈과 달리 카메라의 시각이 모든 것을 평평하게 전경화함을 뜻한다.73) 그처럼 영화의 카메라는 인간의 눈에 의한 선택적 초점화가 없는 (그 전단계의) 깊이 없고 균일한 이미지를 제시한다. 마지막으로 몽타주는 이미지에 의미화된 맥락을 부여하거나 정서와 심리의 과정을 함축시키기 위해 필요한 기법이다. 영화 이미지는 소설에서 '언어'가 수행하는 그런 의미작용의 생성을 위해 반드시 몽타주 기법을 필요로 한다.

이 같은 영화의 네 가지 특성은 소설의 인격의 회로와 구분되는 영화의 뇌의 회로의 특징과 연관되어 있다. 즉, 소설이 인간의 눈과 의식, 언어에서 출발한다면, 영화는 기계의 눈, 무의식(미결정적 의식), 탈영토화된 이미지에서 시작한다. 이런 차이는 양자의 서사 및 서술의 과정의 차이를 암시한다. 즉, 소설의 서술(서사)이 언어체계가 의존하는 상징계의 의미화 과정을 통해 그 체계(상징계)를 넘어서는(탈영토화하는) 쪽으로 나아가는 반면, 영화의 서술(서사)은 대상 쪽의 이미지가 접촉하는 실재계와 상징계 사이에서 의미화로 나아간다. 이제 이런 서술의 위치의 차이에 유념해서 소설과 영화의 세 가지 서사적 양식의 차이를 요약해 보자.

---

71) 동작의 중단과 분리, 빠르거나 느린 이미지뿐만 아니라 의식적으로 지각하지 못하는 동작의 흔적 등을 말한다. 이런 카메라의 무의식적 분석에 대한 언급은 벤야민, 반성완 역(1983), 223~224쪽 참조.
72) 앨런 스피겔(2005), 191~192쪽.
73) 위의 책, 192쪽.

	서술의 위치	주객관계	장점	약점
작가적 화자	상징계를 총체화하는 메타레벨[74]	화자의 목소리 →객관세계	의미화의 분명함	생생함 미흡
내적 초점화	삶의 현장 (상징계)[75]	인물 매체의 의식 -주객융합	현장의 생생함	인물 매체의 시점의 제한
영화	실재계(대상 자체)와 상징계 사이에서 생성됨	대상 쪽의 이미지 →주관성 형성[76]	물질적 이미지	의미화의 모호함

흥미로운 것은 이 세 가지 서사적 양식이 '시각의 역사'의 세 단계 및 각 시기의 '권력의 배치'에 연관된다는 점이다. 작가적 화자 소설은 화자가 이야기 세계 외부에 카메라 옵스큐라[77]나 모나드로서 위치하는 이층 구조(이야기 세계 / 화자)를 특징으로 한다. 시각의 역사의 첫 단계에 연관된 이 서사 양식은 메타레벨에서 세계를 총체화하는 권력의 형식에 대응한다. 그러나 세계를 지배하는 권력이 근대적 삶의 운동[78]을 재영토화하려는 의지를 지닌 반면, 작가적 화자 소설의 화자는 역동적인 삶을 투시(perspective)하는 총체성을 지닐 뿐이다. 즉, 초월적 기표(자본·이성·남근)를 통해 행사되는 총체적 권력과는 달리, 작가적 화자의 총체성이란 이야기로 펼쳐진 사건들을 자신의 모나드 속에 접고 있는 관점일 따름이다. 이처럼 투시를 통해 근대적 삶의 역동성을 총체화하는 작가적 화자 소설은 세계의 운동을 끝없이 재영토화하려는 총체적 권력과 대립한다.

세계의 운동이 더욱 역동성이 되면서 나타난 내적 초점화는, 총체적 원근법에서 이탈해 대상과 직접 대면하는 육체적 주체의 시각 형식에

74) 화자(서술자)는 상징계의 메타레벨과 현장을 넘나든다. 또한 상징계의 메타레벨은 반드시 신과 같은 초월적 위치를 의미하지는 않는다. 앞의 인식과 서사의 변증법에 대한 논의 참조.

75) 내적 초점화 역시 상징계의 규율을 넘어설 수 있다. 예컨대 자연주의는 상징계의 규율화에 예속된 삶을 보여주지만 리얼리즘과 모더니즘은 규율화에 저항하는 자발성을 드러낸다. 한편 내적 초점화 역시 궁극적으로는 화자의 언어에 의해 서술되지만 실제적으로는 인물 매체(초점화자)의 시점에 의해 서술이 진행되는 듯이 느껴진다.

76) 주관성은 쇼트들의 집합이나 인물들의 연기(특히 얼굴표정)를 통해 나타난다.

77) 화자의 위치는 카메라 옵스큐라 내부이거나 이야기 세계 외부이다.

78) 이는 차연의 운동이다.

상응한다. 그처럼 시각의 두 번째 단계에 연관된 내적 초점화는 메타레벨이 아니라 각 현장에 편재하는 권력의 배치와 상동적이다. 즉, 눈에 보이는 권력 형식을 대신하는 보이지 않는 규율화의 권력은 화자가 사라진 듯하고 인물 매체가 화자를 대신하는 내적 초점화의 배치와 유사하다. 감시장치를 사용하는 규율 권력이 삶 속에서 사람들이 스스로 움직이는 듯 보이게 하듯이, 내적 초점화는 현장에 임석한 인물 매체가 세계를 직접 인식하는 듯 느껴지게 한다. 물론 실제로는 두 경우 모두에서 사람들(인물들)은 편재하는 '규율 권력'에서 자유롭지 못하다. 그러나 내적 초점화 소설은 규율화를 넘어서려는 인물들의 '자발성'을 드러냄으로써 감시장치를 지닌 보이지 않는 권력[79]에 저항한다.

그 같은 규율화와 자발성, 재영토화와 탈영토화는 근대적 삶의 불확정성과 역동성을 암시한다. 근대의 자본주의적 삶이란 그런 양가적인 불확정성 사이에서, 즉 상징계로의 재영토화와 실재계로의 탈영토화 사이에서 진행된다. 그런데 이런 양가적인 운동이 끝없이 계속된다는 것은 자본주의적 상징계에 완전히 봉합될 수 없는 틈새와 균열이 존재함을 뜻한다. 그에 따라 20세기 후반 이후에는 그 같은 틈새와 균열을 이미지(시뮬라크르)로 메우는 재영토화의 권력이 출현하기 시작한다. 실재계와 상징계 사이에서 생성되는 이미지-시뮬라크르를 통해 상징계의 틈새를 끝없이 봉합하는 스펙터클적 권력의 시대가 열린 것이다.

시뮬라크르의 시대이기도 한 이 세 번째 단계의 권력의 배치와 시각 형식은 영화의 서사 형식에 상응한다. 즉, 영화의 이미지는 실재계와 상징계 사이에서 생성되는 시뮬라크르에 다름이 아니다. 영화는 이 '대상 쪽의 이미지'를 통해 소설과는 다른 방식으로 세계를 보여주는 새로운 서사 양식이다. '대상 쪽의 이미지'이자 생성되는 '사건'으로서의 시뮬

---

79) 물론 내적 초점화는 비가시적 권력 뿐만 아니라 가시적 권력에 대한 대항을 드러낼 수 있다. 특히 리얼리즘 소설의 경우 가시적 권력과 비가시적 권력이 동시적으로 작용하는 상황에 대항한다.

라크르는 비단 영화뿐만 아니라 세계 자체를 지각하고 구성하는 새로운 방식이기도 하다. 이처럼 이미지로 구성된 세계에서는 상징계의 균열과 (그것을 통해 보이는) 실재계를 밀봉하는 권력의 조작된 시뮬라크르가 작동되고 있다. 그와 달리 영화의 시뮬라크르는 상징계의 틈새와 균열을 드러내는 방식으로 권력의 시뮬라크르에 대항한다.

이 상의 세 가지 서사 양식과 '시각의 역사', '권력의 배치'의 세 단계는 영화(그리고 시뮬라크르)의 시대인 오늘날까지 서로 공존하고 있다. 즉, 영화가 부각되는 우리 시대에도 작가적 화자와 내적 초점화는 여전히 유효한 서사 양식들이다. 그와 마찬가지로 권력의 세 형식 역시 공존한다고 볼 수 있다. 우리 시대는 스펙터클적인 권력의 시대이자 감시장치의 시대이며 총체화의 권력 역시 여전히 잔존한다. 물론 디지털과 이미지 매체가 막대한 영향력을 지닌 지금의 세계는 시뮬라크르와 영화의 시대임이 분명하다. 그러나 오늘날의 영화가 영화 고유의 매력을 드러내는 양식(모더니즘, 포스트모더니즘)보다 서사적이고 문학적인 양식으로 성행한다고 사실 자체가 지금이 영화와 소설, 이미지 예술과 내적 초점화의 공존의 시대임을 암시하고 있다.

4. 기호학적[80] 영화 서사학과 들뢰즈의 영화이론

이제까지 우리는 영화가 뇌의 회로에 연관된 물질적 이미지의 운동

---

80) 들뢰즈는 기존의 소쉬르의 언어학에 따르는 이론을 기호론(semiology)으로 부르면서 퍼스에 의존한 자신의 논의를 기호학(semiotics)으로 구분한다. 그러나 우리는 일반적인 용법에 따라 전자 역시 기호학으로 부르기로 한다.

이자 그로부터 의미작용을 생성시키는 과정임을 살펴봤다. 영화의 이 두 가지 측면은 각각 들뢰즈의 영화이론과 기호학적 영화 서사학에 상응한다. 전자는 이미지의 물질적 운동을 강조하며 후자는 기호적 의미작용을 중시한다. 이제 이 두 가지 이론이 각기 어떤 차이점을 지니는지, 그리고 서로 만날 수 있는 가능성은 없는지 살펴보자.

들뢰즈는 기호학적 영화이론이 이미지라는 영화의 물질적 질료성을 간과한다고 비판한다. 반면에 기호학의 입장에서 보면 들뢰즈는 이미지의 특수성을 너무 강조해 다양한 매체들로 실현되는 '서사학'의 보편성을 소홀히 하는 셈이다. 영화 기호학은 소설, 영화, 만화 등 여러 매체로 나타나는 '서사(narrative)'가 이미지 매체를 통해 어떻게 실현되는지 설명한다. 반면에 들뢰즈는 그런 기호학적 서사학을 환원주의적이라고 비판한다. 들뢰즈에 의하면, 매체와 무관한 보편적인 서사란 있을 수 없으며 영화서사는 영화 이미지 자체로부터 생성되는 내재성을 지닌다.[81]

기호학의 입장에서 보면 소설, 영화, 만화는 서로 간에 번역될 수 있는 서사물들이다. 그에 반해 들뢰즈는 영화 이미지의 특수성을 강조하며 영화의 '번역 불가능성'의 측면에 유념한다. 기호학의 논의들이 서사학(서술학)으로 귀결되는 반면 들뢰즈는 오히려 서사적이지 않은 영화(사유의 영화)에서 영화의 본령을 발견한다.

우리는 앞 절에서 영화를 서사물의 제3의 중개성의 방식으로 설명한 바 있다. 이는 영화의 서사성을 중시하면서도 역사적 단계에 따른 매체 및 시각의 방식의 차이에도 유념한 논의였다. 따라서 우리의 관점에 따르면 기호학과 들뢰즈의 대립이 해소될 수 없는 것은 아닐 것이다.

물론 양자의 만남에는 각각 자신의 입장을 넘어서서 한걸음씩 나아갈 것을 필요로 한다. 결론을 미리 말하면, 기호학은 역사적 단계에 따라 나타난 영화 매체의 물질적 이미지의 특수성을 보다 존중해야 한다.

---

81) 데이비드 노먼 로도윅, 김지훈 역(2005), 95~96쪽.

반면에 들뢰즈는 그가 서사적 영화와 대립시키는 사유의 영화 역시 넓은 의미에서는 '서사'에 포괄될 수 있음을 생각해야 한다. 그랬을 때 들뢰즈의 철학적인 영화이론의 기여는 기호학자들의 소망[82]인 서사학의 영토(혹은 탈영토)의 확장에 큰 도움이 될 수 있을 것이다.

실제로 들뢰즈와 기호학자들은 서로를 향해 한 발짝씩 내딛고 있는 셈이다. 즉, 들뢰즈는 기호학자들처럼 영화의 쇼트가 이미지이자 기호라고 생각한다. 그런 맥락에서 들뢰즈는 베르그송의 이미지 이론을 퍼스의 기호학과 결합시킨다. 다른 한편 기호학자 메츠는 언어서사물(소설)과 영화의 차이를 신중하게 고려한다. 메츠에 의하면, 영화의 쇼트는 자의적 기호로 간주할 수 없기 때문에[83] 영화는 랑그(문법화된 언어체계)를 갖지 않는다.

그러나 들뢰즈가 보기에 메츠는 그런 신중함에도 불구하고 여전히 언어학적 모델에 따르고 있다. 이는 메츠가 매체의 질료(이미지 등)와 무관하게 '서사'를 이론화하며 실상은 이제까지의 대표적 서사물인 언어적 서사를 염두에 두기 때문이다. 그런 비판은 메츠 뿐만 아니라 앙드레 고드로와 프랑수아 조스트에게도 해당될 것이다. 그들 같은 기호학자들이 영화서사의 고유성에 유의하면서도 여전히 언어 모델에 의존하는 것은, 영화 자체의 특수성을 밝힐 방법을 찾지 못한 탓으로 볼 수 있다. 그 점에서 들뢰즈가 베르그송의 이미지 이론을 끌어들이는 것은 언어적 모델과는 다르게 서사를 탐구하는 획기적인 방법을 제시한 것으로 볼 수 있다.

베르그송의 이미지 이론은 랑그(언어적 상징계)의 전단계에서 물질적 대상과 의식의 만남을 설명하는 점이 특징적이다. 그처럼 상징계 이전

---

82) 앙드레 고드로 · 프랑수아 조스트, 송지연 역(2001), 245~247쪽.
83) 구조주의적 기호학에서는 기표와 기의의 관계가 자의적이며 랑그 체계의 코드에 의해 관계가 성립된다고 본다. 그러나 영화에는 그런 랑그가 미리 주어져 있지 않으며 영화 텍스트가 구성되는 과정에서 영화언어들이 사후적으로 나타난다.

의 지각을 말하는 것은 기호학[84]과 구별되는 현상학과 비슷한 측면이다. 그러나 베르그송은 현상학과는 달리 '의식의 지향성'을 논의하지 않는다. 현상학이 '어떤 것에 대한 의식'을 말한다면, 베르그송은 그런 준거의 고정점 없이 운동하는 물질의 상태에 연관된 의식을 논의한다.[85]

현상학과 베르그송의 차이는 매우 근본적인 것이다. 즉, 현상학은 '의식'이라는 **주관성**[86]을 전제로 한다. 반면에 베르그송은 '대상의 물질적 운동을 반사하는 의식'이라는 **유물론적** 입장을 취한다. 의식이란 우리에게 미리 주어진 것이 아니라, 사물의 물질적 운동을 그에 대응하는 (우리의) '가능적 행동'의 견지에서 '이미지'로 반사할 때 생겨난다.[87] 대상의 이미지란 '의식의 불투명성'에[88] 의해 반사된 사물의 총체적 이미지(물질적 운동)의 일부이자 우리의 지각 내용이다.

그 점에서 이미지는 우리의 의식적 지각인 동시에 대상 쪽에 속한 물질적 운동이다. 영화의 이미지 역시 이런 베르그송의 순수지각의 이미지와 유사한 것으로 볼 수 있다.

이 같은 관점은 영화의 이미지를 시간성이 잠재된 역동적인 것으로 파악하게 한다. 즉, 영화의 이미지는 언어적 상징계(랑그)에 예속되기 이전의 질료적 요소이면서, 또한 대상의 물질적 운동에 대한 우리의 반응인 '가능적 행동'이 구체화됨에 따라, 점차로 주관성과 의미작용을 생성할 잠재성을 지닌다. 그런 의미작용은, 구조주의적 언어학이 언어의 의미작용을 설명하는 방식과는 달리,[89] 고정된 상징계에 예속됨이 없이

---

84) 기호학은 구조주의의 방법과 연관성을 갖고 있다.
85) 데이비드 노먼 로도윅(2005), 80쪽.
86) 베르그송은 이런 유물론적 설명을 통해 관념론과 실재론의 딜레마를 넘어선다.
87) 베르그송, 박종원 역(2005), 45쪽.
88) 의식의 불투명성은 뇌의 회로, 즉 물질적 운동에 반응하는 우리의 신경조직이라는 틈새(간격)에 의해 생겨난 것이다. 만일 그 틈새로서의 신경조직이 빈약하면 불투명성이 감소되고 그에 반사된 이미지도 흐릿해진다. 또한 그처럼 이미지를 반사하는 불투명성인 점에서 우리의 뇌막은 검은 스크린에 비유될 수 있다.
89) 언어적 의미작용에 대한 논의에서도 랑그라는 상징계에 예속됨이 없이 미결정적 의

이미지가 기호로 작용할 수 있음을 암시한다.

들뢰즈는 베르그송의 이미지론 자체가 시사하는 이미지의 의미작용 과정을 더 구체화하기 위해 퍼스의 기호학을 끌어들인다. 퍼스의 기호학은 소쉬르의 언어학적 기호학과는 달리 **물질적 질료**(이미지 등)가 **기호**로 의미화되는 과정을 고려하고 있기 때문이다.

베르그송의 운동으로서의 이미지론은, 대상의 물질적 운동이 뇌의 회로라는 간격(틈새)에 부딪혀 가능적 행동의 견지에서 이미지(지각)로 반사되고, 가능적 행동이 현실화됨에 따라 우리의 행동이 반작용하는 과정을 포함한다. 여기서 행동은 물질적 운동인 이미지에 반작용하는 또 다른 운동으로서의 이미지이다. 따라서 이미지의 운동과정에서 가능적 행동이 구체화됨에 따라 주체의 반작용으로서 인격적으로 의미화된 새로운 이미지가 생성된다. 즉, 물질적 운동(대상)─이미지(지각)─주체의 반작용(행동)의 운동과정에서, **행동─이미지**라는 우리의 인격적 주관성의 세계에서 의미화된 이미지가 나타난다.

또한 행동(현실화된 운동)이 불가능하거나 아직 일어나지 않은 시점에서, 물질적 운동을 흡수[90]해 행동 대신 감각기관 위에 운동을 가하는 노력이 있을 수 있다. 이처럼 행동을 대신해 신체 내부에서 물질적 운동에 대한 주체의 반작용을 표현하는 것이 바로 **감정─이미지**이다. 이렇게 해서 아직 대상 쪽에 속해 있는 **지각─이미지** 이외에 인격적 주관성에 속한 감정─이미지와 행동─이미지가 생겨난다. 들뢰즈는 이 운동─이미지의 과정[91]에 속한 동시에 인격적으로 의미화된 이미지들을 퍼스의 기호

미작용을 생성하는 과정을 설명하는 견해가 있는데, 대화성과 다성성을 강조하는 바흐친의 메타 언어학이 바로 그것이다. 바흐친과 들뢰즈의 유사성에 대해 서는 들뢰즈, 이정하 역(2002), 364쪽 참조.

90) 가능적 행동의 견지에서 반사하는 것이 지각(이미지)이라면 행동이 불가능할 때 물질적 운동을 '흡수'해 행동 대신 감각기관 위에 운동을 가하려는 노력과 반응이 감정이다.

91) 물질적 운동─이미지(지각)─주체의 반작용의 과정을 말한다.

학적 설명에 연결시킨다.

감정-이미지는 인간세계의 의미화 과정에서 그 자체로 자족적인 힘과 특질을 지닌 아직 현실화되지 않은 **가능태**를 말한다. 이 잠재적인 감정으로서의 감정-이미지는 자기 자신에게만 환원되는 퍼스의 일차성의 존재양식(혹은 이미지)에 해당된다. 또한 행동-이미지는 현실화된 반응으로서 대상의 물질적 운동과의 관계에서만 나타날 수 있는 것이다. 이 **현실태**로서의 행동-이미지는 다른 것을 통해서만 자기 자신으로 환원되는 퍼스의 이차성에 상응한다. 그 밖에 일차성과 이차성의 관계를 표상하는 삼차성은 어떤 것을 다른 것과 관계 맺어줌으로써 의미화되는 관계-이미지, 즉 상징에 해당된다.[92]

퍼스의 일차성, 이차성, 삼차성이란 존재양식 혹은 이미지로서 기호적 의미작용에 관여하는 세부 항목들이다. 즉, 이 세 항목들은 의미화의 내용적 측면으로 볼 수 있으며 아직 의미화의 문턱에 있는 지각-이미지와 구분된다. 지각-이미지에서 의식의 주관성이란 대상의 총체적 이미지로부터의 (가능적 행동의 견지에서) 선택 작용일 뿐이다. 따라서 지각-이미지와 대상 사이에는 정도의 차이(선택된 이미지 / 총체적 이미지)만 있을 뿐 질적인 차이는 존재하지 않는다. 그처럼 아직 주관적으로 의미화되지 않은 점에서 지각-이미지는 '영도성'의 존재양식(이미지)인 셈이다.[93]

그런데 감정-이미지, 행동-이미지, 관계-이미지에는 일차성, 이차성, 삼차성만 있는 것이 아니라 그 전단계의 이미지가 함께 존재한다. 즉, 감정-이미지에는 영도성, 일차성이, 행동-이미지에는 영도성, 일차성, 이차성이 같이 존재하는 것이다. 그 같은 **다수성** 속에서 의미작용을 하

---

92) 들뢰즈, 유진상 역(2002), 358~360쪽.
93) 지각-이미지는 운동 자체에 연관되느냐 수용된 운동과 실행된 운동 사이의 간격(그리고 관계)에 결부되느냐에 따라 양극으로 나타난다. 전자는 각각의 운동의 표현이며 후자는 변주에 관계하는 지각-이미지이다. 이점에서 지각은 이미 모든 운동-이미지와 연관되는 셈이며, 변주되지 않는 지각-이미지는 지각(순수지각)의 지각이라고 할 수 있다. 들뢰즈, 이정하 역(2005), 73쪽.

면서 운동-이미지의 회로가 작동되는 것이 바로 영화의 서사성이다.

이 같은 새로운 서사성에 대한 논의는 언어 서사물을 모델로 한 기호학적 이론과는 상이한 요소들을 내포한다. 후자의 경우 서사학은 서술학이기도 하며 서사적 의미작용은 말과 의식에서 시작된다. 즉, 말·의식→정서·심리·행동(주관성)→정서로 채색된 이미지로 나아간다. 반면에 전자에서는 모든 것이 이미지에서 시작되며, 이미지→감정·심리·행동(주관성)→상징·언어화로 진행된다.

후자의 경우 언어적 서술의 의미작용에서 이미지로 된 이야기(story) 차원으로의 이행이 일어나는데, 이때 서술의 의미작용은 대개 랑그체계에 의존한다.[94] 그에 반해 전자에서는 이미지의 기호적 의미작용은 운동-이미지의 과정이기도 하며, 그 운동과정 자체가 서사적 이야기를 형성한다. 물론 여기서도 서사적 이야기의 형성 과정에는 내포적으로 서술이 작용한다고 할 수 있다. 그러나 언어 서사물에서와는 달리 서술은 랑그체계에 의존하지 않으며, 이야기가 형성되면서 사후적으로 인지될 뿐이다.

이 같은 양자의 차이에서 생겨나는 중요한 문제는 운동과 시간에 관계된 것이다. 즉, 언어 서사물을 모델로 한 기호적 서사학에서는 운동과 관계된 시간이 주로 이야기의 차원에서 나타난다.[95] 반면에 기호가 운동-이미지이기도 한 들뢰즈의 영화론에서는 기호적 의미작용 자체에서 운동의 시간적 계기가 작동된다.[96] 이는 이야기를 구성하는 이미지의 기호작용 자체가 시간의 계기를 포함한 역동성을 지님을 뜻한다. 즉, 영

---

94) 물론 언어적 서사학에서도 바흐친의 대화이론에서는 랑그 체계에 의존하지 않는 미결정적인 의미작용이 논의된다. 이는 일종의 차연의 작용이라고 할 수 있다.
95) 서술의 시간은 이야기를 전달하는 비운동적 시간이며 시간의 역전 기법 등은 주로 담론의 전략에만 관계된다.
96) 이 점에서 영화에서는 거시적 차원의 이야기-사건이 나타나기 이전에 매장면마다 미시적 차원의 사건이 일어난다. 사건이란 실재계와 상징계 사이의 운동인데 영화에서는 쇼트의 연결이나 하나의 쇼트 자체에서 그런 운동이 발생한다.

화에서는 모든 것이 탈영토화된 이미지(지각-이미지)이거나 그런 물질적 운동에 반응하는 감정이나 행동의 이미지이다.[97] 이 각각의 이미지들을 담은 영화의 쇼트들(혹은 그 접합)은 언어 서사물에서의 단어나 문장들과는 달리 이미지 그 자체로 시간적 계기를 지닌 운동들인 것이다.

그 점은 이미지-기호, 혹은 쇼트와 그 접속들이 실재계와 상징계, 그 열림과 닫힘 사이에서의 끝없는 운동임을 암시한다. 그런 맥락에서 영화 이미지의 기호작용은 그 자체가 이미 **미시적인 사건들**인 셈이다. 즉, 그것은 거시적 사건으로서 인물과 환경의 상호작용이나 세계의 운동이기 이전에 이미지들의 운동으로서 미시적 사건으로 생성된다.

이런 들뢰즈의 운동-이미지의 기호학은 기호에 운동과 시간의 차원을 복원시킨 것으로 볼 수 있다.[98] 그처럼 기호 자체에 시간적 측면이 포함되어 있는 또 다른 예로는 구조주의적 차이와 구분되는 '차연'의 운동이 있다. 운동-이미지(이미지들의 운동)와 차연(기표들의 운동)의 차이는 전자가 물질적 이미지로부터의 '생성'인 반면 후자는 언어적 의미화의 '연기'라는 점이다. 즉, 운동-이미지가 시뮬라크르적인 생성이라면 차연은 언어로부터의 미끄러짐이다. 그러나 차연 역시 의미화의 '생성'을 포함하며, 양자는 모두 실재계-상징계 사이의 운동으로서 미시적 사건을 발생시킨다. 따라서 영화적 서사 및 서술을 언어에 유추한다면 그에 가장 가까운 것은 '차연'의 운동일 것이다. 그런 맥락에서 우리는 다음 절에서 영화 서사학의 문법을 '차연'과 연관해서 살펴 볼 것이다.

한편 영화의 서사가 그처럼 운동-이미지나 차연의 **생성**으로 이해된다는 것은 우리 시대의 서사의 새로운 단계를 암시한다. 즉, 영화의 시대인 오늘날은 세계가 시뮬라크르(이미지)의 **생성**으로 이해되는 역사적

---

97) 지각에서 감정, 행동으로 갈수록 미시적 사건으로서는 운동이 발생할 잠재성은 적어진다. 그것은 점점 더 문화적 상징계에 연관된 의미화가 커지기 때문이다. 그 대신 거시적 차원의 이야기-사건은 잠재적으로 많아진다.
98) 데이비드 노먼 로도윅(2005), 93쪽.

으로 세 번째 단계의 서사의 시대이다. 앞서 살폈듯이 이는 시각의 역사에서의 세 번째 단계이기도 하다. 그 같은 세 번째 시기로서의 영화의 역사적 특성을 이해했을 때 이제까지 주로 언어 서사물(첫 번째, 두 번째 단계)에 의존해온 서사의 영역이 넓혀질 수 있을 것이다.

기호학자 중에 언어서사와 구분되는 영화서사의 새로운 특성을 가장 잘 이해한 사람은 바로 메츠였다. 앞에서 언급했듯이 메츠는 쇼트가 자의적 기호가 아니며 영화가 랑그를 갖지 않음을 잘 간파했다. 물론 메츠 역시 들뢰즈처럼 운동-이미지 자체에서 서사성이 나타남을 주목하지는 못했다. 그러나 영화의 서사 역시 서술에 의해, 즉 (내포)서술자의 담론에 의해 진행되는 것으로 본 그의 관점은 유념할 만한 것이었다. 영화에는 소설과는 달리 명시적인 서술자-화자가 존재하지는 않지만, 다른 서사물들처럼 영화에도 중개성의 영역에서 의미작용을 수행하는 서술자가 있는 것이다. 다만 언어에 의존하지 않는 영화서사에서는 서술자가 내포적 차원에 숨겨져 있다. 즉, 랑그를 갖지 않은 이미지-기호를 의미화시키는 것은 화자가 아닌 내포서술자이다.

들뢰즈가 말한 것처럼 영화는 언어 서사물과는 달리 매체의 질료인 이미지 자체로부터 서사성이 나타난다. 그러나 영화에도 그런 서사를 매개하는 중개성의 영역이 있으며, 여기에는 이미지를 만드는 기계의 '시점' 외에 영화적 의미작용(영화언어)을 생성시키는 '내포서술자'가 위치한다. 그것은 서사에서 의미화란 생성이기도 하지만 또한 서술자에 의한 소통의 과정이기도 하기 때문이다. 따라서 운동-이미지에 의한 서사적 과정은 또한 내포적 서술의 과정이기도 하다. 물론 영화에서는 소설과는 반대로 전자가 후자보다 먼저 나타나는 듯한 느낌을 준다.[99] 들

---

99) 영화에서는 이미지의 물질적 운동에 의해 의미작용이 생성된다. 따라서 의미작용에 관여하는 서술자는 내포적 차원에서 사후적으로 감지된다. 반면에 소설에서는 언어적 의미작용에 의해 이미지가 나타나는데, 이처럼 언어가 선행된다는 것은 그 언어의 주체인 서술자-화자의 존재를 전제로 한다.

뢰즈가 물질적인 운동-이미지에 의한 서사적 과정을 중시한 것은 그 때문이다. 반면에 메츠는 이미지의 물질성을 충분히 논의하지 않았지만, 그 대신 들뢰즈가 말하지 않은 내포서술자를 설명하고 있다.

영화적 서술이 가장 분명히 감지되는 경우는 보이스 오버나 자막일 것이다. 이는 소설에 비유하자면 일종의 요약서술이다. 그러나 보이스 오버나 자막은 명시적 서술이며 영화에는 그와 구분되는 내포적 서술이 존재한다. 영화는 언어에 의한 요약서술과 운동-이미시에 의한 서사적 장면이 겹쳐질 수 있는 특이한 서사형식을 보여준다. 그 둘 중 운동-이미지에 의한 장면에서는 내포서술이 진행되는 셈이며, 그것은 명시적인 언어적 서술과 반드시 일치되지는 않는다.

뿐만 아니라 영화에서는 운동-이미지가 제시되는 과정 자체에서 인물의 주관성(정서·심리) 이외에 내포서술자의 주관성(일종의 담론)이 표현될 수 있다. 이는 운동-이미지를 만드는 기계의 시점에 인격적인 내포서술자의 주관성이 중첩되는 경우이다. 앙드레 고도로·프랑수아 조스트의『영화 서술학』은 이에 대한 다음과 같은 여섯 가지의 예를 제시하고 있다.[100] ① 클로즈업된 얼굴(혹은 전경)이 대비적으로 특이하게 강조될 때,[101] ② 인물의 눈보다 낮은 위치에서 시점이 작용할 때(앙각),[102] ③ 전경에 신체의 일부를 재현하는 경우, ④ 인물의 그림자, ⑤ 열쇠구멍이나 시선을 암시하는 여러 물건의 형태로 화면을 가리는 경우, ⑥ 카메라 '떨기'.[103]

보다 일반적으로 내포서술자에 의해 서술이 표현되는 예로는 몽타주의 경우를 들 수 있다. 들뢰즈에 의하면 몽타주는 지속[104]의 시간에 의

---

100) 앙드레 고드로·프랑수아 조스트(2001), 68쪽.
101) 『여자, 정혜』(이윤기 감독)의 마지막 장면에서 정혜의 클로즈업된 얼굴이 화면 한쪽에 특이하게 제시되는 경우.
102) 『시민 케인』(오손 웰스 감독)에서 웰스의 수많은 앙각의 경우.
103) 『여자, 정혜』에서의 핸드 카메라의 사용도 여기에 포함될 수 있다.
104) 베르그송의 개념임.

해 서로 다른 운동-이미지들이 결합되는 서사적 진행이다.105) 그러나
그것은 기호학적으로 쇼트들의 분절과 접합106)에 의해 영화적 서술(영
화언어)이 발생하는 기호작용이기도 하다. 양자의 차이는, 운동-이미지
의 연쇄에 의한 서사적 진행에서 서술이 파생하느냐, 내포서술자의 잠
재적 영화언어가 이미지의 연쇄로 표현되느냐의 차이이다.

구체적인 예를 들어보자. 가령 앞에서 예를 든『초록 물고기』의 기차
장면은 미애와 막동의 운명적인 만남을 암시하는 몽타주이다. 이 몽타
주는 앞뒤 열차 난간에 매달린 두 사람을 교차시키면서, 미애의 목에서
풀려 날리는 진홍 스카프를 응시하는 그들의 시선을 잇달아 제시한다.
그리고 이어서 공중을 날아온 스카프가 막동의 얼굴을 휘덮는 장면이
연결된다. 기차 난간을 붙잡고 바람에 몸을 맡긴 두 사람은 어떤 이탈
의 욕망을 표현하고 있으며, 미애의 목에서 풀린 스카프는 그런 심리적
움직임의 연장선상에 있다. 그러나 바람에 날리는 스카프는 미애가 잃
어버린 것인 동시에 막동이에게 새롭게 다가오는 움직임(물질적 운동)이
기도 하다. 스카프는 미애의 이탈의 욕망이면서 또한 그것의 불가능함
(상실)의 물질적 표현이다. 막동에게는 미애로부터 진홍색 감정이 암시
적으로 다가오며 그로 인한 운명의 굴레가 씌어지는데, 얼굴을 덮는 스
카프는 그런 숨막힘의 이미지를 표현한다.

이처럼 이 몽타주는 몇 개의 운동-이미지들을 접합시키면서 미애와
막동의 운명적인 만남이 시작되는 서사를 보여주고 있다. 여기서는 들
뢰즈의 말처럼 이미지 자체의 운동으로부터 내재적으로 서사가 나타나
고 있다.

그러나 이 몽타주는 미애와 막동의 만남을 통해『초록물고기』의 이
야기를 시작하기 위한 '서술'의 전략이기도 하다. 분명히 '내포서술자'

---

105) 몽타주에는 운동-이미지의 접합 이외에 시간-이미지의 몽타주가 있다. 시간-이미
지 몽타주에 대해서는 뒤에서 논의할 것임.
106) 쇼트의 분절과 접합은 언어의 분절과 접합처럼 기호작용을 일으킨다.

는 두 주인공 사이의 우여곡절을 들려주기 위해 달리는 기차와 스카프, 바람에 몸을 맡긴 그들의 이미지(몽타주)를 앞 부분에 배열하고 있는 것이다. 여기서는 일종의 내포적 서술, 즉 '진홍색 스카프를 통해 미애와 막동의 운명의 끈이 연결 되었다'는 말이, '의미화가 지연되는 방식(차연)'으로 생성되고 있다.

내포적 서술 이외에도 영화에서는 인물들의 대화에서 나타나는 언어들이 서술의 중요한 요소가 된다. 영화에서는 특히 특성한 인물의 밀을 통해 서술을 진행시키는 경우가 소설보다 훨씬 더 많다. 즉, 인물들이 대화나 회상, 내적 독백을 하는 중에 서술자[107]로 전이되는 순간이 매우 자주 발생한다. 이는 명시적인 언어적 서술을 사용하기 어려운 영화에서 인물의 말이 자연스럽게 서술의 언어로 사용될 수 있기 때문이다.

이상의 예들은 영화가 운동-이미지로서의 서사적 진행인 동시에 또한 담론으로서의 서술에 의해 중개되기도 함을 보여준다. 중개성의 담론으로서의 서술의 요소는 영화의 경우 운동-이미지의 내재적 전개와 뗄 수 없는 관계에 있다. 그러나 분명히 들뢰즈의 운동-이미지에 대한 논의로는 충분히 드러낼 수 없는 내포서술자 등의 서술의 요소가 존재하는 것이다. 그런 맥락에서 특히 서술의 측면에 관심을 갖는 영화 서사학의 의의는 부정할 수 없을 것이다. 하지만 다른 한편 영화 서사학(서술학)은 영화에 고유한 이미지의 질료적 특성을 유념한다 해도 들뢰즈가 논의한 운동-이미지의 내재적 특성을 충분히 설명할 수 없다. 따라서 이미지의 운동에서 출발하는 들뢰즈와 중개성의 서술에서 시작하는 영화 서술학(서사학)은 서로 보충적인 관계에 있는 셈이다.

한편 이제까지 살펴본 들뢰즈의 운동-이미지 논의는 전통적인 '서사 위주의 영화'에 대한 설명이라고 할 수 있다. 운동-이미지는 감각-운동의 회로를 통해 행동적 플롯을 형성하는 영화에서 서사의 질료로 작용

---

107) 『영화 서술학』에서는 이런 인물을 '명시적인 서술자'로 부르고 있다.

한다. 그런 전통 서사의 영화에서는 유기적이고 인과적인 플롯과 선조적인(연대기적인) 시간 구조가 나타난다. 이는 실상 일반적으로 가장 흔히 볼 수 있는 영화의 서사 형식이다. 영화는 실제로 운동-이미지의 일종인 행동-이미지 위주로 된 서사를 표현하는 경우 가장 어려움을 겪지 않는다.

그러나 운동-이미지는 지각, 감정에서 행동으로 나아갈수록 영화 특유의 탈영토화된 운동성을 잃어버린다. 그것은 행동-이미지의 전개란 사회적 상징계에 보다 접근한 공간에서 나타날 수 있기 때문이다. 그런 측면에서 들뢰즈는 감각-운동(행동)의 회로에서 일탈한 이미지들이 표현되는 경우를 영화의 본령에 접근한 것으로 보고 있다. 행동적 플롯의 인과적 구조에서 일탈한 그 같은 이미지를 들뢰즈는 시간-이미지라고 부르고 있다. 시간-이미지란 (앞서 살폈듯이) 지각의 순간 소환되는 기억의 이미지들 중에 선조적인 감각-운동의 회로로 환원될 수 없는 것을 말한다. 인과적인 행동의 플롯에서 이탈한 낯선 시간-이미지들의 집합은 정태적인 사회적 상징계 벗어난 창조적인 사유를 생성시킨다.

들뢰즈가 시간-이미지가 표현된 사유의 영화를 선호하는 것은 그 때문이다. 그러나 행동적 플롯으로 된 서사적 영화가 사유의 영화보다 반드시 진부한 것만은 아닐 것이다.108) 물론 행동적 플롯의 영화는 이미지의 의미화 과정에서 영화적인 긴장이 떨어지는 것이 사실이다. 그러나 리얼리즘 소설이 그렇듯이 행동-이미지의 영화 역시 인물과 환경의 상호작용을 통해 역동적인 삶의 의미를 표현할 수 있다. 따라서 우리는 들뢰즈의 사유의 영화 이론에 리얼리즘적인 영화 이론을 보충해야 할 것이다. 그런 측면에서 들뢰즈의 사유의 영화와 리얼리즘적인 서사적 영화는 영화 서사의 창조성을 설명하는 데 보완적인 관계에 있는 셈이다.

이제 서로 보완적인 관계에 있는 영화 서술학(서사학)과 들뢰즈의 영

---

108) 두 가지 영화 형식은 서로 결합될 수 있으며 들뢰즈도 이 점을 강조하고 있다. 데이비드 노먼 로도윅(2005), 169쪽.

화이론, 그리고 리얼리즘적 영화서사와 들뢰즈의 사유의 영화에 대해
차례대로 살펴보기로 하자.

5. 영화서사의 미결정적인 문법

　영화 서사학과 들뢰즈의 영화이론은 똑같이 영화 이미지의 기호적
측면을 중시하고 있다. 그처럼 영화를 기호학적으로 고찰할 수 있다는
것은 영화 이미지가 의미작용과 의사소통(담론)의 기능을 수행함을 뜻한
다. 의미작용과 의사소통은 기호가 지닌 두 가지 핵심적인 기능이기 때
문이다.

　그 두 가지 중 먼저 의미작용의 측면을 살펴보자. 소설과 영화 같은
서사물의 공통점은 이야기와 시점을 지니고 있다는 점이다. 시점은 이
야기가 이미지로 보여지도록 하며,[109] 서사적 이야기는 의미작용을 통
해 삶에 대한 의미를 생성시킨다.[110] 그 같은 이미지와 의미작용의 두
가지 요인 중 소설은 의미작용이 우세한 장르이다. 현대소설이 직접 보
는 듯한 환영을 제공하긴 하지만, 그 극단에 있는 이미지 소설의 경우
에도 의미작용이 선행되지 않으면 소설은 전개될 수 없다. 그것은 물론
소설이 언어를 사용하는 서사물이기 때문이다. 언어 서사물인 소설에서

---

109) 시점의 기능은 이야기를 이미지로 보여지게 하는 것만은 아니다. 그러나 소설이 점
　　점 이미지화되는 방향으로 나간 점에서 알 수 있듯이 이야기의 이미지화는 시점의 중
　　요한 기능의 하나이다.
110) 그레마스의 사각형이 보여주듯이 서사적 과정은 미시적 의미소들의 의미작용의 과
　　정이기도 하다. 물론 이미지 서사의 경우에는 이미지의 의미작용을 통해 서사가 전개
　　되는 과정으로 설명되어야 할 것이다. 이는 들뢰즈의 관심사이기도 하다.

는 의미작용을 통해 서사적 이야기를 전개하면서 그 이야기가 이미지로 보여지게 한다.

그러나 이미지 서사물인 영화에서는 그와 정반대의 과정이 일어난다. 영화는 이미지와 의미작용 중에서 이미지가 우세한 장르이며 서사적 의미작용 역시 이미지 자체로부터 발생한다.111) 이미지로부터 의미작용이 나타난다는 이 독특한 특징은 언어적 의미작용에 의존하는 소설과는 매우 다른 상황을 만든다.

언어적 의미작용은 소설 같은 문학작품에서만 나타나는 것은 아니며 소설은 매우 특수한 형식의 언어적 의미작용이라고 할 수 있다. 그처럼 언어적 의미작용이 문학 이외의 일반적인 텍스트에서도 발생하는 것은 언어의 경우 '랑그'라는 보편적인 언어체계에 의존하기 때문이다.

반면에 영상 이미지를 통한 의미작용에는 그 같은 랑그의 체계가 주어져 있지 않다.112) 그 때문에 이미지를 통한 의미작용은 일반적인 텍스트에서는 나타나기 어려우며113) 영화, 뮤직비디오, 영상광고 같은 **창조적인** 작품에서만 발생한다. 이처럼 영상적 의미작용은 언어적 의미작용과는 달리 처음부터 창조적이고 예술적인 방식을 요구한다.114) 즉 언어는 일반적인 텍스트와 예술적인 텍스트에 모두 사용될 수 있지만 이미지를 사용한 텍스트는 이미 창조적이고 예술적인 형식을 지니게 된다.

물론 영화 같은 이미지 텍스트에도 일종의 '문법'이 없는 것은 아니다. 그러나 영화 텍스트의 문법은 의존할 랑그가 없는 상태에서 매번 창조적인 방식으로 수행된다. 그 결과로 영화에서는 기표(이미지)와 기의(이야기)의 관계가 복합적이며 미결정적인 의미작용을 통해 늘상 기의가 지연되며 나타난다.115)

---

111) 들뢰즈, 이정하 역(2005), 64쪽.
112) Christian Metz(1991), p.105.
113) 이 말은 이미지를 일반적인 언어로 사용하기 어렵다는 뜻이다.
114) Christian Metz(1991), p.101, p.135.
115) 우리가 영화적 의미작용을 차연에 비유한 것은 이런 측면에서이다.

이런 영화의 기호작용의 특성은 도상적 텍스트에 대한 로트만의 설명과 부합한다. 즉, 언어 텍스트에서는 기호가 1차적이며 텍스트는 기호로 구성된다. 그러나 도상적 텍스트에서는 텍스트가 1차적이며 기호는 텍스트의 구성으로부터 2차적으로 나타난다.116) 우리는 이런 설명에 도상적 텍스트 중에서도 카메라에 의한 이미지를 사용하는 영화의 특별한 위치에 대해 덧붙일 수 있다. 들뢰즈가 논의하듯이, 영화의 이미지는 시간의 차원이 포함된 운동-이미지이며, 영화에서는 그런 이미지가 기호로 전환되는 의미작용으로부터 서사가 생성된다.117) 즉, 영화는 도상적 텍스트 중에서도 이미지의 기호화 과정에서 시간적 차원이 작동되는 독특한 형식118)인 것이다.119)

영화와 소설의 두 번째 기호학적 특성은 의사소통과 담론의 형식을 지닌다는 점이다. 앞서 말했듯이 영화와 소설의 공통점은 이야기와 시점을 갖고 있다는 것이다. 그 둘 중 시점은 시각적 이미지를 형성하기도 하지만 또한 감상자에게 이미지와 이야기를 전달하는 기능을 한다. 앞에서 우리는 시점을 포함한 중개성의 영역이 감상자를 시각 주체의 위치로 데려가는 역할을 한다고 논의했다. 이 말은 시점이 사용된 텍스트는 우리가 직접 보는 경험이 아니라 누군가에 의해 직접 보는 위치로 소환되는 경험임을 뜻한다. 우리는 스스로 이미지와 이야기를 보기 보다는 이미 누군가에 의해 보여진 것을 그(누구)의 위치에서120) 다시 보는 것이다. 이런 과정은 시점과 중개성의 영역이 이미지와 이야기를 전달하는 담론의 역할을 함을 의미한다.

소설의 경우에는 시점과 함께 (화자의) 언어적 서술이 나타나기 때문에 그런 담론의 기능이 분명히 이해된다. 그러나 언어적 서술이 없는

---

116) 로트만, 박현섭 역(1994), 72쪽.
117) 들뢰즈, 이정하 역(2002), 64, 69쪽.
118) 일종의 차연의 운동과 비슷하다.
119) 데이비드 노먼 로도윅(2005), 93, 96쪽.
120) 물론 시점의 주체와 다른 위치에서 볼 수도 있다.

영화에서는 시점만이 사용되며 담론(서술)의 기능은 '내포적'이다. 소설에서는 화자로 불리는 서술자가 존재하지만 영화에서는 화자가 없이 '내포서술자'만이 존재하는 것이다.

물론 영화에서도 화자가 도입될 수 있다. 그러나 보이스 오버나 자막을 통해 소설의 화자같은 목소리를 낸다 해도 그 언어적 서술은 영상의 전개와 등가적인 지위를 갖지 않는다. 이 사실은 영상을 통한 중개성이 언어적 서술과는 다른 방식으로 전개됨을 암시한다. 보이스 오버 서술은 영상을 통한 중개성과 내포적 서술을 보다 명료하게 하는 역할을 할 뿐이다.

영화에서 오이스 오버 없이도 다른 방식으로 내포적 서술이 진행된다는 것은 시점이 이미지와 이야기를 전개시키는 동시에 그것을 우리에게 보여주는 기능을 한다는 뜻이다. 우리는 영화를 보며 스스로 이야기를 보는 것이 아니라 시점이 발생시키는 내포적 서술에 이끌리며 이야기에 빠져드는 것이다. 그 점에서 영화의 시점은 '이야기'의 전개와 내포적 '서술'이라는 '서사'의 두 가지 요소를 동시에 수행한다. 다만 내포적 서술은 명시적이지 않기 때문에 우리는 이미지를 보면서 사후적으로 생성되는 서술을 감지한다.

비슷한 서사장르이면서도 영화와 소설의 차이는 소설에는 시점과 서술이 분명하지만 영화에서는 시점이 모든 기능을 담당한다는 점이다. 그 같은 차이에 의해 소설과 영화의 담론과 서술의 차이가 생겨나며, 영화의 내포서술이 소설과는 달리 사후적으로 생성되는 것도 그 때문이다. 흥미로운 것은 그런 시점 및 담론 방식의 차이가 앞서 살핀 영화와 소설의 의미작용의 차이에 상응한다는 점이다. 이제 그런 측면을 보다 자세히 살펴보자.

소설의 시점과 서술은 인격적 존재자를 가정하는 반면 영화의 시점은 비인격적 존재(카메라)에 의해 수행된다. 소설의 경우 시점과 서술이 분리되기도 하지만 빈번히 그 둘이 비슷한 인격성의 영역에서 작용한다. 예컨대 작가적 화자 서술은 전지적 시점과 작가적 서술이라는 인격성의 영역을 경험하게 한다. 또한 인물시점 서술은 인물 매체(초점화자)의 의식이 실제적인 시점과 서술의 주체로 작용한다. 반면에 영화의 시점은 그런 인격성의 매체를 제공하지 않는다. 영화의 경우 가장 인격성에 접근한 인물시점에서도 실상 반(半)인격적인(반주관적인121)) 매체가 작용할 뿐이다.

영화의 인물시점은 인물의 얼굴 화면122) 사이에 그가 보는 장면을 끼워 넣는 방식을 사용한다. 여기서 중간의 화면은 인물시점이지만 그 이미지 자체는 객관적인 지각-이미지이기도 하다. 그 때문에 영화의 인물시점은 늘상 인물의 얼굴 표정과 객관적인 이미지의 '접합'을 통해서 표현된다.123) 더욱이 인물시점을 형성하는 얼굴 표정의 쇼트 역시 단순한 주관적인 이미지는 아니다. 인물의 표정 내용(기의124))은 주관적이지만 그런 표정의 인물 모습을 보여주는 카메라의 렌즈는 여전히 비인격적 시점(기표-이미지 차원)인 것이다.125) 영화의 시점은 각각의 쇼트들을 통해서는 온전한 인격성의 중개성을 형성하지 못하며 쇼트들의 '접합'을 통해서만 그에 접근할 수 있을 뿐이다.

소설의 경우 누보로망 같은 비인격적 시점(카메라의 눈) 이외에는 대부분 인격적인 매체를 통해 이미지가 전달된다. 그 때문에 소설의 이미지에는 얼마간이든 정서나 심리 같은 주관적 요소가 섞여 있다. 이는 아

---

121) 들뢰즈, 유진상 역(2002), 139~142쪽.
122) 얼굴 이미지뿐만 아니라 인물이 어떤 것을 바라보는 화면을 말한다. 인물의 모습이 화면 한 귀퉁이에 나타나는 수도 있다.
123) 인물의 뒷모습과 전경의 화면을 통해 인물시점을 표현하는 경우도 있다.
124) 영화 이미지에는 기표와 기의의 차원이 있다. 기의는 의미작용을 통해 이미지를 서사적 이야기로 전개시키는 측면이다. 그런 기의-이미지는 기표-이미지들의 접합에 의해 온전하게 나타날 수 있다.
125) 『여자, 정혜』에서 '긴' 얼굴 표정 클로즈업으로 끝나는 장면이 인상적인 것은 그 때문이다. 이 장면은 정혜의 주관적인 표정을 전달하는 동시에 '지연'의 방식으로 그에 대해 '거리'를 두며 낯설게 만들고 있다. 물론 일반적으로 카메라가 인물의 얼굴에 접근하는 클로즈업의 움직임은 정서 표현의 방식으로 볼 수 있다.

무리 직접 보는 듯한 환영을 제공하는 소설이라도 실제로는 인물이나 화자의 인격적 렌즈(혹은 의식, 언어)를 매개로 의사소통이 이루어짐을 뜻한다. 그런 인격적 렌즈와 언어적 서술은 자연스러운(일상적인)[126] 지각을 제공하는 매체로서 등가적 관계에 있다.

반면에 영화에서는 인물시점이나 클로즈업을 통해 가장 인격적인 렌즈에 접근하는 경우에도 단일한 쇼트만으로는 한 개체로서의 온전한 인격적 중개성(렌즈)을 제공하지 못한다. 인격적 렌즈란 감상자가 스스로 보는 듯한 자연스러운 지각을 갖게 만드는 것을 말한다. 그런 자연스러운 지각을 통해 이야기를 전달할 때 감상자는 이미지의 연쇄를 통한 담론(서술)을 감지하게 된다.

그러나 카메라의 렌즈는 특별한 방식을 고안하지 않는 한 단순한 쇼트나 그 연결만으로는 부자연스러운 지각의 접합만을 제공할 수 있을 뿐이다. 따라서 영화는 쇼트들의 접합을 통해 소설의 인격적 렌즈가 담론을 형성하는 것에 준하는 또 다른 방식을 고안해 내야 한다. 즉, 소설에서 인물 매체라는 인격적 렌즈가 생생한(자연스러운) 지각과 반성자—인물 같은 담론을 형성하듯이, 영화는 쇼트들을 접합시켜 자연스러운(일상적인) 지각과 영화적 담론을 창조해내야 하는 것이다.

이 같은 소설과 영화의 차이, 즉 인격적 중개자(작가적 화자, 인물시점, 1인칭, 3인칭)를 사용하는 소설과 비인격적 시점(카메라)을 이용하는 영화의 차이에 의해 두 양식의 담론과 의미작용의 차이가 나타난다. 인물 매체나 화자라는 인격적 중개자를 사용하는 소설은 필연적으로 '지속적인 시점'을 요구한다. 인격적 중개의 매체가 수시로 바뀌면 우리는 혼란스러움을 느끼기 때문이다. 반면에 비인격적(초인격적[127]) 시점과 (온전한 개

---

126) 여기서 '자연스럽다'는 말은 일상생활에서처럼 느껴진다는 뜻이다.
127) 카메라는 비인격적 시점이기도 하지만 인간의 능력을 넘어서는 위치와 속도를 통해 초인격적 시점을 제공하기도 한다. 이런 카메라의 시점은 인격의 영역에서 작용하는 소설의 시점과는 달리 인격의 회로 이전의 뇌의 회로에서 작용되는 것으로 볼 수 있다. 결국 영화의 시점은 뇌의 회로와 인격의 회로 사이에서 작동된다.

인의 눈에 미달된) 지각의 파편들을 이용하는 영화는 필연적으로 '시점의 지속적인 변화'를 요구한다. 그 자체로는 지각의 파편들[128]인 쇼트들을 접합시켜 자연스러운 지각과 영화적 담론(내포서술)을 만들어야 하기 때문이다.

이런 차이로 인해 영화와 소설은 서로 정반대의 과정을 연출한다. 인격적 중개성과 서술에 의해 시작되는 소설의 경우 언어가 모든 것의 출발점이 된다. 즉, 소설적 담론을 만드는 언어들이 기호작용(선택과 결합의 작용)을 통해 의미를 생성하며 우리를 이야기 세계에 들어서게 한다. 그러나 우리는 그런 기호작용을 거의 의식하지 않으며 눈앞에 펼쳐진 이야기 세계[129]를 직접 지각하는 것처럼 느끼게 된다. 단지 그 이야기 세계가 작가적 화자나 인물시점 같은 특정한 중개 방식에 의해 전달됨을 감지할 뿐이다. 반면에 영화의 경우에는 모든 것이 그와 정반대이다. 영화의 출발점은 카메라의 시점에 의해 보여진 이미지이다. 그러나 우리는 그 이미지들이 어떤 시점에 의해 중개되었는지 거의 의식하지 않는다. 그 대신 우리는 이미지와 쇼트들이 화면에 나타나고 그것들이 서로 연결되는 과정을 지각하며 이야기 속에 빠져든다. 우리의 눈앞에 보이는 이 일련의 과정, 즉 쇼트들이 선택되고 결합되는 과정이란 이미지들의 기호적 의미작용[130]의 전개에 다름이 아니다.

이처럼 소설과는 달리 영화에서는 카메라의 시점에 의한 이미지가 나타난 후에 선택·결합의 기호작용이 나중에 이루어진다. 그리고 그런 (선택·결합의) 이미지의 기호작용이 이야기 세계를 보여줄 때 우리는 사

---

128) 쇼트 중에서 어느 정도 독립적인 지위를 갖는 것도 있으나 일반적으로는 다른 쇼트와의 접합 속에서 의미작용이 생성된다. 지각의 파편인 쇼트-이미지는 얼마간 대상 쪽에 속한 이미지의 파편이기도 하다.

129) 이야기 세계란 '디에제스'와 같은 개념이다. 이야기 세계는 '서술된 이야기에 내포된 모든 것'(앙드레 고드로 외(2001), 56쪽)으로 '서술된 사건들'인 이야기(story)보다 더 포괄적인 의미를 지닌다.

130) 이 기호적 의미작용이 이야기 세계를 형성하면서 영화적 담론을 통해 우리를 이야기 세계에 빠져들게 한다.

후적으로 내포서술을 감지하게 된다.

물론 들뢰즈는 영화적 이미지의 기호작용을 퍼스의 기호학과 연관시킨다. 그것은 영화의 운동-이미지에서 의미작용이 일어나는 방식이 언어학적 모델과 다름을 말하기 위해서일 것이다. 그러나 그런 차이를 인정하더라도 영화의 이미지의 기호작용에서도 **선택**과 **결합작용**은 매우 중요한 요소가 된다. 운동-이미지, 즉 감정-이미지와 행동-이미지의 전개는 결국 그것들의 선택-결합작용을 통해 나타나는 것이기 때문이다.[131] 이제 우리는 이미지의 선택·결합작용을 살펴보면서 그 과정에서 그것이 운동-이미지의 의미작용과 어떻게 연관되는지 깨닫게 될 것이다.

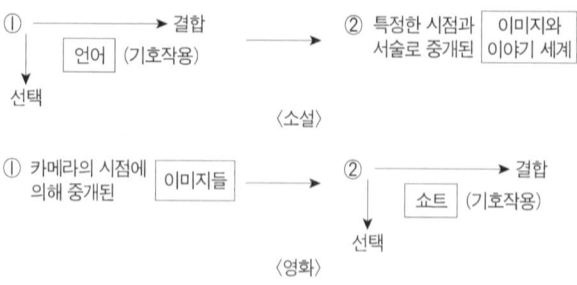

위에서처럼 소설에서는 언어적 기호작용이 1차적이며 시점에 의해 중개된 이미지와 이야기 세계는 2차적이다. 반면에 영화에서는 시점에 의해 중개된 이미지들이 1차적이고 쇼트들의 기호작용은 2차적이다. 소설의 경우 1차적인 언어적 기호작용은 뚜렷이 의식되지 않으며 우리는 이미지와 이야기 세계에 관심을 갖는다. 그에 반해 영화의 경우 1차적인 카메라의 중개성은 간과되는 대신 쇼트들(이미지들)의 선택과 결합의

---

131) 들뢰즈는 세 가지 운동-이미지들의 조합과 변주를 말하는데, 그 조합과 변주가 바로 선택·결합작용에 해당된다고 볼 수 있다.

과정(기호작용)에 지각의 초점이 맞춰진다.[132] 소설에서 언어적 기호작용이 잘 의식되지 않는 이유는 그것이 주로 단어와 구문 이하의 단위에서 이루어지기 때문이다.[133] 또한 영화에서 카메라의 중개성이 크게 의식되지 않는 것은 그것이 대개 한 인격적 개체의 시점 이하의 단위[134]에서 작용하기 때문이다.

그러나 우리에게 수용된 지각의 명확성은 그와 정반대이다. 즉, 소설의 경우 언어적 기호작용이 생성한 의미들은 명확한 반면 시점에 의해 중개된 이미지와 이야기 세계는 불명확하다. 반대로 영화의 경우 카메라에 의해 중개된 이미지들은 명확한 대신 쇼트들의 기호작용이 생성한 의미들은 미결정적이다.

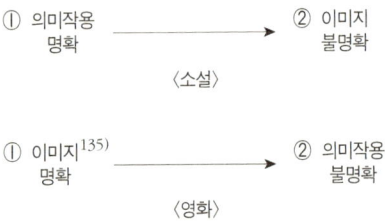

소설에서는 의미작용이 명확하기 때문에 추상화·사고·요약 등에서 영화보다 우위에 있다. 반면에 영화에서는 이미지가 명확하므로 대상의

---

132) 이 2차적 과정에서 이야기 세계가 구성되는 동시에 영화적 담론이 생성된다.

133) 이 언어적 의미작용은 거의 무의식적으로 이루어진다.

134) 혹은 개체의 시점을 넘어서는 단위이다. 이 영화의 시점은 뇌의 회로와 인격의 회로 사이에 위치한다.

135) 이 표에서 ①은 질료의 차원 ②는 작품의 차원을 암시한다. 그와 연관해 질료 차원의 영화 이미지와 작품 차원의 소설 이미지는 차이를 지닌다. 즉, 영화의 이미지(①)는 감정이 배제된 것인 반면 소설의 이미지(②)는 흔히 감정과 심리로 채색된 것으로 제시된다. 또한 소설에서는 질료의 차원(서술언어)과 작품의 차원(이미지)이 얼마간 구분되는 반면, 영화에서는 질료의 차원의 이미지가 의미작용을 통해 작품의 차원의 이미지로 생성된다. 그로 인해 소설의 경우 서술에서 작품으로 나아가지만, 영화에서는 이미지의 의미화와 생성을 통해 서술이 사후적으로 감지된다.

표면의 정보를 제공하는 데 매우 뛰어나다. 이런 차이로 인해 소설을 영화화하는 경우 이미지는 명확해지지만 의미작용은 불투명해진다.

여기서 흥미로운 것은 영화의 기호적 의미작용이 소설의 언어적 의미작용과 비슷한 원리(선택·결합의 작용)를 갖는 듯 하면서도 그 양상이 매우 다르다는 점이다. 먼저 소설에서는 의미작용이 언어적 질료의 측면이며 이미지는 이야기 세계의 모습이다. 이 경우 우리는 언어의 측면인 서술(담론)에서 이야기 세계로 나아간다. 그러나 영화에서는 이미지 자체가 질료이며 의미작용을 통해 이야기 세계를 생성한다. 그리고 담론적 요소인 서술은 이미지로 된 이야기 세계가 생성되면서 사후적으로 감지된다.

영화의 경우 이미지의 의미작용은 언어적 의미작용과 비슷하게 선택·결합의 관계이지만 그것은 또한 들뢰즈가 말한 운동-이미지의 기호로의 전환이기도 하다. 여기서는 질료의 의미작용이 직접 세계의 이미지의 운동과 연관되는 것이다. 의미를 생성하는 서술은 그런 이미지의 기호작용을 거치면서 '내포적'으로만 전달된다.

그처럼 이미지의 의미작용이 세계의 이미지-운동과 연관됨으로써 영화의 기호작용은 단어의 단위를 넘어선다. 소설의 언어적 의미작용은 단어와 구문 이하의 단위에서 시작되지만 영화의 이미지 기호작용은 처음부터 단어 이상의 단위에서 이루어지는 것이다. 즉, 영화적 기호작용의 기본 단위인 쇼트는 단어보다는 문장과 비슷한 성격을 갖고 있다. 물론 이미지로 된 쇼트가 언어로 된 문장과 똑같은 것도 아니다. 메츠가 지적하듯이 문장이 명확한 의미를 갖는 반면 쇼트는 잠재적 의미를 지닐 뿐이다.[136]

이미지로 된 쇼트는 정보의 크기나 밀도 면에서는 단어는 물론 문장까지 능가하지만 대상의 표면만 보여줄 뿐 깊이를 표현하지 못한다.[137]

---

136) Christian Metz(1991), 116쪽.
137) 이는 쇼트를 만드는 카메라의 시점이 아직 인격의 회로에 전입하지 못한 뇌의 회로

대상의 깊이란 인격성, 내면성, 심리 등을 말한다. 문장은 언어적 기호 작용의 결과로서 대상의 깊이를 포함한 의미를 통해 이미 이야기 세계의 구성에 참여한다. 반면에 쇼트는 앞으로 의미작용을 통해 이야기 세계를 구성해야 할 기호적인 기본 단위인 것이다.

또한 쇼트는 기호작용의 기본 단위로서도 언어보다 불명확성을 지니고 있다. 그것은 언어와는 달리 쇼트는 기호작용이 의존해야 할 영화 언어적 랑그를 미리 갖고 있지 않기 때문이다. 그로 인해 앞서 언급했듯이 영화적 기호작용은 매번마다 창조적이고 예술적인 방식을 요구한다.[138] 소설의 언어적 기호작용이 질료의 차원(①)에 속한다면 영화의 쇼트의 기호작용은 작품의 차원(②)[139]에까지 진행되는 것도 그와 연관이 있다.

이 같은 쇼트의 의미의 불명확성과 그 기호작용의 미결정성으로 인해 영화에서는 이미지 트랙만으로는 이야기 내용을 충분하게 전달하기 어려운 경우가 많다.[140] 그 때문에 영화에서는 대화나 보이스 오버, 자막, 그리고 행동−이미지에서 암시되는 사회문화적 코드 등에 의해 의미화의 결정적인 단서가 제공되는 경향이 있다. 소설에 비해 영화에서 대화나 인물의 말이 하위서술[141] 기능을 하는 경우가 많은 것도 그와 연관이 있다.

그러나 하위서술이 길어지면 그 자체가 다시 영상화하게 되며 영화에서는 어디까지나 이미지 트랙이 기호작용의 핵심적인 요소라고 할

의 차원에서 작동되기 때문이다.

138) Christian Metz(1991), 101, 135쪽.

139) 작품의 차원이란 '실행된 차원'을 말한다. 메츠도 쇼트는 단어와는 달리 '실행된 차원'이라고 말하고 있다. 위의 책, 116쪽.

140) 반드시 그런 것은 아니다. 예컨대 김기덕 감독의 『빈집』의 경우 거의 대화가 없지만 특정한 이야기 내용과 의미가 전달되고 있다.

141) 하위서술 혹은 이차서술은 명시적이며 영화 전체의 내포서술과 구분된다. 하위서술자와 내포서술자에 대해서는 앙드레 고드로 외(2001), 78쪽 참조. 그러나 하위서술에 의존하는 것은 영화의 좋은 방법이 아니며 소설을 영화화하는 경우 반드시 대화가 많아지는 것도 아니다. 예컨대 『서편제』의 경우 울림의 소설을 시각화함으로써 원작보다 대화가 적어진다. 『서편제』 등에서의 소설의 영화화에 대해서는 박기범, 「소설과 영화를 통한 서사교육 내용 연구」, 교원대 박사논문, 2007 참조.

수 있다. 그런 이미지의 기호작용이 쇼트라는 (문장에 준하는) 큰 단위에서 일어난다는 점, 그리고 매체적 질료인 이미지가 또한 이야기 세계를 생성하는 이미지-운동의 차원에서 기호작용을 하는 점이 영화의 독특한 특징이다.[142] 후자의 측면은 매체적 질료인 언어와 이미지로 된 이야기 세계가 상대적으로 구분되는 소설과 다른 점이다.

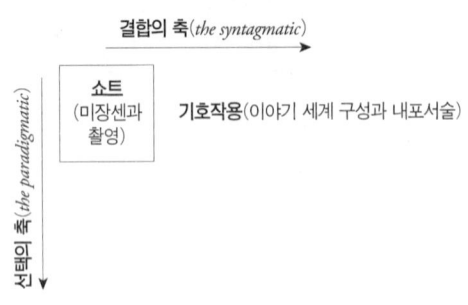

이미 언급했듯이 영화의 경우 위의 기호작용은 운동-이미지의 의미작용이기도 하다. 이미지 기호작용이 언어적 기호작용과 유사하면서도 차이를 지니는 것은 그 때문이다. 그러나 이미지(운동-이미지) 기호작용 역시 선택·결합의 관계가 중요하며, 양자 중 어느 것이 부각되느냐에 따라 세부적인 양식이 달라진다. 뒤에서 살펴보겠지만, 운동-이미지 중 감정-이미지는 선택적 관계에, 행동-이미지는 결합적 관계에 긴밀히 연관된다. 예컨대 결합작용이 우세한 서사적인 영화에서는 행동-이미지가 주도적이 된다. 그처럼 결합작용과 행동-이미지가 우세한 서사적인 영화는 산문장르로 된 전통적인 서사문학에 상응한다.

그런 영화적 기호작용의 특수성으로 인해 도표의 이미지 기호작용은 언어의 경우와 많은 차이를 지닌다. 먼저 쇼트는 '문장과 비슷한' 큰 단

---

142) 이미지의 기호작용 역시 이미지의 질료적 특성에서 발현된 고유성을 드러낸다. 그러나 소설에서 언어적 기호작용이 질료적 차원에 머무는 반면 영화의 이미지의 기호작용은 작품 자체를 구성하는 차원에서 생성된다.

위이기 때문에 당연히 그 내부에서도 의미작용이 일어난다. 여기서는 미장센143)과 카메라 기법(촬영) 등이 중요한 요소이다.144) 뿐만 아니라 쇼트 단위에서도 몽타주 기법이 사용될 수 있다. 예컨대『파란대문』(김기덕)의 마지막 장면에서는 물 속의 금붕어와 그것을 바라보는 두 주인공의 모습이 몽타주되어 제시된다.

다른 한편 영화의 기호작용(선택·결합)은 주로 문장에 준하는 큰 단위에서 일어나기 때문에 그 미결정적인 기호작용과 문법은 수사학과 비슷한 성격을 띠기도 한다.145) 또한 그런 큰 단위들의 접합이라는 측면에서, 영화의 경우 선택(paradigmatic)과 결합(sytagmatic)의 두 축 중에 결합의 축이 중시되는 경향이 있다.146)

하지만 이는 이미지 예술의 특징이라기보다는 영화가 서사적 장르임을 말해주는 것이다. 영화나 소설 같은 서사장르에서는 결합의 축이 중시되며 선택작용이 부각되는 경우에도 결합의 축은 중단 없이 지속된다. 영화에서 결합의 축이 지속되는 것은 소설의 거의 모든 문장들이 산문으로 되어 있는 것과 비슷한 양상으로 볼 수 있다. 산문으로 된 서사장르는 단어와 문장들의 결합작용이 지속되는 예술인 것이다. 그에 반해 서정시에서는 선택작용이 우선적이며 결합의 축이 지속되지 않는다.147)

물론 이미지 예술에서는 선택작용이 우세한 서정시에 준하는 예술이 잘 발견되지 않는다. 그러나 그것은 이미지의 기호작용이 미결정적인 점과 연관이 있다. 선택작용에 의존하는 서정장르는 흔히 내포적 의미를

---

143) 미장센(화면구성)이란 프레임(화편화)화된 공간 안에 대상들을 배치해 화면을 구성하는 것을 말한다. 서정남(2004), 58쪽.
144) 앙드레 고드로·프랑수아 조스트(2001), 86~87쪽.
145) Christian Metz(1991), 117쪽.
146) 이제까지의 대부분의 영화 이론들은 결합의 축에 초점을 맞추고 있다. James Monaco(2000), 163쪽.
147) 형식적으로는 지속될 수 있지만 실제적 내용에서는 내포적 의미에 의한 연결이 주를 이룬다. 물론 서정시 중에서도 서사적 요소를 내포한 시(이야기, 시 등)에서는 결합의 축이 상대적으로 중요하다.

사용하며 의미의 모호성이 증가되는 경향이 있다. 그 때문에 의미작용이 미결정적인 이미지 예술에서 모호한 내포적 의미에 의존하는 서정장르가 시도되면 의미의 불확실성은 한도 이상으로 커질 수 있는 것이다.

또한 카메라의 외부성으로 인해 이미지 예술이 대상의 표면을 보여줄 뿐 깊이와 내면을 표현하기 어렵다는 점을 들 수 있다. 이미지 예술에서 내면이나 정서의 표현은 언어예술에서처럼 다양하지 않으며 특별한 방식의 쇼트들의 접합을 필요로 한다. 이미지 예술이 정서 표현을 위해 흔히 사용하는 방식은 얼굴 클로즈업이나 인물시점의 기법일 것이다. 그러나 그런 기법들을 사용한다고 해도 서정문학에서처럼 정서적 깊이를 섬세하게 표현하기는 어렵다.

그렇다고 이미지 예술에서 선택작용과 내포적 의미에 의존하는 장르가 아주 없는 것은 아니다. 예컨대 뮤직 비디오 같은 것이 그런 장르일 것이다. 뮤직 비디오는 음악과 서정시에 준하는 독립적인 이미지 양식은 아니다. 뮤직 비디오는 음악이나 가사와 상호작용할 때 가능하며 만일 그들이 없다면 이미지만으로는 의미작용이 불가능하기 때문이다. 그것은 이미지 예술의 경우 의미작용의 미결정성으로 인해 선택작용과 내포적 의미에 의존하는 장르가 불리함을 뜻한다.

여기서 우리는 선택작용과 결합작용이 예술장르의 두 가지 계열과 연관됨을 주목할 필요가 있다. 그런 일반적 맥락을 분명히 하려면 야콥슨이 말한 은유와 환유에 대해 살펴봐야 할 것이다. 이제 야콥슨의 두 가지 기호작용을 살피는 과정에서 우리는 그 선택·결합작용이 들뢰즈가 말한 운동-이미지의 두 종류와 연관됨을 발견하게 될 것이다.

선택과 결합작용을 설명하면서 야콥슨은 그 둘을 '은유'와 '환유'에 연결시킨 바 있다.[148] 선택적·계열적 관계에 의존한다는 것은 유사한

---

148) 야콥슨, 신문수 편역(1989), 110~113쪽. 야콥슨은 문학은 물론 회화와 영화에 대해서도 이런 관점으로 설명하고 있다. 선택과 결합의 작용은 언어는 물론 '인간 행동 일반'에 적용할 수 있는 기호학적 원리라는 것이다.

기호들의 계열에서 특정한 것을 선택할 때 우리가 신경을 쓰게 되는 내포적 의미의 활용을 뜻한다. 그런 유사성의 원리와 내포적 의미에 의존하는 기호적 활용은 같은 계열의 기호에서 어떤 것을 선택하는 문제만은 아니다. 어떤 기호의 다음에 오는 기호의 선택이 앞의 것과의 유사성과 내포적 관계에 의한 것일 때 그 기호의 연결(선택)역시 유사성의 원리(그리고 선택적 관계)에 의존한 것이 된다.149)

예컨대 '내 마음은 호수요'에서 호수의 선택(연결)은 결합적 관계보다는 선택적 관계와 유사성의 원리에 근거한 것이 된다. 이런 유사성의 원리의 사용은 기호들의 내재적 관계를 통해 우리의 내면을 표현하게 한다. 선택적 관계를 활용하는 수사학을 은유라고 부르는 것은 그 때문이다.

반면에 결합적·구문적 관계에 의존한다는 것은 어떤 기호에 이어서 결합하는 다른 기호와의 문법적(구문적) 관계에 유의함을 뜻한다. 이는 기호들의 구문적 연결에 의해 문장을 만듦으로써 세계와 연관된 외연적 의미를 발생시킴을 뜻한다. 여기서 기호들의 결합은 세계를 나타내는 외연적 의미의 생성과 연관되며, 그것은 결합되는 기호들이 서로 인접함으로써 외재적 맥락을 형성함을 의미한다. 결합적 관계의 활용이란 결국 기호들의 인접성을 통해 외부세계를 나타내는 일로서 '환유'적인 것으로 부를 수 있다.

이런 차이로 인해 선택적 관계와 결합적 관계의 활용은 은유적인 예술과 환유적인 예술의 차이와 연관된다. 즉, 선택적 관계와 유사성 원리의 사용은 서정장르 같은 은유적인 예술을 만들어낸다. 반면에 결합적 관계와 인접성의 원리는 서사장르 같은 환유적인 예술을 창조한다. 또한 예술유파와 연관해서 낭만주의나 표현주의가 선택적 관계에 의존한다면 리얼리즘은 결합적 관계에 근거한다고 할 수 있다.

주목되는 것은 이런 선택작용과 결합작용의 문제가 언어적 기호에만

---

149) 이 경우 형식적으로는 결합적 관계인 것 같지만 실제적으로는 선택적 관계에 근거한 것으로 볼 수 있다.

국한된 것은 아니라는 점이다. 야콥슨은 문학뿐만 아니라 회화와 영화에 대해서도 은유와 환유의 문제를 논의하고 있다. 그는 이 문제가 인간의 언어행동 및 **행동 일반**에 근원적인 것이며, 정신병리학, 심리학, 언어학, 시학, 기호학 일반의 연구를 요구한다고 말하고 있다.[150) 실제로 은유와 환유는 꿈의 분석에서도 중요한 분석 도구가 된다.[151)

우리는 이런 이제까지의 연구들에 덧붙여 영화이론에서 은유와 환유의 중요성에 대해 새로운 차원에서 논의할 수 있을 것이다. 흥미로운 것은 영화서사를 (언어가 아니라) 이미지 자체로부터 이끌어내야 한다고 말한[152) 들뢰즈의 영화이론 역시 심층적으로는 은유-환유와 연관되어 있다는 점이다.

들뢰즈는 영화의 서사(특히 고전적인 서사[153))가 감정-이미지와 행동-이미지의 조합 및 변주의 결과라고 말한다.[154) 그런데 그런 감정·행동 이미지의 조합-변주란 결국 이미지 차원의 선택-결합작용에 다름이 아니다. 이제 각각의 이미지를 살펴보며 그 점을 확인해보자.

감정-이미지란 대상으로부터 지각된 것이 우리의 내부에서 물결치는 것, 즉 교란적 지각과 주저하는 행동 사이에서 '내부로부터 느껴지는 것'의 표현이다.[155) 감정-이미지는 행동-이미지와는 달리 외재적 맥락이 아니라 '내재적 느낌'을 표현한다. 반면에 **행동-이미지**란 '외부세계'의 지각에 대한 우리의 반작용으로서의 행동의 표현이다. 행동-이미지는 객관세계의 지각(공간)에 대한 주체의 시간적 반응(행동)의 표현이며, 그처럼 '외부세계의 맥락'을 지닌 주객 상호작용을 의미화한다.

---

150) 야콥슨, 신문수 편역(1989), 113쪽.
151) 위의 책, 115쪽. 라캉 역시 꿈을 은유와 환유로 분석하고 있다.
152) 들뢰즈, 이정하 역(2002), 64쪽.
153) 시간-이미지에 의한 크리스탈적 서사와 구분되는 운동-이미지에 의존한 유기체적 서사를 말한다.
154) 들뢰즈, 이정하 역(2002), 64쪽.
155) 들뢰즈, 주은우·정원 역(1996), 134쪽; 위의 책, 127쪽.

이런 감정-이미지와 행동-이미지는 야콥슨이 말한 '은유와 환유'의 이미지 차원의 변형이라고 할 수 있다. 은유(선택작용)는 언어의 유사성 원리(내포적 의미)에 근거해 내재적 관계를 형성하며 내면의 정서를 표현한다. 그와 유사하게 감정-이미지는 외부의 지각을 우리 **신체 내부의 감각**(느낌 혹은 이미지)[156]으로 바꾸면서 그것을 통해 '내부로부터 느껴지는 것'을 표현한다. 언어적 은유가 단어들 간의 내적 관계를 통해 내면의 정서를 형성한다면, 감정-이미지는 이미지들을 통해 신체 안에서 내부의 흐름을 발현시키는 것이다.

전자는 언어의 미시 의미소들의 (외부맥락에서 벗어난) 내포적 상호작용에 의존해 의미소들을 정서로 전환시킨다. 반면에 후자는 이미지들의 운동이 외부맥락으로부터 벗어나 신체 내부에서 정서로 물결치도록 한다. 언어적 은유가 **의미소들의 내포적 상호작용**[157]과 정서의 상응성을 보여준다면, 감정-이미지는 **탈맥락화된 이미지들의 운동**[158]과 신체 내부에서 물결치는 반응(정서)의 조응을 드러낸다. 양자의 공통점은 내재적 관계, 내면의 정서, 무시간성(병렬적 구성) 등이다.

반면에 환유는 언어의 인접성 원리(외연적 의미)에 근거해 **외재적 맥락**을 만들면서 외부세계를 제시한다. 그와 비슷하게 행동-이미지는 외부의 지각(공간)에 상호작용하는 주체적 행동(시간)을 보여주며 **외부세계의 맥락**을 드러낸다. 전자는 언어의 외재적 상호작용을 통해 외부맥락을 지닌 세계와 인간을 제시한다. 반면에 후자는 이미지들의 운동에 대한 외적 반응으로서 행동을 보여주며 세계와 인간의 상호작용을 드러낸다. 언어적 환유가 **지시적 의미들**의 상호작용과 외부세계의 맥락과의 상응성을 보여준다면, 행동-이미지는 외부 이미지에 대한 **행동적 반응과 세**

---

156) 이 이미지는 신체 내부의 감각에 의해 지각되는 점에서 단순히 외부 물체를 지각하는 이미지와 구분된다. 베르그송, 박종원 역(2005), 109쪽.
157) '의미소들의 내포적 상호작용'은 탈맥락화된 감각적 이미지를 형성한다.
158) '이미지들의 탈맥락화의 운동'은 이미 감각적 이미지로의 변주의 시작으로 볼 수 있다.

계-인간의 상호작용(그 외적 맥락)과의 조응을 나타낸다. 양자의 공통점은 외재적 맥락, 외부세계 제시, 통시적 시간성(시간적 구성) 등이다.

이제 우리는 은유와 환유의 원리를 감정-이미지와 행동-이미지의 차원에서 영화서사에 적용시킬 수 있을 것이다. 영화서사는 소설처럼 환유적이며 주로 결합작용(the syntagmatic)에 의존한다. 그러나 소설에도 여러 양식이 있듯이 영화서사 역시 다양하게 분류될 수 있다. 즉, 소설은 환유적이지만 상대적으로 은유적 원리가 많이 포함된 서정소설도 있다. 또한 리얼리즘 소설은 환유적인 반면 모더니즘이나 표현주의는 은유적인 병렬적 구성(혹은 내적 표현)을 많이 사용한다. 그와 마찬가지로 영화역시 서사적인 영화와 서정적인 영화, 리얼리즘과 모더니즘(그리고 표현주의) 등으로 나눠지며, 상대적으로 은유의 원리에 더 의존하는 양식이 존재한다. 그리고 은유의 원리를 많이 사용하는 양식에서는 당연히 행동-이미지에 의한 통시적 플롯보다는 감정-이미지가 부각되는 경향이 있다. 이처럼 은유와 환유, 선택과 결합, 그리고 감정-이미지와 행동-이미지와 조합과 변주는 미결정적 문법을 지닌 영화서사의 다양한 양식들을 암시한다. 영화서사학이 주목해야 할 부분은 바로 그 다양한 양식들의 문법과 수사학일 것이다.

6. 이미지 기호학의 두 가지 축과 영화서사의 다양한 양식

이제 몇 가지 구체적인 예를 살펴보자. 영화의 가장 일반적인 양식은 서사적 영화이다. 서사적 영화에서는 결합적 관계가 주도적이며 선택적 관계는 부분적으로만 작용한다. 결합적 관계가 주도적이라는 것은 외재적 맥락의 형성에 의한 외부세계(공간) 제시와 그 곳에서의 행동적 플롯(시간)이 우선적이라는 뜻이다. 이런 서사적 영화에서는 행동-이미지가 주도적이 되며, 행동과 사건의 연쇄인 플롯(서사적 이야기)이 작품을 구성하는 핵심적인 요소가 된다.

서사적 영화에서 각 쇼트들은 주로 플롯의 전개를 보여주기 위해 연쇄적으로 '결합'된다. 그러나 아무리 서사성이 주도적인 경우라도 '선택적' 관계에 의한 내포적 의미의 형성 역시 여전히 중요한 요소가 된다. 그러면 영화에서 내포적 의미를 형성하는 방식은 무엇일까.

서사적 영화에서 내포적 의미를 형성하는 방식은 두 가지이다. 하나는 선택된 특정한 쇼트가 선택되지 않은 다른 쇼트들과의 관계에서 내포적 의미를 얻는 경우이다.[159] 다른 하나는 쇼트들이 결합의 방식을 취하는 듯하지만 실제로는 내포적 의미를 형성해 인물의 행동의 전단계(혹은 대체)로서 정서와 심리를 제시하는 경우이다.

첫 번째는 다음과 같은 경우들이다. 예컨대 카메라의 각도와 움직임, 들고찍기(hand held), 대상의 색채와 명도, 유리나 베일 등으로 화면을 가지는 방식, 배우들의 연기 등이 선택적 요소가 된다. 즉, 영상이 어떤 방식을 통해 촬영되고 연출되었느냐에 따라 순수지각(베르그송)과 같은 영화의 이미지에 내포적 의미가 채색되는 것이다. 이때의 내포적 의미는 '카메라의 눈'에 의한 건조한 이미지[160]에 정서와 느낌을 부여한다. 만일 이런 내포적 의미들을 배제한다면 각 쇼트들은 감정이입을 차단하는 낯설게 하기 방식으로 된 특별한 이미지로 보여진다.

두 번째 경우는 얼굴 클로즈업이나 인물시점 등을 통해 인물의 행동의 예비단계나 대체로서 정서와 심리를 드러내는 방식이다. 이런 기능을 하는 쇼트들은 형식적으로는 결합의 방식을 취하지만 실제적으로는

---

159) 이런 측면의 내포적 의미에 대해서는 James Monaco(2000), 162쪽 참조. 다음에 오는 쇼트와의 관계에서 내포적 의미가 얻어질 수도 있다.
160) 정서가 배제된 이미지를 말함.

선택적 관계에 의한 은유적인 내포적 의미를 형성하는 셈이다.

예컨대 『뜨거운 것이 좋아』(권칠인 감독)에서 주인공 아미(김민희)는 사랑하던 사람과의 관계가 끝났음을 깨달으면서 그녀가 선물한 금붕어가 죽은 채 떠있는 것을 보게 된다. 아미는 죽은 두 마리 금붕어를 변기에 넣고 물을 내리지만 그것들은 빨려 내려가지 않고 다시 눈앞에 떠오른다. 여기서 죽은 금붕어는 아미의 상처를 나타내는 '은유'이며 다른 대체가능한 이미지들 중에서 '선택'된 것이다. 또한 아미의 행동은 쇼트들의 '결합'을 통해 제시되지만 그 쇼트들은 실제로는 그녀의 내면의 상처와 심리를 제시하는 내포적인 은유이다.

이처럼 서사적인 영화에서는 쇼트들의 결합에 의한 행동적 플롯이 주도적이지만, 선택적 관계에 의한 내포적 의미와 정서 표현도 중요한 요소가 된다. 물론 후자가 부각되는 경우에도 여전히 쇼트들의 결합작용에 의한 서사적 진행이 지속된다는 것이 서정적 양식(뮤직 비디오 등)과 다른 점일 것이다. 그처럼 서사적 진행이 계속되는 중에 인물이나 내포 서술자의 정서 표현이 고조되는 곳에서 특히 주목되는 형식이 바로 은유적인 몽타주이다. 서사적 플롯에서 선택작용이나 몽타주에 의한 내포적 의미와 정서 표현은, 행동적 플롯이 주도적인 이 양식에 미학적인 질을 부여한다.

흥미로운 것은, 이런 행동적 플롯(결합작용)과 정서 표현(선택작용)의 관계가 이미 암시했듯이 들뢰즈의 이미지 이론으로 보다 잘 설명될 수 있다는 점이다. 들뢰즈는 영화를 만드는 운동-이미지를 세 가지 이미지로 구분한다. 즉, 지각-이미지와 감정-이미지, 행동-이미지가 그것이다. 들뢰즈는 이 세 가지 이미지들의 변주와 조합에 의해 영화가 진행된다고 말했는데,[161] 그런 변주와 조합의 과정이 (앞서 언급했듯이) 바로 선택·결합의 관계에 해당된다.

---

161) 들뢰즈, 유진상 역(2002), 134쪽.

이제 그 세 가지 이미지들의 특성을 구체적으로 살펴보면서 서사적 영화에서 세 이미지들이 어떻게 나타나는지 고찰해 보자.

지각-이미지는 베르그송의 순수지각 이미지에 가까운 것으로 기호작용의 영도성을 나타낸다. 반면에 감정-이미지는 일차성(퍼스)의 기호이며 행동-이미지는 이차성의 기호이다. 메츠는 영화 이미지에서는 언어의 단어나 의미소에 해당되는 기본단위를 찾기 어렵다고 말했는데,[162] **지각-이미지**가 바로 그 영화 이미지의 미시적인 **기본단위**인 셈이다. 지각-이미지가 소설에서 제시되는 이미지와 다른 점은 소설의 이미지의 경우 정서나 의미가 얼마간 뒤섞여 있는 반면 지각-이미지는 그렇지 않다는 점이다. 그 점에서 지각-이미지는 소설의 '카메라의 눈'[163]이 극단화된 영화 이미지이다.

지각-이미지가 서사적 영화에 적극적으로 사용되는 경우는 많지 않으며 이 이미지가 집중적으로 이용되는 경우 '영화의 눈'[164]이라는 표현적이고 실험적인 이미지가 만들어진다. 그러나 그런 실험적인 경우 이외에도 모든 영화에는 영도성의 기호로서 지각-이미지가 잠재적으로 사용된다고 볼 수 있다. 영화의 이미지가 소설의 언어와는 달리 무의식적인 의미화의 지연과 미결정적인 의미작용을 경험하게 하는 것은 그 때문이다.

지각-이미지가 쇼트의 차원[165]에서 의미작용을 시작하면 선택작용(paradigmatic)에 의해 내포적 의미가 부착되는 지각-이미지의 변주[166]가 일어난다. 서사적 영화에서 실제로 우리가 경험하는 지각-이미지는 이런 변주된 지각-이미지라고 할 수 있다. 물론 변용된 지각-이미지 역시

---

162) Christian Metz(1991), 116쪽.
163) 슈탄첼, 김정신 역(1990), 333~339쪽.
164) 이는 탈영토화된 지각-이미지를 사용하는 경우인데 베르토프가 말한 영화의 눈(Kino-Eye)이 그런 경우이다. 들뢰즈, 유진상 역(2002), 155쪽.
165) 쇼트의 차원은 '실행된 차원'이라고 할 수 있다.
166) 이 지각-이미지의 변주는 다음에 오는 쇼트와의 관계에서 나타날 수도 있다.

소설의 이미지에 비하면 내포적 의미와 정서가 여전히 미결정적인 상태에 있게 된다. 그런데 만일 그런 내포적 의미와 정서마저 일부러 배제하려 할 경우 홍상수의 모더니즘 영화 같은 낯설게 하기(거리두기)의 영상이 만들어진다. 홍상수의 모더니즘에서는 감정-이미지가 충분히 사용되지 않을뿐더러 정서가 배제된 지각-이미지가 제시된다.

지각-이미지는 정서로 채색된다 하더라도 감정-이미지와는 달리 외부세계의 지각의 대상을 보여줄 뿐이다. 반면에 감정-이미지는 외부의 대상을 제시할 때에도 내부의 정서와 심리를 암시한다. 외부대상의 이미지로부터 내부의 정서가 환기되는 점에서 감정-이미지 역시 선택작용에 의한 내포적 의미가 활용되는 경우이다. 그러나 지각-이미지에 정서가 채색될 때와는 달리 감정-이미지는 제시되는 이미지(기표)를 거의 전적으로 정서의 표현(기의)으로 변용시킬 때 얻어진다. 예컨대 앞에서 예를 들었던 『뜨거운 것이 좋아』에서 죽은 금붕어의 쇼트의 경우가 그것이다. 죽은 금붕어가 다시 떠오른 것은 아미의 행동의 결과이지만, 그 이미지는 그녀의 다음 행동과 연관된 대상이기보다는 신체 내부에서 행동을 대신해 물결치는 감정으로 변용된다. 즉, 다시 떠오른 죽은 금붕어의 이미지는 아미의 표정에 나타난 감정상태와 은유적으로 상응하는 **감정-이미지**인 것이다.[167]

이처럼 감정-이미지는 흔히 인물의 얼굴표정에 상응하는 어떤 대상 이미지의 은유화로 나타난다. 그러나 감정-이미지의 가장 대표적인 예는 **얼굴 클로즈업**이다. 영화에서는 인물의 정서나 심리를 표현할 때 그 인물의 얼굴표정이나 클로즈업을 가장 많이 사용한다. 언어를 통해 직접적으로 내면을 드러낼 수 있는 소설에서는 정서나 심리표현을 위해 인물의 얼굴을 자세하게 묘사하는 경우는 그리 많지 않다. 그러나 카메라의

---

167) 물론 이때에도 서사적 진행은 계속되는 셈이다. 내부정서를 표현하는 감정-이미지가 사용되는 경우에도 얼마간이든 결합작용에 의한 서사적 진행이 계속되는 것이 서사적 영화의 특징이다.

외부성에 의존하는 영화의 경우 얼굴 클로즈업은 정서 표현의 가장 유력한 방법이다. 그것은 얼굴이란 우리 신체 중에서 '내부로부터 물결치는 것'을 이미지-기호로 표현할 수 있는 유일한 부분이기 때문이다.

베르그송에 의하면, 감정이란 외부대상(지각-이미지)과 주체의 행동 사이의 간격, 그 내면의 공간에서 떠오르는 것이다.[168] 그처럼 감정은 외부대상의 지각을 내부의 신체의 이미지로 바꾸는 것이다. 즉, 그것은 외부에 대해 행동적 반응으로 드러나야 할 것이 신체 내부의 운동과 이미지(느낌)로 대체되는 양상이다. 보다 구체적으로 감정은 지각(이미지)에 대한 우리의 외적 반응인 행동을 대신해서 내부에서 감각 수용판(감각기관)에 가하는 운동노력으로 나타난다.[169] 당연히 이 운동노력은 외적 반응으로 드러날 수 있는 행동과는 달리 신체 내부에서만 물결친다. 그런데 그 내부의 이미지-느낌이 외부를 향해 표현될 수 있는 것은 우리 신체 중에서 감각 수용판이 모여 있는 '얼굴'을 통해서일 뿐이다.[170] 얼굴 표정이나 클로즈업이 감정을 표현하는 유력한 이미지-기호인 것은 그 때문이다.

물론 얼굴표정과 클로즈업에 의한 감정-이미지 역시 선택작용(paradigmatic)에 의거해 내포적 의미를 활동하는 경우이다. 얼굴 클로즈업은 외재적 맥락 대신 내부의 심리와 정서를 표현하는 방식이기 때문이다.

얼굴 클로즈업에 의한 감정-이미지의 대표적인 예는 『초록물고기』(이창동 감독)에서 찾아볼 수 있다. 이 영화에서 막동(한석규)은 김양길(명계남)을 살해한 후 장애인 큰형에게 전화를 걸어 어렸을 때 초록물고기를 잡

---

168) 베르그송, 박종원 역(2005), 38쪽.
169) 위의 책, 100~101쪽. 이런 견해는 감정이 뇌(뇌의 특정영역)와 신체 사이에 상응하는 반응이라는 현대 뇌과학의 설명과 일치한다. 베르그송이 말하는 지각과 행동 사이의 간격이란 뇌의 회로에 다름이 아니며, 그것을 점령하며 신체 안에서 물결치는 것이 감정인 것이다. 뇌과학적 설명에 대해서는 안토니오 다마지오, 임지원 역(2007), 117~125쪽 참조.
170) 들뢰즈, 주은우·정원 역(1996), 135~136쪽; 들뢰즈, 유진상 역(2002), 128쪽.

으러갔던 일을 이야기한다. 여기서 막동의 전화를 거는 행위는 그의 숨겨진 심리를 드러내는 의미를 지니며, 그런 측면에서 그가 할 수 있는 다른 여러 행위 중에 '선택'된 것이다. 즉, 전화를 거는 쇼트는 외부세계에서 전개된 사건을 보여주기 보다는 그 행위에 내포된 의미를 통해 막동의 내면의 감정을 드러내는 이미지인 셈이다. 이 쇼트가 외부세계와 분리된 전화박스 내부만을 비추고 있는 점, 그리고 점점 막동의 얼굴만을 클로즈업하고 있는 점 등은, 그런 내포적 의미에 의존하는 감정-이미지의 특성을 잘 나타낸다.

감정-이미지는 좌절된 '행동을 대체하는' 내부의 감정을 표현하는데, 막동의 경우는 순수함을 버리지 못한 그의 이중성과 연관되어 있다. 막동은 김양길을 살해함으로써 어둠의 수렁에 빠지게 되며, 그처럼 순수함을 잃는 순간 그로부터 헤어나고 싶은 감정에 사로잡히게 된 것이다.[171]

물론 서사적 영화에서 감정-이미지는 행동-이미지로 전개되는 외부 사건의 플롯에서 예속적인 기능을 한다. 막동의 순수함에 대한 향수는 타락한 외적 세계에 대항하는 이미지[172]이기보다는 그 세계에서 벗어나지 못하는 착잡한 심리를 암시한다. 막동의 순수함은 오히려 그가 비정한 세계의 희생양이 될 수밖에 없음을 보여주는 요소로 제시된다.

이처럼 서사적 영화에서 감정-이미지는 행동-이미지에 기능적으로 예속적이지만[173] 플롯(행동적 플롯) 위주로 된 서사적 영화에서 미학적인 질을 높여준다. 『초록물고기』에서 막동의 감정-이미지 역시 외부에 대항할 만큼 고양되지 못하면서도 막동의 행동과 죽음에 중요한 의미를 부여한다. 즉 막동의 내면에 순박한 꿈이 남아있음을 암시함으로써, 그

---

171) 『초록물고기』에 대한 작품분석은 나병철(2006), 491~494쪽 참조.
172) 이처럼 감정-이미지가 외부세계에 대항할 만큼 대등한 힘을 갖게 되면 서정적 서사가 나타난다.
173) 감정-이미지 자체는 행동-이미지에 예속적이지 않지만 전체 플롯의 맥락에서는 예속적이라고 할 수 있다.

것이 짓밟힌 비극(막동의 죽음)에 침묵하는 외부세계의 평온함에 균열을 내고 있다. 이처럼 감정-이미지는 단순히 행동(지각→행동)의 실패가 아니라, 행동에 포함된 복합적 의미를 주체성(주관)의 측면에서 내포적으로 드러내는 필수적인 (세 번째) 이미지이다.174)

그 같은 감정-이미지가 중요하긴 하지만 서사적 영화에서 주도적으로 나타나는 것은 행동-이미지이다. 감정-이미지가 내포적 의미를 통해 내부의 정서를 표현한다면 행동-이미지는 외연적 의미를 통해 외부의 맥락을 형성한다. 행동-이미지에서 핵심적인 것은 인물의 행동이 항상 그가 놓인 **외부의 상황**(맥락)과의 관계에서 의미화된다는 점이다. 들뢰즈가 행동-이미지를 퍼스의 이차성의 기호에 해당한다고 말한 것은 그 때문이다.175) 일차성의 기호인 감정-이미지는 외적 맥락을 탈맥락화하는 방식으로 그 자체의 의미작용을 드러낸다. 반면에 행동-이미지는 외적 상황 속에서 그 상황과 행동(인물)과의 관계라는 두 개의 항을 지닌 이차성의 기호인 것이다.

감정-이미지는 인물의 지각 대상으로 나타나더라도 외적 맥락이 탈맥락화되면서 인물의 내부의 이미지-느낌으로 변주된다. 앞의 『뜨거운 것이 좋아』에서 아미가 보는 금붕어의 이미지가 그것이다. 반면에 행동-이미지는 행동 그 자체로 보여지는 경우에도 항상 인물(행동)과 상황과의 상호작용 속에서 의미화된다. 예컨대 리얼리즘 영화에서는 인물의 행동만 나타나더라도 그 행동이 주어진 상황에 대한 반응으로 비쳐진다. 이처럼 행동-이미지는 주어진 **상황과 환경**이 의미화의 전제조건이며 그 환경의 문화적 · 사회적 코드의 견지에서 기호적 의미를 얻게 된다.

그처럼 문화적 · 사회적 코드가 의미작용의 전제조건인 점에서 영화에서 행동-이미지 위주로 된 서사적 플롯이 전개되면 그 의미작용은 가장

---

174) 지각-이미지와 그에 대한 반응인 행동-이미지에 이은 세 번째 이미지이다. 들뢰즈, 유진상 역(2002), 127~128쪽.
175) 위의 책, 265쪽.

명백해진다. 미결정적이고 창조적인 영화적 코드가 작동되기 전에 우리에게 익숙한 사회적 코드가 의미화의 단서로 작용하기 때문이다. 흔히 말하는 장르영화(멜로, 추리, 공포, 액션 등[176])나 리얼리즘 영화(『초록물고기』 『박하사탕』)가 이런 유형에 속한다. 장르영화와 리얼리즘의 차이는 후자의 경우 인물이 사회환경에 예속된 동시에 대립하는 위치에서 행동이 제시된다는 점이다.[177] 리얼리즘 영화에서는 그 같은 인물과 사회(환경)의 상호작용을 통해 사회환경 속에 화해할 수 없는 모순이 내재함을 드러낸다.

서사적 영화에서 주어진 상황과 환경의 사회적·문화적 코드는 흔히 배경이 되는 쇼트를 통해 암시된다. 그러나 또한 인물의 행동이 연속적으로 제시되는 방식 자체에서 사회·문화적코드가 작동된다. 즉, 행동-이미지가 연속적으로 제시되면 그 행동과 연관된 외적 맥락과 상황이 형성되면서 인물의 행동을 의미화하는 코드가 작동되기 시작한다. 이는 기호작용에서 **결합적 관계**가 활성화되면 외적 맥락이 구성되면서 인접성의 원리에 의해 사회적·문화적 리얼리티가 형성되는 것과 비슷한 원리이다. 그 점에서도 행동-이미지 위주로 된 서사적 영화는 결합적 관계(syntagmatic)가 활성화된 기호적 의미작용의 경우와 부합한다. 이제 서사적 영화에서 나타나는 이미지 기호작용의 특성을 표시하면 다음과 같다.

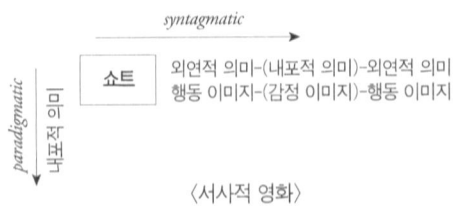

〈서사적 영화〉

---

176) 들뢰즈는 판타지조차도 이 유형에 포함시킬 수 있다고 말한다. 위의 책, 265쪽.
177) 장르영화의 경우 사회적인 문제제기보다는 인물들이나 그들이 형성하는 상황 속에서의 갈등이 주로 다루어진다. 더욱이 할리우드 장르영화들은 주인공을 미화시키고 영웅화시켜 문제를 해결하는 경향이 있다.

서사적 영화에서 결합작용에 의해 외부세계의 맥락이 형성되며 리얼리티가 얻어지는 과정은, 위에서처럼 행동-이미지에 의해 인물과 환경(외부세계의 맥락)의 상호작용이 제시되는 과정과 일치한다. 물론 서사적 영화에서도 그런 인접성의 원리(결합작용)에 의한 환유의 축 이외에, 유사성의 원리(선택작용)와 내포적 의미에 의한 은유의 요소도 중요하다. 그런 측면은 주로 내부의 정서와 심리를 암시하는 감정-이미지로 표현된다. 그러나 감정-이미지는 행동-이미지에 의해 제시되는 서사적 플롯의 한 요소로 작용할 뿐 행동적 플롯과 대등한 비중으로 제시되지는 않는다.

　　여기서 한발 더 나아가 감정-이미지가 행동적 플롯과 거의 비슷한 비중을 갖게 될 때 서정적 영화가 나타난다. 서정적 영화에서는 행동-이미지에 의한 서사적 플롯이 약화되는 반면 감정-이미지에 의한 서정적 순간이 매우 중요해진다. 만일 서정적 영화에서 서사적 플롯만을 남게 할 경우 빈약한 삽화에 불과한 영화가 될 것이다. 그와 달리 서정적 영화에서는 서정적 장면들이 행동적 플롯에 못지 않게 중요하게 부각되면서 플롯에서 제기된 문제들에 깊이 있는 의미를 부여해준다.

　　예컨대 『편지』(이정국 감독)나 『시월애』(이현승 감독) 등은 플롯구조만 보면 단순한 삽화에 불과하다. 그러나 서정적 장면들이 플롯이 제기한 핵심적 문제에 감정-이미지들을 채색함으로써 이 영화들에 미학적인 완성도를 부여한다. 예컨대 『편지』는 사랑하던 남자가 백혈병으로 죽는 단순한 삽화가 전체의 이야기이다. 그러나 죽은 후에도 사랑의 교신을 가능하게 하고 싶은 두 사람의 소망이 감정-이미지를 통해 강렬하게 제시된다.

　　구체적인 예를 들어보자. 이 영화의 후반부에는 정인(최진실)이 「편지」라는 시를 읽으며 아픈 환유(박신양)를 바라보는 장면이 나온다. 이 장면에서 정인의 얼굴 쇼트에 환유가 눈물 흘리는 쇼트가 이어지면서 지난날 즐거웠던 기억이 파노라마처럼 제시된다. 여기서 두 사람의 얼굴과 기억 속의 이미지들은 모두 외재적 맥락보다는 내부의 정서에 의해 연결되는 감정-이미지들이다. 즉, 이 쇼트들은 외적 맥락 속의 서사적 귀결인 환유의 죽음을 넘어서려는 내면의 사랑의 감정을 표현하고 있다. 이 감정-이미지들은 형식적으로 탈맥락화할 뿐만 아니라 외적 맥락에 놓여 있는 죽음과 맞서려는 내면의 정서적 힘의 밀도를 드러낸다.

또한 환유가 죽은 후 정인에게 편지가 오자 그녀는 혼자만 남은 수목원의 빈집을 떠나지 않는다. 이때 노란 우편함과 그것을 바라보는 정인의 모습이 제시되는데, 하나의 쇼트를 통해 연이어 보여지는 이 이미지들은 그녀의 기다림의 정서의 등가물이다. 여기서 그녀의 정서적 표현은 단순한 감정을 넘어서서 하나의 사건과도 같은 지위를 지닌다. 그녀를 좌절에서 벗어나게 하면서 환유가 죽은 후에도 사랑의 긴장감이 계속됨을 보여주기 때문이다.

환유의 마지막 편지 비디오를 보는 장면 역시 마찬가지이다. 정임이 환유의 비디오 장면에 눈물을 흘리며 그리로 다가가는 쇼트와 화면에 얼굴을 대는 다음 쇼트는, 죽음 후에도 사랑의 교신을 지속하려는 소망을 표현한 감정-이미지이다. 이 감정-이미지 역시 사랑하는 사람과의 이별이라는 서사적 삽화에 대등하게 대응하는 강력한 밀도를 지니고 있다. 즉, 여기서도 죽음과 이별에 대응하는 두 주인공의 정서적 표현은 서사적 사건에 맞서는 내면의 밀도와 힘을 드러낸다.

감정-이미지가 행동-이미지와 대등한 비중을 지닌 것은 『시월애』역시 마찬가지이다. 이 영화에서는 서사적 상황의 설정 자체가 서정적인 정서 표현의 밀도를 요구하고 있다. 이 영화의 서사가 말해주는 것은, 외부세계의 맥락에 묶여 있는 한 사랑하는 사람과의 진정한 만남이 불가능하다는 것이다. 그런데 성현(이정재)과 은주(전지현)가 시간을 넘어서서 편지를 주고받는 상황 실정 자체가 두 주인공에게 서정적인 순간들을 경험하게 해주고 있다.

예컨대 현실의 맥락을 넘어서서 두 사람의 교감을 가능하게 존재들,

즉 우편함과 콜라(강아지)는 그 자체로가 교감의 정서를 환기하는 서정적 은유의 기호들이다. 즉, 성현이 콜라를 바라보는 것은 현실의 맥락에 묶여있는 존재를 보는 것이 아니라, 그 맥락을 넘어서서 교감이 가능한 은주를 떠올리는 셈이다. 일반적으로 영화에서 서정적인 순간은 탈맥락화와 함께 표현되는데, 두 사람의 경우는 '시간적 맥락을 넘어선 만남'이라는 상황설정 자체가 서정적인 교류를 계속하도록 되어 있는 것이다. 그 때문에 두 사람이 주고받는 편지 내용의 보어스 오버 자체에 은은한 서정성이 배어 있다.

그러나 성현과 은주는 점점 더 실제 현실에서 서로를 만나고 싶어 한다. 교감이나 사랑의 감정은 다른 '감정'들과 마찬가지로 그처럼 실제 현실(외부맥락)에서의 실행이라는 '행동(행동-이미지)'을 지향하도록 되어 있다.[178] 두 사람은 서로 만나자는 약속을 한다. 그러나 성현은 은주보다 2년이나 더 기다려야 했고 그 동안 무슨 일이 있었는지 은주 앞에 나타나지 않는다. 이 장면에서는 기다림이 실망으로 변해가는 은주의 표정과 약속장소인 제주도 해변이 오버랩되어 제시된다.[179]

이 감정-이미지에서는 성현이 '만날 수 없는 사람'이며 오히려 그 때문에 그와 교감이 가능했던 것이라는 아이러니가 암시된다. 은주 역시 성현에 대한 실망보다는 현실의 맥락에 묶여 있는 사람, 즉 그녀가 사랑했던 선배와의 이별을 더 슬퍼한다. 은주는 과거에 있는 성현에게 자신의 사랑이 이루어지도록 도움을 요청하기에 이른다. 그러나 은주를 도와주기로 한 성현은 은주와 그녀의 옛 애인이 만나고 있는 과거의 장소로 가던 중 교통사고로 죽음을 맞는다.

2년 후의 현재에서 성현의 사고 소식을 들은 은주는 그때서야 자신

---

178) 그 점에서 들뢰르는 행동-이미지가 현실태인 반면 감정-이미지는 잠재태라고 말한다. 들뢰즈, 유진상 역(2002), 186~187쪽, 로널드 보그, 정형철 역(2006), 121~122쪽 참조
179) 이어서 제시되는 장면, 즉 성현이 우편함을 통해 보내준 빨간 장갑이 물결에 떠내려가는 장면 역시 그녀와 성현이 '만날 수 없는 사람'임을 암시한다.

이 '만날 수 없는' 성현을 사랑하고 있었음을 깨닫는다. 그리고 이번에는 그녀 자신이 성현을 도와주기 위해 과거의 그에게 편지를 보낸다. 은주는 '현실에 있지만 그 때문에 이루어지기 어려운' 옛 애인보다는 '곁에 있을 수 없으나 서로 교감할 수 있는' 사람을 선택한 것이다. 편지를 보내는 은주의 간절한 표정은, 현실의 맥락에 묶인 사람들끼리는 사랑하기 어려워진 시대에, 만날 수 없지만 맥락을 넘어서서 교감할 수 있는 사람과의 사랑이 더없이 소중함을 표현하고 있다. 여기서 진정한 만남이 어려워진 삶(그리고 그 서사)에 대응하는 탈맥락화된 서정적 정서(그리고 감정-이미지)의 밀도와 힘이 잘 드러나고 있다.

이처럼 서정적 정서는 단순히 탈맥락화된 것이 아니라 맥락에 묶인 현실을 넘어서는 힘을 내포하고 있다. 들뢰즈는 서정주의나 표현주의가 즐겨 사용하는 감정-이미지가 탈맥락화된 특성을 지니고 있음을 논의한다. 예컨대 감정-이미지의 대표적 방식인 클로즈업은 행동이 가능한 상황(맥락)에서 벗어나 있는 얼굴의 표면을 드러내는 방식이다.[180] 또한 앞에서 예를 든 얼굴표정에 상응하는 은유적 이미지들 역시 탈맥락화된 감정-이미지라고 할 수 있다. 그밖에 들뢰즈는 공간 그 자체를 탈맥락화하는 '무규정적 공간(임의의 공간)'의 예를 든다.[181] 무규정적 공간은 시각적 공간을 촉각적 공간[182]으로 전이시킨 변용적 이미지이다.[183] 무규정적 공간을 통해 탈영토화된 감정을 드러내는 것은 표현주의에서 많이 사용하는 방식이다. 예컨대 『파란대문』의 마지막 장면은 철제기구 끝에 앉은 두 주인공이 바다 위에서 물 속을 들여다보는 모습을 보여준다. 이 '임의의 공간'은 위험한 현실에서 그 맥락으로부터 벗어난 두 여자의 내적인 유대감을 '표현'하고 있다.

---

180) 로널드 보그(2006), 122쪽.
181) 들뢰즈, 주은우·정원 역(1996), 213쪽; 들뢰즈, 유진상 역(2002), 207쪽.
182) 촉각적 공간에서는 대상이 시각적인 투시 대신 특이한 개체들의 성질이나 관계들의 집합으로 감지된다. 이진경(2002), 378쪽.
183) 로널드 보그(2006), 124쪽.

이처럼 영화의 감정-이미지는 현실의 상황에서 벗어나는 탈맥락화를 통해 표현된다. 그러나 **탈맥락화**란 무조건 외부상황을 배제하는 것이 아니라 현실의 맥락을 넘어서는 내적인 힘과 밀도를 표현하는 방식으로 볼 수 있다. 『편지』에 그려진 죽음 후에도 계속되는 애정의 교신, 『시월애』에 나타난 만날 수 없는 사람과의 애틋한 사랑, 그리고 『파란대문』에서 표현된 두 여자 사이의 깊은 유대감, 이 감정-이미지들은 모두 서사적 맥락이 드러내는 현실의 고통과 불행을 넘어서려는 서정적인(혹은 '표현적인') 감정의 밀도를 암시한다.184)

들뢰즈에 의하면 '감정'이란 '간격'을 점령하는 것이다.185) 간격이란 외부 대상에 대한 주체의 행동을 미결정적으로 연기하게 하는 신경조직과 뇌의 회로를 말한다. 지각과 행동 사이에 그런 간격이 있다는 것은 외부 대상에 대한 반응에 주체적 독립성의 함수가 개입함을 뜻한다. 즉, 행동을 미결정적으로 만드는 간격인 뇌의 회로는 복잡한 작용을 통해 연기된 행동을 실제의 행동으로 실행하는 순간 주체성(인격)의 회로로 전환된다.186) 감정이란 그런 외부 행동을 대신해 뇌의 회로(간격)에서 신체 전체로 물결치는 것을 말한다. 그처럼 감정은 외부의 지각(인식)－행동의 맥락에서 이탈하는 (내부의) 형식이지만, 외부 행동으로 실행될 주체성의 함수를 그대로 내부로 전이시킨 내용을 지닌다. 따라서 탈맥락화의 형식인 감정 역시 외부맥락과의 긴밀한 연관 속에서 그 밀도와 힘을 드러내는 것이다.

그처럼 서정적인 감정의 밀도와 힘은 서사적인 행동의 맥락과의 연관 속에서 생성된다. 한마디로 감정이란 이루어지기 어려운 외부행동의

---

184) 죽은 애인과 두 여자 사이의 사랑의 그린 『러브레터』(이와이 슌지 감독)도 현실적 맥락의 한계를 넘어서는 서정적 감정을 표현한 영화라고 할 수 있다. 한편 예를 든 작품 중에 『파란대문』은 서정적인 영화라기보다는 탈영토화된 감정의 표현이 뛰어난 모더니즘 영화이다.

185) 들뢰즈, 주은우·정원 역(1996), 134쪽; 들뢰즈, 유진상 역(2002), 127쪽.

186) 이 순간 외부대상(사물)은 주체가 상호작용하는 상황이나 환경으로 전이된다.

내적 대응물인 것이다.[187] 외부맥락에서 행동으로 불가능한 것, 그 서사적 맥락에서의 문제는 내부(내면)의 감정과 소망의 표현으로 전이된다. 그 같은 내면에서의 불가능함과 소망의 표현이 바로 서정성이다. 그리고 서정성을 드러내는 감정-이미지는 서사적 맥락의 문제를 넘어서려는 표현으로서 그 외부맥락과 긴밀한 관계를 지닌다.

서사적 영화에서는 감정의 표현이 서사적 맥락이 예속된 것으로 드러난다. 반면에 서정적 영화에서는 감정-이미지가 행동-이미지에 의한 서사적 맥락과 대등하게 제시된다. 그러나 이 증폭된 감정-이미지의 밀도는 서사적 맥락에서 제기된 문제와 긴밀한 연관성을 지니고 있다. 그 때문에 서정적 영화에서도 서사적 맥락과 행동-이미지는 여전히 중요하게 여겨진다. 또한 감정-이미지에 의해 서정성이 고조되는 장면에서 역시 서사적 맥락은 끊어지지 않고 지속된다고 할 수 있다. 만일 서사적 맥락이 중단된다면 영화(서사 장르)는 장르의 전환을 일으킬 것이기 때문이다.

한편 서정적 영화에서 감정-이미지가 강화되었다는 것은 선택작용에 의한 내포적 의미가 증대되었음을 뜻한다. 이는 매 장면(쇼트)마다의 미장센이나 카메라 기법의 선택뿐만 아니라 쇼트의 연결에도 해당되는 문제이다. 즉, 형식적으로는 결합작용에 의한 서사적 맥락인 듯하지만 실제적으로는 선택(작용)과 내포적 의미가 증폭된 감정-이미지들의 출현이 많아졌음을 뜻한다. 그처럼 내포적 의미와 감정-이미지가 외연적 의미(맥락)와 행동-이미지만큼 중요해진 서정적 영화는 다음처럼 표시될 수 있다.

---

187) 물론 감정 중에는 외부행동이 실현될 것이라는 기대감에 의한 기쁨의 감정도 있다. 그러나 이 경우도 외부행동이 실현되기 어려운 것일 때 기쁨이 커진다. 더욱이 소설이나 영화에서의 서정적인 감정은 대부분 이루어지기 어려운 외부행동에 대한 내적 대응으로 표현된다.

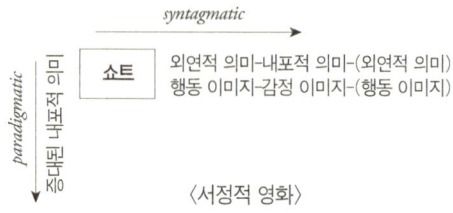

〈서정적 영화〉

　서정적 영화의 특징은 행동적 플롯이 삽화적이 된 대신 감정-이미지에 의한 서정적 장면이 서사적 플롯만큼 중요해진다는 점이다. 물론 서정적 장면에서도 서사적 맥락은 계속되며 서정적 영화 역시 전체적으로는 서사장르에 해당된다. 이 말은 중개성의 영역에 (외적 맥락을 통해 형성되는) 객관세계와 최소한의 서사적 거리를 유지하는 '내포서술자'가 존재한다는 뜻이다. 그런 내포서술자의 존재는 서정적 영화에서도 결합작용에 의해 생성되는 서사적 맥락이 최종적인 장르의 특징을 결정함을 의미한다.

　여기서 한발 더 나아가, 결합작용에 의한 서사적 맥락(외연적 의미) 대신 선택작용에 의한 내포적 의미가 쇼트들의 연결원리가 될 때 영화는 뮤직 비디오 등으로 장르가 전환된다. 뮤직 비디오에서는 객관세계에 대해 서사적 거리를 유지하는 내포서술자가 사라지고 주관적 감정을 표현하는 노래의 목소리(그리고 음악)가 그 자리를 차지한다. 영화에서 내포서술자의 존재는 객관적 시간이 흐르는 이야기 세계와의 대면(주객상면)을 뜻하지만 뮤직 비디오에서는 주관적 노래에 지배되는 무시간성의 세계가 나타난다. 이런 무시간적 세계의 출현은 뮤직 비디오의 이미지들이 내면세계의 탈맥락화된 감정-이미지의 표현임을 암시한다. 물론 노래에 서사적 요소가 나타날 수 있듯이 뮤직 비디오에서도 얼마간 서사성(행동-이미지)이 드러날 수 있다. 그러나 뮤직비디오에서는 그런 서사적 요소들도 내면의 표현(내포적 의미)과 감정-이미지에 예속된다.

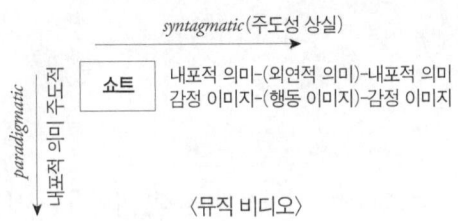

<뮤직 비디오>

　뮤직 비디오는 환유적인 결합작용보다는 은유적인 선택작용이 주도적인 점에서 일종의 서정장르로 분류될 수 있다. 그러나 언어로 된 서정장르인 서정시와는 달리 이미지로 된 뮤직 비디오는 이미지 자체만으로는 서정장르를 형성하지 못한다. 뮤직 비디오의 은유적인 의미작용은 노래의 가사 및 음악과 결합함으로써 비로소 가능해지고 있다. 뮤직 비디오의 이런 특성은 이미지 기호가 언어나 음악이 없이는 서정장르를 만드는 데 불리함을 암시한다.

　물론 서사장르인 영화 역시 언어와 음악의 도움이 필수적이다. 그러나 상대적으로 영화는 이미지 자체만으로도 상당 정도 의미작용이 가능하다고 할 수 있다.

　이런 이미지 장르의 서사 편향성은 영상 이미지가 문학의 이미지와는 달리 근본적으로 '대상 쪽의 이미지'[188]를 사용하는 점과 연관이 있다. 그 때문에 영상 이미지는 대상 쪽의 정보를 제공하는 데는 우월한 반면 주관적 의미작용에서는 미결정성을 벗어나기 어렵다. 그런 의미작용의 미결정성으로 인해 이미지 장르는 상대적으로 모호한(주관적인) 내포적 의미를 이용하는 서정장르 형성에 독립성을 지니기 힘든 것이다.

---

188) 문학의 이미지가 정서로 책색된 이미지인 반면 '카메라의 눈'을 사용하는 영화의 이미지는 정서가 배제된 '대상 쪽의 이미지'에 가깝다.

7. 홍상수와 김기덕의 모더니즘

  이제까지 우리는 영화의 서사성이 감정-이미지와 서정성의 강화에 의해 점차로 약화되는 단계들을 살펴봤다. 영화의 서사성이 약화되는 또 다른 예로는 모더니즘 영화의 경우를 들 수 있다. 행동-이미지(그리고 결합작용)가 주도적인 리얼리즘과 서사적 영화(그리고 장르영화)와는 달리 모더니즘 영화에서는 행동적 플롯[189])이 미학적 완결성을 지니지 못한다. 그것은 리얼리즘이 인물과 환경의 상호작용을 그리는 반면 모더니즘은 환경에서 소외된 인물을 드러내기 때문이다.[190] 인물과 환경의 상호작용이 행동적 플롯을 역동적으로 만든다면 인물과 환경의 단절은 플롯을 삽화적으로 파편화한다.

  물론 모더니즘에서도 행동적 플롯이 아주 나타나지 않는 것은 아니다. 인물이 환경으로부터 소외되어 있더라도 외적으로는 그럭저럭 일상적 삶을 살아갈 수 있기 때문이다. 플롯이 약화된 모더니즘에서 중요한 것은 인물의 환경에 대한 반작용이 무력화되어 있다는 것이다. 물론 그 같은 인물의 행동적 무기력은 서정적 영화에서도 나타났었다. 그러나 행동의 불가능함을 화해를 소망하는 정서적 표현(감정-이미지)으로 대체하는 서정적 영화와는 달리, 모더니즘에서는 그 같은 부적응을 '일상에 동화될 수 없는' 비동일성의 심리[191])를 통해 드러낸다. 그로 인해 서정적 영화에서는 아름다운 감정-이미지가 표현되는 반면, 모더니즘에서는 감정이입이 어려운 분열된 정서와 심리가 암시된다.

  모더니즘 영화에서 그 같은 비동일성의 심리와 분열된 정서를 암시

---

189) 베르그송과 들뢰즈가 말하는 감각-운동 도식에 의해 행동적 플롯이 만들어진다.
190) 이에 대해서는 나병철(1998), 335~337쪽 참조.
191) 비동일성의 심리란 감각-운동 도식이 작용하는 일상에 동화되지 못하는 위치에서의 심리를 말한다.

하는 방법은 두 가지이다. 하나는 '카메라의 눈'을 통한 낯설게 하기 방식이며 다른 하나는 비동일성의 위치에서 (이미지를 통해) **탈영토화된** 정서를 표현하는 것이다. 흥미로운 것은 이 두 가지 방식이 영화가 갖고 있는 본래의 고유한 특성과 연관되어 있다는 점이다.

물론 영화의 특성 중의 하나는 '대상 쪽의 이미지'를 사용함으로써 외부세계에서의 행동-이미지를 통해 행동 위주의 서사에 유리하다는 점이다. 그러나 이 경우에는 자연스러운 서사를 위해 '감정표현'과 '행동에 연관된 환경'의 제시가 필요하다. 그런데 영화 자체에서는 그 두 가지가 쉽지 않으며, 그것을 위한 영상기법들을 사용하다 보면 '감정이 배제된 (대상 쪽의) 이미지'[192]라는 영화의 고유한 특성은 희석된다.

반면에 자연스러운(일상적인) 감정과 환경의 맥락에서 이탈하는 방식이 바로 모더니즘인데, 이는 영화의 고유한 '기계의 눈'을 사용하는 특성에 상응한다. 예컨대 소설의 **실험적 기법**인 '카메라의 눈'은 영화의 경우 카메라의 외부성[193]을 이용하는 본래의 특성에 해당된다. 이 경우 일상적 정서의 유발을 위한 기법들을 배제한 영화의 '고정된 카메라의 눈'은 감정이입이 잘 안 되는 건조한 이미지들을 제시하게 된다. 이 방식을 통해 낯설게 하기와 거리두기를 사용하는 것이 바로 홍상수의 모더니즘이다.

다른 한편 감정표현의 이미지(감정-이미지)를 사용하긴 하지만 비동일성의 위치에서 감정이입이 어려운 **탈영토화된 감정**을 드러내는 또 다른 방식이 있다. 이는 일상에서 소외된 인물의 비동일성의 위치를 통해 상징계에서 이탈한 감정들을 적극적으로 표현하는 방식이다. 이처럼 일상에 동화되기 어려운 인물들을 매개로 탈영토화된 감정을 드러내는 방

---

192) 이 '대상 쪽의 이미지'는 감정이 배제된 이미지이기도 하지만 탈영토화된 이미지이기도 하다.

193) 인물의 외양이나 행동은 보여줄 수 있지만 내면은 드러내기 어려운 카메라의 시각적 양태를 말함. 박정미, 「소설과 영화의 이야기와 담론 비교연구」, 교원대 석사논문, 2005, 52쪽; 서정남(2004), 322쪽.

식이 바로 김기덕의 모더니즘이다.

홍상수의 모더니즘의 특징은 자연스러운 일상의 감정을 유발하는 감정이입의 기법을 배제한다는 점이다. 즉, 인물시점이나 얼굴 클로즈업을 사용하지 않는 한편 고정된 카메라 촬영을 통해 몽타주에 의한 정서표현을 배제한다. 이런 방식은 대상이나 인물에 감정이입하지 않는 낯설게 하기의 효과를 발생시키면서 인물들에 대해 거리를 두고 관찰하게 만든다.

홍상수 영화의 또 다른 특징은 설정쇼트194)의 부재에 의한 무규정적인 화면구성이 많으며195) 쇼트들의 결합관계에서 인과적인 연결이 느슨하다는 점이다. 이점은 환경에 대한 인물의 역동성이 미흡하고 삽화들의 연결이 긴밀하지 않은 내용적 특성에 상응한다. 이런 인물과 환경의 관계에서의 무력함은 홍상수의 인물들이 일상 속에 있으면서도 내면적으로는 환경으로부터 유폐되어 있음을 뜻한다.

홍상수의 모더니즘은 그런 인물들의 '고착된' 심리를 '고정된' 카메라를 통해 엿보게 만든다. 그리고 낯설게 하기 방식으로 인물들에 거리를 두고 그들의 지루한 일상에 대해 생각하게 한다. 그들은 화해된 삶을 소망하면서도 자신도 모르게 매번 타인과의 어긋난 관계를 발견하는 인물들이다. 그런 인물들의 감정은 대개 울분, 권태, 우울 등 감정이입이 어려운 것들이다. 홍상수의 모더니즘(『돼지가 우물에 빠진 날』『강원도의 힘』)은 그들에게 감정이입하는 대신 거리를 두고 그들과 환경과의 왜곡된 관계를 생각하게 한다.

---

194) 설정쇼트란 이야기 세계의 장소와 시간을 설정함으로써 뒤따르는 장면이나 전체 작품에 대한 정보와 주제, 분위기를 제공하는 쇼트를 말함.
195) 박정미(2005), 52쪽 참조.

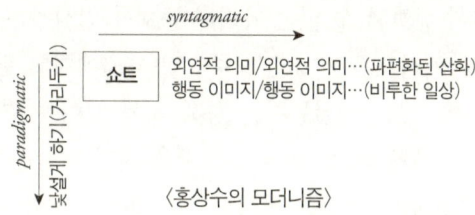

<홍상수의 모더니즘>

위에서 행동-이미지들의 단절(/)은 인물들이 심리적으로 환경으로부터 유폐된 사람들임을 뜻한다. 이런 인물들의 행동-이미지는 환경에 대한 대응이 무력한 것으로 나타나며 그런 행동의 연쇄는 파편화된 비루한 일상을 암시한다. 홍상수의 모더니즘은 그 같은 비루한 일상을 낯설게 하기 방식으로 거리를 두고 조망한다.

다른 한편 김기덕의 모더니즘은 홍상수처럼 감정표현을 배제하는 방식을 취하지는 않는다. 김기덕의 영화에서는 인물시점이나 얼굴 클로즈업을 통해 인물들의 감정이 오히려 적극적으로 표현된다. 그러나 이 인물들의 감정은 감정이입이 잘 안되는 **탈영토화된 심리**의 표현으로 나타난다. 인물들의 정서에 감정이입이 어려운 것은 그들이 일상에 동화되기 어려운 비동일성의 위치에서 살아가는 사람들(창녀, 사생아, 범법자 등)이기 때문이다. 이런 인물들은 닫힌 의식 상태나 신경증적인 상태에 있으며, 그 같은 정신적 징후는 그들이 놓인 상황이나 시선, 행동을 통해 표현된다.

이런 비동일성의 삶을 살아가는 인물들의 심리와 정서를 암시하는 방식은 두 가지이다. 하나는 그들이 놓인 상황이나 삶의 모습을 탈영토화된 시선이나 '임의의 공간'196)을 통해 낯설게 드러내는 것이다. 다른 하나는 감정-이미지를 통해 인물들의 탈영토화된 감정을 직접 표현하는 방식이다.

---

196) 임의의 공간(espace quelconque)은 탈맥락화된 잠재태적 공간으로 무규정적인 공간으로 번역되기도 한다.

전자는 일상에 동화될 수 없는 유리된 존재를 암시하는 방식이다. 예컨대 『파란대문』에서 진아(이지은)가 주인집 남자에게 유린당하는 장면을 금붕어가 갇혀 있는 비닐봉지를 통해 비쳐 보이는 경우이다. 또한 서로 닮아가는 진아와 혜미(이혜은)의 얼굴을 파란 창틀을 통해 '임의의 공간'에 놓인 것으로 제시하는 방식도 비동일성의 삶을 표현한다.

후자는 탈영토화된 욕망이나 그것의 좌절을 표현하는 방식으로, 이는 화해의 소망이나 화해된 삶의 부재에 대한 내면적 표현이기도 하다. 가령 『파란대문』 마지막 장면에서 바다 속 금붕어를 들여다보는 진아와 혜미의 물결에 일렁이는 얼굴 쇼트는 두 여자의 탈영토화된 욕망을 표현하고 있다. 또한 『섬』에서 현식(김유석)과 희진(서정)이 낚시바늘로 목과 성기를 자해하는 쇼트들은 화해의 소망의 좌절을 드러낸다. 김기덕의 모더니즘은 그런 탈영토화된 표현[197]이나 감정-이미지를 통해 일상에서 유리된 인물들의 내면을 낯설게 드러낸다.[198]

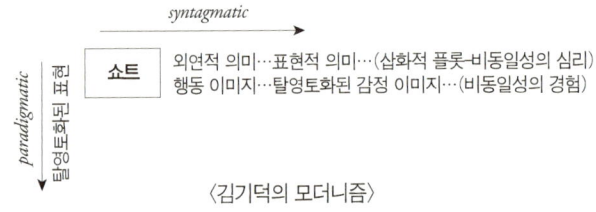

〈김기덕의 모더니즘〉

위에서 행동-이미지는 인물과 환경의 관계보다는 환경으로부터 유리된 인물의 비동일성의 위치를 드러내는 기능을 한다. 또한 감정-이미지가 행동-이미지만큼 중요해졌으면서도 그 사이의 연결(…)이 긴밀하지 않은 것은 감정이미지가 행동적 불가능의 대체이기 보다는 (행동을 불가능하게 하는) 환경으로부터 이탈하려는 탈영토화된 내면의 표현이기 때

---

197) 이는 내포서술자의 표현이다.
198) 이 두 가지 방식은 모두 선택적용이 활성화된 측면을 암시한다.

문이다.199) 이처럼 환경으로부터 유리된 인물들의 비동일성의 경험을 내포서술자의 탈영토화된 표현이나 인물들의 낯선 감정-이미지를 통해 적극적으로 표현하는 것이 김기덕 모더니즘의 특징이다.

영화적 이미지의 고유한 특성을 잘 드러내는 양식에는 위에서 살핀 두 가지 모더니즘 이외에 들뢰즈의 사유의 영화가 있다. 또한 환상이나 복수적 코드화와 연관된 포스트모더니즘 역시 영화적 특성이 잘 발휘된 경우로 볼 수 있다. 이 두 가지 양식에 대해서는 다음 장들에서 살펴보기로 하자.

---

199) 이런 탈영토화된 표현은 영화 이미지 자체의 고유한 특성을 잘 살리고 있는 것으로 볼 수 있다.

제6장 ··· 사유의 영화와 시간-이미지

1. 베르그송의 운동-이미지와 선택·결합작용

앞에서 영화 이미지의 기호작용을 살펴보면서 우리는 이미 들뢰즈의 감정-이미지와 행동-이미지에 대해 언급했다. 그것은 감정-이미지와 행동-이미지가 내포적 의미작용(선택작용)과 외연적 의미작용(결합작용)이라는 이중적 기호작용에 상응하기 때문이었다. 들뢰즈가 운동-이미지의 핵심 요소로 논의한 두 가지 이미지는 실상 기호작용의 두 축(선택작용, 결합작용)과 긴밀한 연관을 갖고 있는 것이다.

그런데 들뢰즈는 그런 운동-이미지가 주도적인 영화 이외에 시간-이미지가 부각되는 또 다른 영화에 대해 논의한다. 시간-이미지가 중요해지는 것은 운동-이미지와 행동-이미지의 축이 와해되는 경우이다. 물론 반대로 운동-이미지가 강화되면 시간-이미지는 위축된다. 이 시간-이미지와 운동

-이미지의 길항관계는 이미지 기호학의 또 다른 중요한 관심사이다.

흥미로운 것은 그 두 가지 이미지의 상호관계가 기호작용의 두 가지 축(선택작용, 결합작용)의 새로운 차원을 보여준다는 점이다.[1] 우리는 다음 절에서 기호학의 새로운 차원을 여는 그 문제를 중점적으로 살펴볼 것이다.

그러면 운동-이미지와 시간-이미지는 어떤 관계에 있는 것일까. 운동-이미지는 앞서 살핀 감정-이미지와 행동-이미지를 포함하는 보다 친숙한 이미지 기호이다. 반면에 시간-이미지는 운동-이미지가 해체될 때 나타나는 한층 낯선 이미지이다. 우리에게 익숙한 운동-이미지가 감정이나 행동의 플롯과 연관된다면, 보다 낯선 시간-이미지는 사유나 정신의 표현과 관련이 있다. 그 점에서 전자가 주도적인 것이 고전적 형식의 영화들인 반면, 후자가 부각되는 것은 새로운 현대적 영화들이다.

그 두 가지 이미지 기호 중 먼저 보다 친숙한 운동-이미지에 대해 다시 살펴보자. 운동 이미지에 대해서는 이미 논의했지만 시간-이미지와 비교하기 위해 보다 자세히 정리해 보자.

운동-이미지는 실재론과 관념론의 한계를 넘어 세계와 인간의 관계를 설명하는 베르그송의 이미지 이론에서 빌려온 개념이다. 베르그송은 객관세계의 대상과 인간주체의 관계를 운동의 상호작용으로 설명한다. 어떤 물체의 운동이 다른 물체의 반작용(운동)을 유발하듯이, 대상이 되는 물체의 운동은 인간의 운동(행동)을 낳는다.

물체와 인간의 운동의 관계에서 특징적인 것은 이미지라는 미시적인 물질적 운동형식이 중요하게 작용한다는 점이다. 또한 물체의 운동은 인간의 운동을 기계적으로 유발하지 않는데, 그것은 인간의 내부에 행동(운동)을 미결정적으로 보류하는 간격(뇌의 회로)이 있기 때문이다.

인간의 미결정적 간격이란 신경조직과 뇌의 회로를 말한다. 대상이

---

1) 이점에서 시간-이미지에 대한 기호학적 논의는 언어학에 주로 의존했던 기존의 기호학의 지평을 새롭게 확장시킬 것이다.

되는 사물의 물질적 운동은 이 간격에 부딪혀 앞으로의 행동(가능적 행동)의 견지에서 대상 쪽으로 반사되는데, 그것이 바로 물질적 운동으로서의 이미지이다. 이 과정은 대상의 총체적 이미지(물질적 운동) 중에서 가능적 행동과 연관된 것이 선택되는 과정이기도 하다. 그리고 그 미결정성의 간격에 부딪힐 때의 선택과 반사가 우리가 말하는 '지각'의 작용이다.

지각된 이미지와 물질적 운동은 미결정성의 간격에서 복잡한 과정을 거쳐 외부로 반작용하는 신체의 '행동'으로 변주된다. 물질적 운동이 대상 쪽으로 반사된 것이 '지각-이미지'라면, 그것이 신체의 운동으로 변주된 것은 '행동-이미지'이다. 또한 물질적 운동이 신체의 행동으로 이어지지 못할 때 그것은 간격(뇌의 회로)을 점령하면서 신체 안에서 물결치는데, 그 신체 내부의 운동이 바로 '감정-이미지'이다.

이처럼 베르그송의 지각, 행동, 감정의 개념은 이미지인 동시에 물질적 운동이기도 하다. 그리고 그런 물질적 운동을 낳는 핵심적인 영역은 '간격'이라는 '뇌의 회로'이다. 베르그송의 이미지 이론이 영화에 잘 적용되는 것은 바로 이 때문이다.

베르그송은 기존의 관념론처럼 인간에서 출발하지 않고 인간과 사물을 모두 '물질적 운동'과 이미지로 설명한다. 영화 역시 기존의 예술과는 달리 인격적 시점 대신 카메라의 눈을 통해 물질적 이미지를 보여준다. 베르그송의 철학에서 물체와 인간은 분리되지 않으며 모든 것은 물질적 운동(이미지)이자 그 변주이다. 마찬가지로 영화에서 물체와 인간은 공히 카메라의 눈에 비친 물질적 이미지이고 모든 것은 그로부터 생성된다. 또한 베르그송의 철학에서 지각(물체), 행동(외부의 신체), 감정(내부의 신체)은 모두 뇌의 회로(간격)에서 변주된다. 그와 똑같이 영화에서 지각-이미지, 행동-이미지, 감정-이미지는 우리의 뇌의 회로에서 생성된다. 양자에서 뇌의 회로와 간격이란 물질적인 것(지각)과 인간적인 것(감정, 행동)을 연결하는 핵심적인 영역에 다름이 아니다.

지각이란 물체 쪽의 이미지이며 행동은 물체와 상호작용하는 신체 외부의 운동이다. 또한 감정은 행동을 대신해 물질적 운동에 반응하는 신체 내부의 운동이다. 이미 언급했지만 흥미롭게도 그 세 이미지들은 기호작용의 세 가지 차원과 긴밀한 연관을 지닌다.

먼저 지각은 물질적 운동의 반사로서 물체 자체의 일부에 다름이 아니다. 따라서 순수한 지각-이미지는 기호작용의 영도성을 나타낸다.[2] 물론 지각-이미지가 실제로 영화에서 제시될 때에는 흔히 내포서술자에 의해 내포적 의미(정서나 표현)가 채색된 화면으로 나타난다. 그것을 배제할 경우 '카메라의 눈'에 의한 '거리두기'의 효과가 생기게 된다. 다른 한편 저속, 고속, 이중촬영, 파편화 등에 의해 인간의 눈을 뛰어넘는 기계의 시각을 최대한 발휘할 때 베르토프가 말한 영화적 눈(Kino-eye)의 효과가 나타난다.[3]

둘째로 감정은 신체 내부에 떠오르는 것으로서 외부에 실현된 것(행동)이 아니라 우리 안에서 느껴지는 것이다. 즉, 그것은 외부의 시공간에서 실체화된 것이기 보다는 내부에서 즉각(일차적으로) 감지되는 순간적 의식(무시간성)이다. 그 같은 감정은 '현실화'된 지시대상을 갖지 않는 잠재적이고 질적인 '가능태(possible)'이다.[4] 들뢰즈가 언급했듯이 이런 이미지 기호로서 감정-이미지의 특징은 퍼스의 일차성의 기호에 상응한다.

한편 행동은 지각된 대상에 대한 신체의 외적인 반작용이다. 그처럼 행동은 외부세계에서 실현된 것으로서 특정한 시공간과 환경 속에서 현실화된다. 또한 행동은 항상 '지각된 대상-반작용', '환경-인물의 행동'이라는 이항적 관계 속에서만 나타난다.[5] 이런 행동의 특징들은

---

2) 지각-이미지(영도성)와 감정-이미지(일차성), 행동-이미지(이차성)는 서로 중첩되어 나타날 수 있다. 즉, 감정-이미지에 지각-이미지의 차원이 있을 수 있으며, 행동-이미지에 지각-이미지와 감정-이미지의 차원이 내재할 수 있다.
3) 지가 베르토프(2006); 들뢰즈, 유진상 역(2002), 155쪽.
4) 위의 책, 186쪽.
5) 위의 책, 185~186, 265~266쪽.

이미지 기호로서 행동-이미지가 퍼스의 이차성의 기호에 상응함을 암시한다.

그러나 베르그송에 의존한 들뢰즈의 논의에서 보다 주목되는 것은 또 다른 기호학적 차원이다. 즉, 더욱 중요한 것은 들뢰즈가 설명한 감정-이미지와 행동-이미지의 특성들이 (이미 살폈듯이) 야콥슨이 말한 선택작용(paradigmatic)과 결합작용(syntagmatic)의 관계와 연관된다는 점이다. 야콥슨은 그 두 가지 기호작용(선택-결합)을 은유적 유사성과 환유적 인접성에 대응시킨다.

유사성에 의한 선택작용은 비슷한 계열의 단어들 중에서 특정한 것이 선택되는 것을 말한다. 이 경우 어떤 한 단어가 선택되더라도 나머지 유사한 단어들 역시 선택된 단어와의 내재적 관계 속에서6) 의미화에 영향을 미친다. 또한 이 선택작용은 첫 단어의(계열화적) 선택뿐만 아니라 다음에 오는 단어와의 관계에서도 나타난다. 즉, 다음의 단어가 앞의 단어와 외연적 의미보다는 '내포적 의미'에 의해 연결될 때 두 단어의 관계는 인접적 결합이 아닌 유사성의 선택에 의한 것으로 볼 수 있다.7)

다른 한편 인접성에 의한 결합작용은 다음에 오는 단어들과의 구문적 인접(결합)의 관계를 뜻한다. 이 구문적 결합은 외연적 의미에 의해 외부세계의 대상들을 지시하는 기능을 한다. 이 경우 구문적인 인접에 의해 언어의 맥락이 만들어지는 것은 외부세계에서 대상들이 인접적인 맥락을 형성하는 것에 상응한다. 즉, '외연적 의미'에 의한 구문적·인접적 결합은 외부세계의 사물과 인간, 그리고 그들의 상호작용의 맥락을 의미화한다.

이처럼 선택작용과 결합작용은 각각 내포적 의미와 외연적 의미의 활용을 암시한다. 그러면 내포적 의미란 과연 무엇인가. 언어의 내포적 의미는 어떤 단어에서 느껴지는 어감, 분위기, 사회역사적 함의 등을 말

---

6) 때로는 차이에 의해 또 때로는 내포적 의미의 결(texture)을 형성하며 영향을 끼친다.
7) 앞에서 예를 든 '내 마음은 호수요' 같은 경우이다.

한다. 그것은 대상을 지시하는 의미가 아니라 대상이나 (그것을 대신하는) 기호에 함축된 것이 우리 내부에서 느껴지는 상태를 말한다. 내포적 의미들이 내재적 관계를 이룰 때(선택작용) 우리는 주의력이 외부에서 내부로 전환되면서 신체 내에서 어떤 정서와 심리를 느끼게 된다. 즉, 외적 맥락의 탈맥락화와 함께 내적인 느낌, 정서, 의미의 형성을 경험하는 것이다. 그처럼 외부 맥락이 탈맥락화되고 '내부에서 느껴지는 상태'가 환기되는 점에서, 언어기호에서 내포적 의미작용은 이미지 기호의 경우 신체 안에서 물결치는 감정-이미지에 상응한다.

언어기호에서 탈맥락화는 외연적 의미(그리고 인접성)에서 내포적 의미(그리고 유사성)로 전환되는 순간 나타나지만, 이미지 기호에서는 얼굴 클로즈업이나 무규정적인 공간8) 등을 통해 표현된다. 전자에서는 내포적 의미가 대상에 기입된 언어(기호)를 통해 생성되는 반면, 후자에서는 대상 자체의 일부인 이미지(그 인상과 느낌)를 통해 환기된다. 그 때문에 문학에서는 기호작용(내포적 의미)을 통해 '느낌'이 형성되지만, 영화에서는 반대로 '이미지'(얼굴,9) 무규정적 공간)가 '느낌'10)을 생성시키며 기호가 된다.

이런 차이를 지니지만 언어의 '내포적 의미'란 이미지 예술에서 '신체 내부의 느낌'(감정-이미지)에 다름이 아니다. 물론 들뢰즈는 감정-이미지에 대해 표현주의나 서정적 추상화를 말하며 보다 추상적인 영화의 예를 들고 있다. 그러나 그런 추상적인 예를 포괄하더라도, 감정-이미지란 근본적으로 외적 맥락의 탈맥락화와 내재적 관계(내포적 의미), 그리고 '느낌'의 표현에 연관된 선택작용(paradigmatic)에 상응한다.

선택작용이 내재적 관계를 형성한다면 결합작용은 외재적 관계를 생성시킨다. 언어기호의 경우 외재적 관계란 단어들의 외연적 의미를 통

---

8) '무규정적인 공간'은 앞에서 언급했던 '임의의 공간'이다.
9) 얼굴은 신체의 이미지이자 신체 중에서 정서를 표현하는 기호작용이 가장 직접적으로 드러나는 부분이다.
10) 이 느낌 자체가 일종의 이미지이지만 영화에서는 느낌을 생성시키는 이미지가 감정-이미지라고 할 수 있다.

해 외부세계를 지시하는 것을 말한다. 또한 외재적 관계는 단어들의 구문적 인접을 통해 외부세계의 대상들이 인접적 맥락을 형성함을 뜻한다. 결합작용에 의해 외재적 관계가 형성될 때 우리의 주의력은 외부로 향하게 되며 외부세계에서 사물(혹은 인간), 사건, 행동을 인식하게 된다. 그처럼 외부세계의 맥락이 형성되는 것은 세계 속에서 서사적 맥락이 생성되는 과정11)에 대응된다. 외부세계의 사물과 인간, 그리고 그들의 상호관계는 결국 환경과 인물의 상호작용으로서 서사적 맥락12)을 형성하게 되는 것이다.

그처럼 서사적 맥락으로서 인물과 환경의 상호작용을 생성하는 점에서 언어기호의 외연적, 지시적 의미작용은 이미지 기호에서 **인물과 환경의 관계를 보여주는 행동-이미지**에 상응한다. 물론 언어기호에서 외연적 의미의 사용과 이미지 기호의 행동-이미지가 똑같은 것은 아니다. 예컨대 서사문학에서는 단어들의 인접적 결합에 의해 외부세계의 맥락과 서사적 맥락이 형성된다. 반면에 영화에서는 쇼트들의 결합에 의해 행동-이미지의 전개가 제시될 뿐만 아니라 하나의 쇼트 내에서도 행동들과 세계의 사물들의 인접적 결합이 보여질 수 있다. 또한 서사문학에서는 단어들의 외연적 의미를 통해 인간과 사물, 환경과 행동이 구체적으로 지시되지만, 영화에서는 주로 인물의 신체적 행동(행동-이미지)을 통해 인물과 환경의 상호작용이 암시된다. 즉, 전자에서는 기호가 행동과 세계(이미지)로 전환되는 반면, 후자에서는 행동-이미지가 세계와 인간의 상호작용을 의미화하며 기호(이차성의 기호)13)가 된다.

이런 차이가 있지만 언어의 지시성(외연적 의미)을 통한 외적, 서사적

---

11) 야콥슨 역시 결합작용과 외재적 관계, 구문적 인접성을 서사적 맥락의 형성에 연관시키고 있다. 야콥슨, 신문수 편역(1989), 111쪽.
12) 인물과 환경의 상호작용은 일차적으로 플롯을 형성하며 서사적 맥락은 인물, 사물, 플롯 등에 의해 형성된다.
13) 행동-이미지는 인물의 행동을 통해 인물(행동)과 환경의 상호작용을 암시하는 이차성의 기호이다.

맥락의 형성은 행동-이미지를 매개로 한 세계(환경)-인간의 관계의 의미화에 상응한다. 행동-이미지는 영화 이미지 중에서 사회문화적으로 '맥락화된(코드화된)'[14] 세계와 인간의 일상적 시공간에 가장 접근해 있다. 그런 외부세계에서의 행동·사건을 보여주고 인물과 환경의 상호작용을 통해 인간-사물들의 인접적 맥락을 형성하는 점에서, 또 그것을 통해 외재적 관계 및 서사적 맥락을 전개시키는 점에서, 영화의 행동-이미지는 결국 기호적 결합작용에 해당된다.

이제 지금까지 살펴본 선택작용-감정이미지와 결합작용-행동이미지의 상응관계를 간단히 요약해보자.

선택작용	결합작용
내재적 관계	외재적 관계
유사성	인접성
탈맥락화	외부세계의 맥락
내부의 '느낌'	외부의 사물, 인간(사건, 행동)
서정적-표현적	서사적
무시간성	외부의 시공간
병렬적	통시적 시간
질적 관계	양적 관계
가능태[15]	현실태
내포적 의미(문학)[16]	외연적-지시적 의미(문학)
감정-이미지(영상물)	행동-이미지(영상물)

여기서 핵심적인 것은 선택과 결합작용에서의 언어예술과 이미지 예술의 차이이다. 즉, '기호'인 언어를 사용하는 문학에서는 **내포적 기호**

---

14) 인접에 의한 사물과 인간들의 외부맥락의 형성은 사회문화적인 맥락(코드)의 형성과 함께 진행된다. 그러나 서사적 진행은 인물의 환경에 대한 반작용을 통해 그런 코드화된 맥락에서의 이탈을 암시하기도 한다.

15) 감정-이미지는 잠재태이기도 하지만 행동으로 실행되거나 외부 맥락으로 현실화되기 전의 상태인 점에서 가능태이기도 하다. 들뢰즈, 유진상 역(2002), 186쪽.

16) 영화에서도 내포적 의미(conotation)가 사용될 수 있는데, 가령 유사한 여러 쇼트들 중에서 어떠한 쇼트가 선택될 때 내포적 의미가 형성된다. 그처럼 모든 쇼트들은 감정-이미지가 아니더라도 내포적 의미에 의해 채색될 수 있다.

작용이 느낌(정서)으로 전이되는 반면, '이미지' 장르인 영화에서는 이미지가 탈맥락화한 느낌이 되며 정서의 기호로 전이된다(선택작용). 또한 문학의 경우 외연적 기호작용이 세계와 행동(서사)을 드러낸다면, 영화에서는 이미지-행동이 세계와 인간의 상호작용(서사)의 기호가 된다(결합작용). 이 같은 차이가 문학과 영화에서 선택-결합작용이 다른 방식으로 진행되는 이유일 것이다.

한편 들뢰즈는 두 가지 이미지(감정, 행동) 이외에도 다양한 이미지들을 논의한다. 즉, 운동-이미지의 차원에는 지각-이미지, 감정-이미지, 충동-이미지,[17) 행동-이미지, 반성-이미지,[18) 관계-이미지[19)가 있다. 그러나 이들 중에서 가장 중요한 것은 지각-이미지와 감정-이미지, 행동-이미지이다. 그것은 지각-이미지란 이미지 기호의 기본단위(영도성의 기호)이며, 감정-행동이미지는 선택-결합작용이라는 기호작용의 핵심적 두 축을 이루기 때문이다.

---

17) 충동-이미지는 자연주의 영화에서 흔히 나타난다. 자연주의 영화에서는 무규정적 공간과 현실태적 환경 사이의 중간지점인 파편화된 '본원적 세계'로부터 '충동-이미지'가 생성된다.

18) 반성-이미지는 행동-이미지와 관계-이미지의 중간형태를 말한다. 반성-이미지는 어떤 장면의 이미지가 그 자체가 아닌 또 다른 이미지로 반성되는 경우이다. 예컨대 『왕의 남자』에서 광대들의 놀이는 선왕이나 왕과 관계된 어떤 역사적 상황을 암시한다. 또한 에이젠슈테인의 『파업』에서 데모대에 대한 총격은 차르체제 국가의 이미지를 반성하고 있다. 들뢰즈, 유진상 역(2002), 333쪽. 반성-이미지가 관습에 대한 이탈이나 추상적 관계를 나타내면 관계-이미지로 이행한다.

19) 관계-이미지는 퍼스의 삼차성의 기호로서 '탈표지'와 '상징'이 있다. 예컨대 히치콕의 『새』에서 처음에 주인공을 덮치는 물새는 인간과 자연의 관습으로부터 격렬하게 빠져나오는 '탈표지'이다. 또한 수많은 종류의 새들이 인간을 공격하거나 멈추고 있는 이미지는 인간과 자연의 역전된 관계를 추상적으로 나타내는 '상징'이다. 들뢰즈, 유진상 역(2002), 368~369쪽.

2. 들뢰즈의 시간-이미지와 선택·결합작용의 새로운 차원

    이제까지 우리는 언어기호와 이미지 기호의 차이에 유념하며 기호작용의 두 가지 축을 살펴봤다. 그런데 흥미롭게도 이미지 기호는 언어기호를 통해서는 잘 드러나지 않는 기호작용의 새로운 차원을 보여준다. 기호작용에서 결합의 축과 관계하는 선택의 축은 감정, 느낌, 심리 같은 '정서적인 것'을 형성하는 기능을 한다. 그런 '정서적인 것' 이외에 선택의 축에 의해 생성되는 또 다른 차원은 바로 '사유'이다.

    물론 사유는 어떤 면에서 영화보다 문학이 더 잘 표현할 수 있는 요소로 생각된다. 문학(소설)은 내면의식이나 개념화를 통해 사유를 직접적으로 제시할 수 있기 때문이다. 그러나 작품 전체를 통해 드러내는 경우 이외에 부분적으로나 개념화를 통해 제시되는 사유는 생생한 형상화를 잃어버리기가 쉽다. 반면에 영화에서는 사유조차도 이미지를 통해 표현해야 하며 그처럼 이미지가 사유로 생성되는 과정은 기호작용의 새로운 차원을 보여준다. 앞으로 살펴보겠지만 이미지로서의 영화의 사유는 기호적 선택작용의 또 다른 차원이기도 하다.

    앞에서 우리는 운동-이미지의 세 요소인 지각, 감정, 행동 이미지가 모두 뇌의 회로라는 '미결정성의 간격'과 연관됨을 살펴봤다. 예컨대 행동-이미지는 세계(이미지)에 대한 신체의 '외적' 반응으로서 뇌의 회로를 매개로 한다. 반면에 감정-이미지는 행동으로 이어지지 못한 운동이 뇌의 회로를 점령하며 신체 '내'에서 물결치는 것이다. 둘 다 뇌의 회로에 연관되지만 전자는 외재적 맥락을 만드는 반면 후자는 내재적 느낌을 형성한다. 행동-이미지가 외재적 관계인 결합의 축에 연관되고 감정-이미지가 내재적 관계인 선택의 축에 관련되는 것은 그 때문이다.

    다른 한편 사유는 신체 외부로 향하거나 내부에 떠오르는 것이 아니라 '뇌의 회로'의 작용 그 자체이다. 뇌의 회로는 세계의 운동(이미지)을 감각으로 수용하면서 신체로 하여금 그에 반작용(운동)하게 하는 미결정성의 중심(간격)이다. 그 같은 감각-(뇌의 회로)-운동의 회로의 산물이 바로 행동-이미지이다. 감각-운동의 회로와 행동-이미지는 연대기적(통시적) 시간에 따라 진행하며 기호학적으로는 결합의 축에서 작동된다.

그런데 뇌의 회로는 연대기적 시간과 구분되는 기억[20]이라는 잠재적 이미지들에 연관된 또 다른 축을 갖고 있다. 베르그송에 의하면 우리의 뇌(회로)는 순수기억이라는 이미지들의 잠재태로 둘러싸여 있다. 감각-(뇌)-운동의 회로와 연대기적 시간이 수평적인 결합의 축이라면, 순수기억-이미지 기억[21]-(뇌)는 수직적인 또 다른 관계의 축을 이루고 있는 것이다. 우리의 뇌는 감각-(뇌)-운동의 회로와 (수평적으로) 관계하는 매순간마다 (수직적으로는) 순수기억과 이미지-기억의 계열체로부터 특정한 이미지를 '선택'[22]한다. 즉, 뇌는 감각-운동의 회로라는 결합의 축 이외에 '유사한 이미지-기억들'의 회로와 관계하는 '선택의 축(paradigmatic)'을 갖고 있는 것이다.

감각-운동의 회로에서 '감각'은 대상에 대해 이미 느낀 것으로서 즉각적인 과거이다. 또한 '운동'은 즉각적인 미래를 향해 던져진 행동이다.[23] 그런 즉각적인 과거와 미래를 연결하는 매 순간마다의 현재에서는 가능적 행동의 견지에서 뇌의 회로에 반사된 지각-이미지가 경험된다. 이때 결합의 축에서 나타난 현재의 지각-이미지 위에는 순수기억과 이미지-기억의 회로들로부터 특정한 이미지가 선택되어 덮여진다. 즉,

---

20) 기억에는 운동습관 기억과 순수기억이 있는데, 일종의 인접성에 대한 기억인 신체적 습관의 기억은 실제로는 감각-운동 기제의 일부이다(베르그송, 박종원 역(2005), 138~157쪽). 따라서 여기서는 후자의 순수기억을 말한다.

21) 순수기억이 잠재태라면 이미지-기억은 현실태라고 할 수 있다.

22) 베르그송, 박종원 역(2005), 177~178쪽. 베르그송은 여기서 현재의 지각(이미지)에 기억으로부터 유사한 이미지들이 '선택'되어 이중화된다고 말하고 있다.

23) 베르그송, 박종원 역(2005), 238쪽.

우리는 각 순간마다 결합과 선택작용을 통해 현재의 지각-이미지와 선택된 이미지-기억의 이중성을 경험하는 것이다.

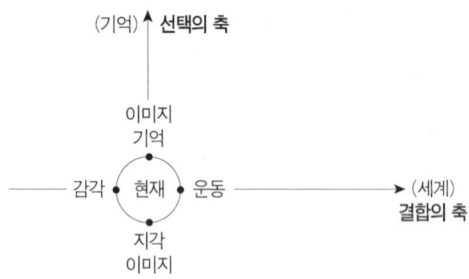

위에서 미결정적인 현재는 뇌의 회로의 위치이기도 하다. 일상생활에서 뇌는 감각-운동의 회로의 작용(결합작용)과 이미지-기억의 선택(선택작용)을 동시적으로 수행한다. 이 이중적 과정에서 감각-운동의 결합작용이 강화되고 이미지-기억의 선택작용이 위축되면 행동-이미지가 주도적이 된다.

반면에 감각-운동의 결합이 느슨해지고 이미지-기억의 선택이 복합적이 되면 시간-이미지[24]들이 출현하면서 사유가 생성된다. 그처럼 사유란 현재의 지각-이미지와 계열화된 이미지-기억들 간의 창조적인 접합과 생성과정에 다름이 아니다.[25] 그것은 외부 운동으로 연결되거나 (행동) 신체 내부로 퍼지는 것(감정)이 아닌 뇌의 메커니즘 자체의 특이한 작용이다.

그런데 사유가 그처럼 선택의 축에서의 뇌의 작용이라면 또 다른 선택작용인 감정-이미지와는 어떤 연관이 있는 것일까. 위의 도표에서 현

---

24) 시간-이미지는 이미지-기억 중에서 비연대기적 시간의 형식을 갖는 것을 말한다. 이는 시간-이미지가 연대기적 시간의 축인 감각-운동의 결합작용이 이완되거나 해체될 때 나타남을 뜻한다.

25) 들뢰즈, 이정하 역(2005), 244쪽. 라이프니츠 식으로 말하면 '접혀졌을' 때 사유가 되며 '펼쳐졌을' 때 이미지들의 창조적인 접합과 생성이 된다.

재의 지각-이미지(대상의 일부)에 이미지-기억이 덮여지는 것은 일종의 내포적 의미가 부착되는 양상으로 볼 수 있다. 이 내포적 의미는 선택작용의 결과이지만 아직 감정-이미지가 아니며 사유라고도 볼 수 없다. 감정-이미지는 감각-운동의 결합작용이 약화되고 내포적 의미가 주도적이 될 때 생성된다. 그처럼 감정-이미지란 외부맥락이 탈맥락화하는 양상이다. 감정-이미지는 외부행동으로 이어지지 못한 운동이 신체 내부에서 울리는 것이기 때문이다.

사유 역시 외부행동의 결합작용이 이완되고 이미지-기억의 선택작용이 복잡해질 때 생성된다. 그러나 사유는 외부세계에서 탈맥락화하는 대신, 행동의 축을 와해시킨 세계를 응시26)하는 작용이다. 감정-이미지의 탈맥락화란 운동이 신체 내부로 전이되었음을 뜻한다. 그러나 사유는 신체 안으로 울리는 감정을 오히려 절제한다. 그 대신 사유는 행동으로 발산되지 못한 에너지를 이미지-기억들과 지각-이미지를 접속시키는 데 사용한다.27) 즉, 지각-이미지를 통해 행동을 불가능하게 한 현실을 응시하는 한편, 유사하지만 다른 맥락을 내포한 이미지-기억28)들을 끌어오는 것이다. 이처럼 사유는 문제가 되는 현실의 맥락에 저항하면서, 다른 맥락 속에 있는 이미지-기억들을 통해 현실의 문제를 생각하는 과정이다.29)

---

26) 여기서 응시란 습관화되고 자동화된 외부세계의 맥락을 탈자동화시키는 작용을 포함한다. 이는 라캉의 응시와 유사한 개념이다. 라캉 역시 응시를 표현주의(모더니즘) 예술에 연관시켜 설명한 바 있다.
27) 탈맥락화된 감정이 '무시간적'인 반면 사유를 생성시기는 이미지-기억들은 비연대기적인 시간으로서 '시간-이미지'가 된다.
28) 만일 기억이 비슷하거나 동일한 맥락을 지녔다면 그 기억은 운동습관의 기억이며 현재의 행동을 그 습관에 의해 진행시키게 할 것이다.
29) 그처럼 과거의 이미지-기억은 다른 맥락을 지니지만 현재의 이미지와 교섭하는 과정에서 현재나 과거의 연대기적 시간의 맥락에서 벗어나 비연대기적 시간이 된다. 그리고 비연대기적 시간으로서 시간-이미지는 잠재태적 순수기억의 회로와 연관된다. 순수기억이 일종의 무의식이라는 점에서 들뢰즈가 말하는 '사유'는 바흐친의 '대화'의 과정에서 자아의 동일성이 해체되면서 세계나 타자와 관계하는 무의식의 회로가 나타

그 같은 사유가 가능한 것은 우리가 자신도 모르게 기억의 바다(순수기억) 속에 잠겨 있기 때문이다. 기억은 감각-운동의 과정에서 우리가 갖게 되는 의식적인 정신보다 훨씬 넓은 무의식적 심연과도 같은 것이다. 즉 기억은 개인정신 내부에 존재하는 것이 아니며, 오히려 각각의 정신이 물고기가 바다에 있는 것처럼 기억 내부에 존재한다. 그런 기억의 바다는 (무의식과도 같은) 잠재태적 과거이고 각각의 현재의 순간에 분출한다.[30)

만일 기억이 무의식과 같은 것이라면 그것은 단지 우연적인 혼돈이 아니라 우리의 존재와 세계가 상호작용하는 운동[31)의 생성과정이기도 하다. 따라서 들뢰즈에 의하면, 기억이 우리 안에 있는 것이 아니라 우리 자신이 존재기억과 세계기억 속으로 움직여가는 것이다.[32) 이처럼 기억은 이미지-기억들의 무의식적 운동과정으로 생성되며 그로부터 사유가 나타난다.

그처럼 기억(잠재태)으로부터 이미지-기억들(현실태)[33)과 사유가 생성되게 하는 것은 뇌의 회로이다. 베르그송에 의하면, 이미지들은 뇌 속에 있지 않고 오히려 이미지들 안에 뇌가 있다.[34) 이 말은 기억의 바다에서 뇌가 선택작용을 통해 무의식적인 이미지-기억의 운동과 사유를 발생시킨다는 뜻이다.

이처럼 뇌의 선택작용을 통해 이미지들의 집합으로서 사유가 생성되는 측면은 이미지 기호학이 보여주는 전혀 새로운 차원이다. 언어기호

나는 양상과 유사한 점을 지닌다. 들뢰즈의 시간-이미지와 바흐친의 연관성에 대해서도 들뢰즈, 이정하 역(2002), 364쪽 참조.
30) 로널드 보그(2006), 180쪽.
31) 무의식이란 타자성이며 우리의 존재가 세계의 침투에 대해 반응하는 운동과정이다.
32) 들뢰즈, 이정하 역(2002), 202쪽.
33) 이미지-기억은 현실태이지만 사유를 생성하는 (시간-이미지로서의) 이미지-기억은 순수기억의 잠재태에 연결되어 있다. 즉, 이 경우 이미지-기억은 지각-이미지(현실태)와 뒤섞이지 않는 잠재태의 특성을 드러낸다.
34) 베르그송, 박종원 역(2005), 259쪽.

학과 문학은 선택작용을 통해 감정, 느낌, 심리의 생성을 말할 수 있을 뿐이다. 반면에 이미지 기호학과 영화는 '사유의 생성'이라는 새로운 차원을 보여준다.

기호학의 신기원을 여는 이 같은 측면은 한 가지 중요한 전제를 갖고 있다. 즉, 우리의 논의는 들뢰즈의 영화론이 결국 기호학적 선택-결합작용을 이미지 차원으로 확대한 것임을 말하고 있는 것이다. 또한 들뢰즈의 감정-이미지나 시간-이미지가 선택작용의 산물임을 주장하는 것이다.

이 같은 논의에 확신을 심어주는 것은 베르그송의 논의 자체에서 그런 단초들이 암시되고 있다는 점이다. 흥미롭게도 베르그송은 야콥슨처럼 기호학적 기능장애를 통해 정상인의 두 가지 능력을 반증한다. 즉, 베르그송은 실어증을 정신병과 같은 차원에서 다루면서 정상적인 말(실어증)과 식별(정신병)을 위해서는 어떤 능력이 필요한지 논의한다. 식별에 관한 질병인 정신병에는 두 가지 형태가 있다. 첫째는 과거 이미지들을 떠올리는 것이 불가능한 유형이고, 둘째는 지각과 동반적인 습관적 운동들 사이에 유대가 끊어진 유형이다.[35] 이 둘 중 전자는 기억으로부터 **이미지를 선택**할 때의 장애이며, 후자는 **감각-운동 회로의 결합작용**의 장애이다. 이는 정확하게 야콥슨이 실어증 환자에 대해 말한 두 가지 장애에 상응한다. 더욱 놀라운 것은 마치 야콥슨을 예비하려는 듯이 베르그송 스스로 실어증에 대해 자세하게 논의하고 있다는 점이다.[36]

베르그송의 경우 실어증은 이미지 장애인 정신병과 다른 차원이 아니다. 이제 우리는 반대로 이미지 장애가 언어장애인 실어증과 동일한 징후임을 말할 수 있을 것이다. 그리고 베르그송과 야콥슨처럼 장애를 능력으로 뒤집어, 이미지 기호작용이 언어기호에서처럼 두 가지 능력을 필요로 함을 언급해야 한다. 첫째는 기억-이미지 기억-(뇌)의 선택작

---

35) 위의 책, 168쪽.
36) 위의 책, 188~220쪽.

용이며 둘째는 감각—(뇌)—운동 회로의 결합작용이다.

베르그송은 야콥슨처럼 그 두 가지 작용 중에서 어느 쪽이 강화되면 다른 쪽이 약화된다고 논의한다. 즉, 인접적인 운동회로의 조직인 후자가 주도적일 때 이미지-기억은 지각과 뒤섞여 버린다.[37] 반면에 유사한 이미지로 지각을 덮는 이미지-기억이 복잡한 계열체를 이루는 것은 감각-운동의 회로가 느슨해졌을 때이다.[38]

베르그송은 그 같은 상호 연관된 두 작용에 대한 논의를 단선적인 인식론을 부정함으로써 시작한다. 우리의 통념과 비슷하게 기존의 인식론은 대상—감각—관념에 이르는 직선적인 진행을 가정한다. 즉, 대상이 감각들을 자극하고 감각들은 자신들 앞에 관념들을 출현시킨다는 것이다. 이에 따르면 대상과 관념(정신) 사이에는 단선적인 회로만 있게 되고 정신은 대상으로부터 점점 멀어져 다시 되돌아올 수 없게 된다.[39] 대상과 정신이 분리되는 이원론은 이로부터 생겨난 것이다.

그와 달리 베르그송은 우리의 정신작용이란 대상 자체를 포함하는 복합적 회로 속에서 상호긴장을 유지한다고 말한다. 대상으로부터 출발한 물질적 진동은 정신의 심층에 이르지만 또한 그것은 항상 대상 자체로 되돌아온다. 이는 정신작용이 단선적인 회로가 아닌 두 가지 방향의 힘들에 의해 나타남을 의미한다.

---

37) 이는 행동-이미지가 주도적일 경우이며, 이때 이미지-기억은 감정이나 사유로 전이되지 않은 내포적 의미의 차원에 그친다.
38) 앞의 경우가 행동-이미지가 주도적일 때라면, 이 경우는 꿈, 몽상, 사유의 양상이다. 베르그송, 박종원 역(2005), 184~185쪽.
39) 위의 책, 181~182쪽.

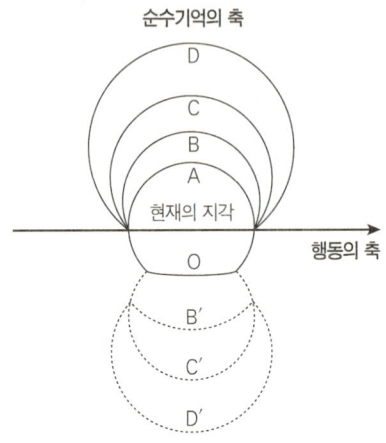

순수기억의 축

D
C
B
A
현재의 지각
행동의 축
O

B′
C′
D′

　우리의 지적 작용은 A-B-C-D의 방향으로 대상으로부터 점점 멀어지는 팽창의 노력을 포함한다. 그러나 각각의 층들은 대상 자체와 연대하려는 힘에 의해 원과 같은 닫힌 회로를 형성한다. 우리의 정신작용은 그런 지적 팽창의 원심력과 대상 자체를 포함하려는 구심력이 교차되며 생성된다고 할 수 있다. 그리고 이처럼 확장되는 지적인 노력이 대상 자체로 되돌아옴으로써 대상 O는 B′ C′ D′라는 보다 심화된 실제의 층을 이루게 된다. 여기서 점점 확산되는 A B C D는 이미지-기억의 계열들이며 그것을 대상 쪽으로 회귀하게 하는 힘은 현재의 지각을 포함한 감각-운동의 회로이다.

　확대되는 이미지-기억들이 지적 심화의 노력이라면 그것들을 (대상 자체를 포함하도록) 현재의 지각에 고정시키는 것은 감각-운동 회로의 힘이다. 따라서 만일 그 두 가지 작용 중 어느 하나에 문제가 생기면 지각과 식별은 불가능하게 된다.[40] 또한 정상인의 경우에도 식별과 정신작용은 우리가 선택한 수준에 따라 단순화되거나 복잡화된다.[41] 즉, 이미

---

40) 정신병이나 실독증, 실어증은 여기에서 생겨난다. 위의 책, 187쪽.
41) 위의 책, 184쪽.

지-기억들은 운동의 회로에 접근할수록 현재의 지각을 유사한 이미지로 덮는 정도에 그친다. 반대로 잠을 잘 때처럼 감각-운동의 회로가 이완되면 꿈과 몽상의 이미지들이 나타나게 된다.[42] 이제 이 두 가지 경우와 그와 구분되는 창조적인 사유의 예를 베르그송의 또 다른 도식을 통해 살펴보자.

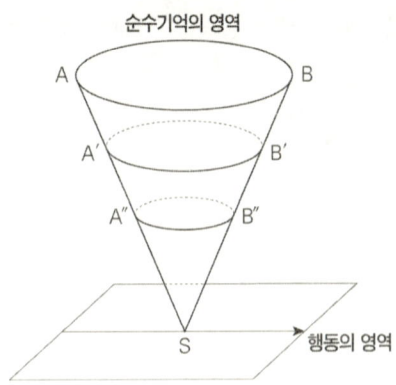

베르그송은 이 도식을 통해 감각-운동 회로와 순수기억-이미지 기억축의 상보적 작용에 대해 보다 상세한 설명을 제시한다. 감각-운동의 회로는 순수기억과 구분되는 신체의 운동습관이라는 또 다른 기억에 의존한다. 이 신체의 습관적 기억은 운동기제를 조직하여 감각-운동의 회로가 작동하게 만든다. 그러나 신체의 기억이란 조직화된 인접적인 관계의 축이므로 현재의 지각(S)에 상응하는 유사한 이미지-기억들(A' B'. A" B"……)이 보태져야만 감각-운동의 회로가 움직이게 된다. 조직화된 운동기제는 현재의 상황에 관련된 기억들을 불러냈을 때 비로소 그것들과의 연관 속에서 행동으로 실행될 수 있기 때문이다.

반면에 무의식적 잠재태인 순수기억(AB)은 감각-운동의 회로가 작동

42) 위의 책, 185쪽.

되어 현재의 지각(S)이 기억(AB)을 호출할 때 구체적인 이미지-기억들(A′ B′ A″B″……)로 현재화된다. 이처럼 신체의 습관적 기억과 순수기억, 감각-운동의 회로와 이미지-기억의 축은 서로서로 받침점이 되는 상보적인 관계를 이룬다.43) '잘 균형 잡힌' 정신을 지닌 정상인은 그 두 가지 기억과 회로를 서로 안에 정확하게 삽입하고 견고하고 일치시킨다. 그와 달리, 수많은 유사한 경험의 이미지-기억들을 불러내는 대신 자극에 대해 거의 직접적인 운동반응(행동)을 드러내는 것은 충동인의 특정이다. 반대로 외부세계에 대해 행동적 반응으로 잘 적용하지 못한 채 과거의 기억 속에 몰입하고 즐기는 사람은 몽상가이다.44)

베르그송에 의하면, 그 두 극단과는 달리 유사한 이미지-기억들과 인접적인 운동기제를 잘 일치시킬 때 '균형 잡힌' 정신으로부터 일반관념(개념)이 출현한다. 일반관념이란 두 가지 기억(이미지 기억과 신체습관기억)과 회로가 상보적으로 일치되며 대상에 대한 식별이 이루어질 때 정신 속에 나타나는 개념을 말한다. 흥미로운 것은 이처럼 운동기제에 속한 '식별'에서 정신기제인 일반관념으로 이행하며 두 가지 회로와 '언어'의 관계가 논의된다는 점이다.

지각과 식별을 가능하게 하는 일반관념은 단지 '정신'의 작용에 의해 의식적으로 개념화된 것이 아니다. 대상에 대한 일반관념(개념)은 현재의 지각과 뒤섞이는 유사한 이미지-기억들에 조직화된 운동기제가 상호작용하며 일반화해 낸 것이다. 즉 일반관념은 대상을 유사한 기억들에 따라 이름붙인 것45)도 인접한 각각의 개체들을 개념으로 추상화한 것도 아니다.46) 그와 달리 그것은 대상과 유사한 이미지-기억들의 축과

---

43) 위의 책, 260~261쪽.
44) 위의 책, 261쪽.
45) 이는 유명론의 경우이다. 유명론은 한 단어(이름)가 유사한 내포를 지닌 무수한 대체들을 나타낼 수 있다고 생각한다.
46) 이는 개념론의 경우이다. 개념론은 각각의 개체의 성질을 개체와 분리시켜 개념화한 것이다.

인접적으로 조직화된 운동기제의 축의 **상보적 작용**의 결과이다. 즉, 일반관념과 개념은 **이미지-기억 축의 원심력**과 **운동기제 축의 구심력** 사이에서, 긴장관계에 놓여 있다. 그것은 그처럼 순수기억의 영역과 행동의 영역 사이를 끊임없이 움직이고 있는 것이다.[47]

여기서 베르그송의 논의가 언어에 대한 기호학적 논의에 매우 접근하고 있음을 발견할 수 있다. 대상을 개념화하는 언어는, 그처럼 원심력과 구심력, 선택의 축과 결합의 축, 그리고 베르그송 식으로는 순수기억의 영역과 행동의 영역 사이에서 운동하고 있는 것이다. 실제로 베르그송 자신이 언어에 대해 그 점을 암시적으로 언급하고 있다. 즉, 그는 일반관념이 다시 수많은 일반개념으로 구성되고 자연의 작업을 모방해 제한된 인위적인 운동기제를 세우면서 언어가 나타났다고 말한다.[48] 베르그송이 말하는 인위적인 운동기제로서의 언어란 코드화된 랑그에 다름이 아니다. 운동기제로서의 랑그는 실제의 언어로 실행될 때, 유사한 이미지들의 축과 인접적인 운동의 축, 즉 선택작용과 결합작용 속에서 현실화된다.

따라서 우리는 기억의 축과 운동의 축이 신체(행동)와 말이라는 두 가지 차원에서 작용함을 확인할 수 있다. 앞의 도식에서 보듯이, 신체의 태도와 행동은 식별을 S로 수렴시키는 (조직화된) 운동기제와 AB로 확산시키는 이미지-기억의 상보성 속에서 이루어진다. 마찬가지로 언어 역시 일반관념을 S로 고정시키는 운동기제(랑그)와 복잡한 이미지-기억의 상관성 속에서 실행되는 것이다.[49] 신체의 행동과 말을 실행시키는 그 두 가지 기제는 야콥슨의 용어로 선택작용과 결합작용으로 번역된다. 여기서 우리는 베르그송과 야콥슨의 만남을 생생하게 목격할 수 있다.

47) 베르그송, 박종원 역(2005), 274쪽.
48) 위의 책, 272쪽.
49) 신체의 습관적 기억과 코드화된 랑그라는 두 가지 운동기제가 이처럼 상응한다는 사실은 행동의 축과 결합적·구문적 축(syntagmatic) 간의 연관성을 암시한다.

한편 조직화된 운동기제가 말로 나타난 것이 문법화된 랑그라면 신체의 실천감각으로 양식화된 것은 아비투스[50]일 것이다. 전자는 언어의 문법이며 후자는 신체의 문법이다. 신체의 문법인 아비투스 역시 랑그처럼 두 가지 축 속에서 작용한다.

이미 암시했듯이 그 이중적 축 가운데 어느 쪽이 더 활성화되느냐에 따라 다양한 삶의 방식이 나타난다. 즉, 두 가지 축 중에서 기억의 영역으로부터 유사한 이미지-기억을 불러내지 않고 운동반응의 축에서만 사는 것은 충동인이다. 자연주의 소설의 인물 역시 넓은 범위에서는 그와 유사할 것이다. '충동인'은 자극에 대해 거의 '생물학적' 반응만을 나타내는 자로서, 이는 신체적 습관 기억조차 사회적 아비투스에 못미치는 경우일 것이다.[51] 또한 '자연주의적 인물'은 충동인의 요소를 지니면서 신체습관 기억이 사회적 아비투스의 차원에서 '환경결정론'적으로 작용하는 사람이다. 그와 비슷한 예로서 '세태소설의 인물'은 환경에 즉한 신체 행동의 문법에 지배되지만 충동적인 요소는 덜한 경우이다.

이들과는 달리, 신체행동의 아비투스가 문법적인 결합의 축에서 작용하면서도 주어진 상황에 관련된 다양한 기억들을 불러내는 것은 양식을 갖춘 행동인이다. 여기서 한발 더 나아가, 행동인처럼 기억과 행동의 영역을 잘 일치시키려 하지만 어떤 상황에서 그것이 불가능함을 깨닫는 경우가 있다. 그것은 아비투스라는 신체의 문법을 구조화하는 사회환경의 모순에 의한 것이다. 그런 모순된 사회환경에서, 아비투스를 반복하는 동시에 기억－행동의 축의 불일치를 드러내며, 더 이상 '문법화된 행동'이 불가능함을 암시하는 것이 '리얼리즘의 인물'이다.

한편 신체행동의 문법(아비투스)을 구조화하는 환경의 모순이 더욱 심각해지면 인물은 아비투스에 따르는 대신 기억과 상상의 영역에서 현

---

50) 아비투스란 사회체계에 의해 구조화된 동시에 사회체계를 구조화하는 실천감각을 말한다. 이는 상징계(사회체계)를 내면화한 주체에게 형성된 '문법화된 행동'의 감각이다.
51) 「이방인」의 뫼르소 같은 인물이 그 같은 즉물적인 차원의 삶을 사는 경우일 것이다.

실과 유리된 삶에 몰입하게 된다. 이는 현실에 등을 돌린 상징주의와 유미주의의 인물이다. 그런 몽상가와는 달리, 모순된 환경에 대해 끝까지 화해를 시도하지만 그것의 불가능함과 내면의 균열(소외)을 드러내는 것이 '모더니즘의 인물'이다. 모더니즘의 인물은 끝끝내 화해를 포기하지 않는 점에서 몽상가와 다르며, 사회적 아비투스를 해체하는 삶52)을 사는 점에서 리얼리즘의 인물과 구분된다.

한마디로 모더니즘의 인물은 문법적 결합의 축에 문제가 있음을 드러내는 사람이다. 그는 행동적 결합의 축을 포기하지 않지만 그 대가로 아비투스를 해체하고 내적으로 환경으로부터 유리된다.53) 해체된 아비투스와 비동일성의 시점54)으로 외부현실을 응시하는 그는 기억의 영역으로부터 아비투스를 넘어선 이미지들을 끌어온다. 즉, 행동인처럼 현실의 지각과 관련된 이미지들을 불러내는 대신, 현실에 동화될 수 없는 자신의 존재를 의미 있게 만드는 이미지들을 호출하는 것이다.

그런 이미지들 중에서는 아비투스를 지닌 인물이 의존하는 연대기적 시간이 아닌 비연대기적 시간을 내포한 것들이 많다. 그처럼 외부현실의 문법에 동화될 수 없는 기억의 영역의 비연기적 시간을 들뢰즈는 시간-이미지라고 부른다. 그 같은 시간-이미지들과 현실의 지각-이미지 간의 창조적인 관계를 보여주는 것이 바로 사유의 영화이다.

이처럼 사유의 영화란 모더니즘 중에서 특히 시간-이미지가 부각되는 경우를 말한다. 사유의 영화는 현실과의 상호작용을 행동으로 드러내는 리얼리즘과는 달리 파편화된 현실의 이미지와 시간-이미지의 새로운 관계를 보여준다. 따라서 행동적 결합의 축 대신 기억의 선택의 축이 활성화되며, 그런 차원에서의 뇌의 회로가 핵심영역이 된다. 즉,

---

52) 모더니즘에서 사회적 아비투스가 해체되는 중요한 경우는 부조리와 폭력에 의해 트라우마를 경험할 때이다.
53) 혹은 파편화된 삶을 살아가게 된다.
54) 비동일성의 시점이란 상징계의 질서에 동화되지 않은 위치에서의 시점을 말한다.

리얼리즘이 신체적 행동-이미지의 영화라면, 사유의 영화는 뇌의 회로에서의 시간-이미지의 영화인 것이다.[55] 이제 그 같은 사유의 영화와 뇌의 회로에 대해 살펴보자. 그에 앞서 선택작용과 결합작용의 새로운 기호학적 차원을 도약하면 다음과 같다.

선택작용 주도적	결합작용 주도적
순수기억-이미지 기억회로 비연대기적 시간[56] 사회문화적 코드 해체 상징계-실재계 사이 이미지 기억+파편화된 현실 사유 뇌의 회로 시간-이미지 사유의 영화	감각-운동 회로 연대기적 시간 사회문화적 코드 상징계 인물 ⇌ 현실(환경) 행동 인격의 회로(신체의 행동) 행동-이미지 리얼리즘

3. 다양한 영화양식에서 나타나는 시간-이미지

들뢰즈는 현재의 지각(현실태)과 결합하는 시간-이미지를 잠재태적 이미지라고 말한다.[57] 이 말은 현재의 현실태(지각-이미지)와 교섭하는 비연대기적인 시간-이미지란 이미지-기억의 형태를 띠더라도 순수기억 전체의 잠재태와 연관된다는 뜻이다. 특정한 이미지-기억이 인접적인

---

55) 신체를 통해 표현되더라도 그 표현은 행동의 축이 아닌 기억의 선택의 축이 주도적으로 작용한 양상으로 나타난다.
56) 선택작용을 통해서도 과거의 연대기적 시간이 회상될 수 있지만 사유의 영화에서는 대개 그런 연대기적 시간이 해체된다.
57) 들뢰즈, 이정하 역(2005), 102, 160~163쪽.

연대기적 시간으로 나타나는 것은 회상의 이미지일 것이다. 회상-이미지는 현재의 (지각이 위치한) 감각-운동 회로의 연대기적 시간과 동일선상에 있는 과거의 연대기적 시간이다. 반면에 시간-이미지는 그런 연대기적 시간의 축 위에 놓여 있지 않다. 즉, 시간-이미지는 현재의 연대기적 시간이 와해될 때 나타날 뿐만 아니라, 그 자신이 과거의 연대기적 시간의 해체 속에 위치한다.

그 대신 시간-이미지는 잠재태적 순수기억의 축에 연결되어 있다. 잠재태적 순수기억이란 일종의 무의식의 심연으로서, 우리가 몸담고 살아가는 존재와 세계의 이미지 바다에 다름이 아니다. 따라서 지각-이미지(현실태)와 결합하는 시간-이미지가 잠재태적이라는 것은 그런 존재와 세계의 이미지들 속에서 움직인다는 뜻이다.

그 같은 시간-이미지의 특성은 현재의 지각과 결합하는 다른 이미지들과 비교하면 더 분명해진다. 베르그송에 의하면, 대상의 '식별'은 현재의 지각에 그와 관련된 이미지-기억이 덮여질 때 이루어진다. 이 때 지각-이미지와 뒤섞이는 이미지-기억이란 일종의 내포적 의미라고 할 수 있다. 감각-운동의 회로에서 나타나는 모든 이미지들[58]은 그처럼 이중적인 상태로 되어 있다. 이는 행동이 주도적인 운동-이미지들 역시 행동의 축과 기억의 축이 교차되는 과정에서 나타남을 뜻한다. 그런데 감각-운동의 회로에 속한 이미지들 중에서도, 내포적 의미를 생성하는 이미지-기억이 주도적이 되면서 순간적으로 지각(대상)을 탈맥락화시키는 경우가 있다. 이 때 나타나는 기억의 영역(선택의 축)에 의존하는 이미지가 바로 '감정-이미지'이다.

반면에 시간-이미지는 현재의 지각에 이미지-기억을 뒤섞는 것(식별)도 그것이 역전된 양상(감정-이미지)도 아니다. 그와 달리 현재의 지각과 과거의 잠재태적 이미지는 '식별불가능한' 상태에서 공존하고 교섭한

---

58) 지각-이미지, 감정-이미지, 충동-이미지, 행동-이미지, 반성-이미지, 관계-이미지를 말한다.

다. 이 때 과거의 이미지-기억은 잠재태적 순수기억과 연관된 비연기적 시간이 되는데, 이 현재의 지각에 대한 잠재태적 반사가 바로 시간-이미지이다.

	식별	감정-이미지	회상-이미지	시간-이미지
행동의 축	외연적 의미	(외연적 의미)	(현재 외연적 의미)	현재의 지각
기억의 축	+(내포적 의미)	+내포적 의미	+과거 외연적 의미	+과거의 이미지
신체·뇌	신체외부	신체내부	신체외부(식별가능)	뇌의 회로 (식별불가능성)
시공간	외부대상	탈맥락화	연대기적 시간	비연대기적 시간

시간-이미지는 감각-운동의 회로가 와해될 때 주로 생성되지만 행동-이미지가 주도적인 리얼리즘에서도 나타날 수 있다. 예를 들면 『초록물고기』의 결말부가 그 대표적인 경우이다. 이 부분은 감정-이미지와 시간-이미지의 차이를 잘 보여주므로 조금 자세히 살펴보자.

이 마지막 부분에서 막동이 죽은 후 배태곤의 정부 미애는 모든 것을 포기한 듯 아이를 임신하고 안정된 모습으로 살아간다. 신도시로 이사 온 배태곤과 미애는 우연히 들린 막동이 가족의 새로 차린 식당에서 평온한 표정을 짓고 있었다. 그러나 미애는 식당을 나오면서 왠지 낯익은 듯한 풍경에 주위를 둘러본다. 그녀는 기억 속의 어느 아픈 곳으로 빨려들어가는 듯한 표정으로 황급히 차안으로 달려가 막동의 옛날사진을 꺼내 본다.59)

이때 미애는 사진을 통해 잊고 있던 막동을 떠올렸을 것이다. 그러나 미애가 느낀 것은 죽은 막동에 대한 슬픔만은 아니다. 뇌리 속에서 지금 보고 있는 풍경과 옛날사진의 고향집이 중첩되면서, 그녀는 현재와 과거의 기억 사이에서 동요하고 있는 것이다.60) 이 순간 그녀는 그런

---

59) 나병철(2006), 493~494쪽.

심리적 흔들림 속에서 평온한 일상 속에 숨겨진 균열을 인식했을 것이다. 그녀의 오열은 그 같은 인식에 대한 순간적인 반응일 뿐이다.[61] 그녀는 이제 옛날사진 대신, 막동이 사라진 새로운 고향풍경을 상처처럼 품어 안고 표정없이 살아가게 될 것이다.

따라서 차안에 앉아 오열을 참는 미애의 모습은 감정-이미지이기 이전에 인식과 사유의 이미지라고 할 수 있다.[62] 그녀의 얼굴이 탈맥락화되지 않고 주위의 배경과 함께 제시되는 것, 그리고 사진을 보는 모습과 얼굴, 버드나무 풍경이 차례로 보여지는 것은 그것을 의미한다.[63] 사진(과거)과 버드나무 풍경(현재)은 미애의 뇌리에서 과거와 현재가 교섭하는 시간을 암시한다. 그리고 그녀의 얼굴은 그 교섭에서 드러난 '균열을 사유'하며 괴로워하고 있는 것이다.

여기서 버드나무는 막동의 죽음이라는 내포적 의미를 담은 감정-이미지이기 보다는 현재의 지각과 과거의 기억이 공존하게 만드는 매개물이다. 차창에 비친 버드나무의 윤곽 역시 현재의 지각-이미지와 그것이 유리에 반사된 과거의 잠재태적 이미지의 중첩[64]을 보여준다. 버드나무와 미애의 얼굴이 겹쳐져서 제시되는 몽타주 쇼트는 그런 현재와 과거의 교섭을 뚜렷하게 암시한다. 미애의 얼굴을 덮고 있는 버드나무의 이미지는 그녀가 지금 보고 있는 풍경(지각-이미지)인 동시에 기억 속의 시간-이미지이기도 한 것이다.

---

60) 이 점에서 미애가 보고 있는 옛날 사진은 시간-이미지라고 할 수 있다.
61) 이처럼 인식은 자기인식을 매개로 감정(정서)으로 이어질 수 있다. 이에 대해서는 나병철(1994), 153, 155, 209쪽 참조.
62) 미애의 의식이 사유보다는 인식이나 자기인식에 가까운 것은 이 영화가 행동-이미지와 인물―환경의 상호작용을 그리는 리얼리즘이기 때문이다. 또한 사유의 이미지와 함께 감정이 표현되는 것 역시 행동-이미지가 주도적인 리얼리즘인 점과 연관이 있다.
63) 앞에서 살펴본 막동의 전화장면(감정-이미지)과 비교해 보면 이런 특징이 분명하게 드러난다.
64) 이 점에서 차창에 비친 버드나무의 이미지는 들뢰즈가 말한 결정체(크리스탈) 이미지와 유사하다.

그처럼 시간-이미지를 통한 사유와 인식(자기인식)은 감정-이미지처럼 탈맥락화하는 대신 현실을 응시[65]하며 그 내적인 균열에 반응한다. 이 균열에 대한 반응은 결국 감각-운동 회로(행동의 축)로부터의 탈주상태를 의미한다.[66] 즉, 시간-이미지를 경험하는 인물은 행동의 축이 균열된 틈새로부터 빠져나와 기억의 축과 교섭하는 것이다. 이 점에서 시간-이미지를 통한 사유와 인식은 행동의 축(결합의 축)에서 현실의 상황과 환경에 반응하는 일반적인 리얼리즘의 인식과 구분된다.

『초록 물고기』의 버드나무가 지각을 기억으로 반사하는 시간-이미지라면, 흥미롭게도 인물이 지각하는 공간 내에서 시간-이미지가 환영처럼 움직이는 경우도 있다. 전자가 반사의 형식을 지닌 시간-이미지인 반면, 후자는 현재의 지각과 과거의 시간-이미지가 동일한 공간에서 교섭한다. 예컨대 『올드보이』에서 오대수가 상록고등학교 교정을 찾아 과거의 시간을 추적하는 장면이 바로 뒤의 경우이다.

오대수의 1인칭으로 된 이 부분에서 현재의 '나'(오대수)는 옛 교정을 바라보며 과거의 '나'를 뒤쫓는다. 이 머리 속에서 진행되는 추적의 행위는 같은 공간 안에서 두 개의 '나'가 움직이는 장면으로 연출된다. 과거의 '나'가 시간-이미지의 환영으로 되살아난 이 장면은 오대수('나')가 행동의 축에서 기억의 축으로 이동하고 있음을 의미한다. 이 부분의 쇼트들은 오대수의 뇌의 회로에 비춰진(소환된) 이미지들을 스크린에 직접 투영해 보여주고 있는 것이다.

마침내 오대수는 이우진과 이수아가 함께 있던 실험실의 깨진 유리

---

65) 여기서의 응시는 실재계와의 만남의 순간으로서 라캉의 응시에 가깝다.

66) 들뢰즈, 이정하 역(2002), 165, 171쪽. 미애는 그처럼 잠정적인 탈주상태를 경험하지만 지각-이미지와 시간-이미지 사이에서 동요할 뿐 그로부터 다시 삶으로 빠져나오는 탈주는 경험하지 못한다. 이는 이 영화가 부정적 방식으로 현실을 드러내는 리얼리즘이기 때문일 것이다. 들뢰즈에 의하면, 르누아르의 영화에서는 결정체 이미지에서 다시 삶으로 빠져 나오는 탈주선이 나타난다. 르누아르의 경우에도 그런 탈주선이 분명하지는 않은데 그것은 그의 영화에 비관적인 경향이 있기 때문이다.

창 구멍을 들여다본다. 이 장면에서는 창구멍에 눈을 댄 현재의 '나'(오대수)에 이어 똑같은 과거의 '나'가 잇달아 제시된다. 이는 쇼트의 연결이 행동의 연쇄가 아닌 기억과의 교섭을 연출하고 있는 셈이다. 이 같은 전환은 그 순간 오대수가 '행동하는 사람'에서 '보는 사람'의 위치로 이동했음을 뜻한다. 즉, 오대수는 행동의 축에서 기억의 축으로 옮겨가 창구멍 안에서 벌어진 일(근친상간)을 환영처럼 보고 있는 것이다.

이처럼 『올드보이』는 시간-이미지를 통해 인물의 회상을 두 개의 '나'의 일인 이역극으로 보여준다. 이는 기억의 축에서 인물의 뇌막에 투영된 이미지들을 스크린에 직접 투영해 보고 주고 있는 셈이다. 여기서 지각과 기억의 교섭은 현재의 '나'와 과거의 '나'가 공존하는 이미지로 제시된다.

그러나 이 부분의 시간-이미지는 결국 회상-이미지로 환원된다. 그것은 오대수의 관심사가 행동-이미지로 된 전체 서사의 과정에서 이우진의 비밀을 푸는 데 있기 때문이다. 그로 인해 오대수의 기억을 이미지화한 이 장면은 영화 전체의 연대기적 시간의 한 부분으로 되돌아간다.

『올드보이』에는 이와 비슷하면서도 회상으로 환원되지 않고 사유를 생성시키는 또 다른 시간-이미지가 나타난다. 오대수에 대한 복수를 끝낸 이우진이 엘리베이터 안에서 자살한 누나(이수아)의 손을 잡고 있는 장면이 그것이다. 이우진이 누나의 손을 놓지 않았던 것은 '알고도 사랑할 수' 있었던 떳떳함[67]과 그것을 단죄하는 '말'에 대한 복수심 때문이었다.[68] 누나는 마지막 순간에도 자신을 기억해 달라고 당당하게 부

---

67) 이우진은 '누나하고 난 다 알면서도 사랑했는데 너희도 그럴 수 있냐'고 오대수에게 묻는다. 이우진의 복수는 근친상간이 모든 사람에게 일어날 수 있음을 보여줌으로써 그것을 단죄하는 말과 사람에 대항하려는 것이었다.

68) 근친상간은 인간의 원죄이기보다는 금지의 규범에 의해 소급적으로 죄의식이 부가된 것으로 볼 수 있다. 따라서 이우진은 사춘기에 아직 금지의 규범이 내면화되지 않은 상태에서 누나와의 관계에 떳떳할 수 있었고 죽은 누나의 손을 놓아줄 수 없었던 것이다. 근친상간에 대해서는 나병철(2007), 202쪽; 들뢰즈·가타리, 최명관 역(1994), 245, 251쪽 참조.

탁했었다. 그러나 누나에 대한 사랑의 기억에는 근친상간이라는 세인의 '말'로 인해 절망의 기억이 덮어 씌어질 수밖에 없었다. 이우진은 누나와의 사랑을 더럽히는 그 절망을 떼어내기 위해 그녀를 죽게 한 '말과 사람'에 대해 복수하려 한 것이다. 그 점에서 이우진의 복수가 오대수의 '혀'를 잘라지게 한 것은 제대로 된 진행이었던 셈이다.

그러나 그가 복수한 것은 오대수였을 뿐 인간의 말(근친상간) 자체는 달라질 수 없는 것이었다. 복수가 끝난 후에도 누나와의 사랑이 세상에서 받아들여질 수 없음을 잘 아는 그는 좌절감 속에서 더 이상 아무 행동도 할 수 없게 된다. 그 순간 이우진은 허무라는 행동의 축의 균열을 통해 기억의 축으로 빠져들어 간다. 즉 그는 15년간의 복수 후에도 누나와의 관계가 인정받을 수 없는 상황에서, 누나의 손을 놓을 수밖에 없었던 기억 속의 이우진으로 되돌아간 것이다.

과거의 이우진과 현재의 자신의 얼굴이 반복되는 쇼트들, 그리고 현재의 이우진이 손을 놓자 과거의 자신도 손을 놓고 마는 쇼트들은, 그런 기억과의 교섭을 표현하고 있다. 이우진이 절망의 기억[69]으로 되돌아간다는 것은 현재의 그가 더 이상 행동의 영역에서 존재의 의미가 없어졌음을 뜻한다. 그것은 이우진의 손에서 누나의 손이 빠져나갔음을 의미하는데, 그런 '허무감'을 느낀 그는 '빈손'을 오므려 방아쇠를 당기게 된다.

이우진의 죽음은 근친상간이라는 인간의 한계를 그가 혼자서 감당해야 했던 비극을 상징한다. 이우진의 복수는 개인적인 원한이었지만 그가 경험한 비극과 죽음은 개인을 넘어선 인간 전체의 사건이었다고 할 수 있다.[70] 그 마지막 순간의 일인 이역극, 과거의 자아와 현재의 자아

---

69) 현재의 이우진의 절망은 그 과거의 절망의 기억이 트라우마로 지속되기 때문이라고 할 수 있다. 이우진은 복수심을 통해 그런 절망을 유보시키고 있었는데 복수가 끝난 후의 허무감은 그를 다시 절망의 기억의 구멍으로 빨려 들어가게 한 것이다.
70) 나병철(2006), 497~504쪽.

의 교섭을 보여주는 시간-이미지들은, 인간의 말로 나타낼 수 없는 근친상간에 대한 사유71)를 비극적 이미지로 표현하고 있다.

『초록물고기』와 『올드보이』는 리얼리즘과 포스트모더니즘으로 볼 수 있으며 이 영화들에서 시간-이미지는 전체 서사 과정 중의 한 부분으로 나타난다. 그에 반해 들뢰즈가 예를 드는 영화들은 행동적 플롯이 약화되거나 해체된 유형의 작품들이다. 그것은 들뢰즈가 말하는 시간-이미지란 행동의 축(감각-운동의 회로)이 모순과 딜레마에 부딪힐 때 나타나는 것이기 때문이다.

들뢰즈 역시 리얼리즘에서도 시간-이미지가 사용됨을 인정하지만, 시간을 통한 사유의 본령은 감각-운동 도식이 붕괴된 영화에 있다고 여기는 것이다. 영화에서 감각-운동 도식이 붕괴된 것은 현실 자체가 클리셰이자72) 나쁜 영화가 되었기73) 때문이다. 총체성을 잃어버린 세계는 상투어구(클리셰)를 통해서만 전체가 될 수 있으며74) 나쁜 시나리오로 된 영화 속에 우리를 살게 할 뿐이다.75) 이제 세계(거대한 유기적 구성)와 인간은 단절되었고,76) 감각-운동의 회로는 자동화된 클리셰에 지배되고 있다. 이 현실에서 상연되는 나쁜 영화에서 벗어나기 위해서는, 행동-이미지와 유기체적 서사에 의존하는 리얼리즘 대신 비유기체적인(크리스탈적인)77) 새로운 영화가 필요하다.

이 같은 관점은 세계를 관리되는 사회로 보고 유기체적인 예술(리얼리즘) 대신 비유기체적인 예술(모더니즘)을 옹호한 아도르노의 미학과 유사

---

71) 이 사유는 통념적인 것을 넘어선 사유로서, '사유할 수 없는 것'에 대한 사유라고 할 수 있다.

72) 들뢰즈, 유진상 역(2002), 374쪽.

73) 들뢰즈, 이정하 역(2002), 338쪽.

74) 들뢰즈, 유진상 역(2002), 374쪽.

75) 들뢰즈, 이정하 역(2002), 338쪽.

76) 위의 책, 341쪽.

77) 크리스탈적인 이미지란 유기체적인 행동-이미지를 해체하고 지각을 기억으로 반사하는 시간-이미지를 말한다.

하다. 따라서 시간-이미지를 사용하는 새로운 영화는 넓은 맥락에서 모더니즘 예술의 연장선상에 있다. 아도르노가 20세기 전반의 관리되는 세계에 대해 저항했다면, 들뢰즈는 같은 세기 후반의 비인간적으로 자동화된 세계78)에 대항하고 있는 것이다. 전자가 폭력적으로 조직화된 세계와의 싸움이라면, 후자는 나쁜 시나리오로 짜여진 일상79)에 대한 반격인 셈이다.

들뢰즈는 그런 새로운 영화의 조짐을 2차 대전 이후 미국 영화의 변화에서 찾고 있다. 할리우드 안팎의 미국 영화는 원래 행동-이미지를 중심으로 하는데, 전후의 영화들은 행동과 환경의 결합이 느슨해진 분산적인 상황을 보여준다. 즉, 행동-이미지를 만드는 감각-운동 도식이 산책, 배회, 귀환여행 등으로 대체된 것이다.80)

그러나 새로운 영화는 클리셰로 된 현재 세계에 대한 비판 이외에 보다 적극적인 창조를 필요로 한다. 들뢰즈는 그런 적극적인 창조의 실천을 시간-이미지의 영화로 보고 구체적인 예를 유럽의 네오리얼리즘과 누벨 바그에서 찾고 있다. 감각-운동 도식의 붕괴로부터 시간-이미지로의 이행은 네오리얼리즘에서 그 단초가 발견된다.

예컨대 로셀리니의 『유럽51』이 그 대표적인 예이다. 이 영화는 한 부유한 주부가 아이의 죽음을 겪은 후 초라한 공영주택 단지와 빈민가, 공장지대를 돌아다니다 끝내 정신병원에 유폐되는 이야기이다.81) 이 영화의 여주인공은 주택 단지의 비참한 건물과 공장의 미궁 같은 통로를 응시하는 한편 마지막에는 동료환자들의 얼굴을 관찰한다. 그녀는 그

---

78) 들뢰즈는 클리셰란 판에 박힌 것만 지각하는 사물의 감각-운동적 이미지라고 말한다. 들뢰즈, 이정하 역(2002), 45쪽.
79) 나쁜 시나리오로 짜여진 일상에서 우리는 규칙성과 통제로 된 아비투스에 지배되며, 이때 감각-운동의 회로는 자동화된다. 이 경우 현실에서 상연되는 '나쁜 영화' 자체가 우리를 내부에서 통제하는 아비투스의 기제로 작용한다고 할 수 있다.
80) 들뢰즈, 유진상 역(2002), 373~374쪽.
81) 들뢰즈, 이정하 역(2002), 13쪽.

순례와도 같은 여로에서 '본다는 것'이 무엇인가 알게 된다. 즉, 그녀는 주어진 환경 속에서 '행동하는 인물'에서 그 너머를 '보는 인물'로 전환된 것이다.[82] 들뢰즈는 그처럼 '보는 인물'의 눈에 비쳐진 이미지를 시지각 기호[83]라고 부른다.

순수한 시지각 기호는 클리셰가 된 감각-운동 이미지와는 달리 '참을 수 없는 어떤 것'[84]에 접하게 만든다. 클리셰가 상징계에 폐쇄된 것이라면 들뢰즈가 말한 '참을 수 없는 것'이란 실재계와 접촉하는 경험일 것이다. 즉, 그것은 상징계(혹은 감각-운동 회로)의 규범에 의해 코드화될 수 없는 그 이면의 어떤 것이다. 예컨대 『유럽51』의 여주인공은 공장의 사람들을 보며 '유형에 처해진 인간들을 본 듯 했다'고 생각한다. 이는 감각-운동 회로에 의해 코드화된 공장의 이미지가 아닌 여주인공 자신의 기억의 축을 통해 연상해 낸 이미지이다. 그런데 그것은 공장을 통해 단순히 감옥 같은 곳을 상기하는 정도를 넘어서 거의 환각과도 같은 정신적인 비전의 소환으로 나타난다.[85] 즉, 여주인공은 이제까지의 자동화된 세계의 지각에서 벗어나 그 이면의 '참을 수 없는' 숨겨진 이미지를 보고 있는 것이다.

그 점에서 시지각 기호는 행동을 발생시키는 '환경'이 아니라 그 너머의 무규정적 공간(임의 공간)에서 생성된다.[86] 앞서 살폈듯이 무규정적 공간은 감정-이미지를 발생시키는 공간이기도 하다. 그러나 감정-이미지가 탈맥락화된 공간에서 생성된다면 시지각 기호는 상징계에서 이탈한 탈접속된 공간에서 출현한다. 감정-이미지와 시지각 기호는 비슷하게 행동의 축(결합작용)에서 기억의 축(선택작용)으로 전환될 때 나타난다. 그러나 전자가 행동이 불가능한 운동을 신체 내부로 발산시키는 것인

---

82) 위의 책, 13쪽.
83) 시지각 기호의 청각적 대응물은 '음향기호'이다.
84) 들뢰즈, 이정하 역(2002), 43쪽.
85) 위의 책, 103쪽.
86) 위의 책, 18쪽.

반면, 후자는 행동(감각-운동)의 상황 너머에 있는 것에 접촉하는 기호작용이다. 그런 시지각 기호를 발생시키는 무규정적 공간이란 환경으로부터 탈영토화된 공간[87])이라고 할 수 있다. 탈영토화된 무규정적 공간에 접하는 순간 우리는 자신의 내부의 자동화된 아비투스(내부의 나쁜 영화)로부터 이탈하는 경험을 한다.

4. 시간-이미지와 크리스탈적 영화

   시지각 기호는 행동의 축에서 기억의 축으로 전환되며 나타나는 시간-이미지의 일종이다. 그런 시간-이미지의 보다 분명한 형식은 결정체적(크리스탈적) 이미지와 유리기호[88])에서 찾을 수 있다. 결정체-이미지의 가장 대표적인 모델은 거울의 반사이다. 즉, 현재의 지각(현실태)이 거울이나 유리에 반사되며 잠재태적 기억의 이미지로 나타나는 경우이다.[89] 이미 살펴본 『초록 물고기』에서의 차장에 비친 버드나무가 그 예일 것이다. 또한 『꽃잎』(장선우 감독)에서 주인공 소녀가 기차 유리창을 통해 무의식 속의 이미지를 보는 것도 같은 경우이다.
   들뢰즈는 오필스의 『마담 드』에 나오는 비스듬한 거울을 완결된 결정체-이미지의 예로 들고 있다. 『초록 물고기』나 『꽃잎』의 거울(유리) 이미지가 현실의 균열과 함께 나타나는 시간-이미지라면, 『마담 드』의 거울은 일상 속에서 수시로 출현하는 닫힌 결정체 이미지일 것이다. 전자의

---

87) 이는 상징계와 실재계 사이의 공간이라고 할 수 있다.
88) 시간의 결정체적 이미지에 상응하는 기호가 유리기호이다.
89) 로널드 보그, 정형철 역(2006), 183쪽.

경우 현재의 지각이 잠재태적 기억(일종의 무의식)으로 반사되는 순간 현실의 균열이 드러난다. 반면에 후자는 일상의 세계가 단순히 현재의 현실태로만 되어 있지 않고 잠재태적 기억과 결합되어 있음을 보여준다.

두 경우 모두에서 **결정체-이미지**는 현실태 이미지와 잠재태 이미지의 식별불가능한 접합으로 나타난다.[90] 거울 이외에 결정체-이미지를 만드는 또 다른 형식은 연극이나 춤, 사냥 등이다. 즉, 영화의 서사 속에 연극이나 춤이 삽입되면 그 일상 현실과 유희 공간 사이에는 현실태(의식)-잠재태(무의식)의 관계가 형성된다. 예컨대 『왕의 남자』(이준익 감독)에서 인형극이나 광대놀이의 삽입이 그런 경우이다. 들뢰즈는 오필스의 『마담 드』『롤라 몽테스』『윤무』에 나오는 윤무가 결정체 안에서 빙글빙글 도는 이미지를 만든다고 말한다. 『왕의 남자』가 보다 적극적으로 무의식(잠재태)을 표현하는 경우라면, 오필스의 영화들은 일상 자체에 숨겨진 이중적 상태(현실태-잠재태)를 보여준다.

영화 속에 연극(춤)이 삽입되면, 현실태-잠재태 관계가 형성되는 점은 영화와 연극의 양식적 차이를 암시한다. 영화는 일상을 그대로 재현할 수 있는 반면 연극은 어떤 경우라도 주관적이고 표현적이 된다. 그 때문에 영화 속에 삽입된 연극은 일상적 인물의 주관적·무의식적인 내면을 반사하는 형식이 된다. 이 관계는 거울을 통해 무의식적 잠재태가 반사되는 경우와 매우 비슷하다. 영화 속의 연극은 거울 속의 이미지와도 유사한 것을 우리에게 보여주는 것이다.[91] 그로 인해 영화가 연극에 접근하게 되면 그 영화에는 인물의 잠재태적 세계를 반사하는 시간-이미지가 적극적으로 표현된다.[92]

그런데 보다 더 흥미로운 것은 영화 속에서 사물 자체가 연극이나 윤

---

90) 들뢰즈, 이정하 역(2002), 144~145쪽.
91) 영화 속의 연극이 인물들의 삶을 흉내 낸 것이면서도 내면적으로 그와 조금 다른 것을 보여준다는 점에서도 그렇다고 할 수 있다.
92) 고다르의 『미치광이 삐에로』가 대표적인 경우일 것이다.

무처럼 잠재태적 시간-이미지가 되는 경우이다. 오필스의 『마담 드』에서는 거울 이외에 원무가 현실태-잠재태의 결정체-이미지를 형성한다. 하지만 이 영화에서 보다 관심이 주어지는 것은 사람들의 원무가 아니라 귀걸이의 원무이다. 마담 드의 귀걸이는 영화 속에서 여러 사람의 손을 원무처럼 돌아다니는데, 그 연극 같은 원무를 통해 귀걸이는 시간-이미지로 전이된다.

　마담 드는 여러 파티에서 도나티를 만나 계속 춤을 추는 동안 사랑에 빠지게 된다. 도나티와의 원무는 마담 드를 일상의 축(행동의 축)에서 벗어나 잠재태적 시간의 축으로 이행되게 했기 때문이다. 그런데 그 동안 마담 드가 보석상에 팔았던 남편의 선물인 귀걸이가 여러 손을 거쳐 도나티의 선물로 되돌아온다. 아무 의미가 없었던 귀걸이는 그런 원무의 과정에서 이제 가장 소중한 물건이 된다. 도나티와의 원무에서 사랑을 얻었듯이 마담 드는 귀걸이의 원무를 통해 (일상에서 벗어난) 또 다른 사랑을 갖게 된 것이다.93) 마담 드는 나중에 도나티와도 헤어지게 되지만 귀걸이에 대한 애정을 버리지 않는다. 그녀에게 귀걸이는 무의미한 생활에서 유일하게 의미를 부여해 주는 시간-이미지가 되었기 때문이다.

　『마담 드』의 결정체-이미지가 일상 속에 숨겨진 시간-이미지를 드러낸다면, 르누아르의 영화들은 결정체 자체에 포함된 일상에서 이탈하는 균열과 탈주점을 보여준다.94) 예컨대 『게임의 규칙』95)은 『마담 드』처럼 일상의 삶이 여러 가지 결정체 이미지들로 둘러싸여 있음을 제시한다. 즉, 현실과 연극, 주인들과 하인들, 사냥터의 인간과 동물들은

---

93) 도나티와의 원무처럼 귀걸이의 원무 역시 사물의 존재를 일상의 벗어나 잠재태적 시간의 축으로 이행시킨 것이다. 더 나아가 귀걸이는 현실태-잠재태의 회로를 원무처럼 도는데 그치지 않고 도나티의 사랑의 선물이 됨으로써 마담 드에게 새로운 의미의 존재가 된다. 마담 드에게 되돌아온 귀걸이가 더 이상 순환하지 않는 것은 단순한 일상의 결정체의 회로에서 빠져나왔음을 뜻한다.

94) 들뢰즈, 이정하 역(2002), 171쪽.

95) 이 영화는 1939년 제작되었으나 1959년에 검열 삭제 부분이 복원되어 다시 상연되었다.

현실태-잠재태의 이중적 이미지(결정체)를 연출한다. 그런데 이 영화의 그런 결정체에는 일상으로부터 빠져 나오는 균열과 홈이 포함되어 있다. 이 결정체 내부의 균열은 일상적 삶 자체가 갖고 있는 모순과 결함을 암시한다.[96]

'게임의 규칙'이란 한 마디로 상징계의 규범을 의미한다. 이 영화는 현실태-잠재태의 이미지들이 나타나는 동안 그 결정체 내부로부터 게임의 규칙을 어긴 사람이 출현하는 순간을 보여준다. 그처럼 상징계의 규범을 위반한 사람이 나타나는 것은, 사람들이 (균열이 은폐된) 일상의 축에서 현실태-잠재태의 축으로 전이되었기 때문이며, 또한 그런 결정체(현실태-잠재태) 내부에 균열이 포함되어 있기 때문이다.

게임의 규칙을 위반함으로써 일상의 모순을 암시하는 균열을 보여주는 인물은 우선 앙드레(비행사)이다. 앙드레는 다른 상류층 사람들과는 달리 사회적 규칙에 무감각한 인물이다. 규칙을 앞세우는 사람들은 그것의 위반이 두려워 무의식을 숨기게 된다. 그들은 파티나 사냥을 통해 현실태(의식)-잠재태(무의식)의 상태로 이중화될 뿐이다. 반면에 일상 자체에서 현실태-잠재태의 삶을 사는 앙드레는 자신의 무의식을 은폐하지 않는다. 남편이 있는 크리스틴을 사랑하는 그는 그처럼 일상에서 결정체 내에 살며 무의식적으로 항상 탈주점을 서성거린다. 그러나 비행사인 앙드레는 '하늘(잠재태)에서는 뛰어나지만 땅(현실태)에서는 무력한 인물'[97]이다. 그 때문에 그는 현실태-잠재태 사이에서 탈주점을 발견하면서도 그 균열을 통해 다시 새로운 삶으로 빠져나오지는 못한다.

게임의 규칙을 위반한 또 다른 사람은 밀렵감시인이다.[98] 그는 도망

---

96) 일상 속에 빠져 살아가는 동안은 그 내부의 모순을 알지 못하지만 현실태-잠재태의 축으로 이동하는 순간 결정체 속의 균열을 발견할 계기가 마련된다.

97) 영화에서 앙드레와 친한 음악가 옥타브는 앙드레에 대해 이렇게 말한다. 이 영화에서는 르누아르 자신이 옥타브로 나온다.

98) 들뢰즈는 규칙을 위반한 사람이 앙드레(비행사)가 아니라 밀렵감시인이라고 말한다. 들뢰즈, 이정하 역(2002), 172쪽. 그러나 밀렵감시인의 위반은 자신도 모르게 우발적으

가는 아내의 정부를 쫓으며 상류층의 파티장에서 총을 쏘아댄다. 아내의 '밀렵'을 감시하려는 본능(무의식)에 철저한 그는 규칙을 어기고 주인들의 파티장까지 침범한 것이다. 밀렵감시인이 파티장에서 총을 쏘아대는 이 장면은 실상 주인들의 사냥 장면의 패러디이다. 두 장면이 유사하게 느껴지는 것은 잇따른 총소리가 인간의 본능을 터트리는 음향으로 들려오기 때문이다. 그러나 상류층의 사냥은 본능을 발산하면서도 인간과 동물 사이에서 현실태-잠재태의 안정된 이미지를 유지한다. 반면에 밀렵감시인의 사냥은 인간들 사이에서 본능을 드러내며 주인-하인 간의 현실태-잠재태 이미지의 균열을 암시한다.

밀렵감시인의 한계는 그의 탈주가 우발적이고 우연적인 행위라는 점이다. 그는 크리스틴을 아내로 오해하고 앙드레에게 총을 쏨으로써 또 한번 규칙을 위반한다. 그러나 이 우연한 규칙의 위반으로 인해 그는 자신도 모르게 규칙 내부로 되돌아온다. 즉 크리스틴을 밀렵하려던 앙드레를 죽인 그는, 아이러니하게도 크리스틴 남편의 위치에서는 하인으로서 밀렵감시인의 임무를 충실히 수행한 셈이 된다.

사랑의 밀렵으로 탈주하려던 앙드레는 밀렵감시인에게 죽음을 당하고, 주인들의 공간을 총으로 밀렵한 밀렵감시인은 앙드레를 죽임으로써 충실한 하인으로 되돌아온다. 결과적으로 두 가지 탈주는 모두 실패한 것이다. 하지만 이 영화는 '게임의 규칙'에 따라 일상으로 회귀한 사람들을 보여주면서, 원무와도 같은 게임을 연출하는 현실태-잠재태 사이에 균열이 숨어 있음을 암시한다.

일상의 균열을 암시하면서도 규칙 내부로 되돌아오는 점에서 『게임의 규칙』은 앞서 살펴본 『초록 물고기』와 유사하다. 물론 『게임의 규칙』에는 탈주를 시도하는 사람이 나오지만 『초록 물고기』는 그렇지 않다고 생각할 수도 있다. 그러나 전자가 현실태-잠재태 사이의 균열을

로 이루어지며 그는 또 다른 한계를 지니고 있다.

드러낸다면 후자는 보다 적극적으로 현실 자체의 균열을 암시한다. 그 것은 『게임의 규칙』이 상류층 사회를 다룬 반면 『초록 물고기』는 부유 층/빈민층의 균열 자체를 그리고 있기 때문이다. 외견상 안정되게 보이 는 상류사회를 비판적으로 다룰 경우 '잠재적인' 규칙 위반자의 출현이 필요하게 된다. 그에 반해 신도시에서 밀려난 빈민들이 주인공인 영화 에서는 그들의 존재 자체가 현실의 균열을 시사한다. 양자의 차이는 현 실태-잠재태 사이에서 균열을 발견하는 **크리스탈적(결정체적)** 영화와 인 물들의 환경에서 모순을 인식하는 **리얼리즘** 영화의 차이일 것이다.[99]

이제까지 살펴 본 오필스와 르누아르의 영화는 리얼리즘은 아니더라 도 여전히 서사적 맥락을 중요한 요소로 갖고 있다. 그럼에도 불구하고 들뢰즈가 그들의 영화를 크리스탈적 영화로 부르는 것은 시간-이미지 가 창조적인 상상력을 제공하고 있기 때문이다. 즉, 감각-운동 도식이 따분한 일상을 보여주는 반면 현실태-잠재태 이미지에 의해 새로운 삶 의 의미가 생성되는 과정이 나타나고 있는 것이다.

오필스와 르누아르의 영화에서 한발 더 나아가 결정체 이미지가 보다 더 적극적인 기능을 하는 경우는 바로 펠리니의 영화이다. 오필스는 일 상 속에 결정체(현실태-잠재태)가 숨겨져 있음을 드러내며 르누아르는 결 정체 내부에 탈주점이 포함되어 있음을 암시한다. 그러나 두 사람의 영 화는 결국 결정체 상태나 일상으로 돌아오는 이야기이다. 반면에 펠리 니의 영화는 결정체 자체에서 새로운 삶으로 나아가는 배아가 생성됨을 보여준다. 그것은 그가 현실의 삶 자체를 단조로운 일상 대신 만화경 같 은 볼거리들로 제시하고 있기 때문이다. 즉, 그의 경우 삶을 전체적으로 본다는 것은 감각-운동 도식에 의해 나타나는 일상(서사)이 아니라 현실

---

99) 물론 『초록 물고기』는 리얼리즘 영화 중에서는 들뢰즈가 말한 결정체 이미지가 많 이 사용된 경우로 볼 수 있다. 이 영화에서는 앞서 살핀 버드나무 이미지 이외에도 거 울에 의해 현실태-잠재태 이미지가 형성되는 장면들이 반복된다. 예컨대 막동은 악의 세계에 한 발씩 들여놓을 때마다 무의식적으로 거울을 보는데 이는 현재의 자신의 모 습을 (거울을 통해) 잠재태 이미지로 반사시켜 보는 행위로 볼 수 있다.

태-잠재태의 이미지들로 펼쳐지는 볼거리들을 경험하는 것이다.[100]

펠리니 영화에서 볼거리들이란 지리적·고고학적 세계나 여흥의 카니발·어릿광대의 세계, 그리고 회상·악몽·몽상·환상 등이다. 즉, 『펠리니 로마』『8½』『사티리콘』등에서 우리는 진열장을 보듯이 그 일상 너머의 현실태-잠재태 이미지들을 통해 시간과 삶의 용솟음침을 경험한다.[101] 이 솟아오르는 결정체 이미지들이야 말로 그 자체가 **일상과 탈주의 경계**를 넘나드는 풍경들이다.

따라서 펠리니의 영화에서는 감각-운동 도식에 의한 서사는 파편화되어 있으며, 그 대신 결정체(현실태-잠재태) 이미지가 끊임없이 생성되고 확장되는 새로운 삶의 배아로 나타난다. 오필스와 르누아르의 영화가 일상으로 돌아오는 것은 일탈을 소망하는 인물조차 '게임의 규칙'을 벗어날 수 없기 때문이다. 반면에 펠리니의 영화는 일상과 일탈의 경계를 뒤섞는 풍경 자체를 삶을 보여주는 **결정체 이미지**로 제시한다. 전자에서 '게임의 규칙' 하에 있는 인물의 자발성이 표현된다면, 후자에서는 인물들의 자발성 하에 있는 법칙과 일탈의 경계가 제시된다. 결과적으로 펠리니의 영화는 오필스와 르누아르에 비해 보다 적극적으로 감각-운동의 축에서 현실태-잠재태 축으로 이동해 있는 셈이다.

펠리니의 영화는 『길』로 대표되는 떠돌이 영화들, 파편적인 삽화들의 연결로 구성된 『달콤한 인생』『8½』『사티리콘』, 그리고 과거의 기억을 회상하는 『어릿광대』『아마르코드』등으로 구분된다. 그러나 이 세 유형의 영화들의 공통점은 감각-운동의 회로가 이완되거나 해체되어 있다는 점이다. 그 대신 현실태-잠재태 이미지가 활기를 얻으면서 삽화들은 꿈이나 환상과 뒤섞인다.

---

100) 들뢰즈, 이정하 역(2002), 178쪽.
101) 위의 책, 181쪽. 용솟음치는 시간이란 현재 → 미래가 아니라 과거(기억)에서 미래로 솟구치는 것을 말한다. 펠리니의 영화의 경우 현재 → 미래의 시간은 오히려 죽음으로 가는 행렬로 나타난다.

감각-운동 관계의 파편화는 잘 알려진 초기작 『길』에서부터 나타난다. 이 영화는 잠파노의 바다에서 시작해서 다시 그의 바다로 끝나는 원형구조로 되어 있다. 인물들은 그 사이의 여로를 통해 감각-운동의 회로에서 이탈한 순수한 시지각적·음향적 기호들을 부각시킨다.[102]

떠돌이 영화에서 시작된 인과적 서사의 해체는 『달콤한 인생』에서 삽화들의 조각을 이어붙이는 보다 실험적인 형식으로 나타난다. 그 같은 새로운 형식은 일종의 자기반영적 영화인 『8½』과 '로마시대에 대한 환상적인 에세이'로 불리는 『사티리콘』에서 정점에 이른다.[103] 이 영화들에서는 초기 영화에서 보였던 순수한 시지각적·음향적 기호들이 다양한 현실태-잠재태 이미지들로 전이된다. 그러나 쇼와 퍼레이드처럼 나타나는 수많은 볼거리로 된 결정체(현실태-잠재태)들은 모두 증식하는 삶의 배아들과 그 집합체로 표현된다.[104]

과거를 회상하는 영화인 『어릿광대』는 어린시절의 서커스 광대들을 찾아가는 다큐멘터리적 형식으로 되어 있다. 그러나 다큐멘터리적 형식(수평축)은 과거의 동화 같은 삽화들의 현실태-잠재태 이미지(수직축)와 교직적으로 짜여진다. 비슷한 형식을 지닌 『아마르코드』는 노인이 된 화자(서술자)가 파시즘 시절의 고향을 회상하는 영화이다. 이 영화에서도 어린 시절의 회상은 다양한 인간군상과 고향사람들의 만화경 같은 파편화된 삽화로 제시된다.

이 세 유형에서 펠리니의 영화는 비슷하게 기억을 포획하는 현재의 축과 그로부터 빠져나가는 과거의 잠재적인 축으로 되어 있다. 파편적으로 나타나는 현재의 행렬은 비정함과 혼란스러움을 드러내며 죽음을

---

102) 들뢰즈, 이정하 역(2002), 177쪽.
103) 한창호, 「환영의 쾌락, 반환영의 유희, 페데리코 펠리니의 최고점」, www.cine21.com, 2005.6.1.
104) 들뢰즈, 178쪽. 이 점에서 이 유형의 영화들은 선택작용(paradigmatic)에 의존하는 일종의 '병렬적 구성'을 이루고 있다. 병렬적 구성에 대해서는 나병철(1998), 335~342쪽 참조

향해가고 있다. 반면에 잠재성을 지닌 과거의 축은 현재와 공존성을 이루면서 점점 팽창하는 삶의 배아를 보여준다. 이 두 가지 측면은 끊임없이 개입하고 겹쳐지지만 구원은 현재태-잠재태 관계를 형성하는 기억의 축으로부터 온다.[105]

펠리니의 영화는 크리스탈적(현재태-잠재태) 서사를 통해 유기체적 서사를 파편화하는 대표적인 방식을 잘 보여준다. 즉, 펠리니의 크리스탈적 영화는 들뢰즈가 선호하는 비유기체적인 모더니즘 형식의 하나인 셈이다. 행동의 축보다는 기억의 축에 의존하는 비유기체적 서사[106]는 펠리니의 방식 이외에도 다양한 형식으로 나타난다. 이제 시간-이미지를 이용하는 또 다른 비유기체적 영화들을 살펴보자.

5. 사유의 영화와 뇌의 회로

결정체 이미지 영화 이외에 시간-이미지를 이용하는 또 다른 영화에는 '기억 속의 과거'를 탐색하는 영화와 '현재의 과거'를 보여주는 영화가 있다. 물론 두 경우 모두 과거나 현재를 운동-이미지 회로가 아닌 시간-이미지 회로를 통해 제시한다. 그러면 시간-이미지로서의 과거나 현재란 과연 무엇을 의미하는 것일까.

---

105) 들뢰즈, 이정하 역(2002), 181~183쪽.
106) 시간-이미지의 영화에서 역시 뮤직 비디오와 영상시와는 달리 서사성이 완전히 해체되는 것은 아니다. 그것은 모더니즘 소설에서도 서정장르와는 달리 파편화된 삽화로나마 서사가 나타나는 것과 마찬가지이다. 즉, 양자 모두에서 서사의 주도성이 행동의 축에서 기억의 축으로 이동했으며, 그로 인해 인과적 플롯 대신 비유기체적 서사가 나타나는 것이다.

결정체 이미지는 현재의 현실태가 과거의 잠재태로 반사된 형식이다. 시간-이미지는 그런 결합 형식 이외에 현재와 과거 각각의 층위에서 두 가지 다른 형식을 만들 수 있다. 들뢰즈는 이 새로운 시간-이미지의 형식을 베르그송이 말한 '현재의 즉각적인 과거'와 '기억으로서의 과거'에 연결시키고 있다.107)

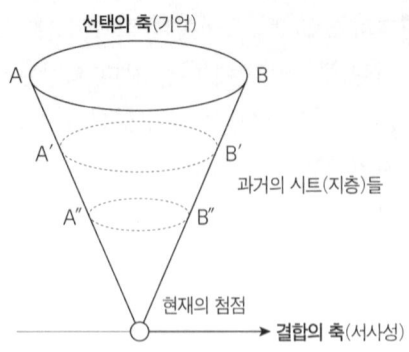

새로운 두 형식 중의 하나는 현재의 첨점에서 즉각적인 과거108)들이 원뿔(기억의 영역)쪽으로 가장 작은 원을 만들며 감각-운동 도식에서 벗어난 형태로 선택-결합되는 경우이다. 다른 하나는 파편화된 서사 속에서 과거의 시트들이 병렬이나 공존의 형식을 이루며 나타나는 경우이다. 이 두 가지 새로운 시간-이미지의 형식들은 로브-그리예와 레네의 영화에서 찾아 볼 수 있다.

여기서 유의할 것은 그런 시간-이미지의 영화에서 역시 수평적인 결합의 축에 의한 서사가 완전히 소멸되지는 않는다는 점이다. 그렇지 않으면 영화는 더 이상 서사장르일 수 없으며 서정장르나 다른 양식으로

---

107) 들뢰즈, 이정하 역(2002), 201~205쪽.
108) 앞에서 살폈듯이 현재가 지나가는 순간 그것은 즉각적인 과거로서 우리에 감각-지각된다. 그런데 시간-이미지의 영화는 그 즉각적인 과거를 감각-운동 도식에 따라서가 아니라 '가장 수축된 과거(원)'라는 시간-이미지의 형식으로 제시한다.

전환될 것이다. 그와 달리 결합의 축이 여전히 작동되지만 자동화된 감
각-운동 도식 대신 기억의 축이 활성화되는 비유기체적 서사가 만들어
지는 것이다.

따라서 새로운 시간-이미지의 영화는 감각-운동이 자동화된 상황,
즉, 세계가 나쁜 영화(서사)로 변질된 현실과 연관되어 있다. 그런 현실
에서 새로운 영화는 감각-운동 회로에 의존하는 일반적인 서사 대신
시간-이미지의 영화라는 또 다른 서사를 만들어 낸 것이다. 이 새로운
서사의 출현은 '서사란 무엇인가'에 대한 보다 확장된 답변을 요구한다.

새로운 영화의 등장은 리얼리즘 소설이 영화적 소설과 누보로망으로,
그리고 시간-이미지의 영화로 전환되는 일련의 과정과 연관되어 있다.
그런 변화는 서사적 의미작용이 인격의 회로에서 뇌의 회로로 전환되
는 과정이기도 하다. 바로 이 근본적인 변화들이 감각-운동 도식에 의
존한 리얼리즘적인 서사의 통념을 보다 확장할 것을 요구하고 있는 것
이다. 따라서 새로운 영화의 두 가지 형식을 이해하기 위해서는 그런
서사의 변주과정을 살펴봐야 한다.

소설이나 영화, 만화 등 모든 서사 장르는 이야기와 서술자(화자) 간의
서사적 거리[109]를 전제로 한다. 서술자가 소설에서처럼 화자이든 영화
에서처럼 내포서술자이든 그것은 마찬가지이다. 서사적 거리를 통해 서
술자는 중개성의 위치를 지니게 되며 이야기는 객관적 대상으로서 스
스로 움직이는 듯이 느껴지게 된다.[110] 만일 이야기(혹은 이미지 세계)에
자율성을 부여하는 이 서사적 거리가 폐지되면 이야기나 이미지 세계
는 더 이상 우리에게 '영화(서사장르)'로 지각되지 않는다. 따라서 들뢰즈
의 논의와는 달리 그런 기본전제는 로브-그리예와 레네의 시간-이미지

---

109) 이 서사적 거리는 소설에서는 '었'이라는 과거시제로 나타나며 영화에서는 숨어 있
　　는 내포서술자와 이미지로 된 세계와의 객관적 거리로 잠재한다.
110) 이야기는 암암리에 서술자(화자)의 통제를 받으므로 이야기의 운동은 반자율성(상대
　　적 자율성)을 지니게 된다.

의 영화에서도 조금도 다름이 없다고 할 수 있다. 다만 이미지 세계와 서술자의 관계가 리얼리즘 소설과는 다르게 변주되어 나타날 뿐이며 그것이 '서사'의 개념을 확장시키고 있는 것이다.

새로운 영화에서 나타나는 서사장르의 변주는 인격적 시점을 대신하는 카메라의 시점과 숨어 있는 내포서술자의 특이한 기능과 연관되어 있다. 이제 소설에서 영화로, 그리고 유기체적 서사에서 비유기체적 서사로 나아가면서 서사의 새로운 변주가 어떻게 나타나는지 살펴보자.

소설이 영화에 접근할 때 생겨나는 변화는 두 가지 차원에서 말해질 수 있다. 하나는 마치 화자가 사라진 듯이 보이는 것이며, 다른 하나는 특정한 인물(인물 매체)이 초점화자로서 화자의 기능을 대신하는 듯 느껴지는 것이다. 이런 변화는 이미 내적 초점화에 접근한 플로베르의 소설에서부터 나타난다. 그러나 내적 초점화에서도 화자는 사라지지 않고 침묵하는 서술자로 남아 있으며, 그 중개성을 매개로 해서 우리는 초점화자와 함께 현장(이야기 세계)에서 이야기를 직접 보고 있는 듯 느끼게 된다.

이처럼 소설이 영화에 접근하면서 '초점화자의 기능'과 '숨어 있는 서술자'라는 새로운 두 가지 조건이 생겨나게 된다. 여기서 초점화자의 기능의 변화는 내적 초점화에서 이미지 소설과 누보로망으로, 그리고 다시 시네로망으로의 변주를 가져온다. 다른 한편 숨어 있는 서술자(화자)가 내포서술자로서 특별한 기능을 행사할 때 또 다른 변주가 생겨나게 된다.

전자의 경우 초점화자가 인격적 존재에서 광학렌즈로 전이되면서 현장에서 발생하는 현재형 이미지들의 연쇄를 보여주게 된다. 반면에 후자에서는 내포서술자가 기억 속의 이미지들을 특수하게 선택-결합하는 양상으로 나타나게 된다. 앞의 변화가 현재의 첨점들을 보여주는 로브-그리예의 영화라면, 뒤의 변주는 과거의 시트들을 접합시키는 레네의 영화일 것이다.

따라서 로브-그리예의 영화는 이미지 소설−누보로망−시네로망의 변주 속에서 이해할 수 있다. 이미지 소설은 심리적으로 유폐된 초점화자의 눈에 비친 이미지들을 보여주는 소설이다. 이미지 소설에서는 초점화자의 고립된 심리상태로 인해 일반 내적 초점화와는 달리 감정이 표백된 이미지들이 제시된다. 누보로망에서 역시 자신 안에 갇힌 초점화자의 눈이 사용되지만 이미지 소설과는 달리 초점화자가 모습을 드러내지 않는다. 즉, 초점화자는 자신을 숨긴 채 광학렌즈처럼 감정이 배제된 이미지들만을 보여준다. 여기서 한발 더 나아가 고립된 초점화자 대신 실제로 광학렌즈(기계의 눈)가 사용되는 경우가 바로 로브-그리예의 영화이다.

이처럼 인격적 초점화자(내적 초점화)가 고립된 눈(이미지 소설)에서 숨겨진 눈(누보로망)과 광학렌즈(로브-그리예의 영화)로 전이되는 과정은 세계와 점점 소통이 불가능해져가는 양상과 연관되어 있다. 즉, 인격적 초점화자가 소통 불가능한 세계와 조우하면서 점차로 비인격적 광학렌즈로 전이되는 것이다.[111] 그에 따라 내적 초점화 소설의 인격의 회로는 차츰 베르그송이 말한 '순수지각'(감정이 배제된 이미지)이라는 뇌의 회로에 접근하는 양상을 보여준다. 서사적 거리를 두고 있는 서술자(화자) 대신 초점화자나 광학렌즈의 시점을 이용하면 소설이나 영화에서는 비슷하게 현재화된 장면−이미지 위주의 서사가 나타난다. 그러나 내적 초점화 소설이 감각−운동 회로와 감각−감정−행동이라는 인격의 회로에 의존하는 반면, 로브-그리예의 소설과 영화는 감각−운동 회로를 해체하는 '순수지각'의 뇌의 회로를 사용한다. 이는 세계가 '나쁜 영화'가 됨에 따라 더 이상 자동화된 감각−운동 도식과 인격의 회로[112]에 의존할 수

---

111) 인격적인 초점화자가 광학렌즈로 전이되는 과정은 감각-운동 도식의 내면화인 아비투스가 와해되는 양상으로 볼 수 있다.

112) 인격의 회로란 내면화된 감각-운동 도식으로서 아비투스를 지닌 인물이 환경과 반응하는 전개를 말한다. 인물은 환경과의 반응에서 아비투스를 넘어설 수도 있지만 자동화된 감각-운동 도식에 지배될 경우 환경의 논리에 예속되기 쉽다.

없게 되었기 때문이다.

노브-그리예의 영화는 한발 더 나아가 이른바 '생성적인 소설'이라는 것을 보여준다. '생성적인 소설'이란 이야기를 생성하는 과정, 즉 인물들의 다른 조합의 실험이나 다양한 가능적 행동들과 결과들의 시험을 작품 자체에서 보여주는 영화를 말한다.[113] 이런 영화에서는 동일한 장면의 변이들이 스토리 속에 동시에 존재하는 모순을 드러낸다. 예컨대 살인자는 죄를 범하기도 하고 범하지 않기도 하며, 희생자는 죽기도 하고 죽지 않기도 한다.[114]

이처럼 가능적 세계의 갈림길에서 공존 불가능한 사건들을 영화 속에 동시에 존재하게 하는 것은, 라이프니츠의 용어로 사건들을 모나드 안에 (가능적 상태로) '접어 넣는' 것을 뜻한다. 여기서 문제는 사건들이 펼쳐져야 할 세계에서 중첩되게 접혀져서 제시되고 있다는 점이다. 그것은 감각-운동 회로(감각-감정-행동)로 펼쳐져야 할 사건이 그 회로의 모순으로 인해 모나드 안에서 공존 불가능한 것의 가능적 상태(죽거나 죽지 않음)로 접혀지기 때문이다. 즉, 로브-그리예의 영화는 감정과 행동으로 펼쳐질 수 없는 세계[115]에서 사건의 이미지들이 닫힌 모나드 안에 중첩되게 접혀 있는 상태를 보여준다.[116]

라이프니츠는 하나의 갈림길에서 여러 개의 계열(갈래)이 가능할 경우(가능적 세계) 신의 선택에 의해 사건이 펼쳐지는 것으로 설명한다. 신이 사라진 근대세계에서는 인물과 환경의 상호작용에 의해 사건들이 선택되고 배열된다(리얼리즘). 그러나 감각-운동의 회로가 자동화됨에 따라 인물은 환경에 반작용하기 어려워지고 사건은 갈림길에서 일방적으로 정해져 펼쳐지게 된다. 그런 '나쁜 영화'에서 벗어나기 위해, 로브-그리

---

113) 로널드 보그(2006), 208쪽.
114) 위의 책, 208~209쪽.
115) 감각-운동의 회로로 펼쳐질 경우 '나쁜 영화'가 되기 때문이다.
116) 이는 감각-운동의 회로로 펼치는 대신 사건이 아직 나타나지 않은 현재의 첨점들을 시간-이미지의 회로를 통해 계열의 상태(갈래)로 보여주는 것이기도 하다.

예의 영화는 (자동화된) 감각-운동 도식을 해체하고 아직 사건으로 펼쳐지지 않는 현재의 첨점들을 시간-이미지의 회로를 통해 계열(갈래)의 상태로 보여준다. 이는 사건의 일방적인 전개를 해체하기 위해 현재의 첨점을 모나드 안에 가능적 세계의 (공존 불가능한) 갈래들로 접어두는 것이기도 하다. 신 대신 물신이 사건들을 전개시키는 세계에서, 로브-그리예는 물신화된 감각-운동 회로에 대항하기 위해 모나드화된[117] 시간-이미지의 회로를 통해 아직 경직되지 않는 사건의 계열-생성의 과정을 보여주는 것이다.[118]

이런 생성의 영화는 서사를 현실적 행동이 나타나는 인격의 회로에서 아직 **가능적 행동**의 상태인 **뇌의 회로의 차원**으로 되돌리는 것이기도 하다. 현재의 첨점들은 즉각적인 과거로서 현재의 과거이지만, 인과적 관계를 상실한 상태에서 현실적 행동 이전의 잠재태이며, 뇌의 회로에 연결되는 시간-이미지들인 것이다. 이 시간-이미지들은 즉각적인 과거가 행동의 축에서 벗어나 기억의 축에서 가장 수축된 원을 만드는 첨점들인 셈이다.

로브-그리예가 현재의 첨점들을 계열과 생성의 과정으로 드러낸다면, 레네는 과거의 이미지들을 내포서술자를 통해 특수하게 변주시킨다. 레네가 과거의 이미지를 변주시키는 목적은 로브-그리예가 현재의 이미지를 생성의 서사로 전이시키는 이유와 비슷하다. 영화에 접근한 내적 초점화 소설에서 우리가 인물과 상황(그 이미지들)을 직접 보는 듯한 것은 사실은 감각-운동 도식이나 신체습관 기억(혹은 아비투스)을 매개로 그것을 경험하는 것이다. 그러나 클리셰가 된 세계에서 그런 인격성의 회로를 통한 직접 경험은 큰 의미를 지니지 못한다. 로브-그리예

---

117) 여기서의 모나드는 라이프니츠의 원래의 모나드와는 달리 모더니즘 인물의 소외된 내면과도 같은 공간이라고 할 수 있다. 복수적 관점이 동시에 중첩되어 있는 피카소의 그림 역시 이런 모나드의 표현으로 볼 수 있다.

118) 여기서 한 발 더 나아가 복수적 코드화의 방식으로 경직된 감각-운동의 회로와 일방적인 사건의 전개를 해체하는 것이 바로 메타픽션이다.

가 현재의 사건을 생성의 서사로 전이시킨 것은 인격성의 회로를 해체하고 뇌의 회로로 이동함으로써 클리셰가 된 감각-운동 도식을 와해시키기 위한 것이다. 그와 유사하게 레네가 과거의 사건들을 시간-이미지의 접합으로 변주시키는 것 역시 인격의 회로에서 뇌의 회로로 이동해 경직된 감각-운동 도식을 해체하려는 의도를 지닌다.

영화적 소설(내적 초점화)에서 직접 보는 듯한 경험은 실상 '과거의 사건'을 현장에서 현재처럼 보는 것이다. 이 경우 서사는 과거의 사건인 동시에 또한 현재의 이미지이기도 하다. 과거의 사건은 숨어 있는 화자-서술자와 연관되며, 현재의 이미지는 인물 매체나 현장의 렌즈에 비쳐진 것이다. 그 두 측면 중에서 로브-그리예는 후자의 측면에서 현재의 첨점을 생성의 과정으로 포착한다. 반면에 레네는 전자의 측면에서 과거의 기억들[119]을 내포서술자의 변주기능에 의거해 뇌의 회로의 차원으로 변용시킨다.

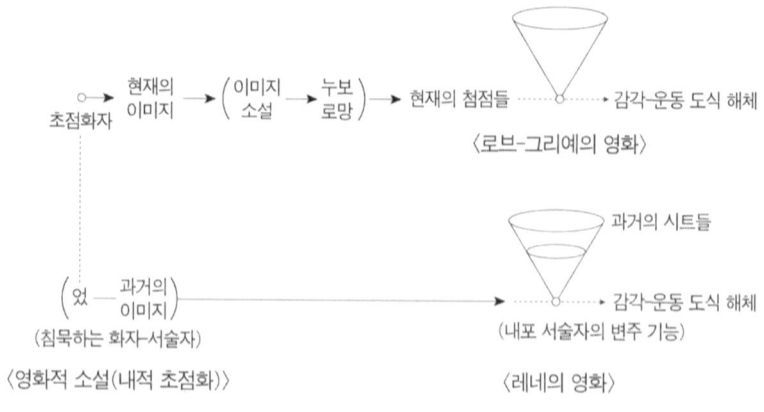

---

119) 영화적 소설의 현재의 이미지 역시 과거의 사건들이거나 회상을 통해 나타나는 현재화된 과거이다. 레네의 영화는 그 과거의 사건들을 감각-운동의 회로와 연대기적 시간에서 해체시켜 과거의 시트들의 병렬이나 공존으로 된 시간-이미지로 만든다.

영화[120])에서 직접 보는 듯한 느낌을 주는 안정된 지시대상은 실제는 습관화된 감각-운동 도식을 매개로 한 것이다. 레네는 그 도식을 해체하기 위해 정적인 지시대상으로부터 벗어난 기억 공간들의 계열을 제시한다.[121]) 이때 기억(과거)의 시트들은 어떤 상황(환경)에 놓인 인격적인 개인(인물)의 과거가 아닌 복수적이고 초개인적인 기억 공간들을 형성한다. 예컨대 〈지난 해 마리앙바드에서〉는 X와 A의 약분불가능하고 모순적인 두 가지 기억들이 동일한 내용을 매개로 교섭하는 과정을 보여준다. X는 A를 포함하는 과거의 회로를 공전하는 반면, A는 자신의 기억을 성운처럼 포함하는 지층(시트)에 위치하고 있다. 여기서 A가 X의 기억의 지층으로 유인되느냐, 혹은 X가 A의 고유한 기억의 지층에 부딪혀 해체되느냐의 긴장이 나타난다.[122])

〈히로시마 내 사랑〉에서는 한 발 더 나아가 전혀 다른 기억을 갖고 있는 두 사람의 교섭을 보여준다. 이 영화에서 히로시마와 느베르는 공통분모가 부재한 서로 이질적인 기억을 지닌 인물들이다. 두 사람의 관계에서, 히로시마는 느베르가 자신의 기억의 공간으로 들어오는 것을 부인하는 반면, 느베르는 히로시마를 어느 지점까지 유인하는 것처럼 보인다. 그러나 실상 그들은 자신의 고유한 기억을 와해시키고 서로 교섭하는 공동의 기억의 공간을 만드는 셈이다. 이처럼 전혀 다른 기억을 지닌 인물들이 교섭하는 공간이 만들어질 수 있는 것은 그들을 인격의 회로에서 뇌의 회로로 이동시키고 있기 때문이다. 뇌의 회로의 차원에서는 이질적인 기억들이 서로 혼성되고 공존하는 공간이 만들어질 수 있는 것이다. 그처럼 이질적인 기억들이 교섭하는 순간 인격적 주체가 해체되고 감각-운동 도식이 와해되면서 세계는 초개인적인 기억의 지대로 전이된다.

---

120) 일반적인 서사적 영화를 말한다.
121) 로널드 보그(2006), 215쪽.
122) 들뢰즈, 이정하 역(2002), 233쪽.

레네의 영화에서 내포서술자의 변주 기능은 모두 이처럼 인격의 회로를 뇌의 회로의 차원으로 전이시키는 작용으로 볼 수 있다. 일반적인 서사적 영화에서는 영화적 기계의 눈이 지닌 원래의 뇌의 회로 차원을 다양한 기법을 통해 인격의 회로로 환원시킨다. 이것이 침묵하며 숨어 있는 영화의 내포서술자의 중요한 기능의 하나이다. 그러나 레네 영화의 내포서술자는 그 반대의 기능을 한다. 즉 레네의 내포서술자는 클로즈업과 인물시점 등을 배제해 감정이입을 차단할 뿐만 아니라 보다 적극적인 방법으로 인격의 회로를 해체시킨다. 위에서 살펴 본 〈지난 해 마리앙바드에서〉와 〈히로시마 내 사랑〉에서처럼 이질적인 기억의 시트들을 서로 교섭시키면서 파편적인 서사 속에 공존하게 만드는 것이다. 이런 방법은 여러 인물의 기억의 교섭이든 어떤 개인의 탐색이든 모두 자동화된 감각-운동 도식과 인격의 회로를 해체하기 위한 것이다. 즉, 기억의 축에서 나타난 이미지들이 다시 감각-운동 회로(혹은 인격의 회로)로 환원되는 것을 막는 한편, 기억 속에서 감각-운동 회로를 구성하려는 이미지들을 파편화시켜 시간-이미지를 작동시키려는 작업이다.

그 같은 방법은 비교적 난해하지 않은 〈미국인 삼촌〉에서도 찾아 볼 수 있다. 이 영화는 주어진 환경에서 좀처럼 자발성을 지니지 못하고 살아가는 세 인물(장, 르네, 자닌)의 이야기이다. 그들의 평범한 삽화들을 보여주면서 내포서술자는 특별한 방법으로 인격의 회로를 뇌의 회로로 환원시키려 시도한다. 즉, 라보리 교수의 뇌에 대한 설명과 흑백영화 화면, 흰쥐, 곰 등의 화면을 수시로 삽입시켜, 세 사람의 삽화를 파편화시키고 있다. 또한 흰쥐와 등장인물, '흰쥐 얼굴의 인물'을 병치시켜 인물들의 행동을 뇌의 차원에서 보게 하고 있다.

이 영화에서 흰쥐와 등장인물을 병치시키는 것은 단순히 인간을 동물의 차원에서 보려는 것이 아니다. 그보다는 뇌의 차원에서 인간과 동물의 유사성과 차이를 드러내려는 전략이 숨겨져 있다. 만일 자동화된 감각-운동 도식과 인격의 회로에서 보면, 세 사람의 삽화는 환경결정론적인 자연주의(나쁜 영화)가 될 것이다. 이 경우 인간은 동물의 차원으로 환원될 것이다. 그러나 뇌의 회로의 차원에서 조명함으로써 동물과 유사한 인간의 뇌의 영역과 함께 아직 쓰지 않은 인간 고유의 뇌의 부분이 드러나게 된다. 실험실의 흰쥐처럼 환경에 지배되는 영화의 인물들은 미처 자신의 뇌의 그 부분을 보여주지 못한다. 그러나 뇌의 회로로 이동함으로써, 경직된 인격의 회로(그리고 감각-운동도식)로는 보여줄 수 없었을 것을, 즉 아직 쓰지 않은 인간 고유의 뇌 영역을 희망처럼 보여주고 있는 것이다. 이는 흰쥐의 뇌 영역만을 쓰게 하는 '나쁜 영화'(세계)에서 벗어나려는 내포서술자의 독특한 전략이다.

다른 한편 이 영화는 인간이 허황된 희망에서도 벗어나야 함을 말하고 있다. '미국인 삼촌'이란 횡재 같은 허황된 행복을 상징하는 말에 다름이 아니다. 장은 유년기의 섬을 가리키며 미국에서 부자가 된 삼촌이 그 섬에 보물을 숨겨 놓았을 것이라고 말한다. 그처럼 이 영화의 인물들은, 한편으로 '나쁜 영화'가 된 세계를 살면서, 다른 한편 아무리 기다려도 오지 않는 '미국인 삼촌'을 꿈꾸며[123] 살아가는 것이다. 낯설게 하기를 통해 세 인물들의 삽화를 뇌의 회로로 조명하는 〈미국인 삼촌〉은 그 둘 사이에 위치하고 있는 셈이다.

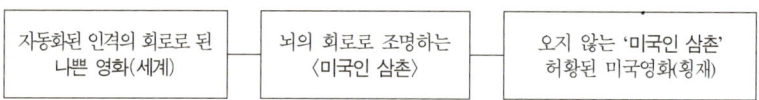

이처럼 레네의 영화는 감각-운동 도식을 뇌의 회로로 해체하는 작업이지만, 그것은 단순히 세계를 뇌엽들의 공존과 중첩으로 제시하는 일만은 아니다. 복수적인 과거의 지층(시트)들은 수직의 축(선택의 축)으로

---

123) 자넌은 행복이란 횡재 같은 것이고 뜻밖에 얻게 되는 미국인 삼촌 같은 것이라고 말한다. 이는 그녀 자신이 행복을 꿈꾸는 것이 허황된 일임을 인식하고 있는 셈이다.

시트들을 가로지르는 연결을 통해 새로운 배엽들의 창조로 나아간다. 시트와 지층들을 연결하는 그런 횡단면들은 느낌(감정)과 사유의 배합을 통해 형성된다.124)

레네의 영화는 일종의 소격효과(Verfremdungseffekt)125)를 통해 인격의 차원들을 뇌의 차원으로 해체하지만, 브레히트와는 달리 인물들에 거리를 두면서도 또한 느낌과 감정을 갖게 한다. 이 때의 느낌은 인격적인 인물의 감정이기 보다는 뇌의 회로의 과거의 시트들이라고 할 수 있다. 과거의 시트들이란 기억의 영역에서 나타나는 일종의 이미지-기억에 다름이 아니다.

앞에서 우리는 '감정-이미지'란 단순한 내포적 의미를 넘어선 것으로서 외연적인 맥락에서 벗어난 (탈맥락화한) 이미지-기억이라고 말한 바 있다. 그러나 인격의 회로에서의 감정-이미지는 탈맥락화한 신체 내부의 운동으로서 여전히 감각-운동 회로의 한 요소로 나타난다. 반면에 뇌의 회로에서의 '감정'은 수평적인 감각-운동의 축이 아닌 수직적인 기억의 축에 연관된 이미지-기억(과거의 시트)이라고 할 수 있다. 그 같은 감정으로서의 과거의 시트들은 그 단면을 횡단하는 연결(관계의 집합)을 통해 새로운 배엽을 창조하는 사유로 나아간다.

레네의 영화에서 세계는 감각-운동의 축을 해체하는 기억의 축을 통해 뇌와 시트, 배엽들의 중첩으로 나타난다. 또한 인물들은 인격(주관성)이 아닌 뇌의 차원에서 '과거의 시트들'-'감정'과 그 사이를 횡단하는 새로운 '뇌엽-사유'의 생성으로 그려진다. 이 같은 실험적 영화의 등장에 따라 세계와 인물의 관계를 드러내는 영화의 이미지와 스크린 역시 다른 성격을 갖게 된다. 이제 스크린은 인물과 세계가 상호작용하는 운동의 공간이 아니라 과거와 미래, 내부와 외부가 시간-이미지를 통해 직접 대면하는 뇌막과 같은 공간이 된 것이다.126)

---

124) 로널드 보그(2006), 218쪽.
125) 레네의 소격효과는 브레히트와는 조금 다르며 일종의 낯설게 하기의 효과를 드러낸다.

물론 운동-이미지의 영화 역시 일차적으로 뇌의 회로를 통해 작동된다. 그러나 리얼리즘과 서사적 영화가 뇌의 회로에서 인격의 회로로 나아가는 기법을 쓰는 반면, 레네의 영화는 그 반대의 방법들을 사용한다. 그처럼 인격의 회로를 해체하는 레네 영화의 기호작용은 다음과 같이 표시될 수 있다.

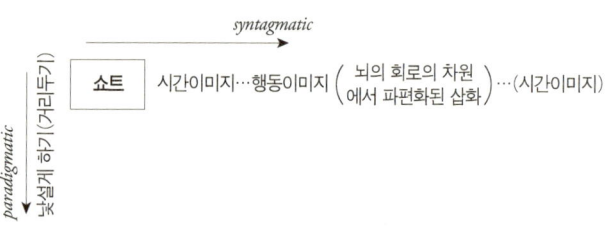

6. 몸의 영화와 연극적인 게스투스

이제까지 우리는 사유의 영화가 현재(로브-그리예)와 과거(레네)의 두 층위에서 나타남을 살펴봤다. 두 경우 모두 사유의 이미지는 뇌의 회로를 통해 생성된다. 그런데 뇌의 회로를 통한 사유의 생성은 고다르의 영화에서처럼 신체를 통해 표현되기도 한다. 사유의 영화는 현재/과거라는 두 기억의 영역뿐만 아니라 뇌와 신체라는 두 가지 표현의 메커니즘을 갖고 있는 것이다.[127]

---

126) 들뢰즈, 이정하 역(2002), 244쪽.
127) 사유가 신체를 통해 표현될 때 신체와 뇌는 거의 통합적으로 작동되므로 신체의 회로는 단지 표현수단이 아닌 사유 내용의 메커니즘이 된다.

그 둘 중 신체를 통해 사유가 표현된다는 것은 다소 의문스러울 수도 있다. 앞에서 우리는 사유가 뇌 자체의 회로를 통해 작동되며 신체 내부/외부의 운동인 감정이나 행동과 구분됨을 말했기 때문이다. 뇌가 사유 및 시간-이미지의 작동 회로라면 신체는 감정과 행동이라는 운동-이미지의 매개체인 것이다.

그러나 신체가 운동-이미지와 관련되는 것은 감각-운동의 회로에 예속되었을 때이다. 즉 신체가 감각-운동 회로의 내면화인 아비투스(신체 습관 기억)를 근거로 움직일 때, 신체는 환경과 상호작용하는 행동과 운동-이미지의 영역에 소속된다. 이것이 일상생활에서 흔히 보는 신체의 이미지일 것이다. 반면에 신체가 신체습관 기억(아비투스)에서 이탈해 순수기억의 영역128)에 놓여질 경우, 신체는 사유와 시간-이미지를 표현하는 중요한 메커니즘이 된다. 그리고 이 때 신체는 일상적 행동에서 벗어나 뇌의 회로에 통합된다.

그처럼 신체가 **탈일상화**되는 순간은 사유와 신체, 뇌와 몸이 하나로 **통합**되는 순간이기도 하다. 일반적으로 우리는 사유와 신체를 구분하는 데 익숙해져 있다. 그러나 데카르트에서부터 시작된 사유와 신체의 분리는 신체가 감각-운동 회로에 예속되어 있는 경우이다. 즉, 사유/신체의 이분법은 신체가 상징계의 질서 내부에 놓일 때 생겨난다. 예컨대 데카르트는 '이성의 빛'이라는 순수한 정신과 사유를 얻기 위해 신체의 감각적인 불순물을 제거하려고 시도했다.129) 이처럼 신체의 감각이 순수한 정신을 현혹시키는 것은 실상 신체습관 기억과 감각-운동 도식에 속박되어 있기 때문일 것이다. 데카르트는 세계를 객관적으로 인식하기 위해 그런 오염된 신체의 감각을 떼어내지만 그 대가로 정신은 육체로부터 분리된다.

당연히 우리는 그 반대의 예도 생각해 볼 수 있을 것이다. 즉, 경직된

---

128) 순수기억의 영역은 시간-이미지의 영역이기도 하다.
129) 크래리, 임동근 · 오성훈 외역(2001), 74~75쪽.

정신에 대항하는 육체를 예찬하면서 '순수한 몸'에 도취되는 경우이다. 그러나 이것 역시 정신이 클리셰가 된 일상(감각-운동 도식)에 얽매여 있을 때이며, 이 경우 순수한 몸을 얻는 대가로 육체는 정신에서 분리된다.

그처럼 정신이 몸으로부터, 그리고 몸이 정신으로부터 유리될 때, 순수한 정신과 육체는 그 상대항(육체와 정신)은 물론 자기 자신도 구출하지 못한다. 단지 경화된 감각-운동의 도식에서 이탈할 때만 뇌와 신체의 통일이 이루어지면서 사유가 삶 속에 던져질 수 있다.130) 즉 사유가 '신체의 태도'131)로 투기되거나 (고다르), 신체에 힘을 투여하는 생체심리가 뇌의 회로의 견지에서 보여진다132)(레네).

그처럼 신체와 사유가 통합될 수 있는 것은 정신과 몸이란 서로를 완벽하게 모방해 낼 수 있는 메커니즘을 지니기 때문이다.133) 실상 신체란 뇌의 생장체이며 뇌는 자신의 이상증식인 신체의 다른 쪽인 것이다.134) 그 같은 뇌의 생장체와 신체로 덮인 뇌가 합치될 때 스피노자가 인간존재의 중심이라고 말한 감정135)이 나타난다. 이 때의 감정은 물론 감각-운동 도식에 예속된 일상의 감정과는 다른 긍정적인 정념이다.

그런 사유와 신체의 불가분리성을 실감하는 순간은 요가나 수행을 통해 '기관 없는 신체'에 이르거나 혁명의 대열에 참여할 때 일 것이다. 물론 신체의 영화나 사유의 영화가 그 같은 순간들을 직접 포착하는 것은 아니다. 왜냐하면 감각-운동 도식에서 이탈하는 영화도 근본적으로 그것에 근거한 서사의 맥락에서 이탈의 순간들을 발견하기 때문이다. 즉, 일상에서 탈주하는 영화 역시 일상의 삶에 놓인 신체와 뇌를 출발

---

130) 이 때의 사유는 개념화된 일상적인 사유와 구분되는 비사유(무의식 등)의 사유이며, 그런 사유가 삶 속에 던져질 때 자발성과 내재적인 생성의 힘이 나타난다.
131) 이 신체의 태도는 흔히 연극적인 '게스투스'로 나아간다.
132) 들뢰즈, 이정하 역(2002), 377, 405쪽.
133) 안토니오 다마지오, 임지원 역(2007), 242쪽.
134) 들뢰즈, 이정하 역(2002), 403쪽.
135) 안토니오 다마지오(2007), 142쪽.

점으로 삼는다.

　그런 맥락에서 신체의 영화는 두 가지 방식을 지닌다. 하나는 일상
속의 신체에 카메라를 걸쳐 놓는 것이며, 다른 하나는 신체가 일상에서
이탈해 제의와 연극의 형식을 통과하게 하는 것이다.[136] 먼저 일상 속
의 신체는 흔히 피로와 신경증의 상태로 제시된다. **신경증**이야 말로 경
직된 인격성과 상징계(감각-운동 도식)로부터 이탈하려는 뇌의 작동이자
(그에 상응하는) 신체의 반응일 것이다.

　그 같은 신경증적인 신체가 일상으로부터 이탈하기 시작할 때 제의
적이거나 연극적인 **신체의 태도**가 나타난다. '신체의 태도'란 상징계를
해체하는 사유[137]를 삶 속으로 투기하는 표현의 메커니즘이다. 즉, 그
것은 감각-운동 도식(상징계)과 신체습관 기억(아비투스)에 예속된 감정이
나 행동이 아니라, 순수기억의 잠재태와 무의식을 작동시키는 뇌의 회
로의 신체적 표현이다. 그 같은 잠재태와 무의식의 표현으로서의 '신체
의 태도'는 연극적인 **게스투스**[138]에 접근한다.[139]

　앞에서 우리는 영화나 연극을 구분하면서 영화 속에 연극이 삽입되
면 현실태-잠재태의 결정체 이미지가 형성됨을 말한 바 있다. 이 경우
의 결정체 이미지는 영화가 제시하는 '일상 속에서' 순수기억의 잠재태
와 무의식을 표현하는 방식으로 볼 수 있다. 반면에 '신체의 영화'는 신
경증적인 인물이 '일상에서 이탈하며' 보여주는 '신체의 태도'를 통해
(탈일상 속에서) 잠재태와 무의식을 표현한다. 이 잠재태의 표현으로서의
신체의 태도는 일상을 관례적으로 보여주는 영화에서 벗어나 연극의

---

136) 들뢰즈, 이정하 역(2002), 378~379쪽.
137) 이는 상징계 내부에서의 개념적인 사유와 구분되는 비사유(일종의 무의식)의 사유
　　라고 할 수 있다.
138) 게스투스는 브레히트의 용어로 인물들의 총체적인 사회적 관계나 본질적 태도를 드러
　　내는 표현을 말한다. 들뢰즈는 브레히트의 용어를 철학적·미학적 의미로 확장시킨다.
139) 잠재태와 무의식을 표현하는 몸의 영화나 소설은 신체의 태도나 연극적인 게스투스
　　에 접근하기도 하지만 또한 환상의 이미지를 보여주기도 한다. 예컨대 한강의 「내여
　　자의 열매」나 김기덕의 「빈집」이 그런 경우이다.

형식에 접근한다. 그처럼 '몸의 영화'는 일상을 그리는 영화서사에서 이탈하는 방식으로 또 다른 '영화 속의 연극'을 연출한다.

```
영화 ── 연극
일상속의 ── 잠재태
현실태
```
〈결정체 이미지의 영화〉

```
영화 ──▶ 연극
일상 ──▶ 탈일상 속의
        신체의 태도
```
〈신체의 영화〉

결정체 영화에서의 '영화 속의 연극'은 일상 속에서 거울을 보듯이 현실태를 잠재태로 반사한다. 반면에 신체의 영화에서의 영화-연극은 일상에서 탈주하는 방식으로 몸을 통해 잠재태(무의식)를 표현한다.[140] 이 경우 영화가 연극에 접근할수록 일상은 탈일상의 공간으로 전이된다. 또한 잠재태를 표현하는 신체의 태도는 점차 연극적인 게스투스로 이행해 간다.

게스투스는 원래 브레히트의 용어이지만 들뢰즈는 그 의미를 확장시켜 신체의 영화에 적용시킨다.[141] 이른바 '신체의 태도'란 신체가 감각-운동 도식(상징계)의 문법에서 벗어나 선택적·계열적 관계인 시간-이미지의 영향 아래 놓이는 것이다.[142] 게스투스는 여기서 한발 더 나아가

---

140) 여기서의 '연극'은 실제의 연극이기 보다는 연극적 요소를 드러내는 '영화적 연극' 으로 드러나는 경우가 많다.

141) 들뢰즈, 이정하 역(2002), 382~387쪽. 게스투스는 줄거리나 주제로 환원될 수 없는 인간 신체의 본질적인 태도로서, 브레히트는 이 용어를 사회적·정치적 의미로 사용했다. 들뢰즈는 그런 브레히트의 개념을 확장시켜 생명체의 표현이나 철학적·미학적 의미까지 지닌 것으로 사용하고 있다.

142) 이때 기억의 영역에서도 시간-이미지는 상징계(감각-운동 도식)의 공시적 공간에서 벗어나 미래로 투사된다. 이는 '신체의 태도'란 정태적인 상징계의 일상의 공간을 탈

시간-이미지를 통해 개인의 신체를 넘어선 인간 존재의 본질을 표현하는 형식이다. 예컨대 〈올드보이〉에서 오대수가 혀를 자르는 장면은 개인의 신체적 응징인 동시에 '인간의 혀'에 대한 제의적 표현이다. 이 장면에서는 근친상간이라는 인간한계의 비밀을 발설한 혀를 응징하는 신화적인 시간-이미지가 어른거린다. 여기서 오대수의 혀는 시간-이미지를 통해 비극적인 '인간의 혀'가 되는데, 그처럼 개인의 '신체적 태도'를 넘어서서 인간존재의 본질을 표현하는 것이 바로 '게스투스'이다.[143]

신체의 영화 중에서 그런 게스투스로의 이행은 고다르의 영화에서 발견된다. 예컨대 〈미치광이 피에로〉에서는 일상에서 탈주하는 두 연인의 신체의 태도가 끊임없이 게스투스로 이행되는 장면을 보여준다.[144] 이 영화의 가장 중요한 장면 중의 하나는 주인공의 정체성에 대한 사유가 신체의 태도를 통해 투사되는 쇼트들이다. 가령 주인공 페르디낭의 연인 마리안은 도주하는 동안 줄곧 그에게 '피에로'라고 불러댄다. 그때마다 페르디낭은 정색을 하며 '내 이름은 페르디낭이야' 라고 외친다. 두 인물의 대화와 신체를 통해 끊임없이 반복되는 이 장면은, 탈주를 감행함으로써 정체성이 모호해진 주인공의 삶의 위치를 묻는 논쟁을 포함한다. 피에로와 페르디낭 사이에서 논쟁하는 그런 정체성의 동요는, 탈일상의 공간에서 '나는 누구인가'를 질문하는 연극적인 게스투스이다.

마리안이 페르디낭에게 피에로라고 부른 것은 일상에서 이탈한 그들의 모습이 연극처럼 느껴졌기 때문일 것이다. 실제로 이 영화는 두 사

출해 역사의 공간인 실재계에 접촉하는 경험임을 암시한다.

143) 〈올드보이〉에서 반복적으로 제시되는 또 다른 장면에서도 게스투스가 나타난다. 예컨대 투신자살하는 사람을 붙잡고 있는 장면에서 손을 통한 두 신체의 연결 역시 삶과 죽음이라는 두 힘의 관계를 보여주는 또 다른 게스투스이다. 이처럼 〈올드보이〉에는 신체를 통한 게스투스가 나타나지만 이 영화는 신체의 영화이기 보다는 포스트모더니즘 영화이다.

144) 들뢰즈, 이정하 역(2002), 386쪽.

람이 일상에서 탈일상의 공간으로 이동함에 따라 영화에서 영화적 연극으로 전이된다. 그러나 페르디낭은 자신이 연극 속의 피에로가 아닌 삶 속의 페르디낭이 되고 싶어 한다. 바로 그 때문에 그는 영화적 연극 속의 배우에서 이탈한 '미치광이 피에로'가 되어버린 것이다.

페르디낭은 탈출지인 섬에서 안정을 찾기 위해 조이스처럼 '누구의 삶'이 아닌 '삶 자체'에 대한 소설을 쓰려고 한다. 그는 그 자신이 미치광이도 피에로도 아닌 삶 자체를 살아가는 인물이 되고 싶었던 것이다. 그러나 페르디낭의 그런 소망은 마리안의 질문에 의해 또다시 좌절된다.

섬에서 지루함을 느낀 마리안은 이렇게 내뱉는다. '당신은 단어로 말하고 나는 느낌으로 당신을 본다.' 그녀의 말은 페르디낭이 그의 소설처럼 단어의 벽에 갇혀 있음을 암시한다. '난 뭘 하지. 뭘 할지 모르겠어.' 마리안은 이 말을 연극대사처럼 반복해서 읊조리고, 그녀의 권태로 인해 두 사람은 섬을 떠난다.

이처럼 이 영화가 연극적인 신체의 태도와 게스투스에 접근하는 것은 탈일상의 공간에서 무의식(잠재태)을 표현하는 인물들을 그리기 때문이다. 그런데 이 영화는 단순히 그런 인물들을 제시하는 데서 한발 더 나아가 다양한 실험적인 기법들을 구사한다. 즉, 인물들은 마치 브레히트의 연극에서처럼 이야기와 연관이 없는 대사를 말하거나 관객을 향해 독백을 하기도 한다. 또한 도주의 여정을 서술하는 보이스 오버가 페르디낭과 마리안 두 사람의 목소리로 번갈아 들려온다. 그 밖에 벨라스케스, 피카소, 엘리 포르(미술 평론가)의 말이나 그림이 인용되고 삽입되면서, 영화 속에서 연극, 회화, 시가 뒤섞이는 상호텍스트성이 연출된다.

그로 인해 이 영화에서는 삽화들이 불연속적으로 나열될 뿐 아니라 쇼트들의 연결 역시 파편적이다. 영화가 진행되는 중간마다 페르디낭의 일기가 병치적으로 삽입되는 방식 역시 그런 효과를 가져온다. 이 다양한 실험적 기법들은 감정이입을 차단하면서 삽화들의 연결을 병렬적인 구성으로 전이시킨다. 즉 이 영화에서 두 연인의 탈출의 모험은, 연극 ·

회화·시의 병치적 제시, 두 인물의 병렬적 서술, 그리고 주인공의 일기의 병치적 제시로 진행된다.

삽화들의 파편화와 감정이입의 차단, 그리고 병렬적 구성방식은, 실상 모더니즘 형식을 지닌 다른 사유의 영화와 비슷한 특징들이다. 이 영화의 독특한 특징은 그런 실험적 형식들이 모두 신체의 태도 및 게스투스와 연관된다는 점이다. 즉, 탈주를 표현하는 두 인물의 질주하는 모습, 거침없고 자발적인 신체적 표현, 그리고 아무런 죄의식 없는 폭력과 살인[145] 등, 이 모든 것들은 일상의 문법과 아비투스에서 이탈한 '신체의 태도'이다. 그런 탈주를 표현하는 신체의 태도는, 인과적 행동(사건)의 연쇄가 아닌 무의식(잠재태)의 연출인 시간-이미지들의 병렬로 제시되고 있다.

그리고 그 같은 신체의 태도들은 페르디낭의 마지막 자살 장면 게스투스 속으로 빨려들어간다. 배신한 마리안을 살해한 후 페르디낭은 이제 너무 멀리 떠나와 다시 돌아갈 수 없는 집(일상의 공간)으로 전화를 건다. 마리안(옛 가정부[146])을 대신해 온 가정부가 전화를 받자 페르디낭은 그녀의 물음에 '난 아무도 아니야'라고 대답한다. 그는 피에로도 미치광이도 아닌 자기 자신이 되고 싶었지만, 이제 그 자유로운 '나'를 찾는 모험이 종말에 이르렀음을 깨달은 것이다. 페르디낭은 파란 페인트로 자신의 얼굴을 피에로로 만든 후 노랑과 빨강 폭약을 두 줄로 얼굴에 감고 자살한다. 그는 피에로와 폭력적인 현실 사이에서 미친 듯이 탈주를 연기했으나 결국 '아무도 아닌' 인물로 종말을 맞게 된 것이다.

이 같은 탈주의 실패는 모든 사유의 영화와 모더니즘 소설의 공통점일 것이다. 현실에서 혁명이 일어나거나 상징계를 다른 코드로 해체[147]

---

145) 이 영화에서 탈주의 행위가 폭력과 살인으로 나타나는 것은 그 만큼 탈주의 시도가 쉽지 않음을 암시한다. 또한 폭력으로 둘러싸인 부르주아적 세계에서는 그처럼 폭력적인 방식으로 탈주할 수밖에 없음을 시사한다.

146) 마리안은 페르디낭의 옛 애인이었으나 페르디낭이 이탈리아의 부유한 여자와 결혼한 후 그의 파리의 집에 우연히 가정부로 오게 된다.

하지 않는 한, 모더니즘의 인물은 탈주할 또 다른 공간을 찾기 어렵기 때문이다. 몸을 통한 연극적인 탈주나 뇌를 통한 사유의 탈주는, 비장소[148]에서 삶을 생성시키고 비사유[149]에서 사유를 창조하려는 노력 자체에 의미가 주어질 것이다.

신체의 영화와 뇌의 영화에서 그 같은 삶과 사유를 생성시키려는 노력은 모두 상징계(일상내부)와 실재계(외부) 사이에서의 모험으로 나타난다. 상징계란 감각-운동 도식에 지배되는 공간이며 실재계는 그 외부의 미지의 세계이다. 신체의 영화에서 사유(뇌의 회로)가 삶 속으로 던져지는 탈일상의 공간은 실상 그런 상징계와 실재계 사이의 영역이다.

그 같은 '사이에 낀' 공간에서 신체는 비사유의 사유라는 무의식의 욕망에 따라 움직인다. 이때 그 탈일상 속에서 신체가 욕망을 해소시킬 수 있는 곳은 아마도 자연일 것이다. 왜냐하면 무의식에 따라 움직이는 몸이란 그 자체가 피부라는 경계로 외부와 구분되는 한 덩어리의 자연[150]이기 때문이다. 그러나 세계는 제2의 자연으로 둘러싸여 있으며,[151] 단순한 자연 속의 삶은 〈미치광이 피에로〉에서처럼 진정한 활력을 제공하지 못한다. 따라서 신체의 영화에서 바깥을 향한 모험은, 상징계와 실재계 사이의 공간에서 욕망과 좌절이 뒤섞인 몸의 게스투스로 표현된다.

---

147) 이런 해체가 바로 포스트모더니즘의 작업이다. 이에 대해서는 뒤에서 다시 논의할 것임.
148) 여기서 비장소는 탈일상의 공간 혹은 상징계와 실재계 사이의 공간이라고 할 수 있다.
149) 비사유는 상징계 내부에서의 개념적인 사유로 사유할 수 없는 것(일종의 무의식)을 말한다.
150) 안토니오 다마지오(2007), 243쪽.
151) 특히 근대 이후의 세계는 제2의 자연(사회)에서 벗어날 수 없다고 할 수 있다.

7. 뇌의 영화와 정신적인 자동기계

뇌의 영화에서 새로운 사유를 창조하려는 모험 역시 사회적 상징계와 그 바깥(실재계) 사이의 공간에서 나타난다. 뇌의 영화의 경우 그런 '사이의 공간'은 사회적 세계와 인격적 주체를 뇌의 차원으로 전이시킬 때 얻어진다. 즉, 신체의 영화에서는 모험의 공간이 신체가 대면하는 외부의 탈일상의 세계였다. 반면에 뇌의 영화에서는 사회적 관계(상징계)를 뇌의 형성물로, 인격적 주체를 뇌의 주체로 해체할 때, 세계와 뇌의 모험적 대면이 나타난다.

세계를 뇌의 구조물로 이해하고 인격적 주체를 뇌의 회로로 전이시키는 것은 상징계(세계, 인격)에서 실재계의 차원으로 이동하는 것이다. 상징계 차원의 삶이란 감각-운동 도식에 지배되는 세계와 아비투스를 지닌 인격적 주체가 대면하는 영역이다. 그에 반해 상징계-실재계 사이의 영역에서는, 세계란 뇌의 배엽과 시트들의 중첩이며, 인격적 주체는 뇌의 회로에 다름이 아니다. '뇌의 구조물인 세계'와 '뇌의 주체'의 대면은 상징계 바깥(실재계)을 향한 모험을 가능하게 하게 한다. 즉, 클리셰가 된 일상(상징계)을 해체하고 세계(뇌의 구조물)와 뇌의 대면 속에서 새로운 뇌엽인 사유를 생성시킬 수 있는 것이다.[152] 뇌의 형성물 / 세계와 뇌의 주체의 관계에서 그처럼 새로운 사유를 창조하려는 노력은 뇌의 게스투스로 나타난다.

요컨대 신체의 영화가 뇌의 작동(사유)을 삶 속으로 투기하려는 노력[153]이라면, 뇌의 영화는 세계의 삶(신체의 행동)을 뇌의 차원으로 해체

---

152) 아비투스에 예속된 주체와 감각-운동 도식에 지배되는 세계의 대면, 즉 상징계 차원의 주객 상호작용을 통해서는 그런 새로운 뇌엽-사유를 생성시키기 어렵다.
153) 이 노력은 자유로운 신체를 회복하려는 시도이기도 하다.

하는 시도이다.154) 전자에서 모험의 공간은 탈일상이라는 삶의 공간이며, 새로운 삶의 욕망과 좌절 속에서 **몸의 게스투스**가 연출된다. 반면에 후자에서는 삶의 환영을 해체한 뇌의 영역에서 모험이 이루어지면서, 비사유의 사유 속에서 **뇌의 게스투스**가 표현된다. 물론 양자에서 몸의 게스투스나 뇌의 게스투스는 모두 상징계와 실재계 사이의 공간에서 나타난다.

신체의 영화와 뇌의 영화는 똑같이 클리셰가 된 상징계, 그 감각-운동 회로를 잠재태-무의식의 영역으로 전이시키는 형식이다. 그러나 전자는 자유로운 신체(자연의 신체155))를 회복하기 위해 탈일상을 향하는 반면, 후자는 새로운 뇌엽의 창조를 위해 세계와 신체의 주체(인격)의 환영을 해체하는 것이다. 그처럼 유기적 세계와 인격적 주체(환영)를 해체하는 뇌의 영화의 방식은 두 가지이다. 하나는 기억의 영역을 탐색하는 레네의 영화이며, 다른 하나는 두뇌화된 세계와 대면하는 큐브릭의 영화이다.

레네의 영화에서 기억은 더 이상 추억의 영역이 아니다. 추억이란 인격적인 주체가 자신의 기억을 감각-운동의 회로에 근거해 서사화시키는 것이다. 그와 달리 레네의 기억은 감각-운동 회로와 행동의 영역에서 벗어난 잠재태와 무의식의 영역이다. 따라서 그의 영화에서 기억의 영역을 탐색한다는 것은, 세계를 감각-운동의 축에서 잠재태의 축으로 전환시키는 것이며, 인격적 주체를 뇌의 주체로 해체하는 것이다. 앞서 살폈듯이 기억의 영역에서 세계는 사회적 환경이기 보다는 과거의 시트들과 그에 상응하는 **뇌엽들의 중첩**으로 나타난다. 또한 인간 주체는 인격적 존재가 아니라 과거의 시트들을 횡단하며 새로운 뇌엽(사유)을

---

154) 그 두 가지 차원이 함께 나타나는 경우도 있는데, 안토니오니의 영화가 바로 그런 경우이다. 그의 영화는 세계에서 현대적 두뇌와 낡은 신경증적 신체의 공존을 보여준다. 들뢰즈, 이정하 역(2002), 401~402쪽.

155) 안토니오 다마지오(2007), 243쪽.

창조하는 뇌의 회로로 위치한다.

그 같은 위치의 전이에 따라 인간과 세계의 대면 역시 인물과 환경의 관계에서 벗어난다. 즉, 그것은 이제 과거의 시트들–뇌엽들의 중첩 상태(세계)와 현실의 지층에서 그것을 횡단하는 뇌의 회로(인간)의 상호관계로 전이된다. 그런 새로운 대면이 나타나는 기억의 영역은 과거의 시트들과 현실의 지층을 소통하게 하는 다양한 양태의 막과도 같은 것이다.156) 그 같은 소통의 시도 속에서 과거와 현재, 상징계(감각–운동 도식)와 실재계, 그 내부와 외부157)의 경계가 해체된다.

이미 언급했듯이 기억의 영역이란 구체적으로 잠재태와 무의식의 영역이다. 무의식의 영역에서는 꿈에서처럼 이미지–기억의 계열들이 감각–운동 도식(상징계)의 억압에서 벗어나 직접 나타난다.158) 이미지–기억이란 과거의 시트들–뇌엽들에 다름이 아니며, 그 곳을 횡단하는 뇌의 주체는 안과 밖의 뒤섞임을 경험한다.

무의식의 영역에서 경계의 해체를 경험하는 이 뇌의 주체를 우리는 흔히 타자성의 주체라고 부른다. 그처럼 무의식이 타자성이기도 한 것은, 무의식 자체가 '나'의 인격적 동일성을 무너뜨리고 (경계 내부로) 타자와 세계가 침투할 때 생겨나는 것이기 때문이다. 즉, 행동적·의식적 주체가 인격적 동일성의 존재라면 뇌의 회로의 무의식적 주체는 동일성의 경계가 무너진 타자성의 주체인 것이다. 따라서 인격의 회로에서 뇌의 회로로 이동한다는 것은 동일성의 주체에서 무의식적 타자성의 주체로 전이되는 것이다.159) 그것은 내부의 주체에서 안팎이 소통하는 주체로의 전환이기도 하다.

예컨대 레네의 〈지난 해 마리앙바드에서〉에는 동일한 장소에 대한

---

156) 들뢰즈, 이정하 역(2002), 406쪽.
157) 과거와 현재가 '기억의 내부와 외부'라면 상징계와 실재계는 세계의 내부와 외부일 것이다.
158) 이는 운동–이미지가 해체되면서 시간–이미지가 나타나는 양상이기도 하다.
159) 이는 물론 감각–운동의 회로(상징계)에서 기억의 영역으로 이동하는 것이기도 하다.

두 인물의 이질적인 기억들이 서로 교섭하는 과정이 나타난다. 또한 〈히로시마 내 사랑〉에서는 상이한 과거를 가진 두 인물들 사이에서 각자의 개별적인 기억이 와해되며 서로 교섭하는 공동의 공간이 만들어진다. 두 영화에서 기억은 '나'의 고유한 내부가 아닌 안팎이 무너진 세계이자 타자와의 관계를 발견하는 곳이다. 이 같은 인물들의 기억의 교섭과 긴장은 자아 내부의 동일성을 전제로 하는 인격의 회로에서는 발생할 수 없는 양상이다. 그와 달리 레네 영화의 인물들은 인격의 동일성에서 분리되면서 뇌의 회로에서 타자성의 주체로 전이되고 있다.[160]

이 같이 인격의 동일성이 해체되면서 안팎이 뒤섞인 **타자성의 주체**가 나타나는 양상은 바흐친의 대화적 소설에서도 발견된다. 레네의 영화에서 기억의 동일성이 와해된다면 **대화적 소설**에서는 사유의 동일성이 해체된다. 전자에서는 자아와 타자, 안과 밖의 뒤섞임이 기억이라는 이미지들을 통해 나타나는[161] 반면 후자에서는 사유라는 언어들을 통해 나타난다. 그 점이 이미지 서사와 울림의 서사의 차이일 것이다. 그러나 뇌의 영화와 대화적 소설에서는 동일성의 주체에서 타자성의 주체로, 인격의 회로에서 뇌의 회로로 전이되는 유사한 양상이 나타나는 셈이다.[162] 흥미롭게도 **울림의 서사**의 극단에서 보이는 현상이 이미지 서사의 극단에서의 양상과 일치되고 있다. 두 양상의 공통점은 인격의 회로가 해체된 **뇌의 회로**이다.[163]

레네의 영화가 기억의 영역에서 뇌의 회로를 탐색한다면 큐브릭의 영화는 현실세계와 대면하고 있는 뇌의 주체를 발견한다. 그것은 큐브릭의 경우 세계 자체가 이미 두뇌로 되어 있기 때문이다.[164] 예컨대 〈닥터 스트레인지러브〉의 거대한 원형 탁자, 〈2001 스페이스 오디세이〉의 초대형

---

160) 뇌의 주체는 타자성의 주체일 뿐만 아니라 감정과 정념의 주체이기도 하다.
161) 이 기억의 이미지들을 통해 나타나는 안팎의 뒤섞임 역시 일종의 사유이다.
162) 들뢰즈, 이정하 역(2002), 410쪽.
163) 이 책 제4장 2절의 도표 참조.
164) 들뢰즈, 이정하 역(2002), 403쪽.

컴퓨터, 〈샤이닝〉의 오벌룩 호텔 등은 모두 '두뇌화된 세계'를 상징하는 이미지들이다.

큐브릭의 영화는 그처럼 두뇌화된 세계를 탐색하는 뇌의 주체의 통과제의적 여행을 그리고 있다. 가령 〈2001 스페이스 오디세이〉의 우주의 항해는 두뇌-세계의 이미지인 컴퓨터라는 자동기계와 뇌-인간이라는 또 다른 자동기계의 대면을 제시한다. 이처럼 세계와 인간이 자동기계로 이미지화되는 것은 레네의 영화에서 양자가 뇌의 차원으로 해체되는 것과 비슷한 의미를 지닌다.

뇌의 차원의 인간이란 일종의 자동기계(무의식의 기제)[165]이며 자신이 만든 자동기계인 컴퓨터와 비슷한 문제점을 갖고 있다. 우주의 항해는 인간과 컴퓨터, 즉 뇌의 주체와 두뇌화된 세계가 상호작용하며 서로의 모순을 드러내는 과정이다. 여행의 과정에서 두뇌와 세계의 자동기계는 내부에서 먼저 문제가 발생한 후 외부의 침투에 의해 기능이 정지된다. 여기서 우주선의 내부와 외부란 상징계와 실재계(미지의 세계)이며 죽음의 우주여행은 양자의 '사이의 공간'에서 진행되는 셈이다.

이 영화는 자동기계(두뇌와 세계)의 죽음을 보여준 후 태아와 지구의 원의 이미지를 통해 재생을 암시한다. 이 전체의 과정, 즉 두뇌와 세계라는 자동기계의 통과제의적 여행은 내부와 외부, 상징계와 실재계 사이의 공간에서 이루어진다. 인격의 회로에서의 인간과 세계의 관계가 상징계 내부에서의 작용이라면, 뇌의 주체와 두뇌화된 세계의 대면은 그처럼 상징계/실재계 사이의 공간에서 진행된다. 따라서 큐브릭의 영화에서도 인격의 회로에서 뇌의 회로로의 전이는 내부의 공간에서 내부/외부의 경계가 해체된 공간으로서의 이동을 뜻한다.

레네의 영화에서 경계의 해체는 세계를 뇌엽들의 중첩으로, 인간을

---

165) 스피노자가 '정신적 자동기계'라고 부른 것을 말한다. 정신적 자동기계는 데카르트의 의식적 사유와 구분되는 자율적 운동의 사유를 생산한다. 그 점에서 정신적 자동기계는 의식적 주체의 사유와는 다른 일종의 무의식의 기제라고 할 수 있다.

무의식적 타자성의 주체로 전이시킨다. 그것은 두뇌-세계와 뇌의 주체의 대면인 점에서 자동기계화된 세계와 정신적 자동기계의 대면인 큐브릭의 영화와 다르지 않다. 양자에서 뇌의 회로의 공간은 상징계 내부의 인격의 회로에서 벗어나 외부(실재계)와 접촉하는 경험을 제공한다. 그 같은 내부/외부의 경계 해체와 외부의 경험은 타성화된 내부, 상징계, 감각-운동 도식에서 탈주하는 계기를 마련한다.

큐브릭의 영화에서 세계와 인간을 **자동기계**로 경험하게 하는 것은 그처럼 양자에 대한 인식론적 환영에서 벗어나 외부(실재계)와 접촉하게 하는 의미를 지닌다. 그런데 컴퓨터 같은 두뇌의 미장센이 나타나는 경우가 아니라도 우리는 영화에서 자동기계적 경험을 할 수 있다. 일상적인 세계의 운동을 재현하는 때에도 영화는 우리 내부의 정신적 자동기계를 자극하기 때문이다.

우리 내부의 정신적 자동기계를 작동시키는 점은 다른 예술과 상이한 영화의 최대의 특징일 것이다. 영화가 다른 예술과 구분되는 점은 물질적 이미지를 통해 직접 신경조직과 뇌에 충격을 주는 방식이라는 점이다. 영화 이전의 모든 예술들은 감상자의 집중된 의식을 통해 이미지와 운동이 전달되는 형식이었다. 반면에 영화는 의식의 중심이 형성되기 전에 이미지와 운동이 뇌조직을 건들이는 방식을 취한다. 벤야민은 이런 차이를 정신집중적 예술과 정신분산적 예술로 설명한 바 있다.[166]

정신분산적 예술이란 의식의 중심 대신 분산된 의식의 운동에 의존하는 예술을 말한다. 즉, 의식이 미결정적인 상태에서 물질적 운동과 이미지들이 뇌조직에 쇼크를 가해 탈중심화된 (미결정적) 의식들이 운동하게 만드는 방식이다. 이 때 의식의 미결정성 속에서 탈중심화된 분산적 의식들이 형성하는 운동기제가 바로 **정신적 자동기계**이다. 정신적 자동기계[167]란 일종의 무의식에 다름이 아니며, 영화에서는 그런 자동기계

---

166) 벤야민, 반성완 역(1983), 227~229쪽.
167) 정신적 자동기계는 원래 스피노자의 개념이다. 스피노자는 의식적 주체를 말하는

적 운동을 통해 의식의 중심이 사후적으로 나타난다.

영화에서 감상자의 내부에 정신적 자동기계가 작동하는 것은 영화 자체가 **자동기계**에 의존하는 예술이기 때문이다. 다른 예술들에서는 신체나 손, 눈, 언어, 의식들을 통해 수공업적으로 작품이 창작된다. 이 경우 예술작품과 감상자 간에는 인격의 회로라는 소통의 통로가 만들어진다. 반면에 자동기계를 사용하는 영화는 이미지들과 시간들의 자동적 운동을 생산하며 그것을 통해 인격의 회로 이전의 뇌조직에 충격을 전달한다. 이 때 뇌 조직의 떨림과 진동이 의식의 생성을 향해 진행되는 전과정이 정신적 자동기계이다. 이 우리 내부의 정신적 자동기계는 영화가 스크린에 만드는 이미지와 시간의 자동운동과 거의 비슷한 메커니즘으로 작동된다. 따라서 영화는 **스크린**과 **뇌막**에서 운동하는 두 가지 정신적 자동기계의 예술이다.168)

물론 일반적인 영화에서는 그런 정신적 자동기계의 운동이 크게 의식되지는 않는다. 그것은 일반적인 서사적 영화는 뇌의 회로의 이미지들을 인격의 회로로 전이시키는 기법을 사용하기 때문이다. 그런 기법은 우리가 분산적인 물질적 이미지들보다는 사후적으로 형성되는 인격적 이미지들에 보다 더 의식을 집중시키게 만든다. 그러나 일반 영화에서도 우리는 자신도 모르게 내부의 정신적 자동기계(무의식)를 작동시키는 셈이며, 그것이 영화가 다른 예술보다 물질적 선동성을 갖는 이유일 것이다.

정신적 자동기계는 들뢰즈가 사유의 영화라고 부른 실험적 영화들에

데카르트에 반대해서 '사유의 자율적 운동'에 의해 주체가 나타나는 것으로 말한다. 사유의 자율적 운동은 의식적 주체에 예속되지 않고 자발적으로 운동하는 사유를 말하며 그 메커니즘이 바로 정신적 자동기계이다. 이 정신적 자동기계는 개념적인(의식적) 사유와 구분되는 비사유의 사유를 생산하는 일종의 무의식적 기제라고 할 수 있다. 들뢰즈, 이정하 역(2002), 314쪽 참조.

168) '뇌는 스크린이다'라는 들뢰즈의 말은 여기서 비롯된 것이다. 그레고리 플랙스먼 편, 박성수 역(2003), 532쪽, 들뢰즈, 「뇌는 스크린이다」.

서 훨씬 잘 감지된다. 그 중에서도 정신적 자동기계가 스크린에서 직접적으로 지각되는 경우가 있는데, 그것은 영화가 인격의 회로로 환원되기 어려운 분열적·미결정적 의식들을 보여주는 때이다. 즉, 로보트, 컴퓨터 두뇌, 좀비, 정신분열자, 외계인 등의 의식이 재현될 경우이다.[169] 인격적인 의식의 동일성으로 환원될 수 없는 점에서 그런 의식의 매체들은 그 자체가 미결정적인 의식의 운동을 생산하는 정신적 자동장치들인 것이다.

　그에 비해 일반영화는 정신적 자동기계가 감상자 자신도 모르게 내부에서 작동되는 경우일 것이다. 일반영화이든 실험영화이든, 그리고 몸의 영화이든 뇌의 영화이든, 영화는 우리 내부의 정신적 자동기계를 깨어나게 만듦으로써 과거의 모든 예술과는 다른 새로운 영역을 보여주고 있다. 즉, 영화는 세계의 모순과 비일관성에 저항하는 예술적 전쟁을 인격의 영역에서 뇌의 영역으로 이동시키고 있다. 영화의 이 뇌의 영역에서의 전투[170]는 세계와 인간을 변화시키는 보다 급진적인 방식[171]인 동시에, 우리의 뇌와 무의식을 지배하는 '스펙터클적인 권력'[172]에 대한 가장 창조적인 대항 전략이라고 할 수 있다.

---

169) 로널드 보그(2006), 263쪽.
170) 그레고리 플랙스먼 편(2003), 381쪽, 그레그 램버트, 「영화와 외부」.
171) 그 이유는 앞서 살폈듯이 외부(실재계)와 접촉하는 직접적인 경험을 제공하기 때문이다.
172) 이에 대해서는 제8장에서 논의할 것임.

8. 〈꽃잎〉과 〈빈집〉〈시간〉에 나타난 시간-이미지

　장선우의 〈꽃잎〉은 모더니즘 영화이지만 앞서 살펴본 서구의 '사유의 영화'와는 다른 사회상황에 연관되어 있다. 〈꽃잎〉의 모더니즘적 시간-이미지들은 억압적 정치권력이 은폐하고 있는 상처의 기억을 상기시키기 위한 것이다. 즉, 사유의 영화가 진부한 일상에서 탈주하는 전략이라면, 〈꽃잎〉은 침묵의 일상 속에 숨겨진 역사적 상처를 드러내는 형식인 것이다. 일상을 파편화하는 점은 같지만, 사유의 영화의 경우 상징계(감각-운동 도식)에서 이탈하면서 시간-이미지가 나타나는 반면, 〈꽃잎〉은 상징계의 일상 속에 은폐된 역사적 상처로서 시간-이미지를 보여준다.

　상처를 은폐하는 침묵의 일상은 공포의 목소리를 그 이면에 숨기고 있다. 〈꽃잎〉에서 흑백 TV화면이 보여주는 전두환 대통령과 조용필의 노래는 그 같은 복합적인 일상의 모습을 상징한다. 이 영화는 그런 조용한 일상 속에 숨겨진 균열과 상처를 드러내기 위해 중층적인 서술의 구조를 도입하고 있다. 즉, 〈꽃잎〉은 내포서술의 차원에서 세 가지 층위로 구성되어 있다. 첫째는 소녀를 찾는 '우리들'의 여로이며, 둘째는 장씨와 소녀의 만남이고, 마지막으로 역사적 상처로서 소녀의 기억 속의 광주이다.

　'우리들'은 의문사한 친구의 실종된 여동생을 찾아 나선다. 친구의 여동생인 소녀는 광주에서의 충격으로 정신분열증에 걸려 떠돌아다니고 있다. 어느 날 그녀는 길에서 만난 장씨를 오빠라고 부르며 쫓아간다. 일용 노동자이며 장애인인 장씨는 처음에 소녀에게 가학적인 태도를 보이지만, 차츰 내면의 상처를 이해하게 된 후 사라진 그녀의 뒤를 쫓게 된다.

다른 한편 소녀의 광주의 기억은 일상의 현실을 파편화시키면서 영화 전체에 걸쳐서 산발적으로 나타난다. '우리들'이나 장씨는 소녀의 기억 속에 떠오르는 광주의 상처를 직접 보지는 못한다. 그것은 외견상 평온한 일상 속에서 광주의 기억이 지워진 듯이 보이는 것과도 비슷한 양상이다. 그 점에서 사라진 소녀의 존재는 일상의 침묵 속에 묻힌 광주 그 자체이다. 장씨의 집을 떠난 후 광주의 상처로서의 소녀는 이제 눈앞에 보이지 않게 된다. 그러나 그녀는 여전히 일상 속을 헤매고 있으며 우리 모두의 기억 속을 떠돌고 있는 것이다. '우리들'과 '장씨'가 그녀를 찾으려는 것은 실상 그 모두의 기억 속의 광주를 잊을 수 없는 심리와 유사한 것일 터이다.

그런 심리적 움직임을 추적하면서, 이 영화는 소녀의 개인적인 트라우마가 모든 사람의 기억 속의 상처로 전이되며 시간-이미지가 되는 과정을 보여준다. 시간-이미지란 일상의 감각-운동 도식(상징계)이 와해되면서 무의식의 영역(기억의 영역)에서 떠오르는 기억의 이미지이다. 그 '일상에서 벗어난 시간'의 이미지는 연대기적인 질서로 환원되지 않고 기억의 바다에서 반복적으로 떠오른다. 물론 〈꽃잎〉에서 소녀에게 광주의 이미지가 되풀이해서 나타나는 것은 개인적인 트라우마이기 때문이다. 그러나 그 반복되는 상처의 이미지는, 소녀를 '기억'하는 모든 사람들에게 일상의 균열을 드러내는 '기억', 즉 시간-이미지가 된다.

소녀의 경우 분열증적인 기억이 일상을 파편화시키는 것은 그 기억이 다른 사람과는 달리 일상의 질서로 회귀하지 않기 때문이다. 그런데 소녀를 찾는 사람들뿐만 아니라 우리 모두는 그런 기억 속을 헤매는 소녀를 결코 잊을 수가 없다. 그것은 단지 그녀를 동정하기 때문이기 보다는 우리 무의식 속에 그녀와 같은 상처가 잠재하는 탓이다.[173] 상처에서 벗어나오지 못하는 소녀가 바로 우리의 상처이며 그것은 광주라

---

173) 소녀의 경우 광주의 상처가 현실 자체와 뒤섞이는 반면 우리들은 그것이 무의식 속에 잠재한다.

는 모두의 내면의 상처이도 한 것이다. 그처럼 우리 내면의 상처를 건들임으로써 소녀의 트라우마의 '기억'은 그녀의 삶은 물론 그녀를 잊지 못하는 모든 사람의 기억으로 전이된다. 그리고 그 무의식 속의 상처를 환기하는 기억-이미지 곧 시간-이미지가 사람들의 일상을 파편화시키는 것이다.

이처럼 트라우마를 시간-이미지로 전이시키는 것이 이 영화가 광주를 극복하는 미학적인 방식일 것이다.[174] 트라우마는 고통의 시간 속에 유폐되어 있는 상태를 뜻한다(소녀의 경우). 반면에 시간-이미지는 상처의 고통을 기억함으로써 일상 속에 은폐된 억압에 대응하는 내면의 응시[175]이다(우리의 경우). 이 영화는 소녀의 트라우마가 모든 사람의 시간-이미지로 전이됨을 보여줌으로써 그런 내면적 대응을 암시한다. 그리고 그처럼 내면의 응시를 드러냄으로써 일상을 파편화시키는 시간-이미지는 우리의 삶에 대한 '사유'가 된다.

시간-이미지로서의 광주는 단순히 우리의 머리 속에서 회상되는 연대기적인 과거가 아니다. 그와 달리 그것은 우리를 그 역사의 기억으로 헤엄쳐 가게 하는 비연대기적인 이미지-시간이다. 이 비연대기적인 시간-이미지는 '역사'-'기억의 바다'를 보이지 않게 매장한 일상을 와해시킨다.

따라서 비연대기적인 시간인 광주는 분열증적인 소녀를 매개로 하지만 영화 전체에 걸쳐 모두의 일상을 파편화시키며 떠오른다. 광주가 소녀의 상처인 점에서 스크린에서 명멸하는 흑백의 광주는 실상 소녀의 뇌막에 번득이는 이미지의 파편들일 것이다. 그러나 그 이미지들은 소녀의 시점으로부터 제3자의 시점으로 혼성화되는데, 이는 광주가 모든 사람의 일상을 와해시키는 시간-이미지임을 의미한다. 분열증적인 소

---

174) 광주를 극복하는 또 다른 방식은 그 트라우마의 기억을 서사화시키는 것이다. 이 경우 〈꽃잎〉의 모더니즘과는 다른 리얼리즘 영화가 될 것이다.
175) 라캉의 용어로서 '응시'는 일상 속에 은폐되어 있는 실재계와의 만남을 가능하게 한다.

녀는 저절로 떠오르는 광주의 이미지를 일상 속에 봉합하지 못하는 일종의 정신적인 자동기계이다. 하지만 소녀의 뇌막 속에 어른거리는 이미지들은 제3자의 시점과 뒤섞이면서 이제 우리의 뇌에 충격을 가하는 이미지들로 뒤바뀐다. 그 순간 소녀의 트라우마가 모든 사람의 상처로 전이되면서 우리 내부의 숨겨진 정신적인 자동기계(무의식)를 일깨우는 시간-이미지가 작동하게 된다. 그리고 그처럼 우리 내면의 무의식이 요동칠 때 우리는 외견상 평온해 보이는 일상으로부터 선뜻 깨어나게 되는 것이다.

소녀의 '뇌에서 일어난 사건'이 이처럼 모든 사람의 무의식 속의 사건으로 전이되는 과정은 후반부 묘지 앞 장면에서 더욱 분명해진다. 여기서 소녀의 보이스 오버로 시작되는 광주의 회상은 다른 부분보다 훨씬 명확한 서사성을 보여준다. 그러나 시위장면에서 묘지 앞 소녀의 웅얼거리는 모습이 삽입되면서 소녀는 여전히 비연대기적인 시간의 파편 속을 헤매고 있음이 암시된다.

소녀의 신음 같은 목소리는 트라우마의 근원인 어머니의 죽음에 가까워질수록 고조된다. 이 소녀의 분열증적인 음성과 선명한 광주의 기억176)의 병치는 그녀의 트라우마와 모든 사람의 공동의 기억이 뒤섞이는 양상으로 볼 수 있다.177) 여기서 소녀의 파편적인 기억은 개인의 정체성을 뛰어넘어 모두의 기억으로 확산되면서 일상을 타격하는 시간-이미지로 생성되고 있다. 이 순간 소녀의 트라우마가 장씨와 '우리들', 그리고 모두의 상처로 전이됨은 물론, 광주는 우리 자신의 존재 그 자체의 기억으로서 떠오른다. 공동의 기억이라는 것은 우리의 존재와 세계를 구성하는 근거로서의 시간-이미지를 말한다. 그것은 한 개인의 내

---

176) 다른 광주의 기억처럼 이 부분 역시 흐릿한 흑백 화면으로 제시되지만, 다른 곳에 비해 서사성이 명확한 점에서 '선명한 기억'이라고 할 수 있다.
177) 박성수의 『들뢰즈와 영화』에서도 이와 비슷한 설명이 나타난다. 여기서는 소녀의 주관적인 기억들이 상호주관적인 기억으로 이행되고 있는 것으로 논의하고 있다. 박성수(1998), 144쪽.

부의 기억이 아니라 모든 사람이 삶 속에서 기억의 영역을 통해 반복적으로 만나게 되는 이미지이다.

이 영화는 광주를 연대기적 시간의 사건으로 다루지 않고, 그처럼 우리의 존재 속에서 끊임없이 반복해서 일어나는 사건으로서, 즉 비연대기적인 시간-이미지의 사건으로 그리고 있다. 우리 무의식 속의 사건으로서의 광주는 단지 과거의 기억이 아니라 부단히 미래를 향해 던져지는 반복적 이미지로서의 '시간'일 것이다.[178] 그리고 그 점은 광주를 표상하는 소녀 역시 마찬가지이다. 사라진 소녀는 실상 끊임없이 우리 무의식 속의 뇌의 회로를 맴돌고 있는 것이다.

〈꽃잎〉이 소녀의 '뇌 속의 사건'을 다룬 뇌의 영화라면 〈빈집〉(김기덕)은 '비사유(무의식)의 사유'가 삶 속으로 던져지는 **몸의 영화**이다. 〈빈집〉은 서구의 신체의 영화처럼 일상으로부터 탈주해 '상징계(감각-운동 도식)를 해체하는 사유'를 몸을 통해 표현한다. 또한 탈일상의 공간에서의 그 같은 몸을 통한 사유의 표현은 연극적인 신체의 태도와 게스투스에 접근한다.

그러나 〈빈집〉은 서구의 신체의 영화와는 다른 중요한 차이점을 지니고 있다. 서구의 신체의 영화에서 탈일상의 공간은 일상에 예속된 행동공간으로부터 이탈하는 방식으로 나타난다. 예컨대 〈미치광이 삐에로〉에서 페르디낭은 파리의 부르주아적인 집으로부터 탈주해 남쪽 해안의 섬으로 향한다. 반면에 〈빈집〉의 태석은 비어 있는 집을 찾아 전전하며 그 집들의 '빈틈'에서 모험을 벌인다.

'뇌의 영화'이든 '몸의 영화'이든 시간-이미지를 드러내는 사유의 영화는 모두 상징계와 실재계 사이의 틈새에서 벌이는 모험이라고 할 수 있다. 그런데 서구의 신체의 영화가 일상적 행동공간에서 이탈하며 틈새를 찾는 반면, 〈빈집〉은 대표적인 일상의 공간인 집에서 빈틈을 발견

---

178) 그 같은 반복적인 시간-이미지는 변혁이 요구되는 '현재'와 만나는 순간 혁명적인 사건으로 폭발한다.

한다. 이처럼 일상의 공간 내부에서 **탈일상적인 외부**를 찾는 모험을 벌이는 것이 〈빈집〉의 아이러니이다.

집이란 자본주의적 소유의 공간이자 권력의 공간이다. 그 같은 집과 권력을 갖지 못한 〈빈집〉의 태석은 집(권력)의 주인이 부재한 시간의 틈새에 기생하며 자본주의적 소유의 질서(상징계의 규범)를 와해시킨다.

태석이 빈집에 머무는 동안 집은 자본주의적 상징계의 규범에서 이탈해 그 외부(실재계)와 접촉하는 탈일상의 공간이 된다. 태석은 그 내부인 동시에 외부인 빈집에서, 무대 위의 배우처럼 일상생활을 연기하는 방식으로 일상의 규범에서 이탈한다. 그 순간 일상적인 시간의 질서가 와해되면서 태석의 무의식 속의 욕망이 연극적인 '신체의 태도'를 통해 표현된다. 이는 일상의 시간의 사슬에서 이탈된 시간-이미지가 태석이 빈집을 순례하며 찍은 사진처럼 떠오르는 순간이기도 하다.

더욱 더 아이러니한 것은, 그처럼 태석이 빈집에서 집의 빈틈에 끼어드는 모험의 순간은 또한 그 자신의 빈틈을 드러내는 순간이라는 점이다.[179] 타인의 집의 무대 위에서 자신의 일상을 연기하는 동안 태석은 단지 그 집의 시설들을 이용하기만 하는 것은 아니다. 그는 장난감 권총을 고쳐주기도 하고 빨래도 하며, 나무에 물을 주고 기념사진도 찍는다. 태석은 집의 주권을 해체하는 동시에 자기 자신이 회피한 그들과 관계하는 흉내를 내고 있는 것이다. 이는 그가 스스로 타인들의 질서[180]에서 이탈한 상태에서 다시 타인과의 관계에 대한 그리움을 드러내는 역설적인 (신체의) 태도이다. 태석은 이처럼 사적 소유의 공간인 집에 침투해 타인(태석자신)의 자리를 발견하는 한편, 그 집에 머무는 동안 자신에게 타인이 들어설 빈틈을 드러낸다.

---

179) 정성일과 김기덕의 대담, 「김기덕과 〈빈집〉에 관한 모든 것」 [4], www.cine21.com, 2004.10.6. 여기서 김기덕은 '태석이 빈집에 들어가는 것 같지만 사실은 자신의 빈집을 드러내는 것'이라고 말하고 있다.

180) 이 타인들의 질서는 큰타자 곧 상징계의 질서라고 할 수 있다.

그처럼 〈빈집〉에서 태석의 무의식을 드러내는 신체적 표현에는 타인과의 관계[181]에 대한 욕망이 숨겨져 있다. 이 점은 주로 자유로운 신체를 되찾으려는 욕망을 표현하는 서구의 신체의 영화와 구분되는 점이다. 태석의 '관계에 대한 욕망'은 빈집에서 선화를 발견한 이후 더욱 분명하게 드러난다.

태석과 선화는 선화의 집에서 서로를 엿보며 침묵의 시간을 용인한다. 그들이 그처럼 타인에 대한 경계심을 드러내지 않은 것은 서로에게서 누군가가 들어설 빈틈을 발견했기 때문이다. 유리에 비친 태석의 모습이나 유리 너머의 선화의 이미지는 그런 빈자리를 보이고 있는 두 사람의 무의식(잠재태)의 표현이다.[182] 무언극과도 같은 두 사람의 침묵의 엿보기나 눈빛의 마주침은, 실상 그런 상대로부터 '타인을 위한 빈곳'을 보고 있는 그들의 신체의 태도이다. 이 '신체의 태도'는 소유욕과 권력에 사로잡힌 선화 남편의 폭력적인 '말'에 대비되면서, 선(禪)적인 것을 표현하는 게스투스로 상승한다.[183] 태석과 선화는 상대편의 존재로부터 소유욕과 권력 대신 서로를 위한 빈틈, 일종의 공(空)을 볼 수 있었던 것이다.

선화가 태석을 따라나서면서부터 두 사람의 빈집의 순례는 그 이전과 의미가 달라진다. 태석이 찍는 기념사진 속에 선화가 들어섰듯이 그의 빈곳에 그녀가 다가섰기 때문이다. 물론 아직 그들의 공허한 마음이 채워진 것은 아니며, 그것이 두 사람이 빈집을 계속 전전하는 이유일 것이다. 그러나 그들이 빈집을 돌아다니는 동안 두 사람 사이에는 일종의 공동의 기억으로서 시간-이미지가 만들어지고 있었다. 이 시간-이

---

181) 이 타인과의 관계는 소유욕과 권력에 의해 질서화되어 있는 상징계 내에서의 관계와는 다른 진정한 인간관계를 뜻한다.

182) 이는 들뢰즈가 말하는 일종의 결정체 이미지라고 할 수 있다.

183) 이 영화는 '우리가 살고 있는 세상이 꿈인지 현실인지 알 수 없다'라는 장자의 말로 끝나고 있다. 그런 내포서술자의 말에서 암시되듯이, 집과 내면에서의 빈틈을 찾는 이 영화의 전개에는 도교나 불교 같은 동양사상적인 무의식이 표현되고 있다. 태석과 선화의 신체의 태도가 선적인 게스투스에 접근하는 것도 같은 이유에서이다.

미지는 앞서 언급했듯이 일상의 시간의 고리[184]에서 빠져나온 특별한 순간들의 이미지이다. 하지만 이번에는 그 전에 태석이 외롭게 연출했던 것과는 달리, 사진 속의 두 사람의 존재처럼 서로를 기억하게 하는 새로운 의미의 이미지로 생성된다. 태석이 감옥에 간 후 선화가 혼자서 예전의 '빈집'을 다시 찾은 것은, 그녀에게 그곳이 자신의 빈곳을 채워주는 시간-이미지가 되었기 때문이다.

빈집에서 주인에게 발각된 후 태석은 감옥에 가게 되고 선화는 남편의 집에 갇힌다. 이후의 감옥과 집의 교차편집은 두 사람이 서로의 빈곳에 다가설 수 있는 공간, 즉 비어 있는 집의 틈새를 잃어버렸음을 암시한다. 그런 빈집의 틈새를 상실한 그들에게 세상은 이미 감옥과도 다름이 없다. 감옥 같은 세계란 빈틈을 허용하지 않는 감시의 시선[185]으로 둘러싸인 공간을 뜻한다. 태석은 감옥에서, 선화는 남편의 집에서 그런 시선을 경험하지만, 감옥과 집에서 나온다 해도 권력의 시선은 사라지지 않을 것이다.

태석이 '유령연습'을 하고 선화가 기억 속의 공간을 찾아다니는 것은 그 같은 시선에서 벗어나기 위해서였다. 유령연습은 권력의 시선에서 몸을 피하기 위한 훈련이며 선화의 '신체의 태도'는 일상의 시선에서 비껴난 시간-이미지(일종의 기억)에 몸을 맡기는 행위이다. 두 사람의 연극 같은 유령연습이나 신체의 태도는 후반부의 판타지를 연출하기 위한 준비단계로 볼 수 있다.

태석의 유령연습은 일방적인 권력의 시선 앞에서 그 이면의 틈새에 침투하기 위한 훈련이다. 타자의 공간을 허용하지 않는 권력의 시선은 오히려 그런 일방성으로 인해 자신이 볼 수 없는 틈새를 만들게 된다. 태석은 그 같은 권력의 자기모순적인 틈새에 침투해 자기중심적 시선[186]으로는 결코 볼 수 없는 존재가 된다. 일방적 시선에 사로잡힌 사

---

184) 이는 상징계(감각-운동 도식)에 지배되는 시간의 흐름이다.
185) 이는 푸코가 말한 감시장치와도 같은 것이다.

람에게 그 뒤에 숨는 태석은 비존재이지만, 자신의 이면에서 타자를 보는 이(선화)에게 그는 다가서길 기다리는 비어 있는 존재이다. 태석은 유령연습을 통해 그런 비존재의 존재라는 판타지를 연습한다. 이 태석의 판타지는 권력의 시선으로 질서화된 상징계의 빈틈(균열)에서 연출되는 셈이다.187) 빈집의 시간의 틈새를 찾아 전전하던 태석은 이제 '상징계의 집' 자체의 틈새에 침투하는 존재가 된 것이다.

이 영화에서 선화는 비존재의 존재인 태석을 볼 수 있는 유일한 인물이다. 그것은 그녀가 자기중심적 시선을 지닌 남편과는 달리 자신의 빈 곳에 타자가 다가서길 소망하는 사람이기 때문이다. 또한 그녀는 일상적 시간의 존재에 얽매인 사람들과는 달리 그 사슬에서 이탈한 시간-이미지를 감지할 수 있는 인물이다. 선화는 처음에 거울을 통해 시간-이미지로 된 태석과 재회한다. 거울은 무의식(잠재태)을 반사하는 매체이며, 그 심연을 통해 시간-이미지로 된 태석이 선화의 등 뒤에 나타난다.188) 선화의 거울로부터 나온 태석은, 자신의 빈 곳에 다가서는 선화와 함께 일방적인 남편의 시선 뒤에서,189) 즉 집의 틈새에서 살아가게된다. 그처럼 선화는 태석을 시간-이미지로 만나고, 태석은 집의 틈새와 선화의 빈 곳에 판타지로 침투한다.

이 영화의 말미에서 선화가 꺼낸 단 두 마디('사랑해요', '식사하세요')는 사실은 태석을 향해 건넨 말이다. 두 사람은 폭력적인 말과 시선을 피

---

186) 자기중심적인 일방적인 시선은 소유욕과 권력에 사로잡힌 시선이기도 하다.
187) 판타지란 상징계의 균열과 실재계 위에서 연출되는 이미지이다. 태석은 유령연습을 통해 보다 적극적으로 판타지를 연출한다.
188) 이 같이 지각을 무의식으로 반사하는 거울 이미지를 들뢰즈는 결정체 이미지라고 부른다. 이 장면은 선화의 무의식적 욕망으로부터 시간-이미지(기억)인 태석이 (거울을 통해) 판타지로 출현하는 과정으로 볼 수 있다. 태석이 등 뒤에 나타난 것은, 그 이미지가 일상에서는 잘 볼 수 없는 선화의 빈곳에 침투하는 태석의 판타지이기도 하기 때문이다. 이처럼 태석의 판타지는 상호적이며, 선화는 일방적인 남편과는 달리 자신의 빈곳을 통해 태석을 만날 수 있게 된다.
189) 아이러니한 것은 남편의 일방적인 시선 자체가 태석이 그 집에서 살아갈 수 있게 하는 근거가 된다는 점이다.

해 빈집을 돌아다녔지만 판타지로 소통이 가능해진 이제는 그럴 필요가 없어졌다. 선화가 처음으로 집안에서 말을 꺼낸 것은 그 때문이다.

그러나 선화의 목소리는 형식적으로는 남편에게 하는 말로 들린다. 그 때문에 형식적인 현실의 소통과 진정한 판타지(꿈)의 소통이라는 아이러니가 연출된다. 그처럼 현실과 꿈, 형식성과 진정성이 교차되는 아이러니가 바로 우리의 삶일 것이다. 이 영화는 기이한 세 사람의 동거를 통해 그 같은 현실과 꿈의 동거를 실감나게 보여준다.190)

〈꽃잎〉이 뇌의 영화이고 〈빈집〉이 신체의 영화라면 〈시간〉은 뇌와 신체의 관계에 대한 질문이다. 뇌와 신체의 관계에 대한 물음은 '나' 자신에 대한 질문에 다름이 아니다. 두뇌와 신체 사이에서 살아가는 '나'는 또한 두 개의 시간의 질서 사이에 걸쳐 있다. 두 개의 시간의 질서란 뇌와 신체의 영화에서 부딪혔던 두 개의 축, 즉 일상의 시간과 기억의 시간을 말한다.191)

앞서 살폈듯이, 뇌의 영화와 신체의 영화의 인물들은 일상과 탈일상, 상징계와 실재계, 그리고 안과 바깥 사이에서 모험을 벌인다. 그런데 그 같은 두 영역 사이의 공간은 일상의 시간과 기억의 시간 사이의 공간이기도 하다. 그 점은 뇌인 동시에 신체인 '나'에 관해서도 마찬가지이다. 즉, '나'에 관한 문제, 그 공간과 위치에 대한 문제는, 또한 두 가지 시간에 관한 질문인 것이다.

일반적으로 우리가 떠올리는 시간은 일상적인 시간이다. 일상적인 시간은 감각-운동 도식(베르그송)과 상징계(라캉)에 지배되는 시간이다. 주목할 것은 우리가 자신도 모르게 예속되어 있는 이 시간의 사슬이 실상 자본주의적 시간의 질서라는 점이다.

---

190) 이른바 현실성이란 '이상과 연관된 현실'이라고 할 때, 「빈집」은 판타지의 방식을 통해 실제현실보다도 더 현실성을 실감나게 연출하고 있다. 이 점에서 판타지의 유용성은 그것을 통해 현실성을 더 확장시킬 수 있다는 점에 있을 것이다.
191) 이 둘은 연대기적 시간과 비연대기적 시간으로 구분된다.

우리는 모든 것이 변하는 것은 시간 때문이라고 생각한다. 그러나 우리가 변화에 지나치게 민감하고 새로운 것에 열광하는 것은 실상 자본주의적 시간의 특징이다. 자본주의는 자본이 끊임없이 잉여가치를 창출함으로써 유지되는 사회적 질서이다. 따라서 자본주의는 끝없이 자기 자신을 갱신하는 시간의 축을 필요로 한다. 그런 자본주의적 시간은 자본이 잉여가치를 낳듯이 잉여향락을 낳는다. 잉여향락[192)이란 무한한 쾌락의 갱신, 즉 매 시간마다 새로운 쾌락을 창출하는 양상을 말한다. 이 끝없는 변화와 새로움을 요구하는 시간의 질서는 자본주의 사회의 존재들에게 '참을 수 없는 가벼움'을 부여한다. 반면에 자본주의 사회에서 그 같은 질서에 적응하지 못하는 존재들은 권태와 정체감을 경험한다.

〈시간〉에서 세희가 느낀 정체감 역시 그런 자본주의적 시간의 질서에 대한 부적응에 다름이 아니다. 물론 세희가 지우에게 권태를 느낀 것은 아니다. 그와 반대로 세희는 지우가 매번 새롭지 못한 자신에게 실증을 느낄 것을 걱정한다.[193)

그 같은 세희의 부적응은 신체적인 히스테리로 나타난다. 세희의 히스테리적 반응은 서구의 사유의 영화에서 일상에 대한 부적응을 드러내는 신체와 유사하다. 그러나 세희는 그런 히스테리로부터 일상을 탈출하는 방향으로 나아가지 않는다. 그 대신 그녀는 자신을 새롭게 변화시킴으로써 지우와의 사랑이 끝없이 계속되게 만들려 한다. 그것을 위해 세희가 성형이라는 극단적인 선택을 한 것은 그녀가 진정한 사랑보다는 (자본주의적인) 소유의 욕망에 사로잡혀 있음을 암시한다.

세희는 스스로 '새희'로 변신함으로써 지우와의 새로운 사랑에 성공한 듯이 보였다. 지우는 새희와 관계를 갖은 후 느낌이 새로웠다고 말한다. 새로운 사랑은 새로운 잉여향락과도 비슷했던 것이다.

그러나 새희의 생각과는 달리 지우는 여전히 예전의 세희를 잊지 못

---

192) 지젝, 이수련 역(2002), 96~102쪽.
193) 이는 자본주의 사회에서 여성이 물화된 욕망의 대상이 되기 때문이다.

하고 있었다. 새로움을 요구하는 '무서운 시간'[194] 이외에 기억이라는 또 다른 시간이 있었던 것이다. '기억'이란 들뢰즈가 '시간-이미지'라고 말했던 것으로, 새로움을 요구하는 일상적 시간의 예속에서 벗어난 시간 형식이다. 사라진 세희의 편지에 대한 지우의 애착은 그 같은 기억과 시간-이미지에 대한 애정에 다름이 아니다.

지우는 새로움에 대한 욕망으로 새희를 좋아했지만 시간-이미지로 떠오르는 세희에 대한 기억의 욕망을 버릴 수 없었던 것이다. 여기서 새희는 바로 과거의 자기 자신인 세희를 질투할 수밖에 없는 아이러니를 경험한다. 자기 자신과 싸우는 세희의 분열은 실상 일상적 시간과 기억의 시간 간의 분열을 암시한다.

기억의 시간이 우리의 무의식(잠재태)의 영역에서 생성된 것인 점에서 그것은 우리의 존재의 이면으로서 일상의 반사체인 잠재태의 공간에 상응한다. 〈시간〉에서는 세희가 성형수술 후 찾아가는 조각공원이 그런 공간이다. 성형외과는 일상의 욕망(새로움)을 충족시켜 주는 곳인 반면 조각공원은 무의식과 잠재태로 된 표상(시간-이미지)들이 널려 있는 곳이다. 조각공원의 잠재태의 이미지들은 일상의 시간과 이미지들이 무의식의 영역 속으로 반사된 형상들이다.[195] 그처럼 일상과 탈일상, 새로움의 시간과 기억의 시간 사이에서 우리의 삶이 이루어지는 것이다. 그 점은 스스로 새희로 변신한 세희 역시 마찬가지 일 것이다. 세희의 성형은 그녀의 집착을 암시하지만, 새희 / 세희의 지우에 대한 사랑은 실상 기억과 시간-이미지에 대한 사랑이기 때문이다.

일반적으로 우리는 일상의 시간 속에 기억의 시간을 숨기고 살아간다. 즉, 가면을 쓴 듯이 일상을 연기하며 그 뒤에 무의식과 본얼굴을 감추고 있는 것이다. 그런데 성형수술 후 세희는 가면과 본얼굴이 뒤바뀌는 경험을 하게 된다. 그것은 지우의 기억 속의 세희에 대한을 사랑을

---

194) 새희는 세희의 가면을 쓰고 지우 앞에 나타나서 '시간이 무서웠다'고 고백한다.
195) 들뢰즈는 이것을 결정체 이미지라고 부른다.

확인한 후의 일이다. 즉, 새희 속에 기억을 숨기고 있던 세희는 기억 이미지 세희의 가면을 쓴 새희로 자신을 공개한다.

지우 앞에 모습을 드러낸 세희 / 새희의 이미지가 충격적인 것은 그 때문이다. 여기서는 무의식과 의식, 본얼굴과 가면의 순서가 전도되어 있다. 기억 이미지 세희는 지우의 무의식 속에 잠재된 이미지와 동일한 것이다. 그런데 무의식을 통해 지우의 뇌 속에 떠올라야 할 이미지가 밖으로 나와 눈앞에 나타난 것이다. 세희의 이미지는 지우뿐만 아니라 새희 자신의 무의식의 본얼굴인데, 그것이 가면으로 바뀌어 모습을 드러내고 있다. 그리고 한 발 더 나아가 세희는 자신의 무의식을 배반하고 그 본얼굴인 가면을 벗겨버릴 것을 요구하고 있는 것이다.

지우와 세희의 정체성의 혼란은 그 같은 가면과 본얼굴의 전도에 있다. 이는 물론 가면의 끝없는 변신을 존재의 정체성(존재의 가벼움)으로 요구하는 자본주의적 시간의 질서에서 기인된 것이다. 흥미로운 것은 두 사람의 그런 분열과 혼란이 정체성의 문제('나'는 누구인가)를 인격의 차원에서 뇌의 차원으로 전이시키는 점이다. 인격의 차원에서 정체성이란 이미지와 존재(정신)의 관계가 기표 / 기의의 관계로 정렬되어 있는 것이다. 그런데 이미지(기표)의 '성형'에 의해 기표 / 기의라는 정체성의 안정된 관계는 혼란에 빠지게 된다. 즉, 새로운 기표(성형, 새희)는 존재의 기의와 정확하게 대응되지 않는 것이다. 더욱이 존재-기의란 실상 기억 속의 세희의 이미지들[196]에 다름이 아니다. 그처럼 성형되지 않는 존재 혹은 정신이란 또 다른 이미지들, 또 다른 기표들일 뿐이다.

여기서 정체성을 구성하는 기표 / 기의 혹은 '신체의 이미지' / '존재의 정신'은 새로운 신체-이미지와 옛 기억 이미지의 연쇄로 미끄러진다.[197] 여기서는 신체가 이미지일 뿐만 아니라 존재나 정신도 이미지들

---

196) 이 이미지는 지각-이미지와 구분되는 시간-이미지라고 할 수 있다.
197) 물론 새로운 신체의 이미지는 기표들의 연쇄인 무의식에 영향을 미치게 된다. 그러나 옛 신체의 이미지들과 시간-이미지가 완전히 사라지지는 않을 것이다. 더욱이 지우가

이다. 그처럼 존재와 정신을 이미지들을 통해 생성시키는 것이 바로 뇌의 회로이다.

뇌의 회로의 차원에서 보면, 새로운 이미지(새희)의 뒤에 숨어 있는 옛 이미지들(세희)은 뇌의 회로에서 떠오르는 무의식[198]과 시간-이미지(기억)의 생성물일 것이다. 세희는 새로운 이미지에 대한 집착(새희)과 무의식 속의 시간-이미지(세희 혹은 지우와의 사랑) 사이에서 분열을 경험하고 있는 것이다. 세희의 혼란은 새로운 이미지가 뇌 속에서 생성되는 시간-이미지들과 일치되기 어렵다는 데 있다. 그 같은 혼란은 성형을 한 지우를 찾는 과정에서도 나타난다. 세희는 지우와 비슷한 남자들(신체)이 그녀(그리고 지우)의 뇌가 생성시키는 시간-이미지(기억)와 서로 일치하지 않는 사실에 고통스러워한다.[199]

정체성이란 신체의 이미지와 뇌가 생성하는 시간-이미지, 즉 신체와 뇌 사이의 관계서 형성된다. 세희가 고통스러워하는 그 둘의 불일치에서 벗어나는 방법은 새로움의 강박에 사로잡힌 자본주의적 시간에서는 찾기 어려울 것이다. 왜냐하면 '자본주의적 시간에 예속된 신체'와 '뇌가 생성하는 기억 이미지'는 좀처럼 화합되기 어렵기 때문이다.

그 둘의 불화에서 벗어나는 길은 아마도 얼굴(신체) 없는 유령으로 탈주하는 것일 터이다. 그러나 그림자 같은 유령이 되려 한 지우는 교통사고로 목숨을 잃는다. 세희 역시 '아무도 못 알아보게' 얼굴을 감추려 하지만, 그처럼 타인의 시선에서 숨는 것으로 분열이 극복되지는 않을 것이다. 타인의 시선으로부터 얼굴을 지울 수는 있으나 뇌의 회로에서 생성되는 시간-이미지는 지워지지 않기 때문이다.

옛 이미지들을 사랑하는 한에서 새로운 이미지인 새희는 혼란을 겪을 수밖에 없다.
198) 기표들의 연쇄는 무의식을 의미한다.
199) 세희가 남자들과 손을 맞춰보는 것은 실상 지우에 대한 시간-이미지를 찾기 위한 것이다.

제7장 ··· 포스트모더니즘 영화와 환상

1. 포스트모더니즘의 환상과 복수 코드화된 현실

    이제까지 살펴 본 다양한 모더니즘 영화들은 인물과 환경의 상호작용에 의한 인과적 플롯과 서사성이 약화된 특징을 보여준다. 그것은 모더니즘이 상징계(감각-운동 도식)에 근거한 일상적 현실의 행동 대신 기억의 영역에서의 시간-이미지들을 활성화시키기 때문이다. 모더니즘 영화는 일상과 탈일상, 상징계와 실재계, 안과 바깥 사이의 모험이지만, 결국 그 모험을 서사성 보다는 사유[1]의 이미지들을 통해 보여준다.

    그에 반해 포스트모더니즘 영화는 삶의 공간에서 전개되는 서사성을 다시 부활시킨다. 그것은 포스트모더니즘이 삶의 공간의 근거인 리얼리

---

1) 모더니즘의 사유는 '비사유의 사유'로서 무의식 차원의 사유에 가깝다.

티의 개념 자체를 변화시켰기 때문이다. 진부한 일상에 저항하는 모더니즘은, 행동하는 의식적 주체를 해체해 무의식적 주체의 차원에서 사유와 시간-이미지를 드러낸다. 그처럼 모더니즘이 현실 속의 주체를 해체한다면, 포스트모더니즘은 주체가 행동하는 **현실** 자체를 해체한다. 그리고 그런 현실 자체의 해체를 통해 인물들이 행동하는 서사적 공간을 다시 마련한다.

포스트모더니즘의 현실의 해체는 가상공간과 시뮬라크르, 그리고 복수 코드화된 리얼리티의 출현에 근거한 것이다. **가상공간**이란 신에 의해 만들어진 세계와 구분되는 인간이 창조해낸 또 다른 세계를 말한다. 전통적인 가상공간과 시뮬라크르의 대표적인 예는 소설과 영화일 것이다. 이제까지 우리는 소설과 영화 같은 가상공간이란 현실을 본뜬 허구라고만 생각해 왔다. 그러나 인터넷 등의 새로운 가상공간의 출현[2]은 허구와 현실, 가상공간과 실제의 구분을 무의하게 만들었다.

그리고 그 같은 실제와 동등한 가상공간의 등장과 함께, 현실 자체가 가상공간을 닮아가는 일이 빈번해지게 되었다.[3] 예컨대 권력에 의한 이미지의 조작이나 이데올로기적 판타지[4] 등은 현실 자체가 인간에 의해 꾸며지는 가상공간임을 암시한다.

그처럼 현실이나 가상공간이 권력에 의해 조작될 수 있는 것은 근대적 리얼리즘의 근거인 합리성의 코드가 완전하지 못하기 때문이다. 합리성에 의해 완전히 코드화될 수 없는 현실에는 비일관성의 균열과 틈새가 생겨나는데, 바로 그 균열된 틈새에 권력의 조작이 개입하는 것이다. 후기자본주의의 권력은 그처럼 균열을 은폐하는 스펙터클의 방식으로 현실을 소설이나 영화처럼 만들고 있다. 또한 현실과 똑같은 기능을

---

2) 인터넷 이외에도 자동기계장치나 유전자 공학의 발전은 현실과 동등한 또 다른 현실을 출현하게 만든다.
3) 이는 현실 같은 가상공간의 등장이 실제 현실에 대한 절대성을 해체했기 때문이다. 또한 현실을 스펙터클적으로 조작하는 기술이 극도로 발전했기 때문이다.
4) 이데올로기적 판타지는 상징계의 균열을 은폐하는 기능을 한다.

하는 가상공간을 조작해 허구와 현실의 구분을 모호하게 흐리고 있다.

예를 들어 〈트루먼 쇼〉라는 영화는 그 같은 권력에 의해 연출된 현실을 폭로하고 있다. 이 영화의 주인공 트루먼에게는 현실과 가상공간의 구분이 무의미하다. 그의 경우 세계는 자신이 자라온 현실인 동시에 사람들의 구경거리인 쇼프로이기 때문이다. 이 현실이면서 허구인 트루먼의 세계는 감시장치와 스펙터클적 권력의 결합에 의해 연출된 것이다. 물론 그런 권력에 의해 조작된 현실-가상공간은 우리가 탈출해야 할 세계임에 틀림없다.

감시장치와 스펙터클 장치에 의한 '현실의 연출'은 〈올드보이〉에도 나타난다. 이 영화에서 오대수의 근친상간은 15년에 걸친 이우진의 치밀한 계획에 의해 조작된 것이다. 그러나 이우진의 복수심이 연출한 이 비극적인 세계는 오대수 쪽에서는 피할 수 없는 치명적인 현실인 것이다.

물론 현실과 가상공간의 혼성은 권력에 의해 연출되기만 하는 것은 아니다. 쉽지는 않지만 그 반대편에 의해서도 현실과 동등한 가상공간이나 시뮬라크르가 형성될 수 있다. 이 같은 '연출된 현실'의 양가성은 복수 코드화된 현실과 연관되어 있다.

권력이 장악하고 있는 코드에 의해 연출된 세계는 실상 완전히 동일화되지 않는 모순과 틈새를 은폐하고 있다. 그처럼 균열의 틈새를 은폐하는 것이 후기자본주의의 이데올로기적 판타지이다. 그러나 판타지에 의한 균열의 봉합은 완전할 수 없으며 환멸의 순간과 함께 균열의 틈새가 노출된다. 또 다른 방식의 코드화가 침투할 수 있는 것은 권력에 의해 봉합될 수 없는 그런 틈새의 공간이 존재하기 때문이다.

물론 그 반대쪽에 의한 코드화 역시 완전한 또 다른 세계를 만들지는 못한다. 그러나 우리는 그런 다른 코드의 세계로 건너뛰는 순간, 권력이 연출한 세계가 숨기고 있던 또 다른 리얼리티를 발견한다. 이 또 다른 리얼리티는, 권력에 예속된 세계도 또 다른 세계도 완전히 코드화하지 못하는, 양자 사이의 틈새에서 생성될 것이다. 그런 새로운 리얼리티는 어떤 방식으로도 완전한 코드화가 불가능한 점에서 실재계와 접촉한 영역이라고 할 수 있다.

또 다른 리얼리티는 그처럼 두 가지 코드화의 사이에서, 상징계(코드화된 세계)와 실재계 사이의 공간으로 존재할 것이다. 따라서 복수 코드화의 방식으로 현실을 이해한다는 것은 리얼리티를 실재계에 접촉한 공간으로 파악함을 의미한다.

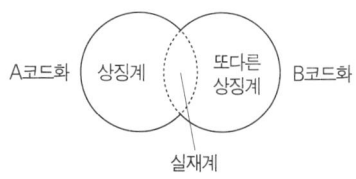

위에서 점선 부분은 완전히 코드화될 수 없는 상징계 내의 틈새이다. 이런 틈새를 근거로 또 다른 코드화가 가능하며, 그처럼 현실을 복수적 코드화로 이해할 때 권력(A)이 숨기고 있는 균열이 드러난다. 그 같은 균열의 틈새를 통해 언뜻 나타나는 것이 바로 실재계의 영역이다.

예컨대 9·11테러에 대해 생각해 보자. 9·11테러는 일종의 리얼리티 쇼이면서 할리우드 재난영화의 한 장면처럼 보이기도 했다. 세계무역센터의 폭파가 리얼리티 쇼라는 것은 '연출'인 동시에 '현실'이라는 뜻이다. 그러면 누가 연출했는가.

9·11테러를 연출한 것은 물론 이슬람 테러집단일 것이다. 그러나 건물의 폭파가 할리우드 재난영화의 한 장면처럼 보인 것은 아직 공연되지 않은 '테러와의 전쟁'의 앞부분으로 느껴졌다는 뜻이다. 그처럼 오히려 피해자인 미국 쪽의 코드로 된 시뮬라크르로 감지된 것은 그것이 권력을 지닌 코드화 방식이기 때문이다.

하지만 9·11테러는 할리우드 영화와는 달리 실재계가 노출된 사건이었다. 재난영화가 균열을 은폐하는 판타지라면 9·11테러는 균열의 틈새로 실재계를 드러냈던 것이다. 그처럼 실재계가 노출된 것은 9ㆍ11 테러가 미국식 재난 영화의 한 장면인 동시에 이슬람이 연출한 판타지 이기도 했기 때문이다. 9ㆍ11테러로부터 실재계를 감지한 사람들은 미국의 판타지에 동화된 사람들이 결코 아니다. 그들은 폭파의 순간, 미국의 판타지와 이슬람의 판타지 사이에서 동요하면서, 그 틈새에서 실재계에 접촉하는 경험을 한 것이다.

그처럼 미국의 판타지와 이슬람의 판타지의 충돌은 상징계의 균열을 드러내며 실재계 그 자체를 노출한다. 즉 이슬람 쪽 판타지의 침투에 의해, 미국이 연출한 '세계화의 환상'은 치명타를 입게 된다. 이 때 한 순간에 붕괴된 건물은 미국의 상징계의 균열이었으며 그 틈새로 실재계가 드러났던 것이다.5)

위에서 완전히 코드화될 수 없는 틈새(점선부분)를 은폐하는 것이 바로 판타지이다. 이슬람의 테러에 의해 상징계의 균열이 드러난 미국은 그 것을 은폐하기 위한 판타지의 후속편으로서 '테러와의 전쟁'을 벌인다. 아프칸전과 이라크전은 그런 미국의 환상전쟁의 수행이었으며, 그것에 의해 9ㆍ11테러는 할리우드 재난영화의 전반부로 되돌아간다. 그러나 '테러와의 전쟁'은 '십자군 전쟁'이라는 미국 쪽의 판타지였지만, 이슬

---

5) 그 점에서 9ㆍ11테러는 판타지인 동시에 판타지가 해체된 실재계적 경험이기도 했다. 9ㆍ11테러가 판타지인 것은 '테러와의 전쟁'이라는 미국 쪽 판타지의 전반부(재난 영화의 전반부)인 동시에 이슬람의 판타지이기도 하기 때문이다. 또한 그것이 실재계적 경험인 것은 미국식 상징계의 질서가 한순간에 무너졌기 때문이다. 실재계적 경험은 일종의 외상이며 그 위에 판타지가 다시 나타난다.

람 쪽에서는 '지하드'라는 또 다른 판타지였다. 따라서 그 양자의 충돌인 아프간전과 이라크전은 상징계의 균열을 드러낸 또 다른 실재계적 사건이라고 할 수 있다.

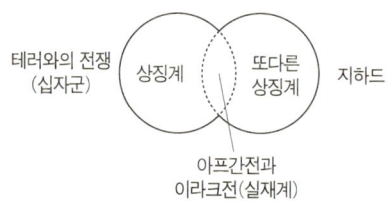

이처럼 9·11테러와 아프간·이라크전은 판타지와 실재계적 경험의 강박적인 반복이라고 할 수 있다. 할리우드 재난영화를 본뜬 테러와의 전쟁이라는 환상은 또 다른 환상 지하드와 충돌하면서 (상징화할 수 없는) 참혹한 실재계의 파편들을 만든다. 예컨대 기아에 시달리는 난민들이나 화상을 입은 미군 포로들은 이루 표현할 수 없는 비참함을 보여주고 있다. 그 같은 상징화할 수 없는 실재계의 파편들은 고통스러운 외상을 가져오며, 그 외상을 감추기 위해 악몽 같은 환상이 또 다시 나타난다. 이라크 포로들을 학대하며 쾌감6)에 젖어 있는 미군들의 모습은 우리에겐 악몽으로서의 환상일 뿐이다. 물론 그 악몽은 테러와의 전쟁이라는 판타지에 의해 다시 은밀하게 감추어진다.

테러나 전쟁은 이처럼 환상의 충돌 속에서 외상과 또 다른 환상을 낳는다. 그러나 복수 코드화된 현실에서 나타나는 판타지와 실재계적 경험이 그 같은 파괴적인 형식을 지니는 것만은 아니다. 예컨대 복수 코드화의 방식을 사용하는 포스트모던적 영화는 상징계의 균열에서 탈주하는 환상의 방식으로 사회적 이데올로기(일종의 환상)에 의해 은폐된 현

---

6) 이는 상징계 내에서 경험되는 쾌락을 넘어선 향락에 가깝다. 전쟁은 상징화할 수 없는 실재계적 파편에 의해 외상을 가져오므로 이 같은 '향락적인' 환상이 나타난다. 지젝, 김종주 역(2003), 40, 52쪽 참조

실의 모순을 드러낸다. 또한 복수적 코드들의 틈새에서 파편적으로 드러나는 실재계적 상처를 통해 사랑7)에 대한 갈망을 암시한다. 이제 구체적인 영화들을 통해 그 예를 살펴보자.

2. 혼성성의 연출과 '인류의 기억'으로서의 시간-이미지-〈지구를 지켜라〉

장준환의 〈지구를 지켜라〉는 포스트모더니즘적 환상의 대표적인 예를 보여준다. 이 영화는 합리성과 우주적 상상력이라는 두 가지 코드를 뒤섞어서 사용하고 있다. 그런데 현실은 그 어떤 쪽으로도 완전히 상징화될 수 없는 모호한 양가성을 드러낸다.

합리적으로 보면 강사장을 외계인으로 보고 납치와 고문을 하는 주인공 병구는 정신분열증적 인물일 뿐이다. 그러나 범우주적 차원에서 보면 유일하게 외계인의 비밀을 알고 있는 그는 지구를 지키려는 용감한 청년이다. 물론 병구가 환각제를 복용하고 예민한 신경증적 태도를 보이는 점에서 그의 외계인에 대한 생각은 영화 전체에서 내내 의심을 받게 된다. 하지만 영화가 후반부에 접어들면서 병구가 그런 생각을 하게 된 데는 충분히 이유가 있음이 드러난다. 즉 강사장이 병구의 일기를 보는 동안 화면에 병구의 과거가 제시되는데, 그 악몽 같은 순간들은 합리적 상징계로는 결코 코드화할 수 없는 균열이자 상처였던 것이다. 특히 노동자였던 병구를 '벌레 같은 놈'으로 비웃던 강사장마저 눈

---

7) 이 사랑은 상징계적 차원을 넘어선 향락(희열)이지만 테러나 전쟁에서 나타나는 퇴행적인 향락과는 구분된다. 이처럼 실재계적 경험은 전쟁에서의 파괴적인 트라우마로만이 아니라 사랑에 대한 갈망을 불러일으키는 또 다른 상처로 드러나기도 한다.

물을 흘리는 장면은, 병구의 아픔이 우리 모두의 상처임을 암시한다. 병구의 외계인 공상은 그 상징화될 수 없는 외상로서의 실재계의 파편들 위에서 연출된 셈이다. 병구의 일기와 외계인 자료는 합리적 상징계의 구멍에서 서로 하나로 연결되며 그처럼 판타지의 세계로 코드화되고 있다.[8]

더욱이 고문을 견디다 못한 강사장이 병구의 말을 수긍하며 외계인 이야기를 상세히 늘어놓는 장면에서는 어느 쪽이 진실인지 혼란에 빠지게 된다. 이후 지구를 구하기 위해 강사장을 통해 안드로메다 왕자와 접촉하려던 병구는 김형사에게 죽음을 맞게 되는데, 논리정연한 김형사가 등장할 때마다 우리는 다시 병구의 정신 상태를 의심하게 된다. 그런데 강사장을 구출한 형사들이 갑자기 외계인의 습격을 받게 되고, 그런 반전 속에서 강사장 자신이 안드로메다 왕자였음이 밝혀진다. 이 영화는 결국 외계인이 '희망없는 행성' 지구를 파멸시키는 것으로 끝나지만, 그렇다고 이제까지의 모든 사건들이 그런 우주적 상상력으로 덮여질(코드화될) 수 있는 것은 아니다. 합리적 판단과 우주적 상상력, 그 둘 중 어느 쪽으로도 상징화될 수 없는 슬픈 병구의 기억[9]이 남겨지기 때문이다.

---

8) 트라우마를 극복하는 방식 중 하나는 그 기억을 서사화하는 것이다. 백문임(2004), 116쪽; Judith L. Herman(1992), 175~183쪽 참조. 병구의 공상 역시 서사화의 한 방식이지만 그것이 판타지로 나타난 것은 합리적인 코드의 세계에서는 서사화될 수 없기 때문이다(그 점에서 병구의 서사화는 트라우마를 극복하는 리얼리즘적 서사화와는 구분된다). 병구의 판타지는 합리적 상징계의 균열의 위치에서, 실재계적 상처 위에서 서사화되고 있다. 우리는 병구의 판타지를 횡단해 합리적 세계와의 '틈새'에서 그 서사의 의미를 발견할 수 있다.

9) 이 병구의 기억은 일종의 시간-이미지로서 합리적으로 코드화될 수 없는 상처의 기억이다. 그런 시간-이미지로서의 병구의 기억(혹은 병구에 대한 기억)은 상징계와 실재계 사이에 위치한다.

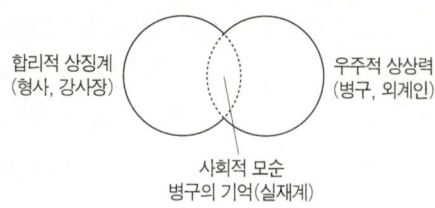

합리적 상징계   우주적 상상력
(형사, 강사장)   (병구, 외계인)

사회적 모순
병구의 기억(실재계)

위에서 합리적 상징계는 법에 의해 질서화된 세계이다. 그 질서에 가장 충실한 인물은 공적인 임무를 성실하게 수행하는 김형사일 것이다. 그러나 김형사의 합리적인 판단으로도 병구의 아픈 상처는 전혀 손댈 수 없는 영역으로 남겨져 있다. 즉 어린 시절 아버지의 죽음, 고교 담임선생의 폭언, 시위를 하던 애인의 죽음, 식물인간이 된 어머니 등은 법에 근거한 합리적 상징계의 균열을 보여주는 상처들이다. 그런 균열과 상처(점선부분)를 은폐하는 것이 바로 자본주의 이데올로기일 것이다. 자본주의 이데올로기는 경찰청장의 사위인 강사장의 비리를 덮고 있는 일종의 환상의 형식이다. 합리적 상징계는 그처럼 자본의 환상을 매개로 해서만 작동될 수 있으며 자기 자신의 내부에 부조리한 비합리성을 포함하고 있다. 따라서 똑같이 합리적 상징계에 속해 있으면서도 성실한 김형사와 부조리한 강사장(그리고 그를 비호하는 형사들)은 서로 다른 관점을 갖고 있다.

다른 한편 합리적으로 의미화될 수 없는 균열과 상처(실재계의 파편들)를 상징화하기 위해, 병구는 합리성을 넘어선 우주적 상상력의 세계를 만들어 낸다. 이 범우주적 세계는 일종의 판타지이지만 그 나름대로 아주 치밀하게 질서화(코드화)되어 있다.[10] 병구는 자신에게 상처를 준 주범인 강사장을 외계인으로 규정하고 그의 행성인 안드로메다의 왕자를 만나 지구를 구하려고 한다.

10) 그 점에서 이 영화의 외계인 이야기는 판타지인 동시에 나름대로의 상징계적 질서를 지닌 서사라고 할 수 있다. 대부분의 판타지 장르 영화나 판타지 소설은 이런 특징을 갖고 있으며, 돌발적으로 판타지가 나타나는 다른 환상적인 소설이나 영화와 구분된다.

그런데 이 범우주적 세계의 질서 역시 단순하지 않아서 나중에 안드레메다 왕자로 밝혀진 강사장은 자신이 침략자만은 아니라고 항변한다. 강사장은 그의 목적이 지구인의 공격 유전자를 변화시키기 위한 것이라면서, 고통 받는 사람들이 변화될 가능성이 크기 때문에 일부러 노동자들을 억압했다고 말한다. 식물인간이 된 병구의 어머니 역시 사실은 유전자를 변화시킬 실험대상이라는 것이다. 이처럼 범우주적 세계에서도 사회 부조리-외계인에 대항하려는 병구의 관점과 공격적인 지구인을 변화시키려는 외계인의 관점이 갈등하고 있다.

외계인이 지구인의 유전자를 변화시켜야 한다고 말한 것은, 지구를 구하기 위해서는 사회적 모순이 내면화된 뇌와 신체의 구조를 바꿔야 한다는 뜻일 것이다. 그 점에서 그런 내부의 문제를 간과한 채 부조리의 표상을 바깥에서 온 외계인의 침략에서만 찾는 병구의 범우주적 상상력은 분명히 한계를 지닌다. 그 같은 한계를 메우기 위해 지구인을 실험대상으로 삼는 외계인의 판타지(점선부분)가 나타났을 것이다. 그러나 지구인의 운명을 외계인 손에 내주는 서사는 지구인 자신이 해결해야 할 부조리를 일시적으로 감추는 판타지일 뿐이다. 따라서 지구의 내적 균열과 병구의 상처는 여전히 상징화될 수 없는 기억으로 남게 된다.

이 영화의 묘미는 그처럼 지구의 (합리성) 상징계와 범우주적 세계를 파편적으로 접합시키는 가운데 어느 쪽으로도 상징화될 수 없는 **실재계**의 편린들을 드러내는 데 있다. 그 같은 실재계와의 만남은 지구의 코드와 범우주적 코드의 이질적 접합뿐만 아니라 수많은 다양한 관점들이 충돌하는 과정에서 이루어진다. 즉 합리적 상징계 쪽에서는 '추형사-김형사'와 '강사장-그를 비호하는 형사들'이 부딪히고 있으며, 우주적 세계에서는 병구와 외계인이 갈등하고 있다. 또한 강사장과 병구, 추형사와 병구, 형사들과 외계인이 대립하고 있다.

흥미로운 것은 이 같은 수많은 코드와 관점들의 충돌이 이 영화의 장르적인 **혼성성**을 생성시키고 있다는 점이다. 먼저 형사들의 관점에서 보면 이 영화는 〈미저리〉 같은 스릴러물이다. 그러나 〈미저리〉와는 달리, 〈양들의 침묵〉처럼 병구의 분열증적인 세계가 드러나고 있으며, 〈길〉의 젤소미나 같은 순이를 통해서는 또 다른 탈일상의 세계가 암시된다. 다른 한편 우주적 상상력의 차원에서는 SF영화들과 비슷하면서도, 그와 다르게 〈2001 스페이스 오디세이〉처럼 지구인의 반성을 촉구하고 있다. 무엇보다도 특이한 것은 그 모든 장르와 코드들이 이질적으로 충돌하고 접합되면서 전혀 새로운 혼성성이 연출되고 있다는 점이다. 혼성성(hybridity)은 단일한 코드로 된 원본들과는 달리 수많은 원본과 코드들이 충돌하는 가운데 그 어떤 것으로도 상징화할 수 없는 실재계의 파편들을 드러내게 된다.

예컨대 〈미저리〉나 할리우드 SF영화 같은 단일한 코드로 된 장르영화들은 좀처럼 상징계의 균열이나 실재계의 영역을 암시하지 못한다. 그러나 한편으로 〈미저리〉와 〈양들의 침묵〉이 접합되고 다른 한편 SF영화와 〈2001 스페이스 오디세이〉가 이접되면서, 그 와중에 양쪽이 다시 혼성적으로 충돌하는 〈지구를 지켜라〉에서는, 어떤 코드로도 완전히 표현될 수 없는 적나라한 장면들이 노출된다. 이 나체화 같은 장면들은 상징계의 균열인 동시에 그것을 뚫고 나타난 실재계의 침범이며, 그 형용할 수 없는 파편들이 병구와 우리에게 상처를 주고 있는 것이다.

그처럼 〈지구를 지켜라〉가 드러낸 실재계의 파편들이란 병구와 우리들의 아픔의 순간들이다. 즉, 아버지의 떨어진 팔, 소년원 시절 교도관의 폭행, 노동자 애인의 피 등은 상징계의 균열이자 실재계적 외상에 다름이 아니다. 이 이미지의 파편들(일종의 시간-이미지들)[11]은 노동자 병구로 하여금 복수심과 심리적 분열 속에서 외계인을 공상하는 청년으로 전이되게 하는 틈새들이다. 그 틈새의 공간은 또한 강사장마저도 눈물을 짓게 하면서 그를 유제화학사장 강만식과 지구의 절망에 분노하

---

11) 시간-이미지란 상징계의 일상적 시간으로 환원되지 않는 비연대기적 시간으로서 상징계와 실재계 사이의 틈새에서 나타난다.

는 외계인 사이에 위치하게 한다.

또 하나의 실재계의 파편은 결말 장면에서 파괴된 지구로부터 튕겨져 나온 흑백 TV모니터의 화면이다. 물론 이 화면은 앞의 절망의 장면들과는 반대되는 화해의 이미지들이다. 즉, 부서진 TV모니터는 금이 간 화면으로 어렸을 적과 노동자 시절 병구의 소중한 순간들을 아련한 기억처럼 보여준다. 그러나 그것이 지구 밖 미지의 공간으로 떨어져 나온 파편이 되었다는 사실, 즉 멸망한 지구를 외계에 알리는 유일한 기념물이 되었다는 사실은, 우리에게 말할 수 없는 아픔을 준다. 원래는 우리들의 것이었으나 이제 상징계의 파멸과 함께 밖으로 흘러나온 이 실재계적 파편은 우리 자신의 상처 그 자체이다.

그러나 이 상처의 파편은 정신을 황폐화시키는 절망의 트라우마[12]와는 달리 우리 내면에 잠들어 있는 사랑의 소망을 일깨워 준다. 이 영화는 억압적인 지구인이 상징계를 지배할 때는 그것에 균열을 내는 실재계의 파편을 드러내는 한편, 상징계가 파멸된 후에는 지구인이 억압했던 화해의 소망을 실재계의 위치에서 보여준다. 그 두 가지 실재계적 파편들은 똑같이 우리의 무의식 속의 사랑과 화해의 소망을 동요시킨다. '억압'이라는 모순과 억압된 '화해의 소망', 이 영화는 그 두 가지 실재계와 접촉하는 시간-이미지들을 통해, 자본의 판타지로도 외계인의 판타지로도 은폐할 수 없는 인류의 기억을 전하고 있다.

〈지구를 지켜라〉가 드러낸 실재계의 파편들이나 상처의 기억으로서의 시간-이미지는 모두 상징계와 실재계의 사이에서 나타난 것이다. 그것들은 상징계(감각-운동 도식)적 일상 속에서는 감춰져있는 '표현할 수 없는 것들'의 표현이다. 이처럼 일상의 감각-운동 도식(상징계)을 와해시키면서 상징계와 실재계의 틈새에서 시간-이미지를 드러낸 것은 앞서 살핀 모더니즘 영화 역시 마찬가지였다. 양자의 공통점은 상징계적 인

---

12) 전쟁에서 경험하는 트라우마가 이런 경우이다.

격의 회로가 아닌 뇌의 회로(상징계–실재계의 틈새)의 차원에서 실재계의 파편이나 시간–이미지를 나타낸다는 점이다.

그러나 모더니즘은 그 (상징계가) 표상할 수 없는 것을 의식적 자아가 해체된 무의식적 주체의 기억이나 신체의 표현으로 드러낸다. 반면에 〈지구를 지켜라〉 등의 포스트모더니즘은 그것을 해체된 현실 자체에서 표현한다. 전자가 '표현할 수 없는 것'을 내면적 방식으로 암시한다면 후자는 이미지화된 삶의 공간(해체된 현실) 자체에서 표현한다.13) 모더니즘이 서사성이 와해된 내면화 방식인 반면 포스트모더니즘에서는 서사성이 다시 부활하는 것은 그 때문이다.

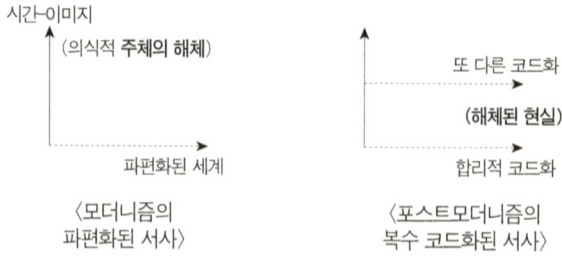

시간–이미지
(의식적 주체의 해체)

또 다른 코드화
(해체된 현실)

파편화된 세계

합리적 코드화

〈모더니즘의
파편화된 서사〉

〈포스트모더니즘의
복수 코드화된 서사〉

3. 억압된 공동체의 귀환과 탈식민주의적 혼성성 – 〈웰컴 투 동막골〉

포스트모더니즘이 표현할 수 없는 것을 표현하게 된 것은 삶의 공간을 복수 코드화된 현실로 해체하기 때문이다. 예컨대 〈지구를 지켜라〉

---

13) 모더니즘은 '표현할 수 없는 것'이 일상에서는 드러나지 않음을 알리면서 내면으로 돌아와 그것을 암시한다. 반면에 포스트모더니즘은 '해체된 현실' 자체에서 '표현할 수 없는 것'을 표현한다.

는 미지의 영역인 우주의 차원을 상상적으로 코드화하면서 일상의 상징계를 해체한다. 그에 반해 〈웰컴 투 동막골〉은 무의식 속에 잔존하는 '잃어버린 공동체'를 또 다른 삶으로 코드화해서 상징계적 현실을 전복시킨다.

〈웰컴 투 동막골〉에서 미지의 마을 동막골은, 실상 우리의 무의식 속에 남아 있는 근대 이전의 이상적 공동체를 가상공간으로 코드화한 것이다. 근대 자본주의의 세계가 오이디푸스 구조를 지닌다면, 그 이전에 우리가 소망하던 유토피아적 공동체는 '비오이디푸스적인' 것이었다. 오이디푸스 구조는 프로이트의 오이디푸스 콤플렉스에서 볼 수 있듯이, 동일성(동일시)과 대립(증오)의 양가성으로 된 사회와 가족의 관계를 말한다. 이 구조에서는 권력의 주체가 구성원들에게 자신의 질서에 '동일화' 될 것을 요구하며, 그에 순응하지 않는 타자는 '대립적 관계'로 배제된다. 우리의 분단현실과 전쟁은 그 같은 대립과 증오심의 가장 악화된 형태였다. 즉, 그것은 결국 우리에게 식민주의적으로 강요된 오이디푸스 구조[14]의 산물로 볼 수 있다.

반면에 근대 이전에 민중들의 소망이었던 비오이디푸스적 공동체에서는 내부와 외부, 자아와 타자가 비억압적인 화해의 관계를 추구한다. 예컨대 그런 이상적 공동체를 가상한 공간 동막골에서는 마을 사람들이 외지인에게 전혀 경계심을 갖지 않는다. 또한 그들에게서는 타자를 배제하는 개인적인 이기심을 어디서도 찾아볼 수 없다.

물론 동막골은 실제로는 존재할 수 없는 판타지와도 같은 세계이다. 그러나 그 마을은 근대 이전에 어느 곳엔가 있었음직한 곳이며, 식민지 시대 김유정 소설의 농민들에게서 어렴풋이 그 자취를 찾아 볼 수 있다. 동막골이 판타지이면서도 우리에게 친근감을 주는 것은 그 때문이다.

동막골이 우리 무의식 속의 꿈같은 공간이라는 점은 광녀인 여일이

---

14) 이에 대해서는 나병철(2007), 34~43, 339, 437~438쪽 참조.

안내자로 등장하는 점에서도 알 수 있다. 여일이 보통 사람과 다른 점은 무의식 속에 떠오르는 것을 여과 없이 밖으로 드러낸다는 점이다. 동막골은 그런 여일과 보통 사람이 구별 없이 뒤섞일 수 있는 곳이며 무의식이 의식 밖으로 마음대로 노출될 수 있는 공간이다. 그 때문에 우리는 동막골 풍경에서 무의식 속에 **억압되었던 것이 되돌아옴**을 느끼면서 일종의 해방감을 맛보게 된다.

물론 대립의 세계에서 온 표현철과 리수화 일행처럼 처음에는 동막골 사람들이 우리에게 신기하고 이상해 보인다. 그러나 우리는 곧 수류탄의 파괴력을 팝콘비로 뒤바꾸며 폭력을 아름다움으로 전환시키는 동막골의 화해의 힘에 매료된다. 그리고 스미스, 표현철과 리수화 일행이 동막골에 동화되는 과정에서 우리 자신도 그 공간에 동화된다. 그래서 나중에는 동막골의 불청객인 연합군(미군과 국군)의 거칠고 폭력적인 행동이 오히려 낯설고 비현실적으로 느껴질 정도가 된다.

그렇다고 동막골이 전쟁과 대립적인 세계의 대안으로 그려지고 있는 것은 아니다. 동막골 사람들은 천진스럽기는 하지만 외부세계에 대해 너무나도 무기력하다. 또한 그들의 공동체는 성숙되어 있는 반면 개개인의 자아의식은 어린아이와도 같이 미발달된 상태에 있다.[15] 동막골은 결국 잃어버린 우리의 과거의 꿈인 것이다.

동막골에 현실적인 의미가 부여된 것은 연합군의 오해로 인해 그곳이 폭격지점으로 정해지면서부터이다. 동막골은 우리의 아름다운 꿈이지만 사라질 수밖에 없는 운명을 지니고 있었던 것이다. 연합군이 동막골에 찾아올 때의 떨어지는 낙하산과 날아오르는 나비의 대비는 꿈과 현실이 교차되는 이미지로 볼 수 있다. 이제 표현철과 리수화 일행은 양자택일의 기로에 서게 된다. 즉, 동막골과 함께 사라지느냐 다시 대립적인 전쟁의 세계에 뛰어드느냐이다.

---

15) 어린아이처럼 마음대로 살 수 있는 곳이라는 '동막골'의 이름 자체가 그것을 보여준다.

이 급박한 순간에 표현철과 리수화는 이상과 현실 어느 한쪽이 아닌 제3의 위치를 선택한다. 제3의 위치란 현실을 회피하지 않고 응시하되 동막골을 지키기 위해 예전의 대립의 위치로는 돌아가지 않는 것을 말한다. 즉, 현실공간 속에 뛰어들면서 그 세계를 지배하고 있는 대립의 이념을 역전시켜 화해의 힘16)으로 동막골을 지켜내는 일이다.

표현철·리수화 일행이 연합군의 폭격을 다른 지점으로 유도함으로써 동막골을 구하려는 '작전'을 실행한 것은 그 같은 제3의 선택으로 볼 수 있다. 그들은 마을 안에 폐쇄돼 있지 않고 전쟁 상황에 뛰어들지만 예전과는 달리 (마을에서 얻은) 화해의 힘을 통해 동막골이라는 내면의 꿈을 구출하려는 것이다. 죽음을 두려워하지 않는 그들의 '폭격유도 작전'의 의미는 그처럼 현실공간에서 화해의 힘을 실행한 데 있다. '우리도 연합군'이라고 외치는 인민군 소년병의 말처럼 동막골의 꿈을 지키기 위해서는 남북화해의 실천이 요구되었던 것이다.

그들의 행동이 화해의 실행이라는 점은 그 '작전'의 대상인 실제 연합군에 대해서도 마찬가지이다. 표현철과 리수화의 작전은 분명히 전투행위의 하나이지만 누구를 공격하려는 것이 아니라 공격을 저지하기 위한 것이다. 그들 일행이 미군기와 교전하게 된 것은 원래의 작전 계획과는 달리 어쩔 수 없는 상황에서 빚어진 것일 뿐이다. 마지막 순간 쏟아지는 폭탄 앞에서 희미한 웃음을 짓고 있는 그들의 표정은, 동막골을 구출할 수 있는 한 그들이 아무런 적개심도 갖고 있지 않음을 보여준다.

물론 미군기와의 교전 속에서 그들 '새로운 연합군'이 희생될 수밖에 없었다는 사실은 대립의 세계(분단현실)를 화해의 힘으로 전복시키는 일이 아직은 '이상'에 가까움을 암시한다. 그러나 그들이 보여준 '남북연합'이라는 화해의 힘은 동막골 안에서의 꿈과는 다른 '현실화된 이상'

---

16) 이 화해의 힘은 동막골이 표현철과 리수화 일행에게 선물한 것이다. 그러나 이번에는 '현실' 속에서 동막골을 지키기 위해 그들 자신이 화해의 힘을 '실행'에 옮겨야 할 차례인 셈이다.

이다.17) 우리는 누구도 다시 동막골로 돌아갈 수 없을지도 모른다. 하지만 마음 속의 동막골을 지키기 위해 대립을 넘어 남북화해의 길을 가야 한다는 것은 끊임없이 실행으로 옮겨져야 할 이상인 것이다.

동막골은 되돌아가야 할 공간이 아니라 현실과의 만남 속에서 혼성적으로 다시 생성되어야 할 미래의 소망일 것이다. 표현철과 리수화의 잠정적인 '남북연합'은 그처럼 과거의 꿈과 현실이 만나는 지점에서 미래로의 전망을 **혼성적으로**18) 열어 놓은 셈이다. 그런 혼성적 공간이 암시하는 것은, 동막골의 꿈을 지키되 현실을 외면하지 않고 대립(그리고 그것을 연출하는 외세)의 권력을 전복시켜 현실 속에서 직접 실현되도록 해야 한다는 것이다.19) 아무도 모르는 어느 곳엔가 동골막이 아직 존재한다는 것은 실상 그것이 우리 모두의 무의식 속에 살아남아 있다는 뜻이다. 그러나 그 꿈이 지켜지기 위해서는 표현철과 리수화가 그랬듯이 우리 자신이 이상과 현실이 조우하는 혼성적인 공간에 발을 내딛어야 하는 것이다.

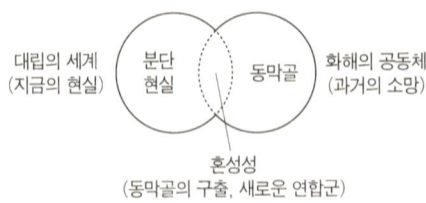

대립의 세계 (지금의 현실) 분단 현실 동막골 화해의 공동체 (과거의 소망)

혼성성 (동막골의 구출, 새로운 연합군)

---

17) 이 '현실화된 이상'은 앞에서의 나비와 낙하산의 대비를 역전시키는 이미지, 즉 '쏟아지는 폭탄'과 '날아오르는 나비'의 교차적 이미지로 제시된다.

18) 혼성성이란, 과거의 이상에 폐쇄되거나 대립과 예속의 현실에 남아있는 것이 아니라, 잃어버린 이상을 되살리되 현실의 공간에서 대립적인 권력관계를 역전시킴으로써 미래로 나아가는 것을 말한다. 식민지주의적 상황에서의 혼성성에 대해서는 호미 바바, 나병철 역(2002), 225~229, 458쪽 참조.

19) 분단현실은 해방 이후에도 계속된 신식민주의적 상황과 연관되어 있으며, 그 점에서 남북 대립의 극복은 탈식민주의적 전망과도 연관되어 있다. 나병철(2007), 437~438쪽 참조.

4. 미지의 규율권력과 무의식 속의 괴물—〈괴물〉

〈지구를 지켜라〉의 외계인 세계나 〈웰컴 투 동막골〉의 동막골은 현실과 구분되는 또 다른 코드의 공간인 동시에 일종의 판타지라고 할 수 있다. 외계인 세계나 동막골은 자기 나름의 질서를 지닌 상징계이지만 합리적인 현실과 대비하면 환상적인 공간인 것이다. 두 영화에서 판타지가 나타난 것은 합리적인 상징계의 균열 속에서 미지의 세계와의 접속이 이뤄졌기 때문이다. 〈지구를 지켜라〉와 〈웰컴 투 동막골〉에서 접속된 미지의 세계(실재계)란 지구의 차원을 넘어선 우주나 우리의 소망이 잔존하는 내면의 심층이다. 그처럼 판타지란 합리적으로 상징화할수 없는 미지의 공간에서 공연되는 무의식적 소망의 연출이다.

그런데 〈지구를 지켜라〉와 〈웰컴 투 동막골〉의 환상이 외부의 우주나 내부의 심연 같은 '미지의 공간'과 연관된다면, 〈괴물〉의 판타지는 무의식에 작용하는 보이지 않는 미지의 권력과 관련된다. 앞의 두 영화에서는 상징계의 균열이 악덕 기업주나 남북 분단이라는 명백한 사회적 모순으로 표상되고 있다. 그러나 〈괴물〉에서는 상징계의 균열을 야기한 모순의 근원이 겉으로는 잘 드러나지 않는 은밀한 권력으로 숨겨져 있다. 이 영화에서 '괴물'의 판타지는 그 '숨겨진 권력'에서 벗어나려는 무의식적 소망의 표현으로 볼 수 있다.

이처럼 〈괴물〉의 판타지는 앞의 두 영화와는 달리 '권력' 자체가 비가시적 영역(즉 상징계와 실재계 사이)에서 은밀히 작용하는 데서 연유된 것이다. 그 같은 〈괴물〉에서의 숨겨진 권력이란 구체적으로 신식민지주의나 사회적 감시장치 같은 것들이다. 이제 살펴보겠지만 〈괴물〉에서는 한강에서 괴물이 나타면서부터 외세나 정부기관에 관련된 보이지 않는 권력들이 모습을 드러내기 시작한다. 이 영화에서 괴물의 출현은 비가시적 권력이 가시화되는 과정과 긴밀한 상응성을 이루고 있는 것이다.

〈괴물〉의 판타지가 할리우드 괴수 영화와 근본적으로 다른 것은 그처럼 괴수의 출현이 부조리한 사회권력과 연관된다는 점이다. 할리우드 영화의 괴물은 잔존하는 원시적 신비나 원초적인 악의 표상으로 나타난다. 괴물이 어딘가에 남아 있는 태고적 세계(〈킹콩〉)나 지구 저편의 외계(〈에일리언〉)에서 출현하는 것은 그 점을 암시한다. 반면에 〈괴물〉의 괴물은 시민들의 생활의 공간인 한강에서 모습을 드러낸다. 한강은 자연인 동시에 하수구와 강변을 통해 도시와 교류하는 생활의 터전이기도 하다.[20] 따라서 사회가 오염되었을 때 한강의 자연 역시 위협받게 되며 괴물의 출현은 그런 상황과 연관되어 있다.

이 영화의 서두에 제시된 미군의 독극물 방류사건은 그 같은 한강의 위기와 괴물의 등장을 암시한다. 이 삽화는 2000년 2월에 실제로 있었던 맥팔랜드 사건을 인용한 것으로서 괴물 출현의 직접적인 원인이 된다. 여기서 미군이 방류한 포름알데히드가 어떤 생화학적 과정을 거쳐 괴물을 탄생시켰는지는 중요하지 않다. 독극물 사건은 충분한 상징화를 거쳐 사람들의 기억 속에 매장될 수 없었는데, 그 충격에 대한 무능력은 외세에 예속된 무력한 정부 시스템에 의한 것이었다. 그 같은 눈에 잘 보이지 않는 권력체계가 우리에게 한강에 유기된 독극물을 그대로 방치해 둘 것을 강요했던 것이다. 결과적으로 한강에 먼지 낀 포름알데히드가 방류될 때 우리 무의식의 강물 속에 독극물이 뿌려졌던 셈이다. 괴물의 출현은 그처럼 우리의 무의식에 독극물을 방류한 비가시적 권력체계와 연관되어 있다. 괴물의 판타지는 그 상징화될 수 없는 독극물과 권력에 대응하기 위해 무의식이 연출한 이미지인 것이다.

---

20) 이 자연인 동시에 생활인 한강의 이미지는 생활 속에서 의식과 교류하는 무의식(일종의 자연)을 지닌 우리의 내면 구조와 유사하다. 자연이 훼손되면서 한강에 괴물이 나타나는 과정은 우리의 무의식이 상처를 입으면서 괴물의 환상이 떠오르는 과정에 상응한다.

실제로 이 영화에서는 괴물이 출현한 이후 괴물 같은 비가시적 권력 시스템이 가시화되기 시작한다. 그것은 이 사건의 실제적 담당자인 미국이나 그에 예속된 한국 정부기관들이 괴물의 퇴치보다는 현재의 시스템의 질서유지에 더 신경을 쓰기 때문이다. 그들은 괴물에 대처하는 듯 보이지만 실제로는 괴물의 출현으로 인한 권력체계의 혼란을 재질서화하는 데 전력한다. 따라서 그들의 행동은 괴물에 대한 대응으로는 우스꽝스러울 정도로 터무니없는 것일 수밖에 없다.[21] 그 터무니없는 행위들은 부조리한 비가시적 권력체계의 본모습이 가시화된 것이다. 즉, 합리적 규율 속에 숨겨진 이해할 수 없는 비합리적 폭력이 차츰 모습을 드러내기 시작한 셈이다. 영화가 진행됨에 따라 비합리적인 규율권력의 모습이 기형적으로 뒤틀린 괴물과 점점 흡사해지는 것은 우연이 아니다.

영화의 주요 사건은 박강두 가족이 괴물에게 납치된 딸(현서)을 찾기 위해 사투를 벌이는 과정으로 전개된다. 그런데 그들 가족은 괴물과 싸우는 것만큼이나 그들을 바이러스 보균자로 낙인찍은 권력기관과도 싸워야 했다. 여기서 규율권력의 정체가 분명해지거니와 이후의 영화의 진행은 그 두 가지 싸움이 병치되는 장면들로 구성된다.

예컨대 박강두 일행이 방역 관리망을 뚫는 순간 괴물과의 싸움이 시작되며, 그들이 억류될 때 괴물은 방치된다. 역설적으로 괴물에 대처하는 규율권력이 박강두 가족의 괴물과의 싸움의 방해자인 것이다. 가령 괴물과의 총격전에서 아버지(박희봉)가 죽는 순간 박강두는 군인들에게 체포된다. 또한 박남일(동생)이 휴대폰 조회로 현서의 위치를 찾는 순간 선배의 신고로 그를 체포하려는 사람들이 몰려든다. 구금된 박강두는 동생(박남주)의 전화를 받고 현서가 원효대교에 있다고 외치는데, 그 말을 들은 미국 CDC(질병 통제 센터) 의사는 바이러스가 뇌에 침투해 정신

---

21) 이 영화가 블랙코메디(풍자, 해학)와 특수한 괴수영화가 접합된 장르적 혼성성을 드러내고 있는 것은 이와 연관이 있다.

병적 망상을 일으켰다고 읊조린다. 뇌수술까지 받은 박강두는 있지도 않은 바이러스를 역이용하여[22] 간신히 병원으로부터 탈출한다. 이처럼 그는 괴물과의 사투에 앞서 규율권력과 사투를 치러야 했던 것이다. 이런 모순은 앞서 밝혔듯이, 권력기관들이 시스템의 질서를 지키기 위해 괴물 퇴치와 상관없이 자신들의 괴물 같은 권력을 행사하기 때문이다.

괴물이 출현하기 전 그 권력은 보이지 않는 방식으로 작용하며 평온한 일상을 연출하려 애썼다. 그러나 지금은 괴물로 인한 혼란을 잠재우기 위해 자기 자신의 흉물스러운 모습을 드러내지 않을 수 없게 된다. 괴물이 나타나자 한국과 미국의 군대, 경찰, 병원이 움직이기 시작하는데, 그들의 비합리적인 권력행사는 괴물 못지않게 기괴한 모습을 연출한다.[23] 이 영화는 그 두 가지 괴물의 이야기를 복수적 코드화의 방식으로 결합한 서사라고 할 수 있다.

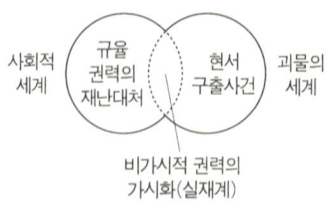

위에서 규율권력의 재난대처는 실상 권위적 질서체계를 유지하기위한 불합리한 권력행사이다. 반면에 현서(박강두의 딸)의 구출 사건은 실제로 괴물과 맞서 싸우는 이야기이다. 그런데 이미 살폈듯이 괴물과 싸우는 과정은 규율권력으로부터의 탈주에서 시작된다.

---

22) 박강두는 자신의 팔에서 빼낸 주사기의 피로 간호사를 위협하며 탈출한다. 미국 CDC의사에게 속고 있는 사람들은 주사기의 피에 바이러스가 있는 줄 알고 공포에 질린다.

23) 고미숙(2008), 34쪽은 이런 측면을 괴물과 규율권력(위생권력)의 공생 관계로 논의하고 있다.

그처럼 '규율권력으로부터의 탈주'와 '괴물과의 싸움'이 상응하는 점에서 탈주의 이야기와 괴물의 이야기는 들뢰즈가 말한 결정체적 이미지[24]와도 비슷하다. 즉, 박강두 일행이 괴물과 싸우는 잠재태적 판타지의 서사는, 권력기관으로부터 도망치는 현실적인 이야기가 무의식 속에 반사된 형식을 지니는 것이다. 아마도 박강두 가족은 현실에서 기형적인 규율권력과 싸우는 동안 무의식 속에서는 흉물스러운 괴물[25](규율권력의 이미지)과 사투를 벌였을 것이다. 그들이 경찰과 병원으로부터 달아나는 사건은 무의식적으로는 이미 괴물과의 싸움인 셈이며, 규율권력이란 얼굴을 숨긴 괴물에 다름이 아닌 것이다.[26]

　　개인을 보호해야 할 규율전력이 오히려 가면을 쓴 괴물이라는 아이러니는 결말 장면까지도 계속된다. 한국이 괴물 사건을 스스로 해결할 능력이 없다고 주장한 미국은 마침내 에어전트 옐로우를 살포할 것을 결정한다. CDC 의사가 박강두의 뇌까지 수술하며 바이러스를 찾으려 한 것은 그처럼 미국이 한국 사태에 개입할 구실을 마련하기 위해서였다. 바이러스는 없었지만 그 사실을 은폐한 미국의 주장에 따라 한국정부는 환경단체의 반대를 무시하고 화학약품(에어전트 옐로우) 살포를 허용한다.

　　부재하는 바이러스를 죽이기 위해 노란 화학분말이 뿌려지는 이 결말 장면은 박강두 가족이 괴물과 싸우는 장면과 공간적으로 겹쳐진다. 그러나 여기서도 그 두 개의 이야기는 서로 유리된 채 제시된다. 에어전트 옐로우의 살포는 미국과 무능한 한국 정부의 대처인 반면 괴물과의 사투는 박강두 가족의 개별적인 행동이기 때문이다.

　　할리우드 재난 영화와는 전혀 다른 풍경을 보여주는 이 장면에서, 우

---

24) 이 책 제6장 4절 참조.
25) 이 괴물은 무의식적 소망을 억압하는 규율권력이 이미지화된 것이다.
26) 이와 비슷한 견해로는 박유희(2008), 94~95쪽 참조. 여기서는 미국과 그에 예속된 규율권력이 실제적으로 괴물이라는 숙주에 해당된다고 논의하고 있다.

리는 미국과 한국정부, 박강두 가족이 어떤 관계를 갖고 있는지 살펴볼 필요가 있다. 미국에 예속적인 한국정부가 개인과 가족들에게는 부당한 규율권력을 행사한다는 점에서 그들 셋은 식민주의적 오이디푸스 구조[27]를 이루고 있다고 할 수 있다. 즉, 미국은 심리적으로 한국 정부의 부권의 위치이며 한국정부는 개인과 가족들에게 '무능하고 부당한 아버지'의 위치인 것이다.

다만 주목할 것은 박강두 가족이 이 오이디푸스 구조의 연쇄고리에서 이탈된 상태에 있다는 점이다. 박강두 자신이 오이디푸스적 권력을 상실한 아버지이거니와, 운동권 출신 박남일은 실직자이고 양궁선수 박남주는 심리적 장애를 갖고 있다. 이처럼 박강두 가족은 오이디푸스 구조에 적응하지 못한 주변부의 훼손된 가족인 것이다. 역설적인 것은 바로 그 때문에 그들이 오이디푸스 구조에 예속된 사람들과는 달리 괴물에 정면으로 맞설 수 있다는 점이다.

포름알데히드 사건에서 알 수 있듯이 괴물은 오이디푸스 구조의 규율권력이 은폐하는 상징계의 균열을 뚫고 나온 이미지이다. 그런 괴물의 출현에 직면해서, 균열상태에 놓인 개인의 안전보다는 미국─한국정부로 연결된 오이디푸스적 권력체계를 유지하는 것이 우선시된다. 오이디푸스 구조의 주축인 미국과 한국정부가 괴물이 바이러스의 숙주라며 미국의 권위의 상징인 에이전트 옐로우의 살포에 급급한 것은 그 때문이다.[28] 반면에 그 예속적인 권력의 사슬에서 이탈된 박강두 가족은, 이탈과 상처의 위치에서 그들 자신의 상처의 표상[29]인 괴물을 똑바로 응시하며 싸울 수 있는 것이다.

따라서 이 영화는 '가족의 사투'가 아니라 오이디푸스 가족 구조가

---

27) 나병철(2007), 91~94쪽 참조.
28) 물론 결말장면에서 에어전트 옐로우는 괴물을 잠시 실신시킨다. 그러나 그런 괴물과의 조우는 우연한 일이었으며 원래의 목표는 괴물이 아니라 바이러스를 구실로 한 약품의 살포였다.
29) 보다 정확히 말하면 상처의 원인의 표상이라고 할 수 있다.

와해된 '상처 입은 가족'의 싸움이라고 할 수 있다. 여기서는 싸움이 상처 입은 사람들에 의해 시작된다는 점이 중요하다. 박강두 가족은 상처를 입었기 때문에 오이디푸스 구조의 한계 지점에서 괴물을 응시할 수 있었던 것이다. 그것은 상처의 고통을 느낄 수 있는 사람들만이 상징화할 수 없는 핵심(상처의 원인)이 괴물로 되돌아오는 것을 볼 수 있으며, 무의식 속에서 현실의 괴물과 대결할 의지를 갖기 때문이다.

그 점에서 현서의 죽음을 확인한 후 싸움이 본격화된다는 사실은 매우 암시적이다. 현서의 죽음은 박강두 가족의 가장 큰 상처이지만 그들은 그 이전에 이미 많은 상처를 겪어 온 사람들이다. 다만 현서의 죽음을 통해 그 동안 잘 보이지 않던 상처가 보다 분명히 드러난 셈이다. 이제 그들의 눈앞에 버티고 선 괴물은 자신들에게 상처를 내며 뚫고 들어온 괴물의 환상과 구분되지 않는다.

결말 장면의 괴물과의 사투는 그들이 상처의 원인에 맞섬으로써 고통을 달래고 오이디푸스에서 벗어난 새로운 가족30)을 이루는 과정일 것이다. 따라서 괴물과의 싸움은 괴생물체에 대한 공격이기도 하지만 또한 박강두 가족의 상처를 한풀이하는 일종의 애도 의례를 포함한다. 그런데 이 애도는 상징계 속에 묻어버리는 예식이 아니라 상징계(오이디푸스 구조)를 열어젖히고 실재계를 드러내려는 소망을 표현하는 것이다. 괴물을 공격하는 무기가 오염구역 표지봉(박강두),31) 화염병(박남일), 활(박남주)이라는 사실은, 그들의 행위가 (오이디푸스에 예속된) 규율권력에 대한 항의를 포함한 실재계를 향한 의례임을 보여준다. 물론 이 애도와 항의에 의해 오이디푸스 구조가 소멸되는 것은 아니지만, 그런 의례를 통해 상징계와 규율권력의 외부(실재계)가 암시된다.

---

30) 현서의 죽음을 확인한 후 박강두는 현서와 같이 있었던 세주를 새로운 가족으로 맞이한다. 이 새로운 가족은 오이디푸스 가족 구조에서 벗어난 형식을 갖고 있는 점에서 이 영화의 주제와 연관해서 매우 시사적이다.
31) 1급 오염 구역 표지판은 규율권력의 허위성을 보여주는데, 박강두는 그 표지판을 떼어버리고 철제봉으로 괴물과 싸운다.

이 과정에서 또 하나 주목할 것은 괴물과의 싸움이 일회적으로 종결되는 것이 아니라는 점이다. 괴물의 퇴치가 상처를 극복하는 의례 행위인 점에서 괴물은 사라진 것이 아니라 다만 보이지 않게 되었다고 할 수 있다. 그것은 마치 규율권력이 평온한 일상 속으로 보이지 않게 숨어든 것과 마찬가지이다. 마지막 장면에서 박강두가 괴물을 감시하는 모습은 그 점에서 매우 시사적이다. TV화면은 평온을 되찾는 일상 속에서 (한국 사태와 관련해) 오이디푸스적 상징계의 권력들이 움직이는 모습을 보여준다. 그러나 그 화면과는 아무 상관없이 상처 입는 박강두 가족(혹은 새로운 가족)의 괴물과의 싸움은 계속될 것이다. 그 두 개의 이야기는 여전히 다른 경로를 통해 우리에게 전달된다. 하나는 TV와 스펙터클적 공공 시스템을 통해서, 다른 하나는 괴물을 정면으로 '응시'[32]하는 실재계적 영역을 경유해서이다.[33]

---

32) 응시는 상징계 내부의 시선과는 달리 실재계에 접촉하는 경험이라고 할 수 있다. 응시에 대해서는 라캉(1994), 186~255쪽 참조.

33) 전자가 상징계 내부의 이야기라면 후자는 상징계와 실재계 사이에서의 이야기이다. 물론 앞의 이야기 역시 무의식을 예속화하는 전략인 점에서 상징계와 실재계 사이에서 작동된다고 할 수 있다. 그러나 이 이야기는 끊임없이 무의식을 상징계의 규율에 얽매어 두려 시도한다.

제8장 ··· 영화의 시대와 스펙터클적 권력

　　오늘날의 세계는 '영화 같은' 이미지들이 우리를 유혹하는 시대이다. 분명히 한 때는 '소설 같은' 이야기들이 우리의 마음을 설레게 한 적이 있었다. 그러나 지금은 '영화적인' 풍경이 더 삶에 대한 호기심을 자극한다.

　　소설이나 영화 같은 사건이 우리의 관심을 증폭시키는 것은 삶을 따분한 일상에서 떼어내 소설과 영화의 한 장면으로 만들기 때문이다. 영화 같은 삶의 모습을 보는 순간 우리는 마음이 들뜨며 우리 자신의 삶의 관객이 된다. 그처럼 지루한 일상에서 벗어나 삶의 지각력을 증대시키는 점에서, 소설이나 영화는 일종의 '낯설게 하기'된 삶의 형식이라고 할 수 있다.

　　낯설게 하기란 졸고 있는 의식[1]에서 벗어나 삶의 형식 자체를 자각하게 하는 장치이다. 그 점에서 '소설 같은' 보다 '영화 같은'이 더 실감난

---

1) 이는 자동화된 의식상태라고 할 수 있다.

다는 것은 우리의 삶 자체의 형식이 변화되었음을 암시한다. 즉, 우리의 시대는 '소설처럼'에서 '영화처럼'으로 이동하는 흐름에 있는 것이다.

흔히 우리는 오늘날이 이미지의 시대라고 말한다. 그러나 더 정확히 말해 지금은 시나 소설의 이미지가 아닌 '영화의 이미지'의 시대이다. '소설의 이미지'에서 '영화의 이미지'로의 이동은 우리 시대가 보여주는 중요한 변화 중의 하나이다.

소설의 이미지는 '인간의 눈'에 의해 보여진 삶의 모습들이다. 즉, 그것은 1인칭이나 3인칭, 그리고 전지적 시점이나 인물시점으로 보여진 이미지이다. 이 '인간의 눈'을 매개로 한 이미지는 이성이든 감정이든 인간의 내면적 필터에 의해 채색되어 있다. 그 점에서 소설의 이미지를 경험하는 것은 항상 내부를 보면서 외부를 보는 것이다. 예컨대 전지적 시점은 작가의 내부를 보면서 객관적 세계를 경험하는 것이며, 인물시점은 인물의 내부를 보면서 바깥세계를 주시하는 것이다. 그 때문에 소설은 화자·인물과 독자 사이에 내면을 통로로 갖게 되고, 우리는 우리의 정신(내면) 속에서 세계가 움직이는 것을 보게 된다. 이것이 바로 소설의 인격의 회로이다.

반면에 영화의 이미지는 그런 '인간의 눈'으로 양식화된 이미지가 아니다.[2] 즉, 자동기계의 눈에 의해 보여지는 영화의 이미지는 인간의 내면에 의해 채색되지 않은 물체 쪽의 이미지에 가깝다. 그 때문에 우리는 영화에서 일차적으로 외부의 물질적 이미지를 보게 되며, 인간의 삶의 모습은 이차적으로 경험된다. 즉, 외적 이미지들이 움직이고 접합되면서 인간의 내면과 삶의 세계는 사후적으로 나타나는 것이다. 여기서는 우리의 정신 속에서 세계가 움직이는 것이 아니라 이미지들의 운동 속에서 세계와 정신이 생성된다. 이 과정에서 외부의 물질적 이미지들은 정신이 형성되기 전단계에서 우리의 뇌를 직접 자극한다.[3] 이것이

---

2) 영화에서도 인물시점이 사용될 수 있지만 그것은 영화기법에 의한 이차적인 이미지이며, 영화는 그런 인물시점에 의해 양식화되기 어렵다.

소설의 인격의 회로와 구분되는 영화의 뇌의 회로이다.

흥미로운 것은 이런 '소설 이미지'와 '영화 이미지'의 차이가 현실을 경험하는 방식의 차이를 말해준다는 점이다. 즉, 소설의 이미지란 고진이 말한 '내부를 보는 사람에 의해 발견된 풍경'[4] 바로 그것이다. 반면에 영화의 이미지는 외부(물체 쪽의 이미지)에 접촉하는 사람을 통해 생성되는 삶의 모습들이다. 전자가 내부의 정신을 경유하는 시각적 경험이라면, 후자는 외부의 물질적 이미지에 닿는 듯한 '촉각적' 시각[5]의 경험이다.

물론 이런 차이는 우리가 살펴 본 시각의 역사의 세 단계에 상응한다. 첫째는 이성(작가의 내부)을 통해 세계를 총체화하는 것으로서 작가적 화자 소설[6]이 여기에 해당된다. 둘째는 심리나 정서(인물의 내부)의 프리즘을 통해 삶을 보는 것인데 내적 초점화가 이에 상응한다. 마지막으로는 물체 쪽의 이미지(외부)를 통해 현실의 생성을 경험하는 것이며 자동기계 시점과 영화의 이미지가 바로 그것이다.

첫째와 둘째 단계에서 내부를 본다는 것은 근대적 인식구조(에피스테메) 내에서 인간적 삶의 의미로 채색된 것을 본다는 뜻이다. 반면에 외부를 본다는 것, 즉 '물체 쪽 이미지'를 지각한다는 것은 아직 충분히 표상화되지 않은 '물체 자체' 쪽에 접촉한다는 말이다. 말하자면 그것은 실재계(물체 자체)와 상징계(표상체계) 사이에서의 경험을 뜻한다. 그처럼 대상의 표상화가 지연되는 동안 우리의 내부에서는 무의식이 작동하게 된다. 따라서 **자동기계**를 사용한 이미지(물체 쪽의 이미지)는 우리 안에서 **정신적인 자동기계**(무의식)를 깨워 일으키는 것이다.[7]

---

3) 그 점에서 자동기계를 사용하는 영화는 우리의 정신적 자동기계(뇌의 기제와 무의식)에 충격을 주는 방식이다. 반면에 인간의 눈을 사용하는 소설은 그 눈의 주객관적 기제를 통해 우리의 감정과 이성(즉 내면)에 자극을 가한다.

4) 가라타니 고진, 박유하 역(1997), 36쪽.

5) 영화적 이미지를 촉각적이라고 말한 것은 벤야민이다. 벤야민, 반성완 역(1983), 226쪽.

6) 이는 전지적 시점의 소설이기도 하다.

7) 들뢰즈, 이정하 역(2005), 314쪽.

실제로 현실에서의 '영화 같은' 장면들은 그처럼 완전히 표상화되지 않는 미결정적인 경험들이다. 즉, 누가 적인지 알 수 없는 이라크전, 엽기적인 서래마을 영아 살해사건, 판타지 같은 9·11테러 등은, 미처 명확하게 표상화되지 않는 영화적인 이미지들이다. 이 표상화가 지연되는 영화적인 이미지들은 은연중에 우리의 무의식을 긴장시키게 된다.

미결정적인 영화적 이미지의 또 다른 특징은 의미화가 연기되는 틈새(상징계와 실재계 사이)의 공간에서 리얼리티가 '연출'될 수 있다는 점이다. 예컨대 '영화 같은 전쟁' 베트남전을 그린 〈지옥의 묵시록〉에서, 킬고어는 바그너의 음악과 서핑을 통해 전쟁을 판타지로 연출하고 있다. 베트남전에서 미군의 헬기 폭격은 아무런 감정도 없는 이미지 게임을 연상시키며, 그런 상징화할 수 없는 감정적 침묵의 전쟁은 트라우마를 낳는다. 상징계를 뚫고 들어온 그 실재계적 상처를 덮는 바그너와 서핑의 연출은 스펙터클적인 이미지 자체가 전쟁의 리얼리티임을 보여준다.

그 같은 환상적인 영화적 미학은 돌렁다리 전투 장면에서도 나타난다. 여기서 불꽃놀이 같은 장관을 연출하는 야간전투장면은 '디즈니랜드보다 더 화려한 스펙터클'[8])을 보여준다. 이 쏟아지는 불꽃의 스펙터클 역시 상징계의 균열과 트라우마를 봉합하는 환상적 전쟁의 미학으로 연출된 것이다.

그러나 바그너와 서핑, 그리고 디즈니랜드 같은 환상의 연출은 한 순간 트라우마의 구멍을 메우는 마약과도 같은 환각일 뿐이다. 미군들은 그 같은 현란한 환각에 빠질수록 악몽 속에서 조금씩 미쳐간다. 그런 악몽과 환상의 반복이 제국주의의 권력이 연출한 베트남전의 리얼리티이다.

베트남전의 영화 같은 전쟁의 미학이 광기어린 환상을 연출한다면, 아프간전과 이라크전은 스펙터클적인 권력에 의해 연출된 이데올로기

---

8) 주인공 윌라드의 일행 랜스는 야간전투지역을 지나 온 후 '여기가 디즈니랜드보다 더 좋다'고 나직하게 중얼거린다.

적인 환상을 보여준다. 9·11테러나 이라크전의 미결정적인 이미지들은 '테러와의 전쟁'이라는 미국의 이데올로기에 의해 슈퍼맨 같은 할리우드 영화의 판타지로 환원된다. 즉, '십자군 전쟁'이라는 이데올로기적 환상에 의해 이라크전은 슈퍼맨이나 배트맨 같은 영화적 판타지로 연출되고 있다. 그러나 이 이데올로기적인 환상의 전쟁에서도 미군들은 이라크 포로들을 학대하며 광기와 악몽에서 벗어나지 못한다. 미국의 스펙터클적 권력에 의해 연출된 이라크전 역시 악몽과 환상의 반복을 보여주고 있을 뿐이다.

영화적 이미지가 권력에 의해 연출된 스펙터클로 나타나는 것은 비단 전쟁에서만은 아니다. 보드리야르가 말한 전사회의 디즈니랜드화[9]는 자본주의적 상징계의 균열을 은폐하기 위한 이미지 권력의 판타지 연출에 다름이 아니다. 돌링다리 전투에서의 디즈니랜드는 트라우마를 봉합하기 위한 마약 같은 환각이었지만, 자본주의 사회 전체의 디즈니랜드화는 스펙터클적 권력에 의한 이데올로기적 환상의 연출이라고 할 수 있다. 그러나 두 경우 모두, 균열을 은폐하려는 판타지라는 점과 그 환상이 상처를 완전히 봉합하지 못한다는 점에서 별다른 차이를 갖지 않는다. 「프린세스 안나」에서 보듯이 디즈니의 스노화이트의 판타지에는 성장의 모퉁이를 돌아서는 순간 환멸의 그림자가 드리워진다. 영화 같은 전쟁의 미학이 악몽과 환상을 반복하듯이, 사회현실에서의 영화적 미학 역시 환멸과 판타지의 동거를 보여주는 것이다.

이처럼 영화적 이미지가 스펙터클적 권력에 의해 리얼리티로 연출된다는 점에서 그 미결정적 이미지는 보드리야르의 **시뮬라크르**와 연관된다. 보드리야르의 시뮬라크르는 연출된 이미지와 환상이 현실보다도 더 현실적인 기능을 하는 것을 말한다. 예컨대 디즈니랜드는 분명히 연출된 공간이지만 그 외부의 디즈니랜드화된 사회는 연출된 것이 실제의

---

9) 보드리야르, 하태환 역(2001), 40~41쪽.

리얼리티로 작동되는 공간이다. 디즈니랜드 같은 시뮬라크르가 리얼리티의 기능을 하게 된 것은 후기자본주의 사회의 권력의 새로운 방식에 의한 것이다. 후기자본주의는 연출된 이미지가 현실로 작용하고 현실이 이미지로 연출되는 시대이다. 전자의 예가 이데올로기적 환상이라면 후자는 〈괴물〉에서 드러난 스펙터클적인 공공시스템이다. 두 가지 예는 모두 인간이 현실을 객체로서 인식하는 것이 아니라 인간 자신이 리얼리티를 생성시키는 경우이다. 소설 이미지의 세계가 인간이 객관현실을 인식하는 시대라면 영화 이미지의 세계는 인간 스스로 리얼리티를 연출하는 시대인 것이다.

물론 디즈니랜드의 판타지나 규율권력이 TV로 보여주는 이미지들(〈괴물〉)은 자본주의의 균열과 실재계를 은폐하는 시뮬라크르들이다. 상징계와 실재계 사이의 이미지들을 그처럼 균열과 실재계를 가리는 방향으로 운동시키는 것이 바로 스펙터클적인 권력이다. 그처럼 균열을 봉합하는 시뮬라크르들은 들뢰즈가 말한 '클리셰'와 '나쁜 영화'[10]로 리얼리티를 연출하는 셈이다.

그러나 그런 보드리야르의 시뮬라크르 이외에 또 다른 창조적인 시뮬라크르(들뢰즈)가 있다. 전자는 악몽과 환상, 환멸과 판타지를 반복하면서 끝없이 균열을 봉합하는 이미지의 운동이다. 반면에 후자는 균열을 통해 드러난 실재계 위에서 새로운 문화를 창조하는 또 다른 이미지-운동이다. 슈퍼맨·배트맨과 십자군 전쟁, 그리고 에어전트 옐로우(〈괴물〉)의 판타지가 앞쪽이라면, 박민규 소설의 오리배 세계시민연합, 동막골을 지키려는 새로운 연합군(〈웰컴 투 동막골〉), 상처 입은 가족의 괴물과의 사투(〈괴물〉)는 뒤쪽이다. 똑같이 상징계-실재계 사이의 이미지의 운동이지만, 전자는 자본의 운동처럼 권력에 의해 작동되는 스펙터클들이다. 반면에 후자는 변혁운동처럼 화해와 사랑의 힘에 의해 움직이는 또 다른

---

10) 들뢰즈, 이정하 역(2002), 338쪽.

스펙터클들이다.[11]

자본의 운동을 닮은 스펙터클에는 이데올로기적 환상 이외에 리얼리티쇼가 있다. 판타지가 환멸과 환상, 균열과 봉합 사이에서 운동한다면 리얼리티쇼는 보다 더 실재계와 가까운 위치에서 움직인다. 리얼리티쇼의 전율은 근본적으로 판타지로 뒤덮인 세계의 환영을 깨뜨리는 데서 생겨난다. 그러나 리얼리티 쇼의 적나라한 추태와 폭력성은 이 쇼의 전개가 비정한 자본주의적 게임의 규칙에 지배되고 있음을 반증한다. 물론 리얼리티 쇼는 실재계를 은폐하지는 않는다. 그러나 그 곳이 추락과 낙오의 위치로 인식되는 것은 실재계 쪽을 통해 여전히 자본주의의 외부를 드러내지 못하기 때문이다. 그처럼 균열을 낙오자의 이미지로 보여주고 그 구멍을 살아남은 자의 행운으로 봉합하는 점에서, 리얼리티 쇼 역시 자본의 운동을 모방한 스펙터클인 셈이다.

흥미로운 것은 실재계에 접근한 위치에서 적나라하게 자본의 운동을 보여주는 리얼리티 쇼처럼, 실재계의 영역에서 변혁운동을 이미지화하는 또 다른 스펙터클이 있다는 점이다. 리얼리티쇼는 자본주의를 게임의 규칙으로 한 개인적 인간관계에 대한 게임-쇼이다. 반면에 변혁운동을 모방한 또 다른 스펙터클은 자본주의 외부에서 새로운 인간적 유대에 대한 이벤트를 연출한다. 전자가 상징계 내에서 '개인'이 생존하는 방법에 대한 게임이라면, 후자는 그 외부에서 새로운 '인간적 유대'를 형성하는 방법에 대한 퍼포먼스이다.

광장에서의 변혁운동을 모방한 이 새로운 스펙터클의 대표적인 예는 아마 촛불집회일 것이다. 광장이란 상징계와 실재계 사이의 공간이며 촛불집회는 그 **실재계적 틈새**에서 새로운 인간관계와 문화의 이미지를 연출한다. 리얼리티 쇼 역시 (실재계적) 균열[12]에 위치한 사람을 보여준

---

11) 앞의 것은 사이(상징계-실재계)의 공간에서 안쪽(상징계)으로 운동하는 반면 뒤의 것은 사이의 위치에서 바깥쪽(실재계)으로 움직인다.
12) 이 실재계가 드러나는 균열은 상징계의 균열이기도 하다.

다는 점에서 상징계-실재계 사이의 틈새에서 연출되는 서바이벌 게임이다. 그러나 후자가 자본의 운동처럼 균열을 봉합하고 내부(상징계)를 향해 움직인다면, 전자는 변혁운동처럼 균열을 통해 드러난 공간을 (창조적으로) 문화화하며 외부(실재계)를 향해 움직인다.13)

촛불집회는 그처럼 외부를 향한 이벤트인 점에서 동막골을 지키려는 새로운 연합군이나 괴물과 싸우는 상처 입은 사람들의 스펙터클과 근본적으로 일치한다. 이들은 모두 상징계의 모순과 갈등하며 균열을 통해 드러난 공간(실재계) 위에서 새로운 문화와 유대를 이미지화하고 있다. 따라서 이데올로기적 환상과 리얼리티쇼가 자본의 운동의 이미지화라면 새로운 연합군과 촛불집회는 변혁운동의 스펙터클화라고 할 수 있다.

전자이든 후자이든 영화적 이미지의 시대는 스펙터클을 통한 권력행사와 투쟁이 매우 중요한 방식이 되었음을 알려준다. 물론 영화적 스펙터클의 시대가 되었다고 그 이전에 나타났던 권력과 예술의 형식들이 모두 사라진 것은 아니다. 아직도 소설적인 이미지와 시점(인격의 회로)을 모방한 영화들이 성행한다는 사실, 때로는 〈초록물고기〉나 〈밀양〉(이창동) 같은 소설적인 영화가 우리를 압도한다는 점, 그리고 여전히 소설의 영향력이 완전히 소멸되지는 않은 사실은, 오늘날이 영화 이미지와 소설 이미지가 공존하는 시대임을 암시한다. 근대적 시각의 세 단계는 병존하고 있으며, 지금은 작가적 시점, 내적 초점화, 영화적 자동기계 시점이 혼재하는 시대이다. 그에 상응해서 권력의 형식에서도 총체화하는 권력과 규율화하는 감시장치가 스펙터클적인 권력과 함께 행사되고 있다. 따라서 스펙터클적 투쟁 못지 않게 주체의 자발성(자율성)의 표현과 내면의 시점을 통한 비판적 사고 역시 여전히 중요하게 요구되고 있다.14)

---

13) 양자는 사람들의 관심을 끌게 만드는 매체와의 관계에서도 서로 구분된다. 즉, 리얼리티 쇼가 '엿보는 시선'인 TV로 중개되는 반면 또 다른 리얼리티쇼(촛불집회)는 쌍방적인 인터넷으로 계획되고 중계된다.

14) 주은우(2003), 514쪽.

들뢰즈는 할리우드식 리얼리즘[15] 영화를 비판하고 있지만 영화나 소설에서 리얼리즘적인 비판적 사고는 아직도 매우 핵심적이라고 할 수 있다. 이는 스펙터클적 권력의 이면에 과거와 다름없이 편협한 이성중심적 권력이 위치하고 있기 때문이다. 이성중심적 권력은 노골적으로 억압적일 뿐만 아니라 눈에 보이지 않는 규율화 방식[16]을 사용한다. 스펙터클의 시대인 현재에도 그런 이성중심적 권력은 변함없이 행사되고 있다. '트루먼 쇼'나 리얼리티 쇼 자체가 스펙터클적 권력과 규율권력(감시장치)이 결합된 형식을 보여주고 있는 것이다.[17]

오늘날은 그런 억압적 권력 및 규율권력에 맞서는 비판적 사고와 함께 스펙터클적인 새로운 유혹의 권력에 대처해야하는 시대이다. 권력은 자기 자신을 스펙터클화하는 방식에서 보이지 않는 규율권력으로 바뀌어 왔으며 지금은 유혹의 스펙터클을 연출하는 시대가 되었다. 이는 전쟁이 현시적인 눈의 전쟁에서 무의식과 뇌의 전쟁으로, 그리고 스펙터클적인 판타지로 변화된 점과 상응한다. 그에 따라 전쟁과 싸우는 전쟁인 예술에서도 비판적 사고의 복원과 함께 시뮬라크르적인 연출이 필요하게 되었다. 자본의 권력이 맞서는 변혁운동의 경우에도 그 같은 변화가 요구되는 것은 마찬가지일 것이다.

이는 우리가 내부를 보는 동시에 외부를 응시해야 하며 객관현실을 인식하면서 현실 자체를 시뮬라크르로 생성시켜야 함을 뜻한다.[18] 객관

---

15) 들뢰즈가 말하는 할리우드식 리얼리즘 영화와 비판적 사고를 담은 리얼리즘 영화는 근본적인 차이를 지니고 있다.

16) 푸코는 이성중심적 권력을 두 가지로 나누어 설명하고 있다. 즉, 권력을 현시적으로 (스펙터클적으로) 드러내는 방식과 보이지 않는 감시장치의 방식이다. 여기에 하나를 더 덧붙이자면 오늘날 성행하는 유혹의 스펙터클적 방식이 있다고 할 수 있다.

17) 오늘날이 스펙터클과 감시가 융합된 세계라는 점은 홍성욱(2002), 103쪽에도 논의되고 있다.

18) 대서사와 미시서사가 결합되어야 한다는 주장도 이 같은 관점에 근거한다고 할 수 있다. 변혁을 요구하는 대서사가 비판적 사고에 근거한다면 미시서사는 무의식을 예속화하려는 미시권력에 대한 대응이기 때문이다.

현실의 인식이 내부의 인격의 회로에서 가능하다면 현실의 스펙터클화는 무의식[19]과 뇌의 회로에서 진행된다. 우리는 소설의 내부의 눈과 영화의 외부의 이미지를 통해, 그리고 영화적 소설(《프린세스 안나》〈곰팡이꽃〉)의 이미지와 소설적 영화(〈초록 물고기〉〈밀양〉)의 인격의 눈을 통해 그것을 경험한다.

이제까지 우리가 영화를 통해 살펴 본 것은 그 둘 중 우리 앞에 펼쳐지고 있는 새로운 세계에 관한 것이었다. 이미지 기계와 디지털 매체의 범람, 그리고 폭증하는 현란한 시뮬라크르들과 함께 우리는 분명히 스펙터클의 시대로 가고 있다. 지금 우리가 보고 있듯이, 전쟁·일상·정치·TV·영화·예술[20]에서, 이미지들의 싸움, 무의식을 점령하려는 전쟁, 그리고 '뇌의 영역에서의 전투'[21]가 벌어지고 있는 것이다.

---

19) 현실 자체를 스펙터클로 연출하는 예술에서 무의식적 주체는 한 개체의 내면에 인식의 특권을 주는 이성중심주의와는 달리 개체와 개체가 만나는 공간에서 세계의 리얼리티를 생성시킨다. 이런 한 개체를 넘어선 뇌의 주체에 대해서는 이 책 제6장 7절 '뇌의 영화와 정신적인 자동기계' 참조.
20) 한 마디로 문화의 전영역에서 일어나고 있는 변화라고 할 수 있다.
21) 그레고리 플랙스먼 편, 박성수 역(2002), 381쪽, 그레그 램버트, 「영화와 외부」. 이 뇌의 영역에서의 전투에서 승리하는 주체는 완결된 의식의 주체가 아니라 미결정적인 뇌의 주체라고 할 수 있다.

|참고문헌|

가라타니 고진, 박유하 역, 『일본 근대문학의 기원』, 민음사, 1997.
고미숙, 『이 영화를 보라』, 그린비, 2008.
그레그 램버트, 「영화와 외부」, 『뇌는 스크린이다』(그레고리 플랙스먼 편, 박성수 역), 이
    소출판사, 2002.
김동인, 「소설작법」, 『조선문단』, 1925.4~7.
김미현, 「『부주의한 사랑』 해설」, 『부주의한 사랑』(배수아), 문학동네, 1996.
김영하, 『엘리베이터에 낀 그 남자는 어떻게 되었나』, 문학과지성사, 1999.
김유정, 「떡」, 『동백꽃』, 문학과지성사, 2005.
김창석, 「불가시의 실재 — 시간, 그 구명을 위한 노력과 결과」, 『잃어버린 시간을 찾아
    서』(프루스트), 국일미디어, 1998.
나병철, 『문학의 이해』, 문예출판사, 1994.
_____, 「『당신들의 천국』과 권력의 미시물리학」, 『현역 중진작가연구』 I, 국학자료원,
    1997.
_____, 『소설의 이해』, 문예출판사, 1998.
_____, 『소설과 서사문화』, 소명출판, 2006.
_____, 「환상소설의 전개와 성장소설의 새로운 양상」, 『현대소설연구』, 2006.9.
_____, 『가족로망스와 성장소설』, 문예출판사, 2007.
_____, 「시각중심성을 넘어선 서사와 울림의 소설」, 『현대문학이론연구』, 2008.4.
데이비드 노먼 로도윅, 김지훈 역, 『질 들뢰즈의 시간 기계』, 그린비, 2005.
데카르트, 이현복 역, 『방법서설』, 문예출판사, 1997.
들뢰즈, 「뇌는 스크린이다」, 『뇌는 스크린이다』(그레고리 플랙스먼 편, 박성수 역), 이소
    출판사, 2003.
들뢰즈, 유진상 역, 『운동-이미지』, 시각과언어, 2002.
들뢰즈, 이정하 역, 『시간-이미지』, 시각과언어, 2002.
들뢰즈, 이찬웅 역, 『주름』, 문학과지성사, 2004.
들뢰즈, 주은우·정원 역, 『영화』 1, 새길, 1996.
들뢰즈·가타리, 최명관 역, 『앙띠 오이디푸스』, 민음사, 1994.
들뢰즈·가타리, 김재인 역, 『천개의 고원』, 새물결, 2001.
디포, 『로빈슨 크루소』 제1부, 문학세계사, 2004.
라이프니츠, 배선복 역, 『모나드론 외』, 책세상, 2007.
라캉, 민승기 외역, 『욕망이론』, 문예출판사, 1994.
레비나스, 강영안 역, 『시간과 타자』, 문예출판사, 1996.
로널드 보그, 정형철 역, 『들뢰즈와 시네마』, 동문선, 2006.
로트만, 박현섭 역, 『영화기호학』, 민음사, 1994.
롤랑 바르트, 조광희 역, 『카메라, 루시다』, 열화당, 1998.
루카치, 황석천 역, 『현대리얼리즘론』, 열음사, 1986.
리몬-케넌, 최상규 역, 『소설의 시학』, 문학과지성사, 1985.

마르크스·엥겔스, 이진우 역, 『공산당 선언』, 책세상, 2002.
마셜 맥루한·퀭탱 피오르, 김진홍 역, 『미디어는 맛사지다』, 커뮤니케이션북스, 2001.
마이클 라이언, 나병철·이경훈 역, 『해체론과 변증법』, 평민사, 1994.
마틴 리스터 편, 우선아 역, 『디지털 시대의 사진 이미지』, 시각과언어, 2000.
바흐친, 김근식 역, 『도스또예프스끼 시학』, 정음사, 1988.
박경리, 『토지』 1권 1부, 솔출판사, 1993.
박기범, 「소설과 영화를 통한 서사교육 내용 연구」, 교원대 박사논문, 2007.
박성수, 『들뢰즈와 영화』, 문화과학사, 1998.
박유희, 『서사의 숲에서 한국영화를 바라보다』, 다빈치, 2008.
박정미, 「소설과 영화의 이야기와 담론 비교연구」, 교원대 석사논문, 2005.
발자크, 권미영·최정순 역, 『고리오 영감』, 일산서적, 1990.
배수아, 「푸른 사과가 있는 국도」, 『푸른 사과가 있는 국도』, 고려원, 1995.
_____, 「프린세스 안나」, 『바람인형』, 문학과지성사, 1996.
백문임, 『형언』, 평민사, 2004.
백혜원, 「다매체 시대의 소설 연구」, 교원대 석사논문, 2008.
베르그송, 박종원 역, 『물질과 기억』, 아카넷, 2005.
베르그송, 황수영 역, 『창조적 진화』, 아카넷, 2005.
벤야민, 반성완 역, 『발터 벤야민의 문예이론』, 민음사, 1983.
보드리야르, 하태환 역, 『시뮬라시옹』, 민음사, 2001.
보르헤스, 황병하 역, 『보르헤스 전집』 2, 민음사, 1994.
사라 켐버, 「의학의 새로운 시각?」, 『디지털시대의 사진이미지』(마틴 리스터 편, 우선아
　　　역), 시각과언어, 2000.
서정남, 『영화 사서학』, 생각의나무, 2004.
선주원, 「대화적 관점에서의 소설교육 연구」, 교원대 박사논문, 2002.
손정수 외, 「경계 너머를 향한 글쓰기의 욕망들」, 『20세기 한국소설』 50(하성란 외), 창비,
　　　2006.
송경아, 「엘리베이터」, 『엘리베이터』, 문학동네, 1998.
쇼펜하우어, 곽복록 역, 『의지와 표상으로서의 세계』, 을유문화사, 1994.
슈탄첼, 김정신 역, 『소설의 이론』, 문학과비평사, 1990.
슈탄첼, 안삼환 역, 『소설 형식의 기본유형』, 탐구당, 1982.
스티븐 존스, 윤명지·김영상 역, 『바보상자의 역습』, 비즈앤비즈, 2006.
신수정, 「타자라는 소행성과의 만남」, 『루빈의 술잔』(하성란), 문학동네, 1997.
아도르노, 홍승용 역, 『미학이론』, 문학과지성사, 1984.
안토니오 다마지오, 임지원 역, 『스피노자의 뇌』, 사이언스북스, 2007.
앙드레 고드로·프랑수아 조스트, 송지연 역, 『영화 서술학』, 동문선, 2001.
앨런 스피겔, 박유희·김종수 역, 『소설과 카메라의 눈』, 르네상스, 2006.
야콥슨, 신문수 편역, 『문학 속의 언어학』, 문학과지성사, 1989.
에리히 아우얼바하, 김우창·유종호 역, 『미메시스』, 민음사, 1979.
우스펜스키, 김경수 역, 『소설구성의 시학』, 현대소설사, 1992.
우한용, 「우리 시대, 왜 서사가 문제인가」, 『내러티브』, 2000년 봄·여름.
윤정모, 『님』, 한겨레, 1987.

이광수, 『무정』, 문학사상사, 1999.
「이라크, 극단과의 전쟁─민심 얻는 싸움 졌다」, 『한겨레신문』, 2006.3.21.
이상, 「날개」, 『이상문학전집』 2, 문학사상사, 1991.
이언 와트, 전철민 역, 『소설의 발생』, 열린책들, 1988.
이정우, 『접힘과 펼쳐짐』, 거름, 2000.
_____, 『주름, 갈래, 울림』, 거름, 2001.
이진경, 『노마디즘』 2, 휴머니스트, 2002.
이청준, 『당신들의 천국』, 문학과지성사, 1993.
_____, 「서편제」, 『서편제』, 열림원, 1998.
이토우 도시하루, 김경연 역, 『사진과 회화』, 시각과언어, 1994.
임철규, 『눈의 역사 눈의 미학』, 한길사, 2004.
조동일, 『소설의 이론』, 지식산업사, 1977.
조정래, 「소설과 영화의 서사론적 비교 연구─이미지와 서술」, 『현대문학의 연구』 22집, 2004.
존 오르, 김경욱 역, 『영화와 모더니티』, 민음사, 1999.
주네트, 권택영 역, 『서사 담론』, 교보문고, 1992.
주은우, 『시각과 현대성』, 한나래, 2003.
지가 베르토프, 『키노아이』, 이매진, 2006.
지젝, 김종주 역, 『실재계 사막으로의 환대』, 인간사랑, 2003.
지젝, 이만우 역, 『향락의 전이』, 인간사랑, 2002.
지젝, 이수련 역, 『이데올로기라는 숭고한 대상』, 인간사랑, 2002.
채트먼, 김경수 역, 『영화와 소설의 서사구조』, 민음사, 1990.
채트먼, 한용환·강덕화 역, 『영화와 소설의 수사학』, 동국대 출판부, 2001.
최문규, 『문학이론과 현실인식』, 문학동네, 2000.
최영미, 『서른, 잔치는 끝났다』, 창작과비평사, 1994.
최인호, 「타인의 방」, 『깊고 푸른 밤』, 동아출판사, 1995.
크래리, 임동근·오성훈 외역, 『관찰자의 기술』, 문화과학사, 2001.
토마스 만, 『마의 산』 상, 범우사, 1996.
_____, 『마의 산』 하, 범우사, 1996.
푸코, 김부용 역, 『광기의 역사』, 인간사랑, 1991.
푸코, 오생근 역, 『감시와 처벌』, 나남, 1994.
푸코, 이광래 역, 『말과 사물』, 민음사, 1987.
하버마스, 이진우 역, 『현대성의 철학적 담론』, 문예출판사, 1994.
하우저, 백낙청·염무웅 역, 『문학과 예술의 사회사』 현대편, 창작과비평사, 1999.
한창호, 「환영의 쾌락, 반환영의 유희, 페데리코 펠리니의 최고점」, www.cine21.com, 2005.6.1.
호미 바바, 나병철 역, 『문화의 위치』, 소명출판, 2002.
홍상수 인터뷰, 「섹스, 거짓말 그리고 모더니즘」, 『키노』, 1996.5.
홍성욱, 『파놉티콘─정보사회 정보감옥』, 책세상, 2002.
황순원, 『나무들 비탈에 서다』, 문학사상사, 1986.

Christian Metz, *Film Language*, The University of Chicago Press, 1991.

Edward Branigan, *Projecting a Camera*, Routledge, 2006.

Fredric Jameson, Foreword, A. J. Greimas, *On Meaning*, University of Minnesota Press, 1987.

_____, *The Ideologies of Theory*, University of Minnesota, 1988.

James Monaco, *How to read a Film*, Oxford University Press, 2000.

Judith L. Herman, *Trauma and Recovery*, Basic Books, 1992.

Norman Friedman, *Form and Meaning in Fiction*, University of Georgia Press, 1975.

Ruth Ronen, *Possible Worlds in Literary Theory*, Cambridge University Press, 1994.

찾아보기